好像那时候我就已经看到了故事的结局.

　适瓜拥挤的青春里, 他送我一程, 然后转身踏上自己的旅程。他的世界很大, 路很长, 很遥远; 我只能站在自家门口, 独守着小小的天地, 目送他离开。

他活着, 便精彩.

八月长安 ♡♡

上册

最好的我们

八月长安 著

湖南文艺出版社
HUNAN LITERATURE AND ART PUBLISHING HOUSE

博集天卷
CS-BOOKY

CONTENTS 目录

二〇〇三 — 二〇〇四

二〇〇三 — 二〇〇四

_____   我想，那时候的我们，是最好的我们。

第一章

耿耿

二进一的机会我都能选错，所以每次四进一的选择题，我都蒙不对

No.1

我叫耿耿。

亲戚们都说这名字不好，劲儿劲儿的，好像憋着一口气跟谁过不去似的。

但是我喜欢。名字好不好听是其次，叫习惯了还不都一样。真正重要的，是这个名字中倾注的心意。

我爸我妈都姓耿，估计他们起名字的时候脑子里转悠的是"强强联合""爱情结晶"一类很美好的念头，所以我叫耿耿。

不过，后来他们离婚了。

所以，我也不确定我对自己姓名的解读，是不是一厢情愿。

No.2

我中考那年赶上"非典"，全市各行各业一片兵荒马乱，而我作为一名普通初中的普通学生，很不厚道地"发了国难财"。

中考英语取消听力部分，数学难度大幅降低，语文作文形式竟然回归了命题作文，物理、化学占总分的比例降低……这直接导致了历次模考从来就没进过班级前三的耿耿同学，竟然在初升高统考中考了全校第三名。

后来，我们班同学非拉着我在本市阿迪达斯旗舰店门口合影。

他们说，这代表着"Impossible is nothing"——一切皆有可能。

然后，又让我举着振华中学大红色的录取通知书在耐克门口留影。

他们说，这张又代表了"Just do it"的精神。

我问他们知不知道"Just do it"的含义，他们说，怎么不知道？做掉它！

我最终没能做掉振华。这都是后话了。而且听闻在我很郁闷的那段时间，阿迪达斯因为某件吃瘪的事情，一怒之下将广告语改为"Nothing is impossible"。

这才是真相。世界上唯一不变的就是变化，世界上唯一可能的就是不可能。

No.3

我们初升高是考前报志愿，我当时填报的三项是振华校本部、振华自费、振华分校。

记得当时交志愿表的时候，我是最后一个递给老师的，遮遮掩掩的，生怕别人看见。

要知道，我们班的万年第一名都没敢报振华。她纠结了很长时间，还是跟师大附中高中部签了协议，只要第一志愿报师大附中，师大附中录取分数线就为她降十分。

年复一年，师大附中就是用这种方式劫走了一批具有考上振华的可能却又对自己缺乏自信的优等生。

初三的时候，每次考试结束，我们班同学都会在她面前起哄说，她是振华苗子。我们自然没有恶意，可是中考前最后一次模考之后，她因为这个玩笑而大发脾气。

不少人因此觉得她无理取闹、不识抬举、矫情……所有的词语像不散的烟云在女厕所的上空飘啊飘。我站在隔板边上听着她们说三道四，却不敢说出那句"其实我理解她"。

对，我的确理解她。我们不负责任地用几句轻飘飘的赞语将人家捧得高高的，但是万一摔下来，谁也不会去接住她。

后来跟我爸说起这件事，我爸非常马后炮地评价道："耿耿啊，你那时候就具备考上振华的心理条件了。你能从振华苗子的角度来考虑问题，很好。"

你他妈放屁……我突然想起他是我爸，不是我同桌，连忙把同学间的口头禅憋进肚子里。

No.4

三个志愿连着填振华的方法就是我爸坚持要求的。振华分校的分数线比校本部低了几十分，但也能分到优秀教学资源的一杯羹。我爸的目标是让我保住分校，力争自费。

说不定有可能进校本部。

我打断了他："爸，这种事情要是真的发生了，一定会付出什么代价的，比如，折寿。"

后来，我竟然真的稀里糊涂地进了校本部。

振华的校本部啊！

阎王就这样强行地贷给了我高利贷，我似乎眼睁睁地看着自己人生的进度条"嗖"的一下就短了一大截。

No.5

我们班主任说，放眼整个十三中，报了振华的似乎只有三个人，一个是七班的余周周，一个是二班的沈屾，另一个就是我。

沈屾最终考试失利。那个女生是传闻中上厕所蹲坑都要带着单词本背英文固定词组的牛人，三年如一日换来这种结果，我不知道该说什么。

当我大夏天蹲在肯德基门口，舔着新出的彩豆甜筒躲避日头的时候，抬起头无意中看到路过的沈屾。她没有打遮阳伞，也没有刻意躲避毒辣的日头，依旧背着鼓鼓囊囊的大书包，脸上有油光，额上有痘痘。

她偏过头看了我一眼，没有停步，眼神很平静，就像看一个路人。

却看得我心惊。

或许是我心虚。人家可能根本不知道我是哪根葱。

但我感觉自己抢了人家的甜筒，还笑嘻嘻地蹲在墙角舔得正欢。

后来才知道她去上补课班。中考结束对我来说是心中一块石头落地，但是对很多未雨绸缪的优等生来说，新的战役刚刚打响。沈屾他们整个暑假都在提前学习高一课程，讲课的老师都是振华响当当的名师。

是的，不管甜筒在谁手里，沈屾还是沈屾。

我突然特羡慕她。

她是一个能让人记住的人。无论别人是否喜欢她，十年后回忆起来，她还是沈屾，每一个动作、每一个坚持都是沈屾。

我呢？他们会说，就是那个，那个中考时点儿正得不行的女生。

当天晚上，我少女的惆怅让我给我妈打了一通电话。

我妈用一贯的快语速教训我："她考试的时候心理素质差，跟你有什么关系?! 我看你就是吃饱了撑的！"

我妈从来不同情失败者。

所以她跟我爸离婚了。

No.6

在挂电话前，我妈说，我中考志愿的填报是我爸从和她结婚到离婚的十几年中办过的唯一成功的事情。

我心想，为了我爸的荣誉，我折寿就折寿了吧。

我妈总说，如果有时间，她就亲自抚养我。

因为看到我懒懒散散的样子越来越像我爸，她觉得不能容忍。

听说，当年他们结婚的时候，我奶奶强烈反对。算命的说，我爸妈八字不合，我妈命硬，克夫。老人家很信这一套。

我妈家境不好，好强争胜的性格让她的一举一动都验证了算命先生的判断。传闻会亲家的饭桌上，奶奶不经意地显摆自己家条件好，暗示妈妈攀高枝，导致妈妈脾气爆发，现场一度失控。

我很奇怪，都到这个地步了，他们怎么还是结婚了？

面对我的疑问，爸妈都轻描淡写。

我妈说："他非要娶我，跟你爷爷奶奶都翻脸了。"

我那时候小，还特傻缺地追问："为啥？"

我妈眉毛都竖起来了："怎么，你妈我不值得他娶？"

那时候，我爸傻呵呵地笑："又漂亮又能干，当然值得。"

没出息。

我想象不出脾气超好的老爸跟长辈翻脸的样子。我妈总说他窝囊。

可是，他为她翻脸抗争。

他最帅的那一刻，她竟然没往心里去。

No.7

我妈妈凭借自己的能力，一路爬到了市分行的高层，负责中小企业贷款业务，打拼出一身亚健康慢性病。反观出身"金融世家"的我老爸，倒是一直在市委大院的政策研究室里面混着，养养花、鸟、鱼，打打太极拳。

我从长相到性格，能力到智商，全都像我爸。

总而言之，我老妈的美貌与智慧，还有那份不服输的韧劲儿，一点儿都没遗传到我身上。

二选一的机会我都能选错，所以每次四选一的选择题，我都蒙不对。

她很忙，我也不想在她的电话里耗时间。

打听了几句开学前的准备，她就准备撂电话。

都说了"过两天再聊"，在她马上要挂断的瞬间，我突然喊了起来。

"妈！"

"又什么事儿？"她的口气有种习惯性的不耐烦。我如果不是了解她就是这种急性子，可能早就膝盖一软，跪在地上对着电话磕头了。

然而此刻我只是搂紧了电话，不知道怎么说。

"到底怎么了？"她的语气终于柔和了点儿。

"我爸要结婚了，你知道吗？"

No.8

我妈问，就这事儿？

我说，对，就这事儿。

就这破事儿，还真不是什么大事儿。——那她刚才干吗半分钟没说话？

她又顿了顿，说，没什么别的事儿就挂了吧。我说，哦。

如果是以前，我一定会觉得她是在装潇洒，嘴硬。

但是现在我不确定。也许她真的根本就不在乎，我已经不敢说我懂她，就像我不敢说我懂我爸。

以前我一直觉得自己和毛利兰特别像。我爸妈和她爸妈差不多，虽然离异，可是七年了都没有再婚，我爸就像毛利小五郎喜欢妃英理一样舍不得我妈离开，而且是全世界都看得出来的那种。而我妈，也真的像妃英理一样，优秀、美丽、嘴硬、刚强，但是时不时还想得起来关心我爸的动向。

所以我也一直误以为，他们总有一天要重新在一起。

为什么分开呢？我爸那种笑眯眯的乖乖宝，当初是怎么顶撞我爷爷奶奶，即使冒着被扫地出门的危险也要娶我妈妈的？我妈身高只有一米六，我两三岁的时候，我爸得肺结核，她又是怎么独自一个人把煤气罐搬下楼，还说"没事儿没事儿"的？

我一直觉得，虽然没能阻止他们离婚，但是至少现在，一切都在我的努力下朝着好的方向发展——成绩出来那天，我们三口人一起在香格里拉的旋转餐厅吃晚饭庆祝，我觉得他俩相处得挺好的呀。

直到入学前半个月，我爸才在晚饭后和着《新闻联播》的片头曲说："耿耿啊，你考上振华，我就彻底放心了。"

我当时正在切苹果，反问："放心什么？"

他老半天没说话。我终于放下刀回头看他，发现他也在看我。

"下周日，我领你去见一个阿姨。"

那时候，我脑海中突然蹦出一个光屁股带翅膀的小天使，左右开弓抽我耳光，边抽边喊，看在上帝的分儿上，你他妈给我醒醒吧！

然后我低下头继续切苹果，而且很镇定，没有切到手指头，和电视中演的一点儿都不一样。

我说："好。"

其实真的很想问："爸，这是不是你最后的激将法？"

No.9

我那天晚上躺在床上，翻来覆去，脑子里面一直在幻想着自己是如何砸场子的。

反正我因为考振华已经背上了阎王爷的贷款，我怕什么啊，撒泼、打滚、无理取闹、悲愤大叫、离家出走……所有电视剧里单亲子女面对父母再婚时的反抗行为，我都可以试一试，然后像那些给偶像乱点鸳鸯谱的粉丝一样朝我爸妈大喊："求求你们了，在一起吧！"

我甚至没感到悲伤或者委屈。因为这种没边儿的幻想，我兴奋得一夜没睡，胸口波涛激荡。

然而实际情况是，周日的中午饭在我老爸的好脾气和我的软性子共同作用下，吃得气氛温馨，其乐融融。

　　那个阿姨比我爸小八岁，在市三院做护士。她长得并不漂亮，打扮却很得体，声音富有磁性，笑起来有小梨涡，一看就是个教养良好、脾气温顺的女人。更重要的是，我爸在她面前，像是换了一个人。

　　大方，有霸气，开朗快乐。

　　"耿耿，吃虾。"她夹了一只竹筒虾，放到我的碗里。然后，我爸也夹了一只虾，放进她儿子的碗里。

　　七年前，她丈夫出车祸去世，留下她一个人抚养两岁的儿子。医院的工作又累又忙，为了养家，她日班夜班从来不挑活，很是辛苦。

　　我抬头看坐在我对面的小男孩。他叫林帆，今年上三年级，长得白白净净的，安静羞怯得像只小猫。刚见面的时候，他在她妈妈的催促下红着脸朝我鞠躬说："姐姐好。"

　　他很喜欢竹筒虾，却看着他妈妈的行动，不敢自己夹，恐怕是被嘱咐过不能失礼。我把自己那只也放到他碗里，笑着说："姐姐不喜欢吃这种虾，你帮姐姐吃一只好不好？"

　　然后，我爸和那个阿姨都如释重负地笑了，好像得到了我的什么重要首肯一样。

　　那一刻，我突然觉得有点儿悲壮。对，就是悲壮。

　　我爸喜欢她。又或者说，喜欢和她在一起时的他自己，放松，惬意，像个当家做主的男人，能做自己喜欢的事情而不被指责为窝囊、不上进。

　　于是，我连最后一点儿幻想都失去了。这不是什么激将法，因为他的心再也不为我妈激动了。可是他已经等过了，没有义务再等下去。他是一个父亲，却不只是一个父亲，他也有权幸福。

　　只是我一直误以为，他们都会把我的幸福放在第一位。

No.10

于是，我终于肯正视现实了。我是单亲家庭的孩子，我爸妈的离婚不是闹着玩儿的。

单亲家庭的孩子应该明白，在这个世界上，离开谁你都活得下去，因为大家的幸福，并不是绑定在一起的。

于是，我做了我能做的一切，让那个阿姨和我爸觉得，我是希望他们结婚的。

只有坐在对面的小男孩林帆眨巴眨巴眼睛看看我，不知道想说什么，然后又低下头，继续啃他的竹筒虾。

他还小，所以比我更容易接纳和习惯一个新家庭。

"耿耿啊，我听你爸爸说，你下周就要去振华报到了。"

耿耿。我才回过神。这个阿姨是否知道，她喊的这个名字的含义？这个名字从我出生起就烙印在我身上，无论那两个人手里的是红本结婚证还是绿本离婚证，都不能改变。我就像一座废弃的纪念碑，又或者像提前终止的合同，甲方乙方，大路朝天，各走一边。

回到家后，坐在客厅里，爸爸有些局促地等待我的评价。

然而事实上，当时我脑子里面转来转去的是一个微不足道的问题。

这对母子搬进来之后，我还能不能每天早上不刷牙不洗脸穿着睡衣四脚朝天地横躺在客厅的沙发上吼首歌来开始我新的一天？

他们可以不介意，但是我不可以不要脸。

No.11

我就带着这种复杂的心情，恍恍惚惚地踏进了振华的校门。

报到的那天，people mountain people sea（中式英语：人山人海）。很多学生都是由两个以上的亲属陪同而来的，除了爸爸妈妈，可能还有爷爷奶奶和其他活蹦乱跳的晚辈，美其名曰：现场励志教育。

我拒绝了我爸我妈分别提出的陪同要求，自己带着相机和证件跑来看分班大榜，顺便对着人群咔嚓咔嚓一通乱照。我走到哪里都带着相机，以前是三星，现在是索尼，假期新买的，八百万像素的最新款，姑且算是考上振华的奖品。

很久之后，有一群被形容为非主流的晚辈异军突起。他们也时刻都带着相机或者有照相功能的手机，走到哪儿拍到哪儿，连公共厕所的镜子都不放过。不同的是，我从来不拍自己，他们却只拍自己。

红榜贴在围墙上，校本部和分校加在一起，很壮观的一大排。我不想和他们挤，就一直站在外围等待机会。

八月末的秋老虎真够受的，我低头找纸巾擦汗，突然听见旁边一位大叔用人神共愤的大嗓门对着电话嚷嚷："看到了看到了，和茜茜她妈跟李主任打听到的一样，这次的确是分了两个尖子班。对，两个尖子班，一班、二班，茜茜、杨杨和咱家小川又在同一个班！"

大叔和我一样抹了一下额头的汗，继续对着电话说："他们仨都在二班……"

忽然电话那边的人不知道说了什么让他眉头大皱，他对着电话抬高了分贝吼起来："谁告诉你一班比二班好？排在前面就好啊？你急什么啊?!"

我偷笑，无意中瞟到在那个腆着啤酒肚的墨镜大叔旁边，还站着一个少年，个子高高的，瘦削挺拔，一直用不屑的表情盯着地面，尤其在大叔反复强调尖子班的时候，他嘴角嘲讽地微微勾起。

肯定是没考进尖子班心里正堵得慌吧，我心想。

然后我举起相机，悄悄地把两个表情各异的人一起拍了进去。

No.12

终于广播大喇叭响起来，要求所有同学按照班号排队，等待班主任人选抽签大会。围墙边的人哗啦一下子都散了。我知道其实他们早就找到自己的班级了，只是还都围在那里寻找其他熟人的去向。我趁机移动到墙边，直接绕开前两个尖子班，从三班开始，以极快的速度寻找着自己的名字。

由于过分专注，我根本没有用余光来顾看周围，所以挪动到五班的红榜前的时候，跟一个男生结结实实地撞在了一起。我的颧骨磕在他的肩膀上，疼得我当场就蹲下去哗哗淌眼泪。不是我娇气，生理反应实在控制不住。

好半天我才泪眼模糊地抬起头，男生挺不好意思地伸手递给我几张面巾纸。我连忙把脸上抹干净，仔细一看，竟然就是刚才被我照进相机的男生。

"同学，实在对不起。"他很诚恳地鞠躬，毛茸茸的寸头晃了晃。

"没事儿。"我摆摆手，抓紧时间继续看榜。

很巧，我就在五班。耿耿这个名字写在第四行的正中央，很好认。

更有意思的是，我右边那个名字，竟然叫余淮。

字面上看着没什么，可是念起来，耿耿于怀，有点儿好笑。

我就自己咯咯地傻笑起来，突然发现我身边的男生也盯着红榜在笑。

他被我盯得不好意思，摸摸后脑勺，指着红榜说："我名字左边的那个人叫耿耿，跟我的名字连起来，正好是耿耿于怀。"

第三章

另一只脚

同学，你让一让，挡我镜头了

No.13

我说："哦，我就是耿耿。"

后来回想起来，人这一辈子能有几次机会用"我就是××"的句式对别人说话呢？

他张口结舌了半天，然后才想起来微笑，说："我叫余淮。"

这个男生长得……挺让人没印象的。小麦色皮肤，小眼睛，笑起来眯着眼，挺可爱；白 T 恤，牛仔裤，干干净净的，一看就是个乖孩子。

我点点头，说："以后就是同学了。"

他说："是啊，以后就是同学了。"

我说："今天天真热啊。"

他说："是，是挺热。"

我又张了张嘴，不知道该说啥了。他也张了张嘴，好像因为每次都是我提起话题而觉得有点儿不好意思。

然后，我们就都笑了。操场的另一边是闹哄哄的排队胜景，这一边是孤寂的大排红榜和两个有社交障碍的新同学。

No.14

每个班级都是男生一列、女生一列，看长度，竟然很均衡。

女性能顶半边天，谁说女子不如男？

大家都在谨慎地打量着新同学，队伍后面就是黑压压的一大片家长，整个操场就像动画片里面的日本牛肉锅，虽然食材都一排一排码得整整齐齐，可还是咕嘟咕嘟地冒着热气腾腾的泡泡。

　　排队时间太长了，也不知道主席台上到底在搞什么鬼。中国就是这样，台下的围观群众永远不知道上面的人在做什么，别人鼓掌你也跟着呱唧呱唧就对了。

　　不小心打了个哈欠，特别充分的那种。

　　余淮问："昨天晚上没睡好？"

　　我大笑，周围人纷纷斜眼看我，于是我赶紧闭上嘴。

　　"恭喜你，终于找到话来寒暄了。"

　　余淮翻了个白眼。我猜是这样，反正他眼睛太小，我也看不清楚。

　　"我自己昨天晚上就没睡好。"他说。

　　"正常，我小学每次运动会前一天晚上都睡不着。只要第二天有大事儿，我就失眠。基本上这都是心理素质差的表现。"

　　他没说话。

　　但是他在看我。

　　我装镇定，不到一分钟就失败了。我刚说过，我心理素质不好。

　　"看你小姑啊?!"我低声骂了一句。

　　他惊讶地张大嘴："我靠，你怎么知道我要说什么？我才发现，你说话特像我小姑姑。"

　　我怒视他。

　　他结结巴巴地说："表……表情也像。"

No.15

　　就在这时候，主席台上的副校长开始对着麦克风试音，"喂喂喂"地喂起来没完。

校长说了什么我都没怎么听，我满脑子都是他小姑姑。

末了，趁着校长三句一顿大喘气的空隙，我不甘心地问："我长得那么老吗？"

他忙不迭地摇头。还挺识相的。

然后他说："我没说你们长得像。我小姑姑比你好看多了。"

最欠扁的不是这句话，是他的语气。

认真，无辜，且诚恳。

"我小姑姑也在振华。"他再接再厉。

这回倒是我吃惊了："你小姑姑多大？"

"和咱们同岁，"他顿了顿，"你属兔还是属龙？"

我在心里问候了他祖宗十八代加上小姑姑。"我属……虎。"

"哦，前辈。"他微微一欠身。

他妈的。

"是虎尾巴，"我强调，"年末。"

他摇头："你就是属虎屁股，也是虎。"

我无语，只能把话题拉回他小姑姑身上。

"那你小姑姑也是新生吗？在哪个班？"

他歪头愣了半天，才轻轻叹口气："一班。"

"靠，"我完全不再计较刚才他对我的不敬，瞬间觉得自己像他小姑姑简直是一种莫大的荣誉，"你小姑姑是个牛人啊！"

"是啊。"他看着天，不知道在想什么。估计又是在纠结尖子班的问题。

"不过，你们同岁，为什么你要叫她小姑姑？"

他扳着手指头开始算："中考结束后我爷爷过六十大寿，其实我曾爷爷是她外公的大哥，所以她妈妈是我的姑奶奶……不对，呃……我爸爸叫她妈妈姑姑……所以……"

我脑袋里面的神经元已经被捣成了糨糊。

"所以，你就叫她姑姑？"

"大人是这么说的。"

"那她叫你什么？"我笑喷，"过儿？"

No.16

然后，他就把我晾在一边不搭理了。小姑姑的话题无法继续下去了。

主席台上开始一片混乱。各个班级的家长代表上台抽签选择班主任，我百无聊赖地低头玩相机。

翻到大叔和余淮的那张，我忍不住笑出来，歪头仰视身边臭着脸的余淮。

也许是侧面的角度弥补了小眼睛的劣势，挺直的鼻梁和深刻立体的骨骼构架让他这样看上去远比正面好看。我想都没想，抓起相机就照，那一刻，阳光从他头顶倾泻而下，时机好得不得了。

然而，咔嚓一声吸引了包括余淮在内的周围所有人的目光。

我保持着照相的方向和姿势，不知道如何解释这一行为。

"你……"余淮面色尴尬。

"我……"我突然镇定下来，"同学，你让一让，挡我镜头了。"

…………

他淡定的眼神戳穿了我所有的伪装。

余淮耷拉着眼皮讥讽地看着我，往旁边一闪身，刚才被他的脑袋挡住的大太阳就在取景框中金光灿烂地晃瞎了我的"狗眼"。

No.17

我们班主任是个刚毕业的大学生，教物理，叫张平。

排队进教室的过程中就听到很多家长不满的抱怨声。

"刚才穿亚麻连衣裙那个女的，非要上去代表大家抽签，也不征求意见就自己往台上走，那是谁的家长啊？也真好意思。"

"就抽到这么个新分配的小老师，还是男的，能管好班级吗？第一次教课，什么水平都不知道。"

"看那长相就镇不住这帮学生。这班级要是乱套了可怎么办哪？"

我突然很好奇。

三十年后，我也会成为这样为了子女成天瞎操心、毫无逻辑和涵养的大婶吗？

又或者，富有逻辑，富有涵养，可是从不为子女慌乱，就像我爸我妈？

我突然转过头去看余淮。教室的座位并没有分配，大家都是随便坐，很自然地他坐在我身边。那一刻，我脑子里面有个荒谬的问题，这个男生要是当爹了，跟儿子在一起会是什么样子呢？

这教室里面每一个用淡漠表情掩饰期待和兴奋的孩子，每一个自以为站在比同龄人高出一大截的平台上的佼佼者，每一个充满了各种期望和目标并志在必得的未来赢家，三十年后，会是什么样子呢？

假期见各种亲戚，被大人摸着头夸奖，他们说："哎哟，振华啊，进了振华不就等于一只脚踏进北大、清华了吗？"

我笑。

当年的沈屾，在我们心里，也等于一只脚踏进了振华。然而真正决定命运的，是另一只脚。

我轻轻地叹口气。

余淮转过头："你怎么了？"

我大脑短路，脱口而出："你说，你要是当了爹，是什么样子啊？"

　　他满面通红，我也是。

　　这是怎么了？我发现，自从考上了振华，我的智商原地不动，情商却朝着尖子生靠拢，稳步下降。

　　很长时间，张平在讲台前整理各种即将分发的资料，班里新同学窃窃私语互相介绍，我们却像两尊石雕坐在最后一排的角落。

　　就在我尴尬地偏过头去看窗外阳光曝晒下熙熙攘攘的家长们的时候，他突然很认真地说："保守估计，那应该取决于孩子他妈是什么样的人。"

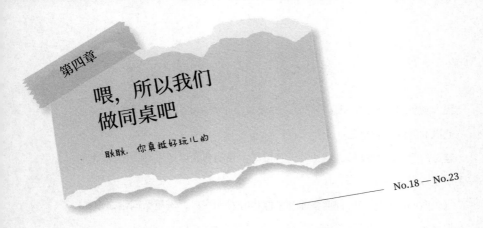

第四章

喂，所以我们做同桌吧

耿耿，你真挺好玩儿的

No.18 — No.23

No.18

我笑了，他如释重负地趴在桌子上，好像刚参加完一次重大的考试。

"你脑子里都是些什么乱七八糟的啊？"他皱着眉头，半张脸贴在桌面上，转头看我。

"没有啊，"我辩解，"我就是突然很想知道我们大家几十年后的样子。"

他不再用鄙视的目光镇压我，眼神飘向窗外，好像也认真思考起来。

"可能会像我们的父母吧，"我继续说，"毕竟是遗传嘛。"

余淮摇摇头："那样多没劲。"

"什么？"

"我是说，人就这么一辈子的时间，你前半辈子观看你父母的生活，后半辈子还要再模仿复制一遍，你亏不亏啊？"

我默然。话是这么说，可是谁能担保我们不重蹈覆辙？也许父母没有我们想象的那么简单无聊，他们年轻的时候也有理想和憧憬，无论是对生活还是对爱情，就像此刻的我们。

可是最终他们也和我们一样，高估了自己的创造力和运气。

就像我爸我妈曾经那样反叛而浪漫的婚姻——荣辱与共，死于非命。

"不过……"余淮转过头来看我，笑眯眯的，"你这女生真挺好玩儿的，真的，挺有意思。"

他说我好玩儿。有意思。

很多很多年后，我对着各大公司网申系统的 opening questions（开放式问题）发呆，这些变态的国企、外企总是要求我们用一百字左右来形容自己是个什么样的人，我总是语塞。

我有时候开朗，有时候木讷，有时候认真，有时候懒散，有时候热情，有时候冷淡，性格中找不到任何一丝压倒性的鲜明特点。每当那个时候我就会想起，有一天下午，热气腾腾的教室，最后一排的角落，有个第一次见面的大男孩趴在桌子上，用懒洋洋的语调笑眯眯地说，耿耿，你真挺好玩儿的。

No.19

张平敲敲桌子，咳嗽两声，开始讲话。

"欢迎大家来到振华，大家对这所学校有什么问题的话尽……量不要来问我，因为我也是新来的。"

我们笑，他也露出腼腆的笑容，好像成功讲出一个开场笑话，如释重负。

张平的头发是偏分，而且分得很明显，略长的半边刘海儿让他看起来有些像农村版谢霆锋。他的眼睛和余淮一样小，我有时候很难找到他目光的焦点。

在简单介绍了自己的教育背景之后，他开始让大家记录开学时间、第一天上学需要上交的教材费学费班费、新生军训的安排……大家拿出纸笔唰唰地记，我用余光无意中捕捉到余淮写字的样子。

不知道这是不是尖子生的独特魅力。哪怕是一个站在墙角其貌不扬的眼镜男，佝偻背，两眼无神，只要一坐到书桌前开始写字、做算术，那种姿态就散发着一种专注的霸气，何况是余淮这种高高大大的清爽男孩。他略略低头，整个人被阳光和阴影一分为二，眼睛低垂，没有驼背，握笔姿势正确，下笔如飞，字迹清隽，这样的姿态，偏偏不知哪里又有点儿漫不经心的懒散劲儿。

我轻轻把相机打开，将照相声音调为静音，刚鬼鬼祟祟地举到一半，他就皱着眉转头看我："你怎么跟狗仔队似的？"

"能不能别这么自恋？你以为你多好看啊？"我嘴硬。

"我怎么不好看？我不好看，你干吗拍我啊？"

前面的女生诧异地回头看了我们一眼，眼镜片反光，明晃晃的，我俩赶紧闭嘴。

她转回头继续写字，我很小声地学着刚才余淮的语气："我怎么不好看？啊呸，你真好意思。"

他不理我，继续认真记录交费清单，保持着原来的姿势，行云流水。

我被晾在半路，有点儿尴尬。

过了不到半分钟，他突然大吼："你愣着干吗呢？我给你机会了，肩膀都酸了，你到底拍不拍啊?!"

这回，大半个班级都回过头来看我们。

No.20

张平看到了，嘿嘿一笑，

"哟，相机都带来了？也别光拍一个人，给老师也照一张！"

全班开始大笑，起哄。我脸红了，但也大大方方地站起来给张平照了一张。他摆着"V"字手势笑出一口白牙，活脱儿是个欢乐的农村青年。

然后在张平的号召下，全班同学扭过头朝着我的方向微笑（当然也有很多木讷腼腆的同学丝毫没笑，目光苦大仇深），我们有了第一张合影。

班级的气氛瞬间轻松了很多，张平中断了冗长的各项通知，突然倚靠在讲桌上，开始跟我们语重心长地讲自己的高中生活。

我们津津有味地听着，末了，他长叹一口气说："你们长大就知道了，高中时交到的朋友，最贴心，最难得，最真诚，最长久。等到了大学，人都变复杂了，很难再有真心相待的同学，哪像现在，你们是最好的年纪、最好的时光。"

同样的话，初中老师也说过——初中交到的朋友，最贴心，最真诚，因为高中的时候人都变复杂了……

他们虽然各执一词，但共同的观点在于，人越长大、越复杂，交朋友的难度和成本越急速上升。

只是当张平慢慢地说出"最好的时光"这几个字的时候，我心底忽然变得很柔软。

我转头对余淮说："喂，赶紧，把'最好的时光'几个字写下来。"

"为什么？"他又拧上了眉头。

"不为什么，你写字好看，翻到新的一页，空白的纸，写上'最好的时光'，要大字！"

他疑惑不解，但还是照做了，依旧是那么好看的姿势。

在他即将完成"光"字最后一笔那张扬的转折时，我按下了快门。

画面上的男孩，挺拔温和，在光和影的纠缠中认真专注地写字，笔下是白纸黑字，"最好的时光"，每一笔都恣肆舒展，美好得让人不敢直视。

No.21

他凑过来要看效果，不知道为什么，我有点儿心慌，没有给他看。

"没电了，"我苦着脸，"开学的时候我再给你看吧。"

他拉长了脸："喊。"

我安慰他："不过很好看。"

他有点儿得意，但是极力掩饰着。"哪里好看？"

"姿势。"

"姿势？"

"对……"我不知道怎么给他形容，"就是手离笔尖一寸远，胸离桌边一拳远，眼离书本一尺远……"

他扭过头，再也没搭理我。

No.22

张平终于结束了他的忆往昔，话题回到开学注意事项上面去了。

"还有一个大家很关注的，就是排座位……当然，我们还是按照小学生的方法，按大小个儿排序，公平起见嘛。当然，哪位同学如果视力不好，需要坐到前面来，可以单独跟我说，我酌情考虑。"

他顿了顿，突然想起什么似的，说："当然，如果有哪位同学不想坐在前排，就喜欢坐在后面，也可以提出来，我很乐意给你安排……还有，互相熟悉的同学如果想要做同桌，我也没意见，但是个子矮的那一个要跟着个子高的那一个一同坐在后面，也是为了公平。总之大家自己权衡，我向来推崇公平民主！"

余淮刚才不知道在胡思乱想什么，没有听到张平前面说的话，此刻转过头傻呆呆地问我："你听懂了吗？他刚才嘀嘀咕咕在说什么？"

我耸耸肩："就是说……就是说你想坐哪儿就坐哪儿，只要跟他申请，他酌情考虑。如果他不同意，你就还是跟大家一起按照大小个儿排序。"

我觉得，我比张平说得简洁明了多了。

余淮听了，一副若有所思的样子。

我问："对了，有初中同学跟你同一个班吗？"

他摇头。

"这么惨？你哪个初中的啊？"

"师大附中。"

我咂舌："那可是咱们市最好的初中，听说今年有将近一百人考上振华统招，更别提自费和分校了，怎么会没有你们初中同学？按照概率也不应该啊。"

他挑眉："哟，你还懂概率？"

我翻白眼。

他笑了："我初中的同班同学没有跟我一起分在咱们五班的。"

"那其他班级呢？有你其他的附中校友分在五班吗？"

他耸肩："那么多人，哪儿那么大闲心挨个儿认识啊，累不累啊？"

我觉得在这一点上我们完全无法沟通："好不容易有那么多人跟你一起考上同一所高中，这是多少年修来的缘分，你都不珍惜。你又不像我，小地方考进来，连个熟人都罕见。"

"你是哪个学校的？"

"十三中。"

我已经做好准备看他带着疑惑的表情说"没听说过"了，然而他大喜过望地说："哎呀，你和我小姑姑是校友啊！"

我也很诧异，起哄似的叫起来："龙姑娘也是十三中的?!"

他瞥了我一眼，转过脸，又别扭上了。

No.23

这时候张平哈哈一笑，又开始跑题。

"其实我今天也挺高兴。刚才主任说了，咱们班配备的数学老师，叫张峰。"

他激动地将"张峰"两个大字写在了黑板上。

于是全班肃然，反正我是想不明白，这有什么可高兴的。

张平的目光已经飘远了。

"张峰啊，是我的小学同学。我俩是一个大院长大的，小学就是同桌，初中也是同桌，高中我们一起考进我们县一中，还是同桌。上了省师范，我俩不同系，没法儿住一个宿舍，可是我俩的女朋友是同一个宿舍的。后来没想到一起应聘上了振华，一起带高一，还教同一个班……"

余淮栽倒在桌子上。"耿耿，你发现没？还有更巧的。"

"什么？"

"他俩一个叫张平，平原的平；一个叫张峰，山峰的峰。"

我咧咧嘴，靠，这是什么孽缘啊？

"所以说啊，同学们，你身边的人，就是你一生最值得珍惜的财富……"

话音未落，我和余淮就不约而同地看了彼此一眼。

然后一齐丧气地趴在了桌上。

"什么财富啊，是负债吧。"

就在我还装模作样地摆出一副一穷二白的苦相时，余淮突然抬起头来，很认真地说："喂，咱俩做同桌吧！"

我心头一颤，不知道为什么。

也许因为他大大咧咧的笑容就在阳光里，小虎牙白得耀眼。

吃错药了吧你，我们又不熟，为什么？

然而我说："好。"

第五章

最好莫过陌生人

我只是突然想要抓住一个陌生人而已

No.24

回家的时候，我站在家门口打开书包，发现钥匙掉进小口袋的夹缝里，无论如何都够不到。我低声咒骂了一句，突然听见屋子里有人穿着拖鞋软塌塌地朝着门口走过来，脚步声一听就是妈妈。

她打开门，我惊讶地张大了嘴。

"愣着干吗？赶紧进来，外面一股热气。"

我不是在做梦。她说话还是这么快速果断，带着一股天生的冲劲儿。

"你怎么来了？"我很惊喜，可是话一出口就有点儿不对味儿。

我站在自己家门口，问自己亲妈为什么出现在这儿。

幸亏她毫无知觉。她从来不像我这样喜欢东想西想的。

"废话，当然有事儿，"她把拖鞋扔到我脚边，"赶紧进屋擦擦汗！"

我进洗手间洗了把脸，擦干，然后打开冰箱拿出一罐冰镇可乐，刚拉开拉环，就被夺走了。

我爸把它放在茶几上，说："冰凉冰凉的，对脾胃都不好，刚从外面进来，喝点儿温水最好，这个放在这儿晾一晾，暖和了再喝。"

"爸，您是我见过的第一个说可乐应该放暖和了再喝的人。"我从茶几上重新拿起可乐，仰头咕咚咕咚灌了下去。

真他妈舒服。

他没有再唠叨，突然叹口气。

"你啊……要是你妈这么说，借你十个胆儿你也不敢顶嘴！"

"我喝一百罐可乐，她也不见得能碰见一次。"

我说完，三个人都沉默了。我爸低着头，我妈出现在客厅门口，面无表情，我举着可乐，不知道该不该继续喝。客厅里只有可乐罐里面的气泡争先恐后地破裂，制造出窸窸窣窣的声响。

"耿耿，"半晌我爸突然开口，"今天报到……怎么样啊？"

"挺好，"我说，"人挺多的，分班了，抽签选班主任了，班主任说开学那天要收费……各种费。"

我坐到单人沙发上，我爸妈坐在对面的长沙发上，状态很像三堂会审。

"喝点儿解解渴差不多了，你那胃受得了吗？我不吱声你还喝起来没完了！放茶几上，一会儿再喝！"

我妈突然插进来一句话，瞪着眼睛，声音急促尖锐，吓得我小心脏一收缩，可乐差点儿脱手直接朝他们飞过去。

我撇撇嘴，把可乐放回茶几上。我爸在旁边很无奈地叹了口气，不知道是为我还是为他自己。

"班主任是教什么的啊？男的女的？多大岁数？"我爸开始和颜悦色地转移话题。

我顺坡下驴："男的，大学生，刚毕业，教物理，叫张平。"

数学老师叫张峰。我刹住闸，把后半句憋回肚子里面。

"大学生？男的？"我妈不知道又开始想象什么了，"能靠谱吗？自己就是个孩子，怎么当班主任带班啊？"

她突然掏出电话开始翻通信录："前两天吃饭的时候刚好认识你们一个副校长，我问问她，要么换班主任，要么调班。这哪行啊？这抽签肯定有猫腻！"

我爸皱着眉头试着反抗："你别听风就是雨，年轻老师的教学水平未必没有年纪大的老师好。"

我妈突然笑了，慢悠悠地来了一句："年轻，年轻当然好。"

我一开始完全摸不着头脑，就看见我爸脸色有点儿发青，但也没说话。不过，我知道他不是不想讲话，只是碍着我的面子。

然后我就明白了，她在说什么。

齐阿姨也很年轻。

No.25

"当年是你非要离婚的。"我轻声说，自己也不知道为什么。

我终于看到了她对我爸再婚的一点点醋意和不满。原来不是丝毫不在乎的。可是不是这种方式，也不应该是。

不是两个人各自生活，单身到老，互相折磨。

我妈突然站起来，我抬头，她的眼神里有种我从来没有看到过的愤怒和悲哀。

我说不清，总之看得我心里一阵阵难受。

然后她平静下来，说："总之调班或者换班主任的事情，我再跟人家沟通沟通。你也别四处乱跑乱玩了，正式上课前几天好好温书，我看人家很多要升高中的孩子都已经开始上补课班提前学习数理化了，你也上点儿心！"

说完她就走到玄关那里，换上了高跟鞋。"先走了，我下午还有个会。"

直到大门被关上，发出砰的声响，我和我爸都仍然面对面坐在沙发上，像两尊呆滞的石像。

我爸搓着手，许久不知道说什么。

还是我先开口的："爸，如果我妈说想跟你复合，不想让你结婚，你们还会在一起吗？"

他惊讶地看着我，很长时间之后，才笑了："傻孩子，怎么可能？"

这就是大人回答问题的方式。他只说不可能，却不告诉我，是不可能在一起，还是我妈妈不可能妥协回头。

然而，我的勇气已经见底了，我没法儿继续追问。

他站起身，背对着我开始倒水。我瘫在沙发上，好像刚刚生了一场大病。

"耿耿？"

"什么？"

"你……我和你齐阿姨结婚……你真的不介意吗？"

我低头笑了。

这不是我最想看到的。

我不希望他们结婚，因为我有自己所希望的。

"不介意。"我说。

他把玻璃杯放在我们面前的茶几上，说："还是喝点儿温水吧。"

No.26

晚上我躺在床上，满脑子都是小时候我们一家三口在一起的画面。

我悄悄拿起我房间的分机。我爸正在客厅看电视，应该听不到。

我拨过去，拨号音刚结束，就被接了起来。

"您好。"我妈的声音依然很有精神头儿。但是我觉得很奇怪，她的手机没有来电显示吗？打电话的人不是我爸就是我，说什么"您好"啊？

"妈？"

那边停顿了一会儿："哦，是你啊。"

原来她在等客户的电话，手机刚响，就接了起来，根本没看是谁。

"怎么了？什么事儿？"

我踌躇再三，终于把道歉的话说了出来："妈，今天是我不对，我……"

她打断我："行了行了，小孩子懂什么，你要是就为这个，那没必要。大人的事情你不明白，你自己的事情，自己多上点儿心就行了。我先挂了，我这边还有事儿，我怕一会儿客户电话打不进来。"

我长叹一口气，我妈还是我妈。

可能是觉得自己话说得太快，她放慢了语调："今天没时间，我明天给你往家里打电话吧，你开学的事情……我看看能想到什么再嘱咐嘱咐你吧。你上高中了，也不是小孩了，补课班也好，以后的发展和目标也好……"

她停顿了很多次，好像思路也很混乱，反正我是没听懂她到底想要说什么。

"妈。"

"啊？"

"我有件事情想跟你说。"

"说！"又急上了。

"我不想换班，我们班主任也挺好的，你别瞎操心行吗？"

她半天没说话："行，你自己看着办吧，咱俩改天再谈。我挂了。"

我长出一口气。

脑子里出现的竟然是余淮的脸。

他笑嘻嘻的，像是开玩笑，很随意，但又非常真诚。

我们做同桌吧。

我不知道我的父母各自想要些什么，也不知道他们希望我成为什么样的人，或许那都已经不重要了。我以幸运儿的身份进入了一个并不属于我的学校，背后的家庭也很快会重组为我不熟悉的家庭，而我自己，好像一下子就从扩大的缝隙中掉了下去，谁也没发现我不见了。

　　最容易令人感到温暖和惊喜的是陌生人，因为你对他没有期望。

　　最容易令人感到心寒和悲哀的是亲人，因为你爱他们。

　　我只是突然想要抓住一个陌生人而已。

No.27

饶有兴致地朝我们这群新生张望，三三两两聚在一起品评的，是高二的学生，纯白色校服。

饶有兴致地朝自己班级和隔壁班级同学张望，互相之间拍拍打打的，是高三的学生，浅蓝色校服。

相处的时间越长，对自己人的兴趣越大。

我们这群杂牌军在主任的指挥下混入纯白浅蓝的人海，仿佛一头扎进了广袤的天空中。书包里空空的，因为教材还没有发下来，里面只有几张演算纸、一个笔记本、一个铅笔盒，还有一台相机。然而当我远远地瞟到余淮并朝他打招呼的时候，第一眼注意到的，是他的书包。

很充实的样子。

"你背什么来了？炸药包？"

对我这个不好笑的玩笑，他很配合地弯腰低头，摆出一副"不可说不可说"的神秘表情，竖起食指在嘴边发出"嘘"的声音。

他一口气吹在我脸上，然后嘿嘿一笑转身排队去了。

留下我一个人站在原地动弹不得。

我也不知道我怎么了，耳朵有点儿发烧。

No.28

不远处有一个穿着纯白色校服外套的高二学姐靠在灯柱上看我，清秀白净，嘴角带笑。我不清楚她刚刚是不是看到了我的反常，所以心虚地从她的笑容里看出点儿意味深长。

我尴尬地朝她咧咧嘴，权当跟前辈打个招呼。

"新生吧？"她声音不大，但是很有辨识度，蛮好听的。

"学姐好。"我点头哈腰。

"喂，洛枳！"一个肩上披着细碎中短发的女生跑过来，校服外套搭在肩膀上一跳一跳的，"你看见没，那边，有个高一新生染了一脑袋红毛，莫西干头，棕红色，特正，左耳朵上还戴着耳钉，倍儿帅！"

那个叫什么纸的学姐把目光从我身上收回去，很认真地说："真是长江后浪推前浪，一代更比一代浪啊。"

"你干吗呢你？"我还在原地傻笑，抬头就看到余淮兴冲冲地跑过来找我了，"队伍都快排好了，你还在这儿瞟谁呢？"

"喂喂！"我激动地拽着他的袖子比比画画地想要跟他讲刚才听到的那句话，下意识地回头一看，发现那个学姐又在远远地看着我们，笑而不语，仿佛教导主任蹑手蹑脚地在捉奸。

然而定睛一看，那笑容里满满的都是羡慕。

我被自己诡异的念头吓到了，光低头琢磨，忘记了手正狠狠地掐在余淮的胳膊上。

过了一会儿我才意识到这一点，赶紧撒手道歉，他却摆出一副娇羞的表情，细声细气地呵斥道："色狼！"

我摊手："我真冤，没占到什么便宜，就被诬陷。"

他大叫："你摸都摸了！"

我也冤屈地大叫："可是手感不好啊！"

No.29

开学第一天就互相调戏的男女同学实在有伤风化。

余淮满脸通红地说："排队！"

然后，我就跟在他屁股后面朝着五班的队伍走过去。抬起头，黑色 T恤挡住了我大半的视野，前面男生的背影晃晃悠悠的，不过晃得很有节奏感。

我并不是一个很活泼的人，就像此刻，站在队伍里面，我也没什么兴趣主动跟前后左右的新同学打招呼做自我介绍，当然如果有人愿意起这个头儿，我一定是那种乐于捧场、不吝微笑的群众角色。

不知道为什么，一看到余淮，我就觉得特别亲切，虽然一点儿都不了解他，却有种上辈子我们就认识的熟悉感。

我从书包侧面掏出相机，举得高高的，角度微微向下，朝各个方向狠狠地乱拍了七八张。

就在扬声器里响起主持人银铃般腻人的嗓音时，我低下头认真审视刚刚拍到的几张照片。

有的恰巧拍到人物特写，有的只是茫茫人海。

在一群面无表情的同学中间，有个极漂亮的女孩子歪着头，带着微微好奇又极力掩饰的表情，注视着她斜前方不远处一个极漂亮的男孩子。

还有一个高二的男生，身上搭着校服，长着一脸青春痘，抬起一只脚试着去踢前面那个男生的屁股。

竟然还有余周周，低垂着头，面无表情，只能看到小半张侧脸。就在她没注意到的斜前方，有个好看的男孩转过头偷看她，我看不清他的表情，但似乎不是笑容。

最神奇的是，我竟然拍到了那个学姐。一群嘻嘻哈哈面目模糊的同学中，只有她沉默而严肃，一双眼睛格外明亮，专注地看着什么人——可是她注视的那个人并不在我的镜头里。

突然听到鸽哨的声音，附近居民区的鸽子呼啦啦成群结队飞过头顶。我仰头，看到一方湛蓝如洗的天空，没有建筑物的遮蔽，纯粹的蓝，令人窒息。

我轻轻地把相机揽进怀里，不知怎么开始有点儿感伤。

我的相机好像是上帝的眼睛。我们在人间庸庸碌碌，只看得到自己周围的一亩三分地，它却能在高处捕捉到所有人转瞬即逝的微妙瞬间，然后让那些背后的故事露出一条细细的尾巴。

可是我抓不住。

No.30

"叹什么气啊？开学第一天，忒没朝气了吧？"余淮在我身边，不敢大声讲话，听起来口气贼溜溜的。

我把相机递给他，他开始一张张地翻。

"这就是你刚才照的？"

"对啊，看出点儿什么没有？"

他把脸贴近了相机。

"你那张油汪汪的脸，离我屏幕远点儿！"

余淮闻声，一不做二不休，直接把脸蛋紧紧贴在了屏幕上，贴完左脸贴右脸，看我气得直翻白眼，才高兴地笑了。

"你拍得乱七八糟的，能看出什么来呀？"

我摇头："单纯真是好啊。"

"那你倒是说，这里面有什么？"

"故事。"

"什么玩意儿？"

我一把抢过相机翻到那几个人的照片，把角落里面的细枝末节和眼角眉梢都描绘给他看。

"你不觉得这几个人背后都有故事吗？"

他也很认真地揣摩了一番，用轻蔑的口吻说："也许只是你想象力过于丰富。"

我正要抓狂，他又深沉地来了一句："也许真的有。"

余淮的眼睛看着地面，不知道在想什么。

过了一会儿他才抬起头，又恢复了大大咧咧的笑容。

"你说，大家来参加升旗仪式，是不是都为了能光明正大地偷看一眼平时不容易见到或者能见到却不敢明目张胆注视的某个人哪？"

我被这句一口气通到底的话镇住了，然后弱弱地接一句："放屁，升旗仪式是青少年爱国主义教育，我来参加的目的很纯粹，你少代表我。"

他大笑，这个话题也就不了了之了。

之后的几分钟里面，我一直陷在他的话里出不来。

我虽然从来不曾亲身体会过，但是也知道，有时候课间操和升旗仪式是很多人最为期待的。茫茫人海，他们总是能寻寻觅觅地将目光定位到某个人身上，将冗长无趣的仪式变成一场"不足为外人道也"的独家记忆。

No.31

"所以最幸福的，还是在身边啊。"

我前言不搭后语地感慨了一句。

我想起我爸，他的爱情究竟是生是死我已经不能推测，可是我知道，他后半辈子的幸福不在我身上，也不在我妈身上。他要与之牵手共度余生的，是齐阿姨。

她温柔，她在身边。

然而余淮嘿嘿一笑，接过话茬儿："小爷我一直都在啊。"

我没有驳他面子，转头微笑。

"振华中学新学期，新生活，暨二○○三级新生入学欢迎仪式，现——在——开——始——"

我突然发现，就这样，我们一家三口人，朝着三个不同的方向，开始了各自的新生活。

No.32

我们军训了一周。每天从早上八点到下午三点，然后回教室，老师训训话，大家自习，四点放学。

第一天下午军训结束后，张平领着我们绕着偌大的新校舍转了几圈，说要领着大家认认路。

他所谓的认路方法就是，漫无目的地走，走到建筑 A 附近，跑过去看看门牌，然后很开心地笑出一口小白牙说："同学们啊，这是艺体中心，就是上体育课的地方。当然也可以上美术课、音乐课，里面有钢琴，有电脑，上课的时候可以看片儿……"

"看片儿"的尾音未落，就有几个男同学咳嗽了两声，鬼鬼地笑起来。这时候张平的脸色明显不大对劲儿，他"嘿嘿"干笑了两声，底气不足地大声说："多媒体教学，我的意思是，可以看 VCD、DVD，听 CD，多媒体教学，多媒体……"

大部分同学不明就里，只有那几个男生笑得更诡异了，有一个戴眼镜的男生还大着胆子笑出了声。

我回头问走在后面的余淮："怎么了？"

余淮脸上的表情很复杂，明显是想笑却又不敢笑，既正经又无赖的样子，我都替他难受。

"什么怎么了？你怎么管得那么多啊？"他撑了我一句。

这个精神病。

我转回来，随着大队伍继续跟着"心怀鬼胎"的张平往前走。

"啊啊同学们，这是体育场啊！"

终于，这个区域是张平一眼就能认出来的公共设施——体育场。看台棚顶仿照悉尼歌剧院，像是几片白色的大贝壳——然而比人家丑得多。

"咱们学校啊，是唯一开运动会的时候不需要租用区运动场或者市运动场的学校——还有很多学校每年春秋季来租咱们的场地呢！跑道是胶泥的！中间是……是草坪！"

余淮终于忍不住了。

"老师，能用来踢球的，一般叫草皮。"

张平一瞪眼睛："我乐意叫什么就叫什么！你管那么多?!"

我大笑，回头很得意地朝余淮晃晃脑袋。

怎么样？现世报。

我喜欢张平，真的。

No.33

军训的教官是个山东人，大眼睛，肤色黝黑，嗓门大，热情而腼腆。

别的教官自我介绍的时候大都会说："大家好，我姓张，以后大家可以叫我张教官。"

然后同学们齐声说："张教官好！"

我们教官站在前面吭哧吭哧了半天，说："我……叫张来顺。"

然后，我们静等他继续。

大约五秒钟后，发现，没了。

这时候因为个子高而站在第一排排头的余淮突然笑起来，大喊一句："来顺好！"

全班非常默契地跟着狂吼："来顺好！"

然后，刚排好的队伍就像多米诺骨牌一样倒得稀里哗啦。

No.34

站了一天军姿，即将结束的时候，来顺打算教我们唱歌。

也许只是因为他这个新兵蛋子看到远处的老兵开始带着自己班级的同学吼《团结就是力量》《当兵的人》，于是他很激昂地起了头："团——结就是力——量，唱！"

军心涣散，大家都急着回班坐一会儿，于是声音有气无力。

来顺很生气，他打断了我们，瞪大了眼睛："怎么这么没气势?!"

人一着急，就容易迸出家乡话。我们被他的口音逗得笑倒一片，他就更生气了，打算身体力行，告诉我们，军人是怎么唱歌的。

"团——结就是力——量，团——结就是力——量，这力量是铁，这力量是钢，比铁——还硬，比钢——还强！！！"

来顺的歌犹如魔音贯耳，声音非常大，震得我鼓膜嗡嗡响，然而神奇的是：他的歌，根本没有调调，只是在喊，完全都在一个音高上。

完全没有高低起伏。

他唱完，一脸得意。余淮带头哗哗鼓掌，然后很无辜地问："来顺，你这是诗朗诵吗?"

No.35

我在班里认识了一个女生，叫简单。过程极为简单。

她迷迷糊糊好像要晕倒，我非常迅速地扶住了她，然后自告奋勇拿出水、扇子和清凉油（这都是我那亲妈老爸非要塞进我书包里的，结果还真的用到了），给人家一通急救。

她很尴尬地表示痊愈了："很好很好，真的痊愈了。"

我觉得她好像不是很感激我。

很快我就知道了真相。

中午吃饭的时候，仍然是 people mountain people sea。高一新生一股脑儿地拥进食堂，把高二、高三的人吓得饭盆都拿不住了。我心想，他们当年不也吓唬过前辈嘛。

在排队买面条的时候，我听见后面的两个女生在聊天。

"我站得腿都麻了，今天热死了，现在身上都是汗，这个破食堂也跟蒸笼一样，好烦好烦好烦！不过没有你娇弱啊，我刚才看见旁边那个女孩把你扶到场边去了，怎么了？"

"别提了，我刚才想到一招，装晕菜。正打算实施一下，如果成功的话就推荐给你，结果被我旁边那姐们儿手疾眼快地扶住了。她手里那十八般武器搞得我都不好意思继续晕下去了，我甚至都害怕她会把脉，拆穿我那点儿演技，我以后还混不混了？！"

"谁啊？这么神勇？"

"好像叫耿耿，倍儿有精力的一女生，很热情，吓得我赶紧痊愈，回去接着站军姿了……"

我默默地排到窗口，端起一碗牛肉面，刷饭卡，然后转过身，在简单同学傻呆呆的目送下，迈着沉重的脚步没入找座位的海洋。

No.36

倒是独自一人坐在桌边吸溜吸溜吃面条的时候，我不知道怎么就突然抬起头来，环顾四周熙熙攘攘的新同学。

那一刻我突然又开始胡思乱想。如果我是沈屾，看到这一刻的景象，心里会是什么感觉？

世界上的对手竟然这么多，漫无尽头，好疲惫？

还是，跃跃欲试，新的战役要打响？

我不知道。尽管我很一厢情愿地记得她的存在，为她惋惜难过，可我终究不是她。

我只是觉得我要淹没在这里了，以一个无名氏的身份。

No.37

三点多我们军训结束，张平领着我们绕了学校一圈，回到班级，开始轰轰烈烈的排座位行动。我站在走廊里用脚后跟轻轻地磕着墙根，不知道怎么办才好。

我远远地看着余淮。他已经有了不少新朋友，虽然是第一天军训，可是班里的很多人都首先认识了两个人，一个叫韩叙，一个就是余淮。认识韩叙的多是女生，那张俊秀的小白脸和冷冰冰的气质摆明了就是吸引思春少女的。而余淮，则因为那张傻兮兮的笑脸和调戏张来顺的勇气得到了男同学们的青睐，一群人勾肩搭背的，好不热闹。

不知道为什么，我更欣赏余淮这样的男生。我总觉得，能被同性欣赏喜欢的，才是真正的好男孩。

有趣的是，简单和那个皮肤有点儿黑的女生竟然又在我背后咬耳朵。

"去啦，班头说可以自由组合的时候，你不是还特兴奋吗？去跟班头申请呗，你们不就能一桌了吗？"

简单并没有搭腔，可是我能想象得到她面红耳赤的样子，就像今天我给她涂清凉油的时候，她那副羞愧万分的样子。

黑皮肤女孩又劝了她什么，我没有听清。因为我在想自己的事情。

余淮是否记得，那天他开玩笑一般地对我说，我们做同桌吧。

难道我应该走到张平面前去说，老师，我想和余淮一桌——我没那个勇气。何况，会被人误会的吧？会吧……会吧……

但是说了也没什么嘛，心中坦荡荡，因为本来就没什么嘛……

但是还是会被误会吧，这可是刚开学……

但是……

就在我心里一只白天使、一只黑恶魔明目张胆地互殴，拳打脚踢中，我看到简单从我身边冲了过去，怒气冲冲的样子，好像刚刚蓄满的电池。

背后黑丫头在低声叫好："简单，冲啊！"

我看到她走到韩叙面前，站定，周围很多人都像我一样假装没看到，其实八卦的余光盯得紧紧的。

她笑得很紧张，有点儿假，急急地说了一句什么，然后就开始傻笑，万分尴尬地。

韩叙抬起头，愣愣地看了看她，那副样子让我觉得这个冰冷的美少年变得有点儿活人的热乎气儿了。

然后他点头。

简单失魂落魄地朝我后面望过来，我听见黑丫头憋足了一口气儿，大叫："Yes！"

然后简单就乐得屁颠屁颠地跑到张平面前去申请了。张平挑着眉毛远远地望了一眼韩叙，意味深长地一笑，也点了点头。

简单回来的时候，颇有些英雄凯旋的意味。

No.38

然后失魂落魄的就是我了。

然而就在这个时候，简单开头，后面去找张平的人就络绎不绝了：近视的、远视的、弱视的、熟人想坐一桌的……我突然失去了余淮的踪迹。

看缘分吧。我在心里干笑了一声，按大小个儿排，能排到一起去，就坐一桌，没什么。没什么。就是有点儿失落而已。

可是我中等个子，要怎样才能和那个傻高个儿坐在同一桌呢？

这时候，张平扯着嗓子喊了一句："有特殊申请的同学都说完了吧？还有吗？那咱们就按照大小个儿排了啊……"

突然，我听见了余淮的大叫："等一下等一下，我都忘了，我还没说呢！"

"你又怎么了啊？"张平飞了一个白眼过去。自从草皮事件之后，张平就一直对余淮咬牙切齿。

"我要同桌啊，那个谁，耿耿！"

所有人都在嘈杂的背景音掩护下小声地对张平提出"非分之想"，只有他大着嗓门当着安静的人群喊出要和我一桌。

那一刻，我恨不得钻进地缝里面去。

然而真的真的很开心。

张平目瞪口呆，有点儿结巴地问："人……人家乐意吗？人家认识你是谁啊？而且你们可得坐最后一排……"

"怎么不乐意啊？我昨天问过她，那个谁，人呢？"他四处望，终于看到我："不是说好了吗？你乐意吗？"

我看着他那张小麦色的傻脸，突然笑了起来。

"我愿意。"

很长时间后，简单突然跟我提起这件事。她说，那一刻，她突然荒谬地觉得见证了一场求婚。

因为我说得格外庄重，好像等了很久，含笑点头，说："我愿意。"

No.39

晚饭的时候，齐阿姨和她儿子林帆一起来我们家吃饭。齐阿姨做饭很不错。

"耿耿啊，饭菜合口味吗？"齐阿姨有点儿忐忑地看我。

"好吃，特好吃。"我肯定地说。

我爸笑了。

"那第一天开学感觉怎么样啊？"

"好，"我停顿了一下，笑，"特别好。"

真的特别好。

第八章

形式主义大泛滥

"一年五班"。
"余滩"。

No.40 — No.46

No.40

来顺走的那天，我们一群人都哭了。我当时特别为来顺伤感，听说他家挺穷的，其实年纪不比我们大几岁就出来当兵了。记得以前听我爸说过，有些时候部队里面的新兵蛋子常常被欺负得特别惨。我不知道来顺那张傻乎乎、不会拍马屁的薄脸皮究竟能否在部队吃得开——甚至想得更远一些，他指挥教训的这一群人，在两三年后将会迈入高等学府，继而深造，好工作，好收入，好房子，好生活——而那时候，他在哪里？

这种想法被我妈听见又会被斥责为幼稚，我爸则会呵呵一笑来原谅我的愚蠢。

我妈看问题永远从"我命由我不由天"这个角度出发。她的世界容不下弱者，也不存在什么"起跑线不一致"的不公平。你过得不好，票子少，房子小，那就怪你自己没能努力爬到高人一等的高度去过好日子，是你活该……

而我爸，会从他那用《参考消息》和政府内参培养出来的宏观角度去宽容我这个小屁孩微观的偏激。教育资源分配的不平均是暂时现象，而一个社会对于竞争和效率的追求大于公平，是发展阶段的需要，所以，不是所有人都有机会过好日子，现阶段从宏观角度来说……

全是废话。

我讨厌他们的冷酷。成人的冷酷。

我只记得来顺对我们说，他羡慕我们能读书。

然后挥挥手，说："好好学习。"

我哭得一塌糊涂。余淮低着头，抿着嘴，不说话。

No.41

于是，我们正式开始了新学期。

一大早上，张平就把余淮他们这些坐在后排的高个子男生都叫出去搬书。一摞一摞用塑料绳捆扎的新教材被他们运进教室，我很兴奋。

每个新学期发教材，我都兴奋。从小学一年级开始我就这德行，教材是从第一排往后面传的，我那时候很羡慕前排的同学可以有更多的选择权——剔除所有页边折损或者有污点的，挑出一本最新的留给自己，剩下的传给后桌。然而后来我的一个小伙伴万分苦恼地说，她当时被分到一本破了的书，于是重新挑了一本，把破的塞回去继续往后面传，被老师批评了。

当众批评。然后班里面一个很受老师喜爱的男孩子站起来，主动领取了那本破书，得到了全班同学的热烈鼓掌和老师的表扬，哦，还有一朵小红花。

我那个小伙伴非常非常痛苦，她盯着我，很认真地说："我知道我错了，可是我朝那个男生要那本破书，他不给！这样下去，老师一辈子都不会原谅我了。"

我拍拍她的肩，真心地为她难过。

被老师记仇，还是一辈子，多可怕啊。

No.42

后来我也不知道那本破书的归宿，是不是被他们两个中的某一个带回家用相框装饰起来了。

教材不便宜。作为消费者，怎么会抢着要一本破书？维权意识真他妈差。

我正在胡思乱想时，书已经发到了手里，我爱不释手地翻看，感觉到余淮很诧异的目光。

"怎么了？"

"你……第一次看见高一的教材啊？"

"对啊，不是刚发下来吗？"

他耸耸肩："对，对，没事了。"

No.43

然后，我就拿出了早就准备好的"武器"——卷成筒后包裹上废报纸的旧挂历。

我不喜欢文教店贩卖的那种花花绿绿的书皮纸。书皮只能有三种——棕色牛皮纸、白色挂历纸、蓝灰色绘图纸。

除了挂历纸，另外两种严重仰赖你父母的职业属性，而以我爸妈的工作性质，估计能拿到的只有发票账本和政府工作报告，而这两种是断然不能拿来包书皮的。

当我喜滋滋地打算开工的时候，我看到了余淮那副眼珠子几乎要掉在桌面上的惊讶表情。

"没见过包书皮啊？"

"你从哪个年代过来的？现在你还包书皮？"

"我不喜欢书磨损得脏兮兮的。"

"花拳绣腿。"

"你管我?!"

我慢慢从书包里掏出剪刀和透明胶，余淮的叹息也越来越沉重。

包好了之后，拿出钢笔慎重地准备在封面上写标题和班级姓名，我虔诚得就差净手焚香了，突然想起来我的字写得很丑。

以前包书皮都是我爸给我写名字的，我爸的字特别好看。我说了，他放假在家的时候就喜欢养花养鸟写毛笔字，跟离退休老干部似的。

我的笔尖悬空很久，终于被我放下来。

"怎么不写了？"

"我的字不好看。"

"形式主义。写上书名和你的名字，你自己知道哪本是哪本，别人知道是你的就行了，你还想拿相框装起来啊？"

和我当年对那本破书的恶意揣测如出一辙，我笑了，把余淮吓愣了。

"对了，"我突然想起"最好的时光"，所以很激动地揪住他的袖子，"余淮，你帮我写吧，你好像写字很好看啊。"

余淮被恭维了后就不好意思继续谴责我的形式主义，别别扭扭地拿起钢笔。

"写得不好看不许怪我哟。"

不照镜子我都知道我笑得很像狗腿子："不怪不怪，写吧写吧。"

于是，他大笔一挥。

"英语"。

空两行。

"振华中学"。

"一年五班"。

"余淮"。

No.44

然后，我们俩面面相觑了很久，他脸红了，挠挠后脑勺。

"那个……一不小心写成自己的了，我就是顺手……要不你重包一遍？哦，我还有涂改液！"

我看了看，不知道怎么，反而有点儿高兴。

自己也说不清的感觉，心里轻飘飘的。

"就这样吧，"我把书收进桌洞，递给他下一本，"接着写，写谁的名都行。"

No.45

张平指定了临时班委——就是让大家举手自荐。余淮毛遂自荐当了体育委员，韩叙则被张平指定为学习委员——我不知道小白脸原来入学成绩那么好。

班长憨憨厚厚的，脸很黑，也是男孩，叫徐延亮。

余淮坚持认为这是张平的阴谋，因为全班只有徐延亮比他还黑，这样张平以后和班长一起站在讲台上，就能衬出嫩白的肤色。

韩叙依旧面色沉静如水。他就坐在我和余淮这一桌的右前方，隔壁一组的倒数第二排。简单犹如小媳妇一般坐在他身边，简单的那个朋友，我至今不知道她名字的泼辣女孩，坐在简单的前面。

我想起排座位时的一幕幕，傻笑起来。

第一堂课就是张峰的数学课。他长得又瘦又高，鼻梁上架着一副眼镜，肤色很白，眼睛细长，颧骨有点儿高，看起来……有点儿刻薄。

而且很冷，和张平完全相反，根本不笑。我抱着看热血友情大团圆的心态等来张峰的开场白，竟然只有一句：

"大家好，我叫张峰，从今天开始由我来教大家高中数学。"然后翻开书，"今天我们来学习第一章的第一节，给大家介绍一下元素和集合的概念。"

"他真没意思。"我趴到桌子上。

"人家是来上课的，你以为演电视连续剧啊？"余淮瞟了我一眼，从书包里掏出数学书。

同一版本，却是用过的旧书，当然，没有包书皮。

于是，我终于知道了他的大书包里装的都是些什么——用过的教科书、练习册、演算本。

"为什么是旧的？"

"假期的时候提前学了高一的课程，所以先买了，"他随意地翻了翻，补充道，"大部分人都提前补课了，或者自学。听说，像林杨他们几个搞竞赛的，好像还要提前学一点儿大学的基础物理和数学分析呢。"

我不知道林杨是谁，也没有问。只是当余淮也不听张峰讲课就开始自顾自地翻起《王后雄》[①]高二化学练习册的时候，我悲哀地发现，我无意中闯入了那美克星的超级赛亚人国度。

大部分人都提前学过。

于是，我无意中就成了那一小撮别有用心的极端分子。

翻开新买的漂亮笔记本，心情稍微好了一点儿，我开始认真地抄黑板上

---

①《王后雄》：指教育专家王后雄编著的教辅书。——编者注

张峰给出的集合定义。

"那东西没用，书上全都有，抄它做甚？浪费时间。"余淮头也不抬，就甩给我这么一句评价。

"我乐意。"脸上有点儿挂不住。虽然我知道他说得对。

"好心提醒你，无用功。"他耸耸肩，继续做他的题。

我知道余淮这种提醒是为我好，可是我那点儿差生的自卑心理让我不想承认。有时候宁肯别人在心里笑话我不懂高效的学习方法，但是面子上一定要笑嘻嘻地对我说："哎呀，你的本子真好看。"

No.46

新学期一开始，我就知道，余淮是个尖子生。

也许因为他破破烂烂的书都被吸走了精华。

也许因为他做高二的《教材完全解读》。

也许因为他在报到那天听到别人评论一班、二班时不屑又向往的表情——你知道，差一点儿得到，会令人不忿，而差得很远，就会令人平静。所以，我平静，他激动。

而后来的后来，余淮终于不害怕会伤到我的薄面子，承认，他也是从一开始就判断出我不会是个尖子生。

我问为什么。

他不正经地哼了一声，说："因为你包书皮。"

第九章

摸底

我同桌是全班第一

No.47 — No.53

No.47

第二天就是摸底考试。

我前一天晚上还煞有介事地复习了一下，我爸特意给我端了杯牛奶，放到桌边，说："轻松应战。"

都应战了，还轻松个屁，被谁一炮轰了都不知道。

可实力的差距不是临时抱佛脚能够弥补的。振华似乎特意要给我们这些因为"非典"导致中考题目难度降低而占了便宜的学生一个下马威。这套摸底卷子，我完全找不到北，彻底考崩了，从头发丝烟到脚指甲。

并没有分考场，也没有隔位就座，考试的时候余淮就坐在我旁边，答题飞快。也许是学校料到这群尖子生会赌上自己的荣誉来应对这次考试，不会跟陌生人联手作弊。

所以，当我还在对着选择题冥思苦想不知道蒙哪个答案比较好时，余淮早就已经翻页去做计算题了。

他翻页的声音，让我心碎。

交上最后一科化学的卷子，我伏在桌面上。余淮喝了口水，问："怎么样？"

屁，我卷子上的空白你又不是没看见。

我不理他。

他也没说话。过了一会儿我抬起头，发现他已经开始做题了，在演算纸上勾勾画画。

刚开学你他妈哪儿那么多练习册啊？何况，这可是刚刚考完试啊！

我终于彻底被打败了，站起身："让一下，我去厕所。"

他站起身，眼睛都没离开演算纸。我心烦，一路小跑去厕所排队，回来的时候，拍他肩膀："起来，我进去。"

他突然大叫一声："我靠，我就说算得不对嘛，果然还是错了。"

"什么？"

"物理最后一道大题，就是让设计实验测不规则啤酒瓶容积的那个，我的答案有漏洞，但……"

我戴上了耳机，伏在桌面上睡觉，把他的科学狂想关在另一个世界。

你，你们，都去死吧，牛顿、莱布尼茨与爱因斯坦都在另一个世界等着你们，把地球还给我们这些弱小的生物，谢谢。

No.48

成绩出来得太快了。用张平的话说，初中物理那点儿知识，他基本上扫一眼卷子就能判出我们的总分。

每发下来一科判完的卷子，我连看都不看就对内折叠塞进书包。我从来没有那样深切地理解过大雄同学——他当年费劲巴拉地要求机器猫帮忙处理零分考卷，看起来很傻很天真，其实心里是多么痛啊。

余淮下课出去打球了，和他那帮刚刚认识的哥们儿，所以发下来的卷子都明晃晃地摊在桌面上没有人收，一科又一科，看得我青筋一跳一跳的。

简单则很谄媚地跑到我旁边跟我没话找话地攀谈，话题围绕着我们两个究竟谁考得比较惨——然而，她的眼睛始终寻找着机会往余淮桌面上的卷子那里瞟。

"想看他考了多少分啊？"

简单脸红了，连连摆手："不是不是不是不是……"然后迅速地瞟了一眼分数，好像在默背一样，之后立刻抬起头，"其实不是为我自己，我想帮韩叙比较一下到底他们俩谁的分数比较高，咱班头说好像就他们俩成绩格外突出……你别误会，韩叙才没有介意呢，是我自己要过来看看的……"

我都快笑岔气了，简单终于停下前言不搭后语的解释，也不好意思地笑了。

No.49

其实简单完全没必要瞎忙乎。排榜的速度比出成绩还要快，放学前，我们就人手两张打印版的成绩排行。一张是入学成绩，另一张是摸底考试成绩。

于是现在我连大雄都不如，他尚且能把零分考卷藏起来，而我的那几科成绩就明晃晃地挂在全班五十六个人眼前，还好现在大家还不熟，谁也不认识谁。

我，耿耿，入学成绩第三十七名，摸底考试成绩第四十六名。

韩叙，入学成绩第一名，距尖子班分数线只低了零点七分，这次摸底考试是我们班的第二名。

余淮，入学成绩第二名，距尖子班分数线只低了零点九分，这次摸底考试是我们班的第一名。

是全班第一。

我同桌是全班第一。

我侧过脸，很真诚地说恭喜。

他笑笑，说："这算什么？人外有人，天外有天，一次摸底考试而已。"语气中有种低调的骄傲。

然后，他的眼睛扫过我的成绩，没有说什么。

．　我很高兴，他没有安慰我。

No.50

我始终记得余淮对我说"人外有人，天外有天"时的表情。所以我在笑话了简单替韩叙瞎操心的行为之后，自己也咕嘟咕嘟冒着傻气跑到张平面前，朝他要年级大榜。

"什么年级大榜？"张平有点儿诧异，声音很大，周围的值日生都朝这边看。我非常不好意思，慌不择言，急声说："你小点儿声！"

我估计我是古往今来第一个对老师喊"你小点儿声"的学生，而张平是古往今来第一个被学生训斥后竟然听话地点点头放低音量的老师。

"你要年级大榜？"

"对，"我点头，"就是包括了尖子班一班、二班，大家在一起排榜的年级大榜。"

"好像是有……不过你要那玩意儿干吗？开学大会上不是说了吗？每个班级在分班的时候都考虑了公平因素，所有班级学生的入学成绩平均分差距不超过一分，你不会是想要验证一下吧？"

那我可真有闲心。我翻了个白眼："不是，老师，我就是想看看我们跟一班、二班的差距在哪里。"

张平像看智障儿一样盯着我，拽过我们班级的排名扫了一眼，估计是为了看看我的水平，然而结果让他更加迷惑了。

"你还挺有国际眼光的……不过，我建议你攘外必先安内，你还是先在咱们班把成绩提升到……"

"老师，"我忍无可忍地打断他，"不是我要看，行了吧？"

他想了想，突然一下明白了，笑起来。

"啊啊啊，我懂了。行，我去办公室要一份，你等着。"

No.51

于是，我顺利得到了这份长达六页的全年级前三百名的成绩排行榜。

前三十名的成绩，咬得那叫一个紧。

第一名叫楚天阔，这个名字我喜欢。第二名就是余淮提到过的超级赛亚人一号林杨，比第一名低了一分。余周周的名字排在第十三位，紧随其后的就是余淮，位居第十四，分数比余周周低了一点五分。他后面就是韩叙，比他低两分。再往后面是两个女生并列第十六名，和第十五名的韩叙分差比较大，一个叫凌翔茜，另一个叫陈见夏。不过所谓分差大，也只是六分而已。

一班、二班果然很厉害。全年级一共十二个班，而前五十名，被一、二班占去了二十九名。

我不禁对余淮、韩叙他们这些以普通班学生身份闯入前五十名的家伙肃然起敬。

当然，这份前三百名的大名单里，没有我。

第二天一早，我就把名单像献宝一样地递到了余淮手上。

"这是什么啊？"

"年级大榜啊。"

他貌似不在意地扫了一眼："哪儿弄的？给我干吗？"

我气结，懒得理他，往自己桌上一摔，拎起抹布去擦黑板。擦到一半，回头看，闹哄哄的班级里面，有个角落，一个男孩正偷偷摸摸地瞟着我桌子上的名单。

这个别扭的家伙。

No.52

要说我自己一点儿都没难过，那是假的。考上振华的那点儿廉价的小兴奋都随风飘散了，就剩下我自己一个在风中凌乱。

晚上我爸问了我成绩，我很不好意思地交上成绩单。当然是两份一起，我想要向他表明：第一，我入学成绩就差，第三十七名，中下游；第二，连他自己都承认我的入学成绩存在相当一部分撞大运的成分，现在我们将这些虚假繁荣剔除，我就顺理成章地变成了摸底考试中的第四十六名。

一切都太正常了，我希望他在看到成绩单的时候能理解我的苦心和所有说不出口的话。

然而，实际情况比我想象的还好。

我爸把两张成绩单看反了，还很激动地说："你看看，你进步了九名呢！"

就冲这眼神儿，我觉得我也应该对我爸更好点儿。

No.53

不过，唯一知晓真相的我自己还是在看到我爸书桌上面的《唐诗宋词全集》的时候伤感了。清风不识字，何必乱翻书——还正好翻到最喜欢写无题诗的李商隐同学的那一页。

"嫦娥应悔偷灵药，碧海青天夜夜心。"

其实，我不知道这两句诗到底是什么意思，但就是一下子被击中了。古人真厉害，不管他们实际想说的是什么，限制在一行最多七个字里面，读者爱怎么理解就怎么理解。

我觉得，我的确是偷了别人的振华。高处不胜寒，我已经预感到自己冰冻的未来了。

我唯一不该做的就是在电话里跟我妈提到这件事。她完全无法理解我婉转的小心思，对着电话大吼："是个人就应该因此想到要发奋读书提高成绩，就你能联想到自己去错地方了，你说你有没有点儿出息？我问你，那你应该去哪儿?!"

第十章

对不起，我没有听懂

我不是一个人在战斗

No.54 — No.60

No.54

摸底考试的风潮过去，九月正式开始。

九月是多么美好的月份，天气凉爽，空气清新，周杰伦发新专辑。

如果不是所有的升旗仪式上，主持人总要提到这句欠揍的"秋高九月，金风送爽"的屁话。

但是的确，秋高九月，金风送爽。一切都金灿灿的，我的呼吸也格外畅快，趴在桌子上呆望窗外阳光灿烂，天下太平。

不过我必须承认，九月最令人不爽的，就是新学期。课程对我来说，有那么一点点难。

所谓"一点点"的意思就是：上课的时候，听听全懂；做卷子的时候，做做全错。

我觉得我都听懂了啊，那些定义，那些定理的推导，都清楚得很嘛，为什么一做题就犯傻呢？

振华没有给学生统一征订练习册，关于这一点我曾经问过余淮，如我所料地受到鄙视。

"学校没有义务给我们指定练习册啊，市场上那么多，你自己根据水平去挑就好了，根据能力，爱做几本就做几本。话说回来，如果学校订了统一的练习册，但是是我不喜欢的类型，那我也不会做，白白花钱。"

我只好沉默。

不过，每科老师都会下发海量的练习卷子，但是学生是否按时完成了，老师也不过问——他们上课会选择性地讲讲卷子上的题，方式就是："大家注意下第五题，其实有种简便算法，我们假设 ×××……"

我连不简便的算法都还没学明白呢，他们已经开始跳过这一步，走上了捷径。而我会做的那些题，都不在他们的讲解范围之内。他们也不关心我做没做。

No.55

地理老师是个白白胖胖的年轻女人，听说是个新老师。作为文理分科前颇受歧视的"副科"（历史、地理、政治）教师，她第一堂课就用了二十多分钟端正我们对文科的偏见。

"振华的很多同学从小就认定了学理科，对文科丝毫没有了解，只认为那是理科跟不上的人才学的，我觉得这种认识很肤浅，文科其实也很不容易学，只能说各有侧重……"

我在下面拼命点头。

余淮正在翻英语卷子，侧过脸瞥我一眼："你想学文啊？"

我愣了愣，还真是没想过。

"我就是觉得，她说得挺有道理的……"

"文科本来就比理科简单，有什么道理啊？"

我怒，虽然自己也不知道自己怒什么，文科又不是我妈，我捍卫它做什么？

"那么简单，你为什么不去学？"

右前方的简单闻声回头朝我们看了一眼——我连忙赔笑脸，表示不关她的事。

"因为我想造原子弹玩，要你管？"

我……的确管不着。

后来我想了想，也许是因为同样身为振华的弱势群体，我不自觉地对文科产生了同病相怜的战友情谊，好像抬高了文科的地位，就等于抬高了我自己的地位。

诡异的逻辑，莫名其妙的荣誉之战。

"我说真的，别学文科。"好长时间的沉默之后，我以为话题都结束了，他突然又迸出一句。

我也不知道怎么了，就接了一句："嗯，我不学文。"

然后他笑了，没有看我，所以我也不知道他是不是在朝他的英语卷子卖笑。

他专心写字算题的时候，特别好看。

No.56

后来，地理老师开始进行正式的教学内容讲授——地球运动。

我听得一头雾水。

我不知道是我的智商问题，还是她的教学水平问题。我发现文科比理科难，因为连物理我都听懂了，可是我听不懂地理。

讲到近日点、远日点的时候，地理老师停下，笑眯眯地问讲台下心不在焉的同学们："咱们振华是不是有不少竞赛生啊，有没有物理好的同学知道开普勒三大定律？"

班里面安静了一会儿，然后余淮懒懒散散地举手了——我强烈地感到那副懒散的样子是装的，肯定是装的！

他放下英语卷子，站起来说："这三条定律应该是十七世纪初开普勒发表在他自己写的书里面的。第一定律又叫轨道定律，是说所有行星绕太阳运动的轨道都是椭圆，太阳处在椭圆的一个焦点上。"

我当时很想拽拽他的袖子问问，那个开普勒还是开普敦的（我没听清），凭什么这么说啊？而且，椭圆……一共有几个焦点？

"第二定律就是面积定律，也就是说，对任何一个行星来说，它与太阳的连线在相等的时间内扫过的面积相等。"

说到这儿，他跑到讲台上画了一个椭圆、太阳、地球，连了几条线。

"形象点儿说，用 S 代表太阳，E 代表地球，就是在面积上，SAE=SBE=SCE。"他挠挠后脑勺，"这个的证明涉及角动量的问题，不废话了。"

谢谢你。我在心里感叹。

"第三定律是在几年后才发现的，应该是叫周期定律，也就是所有行星的轨道半长轴的三次方跟公转周期二次方的比值都相等。"

后来他说的话，我就完全听不懂了。

一涉及数学公式，我就 down 机（死机）了。

结束的时候，他还颇为谦虚地说："估计很多同学都知道这三大定律，其实我的理解也不全面，班门弄斧了。"

我靠。

他坐下之后，继续做英语单选题，一脸严肃，好像根本没看见讲台前既兴奋又严阵以待的地理老师。地理老师对他大加赞扬，他却好像没听到一般。

可是我发现他抿着的嘴角，努力压抑着上扬的弧度。

"想笑就笑吧，你刚才很跩。"我非常体贴地说。

于是，他终于面红耳赤地趴在了桌子上："耿耿，我跟你没完。"

No.57

变本加厉，穷凶极恶，丧心病狂。

我说的是此刻的地理老师。

余淮的表现好像踩了她战斗模式的开关，为了表现她不输于这群高一毛孩子的专业知识，她讲的课直奔天书而去。

"她到底在说什么啊……"我感叹。

"其实，地理是理科。如果你大学时要修跟地理有关的，气象学、地球空间科学、地质学……通通都是理科。"余淮一边转笔一边说，顺便还答了一道单选题。

我觉得余淮的一系列所作所为，根本就是在绝我的后路。

No.58

在振华上课的这两周，有件事情让我很憋闷。

以前在十三中上课的时候，课堂气氛很轻松（也许是因为没几个人听），如果听到不明白的地方，只要你皱着眉头用茫然的目光看老师，老师就会仔仔细细地再讲解一遍。

可是现在，我不大敢举手说自己没听懂。安静的课堂上，我怕自己的突兀被人笑话。

这是很小家子气的行为，我知道，虽然本来我在这个班里面就没什么面子可言，但是我仍然不敢。

振华老师的特点就是，书上有的东西，他们基本不怎么讲，我也习惯了自己看书预习。不过，他们上课会引申出来很多定理和简便公式，搞得我压力很大。

不到一个月，我就发现我从听听全懂变成了听听半懂。

我很着急。虽然还有一个多月，可是期中考试就仿佛等待犯人秋后问斩的刽子手，明晃晃的大刀朝着我的小细脖子砍过来。

张峰的数学课讲得旁若无人，梦游一般。虽然余淮评价他的课讲得不错——估计是针对他们那样水平的人来说的吧，但是我反正不喜欢他。

终于在他又一次一笔带过某个定理的证明过程时，我绝望地趴在桌子上，深沉地叹了口气。

一边在做练习册的余淮突然头也不抬地大喊一句："老师，我没听懂，你把证明推一遍可以吗？"

我猛地抬起头看他，没听懂？他根本没有听课好不好？

他心不在焉地弯起嘴角。

我突然心里一暖。

张峰诧异地看着他，那张白脸上终于有了点儿像活人的表情。

然后缓慢地转过身，在黑板上推导公理推论3的证明过程。

我赶紧抓起笔往笔记本上抄，眼睛有点儿热，说不出来为什么。但没有对他说"谢谢"，说不出口。

No.59

相反，张平就可爱得多。

虽然余淮不是很喜欢听他讲课，嫌他讲得太简单又啰唆——当然其实余淮并没有这样说，一切只是我的猜测。他从来不会刻意卖弄自己对于高难度的偏好，尤其是在我这种需要平和派教师的人面前。

张平每每结束一个知识点的讲解都会巡视全班，用一副有点儿欠揍的表情。我就会在这个时候朝他挤眉弄眼，表示我没听懂，然后他就会重新讲一遍。

而且绝对不会难为我，嘲笑我。

我真的好喜欢他。

后来有段时间，很多老师都觉得余淮在故意捣乱。尤其是张峰，他看余淮的眼神越来越古怪——想来一个上课不怎么听课的尖子生屡屡高喊自己听不懂，让他重讲，除了故意作对，找不出第二种解释。

终于在余淮又一次喊自己听不懂之后，张峰把粉笔往讲台上一扔，左手扶眼镜，右手合上讲义，薄唇轻启打算要说点儿什么。

我不知道哪儿来的勇气，也很大声地喊了一句："老师，我……我……我……我也没听懂！"

他呆住了，然后咽了口口水，慢悠悠地转过身，重新把那道题讲了一遍。

最后颇有深意地盯了我们两个半天。

余淮头也没抬，撇给我一句："你看，说不懂也没什么难的嘛。"

他根本不知道刚才发生了什么。

No.60

后来简单跑过来跟我聊天，提起余淮，嘿嘿笑了半天，说："我也有很多听不懂的，所以我那段时间也很感谢余淮啊，他喊不懂的那些题，正好也是我不敢问老师的。"

那个被简单喊作 β 的黑丫头，名叫蒋年年，她也凑热闹奔过来说："对啊对啊，余淮好帅啊，每次他说他听不懂，我都很想在后面致敬，跟一句'老娘也听不懂'！"

旁边很多人附和，我才发现，我不是一个人在战斗。

原来这么多人听不懂。

但心里还是有点儿不是滋味。我很想告诉他们，余淮并不是真的听不懂，他也不是为了造福社会而假装不懂。

他是为了我。

小家子气又泛上来，被我憋回去了。

我到底在郁闷什么？

于是上课的时候，我偷偷给他传字条，也许因为当面说不出口。

"我不懂的地方，会自己问老师的，如果还是听不懂，我就问你，你给我讲，好不好？省得老师误会你捣乱。"

他盯着字条，扬扬眉毛，有点儿诧异。

我以为他没明白，抽出一张纸打算再解释解释的时候，他突然说："直接说话多方便，你写什么字条啊？不嫌累啊？"

我挫败地趴在桌子上。

在我恬不知耻的带动下，简单他们也渐渐习惯在课堂上举手让老师讲得慢一些、细一些。班里的气氛似乎轻松融洽了许多。

我的心里也轻松了许多——好像终于把这个不知情的家伙从聚光灯底下抢回来一样。

可他还是很耀眼。有很多女孩子不敢看韩叙，却很大方地跟余淮开玩笑，班里的男生也常常搂着他的脖子拽他去打球。

我有一个很出色、很招人喜欢的同桌。

所以，我有时候变态地安慰自己：你离他最近。

但是这又代表什么呢？

我到底怎么了？！

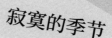

第十一章

寂寞的季节

你知道，最令人难过的天气，
其实是晴空万里

No.61 — No.64

No.61

晚上吃饭的时候，我爸破天荒地没有开电视看《新闻联播》。

所以饭桌上很安静，我们面对面沉默无言，忙着往嘴里扒拉饭粒。

我爸做的莜麦菜是一绝，我正在起劲儿地嚼，他突然放下碗，说："耿耿啊，我和你齐阿姨，决定国庆节的时候领证。"

我把嘴里的食物嚼得很细很细，慢慢咽下去。

"哦。"

白色灯管亮得刺眼，对面我爸的脸，有点儿不真实。

"我们心想，拖着也不是个事儿，何况又不需要怎么操办，所以用不着准备什么。正好国庆节你们两个孩子都放假，我们就请双方老人和几个亲戚朋友一起吃个饭，就行了。"

我点头，继续夹菜。

我爸好像没什么话说了，画蛇添足地问："你……没意见吧？"

我摇头。

对面的男人很局促，好像这番话完全没有把他心里的大石头卸下去。

我突然没头没脑地问："你们做婚前财产公证吗？"

我自己都愣了，何况是我爸。他慢慢地起身去角落的电饭煲处盛饭，背对着我，慢慢地说："没那个必要。房子、存折什么的，全都是分开的。就是人凑在一起做个伴。"

我就和被踩了开关的地理老师一样，轴得很。

"还是做一个吧，也不伤感情。"

他没说话。我这才反应过来我到底在做什么，正想要说点儿什么补救，他把米饭递到我手里，说："行。"

No.62

那天晚上我没有失眠，相反，我睡得特别早，也没给我妈打电话。

盯着数学卷子的时候，所有家庭纷扰都化作周公的絮叨。我早早冲凉，吹干头发就爬到床上睡了。

半夜突然醒了，也没做噩梦，就是醒了，心里很不踏实。

我爬起来，发现书桌上的水杯空了，想要去客厅倒杯水。我看了一眼表，两点半。

我爸那屋的台灯竟然还亮着，门也开着，橘色的光芒从门缝透出来，在地板上投射成一条路。

我轻手轻脚地走过去，发现我爸背对着我，坐在小沙发上抽烟。

我爸从来不抽烟不喝酒。虽然他在政府机关工作，可是他的部门与世无争，少有应酬。我记得小学时，同学们听说我爸烟酒不沾，特别羡慕，都说我爸正派。

那时候我多骄傲。不知道从什么时候开始，评价父母，标准从是否正派变成了是否有能耐。那些大腹便便天天去饭局应酬半夜回家的老爸备受推崇，我爸也就退出了优秀家长的舞台。

我默默看着灯光下袅袅升起的烟雾，我爸则抬头盯着墙上的一片突兀的空白。

四四方方的空白，很扎眼。

这是爷爷奶奶给我爸的房子，有些年头了，很久没有重新粉刷过墙壁，随着岁月的沉淀，墙壁再也不是雪白色。而那片空白，是因为原本挂在那里的照片刚刚被取下来，所以未经污染，仍然干干净净。

我爸妈的结婚照。

他们俩离婚的时候，谁都没有把照片取下来，不知道是不是忘了。我是唯一注意到的人，也没有提醒他们。

结果在我中考前夕，他俩在我报志愿和复习等一系列问题上话不投机，我妈突然看到了墙上扎眼的结婚照，气不打一处来，指着说："这玩意儿还挂着干吗？"

我爸也突然来了脾气，二话不说踩在桌子上就把它取下来，扔到了阳台的杂物堆里。

然后就留下了一片白。

我不知道在门口呆站了多久，直到我爸回过头，惊讶地看着我。

灯光下，他的脸很疲惫。

"爸，睡吧。"我说。

假装没看到他哭了。

No.63

突然一下子就不想说话。

九月末的时候，我们迎来了秋季运动会，在那个被张平引以为傲的体育场上。我远远地看着看台一角，高三那群低着头做题分秒必争的学长学姐也许就是将来我的模样。

只有我们这群高一学生还煞有介事地排练走方阵，喊口号，穿整齐的检阅队队服。那些高二、高三的检阅队伍完全没有规定服装，大家像完成任务一样走了一圈。

我托腮看着余淮他们这些男生参加各种项目，胸前背后用曲别针别着运动员号码，"生龙活虎"的样子，自己的眼皮都要粘连在一起了。

韩叙竟然也参加了 800 米和 4×100 米接力。我怀疑有着清瘦的小身板的他会因此阵亡，当然这种话是断然不能在简单面前说的。

张平很高兴，简单和 β 等女同学对运动会倾注了很大的热情，写宣传稿和恶心死人不偿命的诗歌往主席台送，被选播之后会给班级加分——只有我从简单那首《赞 800 米运动员》里，听出了浓浓的比奥利奥夹心还甜的倾慕。

"你就那么喜欢他啊？不就是成绩好的小白脸吗?!"

她终于在座位上消停了一会儿，我趁机慢悠悠地说。

简单和 β 是振华里面让我觉得放松的少数派。你看到她们的脸，不会神经质地联想到成绩单。

可能是因为她们的成绩和我一样差。

她有点儿不爽，但是语气很和善，很像传教士在给我洗脑。

"什么小白脸啊？长得白不是错。你不了解他，我知道很多人都觉得他傲，其实不是这样的，他本身就不是活泼的性格，也不自私，你看他不是很积极地参加运动会了吗？不像咱们班有几个同学，一直埋头做题，余淮在讲台上号召报名，理都不理。而且，其实我早就认识他，真的，不过他不知道。他从小就特别优秀，我觉得这样的人，有点儿傲气也是正常的吧……"

我不得不提醒她："简单，你说话前后矛盾了。"

她根本没搭理我，完全沉浸在韩叙的历史长河中："而且他其实挺善良的，常常给我讲题。哦，他理科好，而且语文成绩也特别棒，作文写得特别好，引经据典的。韩叙不是书呆子，他喜欢玩游戏，上课时常常在底下打NDS。你知道 NDS 是什么吗……"

我觉得，她的开关也被我不小心踩到了。

No.64

不过，我很羡慕她。

我发现我好像也有点儿喜欢一个人。但我不确定，更不敢像简单这样，大声地说出来。

九月就要结束了。

我的成绩一塌糊涂，我爸爸要结婚了，我坐在一个光芒万丈的傻小子身边，突然很不开心。

你知道，最令人难过的天气，其实是晴空万里。

别人的生活

很多话没有恶意，
只是说出来都会变味道而已

No.65 — No.69

No.65

我爸和齐阿姨的"喜宴"的确很简单，就是两家一起吃了个饭。

席间没有聊到任何敏感话题，甚至可笑的是，我竟然成了主角——又或者说，我背后的振华。齐阿姨家就像找到了破冰口一样，绕着振华开始夸奖我。林帆的外婆拉着我的手夸我长得好看（从这一点我就知道他们实在是没话找话，不过我不反感），还嘱咐小林帆："姐姐成绩特别好，要以姐姐为榜样，跟姐姐好好学，听见没？"

林帆一边吃虾，一边乖巧地点头。

他真的很喜欢吃虾。

国庆假期的末尾，他们就搬了进来。家里三间屋：我的房间，我爸的主卧，加一个不大的书房。林帆就住在书房里面。

墙上的空白被爸爸和齐阿姨的合照填补。并不是张扬的结婚照，只是一张朴素的合照。齐阿姨化了淡妆，面相和善。

我有一点点不自在——毕竟是生人。但我对这两位新住客没产生什么反感或者叛逆。我没法儿做到很热情，虽然我已经尽力在欢迎他们了。

给妈妈打电话的时候，我很少谈起国庆假期的这几件事情。她的口气也平和了很多，好像在回避什么，甚至有种故意平静的做作。

我没有戳穿。

只有当我提到婚前财产公证的时候，她恢复了铁娘子的风范。

"不愧是我女儿，关键时刻还是能想得周到。这种事情必须先小人后君子，否则以后有纠纷了，那才真叫伤感情呢。不如早点儿都算清楚了好，对你自己也好，毕竟父母都不年轻了，你也要长大了。"

然后顿了顿。

"不过，和他们好好相处。别太亲近，也别太客气……你自己把握分寸吧。关键是好好学习，有什么事情，跟妈说……跟你爸说也行。他不管怎么样，都是你爸。"

这种情况下，我们全家每个人说话都有忌讳。可是我听得懂。她并没埋怨什么，也没有猜忌齐阿姨会对我不好。很多话没有恶意，只是说出来都会变味道而已，我懂，这就够了。

No.66

很长一段时间里我都有点儿消沉，不大爱讲话，听课时不求甚解地记笔记，也不管能不能听懂，就跟把魂儿丢了似的。

简单很体贴地问我是不是生病了，我说没，只是心情不好。

余淮打完球回来，满头大汗往旁边一坐。他最近忙着组织篮球联赛的训练，完全没注意到我的伤春悲秋。

听到简单的担忧，余淮咧嘴一笑："你们这帮女生，一天到晚不知道忧郁个什么劲儿，一生下来就好像别人欠你五百块大洋，还是利滚利。"

我没理他。

简单突然很脱线地问："你们吵架了？"

余淮呆住了："我这么人见人爱，谁忍心跟我吵啊。"

原本听见这句话我应该笑的，此时我却突然忍不了了，把凳子往后一撤，从他背后挤过去跑出门了。

只听见他在背后急三火四地大叫："喂喂喂，我是开玩笑的！"

No.67

坐在走廊的窗台上，背后有秋天的阳光。温度虽然不高，可是也暖洋洋的。我佝偻着背，面无表情地呆望着来来往往的人。

突然看到迎面走过来的一个女孩子，穿着前两天刚发下来的高一校服外套，敞着怀，露出里面很有个性的粉色小 T 恤，长发披肩，容貌清丽，姿态自信昂扬，步伐轻快。

就像一道光照进来，旁若无人。

我承认我看呆了，紧盯不放，觉得她有点儿眼熟。

想起来了。我的某张照片中有她，无意中闯入镜头的那个极漂亮的女孩子。

简单远远看到我，跑过来一屁股坐到我旁边："你没事儿吧？"

我心不在焉地摇摇头："没事儿，我说了，心情不好而已。你快看那个女生多漂亮。"

简单的八卦引擎嗡嗡地转："我知道她我知道她，她叫凌翔茜，咱们新任校花！"

"这才开学一个多月，校花就选出来了？投票的时候问我的意见了吗？"

简单大叫："你还想选谁？"

我思前想后，继续缩脖子倚在墙上："……就她吧。"

"我听说，她家特别有钱，老爸老妈都是当官的，要不就是什么书香门第，反正你看她的气质和穿戴就能看出来。"

的确，粉嫩清秀，带点儿婴儿肥，格外像走纯正富养路线的公主。

"而且很漂亮，成绩特别好，文理科都很牛，当年在师大附中就很出名，好像人也很随和亲切，总之很完美。"

简单长叹一口气："你说，人家在娘肚子里是怎么长的呀？"

我也长叹一口气："你说，人家的娘，长的是什么肚子啊？"

No.68

回班的时候，余淮正跟几个男生侃 NBA，我进门他都没发现。

老大，刚才好歹我生气也是跟你有点儿关系的，你能不能别这么快置身事外啊？你应该露出一点点诚惶诚恐的表情，眼神躲躲闪闪，赔着笑脸说："刚才我是开玩笑的，你没事儿吧？大人不计小人过，我们和好吧。"

我脑补了半天，只能迈步进去。

那时我伤春悲秋的情绪泛滥到极致，历史老师翻开课本开始缓慢地施展催眠术。我趴在桌子上，眼泪缓慢地渗出来。

有种自己一无是处的感觉，谁都不在乎我。屁都不是。

余淮用胳膊肘碰了我好几次，我没搭理，假装睡着了。

不过后来装不下去了，因为鼻涕。

我很不好意思地把手伸进书桌里胡乱地翻找面巾纸，抬起头，发现面前桌子上就摆着几张。

还有一张字条。

"哈哈哈哈，装睡——你吸鼻涕的声音我都听到啦，哭什么？ ：P①"

你大爷！

可我还是很没有骨气地把"爪子"朝着那几张面巾纸伸了过去。

---

① "：P"是吐舌头的表情符号。——编者注

擤完鼻涕，趴下接着睡。

可是眼泪流不出来了。我使了半天劲儿，就是流不出来，见鬼了。
这个该死的余淮。

No.69

后来还是慢慢睡着了。

醒过来的时候已经下课了，完成了催眠工作的历史老师夹着包离开，余淮也早就不在座位上了。

不过，我面前趴着一张字条。

"我不认为我错了，苍天在上，刚才我可没惹你——不过我勉为其难道个歉，别哭啦！"

重点是，他用红笔在"苍天在上"和"勉为其难"下面画了加粗横线。

我横看竖看，两张字条连在一起看，终于还是笑了。

这个家伙。

然而就在他走进门，我对他绽放了一脸赦免的微笑的时候，他瞟了我一眼，突然哈哈哈哈大笑起来，半个班级都回头朝我们看。

然后我就看到简单一口水喷出来，连韩叙都罕见地弯起了嘴角。

β屁颠屁颠地递过来一面镜子。

我睡觉的时候趴在了中午用来包饭盒的废报纸上面，字迹清晰地印在了我脸上，左右都有。

加粗黑体，一看就是头版头条，虽然反过来了，可依然一眼就能看懂。

左边："育龄妇女"。

右边："滞销"。

No.70

十月末是振华的校庆。

截至今年我们入学，振华已经建校八十七周年。班长说，学校规定周五上午全校在体育场开庆祝大会，下午各班组织自己的活动。班会、团会、联欢会、茶话会……总之选一种会，随便开。

于是一项从小学开始就让所有班干部苦恼万分的工作迫在眉睫——组织文艺表演节目。无论你开的是什么会，节目是少不了的。独唱合唱二重唱，独舞群舞双人舞，相声小品舞台剧……我看见徐延亮煞费苦心地将大家的学籍卡翻了一遍，找到所有在"特长"那一栏填写了点儿内容的倒霉蛋，苦口婆心、唾沫横飞地劝人家上台卖艺。

我也被找到了。

当然我没有在填表格时胡编乱造一些没有的才艺。如果可以，我会在"特长"那栏填上"睡眠时间"和"反射弧"。

徐延亮嗓子都哑了，我很体贴地拍拍余淮空着的凳子，把余淮的水杯往他面前一推："客官，随便坐，喝水。"

然后余淮阴森森地出现："你还真大方啊，老板娘。"

我点头，指指他，对徐延亮说："客官，真是对不住，小店现在没货了，就剩这么一个，资质虽差，也能顶一阵子。卖身卖艺明码标价，您看着给!"

徐延亮抬起头,看了看余淮,很认真地说:"这个太次了,我还是要老板娘吧!"

他说完才发现自己的玩笑有点儿开大了,连忙解释:"我的意思是说老板娘出山……"

余淮一挥手:"别解释,送客!"

No.71

其实是演舞台剧。

余淮他们这些班委实在没辙了,没有其他活动能让更多的同学参与,如果整台晚会都是无聊的才艺表演,估计气氛就冷得能做冰激凌了。

"演什么?"我问。

"一个和七个男人同居却依旧纯洁的少女的美丽传说,"余淮笑,"你的角色非常重要。"

我才不吃这套:"说吧,演魔镜还是苹果?"

他摇头:"干吗这么妄自菲薄……其实你演水晶棺材。"

余淮没有开玩笑,虽然我最终并没有演水晶棺材,可是他们为了造成演员众多、全民参与的假象,愣是制造了很多角色。

比如苹果,比如魔镜,比如水晶棺材。

韩叙演王子,简单通过 β 委婉地表示自己可以出演和王子有亲密接触的人,于是,徐延亮让她演了白马。

而我的角色,其实是跑龙套的,路人。

几次串场的路人 A、B,都是我和余淮来演。我不明白为什么,余淮很认真地解释："你不要嫌角色小，你知不知道现在这部剧炙手可热，你好歹演的还是人类！何况路人在童话故事里属于决定性的存在，没有他们，巫婆就不知道怎么才能害死公主，王子就不知道在哪里才能找到喷火龙，公主就不知道谁家王子已经发育成熟……"

我摆摆手："这个我知道。我是问，为什么你来演路人？"

他答非所问："跟我搭戏，你不乐意啊？"

我只好认命："……怎么不乐意。"

请允许我脑补为他是为了和我演对手戏。

然而，真相总是来得如此之快。

余淮想要演路人，是因为不用化装——你知道演魔镜的那个男生需要把脸涂成什么样吗？

我得便宜卖乖，跑去问徐延亮我们需不需要准备什么。徐延亮上下打量我，说："不用了，你平常的样子就很像路人了。"

…………

No.72

演公主的是徐延亮。据说是张平指定的，为了节目效果。

他说，韩叙和徐延亮很搭。

我们得知这一结果的时候，余淮第一时间冲过去拍着班头的肩膀，语重心长地说："我知道你其实心里高兴得很，别憋着，想笑就笑吧。原来你好这口，不过别担心，大家还是兄弟。"

简单的脸都绿了。

想象一下韩叙闭上眼睛探身下去吻徐延亮的样子，我就笑得直不起腰。

不过，难过的不仅仅是简单。

还有演水晶棺材的 β 。

No.73

周二的午饭后，我们第一次排练，找了数学办公室旁边的空教室，徐延亮领着一群人浩浩荡荡地进门。

我和余淮是首先上场的。第一幕是白雪公主的出生。

一个病皇后，生了一个和她玛丽苏幻想中一模一样的女儿，然后死了。

我们两个，则是通过市井小道传闻来告诉观众皇后病重和临盆待产的情况的。你知道市井小道是很重要的，一个卖鱼的，一个卖菜的，竟然不出城而知天下事，近到壁垒森严的皇家秘闻、宫廷野史，远到千里之外的邻国王子尿床、魔界喷火龙发情，他们全知道。

"Hi，你早啊！"余淮一脸傻笑。

"Hi，你也早啊！"我赔笑。

"最近有什么消息吗？"

"有啊，你听说了吗？"

"什么？"

我凑近余淮的耳朵，大声说："国王的女儿要出生啦！"

"真的呀？"他开心地大笑，突然表情僵硬，然后严肃起来，居高临下地藐视我。

我被看得发毛，徐延亮在旁边不明就里："怎么不演了？"

余淮叹口气，颤抖地指着我。

"还没生呢，就知道是女儿，你那眼珠子兼具 B 超功能啊?! 这他妈谁写的台词啊？"

No.74

不过，后来我们都被张峰骂了。

我们大家上课迟到了五分钟。下午第一堂就是张峰的数学课，他说他坐在办公室里就听见我们闹腾了。

"高一这么多班，我第一次看见像你们班这么能闹腾的！这马上就期中考试了，一个个都有没有脑子，知不知道轻重缓急?!"

小白脸发火很可怕，我早就猜到了。

我们这群"犯罪分子"纷纷垂着头回到自己的座位上。余淮毫不在意，照旧翻开他自己的练习册，也不听课，安心做了下去，好像刚才没有大声笑闹过，也没有被张峰训斥过，既不兴奋，也不委屈。

他和韩叙这样有实力的学生自然是不在意的，用成绩说话，也不必为张峰的话吃心——那话，明显是冲着我和简单这样的学生来的。

可是我缓不过来。刚刚明明那么开心，这个班级终于让我有了一种归属感，很温馨很快乐，没想到这么快就重新掉进了振华的冰窟窿里。

我呆坐了很久，也不知道张峰在讲什么，突然面前塞过来一张小字条。

"他现在情绪不稳定，估计是早上刚被老婆用鞋底抽了，你没看到他右脸颊上有不正常潮红吗？你忍了吧。"

噗。右脸颊不正常潮红……我笑喷，趴在桌上。

其实，很可能是中午趴在办公桌上睡觉的时候压到了，现在还没有恢复。然而，我控制不住地想象着张峰被老婆用鞋底抽过去的样子，笑得直不起腰。

"不过，你不觉得张峰并不是很喜欢张平吗？"我轻声说。

他停笔，想了想，点点头。

刚开学时被张平欢乐的气质打动，我们大家都期待着这对从小到大的老朋友表现出一点儿不同寻常的兄弟情义。我一直觉得他们就像传说,就是影视剧里面常常出现的发小、生死之交,然而现实生活中基本绝迹的存在。

可是,张峰即使在上下课的时候遇见张平热情的笑容,也只是略略点头。同样是刚刚进入振华的新人,张峰却老成得像在这里混了好几十年的高级教师。

余淮叹口气。

"说实话,张平这德行,真他妈像单恋。"

No.75

后来余淮说,他有点儿能理解张峰的心情。

张平从教学能力到工作的勤勉程度,都比张峰差了十万八千里。可想而知,学生时代的张峰也一定是个勤奋克己的好学生,而张平,估计就是那么吊儿郎当一脸傻笑地跟着他。然而小学、初中、高中、大学,那么多道"物竞天择""优胜劣汰"的坎儿,这个既没有自己聪明也没有自己勤奋的傻蛋,居然都优哉游哉地跨了过去,现在还跟自己一起进入了很多大学生毕业分配时花钱都进不来的振华——张峰心里估计早就翻江倒海了。

他们的确从小到大都在一起,但是谁也没说过,一直在一起,就会成为朋友。

我突然想起初中的时候他们说起御用第一名沈屾和千年老二余周周。沈屾的第一名固然值得敬佩,可是很多人都更喜欢甜美的余周周,说她很有趣、很随和,也愿意和大家一起逛街、八卦、打游戏。然而这样一个"不那么努力"的余周周,会不会让全力以赴的沈屾有种阴魂不散的无力感?

世界上总会有种人,嬉皮笑脸地随手摘取你费尽九牛二虎之力才够到的神仙果,然后表现出并不是很稀罕的态度。其实,这种人是有点儿可恨的。

No.76

我还呆愣着，张峰已经收起了课本。下课铃打响，张平从后门晃进来。

"对了，张平，"这次张峰主动打招呼走了过去，"你们班这些学生……"

他们低声说什么我听不大清楚，不过看起来，张峰倒是一副为张平担心的样子。

"高一结束要重新调整班主任的，你还想不想把他们带到高三了？都野成什么样了?!"

这句有点儿严厉的话，却听得我心里一暖。

有些时候，很多感情并不是表面上看起来的那样。手牵手去上厕所的小姐妹可能会为了校草的一个眼神插对方后背几刀，然而冷冰冰的张峰，其实是很关心这个老朋友的。

虽然还是一张扑克面瘫脸。

我曾经问过简单，张峰是不是韩叙失散多年的舅舅？

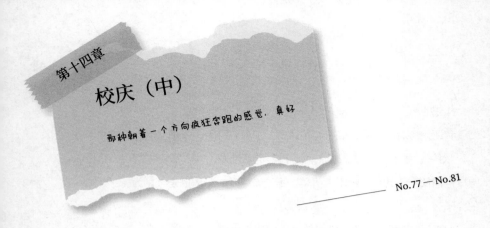

第十四章

校庆（中）

那种朝着一个方向疯狂奔跑的感觉，真好

No.77

校庆的那天早上，我差点儿迟到。冲进体育场入口的时候，看到三种颜色的校服海洋。

白蓝绿。很干净，很清冷。

大家穿得远比运动会时齐整，高三的学生基本上也没有携带练习册的。

一个右胳膊戴着红袖标的高二学姐双手插兜站在门口，看起来有点儿眼熟。

"高一的？"她微笑。

我点头哈腰："不好意思，迟到了迟到了，不会记名扣分吧？"

她笑得更灿烂："你从小学直升高中啊？都什么年代了，还扣分？快进去吧……"她侧身让开，我突然想起她是谁。

"啊，你是……你是上次升旗仪式时的学姐！"

她的眼睛睁得圆圆的，然后又弯了起来："哈，我想起来了，你是那个小学妹，你旁边的那个小男生呢？"

我觉得我可能是脸红了。人家也没说什么，我脸红什么。

"那是我同桌。"我郑重地说。

她眼睛里面的笑意更深："嗯，同桌，同桌好。快进去吧，小同桌。"

姜是老的辣，她什么都没说，可是眼角眉梢语音语调都令人心里发虚。

我想起那次升旗仪式时湛蓝的天空，还有晨光下余淮穿着黑色 T 恤的宽大背影，凑过来说话时喷在脸上的热气，以及那句"大家来参加升旗仪式，是不是都为了能光明正大地偷看一眼平时不容易见到或者能见到却不敢明目张胆注视的某个人哪？"。

回过头，那个学姐又开始盘问其他迟到的同学。她刚才笑眯眯地说，同桌，同桌好。

同桌是不需要你等到课间操和升旗仪式时才能偷偷瞟一眼的人。他就在我身边，虽然不属于我，可是会心不在焉地说，"小爷我一直都在"。

说起来好笑，当时面对浩瀚无际的振华海洋，我突然有些慌了神。如果有一天我远离了余淮，他就这样沉没到一片海洋中，我也许再也找不到这个人。

那时候根本没有想过我是不是喜欢上了他，也许是不敢想，却拔腿狂奔，横穿草坪，哦不，草皮，绕过巨大的戏台，掠过高高的主席台，向着我们班的方向，大步飞跃。

我真的什么也没有想。所以那种感觉，那种朝着一个方向疯狂奔跑的感觉，真好。

No.78

还好，离集合时间还差三分钟，大家也正处于散漫状态。

然而刚坐到自己班的区域，我就尿急了。

我早上没来得及上厕所，喝了袋牛奶奔过来，现在非常尿急。

我跟张平请假，他的眉毛耷拉下来，活像八点二十的挂钟。

"马上要开始了，你赶紧的！……去吧去吧去吧！"张平连发火都只能用乘以三的方式表达他的愤怒。

我嘿嘿一笑，敬了个礼。

气儿还没喘匀就又站起身准备朝主席台下面的厕所奔。从书包里掏面巾纸的时候侧过脸，突然看见余淮正和一个女生讲话。

女生面对余淮，只留给我一个很窈窕的背影，校服抓在手里，并没有披上。身形看着有点儿熟悉。

凌翔茜。

不过让我留心的并不是凌翔茜，而是余淮。他的脸对着我的方向，明显不是平时那副"淡定"的样子。他在笑，很社交性的笑容，凌翔茜说什么，他就捧场地点头，非常有礼貌，就是看着有点儿假。

不，不是他假，是我酸。

我看得有点儿呆，直到耳边响起张平爹毛的大吼："你不是憋得受不了了吗？怎么还不赶紧去?!"

No.79

我在厕所磨蹭了好久，直到主持人宣布大会开始，礼炮声响起。

振华真跩，早就听说，是八十七响的礼炮，代表八十七年。

我不想回班，就靠在主席台下面的栏杆上，目光空茫地望着广阔的草皮，数着一声声的礼炮。

我也不知道自己在胡思乱想些什么。

待着没事儿别总追求浪漫。我刚刚旁若无人地狂奔，文艺情绪泛滥，转身就让人照脑门儿拍了一闷棍。

"怎么不回班级坐着？"

我回头，是学姐。说实话，我还是有点儿紧张，总觉得她会扣我们班级的评比分数。果然是小学时在走廊里追赶跑跳被抓导致的心理阴影。

"现在放礼炮，往回跑太煞风景。我出来上厕所。"

她点头："放到多少了？"

"这声是第二十八响。"

"咱们学校真厉害。国庆也放不了这么多，居然真的放八十七响。"

"是啊，而且一声一声这么慢，等到一百五十年校庆的时候，岂不是要放一上午？"

她的眼睛看着远方，想了想，认真地说："估计那时候就改成一百五十响的鞭炮了吧，省时间。"

我笑了，但是嘴角有点儿酸。

No.80

她并没有赶我走，作为戴着红袖标的工作人员，竟然和我一起趴在栏杆上发呆。四周很安静冷清，热闹的是头上的主席台，各种领导、各种代表都在我们头上发表演说，至于说了什么，我没听。

清晨的风舒爽温柔，撩起她额前细碎的刘海儿。我偏过头："学姐，我叫耿耿。"

"耿耿？好有趣的名字。怎么写？"她笑了。

"……就是耿耿于怀的那个耿耿……"

耿耿于怀。说完我自己也苦笑起来："你说我爸妈起的这个名字……"

她微微皱着眉头："挺好的呀，不也是忠心耿耿吗？"

"好什么呀，"我撇嘴，"前一个形容小心眼儿，后一个形容看家狗。"

她大笑，很动人。

"那我的名字也很怪。"她指指自己的胸牌，我才想起凑过去看。

"洛……"我犹豫了一下，枳？这个字怎么读？四声吗？那么这个名字听起来像"弱智"，谁家父母给孩子起名叫弱智啊？

她眯起眼睛，表情很危险："想什么呢？第二个字是三声，和'只要'的'只'一样，你在胡乱联想什么谐音吧？"

我讪笑的同时才想起"橘生淮南则为橘，生于淮北则为枳"。语文知识都还给初中老师了。

不过无论如何，枳并不是一个寓意很好的字。我问她为什么，她笑了，说妈妈是南方人，家里原来有一片橘子园，本来是要叫洛橘的，结果算命的硬给改成这样了，说为了躲里的劫数。

我诧异："你乐意吗？"

她做了个鬼脸："我想说 No，奈何那时候还没长牙。"

No.81

我如果幼年有千里眼，能预计到我爸爸妈妈最终的结局，一定会阻止他们让我叫耿耿。这个名字如今看起来，太讽刺、太尴尬了。

"不过，宁肯信其有，算命的也许说得对呢，躲过劫数最重要。"我笑笑。

"你还真信啊，算命的人说话……"

她的笑容忽然停顿，悄然隐没。

我不明就里，只能呆望着她。

"各位领导、老师、同学们，大家好，我是二年三班的盛淮南，很荣幸今天能站在这里代表全体在校生发言……"

她的脸逆着光，只能看到晨曦给她的轮廓镀上了一层柔和的光芒。我不知道怎么突然不敢讲话，扬声器里是清冽的男声，衬得周围很安静。

所以就这样我们恢复到一开始那副并肩发呆的状态。我托着下巴，被风吹得很舒服，几乎要睡过去了。

直到听见她笑着说："算命的人说话你也信，该度的劫数，一个也不会少。"

好像我们刚才的对话从来没有莫名中断一样。

演讲的人似乎说完了，观众席上又响起了掌声。

"所以命里会遇上的呢，都遇上了。"

我正想问问她到底是什么意思，她却一把揽过我的肩膀，送我往回班的路上走。

"这里风大，赶紧回班吧，别感冒了。"

我走了几步，回头，洛枳站在原地看我，笑容灿烂，和刚才的余淮一样虚假。

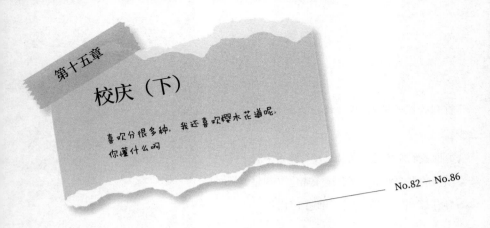

第十五章

校庆（下）

喜欢分很多种，我还喜欢樱木花道呢，
你懂什么啊

No.82 — No.86

No.82

典礼进行得很顺畅，我们这个神奇的国度里所有被"预祝圆满成功"的大会最终都会成功地被"祝贺圆满成功"。

这样的年代，找到一件确定无疑的事情也不容易。

文艺界和政界有头有脸的人物来了不少，虽然我并没有亲眼看到。我才知道，原来从振华真的走出去了很多不一般的校友。

他们会被请回来参加校庆。但是我相信，更多的是像我这样寂寂无闻的家伙，我和振华的缘分，只有三年。

和那些同学的缘分，也许，连三年都不到。就像初中和我坐在同一个教室的同学，总有那么几个，连话都不曾说过。

我沿着看台的边缘，慢慢走回五班的阵营。

远远地回过头，洛枳是不是还站在主席台下，我已经看不清了。但是很多年后我还会记得那个瞬间，明明是陌生人的我们，在阳光灿烂的清晨，站在主席台下面一同淋了一场雨，把沉默也浇得湿漉漉的。

张平看到我的时候长出了一口气："我以为你掉厕所里面了，赶紧回座位！"

我不好意思地一笑，安静地坐回座位上。

No.83

关于那场典礼我什么都不记得了，除了礼炮声，就剩下坐在我背后的简单和 β 不停地哼唱蔡依林的新歌。那一年，借着周杰伦的东风，蔡依林转型，新专辑颇受青睐。我从《看我 72 变》一直听到《布拉格广场》，她们两个人把一张专辑唱完，校庆典礼就结束了。

收拾东西准备回班的时候，还是不甘心地歪过头去看余淮的方向。他终于恢复了平常的样子，和徐延亮他们几个嘻嘻哈哈地不知道在说什么。

我举起相机，第一次反过来，对着自己轻轻地拍了一张。

脸很大，眼睛因为阳光强烈而眯着，显得更小了。鼻头和脑门儿油油的。

一张令人忍不住想要删掉的面孔。

No.84

回班之后，徐延亮等一众班委成员开始进进出出地准备下午的班会，剩下的同学有的吃午饭，有的出门散步，虽然平时都是抓紧一切时间学习的好孩子，但校庆当前，心里不是不长草的。

今天的学校来了很多大人物，食堂的一半被划作返校校友接待区，另一半挤得要死。我不想动弹，就坐在座位上啃面包。

哦，顺便做物理练习册。

当时不知道在委屈什么，那颗小心脏，攥在手里都能捏出水。

想来想去，好像整个班级里让我觉得暖和的只剩下张平了，所以我发誓，一定要好好学物理。

当然，想法是一回事，能把题做对是另一回事。

写到一半，突然后脑勺被弹了一下。

"哟哟哟，转性了啊，平时那么活跃，怎么今天改学术派了？过来帮忙！"

余准的脸晃得我心烦。

"又不是我一个人转性，谁不会变脸啊？我又不是班委，帮什么忙？舞台剧的台词我都背熟了，放心。"

转过头接着啃面包。

他老半天没出声，估计是走了。

"你家平抛运动水平方向还做功啊?!"

我吓得不轻，转过头就看见他那张大脸："干吗？"声音都发颤。

他用食指点着我练习册上的第一道大题："我说这儿，平抛运动，水平做功为零，你想什么呢？"

我拿出橡皮擦干净，说："知道了，谢谢。"

他索性坐到我旁边，似乎是刚刚给人跑完腿，满头大汗，手里还攥着抹布。

"你怎么了？"

"没事儿啊。"

"你肯定不对劲儿。"

"我说了我没事儿。"

他眯着眼睛看我："我又惹你了？"

跟你有什么关系？对，你惹我了。你以为你是谁……我心里想了N种答案，仍然无法解释自己从清晨狂奔的活泼少女到现在这个死气沉沉的勤奋学生的转变。

然而智商死灰复燃。

"对了，"我拿出相机，"早上我拍了几张照片，随手抓拍的，结果里面有你一张，还有个美女和你站在一块儿呢，你等着，我找给你看。"

他立刻兴奋起来："真的假的？来来来，给我看看，给我看看！"

然后我哭丧着脸抬头："……怎么没了呀！"

他大叫："我靠，你行不行啊？照个相都能弄丢，小心我让你做平抛运动！"

我那装出来的八卦兮兮的假笑终于撑不下去了。

"我弄丢一张照片，你就让我平抛？"

他愣了一下，似乎是没想到我会当真，连忙摆手："开玩笑开玩笑……"

"可惜了，"我努力装作很真心的样子，语气却轻描淡写，"那个小姑娘特别好看，怎么就找不到了……你认识她吗？咱们级的？"

他点头："对，我初中同学，凌翔茜，在二班。我和凌翔茜、林杨他们在师大附中都是一个班的。"

我似乎是被他这平常的口气安抚了一下，假装平静也不是那么困难了。

"你认识她？照片上看不出来啊，你特紧张，笑得也假。"

实话实说，虽然有点儿恶狠狠的。

他明显有点儿受挫："是吗？"

"对。"我万分肯定，死死盯着他。

余淮红了脸，摸着后脑勺，傻笑："……哪个男生跟美女说话不紧张啊……小爷我也是凡人……"

No.85

装出一副毫不在意的样子来诱导余淮说出刚才和凌翔茜的交谈内容，几乎耗费了我十七年人生经历所积累的全部智慧。我第一次发现，原来电视剧里的那些处心积虑就是这样被激发出来的——当你开始吃醋，开始在意，开始忌妒……

当你开始喜欢一个人。

我一直笑着，就好像面对镜头，可是照相的人迟迟不喊"一、二、三，茄子"，所以你就只能一直僵硬地咧嘴，永无止境。

凌翔茜来找余淮通知他们初中同学聚会的事情，顺便聊了几句自己班级的事情，以及散布在振华各个班级的老同学这两个月来的近况。

"你喜欢她啊。"本来想用疑问句，然而说出来的时候，语调是下沉的，就那样变成了陈述句。

余淮又开始紧张了，而且脸红。

我把嘴角咧到最大："当然，谁不喜欢美女啊。我知道了，用不用我帮忙追她？"

最后一句话似乎把他震醒了，他忙不迭地摇头："喜欢就要去追啊？我喜欢的人多了去了，喜欢分很多种，我还喜欢樱木花道呢，你懂什么啊！"

我的心漏跳了一拍。

"喜欢凌翔茜和喜欢樱木花道怎么能一样？"我小心翼翼地确认。

"怎么不一样？"他伸手弹了我脑门儿一下，用力很猛，"你是不是发烧了啊？怎么有点儿不对劲儿啊？"

然后我终于笑了。

这次是真的在笑。

在余淮心里，凌翔茜只是等同于一个二维人物。我把这个念头加粗画线，历史性地印在了心里。

于是生活又充满了阳光。

张平，不好意思，我还是以后再报答你吧。

我合上物理教材，问他："你们忙什么呢？用我帮忙吗？"

他挑挑眉毛，朝我的练习册努努嘴："不做平抛运动了？"

我也朝窗台努努嘴："是你想做平抛运动吧……"

他嘿嘿一笑，把抹布递给我："来，帮我擦黑板。他们要往上面写艺术字。"

我在乐呵呵地清理黑板槽的时候，突然觉得有点儿不对劲儿。

怎么有种被耍了的感觉呢？

No.86

班会非常圆满。

这么多天以来，五班的同学们第一次感觉到成为一个整体的归属感。我才发现，其实那些平时戴着"啤酒瓶底"埋头苦读的同学也蛮有幽默感和搞笑才能的。

我们的舞台剧大获成功。白马简单背着韩叙上场的时候全班轰动，张平笑得嘴都歪了。最受瞩目的吻戏上演之前，我就听 β 说，简单终于想到了好办法来处理这个危机，于是我翘首企盼。

结果气得我七窍生烟。

当韩叙皱着眉头闭着眼睛凑近装死的徐延亮的时候，身为水晶棺材的 β 突然上前一步，拿一张硕大的白板挡住了两个人的脸。

白板上写着三个大字：马赛克。

…………

后来，β 基本上被愤怒的观众用矿泉水瓶子给埋了，只有余淮在一边抹着眼泪说："我太感动了。"

我问他为什么，他说因为他站在门口，正好是马赛克挡不住的地方，只有他看见，韩叙真的亲了。

"他一向很认真。我觉得期中考试我肯定考不过他……压力好大。"他说。

不过，我最喜欢的节目是徐延亮和 β 搭配在一起演出的。据说，当时徐延亮磨破了嘴皮子，请求在"特长"那一栏写下了"音乐天分"的 β 与他合奏。

β 当时脸都绿了。徐延亮坐在简单后面，β 坐在简单前面，他们两个的隔空喊话被简单恶意歪曲之后，这个组合就成了。

笛子和吉他的合奏。

这不是最奇怪的。我们终于知道 β 的音乐天分是什么了——竖笛，就是十三块钱一支的白色塑料竖笛，在各小学门口摆摊老大娘那里都能买到，全市有售。

"我小学时学得很认真，音乐老师的确夸过我有天分，我没有吹牛。"

徐延亮恨不得把 β 剁成碎块。

最后，两个富有音乐天分的人果然合奏了一曲耳熟能详、家喻户晓的神曲——《鲁冰花》。

第十六章

我真的很喜欢，你

我能坐在你身边的时间很短，运气好的话，
打满全场，三年

No.87

闹腾了一天。

从小学到现在参加过那么多的联欢会，最开心的并不是在进行中，而是布置会场的时候。就像旅行中看到的最好的风光永远在奔赴目的地的路上。

我低头扫着一地狼藉，不用做值日的同学们已经陆陆续续离开了。张平忽然进门，把本来人数就不多的值日生叫走大半去帮忙打扫体育场，我回过神来的时候，教室里面竟然只剩下我和余淮。

他在擦黑板。宣传委员往上面涂了过多的油彩，擦起来很费劲。我挂着扫帚傻站在那里，夕阳余晖像温柔的手，从窗子外伸进来，轻轻抚摸着少年宽厚的背，涂抹上灿烂却不刺眼的色泽，均匀地，一层又一层。

恰到好处的温度，微醺的风，我站在乱七八糟的垃圾堆里，右脚轻轻踩着可乐罐，轻轻地，不敢弄出声音，歪着头，看他。

他转过头，眼睛圆睁，好像没料到我这样直直地看他，一瞬间脸红了。

不过也许只是落日开的玩笑。

"魂儿丢啦？"

我笑："差不多。你的背影太好看，看傻了。"

他也很开心，每次我夸他他都不会反驳，反而转过去，很夸张地扭了扭屁股，抖了抖肩膀。

像笨拙的新疆大叔在跳舞。

"喂，余淮！"

他停下来："做什么？"

我摇头，眼睛有点儿酸。热闹过后的寂寥搭配着夕阳的煽情功力，让我觉得有种湿漉漉的感情悄悄爬上我的后背，很沉重。

他耸耸肩，转回头继续擦黑板。

"余淮？"

"你到底干吗啊？"

没什么，我只是想抓住点儿什么。只是在我回家进门的瞬间再也不能放肆地大叫之后，在我不能在饭桌上面对另外两个陌生家庭成员肆意谈起学校里的一切之后，在我想起期中考试就会涌起一股深深的无力感却又不能任性地放弃之后，我想抓住点儿什么。也许只是你的袖子，真的没什么。

真的。

我微笑："你知道吗？我真的很喜欢……"

他抬起眼睛，安静地看着我。

No.88

"……很喜欢和你坐一桌。"

他张口，我立刻伸出食指大叫："不许说你知道自己人见人爱！"

被我阻断了经典台词的余淮气急败坏："那我说什么？说我知道你爱我？"

你知道，时间停住，是什么感觉吗？

我知道。因为我的心跳也停住了。

然后"始作俑者",那个惹祸的少年跳起来,满脸通红地用语无伦次的解释修正了这个错误,指针拨动,我重新听见时间和心跳的声音。

我低下头,慢慢扫地,嘴角上扬,眼角酸涩,大声说:"用不着解释,谁爱你,瞎了眼啊?"

"什么瞎了眼,小爷我人见人爱!"终于把台词说出来了,他很得意。

我歪头:"我可不是一般人。"

你是凡人,所以你喜欢凌翔茜。我不是,所以,我不喜欢你。

一点儿也不。

No.89

我们放下手里的扫帚、抹布,并肩坐在讲台桌子上,腿在半空中晃来晃去,右边是窗外润泽如水墨画的夕阳,边缘暧昧,虚虚实实,美得很假。

后来我无数次想起当年这个场景。我一直怀疑是不是我的记忆出现了什么差错。

那个联欢会结束的黄昏,那么长,又那么短,那么安静,又那么喧闹。

那么长,仿若一辈子的好回忆都被耗尽。

却又那么短,短得好像游乐场的旋转木马之于玩不够的孩子。

那么安静,让我不敢置信,所有人好像都退出了舞台,给我让位。

却又那么喧闹,我的视野里都是他精力充沛的笑容。

他给我讲他们初中操场边的那棵核桃树,很高,有着特别的树叶纹理。

"后来我才知道,竟然是我爸种的——我爸也是师大附中的学生,当年操场还是土路,他和他同桌在植树节那天很能折腾地跑到外面去种树了。其实只是闹着玩儿，不知道从哪儿搞到的一个小苗子，就栽进去了……"

谁知道，竟然长大了。

自己的儿子逃课的时候，会坐在树荫下喝着冰镇果汁躲避夏天毒辣的日头。谁会想得到。

我却在想另一件事情。

"你爸爸的同桌呢？"

"什么？"

"我是说，她……"我也不知道对方是男是女，还好念出来都一样，"她现在在哪儿？"

余淮耸肩："你的问题还真怪。谁知道啊，肯定也当孩儿他娘了吧。"

"不过还好，他们还有一棵树，"我揉揉眼睛，"有机会，我们也去种一棵树吧？"

他答应得很轻易："好啊，有机会的吧。"

我说真的，余淮。

然后侧开脸，没有坚持。

No.90

"余淮，你以后想要做什么？考北大、清华吗？"我随口问。

他显然也是随口答："喊，我考得上吗？"

我诧异："他们说，振华前五十名，只要稳定发挥，都没有问题。"

余淮还是包裹着那层谦虚的面皮："得了吧，我……"

"余淮！"我板起脸，我不喜欢他这样，"你能不能……真诚一点儿？"

这些好学生，默默地朝着上面爬，又担心太过得意而摔下来，所以总是用那种戏谑大度的表情掩盖真正的欲望。

我能理解。可是我不希望，我不希望余淮面对我时也是这样的。

他沉默了一会儿，点点头："好吧，是我不对。我……呵呵，谁不想啊。"

是啊，谁不想。

"谁都想，可并不是谁都有可能，"我认真地看着他，"比如我，就没有可能。而你可以。"

他没有用廉价的话来鼓励我。

所以，我能坐在你身边的时间很短，运气好的话，打满全场，三年。

我们肩并肩地沉默。

我的脚不小心踢到他，刚刚要道歉，他就以牙还牙踢了回来。

我气急，直接以佛山无影脚还击。

鞋子相撞的时候发出噗噗的声音，像没心没肺的欢乐节奏。他跳下桌子，拿粉笔头砸我的脸。我当然不会示弱，抓过一截粉笔就甩手扔了出去。

然后直接砸到了适时出现在门口的张平脑门儿上。正中红心。

No.91

我灰溜溜地继续扫地，余淮灰溜溜地继续擦黑板。

太阳不知道什么时候沉入了远方的楼群中。天幕一片宁静的蓝紫色，让人的心空落落的。

我又抬起头，看了一眼还在擦黑板的余淮——他仍站在那个地方，用力地涂抹着"欢"字的最后一捺，而我脚边还是那个空空的可乐罐。

好像时间变了个魔术，刚才的一切根本就是个梦，我们没有移动分毫，然而时间，就这样被偷走了。

悄悄地，毫无痕迹。

只是我自己，刚刚在打闹的时候，的确偷偷拽住了他的袖子。

一瞬间，就被忙着逃离的他抽走了。

我轻轻捻着拇指和食指，指间还有一点点棉质衬衫柔软的触感，有点儿温暖，应该也不过是错觉。

第十七章

高速公路上的
自行车

生活的金字塔把我压在了中间，
仿佛汉堡里被沙拉酱淹没的肉饼

No.92 — No.95

No.92

我记得第二天早上是个阴天，张平站到讲台上开始讲期中考试的事情。那时候，我不知道为什么就是不愿意正过脸去看讲台，却死死地盯着窗外不怎么好看的灰色天幕。

后来我听到粉笔和黑板摩擦的声音，听到张平抱怨余淮黑板擦得不干净，听到大家纷纷翻开笔记本抄写黑板上的期中考试时间、地点和考场安排，纸片哗啦啦地响，可我就是没有动。

直到余淮推推我："发什么呆呢？抄考试时间！"

我终于还是认命地拿起笔。

那时候好像只有我还沉浸在校庆的欢乐气氛中，不能自拔，仿佛黑板上的考试时间就是魔咒，我只要看一眼，啪的一声，现实世界就扑面而来，击碎所有美丽的泡泡。

我对余淮说："我觉得我死定了。"

余淮笑："小小年纪，别老把死挂嘴边。死？你想得美！"

我依旧坚持："余淮，我觉得我真的死定了。"

他这才严肃地对待我的小情绪，叹口气，说："慢慢来，多考几次试……"

我等待他说"就会有进步""会慢慢好起来"一类的美丽谎言，但是他停顿了一下，艰难地说——

"就会习惯的。"

多考几次，你就会习惯的。

我们总是会不接受自己在某一个群体中的位置。抗争成功的人得到喜欢的位置，抗争不了的人，总有一天会习惯的。

想死？美死你。

只是在我沉默的时候，他递过来一张小字条。

"有不会的题赶紧问我。其实类型题就那么几种，触类旁通，熟练了就好了。"

我把字条攥在手里，仰起脸，看到他傻呵呵地朝我微笑。

No.93

考试安排在下下周。用张平的话说，复习时间很充裕。

周四上午是语文，下午是数学。

周五上午是物理和化学，各一个半小时。下午则把历史、地理和政治混在一起三个小时答完，由此可见在文理分科之前，这三科在振华的地位。

张平说，周六、周日老师们会加班批改卷子，周一到校的时候，排行榜就会出来。

"我们多受点儿累，你们就少煎熬一阵儿。我记得我上学那会儿，学生们等待成绩一科科出来，那叫一个慢性折磨啊。全部成绩和排行榜出来之前，谁也学不进去新内容，所以以后咱们的考试都会尽快出成绩。大家要适应快节奏，积极调整心态，总结经验教训，迎接下一阶段的学习，哈。"

前半部分正经得不像张平，后面一个"哈"，全部打回原形。

"所以呢，估计周二或者周三，就会召开高一年级的第一次家长会，大家回去通知家长一声，要请假的提前准备，哈。"

我把这些悉数告诉我爸，他点点头说知道了，然后拍拍我的肩膀，又一次说："轻松应战，战略上藐视敌人，战术上重视敌人，上次进步了九名，这次……"

估计是他看到我的眼神太过哀怨，于是把后半部分吞了回去。

"这次……轻松应战，轻松应战。"

No.94

我每天晚上都K书（看书）K到十二点半，实在撑不住了就去睡觉。有时候，我爸会在十点半左右要睡觉之前，敲门进屋说两句"早点儿休息，养足精神才能考好"的废话，估计他也知道神采奕奕往往换来的是大脑空白。当然，我只能用"嗯嗯嗯，知道了"来回应，养足精神和认真备战之间的矛盾，我们心照不宣。

以前吃完饭都是我刷碗，自从有了齐阿姨，我连家务活的边儿都不用沾了，连收拾碗筷下桌她都会拦着，让我放下碗赶紧回去休息或者学习。

"耿耿不用动手，回屋歇会儿吧，要不看看电视放松一下，阿姨收拾就行，在学校累一天了，家务以后都不用做，交给阿姨。"

我很不好意思。不过由俭入奢实在太容易了，我用两天时间就抛弃了刷碗这种好习惯，仿佛我这辈子从来没刷过。

不过，我也因为备考而变得很烦躁。说白了就是这个世界上突然没有一个人、一件东西让我看着顺眼。林帆迷上了四驱车，我爸成了他的车队赞助商，每天晚上八九点钟，我爸和齐阿姨坐在客厅看电视，他就架起他的黑色塑料跑道开始调试设备。

其实关上门我根本听不到多大声音，可是就那么一丁点儿响声，都能让我的脑袋嗡嗡作响。

还好我还仅存一点儿理智和人性，没有泼妇一般地跑出去把他的高速公路给大卸八块。但是有时候齐阿姨敲门进屋给我送牛奶，我控制不好表情，回头盯着站在门口的她时往往摆着一张"你和你儿子欠我两万两白银"的臭脸。

我真不是故意的。

配合着林帆在客厅里制造出的迷你引擎嗡嗡作响，敏感如齐阿姨，很快就把我的表情理解为压抑着的不满。

她尴尬地笑着，把牛奶放到我的桌边，很生硬地试探着捋顺我的头发，说："累了就歇会儿，劳逸结合。"

然后在她出门后，我蹑手蹑脚地跑到门边偷听，如意料之中听到她训斥小林帆："赶紧把这玩意儿收了，疯起来没完了是不是？你安静会儿行不行？"

我爸不明就里："你就让他玩嘛。帆帆作业写完了没？写完了就接着玩。"

然后我就听见小林帆拆卸跑道的声音。

他还是那么乖巧安静，从来不争辩，也不任性。我突然觉得自己特别浑蛋，明明无能的是我，却把责任推给一个很少有机会制造噪声的小男孩。

心里酸酸的。我这是在干吗啊？

No.95

我假装出门倒水，看到林帆低头默默拆跑道，就走过去，盘腿坐在地板上。

"怎么拆了？不玩啦？"

他吓了一跳，抬头，黑白分明的大眼睛眨呀眨："姐姐？……不玩了。……玩累了，吵。"

"不吵呀。"我抓起一辆扁扁的赛车拨了两下后车轮。说实话真不知道这东西好玩在哪儿，怎么一群男生无论长幼都为之疯狂。我做出一副非常有兴致的样子说："架上架上，让姐姐也跑一圈。"

林帆胆怯地朝齐阿姨的方向看了一眼，然后轻轻地帮我重新把轨道搭好。

　　我随便抓起一辆，说："来，咱俩比赛！"

　　正要往上面放，被他拦了下来，我第一次看见这个小家伙眼里火热的执着和极其专业的神情："这个不行，引擎还没调试好，轮胎磨损太严重了。拿这个，这个比较新，我刚换芯了，弯道肯定不会翻。"

　　我一句也没听懂，但还是愣愣地接过来。

　　在赛车起跑的那一瞬间，林帆专注的神情让我动容。我突然想起余淮做题时的状态，我喊他好几遍他也听不到，和效率低下、耳听八方的我完全不一样。

　　突然心生感慨。这个世界属于有天赋的人，也属于认真的人，更属于那些在有天赋的领域认真钻研的人。

　　那么，我的天赋在哪里呢？

　　林帆赢了。我爸替他欢呼，他不好意思地把我那辆车抓在手里说："姐姐这辆车还是没调好，对不起，我再试试。"然后他就盘腿坐在地上开始拆卸。

　　我摸摸他的头，笑了，回身朝齐阿姨眨眨眼睛，回我的小屋接着配平化学方程式。

　　台灯橙色的柔和灯光让我的眼睛有点儿酸。我突然想起一个叫温森的小学同学，一个老是不紧不慢的男生。小学一二年级的时候，老师让大家站起来说自己的理想，在一片"联合国秘书长""天文学家""国家主席"的宏大志愿中，他拖着鼻涕站起来说："我以后想过好日子，舒服的好日子。"

　　大家笑他，什么破理想。

　　后来我们虽然从来没有熟识过，他却一直生活在我周围，每次看到他，他都是闲适的笑容，差不多的成绩，轻松快乐的样子。

舒服的好日子。

我又想起沈屾，仿佛飞蛾扑火一般咬定青山不放松，虽然结果不尽如人意，可是我想，她一定过得酣畅淋漓、绝不后悔。

那么我呢？我有安逸的可能，却不甘平庸听从家长的安排考振华，然而因为我的确很平庸，所以生活的金字塔把我压在了中间，仿佛汉堡里被沙拉酱淹没的肉饼。

小林帆的四驱车又开始嗡嗡地绕着跑道转圈了。

我突然觉得自己像骑着自行车上高速公路的傻子，早晚会被撞得血肉模糊。

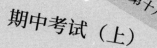

第十八章

期中考试（上）

他活着，便精彩

No.96

考试前一天放学的时候，学校要求我们把书桌里的所有东西都清理回家，打扫教室，为考试做准备。我的书桌里积累了太多的练习册——是的，很难为情，但是我必须承认，我买的练习册数量是余淮的两倍，看见别人做什么我就买什么，结果积压成灾。

没有好好地做过一本。后来被余淮教训，每一本练习册的思路都是完整的，时间有限，给自己增加那么多负担，还不如一开始就踏踏实实只专注于一两本。

不过虽然这样说，他还是拎起了我的沉重的布袋。

"书包你自己背着吧，这个我帮你拎。你家在哪儿？"

我想，我是有点儿脸红的。

"那个……那个……你要送我回家？"

他一脸理所当然："废话，你自己搬得回去吗？"

不顾我少女情怀的忸怩作态，他已经大步朝门口走了。

我们俩欢快地走在回家的路上，忘记了那周本来轮到我们值日。

夕阳暖洋洋的，我发现每次我有机会和他独处的时候，都是黄昏。

很短暂的美好时光，就像太阳很快要落下去。

振华校舍建在繁华的市中心，车马如龙，熙熙攘攘的放学大军和来接送孩子的私家车、公家车拥堵在一起，我跟着余淮的步伐，在凝滞的车流缝隙

111

中穿梭自如。他个子高，步子大，我需要很努力才能跟上他。

我估计布袋的拎绳很细，正想问问他会不会勒手，凑近了才注意到他自言自语念念有词。

"明明也不做，都是空白，留着干吗？扔了算了，这么沉……"

你唠叨个屁啊，是你自己要送我的好不好？

我退后两步，把关心的话都咽回去，恨不得拎绳细成钢丝，勒死他！

然而还是会遇见同班同学，比如结伴晃晃悠悠的简单、β 和徐延亮（真不知道这三个人为什么出现在一起），他们看到我们的时候竟然都露出促狭的笑容，鬼兮兮的。

我假装没看到，红着耳朵，故作镇定地大步向前。

前面的男生，背上搭着校服，又穿上了那件黑色的 T 恤，高高大大，晃晃悠悠，令我安心得一如初见。

No.97

"喂，你天天戴着耳机，都在听谁的歌啊？"

我上自习课做作业的时候喜欢听随身听，可是余淮从来不听，他说他戴上耳机就没法儿专心，我则需要戴上耳机才能在做题的时候不胡思乱想。

"谁都有啊，只要好听，不管是谁的。不过……我听周杰伦比较多吧，你呢？"

他仰头想了想："我比较喜欢 Beyond。"

我点点头："我记得，主唱死了。黄家驹的词曲都写得很好的，我记得谁和我说过，当年的香港乐坛大多红歌其实都是翻唱的外文歌，重新填词而已，Beyond 的原创才是香港乐坛真正的辉煌。"

他挑眉："哎哟，你还知道得不少嘛。你喜欢哪首歌？"

其实 Beyond 我听得很少，毕竟是粤语歌，不过不知道怎么，那种小小的好胜心让我不想说出《光辉岁月》《海阔天空》等那几首耳熟能详的歌，所以我一歪头，很大声地讲："我喜欢《活着便精彩》。"

其实我压根儿没听过，只知道歌词和歌名。

他惊喜地大叫："啊啊啊我也是啊，你是第一个跟我喜欢同一首歌的人！"

我张大了嘴巴，慢慢地才把表情调整到正常。

他在高兴什么我不知道，我知道我在高兴什么。

随便胡诌都能成为共同爱好。其实，我们是有缘分的，是吧是吧？

一定是的。

No.98

我家离学校不远，步行的话只要二十分钟。因为是老房子，所以小区里难免有点儿杂乱，我第一次因为这些碎砖烂瓦和塑料袋而愤怒。

总归是希望这一路繁花遍地，回忆会更美丽一些。

他把袋子递到我手上，我的胳膊往下一沉，这才体会到袋子究竟有多重，隐约看到他手上被勒出来的红线，横穿掌心。

"我就不送你上楼了，你不是说你家在三楼吗，也不高。否则让你爸妈看见，会误会的，我可不想被你爸拎着扫帚追得满街跑。"

我想象了一下这个场景，竟然觉得很甜蜜，克制不住有些向往，但还是一鞠躬，大声说："多谢啦！"

他摆摆手："天快黑了，快上楼吧，明天别迟到。"

他手插在兜里，转身晃晃悠悠地走远，书包和校服都随着步伐一晃一晃的。我假装进了楼门洞，估摸着他走远了，就重新探出头，站在路边目送着墨蓝色天幕下余准渐渐模糊的背影。

很多年后，我还记得这一幕。

好像那时候我就已经看到了故事的结局。逼仄拥挤的青春里，他送我一程，然后转身踏上自己的旅程。他的世界很大，路很长，很遥远；我只能站在自家门口，独守着小小的天地，目送他离开。

　　他活着，便精彩。

第十九章

期中考试（下）

世界上最短暂和最漫长的时间都在考场上

No.99 — No.104

No.99

考号随机分配，我和余淮的考场都在一年一班。我赶到考场的时候，刚好看到余周周和另外一个女生在门口。

我不知道应不应该打招呼，虽然说是初中校友，但毕竟当初不认识。正在我犹豫的时候，倒是余周周身边的女生朝我微笑了起来。

那是个气质很特别的女孩，长得很有棱角，皮肤有点儿黑，头发半长不短。我并没有想到这个看起来冷冰冰的女生会率先跟我打招呼，愣了一下，笑回去。

"你是不是叫耿耿？"

我点头："你是……"

余周周一直面无表情，不知道在想什么，听到我们说话才抬起头，梦游一般朝我点点头。

我也赶紧趁热打铁："余周周吧？我是耿耿，也是十三中的，现在在五班。"

她笑了，眉眼弯弯，和我初中第一次见到她时有点儿不一样，我说不出来为什么。

旁边的女孩面色有点儿冷，也不再笑。我意识到自己把人家甩在了一边，很不好意思，所以赶紧转回头对她赔笑脸："你是……"

她说："我是辛锐。"

我脸上茫然的表情让她很失落，却又好像松了一口气，搞得我莫名其妙。

这时候，余周周接过话茬儿："你在一班考试？"

我点头："我记得你是一班的啊，今天你在自己班考试？"

她摇头："昨天把两本书落在桌洞里面了，回来拿。"

教室里已经有几个人坐在那儿了，我探头进去，一眼就盯到无所事事的余淮坐在靠窗的第三排。余周周一进门，他突然正襟危坐，朝她点头微笑，假得要死，让我起了一身的鸡皮疙瘩。人家只是很淡地说了声"早上好"，没停步，弯腰从中间那组的某一桌洞里面掏出了两本花花绿绿的书，好像是漫画的合订本，抱在怀里，从后门离开了。

我跑进门，把演算纸卷成筒敲在仍然灵魂出窍的余淮头上。

"看什么看，你果然见到好看的小姑娘就切换到傻缺模式啊！"

No.100

我刚说完，往后一退，就踩到了一个男生的脚。

一个趔趄。这个家伙是什么时候神不知鬼不觉飘到我背后来的？

回头怒视，才发现那是个很好看的男孩，白净温和，长得很顺眼，不是耀眼的英俊，非常亲切。

于是没出口的斥责，一个大喘气就变成了结结巴巴的"对……对……对……对不起"。

听到余淮在背后嗤笑："哎哟，您有什么资格说我啊？耿耿同学？"

我顿时觉得很没面子，于是不敢回头去看余淮，只能傻呆呆地对着眼前的男生不住地点头哈腰说抱歉。

长得好看是罪啊，我在心里对着面前的少年碎碎念，你们这种人，迟早要下地狱的呀。

男生摆摆手，笑了一下说"没关系"，就专心致志地蹲在地上研究他身边书桌的桌洞。

那是余周周的桌子。

虽然我觉得这种行为很变态，可是也不好打扰人家，尤其当人家变态得很帅的时候。

我坐到余淮前面的第二排，转过头轻声问他："你怎么谁都认识啊？余周周是我们学校的，你怎么认识她的？"

他没理我，反而很大声地喊："林杨，你干吗呢？"

原来是余淮的初中同学，他提到过的那个超级赛亚人。

叫林杨的男生挠挠后脑勺，竟然迅速地脸红了。

"没事……没事……"

"那你干吗绕着我小姑姑的桌子打转？"

我和林杨一起大喊："她是你小姑姑?!"

在余淮一脸得意颇为欠扁的时刻，我却注意到林杨灵魂出窍的窘样，他盯着桌子，食指轻轻地敲着桌面，喃喃自语："那……那……那我岂不就成了……你的小姑夫……"

在我和余淮目瞪口呆的时候，他好像大梦初醒一样，连连摆手退回自己的座位上，刚坐下，就屁股着火似的跳起来奔出门外了。

我张大嘴巴说不出话来，余淮却眯起眼睛笑得很邪恶。

"什么时候有机会灌他两斤二锅头，我倒要看看他还能说出点儿什么来。"

No.101

世界上最短暂和最漫长的时间都在考场上。考试结束前一分钟，你发现自己有一道计算题从第一步开始就抄错了题，时间就在你来不及惊呼的那一刻开始加倍流逝，你的笔尖已经开出了花，思路就像黄果树瀑布飞流直下，可是铃声永远走在你前面。

有时候我真的很担心，如果时间始终以这种速度消失，一扭身，我就能从背后的镜子里看到自己的如瀑青丝转瞬成雪。

虽然我没有如瀑青丝。我是短头发。

然而如果让我选择，我倒是宁愿经历这种惊心动魄的一分钟，让卷子带着我未完成的遗愿随着监考老师远走，也不愿意独自坐在那里面对很大一片空白，听着周围沙沙的答题声和翻页声，好像要等到地老天荒。

那时候，视野里是一片空白。并不是说我昏过去了——我不知道应该怎样形容那种色调。桌子、椅子、讲台、监考老师、墙上的黑板、黑板上方的红色大方块字——"敦品励学，严谨求是"……

这一切都被罩上了一层淡淡的白色。好像你已经来到了天堂，却又不耀眼。你假装自己在做题，实际上笔尖都不曾落在纸面上，只是为了和别人一样忙碌，躲避监考老师的目光，抢救岌岌可危的尊严——尽管如此，那层白色还是在你的视野中晃动，久久不去。

等着，听着，思维游离在试卷之外，难堪的空白许久没有任何改动，趴在桌子上也遮不住。时间都在别人的笔尖上，独独把你遗忘了。

独独把你遗忘了。

No.102

所有科目都结束的那天下午，我终于等到了最后的铃声。明明需要更多的时间，却再也不想琢磨那些题目的解法，宁肯赶紧宣判死刑，让我死也死得踏实。

我站起来，伸了个懒腰，回头看到余淮和林杨一边收拾书包一边在谈论什么。余淮伸出左手，竖着大拇指，比比画画。

"气旋不是上升气流吗？大拇指向上，四指自然弯曲，气流就是顺时针转啦，所以是西北啦，西北！"

林杨摇头："我当然知道气旋是什么，可那道题明明是高压反气旋。"

他们两个还在争论，我已经无话可说，最后一门是地理，这个科目很快就会在全省会考之后与他们 say goodbye（说再见）了，有什么好讨论的？

无论如何，都结束了。

余淮看到我，停止了与林杨的交谈，转身热情地朝我招手。

"考得怎么样？"我赶在他讲话之前赶紧先问。

他耸耸肩："就那么回事儿呗，还行吧。你……"

在他把"呢"反问出来之前，我连忙笑着问林杨："小姑夫，你呢？"

林杨又涨红了脸，我笑出声，他很快反应过来，神经兮兮地把手插到兜里，挑眉看看余淮，又看看我。

"我什么时候成了'你们俩'的小姑夫了？"

"你们俩"咬字非常准，我都听见心里咯噔一声，好像不小心失言讲出了自己都不敢承认的真心话。

余淮抬脚就要踢林杨，被林杨反手抓住小腿差点儿掀翻。他们就开始拉拉扯扯拼命想要把对方按在地上，两个大男生扭来扭去的，我都不忍心看。

看了会想歪。

终于一班的同学们纷纷拥入教室，余周周安然坐到座位上的一刻，我咳嗽了一声，林杨立刻就像踩了电门一样绷直身体，然后一个鱼跃逃出了门，把仍然不明战况的余淮独自扔在垃圾桶旁边。

在林杨跑出门的瞬间，门口出现了一个极为俊秀的男生，高大挺拔，抱着书本，迈着很稳重的步伐慢慢走进来。

又是一个看着眼熟的男生，说不定也曾出现在我乱拍的某张照片里面。

他身上的气质和林杨的那种鲜活温暖、偶尔犯傻冒失的感觉很不同，我说不清。

总觉得他来错了地方，即使在温和地笑着，与周围人闲聊寒暄，也总是跟旁边这些浑浑噩噩的学生格格不入，说不上哪里，过分精致，过分耀眼，过分疲惫。

余淮收敛了笑容，推了我肩膀一下："看什么看，赶紧回班。"

那一刻，我甚至差点儿就脱口而出："帅哥凭什么不让看，你忌妒啊?!"

憋住，带着考完试难得的复杂好心情出门。

然而迈出一班门口的一瞬间，我听见余淮用很平静的口气"顺带提及"："那是楚天阔，摸底考试的第一……好像也是咱们这届的中考状元。"

然后我就明白了那句"看什么看"里面包含着怎样的情绪。余淮自然不是小肚鸡肠只知道妒忌的男生，他很严肃地收敛情绪推着我离开教室，应该是在面对心目中的竞争对手时的正常反应吧。

世界上没有人万事如意。我坐在考场上独享漫长的空白时间，在另一个空间里，余淮也有他的高山要爬。

No.103

回班才是受难的开始。

我趴在桌子上，周围闹闹哄哄对题的声音挡也挡不住。余淮是周围人围攻的焦点，我就是焦点旁边的炮灰。

"这次数学出的什么题啊，选择题那么多陷阱，我连着好几道都选错，幸好看出来了，结果导致后面每道题都要小心翼翼读好几遍，生怕看错被耍，差点儿就答不完卷子了。"

义愤填膺抱怨了那么多，最后该做完的还是都做完了，该选对的还是都选对了，所以这个女生到底在愤慨什么?!

"别提了，那作文我根本就不知道该写什么，我估计我肯定跑题了，四十八分都拿不了，要命啊!"

挑整场考试中最拼运气的部分来担心，你有意思吗?!

"哎哟喂那个英语啊，我听听力的时候好几次差点儿走神，那是什么口音啊，英不英美不美的，跟喝多了似的，我第一遍的时候完全没听懂!"

你丫废什么话？不是还有第二遍吗？你第二遍不是听懂了吗？叫唤你妹啊!

他们就这样围在余淮周围七嘴八舌地边对答案边抱怨考试的变态，我趴在桌子上，看余淮左右逢源，缓缓闭上眼睛不想说话。

"考完了就不提了，张平没过来呢吧？走走走，趁现在下去买点儿吃的!" 余淮大手一挥就把一群人都拽走了，我睁开眼，看到他走在最后，正回头朝我狡黠地笑。

我也感激地回了个笑容，嘴角很快耷拉下去。

好像终于撑到电池寿终正寝的劣质洋娃娃。

No.104

张平笑嘻嘻的，面对底下仍然抱怨不休的同学们，什么都没说，转身开始在黑板上写字。唰唰唰，字很丑，但足够大，所以极有气势。

"月落乌啼霜满天，江枫渔火对愁眠。姑苏城外寒山寺，夜半钟声到客船。"

我们渐渐安静下来，好奇地看着他。余淮不住地用食指叩着桌子，皱着眉头，怎么也想不明白张平又抽什么风。

"同学们啊，你们知道这首诗的出处吗？"

"不是小白脸毛宁唱的那个《涛声依旧》吗？" β 在后面举手，全班大笑。

张平刚刚笑而不语的范儿被严重打击，他赶紧调整了情绪，白了 β 一眼，继续说：

"这个作者啊，名叫张继，当年落榜，很不爽很不爽，夜宿寒山寺——就是寒山那里的佛教招待所，心情抑郁，失眠，就出门游荡，写了这首诗。

"这首诗后来千古传诵，张继自然就名留青史。但是大家想想，当年的那个状元到底做了什么，又留下了什么呢？谁也不知道。所以说啊，同学们，落榜不是问题，考得不好也没关系，东方不亮西方亮，塞翁失马焉知非福，有些东西，没你想象的那么重要。"

大家开始起哄，鼓掌。张平眯起眼睛笑嘻嘻地站在讲台上，双手背在后面，很享受的样子，俨然一名新上任的邪教教主。

余淮破天荒地没有跟着凑热闹。

我笑了一会儿，侧过脸看他："怎么了？"

"死了以后名垂青史，有什么用啊？活着的时候那么憋屈。快乐是自己的，成就也是自己的，后人唱赞歌，有个屁用。"

我愣愣的，不知道应该说什么。

这个世界太复杂了，那么多活法，我们却总要褒奖某几种，贬低另外几种。可是仔细想想，到底怎样才是对的？

谁知道。我们只有活过一遍之后才会明白，可是那时候剩下的感觉只有一种，名叫后悔。

第二十章

家长会（上）

会惶恐的幸福才是真的幸福

No.105 — No.110

No.105

张平没有食言，度过了一个短暂而惶恐的周末之后，周一早上升旗仪式的时候，就有些同学开始散播各种关于每学科年级最高分的消息。我才听说有些同学周六周日的时候被叫到学校帮忙核分数排榜出成绩单，在分工明确的流水作业下，成绩就像某种产品一样从打印机中连续不断地吐出来。

我一点儿也不想知道自己考了多少分，一点儿都不关心，甚至希望它出不来才好呢。谁一不小心把教务处点着了，电脑和卷子一起烧光，天下太平。

我再次高举着相机，对着四周乱拍。

一群人围在一起叽叽喳喳，中心人物看不清，只有一个背影，似乎是楚天阔吧？

一个女生捧着不知道什么书低头专心地看，眉头微皱，因为背后一个把发尾挑染成红色的莫西干头的男生嬉皮笑脸地在拽她的辫子。

还有好多失焦模糊的照片，但是总能找到一两张陌生的脸孔，清晰，鲜活。

我低头看着，在嘈杂兴奋的人海中。突然间觉得心里平静了下来。

之后还会有很多很多考试，如余淮所说，是的，我们都会习惯，习惯到想不起来每一次考试的成绩和排名。他们自然也不会记得这样一个周一的早上，这样一个毫无特征的升旗仪式。

可是我记得。他们自己随手丢弃的青春影像，都在我手里。我是整个操场上，最低调的富豪。

我觉得自己笑得也许很悲壮。可是没有勇气自拍。

我拍下了他们的青涩年华，却把自己的那份遗忘在了照片的背后。

No.106

每一科老师进门时都会怀抱一大摞卷子，急匆匆地迈步进来，巡视教室朝课代表示意，然后将卷子递到他们手里，一言不发地倚着讲桌，看课代表指挥几个同学分发卷子。

教室里面嗡嗡嗡响个不停，可是仔细一看，似乎大家都没有讲话，神情肃穆，充满期待，又有点儿恐慌。

所以我就很奇怪。这种嗡嗡的说话声究竟是来自哪里的呢？

韩叙是数学课代表，张峰面无表情地将一摞卷子交到同样冷面如霜的韩叙手中，仿佛魔教的传位仪式一般庄重。

数学是我考得最烂的一科，成绩却是第一个发下来的。明知自己不会有什么好结果，偏偏心里仍然在打鼓，丝毫没有那种心如死灰的自觉。我一直在安慰自己，数学就数学吧，一下子死利索了，也是一种福气，剩下的科目就会只高不低了。

可是当韩叙顶着一张死神般的苍白小脸走近我的时候，我还是下意识地抓住了身边的什么东西——竟然是余淮的手。

我能感觉到他和我的身体一起震了一下。我也不知道是因为自己的举动，还是因为我的手冰凉如死尸。

然而他并没有挣脱。

那一刻我的大脑已经不运转了。卷子轻飘飘地从上空落下来，就像电视剧里太监扔给冷宫娘娘的三尺白绫，清高缥缈得十分嚣张。

一百四十八？

No.107

我张大了嘴，尚存的理智让我歪脑袋瞟了一眼左侧装订线内的名字。

哦，余淮的。

他皱着眉，用闲置的右手将卷子拽到他面前，开始认真盘查那两分到底扣在了哪里，一边翻，一边说："你手怎么那么凉啊？期中考试而已，真这么害怕啊？两眼一闭就过去了！"

我狠狠地甩下他温热的左手，可是不知道说点儿什么反驳他。不过这样一闹，反倒不紧张了，手指虽然仍然很凉，却不再僵硬。

"不好意思啊，"我讪笑，"我……不是故意……"

余光瞟见他的喉结不自然地上下滑动，但是语气仍然很淡。

"冰死我了，下不为例。"

喊。我撇撇嘴。

不过，"下不为例"指的究竟是不能抓他的手呢，还是不能在手很凉的时候抓他的手呢？

如果我焐热了，难道就可以吗？

他的那张脸太淡定了，我很难不胡思乱想。正在此时，两三张卷子像是被风吹过来一般飘到我眼前。

什么都不用看。那惨不忍睹的鲜红分数让我立刻确信这是我的卷子，急忙趴在桌子上护住，紧张地朝四周看。

余淮眨眨眼刚想说点儿什么，突然简单面红耳赤地喊我。

"……耿耿……你扑住我的卷子干什么……刚才不小心……你还给我行吗……"

我讪笑，站起身把卷子递还给了她。

原来这种分数不是只有我能考出来。简单果然是能够共患难的姐妹。我从一开始就没有看错她。

No.108
一整天的轰炸结束，我已经麻木了。老师讲卷子的时候，我就用红色的中性笔认真地记，记得满卷子到处都是密密麻麻的笔迹，妄图将鲜红的分数淹没在我自己掀起的红色海浪中。

至少这样看起来就不会那么刺眼。

成绩单发到手里，左起姓名，然后是数学、语文、英语、物理、化学成绩，一个分数总和，紧接着是历史、地理、政治成绩，最右边是八科成绩总分。

也就是说，有两个总分，然而真正重要的是第一个总分。历史、地理、政治不过是意思意思而已，毕竟大多数人还是要学理科的。

我发现，成绩单上的第一名竟然是 β——正在疑惑，看了一眼最右边，她的总分可比我还低啊！

这时候张平在前面清了清嗓子："咱们成绩单呢……我跟徐延亮商量了一下，用的是随机排序，就不搞那么血腥的大排名了。乐意研究的同学自己根据右边的总分排一下大致的名次我也不反对，看看自己是第几梯队的，也有个努力的方向。我就说一下前三名吧，第一名是韩叙，第二名是余淮，第三名是朱瑶。韩叙和余淮都排进了咱们年级的前三十名，大家鼓掌祝贺一下。"

我松了一口气。虽然不排名不代表名次不存在，但至少，面对这样一张密密麻麻的成绩单，估计大家也只是看一眼总分，估摸一下大致顺序，不会太过计较。我的面子某种程度上得以保全，不由得朝张平感激地一笑。

他竟然看到了，也很得意地扬扬下巴，摸摸后脑勺。

当然我也听到班里有人很不满地抱怨："搞什么啊，乱七八糟让我怎么排啊！"

我黯然。和我这样只想遮羞的人不同，还是有很多人觉得搞这种维护隐私的排名表是非常浪费大家时间、精力的无用功。我想为张平鸣不平，却又没有底气。

我小心翼翼地问余淮："喂，你是希望名次排出来还是不排出来？"

他心不在焉："对我来说都一样啊。"

我叹口气。的确。反正他就在前三名。

他又转过来，看着我，眼睛亮亮的，好像想起什么似的，说："不过……其实还是不排好，多无聊。"

我很大力地点头，眼睛有点儿酸："是啊，是啊。……多无聊。"

他沉默良久，我突然感觉手背一暖。

这次是他主动地捏了捏我的手，很小心地，很兄弟情义地，说："会好的，慢慢来。"

No.109

我爸在饭桌上问起期中考试的事情，我没搭腔，只是告诉他，周三就开家长会，下午五点整。

他点头表示知道了，然后再接再厉："那你们成绩都出来了是吗？"

我张了张嘴——不是不想告诉他，只是不想当着齐阿姨和林帆的面说出自己那惨不忍睹的成绩——不管怎么丢人，我只丢给自己家的人看。再怎么说，他们也是……外人。

饭桌上有几秒钟的安静，突然齐阿姨站起来盛汤，笑着说："刚考完，哪能那么快啊。耿耿，还要不要汤了，阿姨给你再盛一碗？"

我把碗乖乖地递过去，感激地一笑。

晚上，我趴在书桌上什么都不想做，门也没关，隐约听见客厅里面我爸和齐阿姨的谈话声，中间夹杂着齐阿姨刷碗时发出的叮叮当当的响声。

"你去单独安慰安慰她，我看她情绪不大对。我和帆帆在的话她有话也没法儿跟你说。"

心里不知道是什么感觉。自己老爸迟钝得很，倒是一个外人心思透彻，把你看得一清二楚，这无论如何都让人感动不起来。

我爸依言进屋，顺手带上门，隔绝了林帆的四驱车和齐阿姨的刷碗声，把一杯牛奶放到我的桌上。我趴着没起身，闷闷地说了一声"谢谢老爸"。

"考得……不理想？"他试探地问。

我"嗯"了一声。

"……排多少名啊？"

"我也不知道，我们班没排名。"说出这句话的瞬间极其感谢张平。

"……那……"他似乎没话说了，站起来踱了两圈，在我背后拍拍，又揉了揉我的脑袋，说，"胜败乃兵家常事，常事，别太往心里去。会好起来的，毕竟你入学时就跟人家有差距，这个要承认，一步一步来。"

他这么温柔，我反倒从一开始的一肚子怒火转为埋怨自己不争气。我的确有一段时间将怨气都归结为父母逼迫我进了一个不属于我的变态学校，然而这一刻，却深深地感到乏力。别人的孩子都有能力给爸妈带来荣耀，为什么我什么都做不了呢？

我点点头，鼻子堵了不敢出声，侧脸紧贴在桌面上，动起来的时候有点儿疼。眼泪顺着眼角流下去，隐藏在脸颊和桌面之间，他看不到。

"要是理科学着吃力，不用着急，高一一过去，咱们就学文科，乖。"

No.110

于是那些烦恼好像突然就都不存在了，我只记得我是要学文科的，我现在的痛苦只是因为我还没有等来属于我的一切，只是不适合，不是笨，真的不是笨，更不是世界末日。

如果是余淮，他一定会不屑地问："你怎么知道学文科就一定会好起来？"

我不知道。可是我相信天无绝人之路，即使老天爷下定了决心要灭了我，我也不能承认。承认了，就失去了所有希望和勇气。我只有两个选项，你总要给我一条活路，总要给我一条路来走。

早上睡不着，索性很早就出了门，到教室的时候里面只有几个同学，零零散散地坐在座位上低头温书，都是我不熟悉的人。我一屁股坐上教室最后面的窗台，背后是熹微的晨光，面前是空洞的后门。教室里没有人知道我在做什么。窗台上堆满了各种杂物、练习册、卷子，还有一个足球、一个篮球，在网兜里，是余淮他们的宝贝。我缩进杂物的空隙中，把大半个身子藏在窗帘后，脊梁骨紧贴着清晨冰凉的玻璃，寒气阵阵。十一之前大扫除的时候，张平还曾经面对窗台上杂七杂八的东西痛心疾首，哭丧着脸，大手一挥，将两件校服、一沓废纸扫到地上，大声说："这他妈还过不过日子了?!"

全班爆笑。他自己回过神来，也不好意思地挠挠后脑勺，说："不行啊，这样真不行，你们长大了……过日子也不是这么过的……你们这帮孩子啊，女生没个女生样，男生……更别提了，长大有了老婆，都得被狠狠修理！"

大家继续笑得东倒西歪，余淮趁机大声接了一句："老师，这是经验之谈吧?"

张平红了脸，挥挥手："你小子……给我等着！"

我慢慢想着，嘴角弯上去，满心欢喜。那种与"过日子"有关的细碎温暖的小情绪溢满心间，却又有种好时光即将结束的惶恐感。

会惶恐的幸福才是真的幸福。

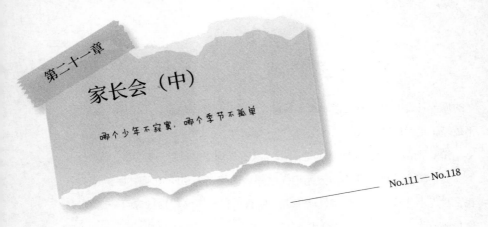

No.111

北方的冬天就要来了，天亮得越来越晚，也让人的心情越来越灰暗。

我昨天在走廊里面遇见洛枳学姐，擦肩而过，人家本来只是朝我点头示意一下，倒是我没话找话，干笑着说："冬天要来了呀。"

聊天气。不管怎么说，这种寒暄方式也是鬼佬的发明不是？

不知道为什么，这个并不熟悉的学姐总是让我觉得很温暖，尽管她并不是个多么热情的人。也许是因为我的心里总是不能忘记那个场景，我回头，主席台下，她站得远远的，空场的风中，朝我微笑。

可惜当时相机不在手里。太多美好的瞬间，就像风一样从指缝呼啸而过，攥拳头的速度再快，也捕捉不到。

面对我莫名其妙的搭讪，她愣了一下，很快点头，突然想起什么似的说："是啊，冬天来了。传说中的黑色高三。"

"什么？"我才高一，她才高二啊。

她耸肩："深秋正是第一轮复习进行到中期的时候，从各种月考和校模拟考试开始，直到明年三月的全省第一次模拟考的铡刀落下之前，天越来越短，夜越来越长，睡得越来越晚，成绩越来越飘忽，心情越来越烦躁……就好像，明天永远不会来一样。"

她笑着说，语气轻松，好像在谈论一种有趣的民间风俗，我却听得心里越来越凉。

最难过的，也许就是我这种学生吧。同样遨游在苦海中，明知道最后就是个溺水幽魂的命，却也要跟别人一起扑腾，抱着一丝缥缈的希望，精疲力竭，靠岸的日子遥遥无期。

也许是我的脸色很难看，她歪头拍拍我的肩膀："吓唬你的，其实跟高三没关系。冬季也是抑郁症发病高峰，日短夜长导致人的心情不好而已。有时间多晒晒太阳，就天下太平了。"

我们正说话的时候，红色莫西干头从旁边很快地跑过，带过一阵呼啸的风。

"陈见夏，你他妈给我说清楚！"

语气凶凶的，可声音是轻快的，令人不由得想要探究在愤怒之下，到底掩埋着怎样甜蜜的秘密。

洛枳若有所思地望着那个不穿校服的张扬背影，然后意味深长地笑了，就像我们第一次见面时一样。

"没时间晒太阳，多看看这样的男孩子也好。"

"什么？"我真的没听懂，可是心里有点儿痒。

预备铃响起，她边说边朝楼梯口走去。

"就是这种男生，会发光，蓄太阳能。难过的时候，就看看他们。"

我真的靠着墙体会了半天。

最后也没懂。只是脑海中出现了一个人的影子，久久不去。

闪闪发光，有阳光的干爽味道，对，还是蓄太阳能的。

No.112

我正在胡思乱想，脑海中的形象却愈加清晰，和眼前的男生重合到一起。

余淮出现在门口，书包肩带只背了一边，黑色长 T 恤外面罩着白色校服，大大的帽子从领口翻出来披在背后。他晃晃悠悠地跨进门，半边身子还撞到了门框上，疼得龇牙咧嘴一番。

然后抬头，惊讶地看着正对面的我。

"一大早上，你抽什么风？"

他的大嗓门吸引了教室里的闲散人员，我脸一红，只能鸵鸟一般地把脑袋藏在窗帘后面。

"躲个头啊躲，你知不知道那窗帘多脏？上次徐延亮坐靠窗位置的时候，中午吃饭把菜汤洒桌子上了，还用窗帘抹呢，你闻闻你闻闻，是不是一股丸子味儿……"

我挫败地从窗台上滑下来，乖乖坐回自己的座位。他也坐下，带来一阵室外的新鲜空气。

好好的早晨。我很不爽。

可是洛枳姐姐说得对。阴天带给我的坏心情一扫而光。

我侧过脸朝余淮傻笑。

对，多多晒太阳。

No.113

余淮似乎昨天晚上没有睡好，第一堂课一直在打瞌睡。

第一堂课是语文，老师叫张玉华，是五班的师资力量中最拿得出手的，据说也是振华目前教师队伍中的元老级人物。

"屁，不就是年纪大还没退休嘛，不比教学效果，净拿年龄和资历说事儿，没劲。"

余淮最讨厌语文课，考试的时候，五分的古诗词填空题他总是空着。

"花好几个小时背那么多东西，就为了五分，而且这次考前背完了，到下次还得重背，根本记不住……投入产出根本不匹配嘛，还不如用那时间学点儿别的，谁也不差那五分。"

我目瞪口呆："你这么跩，会遭雷劈的。"

他一甩头："高二的年级第一，盛淮南，知道吗？就是校庆时代表在校生讲话的那个，理工大学那个数学竞赛班，他跟我们都在一个班。"

就是校庆中我和洛枳学姐聊天时，喇叭里响起的那个声音的主人。我对于话题转换适应不良，皱着眉头示意他继续。

"笨，我的意思是说，他的语文卷子也从来不答古诗词填空题！"

我抚额："你也不学点儿好……人家就只有这么一个优点值得你学习？"

"英雄所见略同，你懂什么。我们一致认为，语文考试的成绩，那都是命，不能强求。"余淮长叹一口气。

"放屁！"我刚想反驳，却想到那些不知所云的阅读理解和晦涩难懂的诗词鉴赏，以及鸡蛋里挑骨头的科技文阅读……不得已缩了脖子认输。

反正这群理科尖子，是不懂得文字的妙处的。

然而我就懂吗？我抬头望向一板一眼的语文老师和枯燥无味的板书。

也许，把标准答案收走，让这些语文老师重新答一遍卷子，他们的成绩未必比我好。

文字的妙处，我们说了都不算。

No.114

讨厌归讨厌，余淮向来不敢得罪张老太太。他犯困的时候，如果赶上张平的课，就会大大咧咧地趴在桌子上睡得天昏地暗，张平也不会介意。

然而在语文课上，他保持着坐姿，用右手托着下巴，脑袋一点一点，眼睛半张半闭，睡得很痛苦。

"罩着我。"他留下"遗言"，就去会周公了。

我自然是要罩着他的，为了还人情。

上次我在张平的课堂上睡得七荤八素。要知道张平对余淮、韩叙这些人很宽容，是因为他知道他们没有听课的必要，索性放任。而我绝对不在免检产品的列表里面，所以很自然地被盯上了。

据简单和 β 因为笑得太过开心而颠三倒四的叙述，当时张平单手拿书，踱下讲台，一边讲着弹性系数，一边胡扯张弛有度、劳逸结合及保证睡眠时间的重要性，然后很耍帅地瞟了一眼余淮，说道：

"所以呢，课堂上睡觉，容易着凉，对颈椎、肩膀不好，而且会导致颅压过高，影响视力。要睡呢，就应该晚上睡觉，白天要精神抖擞地听课，对老师也是一种尊重，对不对啊？余淮，你看看你同桌现在这个状态，你是不是应该'照顾'一下啊？别让老师动手！"

β 讲到这里，爆发出恐怖的大笑。

"余淮也没把我叫醒啊？"我疑惑。

简单已经直不起腰，扶着我的肩膀，哈哈哈地一分钟自由笑，在余淮面红耳赤的阻拦下，大声地说：

"他当然没叫醒你。人家听了张平的话，特别懂事地把校服脱下来，披到了你肩上！"

张平七窍生烟，余淮却一脸懵懂。

"……我只能照顾到这个份儿上了。"他很诚恳地说。

No.115

下课的时候，他自然醒来，连语文老师夹着讲义出门的背影都没看全。

趁他还两眼发直的时候，我问："你怎么了？昨天晚上几点睡的？"

他大着舌头，又打了个哈欠，眼泪顺着眼角淌下来。

"三点。"

"干什么来着？别告诉我是学习。"我咂舌。

"什么啊，我疯了吗？当然是打游戏咯……"

他刚说完，另一边就传来简单的大叫："我靠，怎么又死了，我刚攒了四千多金币要去换装备的，复活之后又得少一大半，为什么为什么为什么……"

　　韩叙冷冷地插了一句："等级那么低就敢往山洞里面冲，不秒杀你秒杀谁？不挂（死）才怪。"

　　简单鬼哭狼嚎的间隙，余淮好像清醒了一点儿，笑了。

　　"他们也在打游戏？"我问。

　　"嗯，掌机，NDSL，应该是在玩《勇者斗恶龙》。"

　　我在心里赞叹了一下这个大俗大雅的游戏名称。

　　"简单帮忙练级，韩叙走剧情，还真会偷懒，明显拿简单当民工使嘛。"他嗤笑。

　　我倒不觉得。我迅速掏出相机，捕捉到了简单在装腔作势的鬼号间隙闪现的那个明艳照人的笑容。

　　是真的开怀。民工不重要，游戏剧情也不重要。

　　而余淮永远不会懂得，甚至当事人韩叙，也未必意识到这款游戏对简单的意义所在。

　　"那……你玩的是什么？"

　　他有点儿脸红："说了你也不知道。"

　　我觉得他很可疑，凑近了紧盯着他："……不是什么不良游戏吧……"

　　"什么啊，"他更可疑地拔高了嗓门，"说了，你不懂就是不懂嘛！"

　　我只能使用激将法："得了吧，其实你根本就不会玩游戏，对吧？书呆子。"

　　他却没有接招，反而不屑地笑了，好像我在指责帕瓦罗蒂五音不全一样。

　　"我从三岁打任天堂游戏，到现在都多少年了。小爷我逃课去网吧杀《反恐》的时候，你还趴在课桌上边打呼噜边冒鼻涕泡呢！"

　　我吓了一跳："你？逃课？"

　　余淮一脸"忆往昔峥嵘岁月"的欠扁表情，正要说什么，突然笑了出来。

"你别说，我倒是想起，初三时，林杨、蒋川、我、李燃……还有谁来着……反正七八个人，一起逃了区模拟考之后讲解卷子的那一下午的课，去网吧推星际，就是《星际争霸》，"他比比画画地解释，很兴奋，"结果被我们班主任那个灭绝师太一路顺藤摸瓜追到网吧来了。哎哟，你都想象不到，林杨和李燃被拧着耳朵捉奸在……不是，抓了个现行，揪着耳朵，左手一个，右手一个，硬是给拖出了门，他们俩叫得跟杀猪似的。我还拿手机录下来了，讹了他们好几顿中午饭呢！"

他的光辉岁月让我完全不知道说什么好。

我咧咧嘴："……为什么你没有被抓到？"

余淮眯着眼睛，挑了挑眉，嘴角欠扁地扬起。

"嘿嘿，还用问？小爷我跑得快呀！跑之前，还是我趁乱把林杨推到灭绝师太手里的呢……"

No.116

最后一堂课是张峰的数学。五点钟放学后就是家长会。

现在距离下课还有十五分钟，门外人声鼎沸，很多家长已经到了门口，正透过门玻璃向里面张望。

我忽然变得很烦躁。

人生中第一次发现家长会是这么讨厌的东西。一直以来我既不是闪闪发光的尖子生，也不是一提到找家长和家长会就急着回家穿好棉裤准备挨打的差生。家长会对我来说，就是下午放半天假，很美好的。

反正老师的点名表扬和批评，基本上都不会落到我脑袋上。从爸爸妈妈那里得到的信息，不过就是："你们老师说了，你们班有同学最近特别沉迷网吧，你自己注意点儿，离那些同学远点儿。"

相比之下倒是有不少同学不喜欢放这半天假，自始至终徘徊在教室门外走廊前后，从班级门玻璃往里面张望，甚至会在散会后凑近被一群家长包围的老师，听到些只言片语，用第一手消息当第二天的谈资。

我小学时，似乎就是通过这种方式得知了老师们的"两面三刀"——吓唬我们说如果不响应学校号召捐献废旧报纸和易拉罐就如何如何，面对家长的请求，却笑脸盈盈地说捐点儿就成了，都是学校领导强迫的，意思意思就行，反正最重要的是学习啊学习……

但是从初中开始，家长会就基本上再也不谈什么班级卫生、集体荣誉、课堂纪律一类的问题了。主题只有一个：成绩。曾经我也不怎么害怕，好歹也是前十名里面的，没考过第一，也无所谓进步退步。

然而现在不一样了，就是不一样了。

我的躁动不安也影响到了余淮。他用胳膊肘推推我："你没事儿吧？五秒钟看一次门玻璃。"

我干笑："就是觉得有点儿吵，都……都影响我听课了。"

后半句换来了余淮结结实实鄙视的目光。

胡说八道是要付出代价的。话刚刚说完，手机振动。

忘了说，我爸给我买了一部不错的手机。可是我也就高兴了那么几天，很小心地给它贴膜，每次用完之后都会小心地放回绒布手机套里面——过了一周，就开始随手乱放了，磕磕碰碰也不怎么在意。

当时余淮看到我的这种行为，突然前言不搭后语地说："唉，妻不如妾，妾不如偷，偷不如偷不着。你看看你……"

我问他什么意思，他直摇头，继续感慨着一些我完全听不明白的话。

拿出手机解锁，是爸爸的短信。估计他已经到门口了吧。

我点击"查看"，然后愣在当下。

"耿耿，省里党代会延时，走不开，我让你齐阿姨代我去开家长会了。"

No.117

估计是我脸色不大对，余淮凑过来问："怎么了？"

木已成舟，都这时候了，再抗议已经没有用了。可我还是很不甘心地回复了一条："那我妈也没空吗？"

我爸也很快回了："我是先问她的，她说也开会。"

那一刻心里不知道是什么感觉。我攥着书桌里面的成绩单，第一次愤恨自己为什么只考了这么点儿分。

丢人。

这时候我才明白，和我爸妈闹再多别扭，有再多隔阂，他们也是我最亲的人，是可以把烂到家的成绩晒到他们面前也不觉得有什么难堪的人。

谁也替代不了。

可是他们随随便便因为某几个也不一定非开不可的会议，把我一个人扔在这儿。

情绪翻滚着冲上鼻尖，酸得我闭上了眼睛。成绩单都快攥出水来了，余淮突然轻轻拍了拍我的背。

"你……癫痫犯了？"

"你才癫痫犯了呢！"我没控制住音量，四周不少同学回头看我，还好因为门外很乱，张峰应该听不到坐在最后一排的我突然的喧哗。

余淮立刻夸张地把身子后撤，离我远远的。

我懒得跟他废话，烦躁地将手机键盘锁开了关了关了开，大脑一片空白。

谁也不明白，我那时候多么希望出现一个机器猫，帮我把这张成绩单藏起来——可是，可是我身边的就是全班第二名，当他的家长扬扬得意地举起成绩单端详的时候，齐阿姨会怎么想呢？

我低下头，突然笑了，歪过头对他说："余淮，你说，为什么我的同桌是你呢？"

No.118

余淮也是敏感的人，他发现我的确不大对头，先一步双手护住胸口，戒备地说："喂，你怎么了？你不会又开始轰地图炮了吧……我可没惹你啊……不要迁怒于别人啊……"

啊你个大头鬼。

我摇摇头，把手机关机，扔进书桌里面，伏在桌面上。

眼前一片黑暗，耳边是张峰冷冰冰的声音和门外沸腾却不清晰的喧哗。我干脆连耳机一块儿戴上。

MP3里面最近新存进去几首歌，我看也没看只凭感觉随便按了几个按键，突然响起一阵吉他声。是陶喆的声音——其实我一直挺喜欢他和王力宏的，就是讨厌他们唱歌的时候太R&B，有时候一个尾音哦哦起来没完，一副大便很通畅的样子——当然这些都不能说，会被喜欢他们的人扁成遗像的。

不过，这首歌唱得很干净。像一阵流水抚过躁动不安的心。

我抬起头，看了一眼MP3的屏幕，歌的名字叫《寂寞的季节》。

一首歌，四个季节。哪个少年不寂寞，哪个季节不孤单。我呆愣愣地望着窗外，那几棵树的叶子已经落得差不多了。

北方的冬天来得早，秋季很美，却短暂得仿佛只是为了把冬天的请柬捎给夏天过目一般。

就连四季也长短不一，有的干脆缺席。

世界上那么多人，自然总会有人得意，有人失意。

我叫耿耿，没经历过大风大浪，人生不曾跌宕起伏，也没什么伤春悲秋的资格。

我家境殷实生活无忧，却因为一次期中考试，莫名领悟到，自己该认命。

认命就是你和你的自尊心、野心、不甘心一起围着桌子坐下来，握手，微笑，为了不再痛苦。

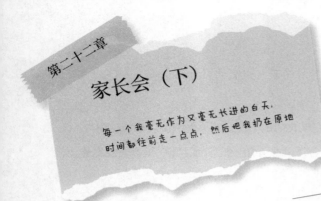

No.119

听见下课铃声刮破耳机里面的旋律，我开始默默地收拾书包。

猴急的家长已经陆陆续续地进屋了，很多学生还没收拾完东西就迎接了自己的高堂，也正好让家长认了认位子。

我感觉到一只手轻轻覆上我的肩膀，侧过脸，看见了齐阿姨温柔的笑。

我摘下耳机，朝她勉强咧咧嘴，刚想开口喊"齐阿姨"，却瞥见一旁一脸好奇的余淮。

喊妈？断然张不开嘴。

就这么尴尬着的时候，齐阿姨拍拍我的肩膀说："耿耿啊，这是你同桌？"

余淮一个立正："阿姨好，我叫余淮。"

齐阿姨一笑，说："我以为你们振华都是戴眼镜的小书呆子呢，没想到还有这么有精气神儿的小伙儿啊。"

我靠。余淮那张笑得都看不见眼睛的脸，让我非常想一脚踹过去。

就在这时候，张平走进门，余淮呆呆地盯着讲台，轻轻冒出一句："我靠……"

也许因为齐阿姨在旁边，他说到一半突然闭嘴，"靠"字只有"K"一个清音发出来，听得我哭笑不得。

我抬起头，看见讲台前的张平穿了白衬衫，还系了条领带。领带似乎有点儿紧，他不停地在松领口，活脱儿一个刚从农村进城的房产中介。

我和余淮对视一眼，都再也绷不住，一齐哈哈大笑起来。

齐阿姨被我们笑得有点儿发蒙，倒是无奈又宽容地伸手帮我把碎发捋在耳后。她的手碰到我的时候，我意外地没有觉得很反感。

"笑什么呢？在教室里张牙舞爪的！"

语气有点儿责备。我被惊了一下，不敢继续笑，抬起头看到了一位短发的中年妇人。

No.120

余淮的眉头很快地皱了一下。

"妈！"他也不再笑，朝他妈妈点了个头，就低头继续收拾书包。

原来是余淮他妈。我立刻就有点儿紧张——我也不知道我在紧张啥。

余淮他妈似乎对余淮这种不耐烦的态度很习惯了，她也短暂地皱了一下眉，却没有说什么。她的眼神很快就转移到我和齐阿姨身上。

"阿姨好！"我努力笑得很正常，"我是余淮的同桌，我叫耿耿，这位是……"

我忽然不知道怎么介绍齐阿姨，大脑瞬间一片空白。

是齐阿姨自己把话接了过来："大姐你好，我是耿耿爸爸的同事。她爸妈都有事情不能来，委托我过来开个家长会。"

我心里一松，不由得看了齐阿姨一眼，她也正好看过来，眼睛里有笑意。

我低下头。

余淮妈妈勉强笑了笑："哦，你好。原来这就是耿耿啊，余淮之前提起的时候，我听名字以为是个小男孩。"

"我刚刚还说呢，没想到余淮学习这么好，还这么有精气神儿，和那些特别文弱的小男生不一样。这孩子特别有礼貌，招人喜欢。"

余淮妈妈和齐阿姨就站在走道边寒暄起来。

余淮依旧在阴着脸收拾书包，却在听到齐阿姨这话的时候嘴角可疑地弯了上去。

"她就是客气一下。"我轻轻地说。

余淮恶狠狠地瞟过来："那也是小爷我身上有可以客气的地方，有些人让别人客气都没法儿客气！"

余淮说完就朝讲台前还在抻着脖子紧张兮兮的张平努了努嘴。

我呆呆地盯了张平半天，也不得不承认，张平发挥得太满溢了，身上留给人客套的余地，实在是不多。

我余光感觉到余淮的妈妈抬眼朝我看，转过头的时候，她却移开了目光。

No.121

我和余淮背起书包准备离开教室。家长们已经到得差不多了，徐延亮和韩叙开始挨桌分发成绩排名表。

韩叙手中那一厚沓排名表，让我的心陡然往下一沉。

"你是回家还是在这儿等我开完家长会一起回去？"余淮妈妈叫住他。

"回家。"余淮头也不回地往外走。

余淮妈妈眼睛一瞪，想要说点儿什么，瞟到我还像个二愣子一样站在一边，又咽了下去。

"齐阿姨，那我回家了……谢谢你。"

齐阿姨朝我笑着点点头。我眼看着韩叙手上的排名表马上就要发到我们这一排了，心一横，掉头就跑。

我绕了个大圈，跑到讲台前路过张平，悄悄地说："班头别紧张，沉着应战。"

张平愣了一下，煞有介事地朝我郑重点头，不小心被领带勒到脖子，又赶紧抬右手松了松。

　　"不过求你下次别穿成这样了。"

　　我补上一句。

　　张平脸腾地就红了。

　　"谢谢。一会儿家长会，我会好好'表扬'你一下的。"他"嘿嘿"一笑威胁道，又恢复了平时那副欢乐农村青年的样子，一点儿都不像要给别人推销房子的新手中介。我心中一定，然后转身从前门溜了。

　　我希望家长们能喜欢张平。

　　我知道，大人们看待问题的角度和我完全不同。越是和学生关系好的老师，在他们眼中越是"压不住场""不靠谱"，尤其张平这样年轻，我妈那种人一听到他的资历就恨不得给我调班，我想班里的家长至少有一半都在这样想。

　　可我希望张平能被家长喜爱，能够一直带着我们上到高三。再黑色的高三，在皮肤这么黑的张平的衬托下，也会变得明亮一点点吧？

　　"你跟班头说什么了？"

　　我刚跑到门口，竟然在对面看到了余淮，他背靠墙站在那里，脸比张平还黑。

No.122

　　"你怎么了？你不是回家了吗？"

　　"我先不能回家。"

　　"有事儿？"

　　余淮不说，也不知道到底在不爽什么，看了我一眼，转身就走。书包在他屁股后面一荡一荡的，喧闹的走廊里，不知为什么，这个节奏在我耳中格

143

外清晰。

我追上去。

"你怎么了？"

"耍什么酷啊！"

"你从哪儿学的这套装酷的规定动作啊？瞥人一眼转身就走，意思是什么？'小妞，跟上'吗？"

我在余淮屁股后面喋喋不休，他也不理我，直到听到这句话，他转过身，居高临下，特别特别嫌弃地瞥我。

"小妞？就你？"

"什么锅配什么盖儿，你这种小伙儿也就只能带着我这种小妞满世界溜达。"

耿耿，干得好，臭不要脸都这么淡定大气。

余淮的臭脸刚有一丝松动，我们就都注意到 β 在旁边跟游魂似的晃来晃去。

"你在等简单？"我问。

"不等。"β 目光空茫。

"那你等你家长？"

"我家长没来。"

"为什么？"

β 幽幽地看着我："因为我没通知我家长今天开家长会。"

余淮不解地接口："为啥？"

我横了一眼余淮。这个二缺。

β 的成绩在五班估计能排到倒数前五，尤其是数学，恨不得只考了余淮分数的零头。

"那你怎么办？"我有些不安地看着她。

β 也转过头，目光终于不再空茫："耿耿，你知道离学校最近的人才市场在哪儿吗？"

我摇摇头，余淮更是兴趣大增："你找人才市场干吗？"

β 一脸认真："我想给自己雇个爹。"

No.123

我和余淮并肩坐在行政区的阳台上。

晚上的行政区从来不开灯，我们就坐在越来越浓的黑暗中，背靠着同一块硕大的玻璃。教学区那边的鼎沸人声像被闷在了一口大锅里，只能听到些许泡泡破裂的声响。

北方的冬天终于轰轰烈烈地来了。

白天好像还没做什么，埋头对着卷子愁眉苦脸，蓦然间一抬头，外面已经一片青灰色，人有时会恍惚起来，时间到底去了哪里。

时间的计量单位向来多变：对余淮来说，一个白天的时间可能是小半本物理练习册、几百道选择题，或者几十个新单词；而对我来说，它是痛苦挣扎之后，大脑中并未被填补的空白，是日出日落间，毫无建树的沮丧。

所以每当发现夜幕在毫无预兆的情况下降临时，我总会从心底满溢出一种恐慌，一时半会儿无法消弭，说出来又变得矫情。那一刻很想抓住旁边的某个人，但我想，余淮不会明白我。

我不幸是世界上最不快乐的那种人：没能力，却有上进心；没天赋，却有梦想；越努力，越难过。

每一个我毫无作为又毫无长进的白天，时间都往前走一点点，然后把我扔在原地。

日复一日，我被世界落得越来越远。

余淮怎么会懂呢？他是一个走得比时间还快的人。

No.124

"你怎么了？"想了想，我还是开口问。

余淮说不等他妈妈，可他还是没有回家。从见到他妈妈的那一刻起，他就开始不对劲儿。我想知道原因。

当然我说了回家，也还是坐在这儿，我的原因却很简单。

因为他。

"没怎么。"

我猜到了是这种答案，并不觉得失望。毕竟是别人的家事，如果余淮此刻问我齐阿姨是谁，我想我也会毫不犹豫地跟他随口胡扯一个答案。

"我只是很烦我妈。"

我刚刚特体谅、特宽容的形象忽然被他这一坦白毁得很彻底。

"你这是青春期。"我语重心长。

"不是。"他否定得非常坚决，但是没有故意跟我抬杠的意思。

于是我也不知道说什么了。为了劝解他的情绪而莫名其妙地去夸奖一位压根儿不认识的中年妇女也不是我擅长的，何况想起刚刚他妈妈那句没头没脑的"笑什么呢？在教室里张牙舞爪的！"，我心里也不是很舒服。

算了，自家还一堆烂事儿呢。

所以我俩就都没什么好说的了。就这样并肩坐着，听着教学区那边的声音渐渐弱下去，只留下远处露出来的一道灯光。

忽然心里变得很宁静。

我想起齐阿姨。

我想如果是我亲妈今天来开家长会，她表现得也不会比齐阿姨好，甚至可能几句话过后就让我在余淮面前丢尽面子。我第一次庆幸齐阿姨是个善良的"外人"。那么多显而易见的相处之道，只有"外人"才愿意遵守，小心翼翼地远离那道名叫尊严的底线——亲人也不是不了解，只是感情淹没了这条线，毫无顾忌地倾斜过来。

至于她看到我的成绩单的时候心里在想什么，我忽然就不在乎了。哪怕她会在心中笑我考上了振华却还是垫底，哪怕她心中警醒自家儿子长大以后可绝不能像我这么废物……无论她想什么，我相信她都不会流露出一丝一毫让我知晓。

这已经是人与人之间相处的最大慈悲，我怎么可能不领情。

No.125

那天晚上，我们坐在那里聊了很多。我听着余淮讲起他们师大附中的那些传奇人物，把这些事迹同我现在和未来即将——见到的面孔相匹配，第一次有种自己生活在一张巨大的网里的感觉。

"真厉害，"我真诚地说，不知道是不是因为接连受到打击之后开悟了，"其实你说的这些人当中，有一部分我以前就听说过，当然比你跟我说的还要厉害——你知道的，传言嘛，都膨胀了好几倍。"

"没什么厉害的，这些人三年后你都会认识，会变得很熟悉，你也会越来越清楚他们没什么大不了的。"

熟悉了自然没什么大不了的。然后分离，越来越陌生，看他们在别的领域，果然成了更加厉害的人。而我最厉害的是曾经和他们熟悉。

我不想让谈话变得太伤感。

"那同样作为传说人物的余淮先生呢？"我笑着问。

"哦，他啊，他的确很'大不了'。"余淮一脸认真。

嗯。我也知道。可我没说。

"你后悔来振华吗？"余淮忽然没头没脑地问起。

我没想到他会忽然这样问我，问得直接，却没有给我被冒犯的感觉。第一反应很想要点头，然而不知道是什么东西梗住了我的脖子，我并没有如自己所料想的那样痛快。

振华不好吗？虽然不适合现在的我，可是让我重新选择，我真的不会来吗？我爸帮我在志愿表上填了一串振华的时候，我拦着他了吗？

我转头去看余淮，他的侧脸轮廓即使在黑夜中也没有模糊，像是无法融入一般。这里确实让我充满了挫败感，然而挫败我的人，并不让我讨厌。

行政区连接着实验室区和教学区，两旁的走廊都有灯光，只有坐在中间的我们像是被困在水泥管里的虫子。

我轻轻叹了口气，把后背靠在玻璃上，不一会儿，就感觉到了丝丝凉意。

"我没后悔来这里。"我很肯定地说。

我只是后悔，我怎么这么笨。

余淮笑了。

"耿耿？"

"嗯？"

"我们一直做同桌吧。"他没头没脑、毫无来由地讲了这样一句。

我的心忽然狂跳起来。

时间不仅仅没有带我走，更是大步后退，退回到了某个金色的下午，他对我说，耿耿，我们做同桌吧。

我们做同桌吧，我们一直做同桌吧。

"好。"我看着他点头。

这是一件根本不由我们做主的事情，我们却早早地做了决定。

No.126

在听到教学区那边传来的人声时，余淮从窗台上跳了下来。

"你怎么还不回家？"

一个半小时前就应该问的问题，他现在才问，彻底把我搞蒙了。余淮拍拍屁股，看我没动静，就抬眉毛看我。

"别这么看人，会有抬头纹！"我很认真地转移话题。

"我有事儿做，你快回家吧。"他也没有继续问我理由，而是挥挥手，像打发小孩似的轰我走。

"什么事儿？"

"反正不关你的事儿。"

"你妈要给张平塞钱送礼？"

"你妈才要给张平塞钱送礼！"

"那你神神秘秘搞什么鬼啊？"

余淮的表情像是便秘了。我觉得再逼人家也不太好，所以就也跳下窗台，拎起书包不耐烦地说："行了行了我回家，你赶紧去走后门吧。"

余淮破天荒地没有接茬儿继续跟我岔，而是朝我摆摆手，说过马路小心点儿，就转身朝着教学区走了过去。

我也朝楼梯小跑了两步。

然后在他拐进教学区的一瞬间，转身跟了上去。

动作行云流水。

我干不正经的事儿都有种浑然天成的气质。

No.127

余淮没有进教室。我们班就在教学区 A 区二楼走廊的中段，二楼的几个班级家长会还没结束。余淮就孤零零地站在距离我们班后门还有一定距离的地方，正在透过门玻璃看里面的情况。

我也只能杵在拐角从远处时不时探头瞟两眼。走廊里连根柱子都没有，非常不利于我飙戏。

不过余淮的举动让我十分纳闷儿，这怎么也不大像尖子生，只有闯了大祸的才会沉不住气地跑来留神家长会的进度吧？还是说他妈妈特别严厉，但凡没考第一名，回家就要跪门槛仨小时？

我正胡思乱想，他悠悠地转过身回头看，吓得我赶紧缩回头。

喘匀了气儿，我才想起来我书包里有相机，如果把相机镜头探出去一点点，用录像功能观察不就行了吗？反正那么小一个镜头，隔了十米远呢，光线又昏暗，他肯定不会注意到。

于是我就这样做了，一开始没有准备好，"咔嚓"先照了一张，我赶紧收手，低下头重新调整为录像模式。

然后，我就感觉到有人看我。

是 β。她正用古怪的目光看着我。

"你怎么这么变态啊？"她痛心疾首。

"你都去雇爹了，还好意思说我？"

这次交锋我赢，β 摸摸鼻子，没回嘴。

"你雇到爹了吗？"我继续打岔。

"他们都没有当爹的气质，"β 有些忧伤地摇了摇头，"你在干吗？"

"你又在干吗？"我回避了她的问题。

"我打算亲自跟张平谈谈，人生还是要自己掌握。"她还配合着做了一个握拳的姿势，令人不忍直视。

我挺佩服她，多不着调的话到她嘴里都说得跟真的似的。

"你到底在干吗？"然后她就问了第二遍。

"我在等我妈。"我随口编了一个理由。

"等你妈怎么跟做贼似的？到门口去等嘛，陪陪我。"她拉着我的胳膊就要把我往门口拽，我还没来得及挣扎，就被她拽了个趔趄，朝着走廊直扑过去。

幸好就在这时，班级的前后门都打开了，家长们三三两两地拥出来，像天然的屏障，填补了余淮和我之间的距离。

β 一僵，脸上闪过一丝恐慌，松开了我的手。这时我用余光看到余淮从后门走了进去，于是也顾不得安慰 β，连忙鬼鬼祟祟地跟了过去。

"耿耿你去哪儿？你讲不讲义气？"

"人生还是要自己掌握的！"我头也不回地扔给她一句。

No.128

其实我很难理解那些把讲台围得里三层外三层的家长。虽然我妈如果在场也会做同样的事情。

此刻把张平紧紧包围的那一张张带着殷切期待的脸，在焦灼的背后，其实满是对孩子的不信任吧？我还记得小学的时候，我也曾经为了和爸妈一起回家而等在走廊里。那时候门一开，班长和中队长的家长向来都是第一批离开——他们家的孩子那么优秀，有什么好问的？

然而这种信任究竟是基于对孩子本身的了解，还是因为成绩单和老师在家长会上的表扬？

我问过我爸这个问题。他说，世界上哪儿来那么多无缘无故的信任，即使是父母和子女之间，也需要用实际行动来获得尊重。

我那时候被他绕进去了，还觉得特有道理："你要用实际行动来赢得爸爸妈妈的尊重和信任啊，耿耿。"

后来渐渐长大，我却越来越糊涂。实际行动是什么呢？是成绩吗？是排名吗？没有父母相信自己的孩子是笨的，是劣于别人的，说小子笨就等于骂老子蠢，所以成绩下滑只能有一种推测：你不好好学，你贪玩，你早恋，你学坏，你……

因为一个排位而信任，又因为一个排位而怀疑。

即使没有无缘无故的信任和爱，那缘故本身，也不应该如此脆弱和苍白。

养了孩子十几年的是你，张平一个陌生人，真的比你更了解那个小孩在想什么吗？

幸好今天来的是齐阿姨。我远远地看到她收拾好东西起身朝门口走来，就先躲到了一边，等她离开了，才从后门溜进去。

余淮没有注意到我，他坐在靠窗那一组的第二排，紧紧地盯着他妈妈的身影——作为名列前茅的尖子生，他妈妈此刻竟然也带着殷切的笑容站在包围圈里，眼角眉梢流露出对某个正喋喋不休地拉着张平问东问西的妇女的不耐烦，根本不知道自己的儿子正对她虎视眈眈。

我想了想，就走出教室，从后门绕到了前门。余淮和前门之间隔着人山人海，他绝对不会发现我，而这样我也能听清他妈要和老师说什么。

我刻意忽略了自己的行为究竟有多么变态。

我觉得，这种危急时刻不适宜有太多剧烈深邃的心理活动。

很巧，我刚刚走到前门，就听到余淮妈妈的开场白。

"张老师，我是余淮的妈妈。"

张平一笑，眼睛就不见了。

"哦哦哦，你好你好，余淮这个孩子很好啊，我没什么要嘱咐的，学习很有自主性又聪明。总之很有正事儿，你不用担心。"

我估计张平也是被唠叨狠了，还不等余淮妈妈憋出一句话，他就立刻踩了电门一样用机关枪堵人家。

不过，余淮是没什么好担心的。很有正事儿，嗯。

我抱着胳膊在一旁深深点头，也不知道自己与有荣焉个什么劲儿。

然后，我就听见他妈妈急切地问：

"张老师，我找你的原因是，能不能给他换个座位？还是让他挨着男生坐吧。"

No.129

你说，这个世界上是不是真的存在心灵感应这回事儿？

比如在余淮妈妈飙出这句话的瞬间，余淮大步朝讲台这边走过来，刚刚好越过一众家长，看到了我。

当然我爸如果知道了，一定会对我这种宿命论的调调很不欣赏，毕竟我站在这个地方，别人只要不是瞎子，早晚都会看到。

余淮只是愣了一下，然后就像没看见我一样，扭过头去，大声地说："妈！"

余淮妈妈哆嗦了一下，应该是没想到直接被抓包，脸上闪过一丝惊慌，不过她是当妈的，在这种场合当然很硬气，白了一眼余淮，继续不依不饶地看着张平。

于是轮到张平坐那儿了。

"啊哈哈哈哈，余淮妈妈你很老派啊，哈哈哈哈，"张平的脸像涂了胶水一样僵硬，"现在都什么时代了……"

周围的几个家长也都露出微妙的神情。毕竟，当众提出这样的要求，儿子还在身边呢，这举动实在有点儿二。

"张老师你不知道，他跟我撒谎啊！"余淮妈妈也感觉到了老师和周围人对她的异样眼光，有点儿急了，"他哄我说，他的同桌是个男生，他知道我肯定不会让他跟女生一桌，他初中就和同桌……"

153

"妈！"

余淮十六岁，声音并不属于格外深沉浑厚的那一种，可这一嗓子，实实在在地让整个教室的桌椅板凳都共振了。

咦，我竟然还能想到"共振"这么高级的物理名词。

场面静默了几秒钟，余淮妈妈整张脸都在抽动，余淮不声不响地看着张平，姿态却写满坚持。

原本刚刚我非常心虚——屁颠屁颠地过来偷窥，还在人家母子最尴尬的当口被发现，我没奢望余淮事后能放过我。

然而这样的余淮很陌生，陌生到让我忘记了自己的处境。他只吼了两次单音节的"妈"，也没怎么竖眉毛瞪眼睛，可是脸孔透露出一种我从没见过的冷漠，让我强烈地感到自己被排斥在事件外。余淮妈妈指向的的确是我，可是在场的所有人都猜得到，他们在为另一个过去的人角力，与我无关。

他撒谎。他知道他妈妈不会让他和女生坐一桌，他初中就和同桌……

就和同桌怎么了？

我突然有点儿失落。

张平适时地清了清嗓子。

"余淮妈妈啊，我能理解你，毕竟他们这个年纪，同桌要是个长得好看的小姑娘，是会让家长有这种担忧。"

张平一本正经的时候，难得有种令人信服的力量。

"但他的同桌是耿耿啊，没关系的。"

没关系你四舅奶奶啊！

No.130

我正在内出血，听到门外"啊哈哈哈哈"的一阵爆笑，不用看就知道肯定是 β。

154

而张平听到了笑声，朝门口的方向扭头，看到了我。

我的表情估计已经把"你敢不敢再说一遍"写在了脑门儿上。

"哎呀，哎呀，耿耿也没走啊，耿耿，哎呀，耿耿，耿耿你家长在哪儿呢？我们正说到你呢。"张平连忙语无伦次地补救。他挤出五十多岁老教师的慈祥笑容，对我招了招手，以示谈话内容没什么尴尬和见不得人的。而余淮妈妈估计比我还想吐血，她看着我，不知道该不该笑一下，所以嘴角抽了抽头就转回去了，继续看着张平。

"既然耿耿也在，我就简单说说我的看法，"张平干笑了两声，又恢复了正经的状态，"那个，余淮妈妈啊，这个我可得说句公道话。"

他贱兮兮地分别看了我、余淮和余淮妈妈一眼。

"耿耿这个孩子很好，余淮也是好孩子，好孩子都心里有数，你的担心我可以理解，但是也担心得有点儿过了，至少我没看出任何不妥当的苗头。如果有的话，不用你说，我这个班主任也会有所作为的。对教育呢，我也是有很多心得体会的。这个年纪的孩子，还是要靠疏导和自觉，否则我就是给他换了个男同桌，他也照样能搞出小动作，上有政策，下有对策，这点各位家长肯定有体会吧！"

周围家长立刻配合张平做出尴尬的"心有戚戚"状。

张平冠冕堂皇的一番话把场面的主动性牢牢握在了手里，但余淮妈妈必然是没听到自己想要的，几次张口想插嘴，却再次被张平截话。

"余淮妈妈啊，请你理解，班级的座位安排是公平的，随意调动，对其他同学和家长我也交代不了。"

余淮妈妈咧咧嘴，余光看到了周围人的不耐烦，叹了口气，迅速变脸。

"张老师，谢谢你，改天我单独来找你，原因现在不方便说。"

余淮妈妈说完这段生硬的话就走了，也没回头喊余淮跟上她。她经过我身边的时候停顿了一下，脸上挤出半分笑，有点儿局促地说："耿耿，真不好意思啊，你别怪阿姨，阿姨不是针对你。你是好孩子。"

最后那句"你是好孩子"显然是场面话，算是对卷入其中的我的安慰。

她也知道我无辜。

这种无辜没有让我有任何沉冤昭雪的欣喜。

让我难堪的，正是这种无辜。

No.131

我没敢看余淮，趁他妈妈出门的机会，也一转身溜了。

刚走出门，β 就迎上来，一脸神秘地说："我什么都听到了，但是我不会说的。我是不是特够意思？"

"你以为教室里的那群家长都是哑巴吗？"我低声吼道。

"哎呀，智者千虑，必有一失啊，"她吐了吐舌头，"听下来似乎是很有料，不过应该跟你没关系，你别担心了。"

我没搭理她，哪壶不开提哪壶。

"还是你巴不得这事儿跟你有关系？"她贼眉鼠眼地又凑上来。

"自求多福吧你。"

我拎着书包大步向前走，在楼梯口刚好赶上一大批家长下楼。我混入其中，像一条死鱼淹没在了沸水里，不觉得疼，只觉得热闹。

"我儿子回家都说，林杨不考年级第一，他都不习惯了。"

"我倒觉得是好事儿，得好好敲打敲打他，省得太顺了会骄傲，这小子，几年前就开始跟我阳奉阴违地搞小动作了。"

"杨杨那么乖，你就别那么高要求了，我倒是愁我家蒋川，都半大小伙子了，还什么事儿都不上心，一天到晚迷迷糊糊的，你说这可咋办。"

我被人潮缓缓冲下楼梯的过程中，身边的家长们就没断了絮叨，尤其是走在我背后的这两位，似乎是熟识多年了，话题从两个孩子的考试成绩一路延展到女班主任的假 LV 包字母根本没对齐，到一楼的时候已经进展到了不知今年冬天单位年货是不是又要发大米，这回家里男人必须去帮忙扛……

我浑浑噩噩地听着，忽然灵光一现。

林杨，不是余淮的初中同学吗？他以前说起他的初中同学都有谁来着？我在脑子里慢慢地回忆他曾经跟我提过的网吧逃亡事件：好像有林杨和刚刚那位阿姨提到的自家儿子蒋川，还有一个男生，哦，还有那个特别漂亮的叫凌翔茜的姑娘，嗯，这个女的不算。

我这样专心又散漫地想着，慢慢走出了学校大门，看着公交车站上乌泱乌泱的人群，我伸出僵硬的胳膊，很奢侈地打了一辆出租车。

司机很多事儿地问："哟，小同学，刚开完家长会啊？你家长呢？"

我咧咧嘴："做准备去了。"

"准备啥？"

"家里菜刀钝了，他们要先回家磨一磨。"

No.132

我在车上往家里打了通电话，是小林帆接的。我这才意识到一件很重要的事——齐阿姨来帮我开家长会了，我爸又不在家，林帆晚饭是怎么吃的？

"没事，姐姐，我在外婆家吃过了。"

"齐……你妈妈回来了吗？"

"刚回来，她正要我打你手机问你在哪儿。她让你快点儿回家吃饭。"

"那……那我爸呢？"

"耿叔叔还没回来呢。我听妈妈说，他和领导去吃饭了。姐姐你在哪儿？"

我叫他妈齐阿姨，他叫我爸耿叔叔。

"哦，那没事儿了。我……"我搜肠刮肚了一下。

"是这样，我有个同学，哦，是女的是女的，"我补充了一句，以防万一，"她家长会遇到点儿不顺，我陪了她一会儿，所以回去晚了。马上到家，让你妈妈别担心。对了，我吃过饭了，别做我那份儿。"

我不想在我爸不在的场合里和齐阿姨单独吃饭。

有些人你并不讨厌，甚至随着交往的加深你会越来越欣赏他们，前提是老天爷没有提前把你们放在尴尬的位置上。

如果她不是我后妈，我想我会很喜欢这个阿姨吧？

不知道是她有意为之还是我们的尴尬关系所致，我和齐阿姨之间的客气，像一道透明的墙把彼此隔绝开。我爸是一扇门，而现在这扇门关上了。

我也不想知道她是否认真研究了张平给出的那张凌乱的成绩排名表，会不会很有闲心或者很有目的地去计算我究竟在班级的第几梯队——这是我自己拿到成绩排名表之后好几天里都不曾做过的事情。

我自己那份成绩单被我埋在了书包的最下面，被各种课本和练习册的书角戳得千疮百孔，皱得像一扇破碎的百叶窗。

"师傅！"

"怎么啦？"

"您能不能慢点儿开？"

"慢点儿开？"

"嗯，就是，但凡遇见红灯您就停。"

"怎么着？我之前遇见红灯难道没停？"

"不是不是不是……"我也不知道怎么解释，跟他说我现在心情很糟糕，希望他多开一会儿？这不是有病吗？

"不想回家是吧？"师傅忽然问起。

"嗯。"

"我劝你啊，跑得了和尚跑不了庙，早死早超生，你回家越晚，你爸妈菜刀磨得越利……"

他还记着这茬儿呢。我翻了个白眼。

"小姑娘，我这儿可有后视镜啊！"

"师傅，我错了。"

然而这位师傅的确开始慢慢开车了。原本他都快到我家了，路口一打方向盘，直奔犄角旮旯儿的老城区去了。

我一开始还心生感激呢，后来一想人家乐不得拉到一个不想下车的，计价器蹦字儿蹦得欢实，最后还不是我爸买单。

所以我还是应该感谢我爸。

我摸摸口袋，决心奢侈一把。

"师傅，可劲儿跑，先给我开个五十块钱的！"

"好嘞！"

第二十四章

夜游

人是会跑的，树却没有脚

No.133

我的家乡不是一座很美的城市。

北方的城市都有一张粗糙的脸孔，风沙雨雪本就让它天然地与精致绝缘，而流水般的市领导班子又习惯瞎指挥，今天重建老城区，明天开发大江边，楼还没建好，市长就换了，只剩下一栋栋突兀的建筑挂着艳俗的脸，像青春痘溃烂后的疮疤。

曾经，我是说一百年前，它是个美人，各式老建筑浓妆淡抹，却意外地和谐。

"重工业规划有过很多不合理，很多好东西都被毁了。"

在我爸说起这些的时候，我短暂地忘记了他是个喜欢看《还珠格格》和打太极拳的未老先衰的公务员。

这个城市曾经让世界各地的人千里迢迢地赶来，而现在，在这里出生长大的人，都迫不及待地想要离开。

我想到余淮，想到那个时间暂停的黄昏，我问他，可不可以一起种一棵树。

人是会跑的，树却没有脚。

No.134

看着窗外昏黄灯光下的街景，不知道怎么眼睛有点儿湿。

我知道自己为什么不开心。

我觉得某一部分的我自己还停留在黑暗的行政区的窗台上，耳边一遍遍地回放着一句话，耿耿，我们一直做同桌吧。

内心深处，我一直有一种预感，这也许是我从余淮那里能够得到的最……的一句话。

最什么？我不知道。或许我是知道的，可我不承认。

然而现在整个人刚刚从家长会现场那种懵懂的状态中解放出来，当时没有被处理掉的信息，话里话外，眼角眉梢，都浮现在了车窗上，分外清晰。

余淮和他妈妈撒谎，说自己和男生一桌，是因为他有"前科"。

"前科"对象是他初中的同桌。

这不难推理。

但是，"耿耿，我们一直做同桌吧"，这又算什么呢？是对初中同桌的怀念，还是对他妈妈的反叛？

我到底还是哭了出来。

车子开到了犹太老教堂。窗外是一百年前，背后是二十一世纪的振华，只有这辆车带着我逃离时间的捕获。

我叫耿耿，给我起名的两个人各奔东西，把我惨不忍睹的成绩单交给一个外人。

说要一直和我坐在一起的人又口是心非。

我是个被丢掉的纪念品，又被捡起来纪念别人。

我正在后座呜呜呜哭个没完的时候，车缓缓开到了我家小区门口。

但我此时哭出了惯性，怎么都刹不住闸。

"呜呜呜多少钱呜呜呜真的正好五十啊呜呜呜师傅你真专业呜呜呜呜呜呜……"

司机师傅被我气乐了。

"姑娘啊，先不用给钱，你慢慢哭吧。"

他用烟酒嗓缓缓说出这句话，就像喊了"预备——起"，话音未落，我就开始号啕。

司机师傅点了一支烟，没催我，也没安慰我，只是打开半扇车窗慢慢吐着烟圈，任我哭得东倒西歪，就跟一上楼真的会被我爸妈砍死一样，先给自己号五十块钱的丧。

等我差不多哭累了，已经过去了十五分钟。我用纸巾抹抹眼泪鼻涕，还在惯性地一抽一抽，还有点儿打嗝。

连我都觉得自己这哭相过于真诚。

"师傅，谢谢你，你真好。"

"没事儿，我女儿跟你差不多大，她跟你一样，每次开完家长会都不乐意回家。哭吧哭吧，小孩有小孩的苦衷。"

我鼻子又有点儿酸。

来自陌生人的体谅总是很煽情。

"是不是觉得我跟她特像，所以就同情心泛滥了？"

"哪能啊，"师傅哈哈大笑，"她要是像你这么败家，我早就吊起来打了！"

No.135

我到家的时候已经快晚上九点了。我家楼下有一堆不知道哪个邻居扔在那里的破家具，其中一面破破烂烂的穿衣镜正好发挥了作用。楼下的门灯坏了，我只能踩着大衣柜凑近镜子，然后举着手机，用屏幕的亮光来照自己，看看眼睛有没有红肿什么的。

然后就听见背后一声惨叫和狂奔的声音。

……大晚上在室外踩在小垃圾山上对着幽蓝的光照镜子的确非常没有社会公德心，但是我也被对方的尖叫吓了个半死。

无心再照，我只能随便拨了拨刘海儿，低着头上楼，拿钥匙开门。

一开门，就看到客厅里齐阿姨正在收拾碗筷，闻到炸带鱼的味儿我才忽然觉得饿了，非常饿。

"耿耿回来啦？"她没有抬头看我，而是专心在收拾桌上的鱼刺，"要不要再吃点儿饭？"

"要。"我的嗓子有点儿哑，齐阿姨听到之后，抬头看了我一眼。

我猜我再怎么收拾自己，眼睛应该也还是红的，掩饰也没用。

幸而她什么都没问，只是很温柔地笑笑说："那你先换衣服，洗洗手，我给你热饭。"

"不用热了，拿开水泡泡就行，我喜欢吃水泡饭。"

"行。"

她转头就去了厨房。我突然很想谢谢她。

No.136

可能是因为哭得太使劲儿了，我吃饭的时候就觉得后脑勺隐隐约约地疼，有点儿缺氧。吃完饭我觉得不好意思，要去刷碗，齐阿姨和我争了半天，到底还是让我回去了。

我破天荒地没有坐在书桌前装模作样，而是盘腿坐在客厅，跟小林帆比赛了最后一局四驱车。

"你们学校是不是很多男生都喜欢玩这个？"

他使劲儿点头。他认真玩四驱车的时候，语言功能基本上是废弃的，不知道是不是为了节省不必要的血液循环。

"你说人为什么总要挤到同一条赛道上面去呢？就不能换条道跑跑？"我也没指望林帆这小屁孩能明白我在说啥，只是自己絮叨絮叨。

"这是规定。"他炯炯有神地盯着车。

我就知道他听不懂。

"不过也可以不比，可以自己随便跑着玩，也没人非要跟你赛，都是自愿的。"

这倒把我说愣了。

直到我睡觉前，我爸还没回来，倒是我躺在床上的时候，我妈打过来一通电话。可我没有接。手机屏幕上"妈妈"两个字跳来跳去，然后终于安静下来。

我睡得很安稳，也许是哭累了。半夜的时候，迷迷糊糊中听到客厅的响动，是我爸回来了。

应该是喝多了。齐阿姨去迎他，我爸不知道在絮叨什么，有没有说不该说的话，有没有提不该提的人，有没有回忆不该回忆的过去，我不得而知。

我做了一个梦，梦见了我自己。

确切地说，是五岁的我自己，穿着小时候最喜欢的嫩绿色的棉布连衣裙，胸口有一朵白色的花，枝条从胸口斜斜地穿过来，盛开在襻扣的领口。我爸爸牵着我，穿过家门口暴土扬尘的上坡路。那时候，我爷爷奶奶还在对我爸妈这对苦命鸳鸯实行封锁政策，我家住在动迁区的小平房，用我爸的话说，邻居都是破落户，孩子必须牵好了，否则随时可能丢失在卡车上的麻袋里。

我被沙子眯了眼睛，一边揉一边问他我们去哪儿。

他说，我们去接妈妈下班，然后去公园跟门口的忍者神龟照相！

我笑得特灿烂的时候，看起来就会有点儿缺心眼儿。

爸爸问："耿耿，你开不开心？"

我说："开心。"

爸爸忽然说："长大了你就不会这么开心了。"

我说不会的，我只要记得现在有多开心，以后就能和现在一样开心了。

我刚说完，忽然就在大土路上学着电视上的女战士希瑞，动作舒展、憨虎虎地摆了一个 pose（姿势），特大声地喊道："耿耿，记住这一刻吧！"

然后我就忘了。

忘了十几年，在一个梦里，突然想了起来。

就像五岁的耿耿扔了一只漂流瓶，它在时间的海洋里漂啊漂，终于，终于被十七岁的耿耿捡了起来。

我是哭醒的。

五岁的耿耿简直是个弱智。

她以为开心是一种和游泳或者骑自行车没有区别的技能，一朝学会了，就永远不会丢掉。

第二十五章

打探

花十块钱剪了个二百五的头

No.137

第二天早上我走进教室的时候，班里有一小半同学唰的一下转头看向我。幸好我已经有了心理准备。亏我这还是从后门进的，要是从前门进来，估计一定很庄重。

"免礼，免礼，"我点点头，"不用这么客气。"

他们"哄"的一下笑开了。简单蹦蹦跳跳地来到我身边，大大咧咧地坐在了余淮的桌子上。

"我都听说啦。"

"看出来了。听谁说的？"我一边脱羽绒服一边说，顺便把手套和帽子放在窗下的暖气上烤，整套动作如行云流水，语气和神态都非常轻松淡定。

"β。"

我他妈就知道。

"她还真是置个人生死于不顾啊，自己都找不着爹了，还有机会跟你讲八卦消息。"我忍不住翻了个白眼。

"听说余淮可爷们儿了，两嗓子就把他妈吼跑了，你在旁边看着是不是特感动？嗯？你说话啊，耿丽叶！"

"耿丽叶？"

"是啊，勇于反抗的余密欧和耿丽叶，你觉得这个称号怎么样？我昨天在被窝里想了一晚上呢。你要是觉得不错，我今天上午就传播出去。"

"你要是敢这么干，今天中午我就让你和 β 化蝶，你——信——不——信？"

我一边说一边随意地拿出下午美术课要求携带的削铅笔刀，随意地在桌上划了两道，随意地朝她笑了笑。

"再见耿木兰。"她跳下桌子转身就跑，就在这时，余淮穿着大羽绒服晃进了教室。

大半个班级都回头行注目礼。

余淮只是愣了一下，然后就抬手轻轻地一挥："众爱卿平身。"

那一刻，连我都觉得我俩很配。

这种臭不要脸的念头只在我脑子里露了个脸，就灰溜溜地退场了。

他走过来的时候，我才发现这家伙竟然剪了个头，很短的寸头！昨天大晚上的跑去剪头发？他当他是谁？爱情受挫的十四岁少女吗？

"你……"

"怎么样？"他坐下，给温暖的室内带来一股新鲜的寒气。

"效果很……愤怒。"我实话实说。

每根头发都很愤怒。

"哪儿那么多事儿啊你？十块钱剪的头发还那么多要求。"

我就说了五个字儿，怎么就要求了？

"挺值的，"我没好气儿地说，"花十块钱剪了个二百五的头。"

余淮大笑起来，脱下羽绒服，从书桌里掏出校服外套穿上，也没有继续接茬儿，而是拿出英语单词本背了起来。

我也不甘示弱地拿出英语练习册，只是一道题也没做出来。

耿耿同学，说好的"大气而冷淡"呢？为什么是你先开口搭腔？今天早上刷牙时想好的战术去哪儿了？

No.138

整个上午我们俩都特别正常。上课时他低头做竞赛题，我继续保持专注的愚蠢；下课时我和简单闲聊，他和徐延亮扯淡。

一切都很正常，就像昨天晚上家长会我没有跟踪过他，他妈妈也没有说过给他换男同桌。

除了我们两个几乎互相不讲话。

他顶着二百五的发型，我长着二百五的脑袋，两人安安静静地并肩而坐，没有画三八线，可是东西各归各位，他的胳膊肘和我的演算纸再也没有随随便便过界。

只有张平在讲课的时候偶尔扫过我们这一桌，眼神有点儿探询和关切的意味。余淮一如既往地不乐意听张平絮叨那些简单的例题，埋头做着自己的练习册，而我会在张平看过来时，努力地朝他咧嘴一笑。

笑完我就觉得非常委屈。

我做错什么了？不就是跟踪了一下吗？我道歉不就行了吗？人都有好奇心，何况他瞒我的事情的确跟我有关系啊，冷战个屁，又不是结婚七年！

所以上午最后一节课一结束，我就雄赳赳气昂昂地站起身，调整了一下嗓音，冷淡地说："同学请让一下。"

余淮肩膀耸动了一下，可能是被我的装腔作势惊到了，但也没说什么，就扔下圆珠笔，默默起身。

我出门后直奔楼上而去，把简单和 β 的呼唤抛在身后。

二班就在我们五班头顶上。

"同学你好，请找一下林杨。"

不怪乎我的声音听起来有点儿爷们儿，因为我提着一口气，在问出问题之前绝对不能泄，否则就会像撒气的气球一样倒着飞回去了。

林杨可能是刚睡醒，脑门儿上还印着红印呢，就哈欠连天地来到了后门。

"你好像很困啊，身体还好吧？"我决定还是先迂回地寒暄一下，"那个……你还记得我吗？"

林杨被我这句话问得有点儿警惕，眼神中也没有睡意了。

我也意识到自己的行为很像来表白的。

或者卖保险的。

"不是的，小姑夫，我不是来跟你套近乎的。"

"小姑夫"三个字让他腾地脸红了，是从脖子根儿蔓延铺展的一片红，我从没见过谁能脸红得这么有过程感。

"你好，你好，大侄女，"他没否认，尴尬地挠挠头，忽然眼底有几分狡黠闪过，"哦不，你好，侄媳妇。"

我想，我此时也脸红得非常有过程感。

"不……不开玩笑了，"我竟然在他面前像个憨厚的农民一样搓了搓手，"我有个事情想问你，是……是关于……"

"关于我侄子的？"

"胡扯！"我急得大吼了一声，二班有一大片人"唰"地回头看向我们，我在目光对焦之前拽着他的校服袖子迅速逃离，边跑边纳闷儿，这男生不是成绩很好的嘛，怎么有点儿二啊？

背后有几个男生遥遥地在喊"林杨你吃不吃饭了"——估计他们看到的都是林杨和一个丧心病狂的女子携手狂奔的背影。

No.139

走进食堂的时候，我看着乌泱乌泱的人群终于泄了气。

我以前一直都是和简单、β 搭伙吃饭的，来食堂的次数不是特别多，因为我们仨都觉得食堂的饭不好吃，更喜欢在最后一节课上课前偷偷摸摸地给学校周边的小饭馆和麻辣烫、烤串摊子打电话叫外卖，然后一到中午就溜到学校操场的栅栏边，和栅栏外的小贩一手交钱一手交货。

一次，食物从栅栏外递过来的时候，β 忽然擦了擦眼泪。

"真他妈像探监啊。"她抽噎着说。

讲实话，对我这么保守又老实的姑娘来说，忽然抛下两个姐妹跑来和一个陌生男生单独吃饭实在是人生中的第一次，何况这男生长得还挺好看的。

林杨本来是打算跟我在避开人群的行政区讲讲过往历史的，在我吭吭哧哧地问出"你知道余淮初中的同桌"这半句话之后，林杨忽然哈哈大笑起来，并表示这个故事"实在说来话长"。

所以我们就来了食堂。

"我很少在真正的饭点儿来过食堂，人真多啊。"我没话找话。

林杨正在四处张望，根本没理会我。

"一楼人太多了，上二楼吧。"我指指楼梯。

他还是没看我，不过装模作样地伸出食指对我比出了一个"嘘"。

嘘你四舅奶奶啊，食堂都已经快吵死了好吗！

林杨忽然眼睛一亮，直接迈步朝某个方向走过去，扔下一句："跟上，表现得自然点儿！"

什么叫表现得自然点儿，我让你吓得都快顺拐了。

于是我一副"我可很自然啦"的姿态，跟在林杨后面东拐西拐地躲避汹涌的人潮，终于在一根大柱子后面停了下来。

"坐那儿去吧。"我指着柱子左边靠窗的位置，挨着柱子多憋屈。

林杨摇摇头，又探出头瞟了一眼，才转回来对我摇摇头："就这儿，你坐对面去，这个位置留给我。"

"小姑夫，你这个样子真的很变态。"我直言不讳。

林杨笑了笑，压根儿没想跟我解释，只是样子既紧张又可怜。

"你吃啥？我去买。"

"不用了，我不好意思蹭饭吃。"

"你乖乖占座吧，一会儿连个位置都找不着了，记住，旁边的空位千万不能让别人坐，否则一会儿你就甭想听八卦消息了。"

学习好的人，毛病真是多啊。

林杨去买饭的时候还一步三回头，一副对我特不信任的样子。我看他走得有点儿远了，就赶紧站起来，坐到对面林杨给自己预定的位置上抻着脖子使劲儿往柱子后面看。

余周周正在往桌子上摆餐盘，不经意中抬起头看到我，友好地笑了一下。

原来是小姑姑。

No.140

我当时就有点儿心慌，万一她跑过来跟我寒暄，再看到林杨，林杨一紧张再把手里的餐盘掉在地上摔成碎片，两人来一段"你听我解释""我不听"……

不过，林杨这套跟踪战术真是不咋的。

我刻意忽略了昨天晚上我干过更不咋的的事情。

我正在胡思乱想，余周周已经坐在座位上低头吃饭了。她身后走过来一个冷冰冰的姑娘，端着餐盘坐到了她旁边。

是上次那个主动跟我说话但是我压根儿不认识的姑娘，我记得她上次说过名字，可我现在又忘记了，有点儿尴尬。我下定决心以后有机会了就打听一下。

机会很快就来了。

林杨端着餐盘坐下来，眼神飘向柱子后面又迅速飘回来，一张脸平静如水。

"坐余周周旁边的那个女生是谁啊？"

我问完这个问题，林杨的脸已经扎进了饭盆里。

"你……"

"对，我都看见了。"

林杨尴尬地把餐盘推到我面前："我不知道你喜不喜欢吃肉，两荤两素，你尝尝看吧。"

"谢谢小姑夫。"

"……不……不客气。"

"所以那个女生是谁啊？好像和她形影不离的。"

"我只知道叫辛锐，是她初中同学。咦，那不就也是你初中同学吗？你怎么会不认识呢？你们学校总共才几个能考上振华的啊。"

"怎么说话呢？我们十三中也很厉害的好不好！"

"从哪儿看出来的？"

"我。"

林杨面部微微抽了几下筋。都是成绩好的男生，他可比余淮厚道多了，至少嘴要笨一些。

正在这时一个男生从旁边经过，忽然停下脚步，敲了敲桌子。我抬头一看，竟然是端着餐盘的楚天阔。很好看的一张脸突然出现，让我有点儿受宠若惊。

林杨笑了，正要说点儿什么，楚天阔就敲着桌子长叹了一口气。

"还是你的日子舒坦啊，知不知道，在我们班只可以搞同性恋。"

林杨拍桌子大笑，笑到一半，可能是害怕柱子后面的余周周她们听见，又赶紧压住了，一张脸憋得通红。楚天阔施施然走开了，走之前礼貌性地朝我这个陌生人点点头。

"什么意思？"

林杨低声说："你没听说吗？一班班主任刚开学就把全班座位都安排成

男生和男生一桌、女生和女生一桌了，说是为了防止早恋。"

"早恋"两个字戳到了我心里，林杨还在闲扯一班那些有的没的，我终于鼓起勇气。

"小姑夫，说正题吧。"

林杨瞬间抬起头，给了我一张巨大的笑脸。

"急了？"他笑嘻嘻地问。

整张脸写满幸灾乐祸。我就知道，我戳穿了余周周的事，他故意的，绝对是故意的。

"你先告诉我，你为什么要关心这件事情。我可不能随随便便把余淮的事情讲出去。"

你都随随便便拉我来食堂"说来话长"了，你装什么啊！

我硬着头皮把昨晚的事情讲了一遍，当然不包括余淮说要一直做同桌导致我心理落差过大恼羞成怒这一段心路历程。

林杨张大了嘴，眨巴眨巴眼睛，半晌才说："余淮他妈妈的行事风格还是这么生猛啊。"

我深以为然："所以以前也很夸张咯？到底发生过什么？"

林杨叹口气："这个真的不方便说啊。"

然后很流畅地说了。

那个女生叫陈雪君。

这个如此琼瑶式的名字一报出来就已经让耿耿同学我有种自杀的冲动了。

为什么我叫耿耿？人家就能叫陈雪君？

"我还是觉得说这些不大好啊……"林杨挠挠头，"耿耿……"

"叫我芊芊。"我一脸严肃。

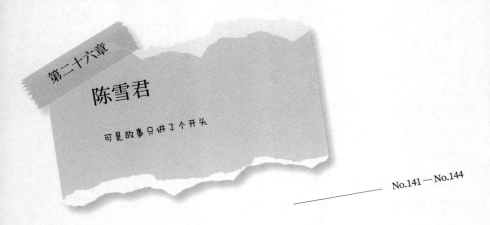

第二十六章

陈雪君

可是故事只讲了个开头

No.141 — No.144

No.141

陈雪君很美。

这是我在林杨百般遮掩下，从他的言语中总结出来的。

陈雪君是一个很漂亮的姑娘，成绩很差，做事情有种不管不顾的劲头。

一个性格像男孩子的漂亮女孩子，可以想象她多么受欢迎。

我全程保持着僵硬的笑容，好像自己只是单纯地在打听自己同桌的八卦消息似的。

直到林杨忽然中断了自己的叙述，小心翼翼地说："耿耿，你能别笑了吗？瘆得慌。"

有吗？

陈雪君是从省城所管辖的某林业发达的小县城转学到余淮所在的师大附中的，由此可见家中要么财力惊人，要么权势滔天。当然我用词有点儿夸张，我也不知道自己为什么刚听个开头就急着给陈雪君塑金身。

好像这样自己就不难堪了似的。

"她初二刚到我们班的时候是个特别单纯的女生，很活泼，但是真的……"林杨斟酌半天，很艰难地吐出一句话，"真的挺没见识的，闹过不少笑话。"

然而陈雪君大方又乐观，经常请同学吃东西，不，是经常请男同学吃东西。当她迅速地熟悉了省城的环境，整个人也变得明亮又耀眼。

174

"陈雪君谈过很多⋯⋯男朋友。"林杨说起这个的时候，有一点点不好意思。

"那她有没有和你⋯⋯"我嘿嘿干笑。

我当然一点儿也不关心林杨和陈雪君的关系。我想问的是另一个人。

"怎么可能?!"林杨身子往后一撤，皱着眉头不解地看着我。

"对对对，当然，她是你的好兄弟余淮⋯⋯"

"也没有!"林杨一个劲儿摇头，"耿耿，你没事儿吧?"

我挺厌恶自己这个样子的，可是我控制不住。我不确定自己是不是真的有勇气听下去，所以拼命给这个故事安上最坏的走向，好像只要这是我自己猜中、自己说出口的，就没什么不好接受的了。

我不再插话，示意林杨讲下去。

"我们初中班主任抓早恋抓得很严格，所以陈雪君就成了重点看护对象。不过，我们班主任可不像一班的班主任，她只将陈雪君的情况单独处理。"

"怎么处理?"

"先是让她和女生劳动委员坐在同一桌，后来又换成和女生学习委员坐同一桌，反正折腾了半天，把全班能带动陈雪君上进的女生都换了个遍。可她和女生处不好。我们班女同学凡是被分到和陈雪君一桌的，几周后都会跑去找老师要求调座位。"

"为什么?"

林杨又开始苦恼地挠头："你是女生，你自己想吧，我怎么知道啊，大概就是女生的小心眼儿吧。"

"你说谁小心眼儿，陈雪君还是'那些女生'?"

这个问题很重要，答案直接反映了林杨和余淮他们这些男生对陈雪君的态度。

"我觉得半斤八两。"林杨很肯定地说。

一颗心落回肚子里。

"但是余淮觉得陈雪君比较无辜。"

No.142

女生的小心眼儿是什么呢？

简单和 β 曾经跟我说起她们两个初中时是怎样成为好朋友的——上厕所的时候一起偷偷说了班主任的坏话。那时她们的班主任深受全班同学爱戴，只有她们两个觉得班主任虚伪而做作，尤其在其他同学慢慢地发现班主任的真相之后，她们俩更是格外珍视这份"英雄所见略同"。

"略同，而且略早。" β 在旁边补充道。

女生的友谊到底是怎么开始的？共同的秘密，共同的敌人，共同的爱好，或者共同的厌恶？

那个班级里，女生们共同的厌恶，叫作陈雪君。

虽然不愿意承认，可是通过林杨后来的叙述，我还是听得出来，陈雪君能让一心向学的女生厌恶她的轻浮和自在，也能让轻浮自在的女生厌恶她的魅力和受宠。

既厌恶她敢追求，更厌恶她追求到了。

最让女生们不可忍受的是，她是个很善良热情的姑娘，除了男朋友多一点儿，太爱涂指甲油，喜欢乱花钱，几乎找不到什么可以指摘的人品问题。

所以作风问题在保守的师大附中就显得格外重要。

她会在学习委员指责她指甲油味道太难闻，让自己头痛到无法做题时，睁大眼睛无辜地对着老师辩解："我这瓶指甲油是我爸爸从国外买给我的，绝对环保，没有刺激性的，一丁点儿味道都没有，老师，不信你闻闻！"

林杨讲起这一段时哈哈哈哈笑了半分钟，我也忍俊不禁。

"余淮当时坐在教室最后一排，他本来就很讨厌学习委员那个女生，因此故意用特别大的声音说：'你的指甲油其实熏到她眼睛了。'全班哄堂大笑，班主任一气之下，就让陈雪君去和余淮做同桌。"

是这样。我笑笑。

"就不怕他们早恋？"

我有点儿沉浸在故事里了，问问题时嗓音也不那么涩了。

"陈雪君怎么可能看得上余淮啊，她喜欢长得帅的。"

林杨在说这句话的时候，那种浑然天成的瞧不起人的坏劲儿，让我终于意识到，他到底还是超级赛亚人林杨。

"不过，我们班主任早就有这个想法了，她也是女的，比这帮小姑娘多活了二十几年，小姑娘心里那点儿弯弯绕她怎么可能不清楚，倒不如让一个成绩好的男生去影响一下陈雪君。"

都到这个地步了，还没放弃陈雪君，我也对这位班主任的韧性充满敬意。

那时候，余淮正在发育，个头一个劲儿往上蹿，热爱运动，言语刻薄，对女生有种抗拒感，像只还没进化的猴子。

以上这些是林杨说的，虽然有点儿毒，我觉得应该也差不离。余淮现在仍然处在一个慢慢长开的阶段。

班主任对他，是放心的吧。

林杨他们这几个哥们儿自然是坏笑着看热闹，班里的女生们冷眼旁观满是不屑，只有陈雪君开开心心地第一时间就把零碎都搬到了余淮旁边。

小夹子、小镜子、小瓶子、小罐子，满满当当满桌子，眼看就要漫过去。

余淮特别冷漠地用油性笔在桌上画了一条三八线。

被林杨称为史上第一条由男生亲手主动画成的三八线。

No.143

这顿饭已经把食堂大半的人都吃走了，空空的大堂里开始显得有点儿冷。

林杨探头看了看柱子后面，我也回头瞟了一眼，桌子早就空了。可能是在林杨讲得尽兴的时候，她们就吃完离开了。

"真不好意思啊……"我再次像个农民一样搓了搓手。

"没事儿啊，"林杨笑得很阳光，"反正每天她们都在差不多同样的区域吃饭，下次吧，下次。"

下次……下次你要干什么？

我第一次见到谁能把跟踪这种事说得这么敞亮又自然的。

我们的午休时间是从十二点到下午一点半，很多同学用半个小时吃完午饭之后都会回教室小睡一会儿，也有男生喜欢去篮球场打打球，刻苦的同学会自觉去上午自修。

我看看手机，已经一点十分了。

可是故事只讲了个开头。我知道了陈雪君是谁，却愈加看不清余淮是谁。

"我得回去了，"林杨有点儿苦恼，"不过我现在就把后半部分的梗概讲给你听。"

梗概……我一头冷汗。

我们一起端起餐盘朝残食台走过去。

"他们两个做同桌有半年多的时间，直到初三那年冬天。出乎我们的意料，除了余淮经常把越过三八线的指甲油往垃圾桶里扔，他们相处得还挺融洽的，主要原因好像是陈雪君也很喜欢看球，在我们班女生中挺少见的，人也大大咧咧的，不烦人。"

"看球？看什么？欧冠意甲世界杯？她支持哪个球队？余淮呢？"

"陈雪君嘛……她支持哪个球队取决于那时候她的男朋友是谁。"

林杨觉得自己这话很俏皮，说完就开始笑，把餐盘往残食台一推，继续说道："余淮倒是什么都看，他是曼联的铁杆球迷。"

"那陈雪君也喜欢过曼联吗？"

林杨愣住了。他没回答，用一种略显温柔的眼神看了看我。

No.144

原本余淮的妈妈并不知道这些情况。余淮的父亲在非洲支援基建，每年只有过年的时候才能回家一趟。余淮妈妈一边工作一边照顾一个青春期的儿子，还要顾着父母公婆，压力山大，幸而余淮很懂事。所以对妈妈而言，只要余淮成绩还保持在前三名，依旧是"振华苗子"，就没什么好操心的。

余淮的小学是一所名不见经传的普通学校，他是由妈妈疏通关系择校送进师大附中的，一开始有点儿不适应，但很快就跟上了步伐，和林杨等人成为好哥们儿之后，他就想要朝着竞赛生的路子发展。

"那时候我们几个都在准备初三的数理化联赛，得一等奖的就可以去北京考少年班了，等于提前迈入大学。但是因为'非典'，北京都封锁了，这个考试今年也就取消了……不过这都是后话了。总之余淮是半路出家，但是他学得真的不错，能再多点儿时间准备应该会更好的。这些他妈妈是不知道的，准备竞赛很消耗精力，初三连着几次月考他都考砸了。他妈妈问不出原因，就偷偷跑到教室后门去观察他儿子上自习时的情况，正好看到余淮和陈雪君在讨论球赛，陈雪君还一边说一边笑，一边涂指甲，哦，据说她刚刚文了身，把男朋友的姓文在身上了，正跟余淮显摆呢……反正都赶上了。"

余淮妈妈震怒。

她当即转身告到办公室。儿子在她心中还是个没长成的小野猴子，忽然发生的这一幕让她完全无法接受，第一时间选择了最强硬的手段去干涉。

后面的故事本是重头戏，可林杨讲得很简略。

可能因为我们已经走进了教学楼，没多少时间了，他想让我尽可能多知道一些；也有可能是因为，到这里为止，他自己也不了解太多了。

"唉，一'说来话长'就讲了好多我们当年初中的事情，都不是你想听的。怪我。"

到我们五班所在的楼层，林杨在楼梯口跟我道别。

"哪有，你请我吃午饭，还跟我说了这么多，我真的要好好谢谢你。祝你早日得偿所愿。"

"得偿什么所愿……"

"哎呀，要我说那么明白干什么，"我不想表现出自己的烦闷，所以故意开玩笑逗他，"还能有什么所愿啊，不就是以后去食堂吃饭别那么辛苦地找座位了嘛……那我祝你万事如意吧。"

至少以后别苦哈哈地去跟踪了，虽然变态得很帅，但总归也还是变态啊。

我正在想，忽然林杨笑了起来，眉眼和煦地弯起来。

"那我祝你万事胜意吧。"

"什么？"

"这是很重要的人以前送给我的一句话，我送给你。意思就是，一切都比你自己所期待的，还要好一点点。"

一点点就够了。

林杨朝我摆摆手，就跑上楼了。

这话说得我空落落的。

我几次三番旁敲侧击，想从林杨口中得知余淮和陈雪君之间究竟有没有过什么，林杨都没有说。我知道，他不是故意要隐瞒我什么，而是真的不清楚。

男生之间的友情没有那么细腻吧，我想，正如他们是那么好的哥们儿，可最先发现林杨对余周周那点儿小心思的，竟然是我。林杨不会对余淮说的，余淮也不会对林杨讲。

哪里有什么万事胜意？我现在连万事差强人意都得不到。

第二十七章

你到底明不明白

我知道我为什么想要坐在你身旁，
可你知道吗？

No.145 — No.149

No.145

我从后门溜进教室，才走两步就被一脸气愤的简单和 β 拦住了。

"水性杨花。"β 睨了我一眼。

"没有你，我们点菜很焦虑，你知不知道？"简单冲上来捏我的脸，捏得我牙床都暴露出来了。

"有什么好焦虑的……"

"因为又想吃腐竹又想吃花枝丸，还想吃宽粉和午餐肉，想吃的种类特别多，可是只有我们两个人又没法儿吃掉那么多，你一走我们就断绝了许多点菜的可能性，你可知罪？"

我赶紧赔笑脸："今天是真的有突发状况，我说真的，你们别怪我，下次不这么紧急，我一定提前报备。"

"报备什么？你来得及吗，你看你一见到小白脸时……"

"β，注意用词！"简单在一边打断。

"哦，你看你一见到小帅哥时那个德行，沿着楼梯拉着手跑，啧啧，我们在后面喊都喊不住，连徐延亮和余淮都看傻眼了。你对得起我们吗？你对得起腐竹吗？"

"还有宽粉。"简单补充。

"还有午餐肉。"

"还有花枝丸。"

"行了！"我实在受不了眼前这对相声演员了，赶紧压低声音问最重要的问题，"你们刚才说什么？余……徐延亮看到了？"

简单点点头："对啊，他们……"

"是啊，徐延亮看到了。"

β截断了简单的话。这死丫头绝对是故意的，她明知道我想问的是谁。

"明天麻辣烫我请客。"我诚恳地说。

"哦，余淮气得鼻子都歪了，转身就走了，"β迅速地接上，"到现在也没回班，听徐延亮说中午打球他也没去，不知道溜到哪儿生闷气去了。"

简单小心翼翼地观察着我的反应："耿耿，我觉得这是好事儿，你不说我还以为你是故意的呢，你看他多在意啊。"

我嘴角抽筋。简单的大脑内存就是一偶像剧小舞台。

我没有再说什么，回到座位坐下，翻开书，扫了两眼就心烦意乱地看窗外。

我发誓，以后我一定要去一个四季温暖如春的地方生活。北方的冬天一片肃杀，灰天灰地，连风都灰扑扑的，看看都觉得活不下去了。

余淮这次应该是彻底恨死我了。如果说昨天晚上的家长会我还能瞎扯说我是回班拿东西不小心听见的，那这次扯着林杨袖子狂奔算怎么回事？找知情人士翻他的八卦故事？

下午第一堂课是美术，上课地点在艺体中心的多媒体教室，一点二十五时，大家都陆陆续续拿上教材走出门，我还坐在座位上等，徐延亮已经过来催了。

"你还等什么呢？赶紧去上课啊，我要留下锁门的。"

"你把钥匙给我吧，我锁。"

预备铃响起来时，余淮才出现在教室后门口，屋子里只剩下我了。

"对不起。"我脱口而出。

余淮站在门口看着我，没有动。

我说完这话也不知道应该继续说点儿啥，所以就和他干瞪眼，为了保持气势如虹，我坚持没有眨眼。

十秒钟后，余淮大步冲过来，我吓得本能地往后撤，那一瞬间心里不知道是什么感觉，兴奋还是害怕？

不知怎么，我竟然想到如果这时候站在这里的是简单，应该已经闭紧双眼一仰头一挺胸了。

强吻我吧。

我被自己的这个想法恶心到了，一恍神，余淮已经把我的脑袋揉成了一个鸡窝。

"脑子里面灌的都是麻辣烫吧你！"

余淮吼我的这一句，不亚于昨晚那两声"妈"。

No.146

我们翘了课。虽然是美术课，可我还是非常忐忑，余淮自然是无所谓的，废话，他有成绩护体，三百六十度闪着金光的护体。

反正上课是手段不是目的，他已经达成了目的，手段早就可以不存在了。

"你能不能别去责怪林杨？是我求他告诉我的，何况他也没说什么。"

"那他都说了什么？"

"基本全说了。"

余淮气得都快吐白沫了，我看着，忽然心里有点儿犯酸。

至于吗？至于藏得那么深吗？

"我也有知情权吧，耍我一个人好意思吗？我道歉归道歉，可你的确骗我了啊。"

"你有什么知情权？我骗你什么了？"

"你说一直和我做同桌，不就是因为，不就是因为……"

我一瞬间气血上涌。

因为什么？

不就是因为当初亏欠了陈雪君吗！

可那后半句，怎么都说不出口。

我算是明白，电视剧里那么显而易见的事情，为什么演员总是不明明白白地讲出来了。

什么叫憋屈？憋屈的意思就是说出来丢人，不说出来窝火。

余淮定睛看着我，那一脸无辜懵懂的样子，气得我五脏六腑都化成了一摊麻辣烫，火烧火燎的。

"余淮，我不信你不明白。"

"你觉得，我做这些是为了补偿陈雪君？"

"……明白就行，你不用说出来……"

他使劲儿地把我的脑袋往旁边一扒拉："来，耿耿，脑袋进水了就歪头单脚跳跳，清出来一点儿，快！"

"你说谁脑袋进水？"

"你啊！我欠她什么啊？欠她的干吗往你身上补啊？你当你自己是ATM啊，谁欠账都往你身上还？"

你大爷的……说得也有道理。

"那……那到底是怎么回事？你敢说你昨天晚上那么反常，跟以前的事情没关系？"

终于也有余淮被我问住的时刻了。

"我只是觉得很没面子。"余淮耸耸肩，面对我的炯炯目光，他还是转过脸去看黑板上没擦干净的物理公式。

"也觉得有点儿愧疚。"

半晌才又补上一句。

No.147

陈雪君早就有文身了。

人心里有了爱，无论深浅，都会特别勇敢。陈雪君的勇敢都用在了文身上。

她的第一个文身是一个"张"，那是她那时候男朋友的姓氏；后来又变成了"郑"，这是另一个男朋友。

用余淮的话来说："她早晚得在自己身上文出来一篇《百家姓》。"

闲下来的时候他们两个人也会好好聊天。陈雪君是一个口无遮拦的姑娘。不同于 β 的嘴毒和机智，陈雪君的口无遮拦带着一种十四五岁也早就应该泯灭的天真，比如她坚定地认为，自己会早恋，是因为她缺少父爱。

她会在余淮无法忍受她桌面的一团糟而出手帮忙整理了一下卷子时，毫无预兆地说："余淮，你要是我爸就好了。"

如果我是一脑袋麻辣烫，那谁能告诉我，陈雪君这姑娘脑子里到底是什么，和路雪吗?!

然而余淮眼中的陈雪君，不仅仅是林杨眼中那个会举着指甲油对老师说"不信你闻闻"的单纯、缺心眼儿的女生。

就在余淮妈妈冲进学校的前一天下午，余淮也正在为自己的月考成绩烦心。没有谁对命运有百分之百的把握。我眼中的余淮再聪明强大，也不过是一个十几岁的、考不好了就会怀疑自我的少年。

我们并不真的认识自己。那张最熟悉的、名叫自我的脸孔，都是这个名叫世界的镜子反射回来的影像。

这时候，余淮看着拿到卷子就翻了个面当成桌布垫着试用指甲油的陈雪君，忽然感到一种深深的羡慕。他第一次主动和这个女生说话，问她为什么一直那么无忧无虑。

陈雪君不是能讲出大道理的人，甚至可能连余淮在烦恼什么都没察觉。她很诚实地说："我没有无忧无虑。"

看到爸爸像孙子一样陪着领导进洗浴中心的时候也会恶心；被男朋友甩的时候也会难过；给同桌买了那么多发卡和本子后对方还是和其他女生联合起来骂她不要脸时，也会气得手脚冰凉。

她放了学背着书包在校门口游荡，上学的时候抱着书包和文具盒在教室里游荡。

没有人愿意和她一桌。她搬来搬去，自己也累了。

"我做错了什么？"陈雪君眨巴着大眼睛问余淮。

余淮哪里懂得女生之间的那些龃龉，他甚至都没有林杨这个二愣子看得明白。

那一刻他恐怕早就忘记了自己不尽如人意的月考成绩，开始仔仔细细思考自己之前一直不屑于正视的问题，那就是，女生为什么讨厌陈雪君？如果因为她不好好学习的话，那这些女生当中不是也有好多人考试垫底？为什么，究竟为什么？

我深深觉得以余淮野猴子一样的原始思维，实在不可能得到任何结果。

他果然也没想明白，于是一梗脖子："我觉得你也没有错。"

陈雪君眼睛发亮，很认真地点头："我也觉得。我就是没有错。"

话音未落，女孩子的眼睛又默默黯淡下去。

"可是，我不想再抱着东西到处换座位了。就像没人要的野狗，特丢脸。"

我想，我能猜到余淮的回答是什么。

"那我们就一直做同桌吧。"

No.148

余淮妈妈的雷霆之怒顷刻就有了成效。焦头烂额的班主任回到班级就打断了自习课，在所有人兴致盎然的目光之下，陈雪君抱着东西站起身，穿过教室，坐到了讲台边上的单桌上。

那个新设的单独座位，像是这个班级的耻辱柱。

她再也不需要同桌了，这个单独的座位，比第一排还要靠前，为了不阻挡别人的视线，设置得格外偏，就在教室左侧悬空的大电视机下面，偏得压根儿看不到黑板。

也许班主任也觉得陈雪君再也不需要看黑板了吧。

陈雪君抱着乱七八糟的瓶瓶罐罐，刚走了一步就不知怎么绊了一跤，所有东西叮叮当当掉了一地。余淮不知所措地起身帮她捡，刚一弯腰就听到后门口一声不满的咳嗽，抬起头，看见自己的妈妈，一脸痛心。

No.149

那之后陈雪君再也没有和余淮讲过一句话，也没有和那个班级的任何一个人讲过任何一句话。五月份，中考之前，全市所有初中生都参加了纯属走形式的会考。会考结束后，大家就能领到初中毕业证了——陈雪君在那之后就消失了。

"我觉得她不是怪罪你。不和你说话可能真的只是怕给你惹麻烦。"

"你不觉得整件事情很丢脸吗？"余淮小麦色的脸庞微微泛红，不知道是因为愧疚还是气愤。

毕竟是十几岁的男孩第一次说出口的承诺，不管那个承诺背后究竟连接的是友情、爱情，还是仅仅一点点交情，第二天就被现实狠狠甩了一巴掌，主导的人还是自己的妈妈。

余淮不是会跟自己妈妈吵翻天的人，顶多就是脸色阴沉地听着长辈的唠叨，左耳进，右耳出不去。他是想要证明自己的，证明那些杞人忧天都是错的，可是联赛取消了，中考又考砸了，没考上尖子班。

我忽然想起，第一次见到余淮的时候，烈日下的报到大会，他听着那位大腹便便的男家长打电话，露出一脸别扭又不屑的表情。

那是胸口郁结的一口气吧，我不知道现在他究竟出完了没有。

"你怎么知道你妈妈一定会在家长会后和张平提让你换座位？"

"你不是都听到了吗？"余淮睨了我一眼，"我知道她唠叨，所以一直跟她说我同桌是个男生，反正根据你的名字也分不出男女。家长会她一看到就会知道我撒谎，她从来都是绷不住的，肯定马上就会去找张平。"

怪不得他睨我一眼，这的确都属于基本推理。

"昨天晚上，你和你妈吵架了？"

"没有。"

"那你干吗把头发剪成这样？丑死了。"

"心里不爽，我乐意。"

"那你一上午阴阳怪气又是怎么回事儿啊？"我还是忍不住问他。

"我哪儿阴阳怪气了？我上午都没跟你说过话。"

"喘的气儿都是阴阳同体的！"

余淮瞪了我一眼，没说话。

"那……那你是怪我到处打听，让你没面子了？"

"这是我和林杨之间的恩怨，你靠边儿站。"

我想了想，林杨那个样子，应该挺扛揍的，所以不用太担心。

余淮觉得他该说的都说完了，就翻开卷边儿的可怜的物理练习册，埋头做了下去。我默默地在一边观察着，他第一道选择题就用了排除法，把几个选项一一往题目中代入，很快就算出了答案。

好像半个小时前他就一直在做物理题，从没间断过，从没讲过一个关于承诺一直做同桌却没能成真的故事。

"真不知道你操哪门子心，唉。"

他头也不抬地抱怨了一句，继续去做下一道题。

我听着他的中性笔在纸面上划出的声响，真正想问的话始终堵在嗓子眼儿，然后一寸寸地沿着喉咙滑下去。

他说，他不知道我操哪门子心。

我问再多问题，知道再多不该知道的过往，不过就是想要弄清楚一件最简单的事情。

我知道我为什么想要坐在你身旁。

可你知道吗？

No.150

下午接下来的课全是数学。

因为期中考试阅卷的那段时间张峰得了重感冒，所以我们班缺了四堂数学课，都补在了这两天上，我现在一看到函数就觉得特别恶心。

我好不容易稍微有点儿明白集合的奥妙所在了，课程就开始进入函数阶段，等我消化完合集、并集、互斥这些概念，并能稍微避开试卷上的那些"显而易见的陷阱"（余淮说的），张峰已经把函数讲到了对数函数。

指数函数去哪儿了？面瘫张峰你是趁我在课堂上发呆的时候把它们杀了吗?!

张峰驾着一辆塞满了 log 和 f(x) 的马车飞驰而去，我穿着拖鞋在后面边哭边追。

面对我的崩溃，余淮轻描淡写地说道："你不理解指数函数的话，是没有办法学好对数函数的，它们本来就互为反函数……这么说也不严谨，但是你就这么理解吧，反正你如果指数函数没搞明白，对数函数我看你也算了吧。"

"请问，你是在委婉地告诉我可以去死了吗？"

余淮点点头："也可以这么理解。"

我无比无比无比地疲倦。

在陈雪君的故事结束之后，我们的关系恢复了正常，至少在余淮的眼里是这样的——我的成绩一如既往地烂，他的成绩一如既往地好；我们仍然做同桌，他仍然对我一小部分时间施以援手，大部分时间落井下石。

什么都没变。

而对我来说，就像是某些念想无声无息地死了。

就像一个人徒步穿越沙漠，始终相信自己不会死，因为手中攥着最后一壶水，只要想着这个，就可以忍耐喉咙的干渴，再往前走一步，再往前走一步。

然后突然发现壶是漏的，里面早就空了。

No.151

如果说我的问题还可以划归为内心戏太汹涌，那么 β 的困境则全是动作戏。

放学时，简单跑来找我一起坐车回家，我说我还要值日，问她 β 今天怎么不一起走。简单神色有点儿尴尬地说，她被张平叫去谈话了。

"昨晚不是谈过了吗？"我疑惑道，"β 昨天说她要扼住命运的喉咙来着。"

"昨晚没扼住，"简单摇摇头，"她没找到机会，张平后来被几个家长缠着说话，一直聊到大门口，她在旁边根本插不上一句话。今天她本来想要蒙混过关的，一整天都在装没事人儿。"

我想了想今天 β 的表现。

"还是很有演技的。"我表示肯定。

"可没想到张平还是找到她了，她想得美，张平怎么可能放过她？昨晚家长会点名来着，就她爸妈没来。"

"张平给她爸妈打电话了？"

"所以说咱们小张同志还是很厚道的。我听徐延亮说，张平打算先和

β 谈谈，再决定要不要给她爸妈打电话。否则今天晚上 β 估计就要被揍成 α 了。"

我们正在说话的时候，余淮已经整理好书包，转身匆匆走了。

"往哪儿跑，今天你们组值日！"徐延亮眼尖发现了，在后面扯着嗓门喊。

"我有课要上，耿耿做我那份儿，我们说好了！"

余淮也大嗓门吼回来，后半个教室不少还没走的同学都朝我行注目礼。

"你什么时候跟我说好了？"我有点儿脸红。

"现在！给点儿默契！"他已经消失在门外了。

徐延亮看着我，半晌才叹口气说："家属的确也可以代替值日。"

简单盯着余淮消失的方向愣了一会儿，转头问我："余淮是去补课吗？"

我张张口，不知道怎么回答，因为我也不知道。

"他们要参加联赛了，成绩好的话，有保送机会。"

"高一就能保送?!"简单惊呼，转头去看韩叙早已空了的座位。

"你以为呢？人家和咱们可不一样。"

说话的是坐在我前面的朱瑶。

No.152

说来奇怪，我们和隔壁组的徐延亮、简单、β 甚至韩叙关系都不错，却很少和坐在自己前排的朱瑶与郑亚敏说话。郑亚敏是个十分沉默的男生，皮肤有些黑，身材与徐延亮相似，类似汽油桶，却没有徐延亮灵活。余淮曾经说过，要不是自己视力好，肯定会和张平求情让自己往前排调。

"郑亚敏简直像座山。幸亏我个儿高。"

"是上身比较长。"我诚实地纠正。

如果说郑亚敏的沉默是性格使然，朱瑶的沉默则是因为珍惜时间。她学习非常努力，体育、美术、音乐课什么的向来能翘课就翘课，下课的时候也一直坐在座位上背单词。我曾经亲眼见过朱瑶因为专心做题，懒得起身去扔垃圾，而把苹果核直接往地上扔。

我也想过以她为标杆来学习，朱瑶不起身我也不起身，尿急也憋着。结果不出所料，摸底考试的时候，她是我们班第五名，这次期中考试是第三名。

而我两次都几乎垫底。

一开始朱瑶和余淮还会讨论一下习题：朱瑶向余淮请教物理和数学，因为"他是竞赛生"；而余淮常常会板着脸把他认为"不可理喻"的英语、语文习题丢给朱瑶帮忙。朱瑶的英语基本功很扎实，那些生僻的词组和诡异的介词她都能说出个道道儿，不会像我们糊涂的英语老师，每次讲解选择题的模式都是一样的。

"这道题 A、C、D 选项一看就不对，所以选 B，有人有问题吗？"

"老师，我没听懂。"

"怎么听不懂呢？我问你，A、C、D 哪儿对？"

"不知道……"

"不知道就是不对，不对就选对的，当然选 B，还有问题吗？"

每到这时候，余淮就会私底下白英语老师一眼，伸长胳膊戳戳朱瑶。

不过，这种好战友关系止步于期中考试。

因为余淮的期中英语成绩比朱瑶高了三分。

从此之后，但凡余淮有不明白的英语题，朱瑶的反馈都是："我也不知道。你英语比我好那么多，你还问我？我给你讲错了怎么办？"

如此两三次，余淮就再也没有主动和朱瑶说过话。朱瑶询问的理科题目他还会照旧帮忙解答，但是英语题目他都会舍近求远直奔韩叙，甚至跑上楼去问林杨。

而林杨给他的答案，大多是两个字。

"直觉。"

"林杨上辈子可能是条狗。"余淮认真地对我说。

不同于余淮对朱瑶的不屑，我稍微能理解对方的小心翼翼。这种小家子气固然没风度，但也是因为内心的惶恐吧。朱瑶或许只是另一个我，一个更努力、更聪明的耿耿，但是距离余淮、林杨、韩叙他们，差的不是一点点。

都差在了心里。

No.153

"不对啊，我记得韩叙以前跟我说过，保送不是高三的事吗？"简单连忙抓住朱瑶问起来。

"联赛又不限制年纪，少年班知道吗？"朱瑶在和我们这样水平的学生讲话时可没有那么多顾忌，口气硬邦邦的，"高一怎么不能参加了？只不过让他们和高三的学生竞争，毕竟短了两年的训练，一般很难考到好名次，即使有保送机会，也不是非常好的学校，所以你不知道而已。"

"那干吗还要参加？"

朱瑶用看弱智的眼神扫了一眼简单：

"练手。撞大运。反正没损失。"

朱瑶讲述的余淮和韩叙他们，像是运转在另外一条轨道上的星球。我还没追上对数函数的马车，他们已经在自己的逻辑里公转了几个世纪。

朱瑶说完就背起书包走了。

我和简单各怀心事地傻站了一会儿，直到简单跳起来："欸？今天不是你们组扫除吗？她凭什么走了？"

"又不是第一次了，"我耸耸肩，"张平找她谈过话也没用。她说过，她来学校是学习的，多余的事情谁也不能强迫她做。你能怎样？为这种事情找她家长？"

简单咧咧嘴："那我帮你吧。"

我朝简单感激地笑笑，也没推辞。

我觉得我和简单这样的学生才是真正的好孩子，只是我们都好在了"不重要"的方面。

No.154

我到家的时候，发现今天在厨房做饭的是我爸。小林帆告诉我，今天因为有一所初中的学生中午集体食物中毒了，所以齐阿姨要加班到很晚才会回来。

我俩正在说话，厨房的门开了，我爸探头出来，见到我，竟然有点儿不好意思。

呵呵，这种态度就对了。

"回来啦？把校服脱了，洗个手，马上吃饭了。"

我忍住笑，冷若冰霜地点点头，脸上是单亲家庭孤僻受伤少女的常用表情。

我爸果然更尴尬了，赶紧缩回头进了厨房。

小林帆正趴在客厅的茶几上写作业，抬头朝我眨了眨眼，把我搞蒙了。

"姐姐，"他压低声音，神神秘秘地对我说，"耿叔叔接我放学的时候，我跟他说，你昨天好晚才回来，是哭着回家的。"

然后，他朝我比了一个"ok"的手势。

哪儿跟哪儿啊？

他看我还没开窍，有点儿不耐烦地补充了一句："你不是没考好吗？这样他就不敢骂你啦！"

我干笑了两声，只好对他感激地点头："谢谢……"

"不客气,"他摆摆手,"我们刚出成绩,我也没考好。"

然后他就目光炯炯地盯着我。

我哭笑不得,只好大义凛然地一挥手:"包在我身上,姐罩着你。"

小林帆满意地点了点头。

我就知道,这个三年级的熊孩子没我想象的那么乖。

No.155

吃完晚饭,小林帆在自己的房间做作业,我则摊开了《王后雄》,开始艰难地回忆跟我擦肩而过的指数函数。

余淮说过,如果我一直都考得特别差,迟早能习惯。

可我不想习惯。

在他为了脸皮薄的我朝张峰大喊"老师,我没听懂,你把证明推一遍可以吗"的时候,我曾经油然而生一种依赖感,好像那些层层包裹无法拆解的函数符号、斜坡上摩擦力永远为零的小滑块、一会儿溶于水一会儿不溶于水的让人不知道它到底想干吗的化学物质,总有一天都能在他的面前迎刃而解,我也会连带着一起看清楚每本教材背后的玄机。

就像我小时候常常跑到家附近的租书屋去租《机器猫》看(后来我才知道人家叫《哆啦A梦》),并且连带着把藤子不二雄画的《叮当猫》《宇宙猫》都看了个遍,一度坚定地认为自己有一天肯定会嫁给机器猫,每天上学前放学后都检查一遍自家抽屉是不是连着时光机。

梦想还是实现了一部分的。

我是说,我变成了大雄。

每天流着泪把零分考卷往地里埋的大雄。

我以为我旁边那个人是机器猫,可他今天对我说,指数函数都弄不明白,对数函数也就算了吧。

谁都只能靠自己。我的机器猫马上要坐上一台名为奥林匹克联赛的时光机，回到二十二世纪去了。

No.156

我就知道我爸会进屋，而且肯定会端一杯牛奶。

他也没别的招数。"一招鲜，吃遍天"说的就是他。牛奶杯就跟他的话筒似的，从我小学一年级不带美术课用的笔刷导致我爸被尖酸的班主任训得像孙子一样开始，他就习惯拿着一玻璃杯的牛奶当开场白来跟我谈心了。白色的温润的圆柱体就像他的专属话筒，可以缓缓道出他所有的大道理。

仔细想想，我爸从来没有跟我发过火。甚至我就没见过我爸发火什么样。可能因为我妈常年处在一个生理期的喷火龙的状态，所以我爸就变成了沉寂的五大连池。

练习册上的指数函数像一个个没大没小的熊孩子在右上角牵了个氢气球，一个劲儿地在我眼前嘚瑟。我烦得很，抬头看我爸的时候也恶狠狠的。

我知道自己没理。一般家长这时候都应该拿着成绩单痛心疾首了，恐怕心里都开始怀疑自己和伴侣其实是近亲结婚，哪有人像我爸一样，还十年如一日地端着牛奶敲门。

"谢谢爸。"我憋了半天，说了这么一句。

我没他沉得住气。

我也不应该沉得住气——他把牛奶往旁边一放，站了整整两分钟没说话，跟永不消逝的电波似的。

"耿耿啊，昨天是爸爸不对，事情比较突然，我没想到你妈妈也在开会，真是赶到一起去了。"

"我知道，"我闷闷地回答，"谁开家长会不是开啊。"

我爸半晌没话说。

我要是他，我也没话说——说什么呢？说不应该让你齐阿姨去开会？可是人家齐阿姨错在哪儿了？错在她是个外人吗？还是错在她没生我？或者错在明明是我自己没考好，还恼怒于暴露在一个外人面前？

　　可是这个外人做得足够好了，我没道理挑剔，更没道理让我爸来跟我道歉。

　　是我自己太拧巴了。这样的耿耿，真令人讨厌。

　　我为什么会变得这么令人讨厌？

　　无论是余淮的事情，还是别的一切。

　　我爸坐在床上，默默地看着我做题。我做不出来，又不想在他面前暴露自己其实什么都不会的傻样，于是一直在演算纸上面乱画。

　　写的都是百以内加减乘除这种算式，还配了两张一次函数的图，煞有介事地连了好几条狗屁不通的辅助线，画得跟内环线似的。

　　我爸终于忍不住咳嗽了一声。

　　"耿耿啊，你画的那是个啥啊？都不对劲儿啊。"

　　我立刻扭过头怒视我爸。

　　就在我开口前，手机忽然响了起来。自从齐阿姨和小林帆搬进来，我妈就再也没有往家中的座机打过电话了。

　　我伸手想要按免提，来一次久违的三口会议。

　　我爸却接过手机，按了通话键，然后一边接听一边走出了我的房间。

　　我把画着内环线一样的一次函数的演算纸揉成纸团扔进垃圾桶，想了想，从书包里翻出了数学教材。

　　No.157

　　自打上高中那天起，我就被余淮这种学生吓坏了。他笑我包书皮、抄书上的概念定义，我自然再也不敢用他眼中那种"形式主义"的方式来学习了。

矫枉过正的结果就是我买了他们这些聪明学生常用的所有练习册，虽然一本都没有做完，但也像模像样地抛弃了课本。

不管有没有用，至少那些练习册摊开在桌面上的时候，我看上去和余淮是一样的。对自己的笨拙做任何掩饰都是毫无意义的，却又是最重要的。

我把至今仍然崭新的课本翻到指数函数那几节，开始认认真真地依据书上的步骤来推导各种定理。虽然慢了点儿，但至少笔头是顺畅的，那种"什么都不会"的焦灼感渐渐消失了。写着写着，当我不再依赖书上的提示，自己推导出几个定理推论之后，我心里升腾起一点点喜悦。

其实我明白，题海战术自有其愉悦之处。真的，好歹我以前也算是半个好学生呢，就算是坐在那里解十分钟耳机线，只要捋顺了都能令人开心，何况是做题，那种满足感和成就感不是别的什么能带来的。

不同之处可能就在于，能给我带来满足感的数学题，比较少。

很久之后，我还记得这天晚上，我在台灯下，不带任何自尊心、不逃避地研读数学书。说来奇怪，那种感觉是我从来没有体验过的，像是深冬夜里，心里下了一场暖雨，却静得没有一丁点儿雨声。

在我笔头顺畅地解题时，多余的精力飘到了另一个方向。

老天爷是公平的吗？我比余淮笨那么多，这辈子是不是注定没有他过得好？转念一想，世界上还有运气这回事儿呢。

我爸走进屋，把手机放到我桌上，坐到了窗边。我正写到兴头上呢，虽然有点儿好奇他会说啥，但也没看他。

"耿耿啊，我和你妈研究了一下你的成绩单。我俩都觉得，你就好好主攻数学、语文和英语这三科吧，一年级成绩差点儿没关系，到高二的时候，还是去学文吧。"

就跟大夫下病危通知似的，想吃点儿啥就吃点儿啥吧，想学点儿啥就学点儿啥吧，想考几分就考几分吧。

我头也不抬地"嗯"了一声。

之前课堂上是谁对我说"别学文科"来着？是谁对我说"我说真的，别学文科"来着？

我又是对谁说"嗯，我不学文"来着？

大难临头各自飞吧，何况我们又不是同林鸟。

No.158

我醒得很早，五点半，比平时闹钟响的时间还早了一个小时，一点儿都不像平时。平时我可是为了多睡五分钟认贼作父都乐意的。

可能当人真的有了决心时，身体各器官还是很配合的，毕竟都是自己人，该给的面子总归是给的。

不知道怎么，我想起了厨房角落正在落灰的豆浆机。这玩意儿这两年刚兴起，我爸去年年终的时候从单位分了一台。我俩过年前兴冲冲地冒着冷风，去沃尔玛买了一斤大豆和其他五谷杂粮，回到家里，我念说明书我爸操作，认认真真地做出了一大杯香喷喷热乎乎的豆浆。整个过程中，只有我爸对于日益严峻的食品安全问题的观点一二三四叨叨得让我心烦，除此之外一切祥和。

但由于我俩没有经验，光顾着喝，喝完了等我去刷机器的时候才发现豆渣什么的都粘在杯体上了，我刷了半小时，肱二头肌、肱三头肌一起拱出来了。

我爸还在念叨豆浆的好，我说"你喝你刷"。

他就不喝了，特别没气节。

此时我跑到厨房一看，那台白色的豆浆机可怜巴巴地站在角落里。我蹑手蹑脚地把它拎出来，想起家里还有齐阿姨买回来的大豆和薏米，于是摩拳擦掌地决定放手一搏。

五点半，天还没亮呢。我在厨房的节能灯光下轻手轻脚地洗大豆，淘米，内心特别平静。

201

我记得小学的时候我们学过老舍先生写的《劳动最有滋味》，老舍先生在某一段落写过，他的妈妈告诉他，地主家的饺子肉多菜少，咱们家的饺子菜多肉少，可是菜多肉少的饺子更好吃。

课后练习有一道题，问的是："老舍妈妈为什么说菜多肉少的饺子更好吃？"

我当时给出的答案是："因为菜多肉少的饺子本来就更好吃，不腻。"

我们老师打的那个叉力透纸背，作业本往后翻十页还能摸出那两道印。

正确答案是地主家的饺子是通过剥削穷人换来的肉和面，而老舍家的饺子是通过劳动得来的，所以更好吃。我当时非常不服，吃的就是吃的，好吃就是好吃，我就不信同一盘饺子能咬出两个阶级。

当然，这种抱怨只能永远放在心里了。

不过，当我把手泡在洗豆子的盆里，温暖的水没过我的手背，我忽然理解了老舍为什么很推崇这种朴素的劳动。人心疲惫的时候，身体总要做些什么来让它休息一下，忙忙碌碌中反而放下了真正令人下坠的困扰。

直到我不小心碰掉了一个不锈钢饭盆。

我爸吓得从卧室冲出来，齐阿姨紧跟其后，两人都睡眼惺忪，带着被吵醒的慌张。

"我想做豆浆。"我连忙解释。

我爸的表情瞬间柔和下来。齐阿姨让我回去再睡一会儿，她来做早饭，我拒绝了，表示这是我人生揭开新篇章的必经之路。以前我常这样突然踌躇满志，我爸早习惯了，但我从来不会在齐阿姨面前说这么二的话，而我爸近来时常和齐阿姨一同出现，所以说这种话的女儿在他眼中，的确久违了。

"耿耿啊，"我爸语重心长，"你有这份儿心，就足够了。豆浆就别做了，你……你还是从人生的其他部分重新翻篇儿吧。"

No.159

我进教室的时候，里面只有三个人，而且弥漫着一股泡面味儿。我扫了一眼，β 正背对着我吸溜吸溜地吃着面条。

"你过得有这么惨吗？"我一边放书包一边问 β，"干吗一大早上就吃方便面？"

"说来话长，"β 端着面起身，吃了满嘴，含含糊糊地回答我，"我今天必须早点儿离开家，所以没吃早饭。"

"为啥？"

"总之，我必须赶在我爸妈起床之前离开家门。"

"可是，你晚上回家不还是会看见你爸妈吗？"

"他俩今天中午的飞机去北京，晚上就没啥可怕的了。"

"是不是因为昨天张平找你家长了？"

β 的动作停顿了一下，然后她转身坐回座位上："我把面吃完了再跟你说。我们得尊重食物。"

本来我就是随便一问，她这么一说我反倒来劲儿了，立刻蹿到她身边坐下。

"你干吗？"她警惕地看我一眼，面条还剩下一点儿挂在嘴边，"别那么八卦。"

"你都把余准他妈要求换同桌的事儿讲成评书了，你好意思不给我个交代吗？"

于是，β 竟然带着一种有点儿羞涩的表情看了我一眼。

一开口就把我吓得膝盖一软。

"耿耿，你觉得，张平这人怎么样？"

No.160

β 一直以为，张平是个乐观朴实的呆瓜。

所以，当时她两眼干干低头假装抹泪说自己爸妈凶残冷血，一旦得知她成绩不好还瞒报军情并将家长会时间篡改到他俩出差期间，一定会扒了她的皮来包沙发。

我听完就扳手指头算了算，β这次踩的的确是连环雷。

她以为张平肯定吃这套，没想到，对方端着罐头瓶子（张平自从连碎了四五只茶杯后，就开始用黄桃广口罐头瓶子接水喝了），一边喝水一边幽幽地看着窗外，淡淡地说："蒋年年同学，别装了啊，来之前也不知道往手背上抹点儿芥末，你是不是很藐视我啊？"

β呵呵干笑了两声，放下了抹眼泪的手。

β的爸爸是北京人，不知怎么考到我们市的医科大学来读书，一直读到了博士，在本地娶妻生子。近两年又和β的妈妈一起被调回北京的医院，只是β的户口暂时还没落实。夫妇俩的打算是在β高一时让她转入北京的某所高中借读，户口办好了再转为正式生。所以，β在这边的中考志愿是乱报的。可是，她竟然考上了振华的自费生。

振华也算是全国高中名校，至少比β原本要转去借读的那一所高中要好很多。于是她爸妈当机立断，让她留在我们这里读完三年高中，高考前再去北京，正好占一下北京高考分数线的便宜。

"你也算留守儿童了。"我听到这里不由得同情地看了一眼β。

不过意外考入振华之后，她吃的苦头可不少。β底子还不如我呢，振华讲课的速度让她完全吃不消，当我还在数学课上负隅顽抗的时候，β已经和自己下了几十盘五子棋了。

"我当年是'非典'的幸运儿，要不是因为'非典'，考试题能那么简单吗？我哪能考上振华？"

β说这话的时候，可一丁点儿感激或者庆幸的神色都没有。

那句话怎么说来着？"国家不幸诗家幸"，"非典"这个大人们谈之色变的劫难，在我们看来倒像是一次晚自习上的大停电，喘息中的狂欢，更有很多人，比如我和 β，在混乱中意外得利。

死亡的恐慌都没有威胁到我们。威胁到我们的是之后怎么活下去。

No.161

"关于这一点我可没撒谎，我爸妈的确能扒了我的皮。"β 低下头叹口气道。

这话倒是真的。

β 的生活自由又寂寞。她的爷爷奶奶都在北京，外公外婆身体不佳，偏偏又只生了 β 妈妈一个女儿，没有姨妈、舅舅一类的亲属可以照管她。她爸妈都是大夫，医院的工作压力巨大，导致这对夫妻脾气很暴躁。β 这副嬉皮笑脸的样子是从小练就的，专门用来哄爸妈，顺便逃避责罚，隐瞒祸患。β 的父母也没太多时间来细细教导女儿，遇到什么事情，第一时间只会拍桌子发火。他们如果知道 β 把家长会日期谎报在了他俩去北京的时间里，还做了假假条让他俩签，估计都等不及听到她篡改排名表这一项罪名，就已经把她活体解剖了。

怪不得 β 会想要去人才市场雇个爹。如果试用期表现良好，她甚至都可能撺掇这个爹转正。

β 东拉西扯，跟张平唠叨完了她的家事和自己认定了永远烂泥糊不上墙的学习成绩，就摆出一副"我已经脑癌晚期了，你能拿我怎么办"的表情盯着他。

张平可能是被她气得头疼，烦躁地扯开领口的扣子，把办公室的窗子拉开一道缝，低头点了一支烟。

张平居然抽烟，点燃了才想起来旁边还有个学生，半吊子地出于绅士风度说了一句："你不介意吧？"

β 敢介意吗？吸二手烟是几十年后得肺癌死，不吸二手烟今天就得死。

更何况办公室里橘色的台灯和烦躁却沉默的张平，让 β 的心里忽然有点儿异样。

β 从小就不是省油的灯。

作为转校大王，她见识过不知道多少种老师。在和张平交锋前，她已经模拟过对方的很多种反应，比如生怕担责任地拿起办公室电话的听筒说"这可不行，得赶紧给你爸妈打个电话"，比如义正词严地大声数落她"开家长会是为了让家长了解情况，你爸妈难道能害了你"，再比如笑嘻嘻地安抚一通，鼓励她还是要加油好好学习，成绩总会有起色的，然后她前脚踏出办公室，张平后脚就把她爸妈从北京请回来训话……

但是绝对不会有老师认真地听她胡扯一通自己的成长史，忍受她踮得二五八万地说自己早晚是要去北京参加高考的，并在她自我放弃之后，烦躁地点了一支烟沉默，似乎真的在为这个冥顽不灵的死丫头想出路。

似乎从来没有人愿意停下来听她说几句正经话，认真地为她想一想未来。

张平终于抽完一支烟，转过身坐在椅子上。他没有看 β，反而一直盯着办公桌玻璃板下面压着的几张照片，缓缓地开口道："我知道，你现在的状态不上不下的。努力学习吧，振华的这个压力和氛围可能真不适合你；不努力学习吧……当然，咱不能这么干，我就是随便说说，不能不努力。"张平无奈地笑了笑，清清嗓子继续说："你也知道自己早晚要去北京考试，那边分数线比咱们低，试题也相对简单些，但是你现在还没去呢，每次月考、期末考你还得面对，这不上不下的……使不上劲儿啊，是吧？"

β 都快热泪盈眶了。

我们父母那一代基本上都没经历过为高考呕心沥血的过程，经历过的也都忘得差不多了，所以没法儿理解孩子所说的"学不进去"。在他们看来，给你一副桌椅、一套纸笔，就已经具备了学习的全部条件，至于喜不喜欢老师，和同学处不处得来，还有那些自尊心和抵触感，通通不是理由。

而张平懂得。β 嬉皮笑脸的生活背后，那种找不着方向又借不上力的颓废感，张平说得都对。

"怎么说呢，咱们功利一点儿地看待高中三年的学习，不过就是为了让你们考上个好大学，其他的都白扯。虽然我作为班主任不应该跟你说这些，但是你们心里也都有数。只要你能达到自己的目的，到底是通过什么途径学习的，进度快慢，学校好坏，其实都不重要。"

β 深以为然，点头如捣蒜。

她早就这么想了，其实她爸妈应该也是这么想的，却偏要在细节上纠缠她，说白了还是不信任。

或者是为了省事儿？因为条条框框最简单。

"你还是慢慢按照自己的节奏学习吧，家长会的事情，以后不要再有第二次了，这次我不戳穿你了——当然你也别把我卖了，"张平诚恳地看了一眼 β，"我当班主任的，这么做是会被你家长整死的。"

β 这次真的热泪盈眶了。

"期末考试不管考得好不好，你都别再撒谎了，正常让你爸妈来参加家长会，我会单独找他们谈一次，保证你不会被扒皮的，行吗？"

β 眼中的张平头上都戴着光圈，他说什么都行。

张平很有男子气概地大手一挥："行了，天都黑了，赶紧回家吧。你爸妈长年不在家，外公外婆年纪大了，你自己长点儿心，有什么事儿就来找老师。走吧走吧。"

张平长叹一口气，又点了一支烟，对着窗外吐了个烟圈。β 走到办公室门口，又回头看了一眼。

很认真地，看了张平一眼。

那件让我和余淮笑岔气的白衬衫，在 β 的眼里，帅得一塌糊涂。

No.162

余淮走进教室的时候，我还坐在 β 身边听她轻声讲话。β 轻声讲话是千载难逢的奇景，她的大嗓门下曾经没有一丝秘密的影子。

也许平凡如我们，拥有的第一个秘密，就叫作喜欢。

等教室里充满了嗡嗡嗡的讲话声时，徐延亮背着大书包出现在我面前。我过了几秒钟才反应过来，因为徐延亮说自己假性近视看不清黑板，他现在已经被张平往前调了两排，坐在 β 身边。

"假性近视个屁，还不是为了坐到 β 身边去。"

以上是简单对此事一针见血的评价。简单一直坚信徐延亮对 β 有种难以言说的好感，我想破头也不明白那好感来源于哪里，是被《鲁冰花》感动了吗？

我给徐延亮让位，回到自己的座位。余淮已经戴上耳机在听英语听力了，我们也就省略了互相问好的过程。我从书包里翻出数学书，把最后一点点关于指数函数的内容看完，开始攻克对数函数的部分，也就是昨天张峰驾着马车把我狂甩下的那一段路程。他们晚上停车休息，我追着车辙死命往前赶。

至于那些我听不大懂也记不过来的张峰的板书，我都偷偷用相机照了下来，所以需要的时候就能用相机预览功能把板书都调出来放大了看。

幸亏我每天都带着相机。存储卡只能存四百多张照片，眼看着就要满了，我却没有借口去找我爸要钱买新的存储卡。眼下看着张峰的板书，我忽然觉得上帝为我敞开了一扇窗。

我忽然感觉到，余淮有段时间在用奇怪的目光看我。

可我硬着头皮没有抬头，集中注意力继续在纸上推导那些在他看来扫一眼就可以理解的定理。

我曾经完全无法招架余淮的这种眼神——课堂小测时，他先我好几页写完后放下笔无意中投来的一瞥，或者张峰准备拎人上黑板前做题时我缩脖子低头时他笑弯了的眼睛……没有恶意，一丁点儿都没有。

甚至他可能都没意识到他看了我。

可我无法招架，为这一眼，本能地给自己的窘迫披上一层徒劳的伪装。我也不是多虚荣的人，如果对方不是余淮，我是不是也可以对自己的笨拙坦然一点点？

我不知道。

然而，今天我把这件蠢事坚持下来了。我觉得一切都有些不一样了。

No.163

第一堂就是张平的物理课，我从斜后方悄悄观察着 β。她背挺得笔直，两只眼睛像灯泡一样发出骇人的光芒，热切地盯着张平。

张平似乎对 β 今天的学习状态非常满意，还特朴实地朝 β 笑了笑。

这个傻帽儿，β 像头要捕食的母狮子，他还以为自己逗猫呢。

我有点儿忐忑，又有点儿羡慕她。她突然就喜欢上了自己的老师，虽然这也一样是个不能对别人讲的秘密，但她让一切都显得明媚而坦荡。

然而，β 的美梦破碎于张平转身在黑板上写弹性公式的那一瞬间——先是徐延亮扑哧笑出声，然后会意的笑声就如弹簧的耸动一般，从教室后面一路传递到前方。

只有余淮正在低头看笔记，完全没有关注教室里的骚动。我本想推推他，让他瞟一眼张平，刚抬起胳膊肘，看到他专注的侧脸，又轻轻放下了。

张平的米色风衣上，沾上了一双黑色的女式长筒袜。

张平在前排同学混乱的哄笑声中明白过来，背过手去拂了几把，仗着讲台的遮掩，将袜子胡乱地塞进风衣的口袋。

"静电，静电，"张平红着脸嘿嘿笑了两声，"电能电势电磁学，咱们高二就要学习了，哈，高二就要学了，哈。"

"老师，您这么提前就开始做教具了啊，真敬业。"

徐延亮一句话让教室里的哄笑升级，他自己也很得意，反正他和张平没大没小惯了。

反正张平有女朋友，大家早就知道了。

反正徐延亮沉浸在大家崇拜的目光中，丝毫没有发现，β 阴森森的目光已经把他活剐了好几遍。

No.164

下课铃打响的时候，张平正倚着讲桌跟我们闲扯物理学史。

"反正这才叫治学，我是很崇拜德国的这几位科学家的，你们要是骨子里有他们一半的认真和严谨啊，什么难题都不在话下。行了，就到这里，下课。"

"其实我好像也有点儿德国血统，我记得我妈跟我提过，"我听见徐延亮对 β 吹牛，"你别不信。"

"我信，"β 阴阳怪气地拿起水杯走出教室，"一看就知道你小时候肯定被黑背咬过。"

背后的简单轻声笑起来，徐延亮懵懂地看着 β 的背影消失在教室后门，转过头问："我怎么惹她了？"

我在不远处看着他们几个在隔壁组瞎扯，余光一直关注着余淮。下课铃一打响，他就重新戴上了耳机，对着一本破破烂烂的笔记钻研得入神。

他以前说过，他戴上耳机就没法儿专心，从来不在自习的时候听音乐，所以他现在的样子让我觉得奇怪。

"喂，昨天你就直接把值日推给我，好意思吗？"

余淮没听见，头也没抬，我有点儿尴尬。

"他最近紧张着呢，我昨天不是跟你说了吗，他们马上就要参赛了。"

朱瑶不知道什么时候转过来了，看看余淮又看看我，眼镜耷拉在鼻梁上，像个老裁缝。

期中考试后，她对余淮的英语咨询百般推诿，但仍能很自然地转过头问余淮各种数学题。余淮颇有微词，但也都耐心解答了，只是最近两天不怎么爱搭理人，朱瑶的脸色很不好看。没想到，她今天竟然主动来和我们攀谈。

"怪不得，我问他问题，他常常听不见。"

说完，我就在内心骂自己贱。竞赛的事儿还是昨天朱瑶跟我说的呢，我在这儿替余淮瞎解释什么啊。

何况，他用得着我解释吗？想到这里，我有点儿犯酸。

"当然听不见，啧啧，多专注啊，人家这些牛人的世界，我可不懂。"朱瑶的语气不是很好听。

"你也是我心里的牛人啊，"我礼貌地笑，"你成绩也很好。"

"得了吧，"朱瑶翻了个白眼，嘴角一撇，"我哪能和他们……"

朱瑶话没说完，余淮就摘下了耳机，看向我："怎么了？你跟我说话？"

"你在听什么？你自习的时候不是不听歌吗？"

余淮刚要回答我的问题就顿住了，不放心地看了一眼朱瑶。

朱瑶脸上挂着一丝微妙的笑容，丝毫没有退出聊天的意思。这种多管闲事的样子，在她身上实在很罕见。

"你可得记得我们啊，"朱瑶笑嘻嘻地冲着余淮说，"保送清华了也要记得江东父老等着你扶持呢！"

余淮皱皱眉头。

哈哈笑着谦虚地说"我可保送不了清华"自然不是余淮的风格，他外表随和，但从不会灭自家威风；但傻子都看得出他这次备战的确紧张，平时的"猖狂"全都收敛起来了。

朱瑶那个德行让我噌地冒出一股火。

最烦成绩好的人恶意"哭穷"。余淮没这臭毛病，不代表其他人也一样。貌似吹捧，看笑话的期待却从每个字眼里咕嘟咕嘟往外冒。

"你自己说过高一的人去参加这个竞赛，除非是天才，否则结果基本上都是'谢谢参与'，保送北大、清华的概率很低，何必非要给人增加心理压力。"我尽量用平和的语气回敬她。

朱瑶爱在余淮他们面前自我贬低，不代表对我这种小角色也客气。听了我的话，她眼皮子一翻，变本加厉地回过来：

"我说的那是别人，余淮是一般人吗？你怎么知道人家不是天才？保送是正常的，保送不了才是重大失误呢。"朱瑶扶了扶眼镜，轻笑一声，"耿耿，我可真没看出来，你俩同桌一场，你怎么都不盼着他点儿好啊？"

我气得牙痒痒，可是想不出什么有力的回击。

余淮忽然笑了，轻轻地用笔敲着桌子，直视朱瑶。

"你说得对，我的确有可能保送清华，保送不了，我也能自己考上，不过是早两年晚两年的问题，没关系。"

他这样直白地说出来，反倒让朱瑶收起了那一脸尖酸的笑容。

"倒是你，"余淮用最平常的语气说道，"我从没把你当对手，也不大喜欢你，看样子你也不大喜欢我，彼此心知肚明，你以后还是不要跟我讲话了。"

No.165

直到张峰夹着讲义走上台开始讲对数函数，我仍然没缓过来。

朱瑶坐得直直地在听讲——她以前和余淮是一类人，每节课都是他们的自习课，然而现在她在听讲，后背绷得像直直的弓弦，隔着校服我都能想象出那种僵直感。

"你……"我也不知道应该说点儿啥。

"啊？"余淮从那本破烂的秘籍中抬头，懵懂地转过来看我。

看着那双干净的眼睛，我一时语塞。

如果是我，刚刚也许会被朱瑶气得半死，却不得不给对方面子，只能一边吐血一边在背后和好友把她骂个够，第二天照样忍着不舒服和她不咸不淡地相处下去。

虽然这样的相处本质上毫无意义，可我就是不敢闹翻，说不上来到底在怕什么。

我记得我妈说过，占理的人反击后还要检讨和忐忑，这算什么世道。

可惜，这个世道就是会委屈我这样的"占理的人"。

然而余淮不是这样的人。他不忐忑。他不委屈自己。他可以和所有人相处得很好，却从来都没太过珍惜自己的人缘，一旦需要，他可以抛弃任何一个陌生人的所谓认可。余淮鄙视一切人际交往上的弯弯绕："彼此心知肚明的事情，捅破了又如何？为大家节省时间。"

天知道实际上我多么向往成为他。

"呃，"我趴在数学课本上歪头看他，"我就是想说，你刚才说自己要上清华的时候，挺跩的。"

"因为是实话。"余淮嘴角弧度疑似上扬，被他硬压下来了。

"嗯，就因为是实话才够酷，"我狗腿子似的点头，"凭啥要瞎谦虚。"

忽然觉得，自打陈雪君的事情之后，我和他就少有这么轻松自然的交谈了。不知怎么一切就回来了，像以前。

余淮被我弄得有点儿不好意思："对了，你刚才不是问我为什么听歌吗？"

"对啊，为什么？"

"心里有点儿乱，"余淮笑笑，"就是有点儿慌，迷茫。可我不想当着外人的面说。"

他朝前排朱瑶的方向努努嘴。

我却因为一个词好似摸了电门。

他说，外人。

作为"自己人"，我矜持地沉默了一会儿，才能继续保持淡定的语气问下去："为啥？你也会慌？"

余淮正想回答，我就听见张峰在讲台前清了清嗓子。

"不想听课就出去。"张峰的话永远很简洁。

No.166

后半堂课，余淮到底还是睡了过去。他之前总和我说打游戏到凌晨三点什么的，也不完全是实话——不困的时候，他一直在做竞赛题，游戏只是为了提神。

张峰讲课时永远自顾自，不会去苛求那些趴在桌上会周公的同学，我也不必特意"罩着"余淮。下课时，他像摊粘在桌上的烂泥，无论如何都没办法爬起来。

我从书桌里摸出相机，照例关掉快门声，悄悄地照了一张。

"起不来就别起了，下堂课是历史，你可以接着睡。"为了掩饰我的罪行，我很体贴地说。

"不行，"余淮含含糊糊地说，"憋尿，得上厕所。"

他好不容易支起上半身，忽然转头看向我，半睁着眼睛，凑得很近。

"……你干吗？"

"掐我一下。"

我伸出手，轻轻地拧了他的耳朵一下，看他没什么大反应，就大力地拧了下去。

余淮"嗷"的一声叫起来，徐延亮他们都回过头来看。

"你让我掐的！"我连忙撇清。

"嗯，"余淮打了个哈欠，"这样我就放心了。"

"放心什么？"

"确定我现在是真的醒过来了，而不是赶着去尿床。"

"您真是思维缜密。"我嘴角直抽抽。

余淮睡得毛衣领口歪歪斜斜，我下意识地伸出手帮他把翻出来的衬衫领口拉正，手指碰到他的脸颊，他一个激灵。

我们四目相对，我的手还僵在半空，死的心都有了。

"我就是看不惯东西不整齐。"我干笑着说。

余淮扫了一眼窗台上被我堆成垃圾山的卷子，不置可否地一笑。

"你手好凉。"

他说着就站起身，我讪笑着转向左边，把手搭在暖气上烤，想了想，又转头去看。

那个说自己心慌的少年边走边扯着自己有点儿扭曲的毛衣，消失在教室的后门口。

我翻开余淮桌上的旧笔记本，第一页就写着"盛淮南"三个字。名字看起来很熟悉，过了一会儿我才想起，这个人是比我们大一级的大神，余淮的偶像——以身作则教他不好好复习古诗词默写填空的那个。

偶像的物理竞赛笔记本，怪不得，看上去比霍格沃茨的魔法教材还难懂。我正翻得起劲儿，忽然感觉到一道目光。

朱瑶正冷冷地看着我，发现我注意到她，皮笑肉不笑地咧了一下嘴："什么东西啊？给我也看看吧。"

"是余淮的，还是不要随便动了。"

朱瑶"嗽"地撇嘴一笑："得了吧，你不也在翻？"

"因为我跟他关系好啊。"

我脱口而出，看到朱瑶再次铁青着脸转回去，我才意识到自己说了什么。

怎么能这么说呢？真是，真是……

真是太爽了。

No.167

用了下午的两堂自习课，我终于赶齐了函数部分的进度，追上了张峰的那辆狂奔的马车。

我忍不住来回翻了好几遍自己亲手做的两天的笔记，轻轻摩挲着页面上凹凸的字迹，一种特殊的成就感油然而生。这和第一堂数学课上就被余淮所鄙视的"抄笔记"不同，这可是我自己在理解的基础上一点点做出来的学习笔记。

可能我的表情有些变态，余淮看了我好几眼，我没搭理他，骄傲地沉溺在喜悦之中。

然后我从书桌里翻出了余淮推荐的几本练习册中最简单的那一套，越过前面狗啃一样的空白，直接翻到函数那一章；在笔袋里挑了半天，将最喜欢的黑色水性笔、演算用的自动铅笔、订正答案用的红色圆珠笔都拿出来放在右侧摆好；最后把一沓草稿纸在桌上横埋埋竖埋埋，确定整齐了才用中号黑色夹子夹起。

"好大的阵势。"

我白了余淮一眼。多嘴。

"我跟数学不太熟，客气客气总归不会错。"我诚恳地说。

"那你们慢慢聊。"余淮嗤笑一声，继续去死盯他的笔记。

我拿起自动铅笔，开始认真阅读第一道选择题。

二十分钟后。

总体来说还挺顺畅，虽然看起来比较难的题我还是不会做，但是自己也觉得这样认真学习了之后底气足了很多，做题的时候很愉悦。

然后，我忐忑地去翻练习册后附的答案，看几眼，再翻回来用红色圆珠笔订正。

"早跟你说了，把答案都撕下来拿在手里多方便。"余淮继续头也不抬地找碴儿。

"要你管啊！"我低吼。

我心情不是很好，因为错得不少。我没有停下来研究，而是将所有答案都对完，才回过头细细揣摩。当然，我没忘了把练习册朝左边窗台挪一点儿，尽量远离余淮的余光范围。

经过分析，所有错题中，百分之三十是马虎算错，百分之二十是审题不认真，还有百分之五十是……我也不知道怎么错的。

提了一口气在心口，现在泄得差不多了。我趴在桌上闭上眼，累得像我家厨房墙角的豆浆机。

生活果然不是电影，我还以为我开始发愤图强之后，上帝会给我安排几个蒙太奇镜头，再次登场时，我就已经很牛。

开什么玩笑。

等我爬起来的时候，眼睛已经在胳膊上压得冒金星了，缓了好一会儿才能重新看清东西，然后我就看到余淮在研究我的练习册。

"给我留点儿面子行吗？"

"我觉得你有进步。"他放下练习册，一本正经地看着我。

"真的？"

"真的。"他把练习册合上，"以前你对知识点的掌握都是支离破碎的，学会一种类型题后就只能生搬硬套，死都不知道是怎么死的。"

"那现在呢？"我期待地盯着他。

"现在，"他充满鼓励地看着我，"你开始知道自己是怎么死的了。"

"滚！"

"我说真的！"他笑起来，"这样下去，你进步会很明显。很好。"

"你这种居高临下的态度是什么意思？"我虎着脸，心里却有一丝丝的愉悦。

"让你慢慢来。"

"可是，"我再次苦恼地伏在桌上，"我昨天晚上到今天下午都在啃数学课本，还是错了这么多。"

"你就别指望光看书就能融会贯通了，还是要做题才能熟练，毕竟考的都是公式的变种，要在理解的基础上灵活判断。"

"那这是什么？"我指指他下巴底下的那本盛淮南的笔记。

"哦，这是从林杨那里借过来的，他亲师兄盛淮南的秘籍。"

"我没问你这个，我问你凭什么可以只盯着笔记不做题！"

余淮用一种怜惜二傻子的眼神看着我。

"因为我有慧根。"

我再也不要跟这个人说话了。

余淮忽然想起了什么似的，在他的大书包里掏了半天，掏出来一个小学生用的田字方格本。

"朕差点儿忘了，这个是给你的，"他拎着本子在半空中甩来甩去，"来，耿爱卿，跪下接旨。"

"什么事儿啊，余公公？"

"别废话！"他一瞪我，我赶紧狗腿子似的接过来，捧在手里翻开。

密密麻麻的都是公式。引申出来的各种定理、推论和简便算法都是用红色的水性笔标注的，推导过程和适用的类型题则是黑色的字迹。

"昨天晚上临时起意，身边只翻到这么一个空本子。应该对你有点儿用。"

"可你最近不是在忙着……"

"换换脑子而已，花不了多少精力，"他满不在乎地打断我，"高一数学函数部分大概也就这些，这些定理很多是数学教材上没有的，但是做题的时候很有用，节省时间。你最好还是把黑色的部分盖住，自己推一遍，就和你昨晚做的一样。"

我脑子有点儿乱，只是不住地点头。

"还是那句话，以这个为纲领，多做题，你这种脑子，也就别指望触类旁通、一点就透了，你还是比较适合训练动物性的条件反射。"

余淮嘲讽我的话我都没听清，忽然不知道怎么鼻子就酸了。

"谢谢……"我忽然哽住了，说的话都带哭腔。

他愣住了。

几秒钟后，满教室都能听到余淮的吼声。

"耿耿，你是不是脑子有病？"

我的眼泪硬被他吓了回去，赶紧埋下头躲避周围同学不明就里的注视。

只听见徐延亮粗犷的大嗓门："骂得好，女人就是欠管！"

我趴在桌子上，一时间各种情绪都冲上脑门儿，好像上帝在我的脑子里挤碎了一个柠檬。

第三十一章

重新做人

嗯，爸爸一直相信你

No.168

β 说，我捧着那个田字方格本认真学习的时候，嘴角都带着压不下来的弧度——"跟绣嫁妆似的"。

她剥着橘子皮，一屁股坐在朱瑶的桌子上，面朝着我阴笑。

"你怎么还不走？"我一边收拾书包一边打发她。

"今天我们组值日，韩叙有事儿先走了，简单一个人做双份儿，我本来也要逃跑的，被她抓住了。"

"韩叙也要忙着参加竞赛吗？"

"他应该不会吧，"β 耸耸肩，"简单说，韩叙以前就没有系统地受过竞赛培训，也没想过要参加，他更倾向于安安稳稳地参加高考。"

的确，韩叙在语文和英语方面比余淮成绩好很多，论均衡和稳定，余淮远不如他。

我忽然联想到数学课上那个因为张峰的呵斥而被打断的话题。

余淮的茫然和焦虑。

显然初中升高中的统考给余淮造成了一定的打击。林杨说过，半路出家的余淮同时应付竞赛和统考，是有点儿吃力的，统考的成绩也证明了这一点。而现在，余淮是应该相信自己，继续在竞赛的路上走下去，还是应该吃一堑长一智，学乖一点儿呢？

从期中考试结束时他看到楚天阔的那副严肃表情我就知道，在余淮的领

220

域，有另一番我所不能理解的、苦恼程度并不输于我的纠结和较量。

反观韩叙，情况要简单很多。

韩叙的脸上永远挂着一种"不为所动"，冷冷静静的。当他认定了某条路是对的，即使旁边的人告诉他旁边的岔路上满地是金子，他也不会多看一眼。

如果说余淮的野心指的是"虽然我不想吃果子，但是只要看到蹦起来有可能摘到的果子，我就一定会使劲儿蹦蹦试试"，那么韩叙的野心就是"我只想低头赶路，所以去他妈的，不管什么途径我都要走到底，蹦起来能够到好果子又怎样"。

这是简单在校庆时坐在体育场上对我和 β 说过的。

当然她的原话要恶心肉麻和抒情得多，不便复述。

有时候，我会在走神的时候看向简单和韩叙这一桌的背影，默默地好奇，简单是韩叙的那颗果子吗？如果她不是，那韩叙身上那种她所钟爱的"不为所动"，会不会给她一个最讽刺的结局？

我自己呢？

我低头摸着那本薄薄的田字方格本，轻轻叹息。

如果我也是颗果子，恐怕余淮不光需要蹦起来，还得弯下腰捡呢。

有那么一秒钟，我忽然涌起了一股强烈的上进心，想要变成一颗长在树木最顶端的果子。

我也想看一看高处的风景，吹一吹高处的风，然后静静地等着一只猴子蹦起来抓我。

当然一秒钟后，我就恢复正常了。

我够不着果子，也捡不到金子。我是个贫穷的瘸子。

我从胡思乱想中抬起头，不出意外地从 β 眼中也看到了跟余淮一模一样的对二傻子的怜惜。

"唉，这孩子，" β 将最后剩下的几瓣橘子一起塞进嘴里，含糊不清地说，"看样子是晚期了。"

她还没说完，就被一块黑板擦从背后狠狠击中了。β 嗷嗷叫着，从朱瑶的桌子上跳下来。

"给老娘干活！" 简单站在黑板前叉着腰怒吼。

我穿好羽绒服，拎起书包，临走前习惯性地回头看了一眼窗外。

外面早已是一片漆黑，教室明亮的灯光下，我自己有点儿臃肿的身影在玻璃上映出，格外清晰。

又一个白天悄无声息地溜走了。

但是今天我没觉得那么慌张无措。我想起余淮说，耿耿，你以后会越来越好的。

会的吧，既然他这样说，应该会的吧。

果子埋在地下，总有一天，会从泥土里长出一棵树。

耿耿，加油。

No.169

我爸说快年底了，我妈在银行那边忙得人仰马翻，本来这个周末她想要带我去散散心的，不过突然部门里有饭局要陪客户，所以不能来了。

我没觉得很失望，因为之前我也不知道她要来陪我，没期待过，算不上落空。反正这个周末我早就打算好了要沉下心来好好读书，绝对不要再睡懒觉了。

不过说到决心，我自打上幼儿园起就在跟这玩意儿做斗争。我下过很多决心。小学时，下决心以后上美术课绝对不能忘记带笔刷，早上进校门绝对不能因为没戴红领巾被值周生抓；初中时决心每天跑步一千米来长个子——

半个月后，我爸急三火四地指着报纸上的生活小常识版面对我说，耿耿别跑步了，越跑越矮，损伤膝盖。我说爸你别担心，我还没开始跑呢，我决定从明天开始打羽毛球了。

结果是我爸特意给我买的啥啥碳素材料的很贵的球拍，一直挂在我房门后面落灰。记得刚买回来的时候，我还特傻缺地问我爸："你让人坑了吧？为啥你的两只球拍是单独买回来的啊？人家一买都买一对儿呢。"我爸怜惜地看着他的高级球拍，好像一眼望见了它俩的结局。

但是这次期末考试，性命攸关，我是不会随便放弃的。

周五晚上吃完饭，我就洗干净手开始清理我的书桌。我的桌子并不小，不过它邋遢成这样可能也因为它不小。我把桌子上所有乱糟糟的卷子、练习册、小说和杂七杂八的小东西都搬到了地上，然后跑去厨房拿了一块抹布开始擦桌子。

我爸闻讯赶来，问我："你要干啥？"

"重新做人。"我淡淡地说。

为了显示决心，我决定一段时间内都要变得酷一点儿。先从少说话开始。

"重新做人，你收拾桌子干啥？"

我也不知道，为什么我每次拟订一个新的人生计划，无论是整体计划还是局部计划，我都要先把我的这间小屋折腾一遍。

我六岁的时候搬进这里，至今已经十一年了。厨房在维护下依旧保持着整洁，可墙壁已经被油烟熏燎成淡淡的褐黄色。我的小屋子乍一看旧得没那么明显，但是我总觉得它已经和我血脉相连，任何在回家路上所形成的、脑海中清晰而热切的新决心，都会在我坐进书桌前的旧转椅时被做旧。乱糟糟的纸堆上还印着昨天的我，湿乎乎的，什么热情都点不燃。

齐阿姨也从房门口探出头："耿耿，要阿姨帮你不？"

"没事，"我头也没抬，"谢谢齐阿姨，我自己能搞定。"

我咬牙切齿地将卷子一页页捋平整，对齐边角摆成一摞，然后把随手扔得到处都是的文具归拢成一堆。可惜不是所有东西都是方方正正的，我擦干净桌子后，开始将东西往桌面上摆，摆着摆着就又快要满了。如果一会儿我学习的时候再乱丢两样东西，就会立刻回复原样。

我叉腰站在地中央，心里已经开始有点儿烦了。

说真的，在操持家务方面我真没啥天赋，看来只能做女强人了。

怎么回事呢？

缺少收纳工具。我恍然大悟。

我抬头看向我爸的时候，自己都能感觉到眼睛在发光。

我爸用手捂住额头，不和我对视，只是轻轻地叹了口气："是不是又要花钱了？"

他一直等着这句呢，像个预言家。

No.170

我拒绝了我爸的友好建议：明天就周六了，我和你齐阿姨要去沃尔玛，到时候给你抬几个整理箱和文件夹回来。

我的热情本来就是稚嫩的小火苗，我怎么可以用时间的洪水扑灭它？

我从小就有这毛病，我妈把这个叫"想起一出是一出"。她反正是对我这一点深恶痛绝的。当我想要个什么东西的时候，但凡能想到一个正当理由，那么我就一刻也等不了，仿佛屁股上着了火。我妈自己是个风风火火的人，可她偏偏理解不了我的猴急。

我爸反倒每次都会纵容我。他会说，孩子有热情就让她去做吧，要是她坚持不下去，下次就会长记性了。

我一直没长过记性，我特对不起我爸。

我爸无奈地看着我戴上帽子、围上围巾往楼下冲，帮我打开防盗门。经过他身边的时候，不知道是不是他的宽容无言忽然打动了我，我竟然停下来，对他说："爸，你相信我，这次我一定能考好。"

我家里人都没有说大话的习惯，我以前也没发过这种誓，连我爸给我报振华的志愿，我都吓得以为他要大义灭亲，所以我没头没脑地来这么一句，把我俩都吓了一跳。

我爸突然就笑了，笑得像电影里的慢镜头，也不知道是我眼花还是他真的笑得太慢了。

"嗯，爸爸一直相信你。"

我有点儿不知道说什么，一低头就继续往楼下跑了。

我确定，我现在就是把楼下的文具店整个搬上楼，我爸都不会有意见。

No.171

当我把买回来的所有塑料文件夹、档案袋、曲别针和收纳纸箱等全部用光，屋子整理得焕然一新之后，我，决定休息一会儿。

那时候是晚上八点半，所以我去看了一会儿电视，然后又坐在客厅的电脑前玩了两局纸牌和大半局扫雷。

我玩得正开心的时候，小林帆忽然从沙发上爬过来，一边看着屏幕一边声音特别小地说："姐姐你听我说，但是你别回头，耿叔叔在看你，你别玩了。"

我顿了顿，脖子都僵了。

"还有，"他声音更小地继续说，"别点那里，那儿有雷。"

No.172

几乎是立刻，我伸了个懒腰，装作啥也没发生一样对林帆说："你接着玩吧，姐姐不跟你抢了，姐姐上了一天学，好累啊，得换换脑子，现在休息够了，姐姐要去学习了！"

林帆迅速地瞟了客厅门口一眼，然后轻声说："耿叔叔走了。"

我长出一口气："我反应很快吧？"

"嗯，"林帆使劲儿点头，"就是演技太差了。话太多显得心虚。"

这小子怎么回事儿？蔫坏蔫坏的，第一次见面时乖得像猫似的，都是假象吗？

我嘴角抽搐地看着小林帆迅速霸占了我的位置，灵巧地把我磨叽了半天还没扫完的残局清了个干净，然后开始运行他新装的一个叫"马克思·佩恩"的打枪的破游戏。

那一瞬间，我有点儿怀疑刚才我爸到底有没有站在客厅门口盯过我。

臭小子耍我呢吧？

不过当我坐回到书桌前的时候，我倒有点儿感激他了。我无数次洗心革面都死于这一步，打扫完屋子，花完钱，然后就没有然后了。

这次一定要有然后。

我从书包里小心翼翼地拿出那本小小的田字方格本，然后抽出刚刚特意买回来的牛皮纸，认认真真地给它包起书皮来。

田字方格本的封面实在太薄了，包好之后完全无法和硬实的牛皮纸贴合在一起，只要一打开，整个本子就像要死的青蛙一样翻肚皮了。我想了想，又拿起订书机，把所有松动的部分都订了个严实。

余淮又会笑我形式主义吧？

不过，这次和新教材的书皮是不一样的。

反正就是不一样。

第三十二章

座机座机请回答

这道题考介词，有人有疑问吗

No.173

整个周末，我都过得非常充实。

这直接导致了周一早上起床去上学的时候，我整个人空前地有底气。

自打上了振华，我没有一天早上上学的时候不抑郁。初中时我就很难早起，但是上学路上至少不闹心；现在呢，每天上学都跟赴死似的，每一步都提醒着我，充满挫败感的一天将要开始了。

果然，有底气的人才能开心啊。

余淮今天却没来。

早自习都开始十分钟了，他还没出现。我摸出手机，想了想，决定给他发个短信。

说来奇怪，我用上这款酷炫的诺基亚，联系人却只有我爸我妈、齐阿姨、外公外婆家电话、爷爷奶奶家电话和开学的时候留在黑板上的张平的手机号。

张平的手机号。竟然是张平。

我竟然从来没有朝余淮要过他的手机号！不过，余淮在学校里很少把手机拿出来，而我也不过是拿手机玩些打地鼠、贪食蛇一类的弱智游戏，从没将它作为一款通信工具好好利用过。

我可以和余淮发短信啊。

想到这个，心竟然怦怦跳得厉害。

我开始丧心病狂地寻找开学不久徐延亮发给大家的五班通信录，每个人至少都填写过一个电话号码，我希望余淮留下的是手机号而不是家庭电话。

把所有练习册都翻了个底朝天，我还是没找到夹在里面的那张纸。英语听力放完之后，好多人起身去上厕所，我本来也想趁乱过去问问徐延亮还有没有多余的通信录，一抬头就看到我们的班长大人正趴在桌子上睡得香甜。

算了，课间操的时候再问吧。

正在这时，β回头看到我的样子，又瞟了瞟酣睡中的徐延亮，非常体贴地轻声用口型问我："他有事儿？"

于是，我也压低声音很轻地说："没事儿，等他醒了再说。"

β微笑着点点头，转过头就用字典朝着徐延亮的脑袋砸了过去。

我目瞪口呆中，徐延亮一激灵爬起来，昏头昏脑地看向β。β则笑得宛若天使："哎呀，手一滑碰到你了，对不起对不起。"

徐延亮放松下来，往下一趴继续睡去。

β温柔地看着徐延亮的后脑勺，过了半分钟后，轻轻地靠近徐延亮的耳边。

"有没有礼貌啊你！说没关系啊！"

β吼得全班都虎躯一震。徐延亮没有当场尿出来，也算是个人物了。

No.174

徐延亮对我索要通信录这件事情感到很莫名其妙，但还是交给了我，转身就继续去跟β理论了。

估计他这辈子也想不明白，为什么β一直针对他。

我知道。因为张平。徐延亮老是损张平。

但是简单坚持认为，对于被欺负，徐延亮其实是乐在其中的。

"同桌一场，你非要这么欺负人？就不能和平相处？我对你多友好！"徐延亮义正词严。

β懒洋洋地翻着漫画："想和平相处，要不咱也修订一个《和平共处五项原则》吧。"

"好啊。"

"那你听好了，"β单手指着地板，"这五项原则是，以后但凡有争执，你道歉，你道歉，你道歉，你道歉，你跪下道歉。"

他俩还在生死互掐，我已经拿着通信录回到了座位上。

我心里有点儿打鼓。徐延亮不知道是不是为了省油墨，把通信录上面的字印得特别小。打预备铃时，我才找到余淮的名字，用手指比着画过去，看到了一串电话号码。

只有八位，搞得我有点儿失落。不过转念一想，也有可能是小灵通呢，对不对？

我还是掏出手机，一个字一个字地输入。

"怎么没来上学？生病了吗？我是耿耿。"

如果这八位数字是座机，我一定会把短信落款改成"我是诺基亚"。

座机一定会很开心。

我没抱什么太大的希望，把手机放在了自己的桌角，想了想，又有点儿负气——我早干什么去了，万一真是给座机发短信，还有什么盼头。于是，我就把手机又往远处推了推，一直推到余淮桌子的角落，好像这样就能让自己完全不抱希望了似的。

英语老师踩着预备铃的尾音走进教室，我低头翻开了英语练习册，准备上英语课。

几门主课里，我的英语和语文还是不错的，也是这两门课程保证了我没有落入倒数十名的禁区。越是上手的课程越喜欢多学，期中考试时，我对理科的厌学情绪导致我的英语和语文越来越进步，和数理化拉开的差距也就越来越大。

不过我并不是很喜欢上英语课，确切地说，我们都不是很喜欢上英语课。

英语老师姓赖，名春阳，看上去大概不到四十岁的样子，瘦削，有很重的眼袋，讲话声音清脆得有些刺耳。

赖春阳不知道为什么总是没精打采的，常常会在讲习题讲到一半的时候，忽然盯住教室里的某个方向，整个人像被按了暂停键一样，你总觉得下一秒钟，她手里的黑板擦就要朝某个不规矩的学生飞过去了……你等待着，等待着，她忽然对着空气中的某一点笑了一下。

然后，就像什么都没发生一样，轻轻地说："这道题考介词，有人有疑问吗？"

"她再这样下去，我对我的人生都要有疑问了。"余淮曾经这样说过。

No.175

我不知道赖春阳是不是故意的，但是她这招对我们这些爱溜号的学生空前奏效。在一次又一次毫无道理的沉默注视中，正想低头喝牛奶的简单紧张得捏爆袋子喷了自己一脸，低头看娱乐杂志的 β 则因为徐延亮胳膊肘无意中碰到她而忽然跳起来大叫"选 C 选 C"。

日复一日，我们在赖春阳的训练下，心理素质越来越好，估计以后万一去杀个人越个货，一般的审讯手法甭想从我们嘴里诈出一句实话。

也难怪余淮一直对赖春阳的教学方法吃不消。赖春阳喜欢讲习题，却不喜欢解释。用 β 的话说，这样洒脱的性格真适合做黑帮老大，赖春阳可能是入错行了。

英语和语文算是余淮的弱项（虽然他的弱项也比我强，好吧，我知道这句说明是多余的），余淮觉得语文成绩需要看命理和风水，但是对英语，他倒真挺上心。我曾经问过他，他说，英语是未来也很有用的一项技能，更何况，他以后想去美国读书。

美利坚啊。我当时看向窗外。那得有多远啊。

可是英语课帮不了余淮。赖春阳讲课的节奏有多慢？慢到连我这种学生都能在她的课堂上开小差，做两道数学题。赖春阳的课堂指望不上，他就指望朱瑶，朱瑶指望不上，他就只能把不会的习题都攒着，每天上楼跑去找一次林杨。

余淮说，林杨讲题没比赖春阳强多少。林杨英语学得比较早，口语很好，所以做题大多靠直觉和语言习惯。

"那你干吗还问他？反正和赖老师讲的没啥区别。"

余淮严肃地看着我："区别在于我可以揍他。"

估计连赖春阳那份儿也一起揍了吧。

就在我胡思乱想的时候，桌上的手机忽然振动了两声。我不小心把它压在了钢板尺上，因此在寂静的课堂上，这嗡嗡的两声格外响亮。

赖春阳缓缓地看了过来。

她这次沉默是什么原因，我可真的说不准了。

No.176

遗憾的是，她这次没有沉浸在自己的世界中，而是走了过来。

我是真被她吓傻了，都忘了赶紧把手机从桌面上拿回来。谁让我刚刚跟脑瘫似的，把手机推那么远，全班都在赖春阳的虎视眈眈下静止了，我伸长手去拿手机，完全等于不打自招，所以一点儿都没敢动。

结果就是赖春阳快步走过来，把我的手机拿走了。

"哟，一大早上发什么短信啊。"赖春阳的声音从来没这么刺耳过。

全班都回头看向我这个靠窗的角落。

忽然就不迷茫了的赖春阳今天格外好斗，她得意地低下头摆弄，想要翻看我的短信，但是解锁了好几次应该都没按对键。在她折腾的这几秒钟里，我忽然热血上涌，一伸手就把手机夺了回来。

稳准狠。

徐延亮这个二缺居然鼓了两下掌，被 β 一巴掌扇在了后脑勺上。

赖春阳好像没反应过来，至少在我夺回来后的三秒内，她还盯着自己的手掌呢。然后她缓缓抬起头，用一种有点儿凝重而悲凉的目光看着我。

漫长而难挨的沉默。

做都做了，我还能怎么样，不硬气不行了，我又不是没理。

你凭什么看我手机？我又没有在课堂上玩手机，只是来了一条短信而已，你有什么权利侵犯我的隐私？你是老师也不行啊！赖春阳你看着我的眼睛，你说，你凭什么？

没时间思考了，我微微挺起胸膛，攥紧了手机直视她：

"老师我错了，我再也不敢了。"

No.177

我站在那里听赖春阳训了五分钟。但是她没有再来抢我的手机，也没有说太难听的话。虽然是挨骂，但是我能感觉到，这件事情算是结束了。

可能也是这个原因，抢完手机就后悔了的我对这个结果感到万分庆幸。用 β 的话说，没见过挨训还能笑成这样的。

等我终于坐下了，赖春阳也回到了讲台。她在重新开始讲课前，忽然幽幽地叹了一口气，说："一个两个的都不省心，谁都不听我的话。"

全班都一头雾水，事后简单说，不知怎么这句话让她想起她妈了，赖春阳怎么忽然这么母性。

我低头坚持看了大半堂课的练习册。

然后终于等到赖春阳又陷入了自我的世界。

我一边竖起耳朵注意着周围环境，一边把手悄悄地伸进了书桌。

如果刚刚那条又是劝我下载铃声和弦什么的垃圾短信，我就从窗子跳出去。

竟然是"座机"的短信。

我压下嘴角，开心地点开那条短信。

"他生病请假了，谢谢你的关心。我是余淮妈妈。"

No.178

靠。

我默默地把手机揣回口袋。

死定了。

虽然为什么死定了我也不知道。

我就是关心一下同学嘛。为什么会心虚？有什么好心虚的？为什么他的手机在他妈手里？余淮，你是病得人事不省了吗？为什么？

在我面如土色心跳如雷地度过五分钟和做完十二道选择题之后，忽然手机又振动了两声。

"哈哈哈哈哈哈哈哈哈哈哈！吓死你了吧？大白痴！"

……余淮，你为什么不去死？

他马上又回了一条："我下午就去。昨天睡太晚，早上实在没起来，就装病了。"

就在这时下课铃打响了，赖春阳说了声"就上到这里"，然后悠悠飘出了教室。大家三三两两地站起来，β和简单一起跳到我身边来，徐延亮也跟过来凑热闹。

"我俩还赌你会不会被找家长呢，谁知道你那么快就认了。"β不无遗憾

233

地说道。

"而且赖老师居然就这么放过你了。"简单补充。

"手挺稳啊，耿耿，那招看得我都呆了。"徐延亮感慨。

"你没呆，我听见你鼓掌了。"我翻了个白眼。

"哎，对了，"简单忽然问起，"余淮今天怎么没来上课啊？"

我笑了起来。

"哦，他啊，"我很随意地说道，"他说不大舒服，上午就不来了。"

不知道为什么，说这话的时候心里特踏实。β 顿时露出一种诡异的八婆表情，好像我和余淮熟悉得非比寻常似的。

"哟哟哟，就你知道，就你什么都知道。"

对，就是这种表情。

在 β 所有的表情里，我最爱的一种。

第三十三章

别有用心

你越功利，世界对你就越神秘。

No.179 — No.185

No.179

第二堂是语文课，语文老太讲作文。她发了五六张卷子，每张上面都印着两到三篇这次高一年级期中考试的高分作文，挨篇分析优缺点。我看到了余周周的作文，还有楚天阔和凌翔茜的。

徐延亮的作文竟然也上榜了。我们班的唯一代表，就排在凌翔茜作文的后面。

凌翔茜是我们全年级男生的女神。目前高一年级的男生分为两类，知道凌翔茜是谁的和非常想知道凌翔茜是谁的。徐延亮在上周五的课间操上刚刚从第二种人晋升为第一种人，所以最近常把女神挂在嘴边。

"哎呀，承让，承让。"

没人夸他，他自己倒是拿着范文赏析的那一沓纸，主动跟周围人各种点头致意。

"真没想到就这么排在女神的后面了，真是，哎呀，没想到。"

"印刷排版而已，又不是说排队娶她你第一，磨叽个屁。"β被他唠叨得不耐烦。

"真要娶她还差得远，"徐延亮毫不自知，自顾自地谦虚道，"女神那么白，我长得这么黑，以后孩子还不得长得像斑马。"

β耷拉着眼皮，上下打量着徐延亮的桶状身材。

"想得美，呵呵，熊猫还差不多。"

语文老太咳嗽两声，徐延亮的一通反击憋在了肚子里。

余周周的作文中规中矩，没什么突出之处。但总归一看就是讨老师喜欢的那种模式化的议论文，该排比的地方排比，该举例的地方举例，古今中外感动全宇宙的各种论据一堆砌，挑不出啥毛病，但是……怎么讲呢，每一句都透露出一种很敷衍的态度，至少我是这么感觉的，所以分数也就那样，在优秀档的边缘。

凌翔茜的作文却很华丽，形式和文笔都有些特别，剑走偏锋。至于楚天阔，雄厚的蓄势和缜密的逻辑……挺好看的，而且很长知识，反正是我肯定写不出来的那种。

当然，这些优秀作文里没有林杨的，更没有余淮的。这两人都是盛淮南的弟子，古诗词默写题从来都不做的那种，能写出啥好文章，余淮作文分数比我还低呢。

至于徐延亮的作文……怎么说呢……很……扯淡……

"有位名人说过，人生的悲剧在于眼高手低。大多数人激动时佛挡杀佛，幻想中睥睨天下，日常生活中却没法儿鼓起勇气和每个周末早上都要拿电钻钻墙的邻居好好谈一谈。"

徐延亮站在座位上声情并茂地念着。

这次的作文题目是"理想与现实"。

简单终于忍不住骂出了声："什么乱七八糟的，哪个名人？哪个名人?!"

β 忽然回头看向简单，露出莫测的笑容。

"我。有意见吗？"

No.180

当然，除了徐延亮这篇因为阅卷老师嗑药太多而被评为优秀的作文，其他的还都是很正常的。张老太告诉我们，以后每次考试后都会把优秀作文挑选出来进行课堂赏析，说着又传下来两张卷子。

"这是高二年级这次期中考试的语文优秀作文，我们挑了五篇最优秀的，你们学习一下，比咱们高一年级的作文写得更规范，啊，我一直跟你们强调规范。徐延亮的作文就太冒险了，考试还是以稳妥为主，所以都认真读一读，看看学长、学姐是怎么写应试作文的。"

张老太嘟囔的时候，我正低头给余淮发短信。

"语文课有作文赏析，刚才我看到你小姑姑龙姑娘的了。"

卷子从第一排向后传，整个教室掀起海浪一样的声音。虽然我不喜欢做卷子，可我喜欢它到来时的那种声音，配合卷子上淡淡的油墨香气，总让我觉得"书海"这个词格外传神。

海浪缓缓朝着我的方向卷过来。

余淮的短信回过来。

"那当然，我们老余家没有一般人。对了，我听林杨说今天不做操了？"

"嗯，今天风太大了，课间操取消。"我回复道。

点击完"发送"，卷子传到我手边，第一个映入眼帘的名字是洛枳。

虽然学姐在校庆的时候给我看过名牌，但是在卷子上再看到这个名字还是让我有点儿陌生感。

高二这次期中考试考的是材料作文，题目要求根据一段新闻写一篇议论文。新闻讲的大概是除成功励志学和中医养生学的图书销量上升以外，其他类别图书的人均阅读量都在逐年下降。

另外四篇作文的主题都是阅读的重要性，诸如"书是人类进步的阶梯"什么的，以此呼吁国人多读书，改变阅读量下降的现状。洛枳的作文，却在探讨为什么成功励志学能够大行其道的问题。

说实话，我没太看懂。

可是我看得很认真，因为她似乎写得很认真。

不是那种意义上的认真。不只是为了分数。

作文想要得高分，一半靠才华，一半靠阅卷老师们多年划定的条条框框，才华只有泼洒在那个框框里，才有可能获得青睐。虽然我没有才华，但是我也一直都安全地在那个框框里蹦跶。

只是蹦跶。她却在这个框框里跳了一支舞。看不懂也动人。

我一字一句地读完，语文老太说了什么我没太听，只是深深地记住了洛枳作文里引用的一句话。

"你越功利，世界对你就越神秘。"

不知怎么，我就被这句话击中了。

No.181

下课前，张老太语重心长地说："教了这么多年的语文，我心里很清楚，你们没人真正重视语文，因为语文成绩提高不是一朝一夕的事情。语言学习这个东西啊，没天赋有时候真不是努力能弥补的，不只是你们学的那些算来算去的理科需要智商，所以都别瞧不起我的课。咱们振华一直都是理科见长，有些风气我也不好说什么，看看这些文章，待着没事儿自己多想想。行了，下课吧。"

张老太离开班级的瞬间，我清晰地听到韩叙的声音。很罕见，韩叙也会在课上随便说话。

"想不到，振华的老师还都挺有理想的。"

我听不出这话是讽刺还是钦佩。韩叙那张扑克脸，说啥都跟选择题似的。

当然只有简单还跟个傻缺似的，对韩叙的每一句话都笑出一脸花儿。

课间操取消。我们有了整整二十分钟的课间休息时间。下课前，余淮给我发了条短信说让我帮忙，从他书桌里把盛淮南的笔记拿出来去高二区还给二年级三班的盛淮南。

我找出那本笔记，再次带着敬仰的心情翻了翻，然后披上校服外套走出去。高二区就在我们区的隔壁，但是我需要下到一楼，穿过大厅和行政区才能绕过去。

穿过行政区时途经物理办公室，门开着，我随便往里面看了一眼。

然后就看到 β 绷着一脸小白兔一样乖巧的表情，弯着腰站在张平办公桌边，伸出食指指着桌上的练习册，好认真好认真地在请教问题。

我整个人都有点儿不大好，想吐。

我正看得出神，有人从旁边桌起身，抱着一大摞卷子走出来。

是洛枳学姐，穿着高二的冬季校服，一脸安然。看到我，她愣了愣，反应了一下才微笑起来。

"你头发长长了，我差点儿没认出来。"

她不笑的时候挺冷的，笑起来却很平和，但又好像隔着点儿什么。我说不清楚，像是被请到她家做客，但你总怀疑实际上真正的她住在墙壁夹层的密道里。

我也不知道这些感觉来自哪里。我从小就对人有着直觉性的好恶，但是从来没有执着于去证明自己的直觉是否准确。

"学姐，你怎么在物理办公室？你不是文科生吗？"

"是，"她点头，"可我是物理课代表。来拿期中考试的卷子。"

"不是连家长会都开完了吗，你怎么才来拿物理卷子……"

"其实拿不拿都无所谓，我们班平均分才二十三分。"

"……有那么……差吗？"

"我也只考了四十几分。应该也不是因为笨吧，"她自言自语，自嘲地笑了一下，"为了节约考物理的时间来复习下一门要考的地理，我们在卷子发下来之前就已经把答题卡都涂完了。"

乱涂的……服了。

她笑笑："这是振华文科班的传统。前辈的智慧。"

怪不得以前张平说过，要是我们班不争气，高二就会换班主任，一旦把他踢去给文科班讲课，他还不如去上吊。

"这是尊严问题。"张平当时凝重地说。

"我理解啊，你们现在还学理化生不就是为了高三时的会考吗，反正咱们省高考只考文综，物理学了也没什么大用处。节约时间多好啊。"

洛枳听了我的话，笑了，善意地补充道："只能说从功利的角度来看，没什么大用处。"

其实我刚才纯粹是在瞎接话，我喜欢她，所以不放过任何套近乎和拍马屁的机会。学姐总是淡淡的，但让我觉得自己受到了认真对待。我也说不清这是什么感觉。就像那篇作文。

"你越功利，世界对你就越神秘。"

"啊？"她愣住了。

"就是你作文里引用的那句话啊！上堂课，我们语文老师发了高二的优秀作文，第一篇就是你的！"

她有一点点不好意思，却没故意谦虚。

"是吗？你们也会看我们的作文。"

"你写得真好。"

"谢谢你。"

"不，我是说真的，"我有点儿激动地比画着，"你写得很用心！就是……就是超出考试作文的那种用心，你本来用不着那么认真的……我也说不清楚，反正就是这种感觉，不只是为了考试才这样写的，不只是为了得高分，就像是……"

我觉得我这种忽然化身 super fan（超级粉丝）的行为特别二，不大灵的语言功能更是让这个情形雪上加霜。

"就像是专门写给人看的。"

有那么一瞬间，她听到这句话，瞪大了眼睛看我。然后才笑起来，露出一排齐齐的白牙说："……没有人的作文是写给狗看的。"

我已经不知道怎么阻止自己继续傻下去了。没法儿说清楚。我只是想表达，她的作文，像是专门等着某些懂得的人去读的。或者说，是为了某些人读过之后，去懂得她的。

洛枳笑了一会儿，忽然伸出手揉了揉我的头发。

我们顶多差一岁。可是这个举动她做出来，并不突兀。她收起笑容，特别认真地看着我。

"谢谢你。耿耿。"她再次绽放出笑容。

她记住了我的名字呢。

突然我不知道应该再说点儿什么了，她也不是多话的人，我们就这样在走廊里傻站着。

正当我为这段沉默感到尴尬的时候——当然把局面搞得这么尴尬都怪我多嘴——洛枳突然开口说："你知道吗？我们年级，和你们高一一样，也会传阅优秀作文的。"

我眨眨眼，有点儿没反应过来。

所以呢？

"所以……"她停住了，转头看向我，"你是要去物理办公室找老师吗？"

"不是，"她忽然转话题，我有点儿反应慢，"我同桌生病了，让我帮忙去送还一本笔记。对了对了，这是盛淮南的笔记，我听说他是你们高二的大神呢。学姐，你认识他吗？"

我扬扬手中的笔记本，纸张哗啦哗啦响。

洛枳缓缓抬眼看向我手中的笔记本。

那是继我爸的笑容之后，我第二次觉得谁的表情缓缓盛开，像慢镜头一样悠长。

"我……我能看看吗？"她轻轻地问。

No.182

我有点儿担心余淮会不会介意我拿他崇拜的师兄的笔记来巴结我崇拜的师姐。

所以我说："好呀，拿去随便看！"

…………

洛枳翻了很久。真的很久。很久之后才轻轻地、很有礼貌地双手拿着还给我，说谢谢。

"我不认识，但是他很有名。"

她接过我刚刚帮她拿着的物理卷子，笑着又拍拍我的肩："那你快去吧，人家还等着这本笔记呢。"

我点点头，不知怎么有点儿依依不舍，幸亏在我还没转身的时候，她又喊住了我。

"对了，你……你知道怎么走吗？他在三班。用不用……用不用我带你去？"

"哎呀，学姐你人怎么这么好啊！"我赶紧像哈巴狗一样贴过去，让她给我带路。

我学着她抱物理卷子的样子也抱起盛淮南的笔记本，可惜笔记本太薄了，怎么抱都怪怪的，我只能收拢胳膊，搂得紧紧的。

一路上我们都没太讲话，行政区的走廊和大厅空旷安静，穿过灰白色的天光，只有脚步声像小鬼一样追着我们。

我不知道她在想什么。我们总是对高年级的人有种敬畏感，和年长无关，那是种说不出来的感觉，就像只比我大一岁的表姐提前上小学时，我看到她趴在桌子上在田字方格本上写字，虽然是狗爬一样的字迹，可是整个人看起来都不一样了。

我本来是一个害怕冷场的人，后来忘了是听谁说的，这叫社交焦虑，挺高级的一个词。反正和不大熟悉的人在一起，但凡大家没话说了，我都会自责沉重到不行，老觉得都是我的错。然而神奇的是，和她在一起，无论是校庆那天在主席台下的沉默不语，还是今天，我都没觉得难堪。

"学姐，"我大着胆子开口谄媚，"和你在一起，真的特舒服。不用说话的那种舒服。"

她意外地看了我一眼，想了想，笑了。

"和你在一起也是。你挺特别的，耿耿。"

"哪儿？哪儿特别？"我赶紧顺杆儿爬。

"你是第一个让我觉得自己不爱说话不是罪恶的人。"

作文写得好的人说话就是不一样。我仔细咂摸了一会儿，还没太反应过来，她又接着说：

"我觉得，以后谁要是有福气和你在一起，一定会很自在、很开心。"

"那是，那是！"我笑开花儿了，赶紧补上一句，"学姐你也是！"

她故作深沉地点点头："嗯，我也觉得。"

互相吹捧也需要棋逢对手的。我在内心给自己的表现狠狠地打了个钩。

到了四楼，她突然在楼梯口停步，对我说："走廊尽头那个就是三班，你去吧。"

"你不跟我一起吗？"

她看了我一眼，没接话。

我觉得自己很冒失，赶紧点了个头，说："谢谢学姐，那我过去啦！"

跑了两步，我鬼使神差地又回头去看她。洛枳还站在原地，盯着走廊尽头，不知道在想什么，专注的样子很动人。可能是感觉到了我的目光，她对上我的眼神。

然后笑笑，落落大方地转身走了。

不知怎么，我觉得有些懊恼。

好像是我这一回头把她赶走了似的。

No.183

"学姐你好，能不能帮我找一下盛淮南学长？"

正在用抹布擦后门玻璃的学姐听了我这句话，不知怎么就爆发出一阵大笑。

她转身朝着教室里大声地喊了一句："盛淮南，有人找！你真丧心病狂啊，人家才高一！"

傻子才听不出什么意思呢。虽然知道是玩笑，但是让我觉得有点儿不大舒服。

万一我真的是来向大神表白的呢，还不得羞死。

在大家的哄笑声中，我看到靠窗那组倒数第二排有一个男生披上校服走出来，几个男生嬉皮笑脸地跟他勾肩搭背说了什么，被他笑着一把推开，然后朝门外的我走过来。

真帅。

虽然我不是来表白的，但是那一瞬间我忽然觉得来都来了，要不还是顺便表个白吧……

"同学，有事找我？"

盛淮南的声音比校庆时我在主席台下听到的还好听，脸上有淡淡的笑意。

"抱歉，刚才他们瞎开玩笑，你别介意。"

真是个好人。我拨浪鼓似的摇头，擦门玻璃的学姐并没有避开我们，反而又往门口凑了凑，看我的眼神有那么一点点不善。

我刚刚被玩笑激起的反感重新涌起来。

所以我鼓起勇气也瞪了她一眼，然后用最冷淡的态度递出手中的笔记本："学长好，我是高一五班的，余淮的同桌。他今天生病不能来上课，让我帮他把笔记还给您，他说谢谢您。"

"您……"盛淮南哭笑不得地接过笔记，"您……客气什么？您把我喊得像老大爷。"

"啊？那……那……你。"

这回连门口擦玻璃的学姐都听不下去了，笑着回座位去了。

"谢谢你啦，小学妹。"他说。

我鞠了个躬就跑了，边跑边回头看，他还站在门口，带着一脸温和的笑意看着我这边。

心跳得好快啊。

长得好看，又开得起玩笑。

祸害。

No.184

我回班级的时候屋里依然一片嘈杂，简单和 β 一人举着一个小卖部新推出的冬季新款热狗，吃得正开心。

我一屁股坐到 β 桌上，就开始讲述我刚刚在高二年级的历险，讲得唾沫横飞，讲累了，就咬两口简单递过来的热狗。

"真那么帅？"

"真的。"

"那你怎么没照一张照片，你那数码相机每天带来学校是当镇纸的吗？" β 在旁边瞎起哄。

我翻了个白眼："是你好意思啊！"

"那，他岂不是比……"简单在我身后坐着，眼角悄悄瞟了一眼正低头打游戏机的韩叙，干巴巴地问，"比……楚天阔还帅？"

楚天阔的长相是我们年级的标杆。振华男生主要分为两类——没有楚天阔帅的，神。

"神。大神级的。"我说。

当然，韩叙也是简单心中的神。我们觉得韩叙太冷淡和单薄了，简单却觉得楚天阔长得有点儿过分漂亮。

"就是年画上抱鲤鱼的大娃娃的那种，太传统的漂亮了。"简单还在那儿强词夺理。

"我从来就没觉得抱鲤鱼的大娃娃好看，"β 对简单那点儿小心思嗤之以鼻，"抱鲤鱼的大娃娃和徐延亮之间唯一的区别就是鲤鱼。"

幸亏徐延亮不在。

"你看你思春的，"β 又开始口无遮拦，"怎么着，耿耿，你看上大神了？"

我娇羞地一低头："哪有。"

大家正在笑闹的时候，我的手机在桌面上一通狂振，我赶紧跑回去接起来。

"怎么不回短信啊？"

是余淮。我侧了侧身，躲开 β 她们在不远处探询的目光。

"我这不是刚送完笔记回来嘛，手机刚才放在桌上了。"

"手机要是不随身带着，和座机有什么区别？"

得了吧你，用你教训，我一个小时前还跟座机发短信呢。

"你什么事儿啊？"我问。

"没什么，我就想问问你把笔记送过去没有。"

"送过去了呀，"我兴奋起来，"盛淮南学长好帅啊！"

"……拜拜。"

竟然敢挂我的电话！

No.185

物理课上课前，张平向我们传达了"一二·九"大合唱比赛的事情。

"这件事就徐延亮牵头，班委、团委好好配合，勤练着点儿，但是也不用太占精力，毕竟马上要期末考试了。如果觉得想要统一买点儿服装道具什么的，就从班费里面出吧。哦，具体的事情，徐延亮你下午一点去团委办公室开个会就知道了。"

霎时间班里有小小的骚动。

我一直很讨厌十一月。北方的冬季沉闷而灰暗，十一月尤甚，一个节假日都没有，好像过不到尽头。现在终于有了点儿乐子，看来很多人都这样想。

这时我听见徐延亮低声地问道："一二九是啥？"

β 回答道："十二月九号的纪念日，跟抗战有关。你到底学没学过中国近代史啊！"

"为啥是十二月九号，不是一月二十九号？"

"因为一月二十九号就已经放寒假了啊，人心散了，队伍不好带，不适合搞革命活动。"

"有道理。"

我在旁边听得一头冷汗，第一次觉得文科也不是谁都能学的。

忽然手机嗡嗡振了两下，我从桌子里偷偷拿出来看了一眼，又是余淮。

"肤浅的女人。"

我先是愣了一下，这才反应过来他是在说我嚷嚷盛淮南帅的事情。脑海中几乎能浮现出余淮吐出这两个字的时候别扭的表情，心里突然像灌了蜜一样甜。

连我都搞不清楚为什么会这样，那些猜疑与不安突然间就无影无踪，即使关于他，我依旧什么都不确定。

特别特别甜。

（上册完）

247

图书在版编目（CIP）数据

最好的我们：全三册 / 八月长安著 . -- 长沙：湖
南文艺出版社，2023.12
　　ISBN 978-7-5726-1501-6

　　Ⅰ . ①最… Ⅱ . ①八… Ⅲ . ①长篇小说—中国—当代
Ⅳ . ① I247.5

中国国家版本馆 CIP 数据核字（2023）第 212949 号

上架建议：畅销·青春文学

ZUI HAO DE WOMEN: QUAN SAN CE
最好的我们：全三册

著　　　者：八月长安
出 版 人：陈新文
责任编辑：张子霏
监　　制：邢越超
策划编辑：柚小皮　凌草夏
特约编辑：张春萌　万江寒
营销支持：文刀刀
封面设计：有点态度设计工作室
版式设计：利　锐
插图绘制：张皓熙　猫　尽　官官 an　Rabi
内文排版：百朗文化
出　　版：湖南文艺出版社
　　　　　（长沙市雨花区东二环一段 508 号　邮编：410014）
网　　址：www.hnwy.net
印　　刷：三河市百盛印装有限公司
经　　销：新华书店
开　　本：875 mm × 1230 mm　1/32
字　　数：597 千字
印　　张：21.75
版　　次：2023 年 12 月第 1 版
印　　次：2023 年 12 月第 1 次印刷
书　　号：ISBN 978-7-5726-1501-6
定　　价：128.00 元（全三册）

若有质量问题，请致电质量监督电话：010-59096394
团购电话：010-59320018

下册

八月长安 著

最好的我们

湖南文艺出版社
HUNAN LITERATURE AND ART PUBLISHING HOUSE

博集天卷
CS-BOOKY

CONTENTS

目录

二〇〇五 — 二〇〇六

二〇一一 — 二〇一二

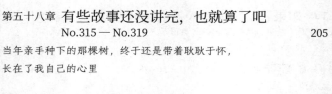

第三十四章

黄河在咆哮

我喜欢我和他最像我们自己的照片

No.186

"一二·九"到底应该唱什么歌，这件事情徐延亮搞了好几次全民公投都没个结果。徐延亮曾经抱怨班里同学过分热爱学习，对所有集体活动的参与热情都不高，然而这次大家热情高涨起来，事情反而不好办了。

同学们一个个都太有主见、太不落俗套了，班会上大家七嘴八舌提议的曲目已经占据了半块黑板。教室本来就被暖气烘得热乎乎的，再加上气氛剑拔弩张，徐延亮站在讲台上不住地擦汗。

学校规定每个班级要在比赛中连唱两首歌，第一首歌必须在《黄河大合唱》《我的祖国》《松花江上》《义勇军进行曲》当中选择一首，第二首歌则是自选曲目，只要不是情情爱爱这种会让校长心脏病发作的就可以。

于是简单提议的一堆歌曲都被毙掉了。

中午，余淮一进门就看到了一黑板的歌名，愣了片刻才一屁股坐下来。

"这是干吗呢？"他问。

"'一二·九'大合唱。你好点儿没？"

"我没不舒服，就是困。现在睡足了。"他搓了搓脸。

没人注意到他来上课了。徐延亮正趴在讲桌上，淹没于一堆口水之中。

"现在谁还唱《让世界充满爱》和《明天会更好》啊，土不土呀，又不是要赈灾。"

"你不土，你提的又是什么玩意儿，《我的未来不是梦》，哎，那是合唱曲目吗？"

"独唱曲目怎么了，合唱不也就是一群人站成几排唱独唱吗？"

正在大家吵成一团的时候，余淮忽然掏出他的小灵通拨弄了几下，笑着跟我说："林杨给我发短信抱怨，说'一二·九'快要把他搞死了。"

"他难道是班长？"我惊讶道。

"是啊，林大班，在我们初中班上他就是班长。"

"他们选好要唱什么歌了吗？"

"不是因为这个，"余淮笑嘻嘻地合上手机，"是一班又和二班杠上了。"

一班和二班是我们年级的两大尖子班，从第一次期中考试开始就一直憋着劲儿在比试。听说这次期中考试一班的平均分比二班高，年级第一又是一班的楚天阔，这种不利的开局让二班群情激愤。

"一二·九"大合唱当然要扳回一局。

"不就是个合唱比赛吗，又不是考试，我以为一班、二班的人除了成绩，什么都不在乎呢。"我诧异道。

余淮耸耸肩："都是长了两条腿的人，为什么不在乎啊？一班比二班考得好，二班就转头说'一班都是死读书的四眼田鸡'，一班就说'有种你们找个比楚天阔长得好看的人出来看看呀'……"

"林杨很难做吧？"我不由得想道。

长得好看，但是没有楚天阔好看；成绩好，偏偏又被楚天阔压了一头；作为班长，又天然地要维护集体荣誉……余淮恐怕是和我想到一起了，也开始为林杨鸣不平：

"本来林杨提议这次'一二·九'大合唱他们班最好不用伴奏带，自己出人来做现场钢琴和小提琴伴奏，这是个亮点。结果不知怎的一班的人也知道了，居然拿出了四把吉他一个架子鼓，彻底把二班惹毛了。你要是现在去楼上看看，应该能在走廊里找到一堆乐器，从三角铁到低音大提琴，整个儿一振华马戏团。"

学习好的人连"打架"都这么有格调。

正在我和余淮闲聊的时候，简单的声音忽然冒出来："徐延亮徐延亮，我有个建议！"

"叫班长！"

简单理都没理："我听说一班、二班都组了自己的伴奏团，要不我们班也弄一个吧。"

这个建议迅速获得了周围人的认同，β更是自信地举手道："算我一个！"

"吹竖笛的就闭嘴吧，"徐延亮在讲台前迅速地扼杀了她的野心，"但是简单的提议是很好的。咱们班有几个有乐器特长的，一会儿我找你们单独开个会……"

"我听说九班也组了个小乐团，还有电音贝斯呢！"前排有个男生忽然提起。

"太无耻了！净学别人！"全班一齐愤然骂道。

No.187

最后班委会议决定我们要唱《黄河大合唱》和《我的未来不是梦》，徐延亮说两首歌反差大一点儿比较容易出效果，集中体现了五班人民可塑性强，风格百变，充满朝气。小乐团的提议到底还是作废了，不过文艺委员文潇潇是钢琴十级，她自己一个人在我们唱《黄河大合唱》时弹弹电子琴就足够了。

余淮对"一二·九"不是很感冒，我能理解他一心扑在竞赛上的紧迫感，不知道他究竟和徐延亮说了什么，班委第二次开会的时候，徐延亮居然喊我来代替他这个体育委员参加。

我跑出教室，走廊里已经站了七个人。

"余淮自己怎么不来？"文潇潇说着，还从后门往教室里探头瞟了一眼，"他刚才不是来上课了吗？"

"哦，余淮有点儿事儿，让耿耿暂时代替一下，"徐延亮解释道，"快上课了，咱们抓紧时间说正事儿。"

文潇潇想说什么但忍住了，转头看了看我，却在我抬眼回望她的时候移开了视线。

"刚才文潇潇说到了统一服装的事情，班费还剩不到两千块，"徐延亮说，"买服装够花吗？"

"当然不够，"文潇潇摇头，"好歹一整套衣服也得五十块呢——即使是料子不好的那种，六十个人就是三千块，所以还得再收一千多。"

"那也不过是每个人二十块钱，"徐延亮点点头，"就这么定了吧。"

"大家不会有意见吧？"我有点儿担心。

班里有些人的家境是不大好的，比如朱瑶的同桌郑亚敏。

徐延亮也意识到了这一点，有些犯难地看了看文潇潇："要不你这个周末先去外面看看，要是有能批发的服装，砍好价格咱们再买。没有的话就算了，大不了就像运动会时一样，再穿一次白衬衫黑裤子嘛。"

文潇潇尴尬地说："运动会那次根本就是个送葬队伍。"

"要不再戴副白手套，怎么样？整齐。"徐延亮不死心地补救。

"那就成火化员了。"我提醒他。

徐延亮有点儿不耐烦地摆摆手："这些以后再说吧，咱们几个分头行动。文潇潇你叫几个人一起去把歌词和简谱复印一下发给大家，耿耿你去音乐老师那里借伴奏带，哦，顺便去英语办公室把赖老师的录音机借过来，今天下午第三节自习课咱们就开始排练。"

我答应了，回到教室坐下才觉得不对劲儿。

"班长呢?"我站起来举目四望,发现文潇潇和徐延亮都没回来,应该是已经去忙着准备了。

"β,β,"我轻声喊,"你能不能帮我去一趟英语办公室?"

β不解地回头:"干吗? 你要自己往枪口上撞啊?"

"就是因为不想撞,才叫你帮忙嘛,你帮我去借录音机好不好? 第三堂课就要排练了。"

"我才不要,"β的头摇得像拨浪鼓,"我跟她也有仇,上周讲英语卷子的时候她刚骂过我。"

没义气。怪不得《古惑仔》的主角不是女人,就凭这种觉悟,以后怎么手拉手上街砍人?!

"为什么说'也有仇'啊?"余淮这时候在一边插话,"你什么时候得罪赖老师了?"

我简单地给他讲了一遍他那条差点儿害死我的短信。

"虽然我觉得上课时手机振动被抓了的确不好,不过这明显是找你撒气吧?"余淮心不在焉地说。

我想了想,赖春阳最后那句"一个两个的都不省心,谁都不听我的话"的确挺令人困惑的。

"不管是什么原因,她上午刚骂过我,我下午绝对不会自己去送死的。你替我去吧,本来今天就是我替你去开会的,为你争取了宝贵的复习时间,去趟英语办公室是'举腿之劳',去嘛去嘛去嘛!"

"懒得动。我也不喜欢赖老师。"

"我还替你去给盛淮南送笔记了呢,跑了好远!"

"这件事情你不是应该反过来谢谢我吗?!"

这倒也是。

看我没反驳,余淮却瞬间黑脸了。

"死三八。"他起身就走了，留下我一个人参悟了半天，这到底是答应了还是没答应呢？

No.188

下午第三节课上课铃一打响，文潇潇就开始发两首歌的简谱和歌词。我托着下巴发呆，看到徐延亮把赖春阳的那台宝贝录音机拎上讲台，不由得笑起来，转身朝余淮再次道谢。

余淮还在"刷题"，没有听到。

拿起歌词的时候，我才想起一件很重要的事情。

我跑调。

我用余光瞟了瞟下笔如飞的余淮，心中突然打起鼓来。

我不会唱歌。

这一点没少给我妈丢脸。

我妈刚进市分行的时候，我上小学二年级。那时候我们这里的饭店包房里面往往都装有一个电视屏幕和一台笨重的卡拉OK机，想点一首歌都要拿着厚重的歌本翻半天，根据字母顺序找到歌曲所对应的四位数字输入机器。吃完就唱，或者边吃边唱，是我市当时较为高端的休闲方式，并培养了我市第一批中老年麦霸。

有人的地方就有江湖。能带孩子一起参加的聚会里，卡拉OK就变成了家长之间攀比厮杀的斗兽场。谁家的孩子会主持嘴巴甜堪称小明星，谁家的孩子嗓音嘹亮赛过《小小少年》，谁家的孩子有眼色会点歌哄得全场心花儿开……

反正没我的事儿。我跑调，又怯场，烂泥扶不上墙。这种社交场合，优秀少男少女的"饲养者"们往往能成为焦点，而我就没给我妈长过一次脸。

我妈心比天高，我命比纸薄。

八岁的壁花小姐耿耿在一场又一场的"华山论剑"中学会了《南屏晚钟》《一场游戏一场梦》《喀秋莎》《迟来的爱》《牵挂你的人是我》等热门歌曲，在脑海中演唱时，她真的从没跑过调。

很惭愧的是，心理阴暗的耿耿曾经在别的孩子载歌载舞时，偷偷把卡拉 OK 机上的两个数字键抠了下来，不声不响地废掉了歌单上百分之二十的歌。

富豪海鲜大酒店的老板，你听我解释一下好不好。

No.189

这两首歌大家其实都会唱，乍一听这一片雄浑的大合唱好像没什么问题，练都不用练了嘛——当然我对音乐的感觉比较差，不跑调就已经足够让我热泪盈眶了。

我一直唱得很小声。排练刚开始的时候，我被自己面临的不利局面惊吓到了，但是观察到四周包括余淮在内的同学都边看歌词边埋头继续做题，我心也定了定，拿出英语练习册，加入了一心二用的大部队。

反正不能让余淮听见我唱歌。

我用很小的声音跟着哼哼，忽然感觉到了身边余淮的目光。

"怎么了？"我如临大敌。

"……呃，你能把你的红色水笔借我吗？"

"哦，"我缓了一口气，"拿去用。"

余淮伸手从我的笔袋里取出笔，朝我歪着嘴笑了笑。

《黄河大合唱》唱完之后，文潇潇觉得有些勉强："大家唱得很好，真的很好，只是……只是某些部分的节奏处理得有一点点问题。大家要注意，评委主要关注的也是这几个部分，该唱几拍就唱几拍，不要无休止地拖长音，比如第八小节，这里有个四分之一拍的休止符，一定要收住！"

我们按照文潇潇的要求把这一小节又唱了好几遍，每一遍之前文潇潇都会不厌其烦地给大家示范那个"一定要收住"的停顿，但是连我都听得出来，同学们刹闸刹得不是很利索，上一小节到底还是被我们顺畅地滑动到了下一小节。

"不对不对……"文潇潇脸红了，不知道是着急还是生气，"不能这么唱，你们怎么不好好听我示范啊！"

一直在门口站着的徐延亮忽然把黑板擦狠狠地拍在了讲桌上，一声巨响惊动了大半个班级。

"徐延亮，你有病啊！"

在大家的声讨中，徐延亮一脸严肃地清了清嗓子，走下讲台巡视着我们说道："你们这样对得起文潇潇付出的辛苦吗？都把练习册收起来！你们这样的话，咱也别练了，全体举手表决，只要半数通过，我就去跟团委老师说，我们退赛！大不了五班不参加了嘛，让全年级都知道咱们比一班、二班还重视学习，但还是考不过人家！"

这一番含意丰富的话显然很有用，大家纷纷放下手中的笔，表情复杂。徐延亮背着手走到教室后部的时候，我已经掏出相机，悄悄地把他难得的干部姿态拍了下来。

徐延亮看到了，大手一伸堵住了我的镜头，比某些领导面对暗访记者的态度还要冷酷。

"别拍侧面，显肚子。"他解释道。

No.190

在徐延亮的要求下，全体同学原地起立，从根源上杜绝了某些人埋头做练习册的可能。

但是，这没有解决四分之一休止符刹不住闸的问题。

"比上次好了点儿，但还是停顿得不明显，也不整齐。"文潇潇扶了扶眼镜，和徐延亮交换了一个无能为力的眼神。

"一个个唱不就得了。"

我难以置信地看着余淮。居然是他，张口就建议单练。

文潇潇眼睛一亮，连忙点头："这个建议好！"

一种被友军炮火轰到的痛心，瞬间淹没了我。

文潇潇指了指我们组第一桌的同学说："从你这儿开始吧，就唱这一小节，竖着往后排。"

这意味着第七个就轮到我了。

在文潇潇悉心指导第一排的同学练习节奏的时候，我迅速转头对余淮说："你让一下，我要去上厕所。"

余淮没有察觉到我的恐慌，他正要让出位置，我忽然听见前排文潇潇温柔的声音："这样其他同学会很难集中注意力的，要不我还是打乱顺序随便点名吧……"

"这样也好，那就……耿耿，你要去哪儿？"

……你有没有觉得这个世界非常不善良？

"我要去上厕所。"我笑着说。

"那你就先把这一小节唱了吧。"徐延亮说。

眼中的画面在以 0.1 倍速播放着。我缓缓抬起眼，看到余淮略带悲悯的眼神，他像是早就什么都了解了。

我刚刚唱得那么小声，难道他还是听见了？

"我死定了。"我尴尬地轻声说，整张脸都烧了起来。

"别这么说，你才不会死呢。"

余淮否定了我的自暴自弃，我感激地望了望他温和的面容。

"死定了的是我们。"他继续说。

余淮，我 × 你大爷！

…………

我低下头，用三根手指从桌上夹起简谱，用最轻的声音唱道："黄河——在咆哮！黄河——在咆哮！"

片刻的安静后，整个班级都转过身异口同声道："耿耿，你还是快去上厕所吧。"

No.191

这一天的排练是这样结束的。

下课铃打响的时候，徐延亮号召大家最后将《黄河大合唱》唱一遍。

"要唱出气势，虽然也得注意文潇潇刚才带领大家重点训练的那几个地方，但最重要的还是气势！要唱出黄河决堤的那种磅礴的气势！现在外面走廊里都是我们五班的竞争对手，是'中华民族的敌人'，我们要用歌声喝退他们！"

徐延亮气势如虹地一跺脚——

"都给我大声点儿！……但是，耿耿可以小声点儿。"

我憋着一肚子气低头做英语练习册，假装看不到经过我这一桌的每一个一脸哈哈哈的同学。简单和 β 齐唱着"黄河在咆哮"跑出教室，我把抹布团成一团，对着她俩的背影就扔了过去。

不过为了安抚我，徐延亮还真的给我安排了一项据他所说顶重要的工作：拍照片，写班级日志。

"反正你很喜欢照相嘛，就把每次排练和最后比赛的情况都照下来吧，整理整理写在班级日志里面。但是不要公报私仇，不可以故意丑化班级领导，不能把你对这个社会的不满都发泄在里面。"

徐延亮语重心长。

"你不是照了很多吗？从开学到现在，不如都贴进去。洗照片的钱可以找生活委员报销，不过大原则是，"徐延亮沉吟了一会儿，"大原则是，如果要洗我的照片，要先让我过目。"

我轰走了徐延亮，简单却坐了过来。

我对简单比对 β 的态度要温柔些，我觉得简单是个"良知未泯"的女生，能从她的心底看到些许 β 早就放弃了的仁义。

"给我看看呗，"她把脑袋凑过来，按了一下相机上的三角键，"里面我的照片多吗？"

"多，"我点点头，"他的也挺多。"

被我一句话戳破心思的简单僵直了一秒钟，然后踢了我一脚略表心意。

简单拿着我的相机翻了好久，中间几次试图要删掉几张她或者韩叙的丑照，都被我迅速制止了。最后，简单挑出了两张把她照得格外美好的照片问我："能不能帮我把它洗出来？"

我答应了，我家附近就有柯达开的连锁数码洗印店，数码照片六毛钱一张。简单心满意足，笑得像个小媳妇似的，一路小跑回到自己座位去了，侧过脸不知道跟韩叙说了什么。韩叙半天才从题海中抬起头，淡淡地笑着点了点头。

"怎么了？"余淮从外面回来，看我拿着相机发呆，随口问道。

我给他看简单挑出来的那两张照片。

一张是她和 β 拿着羽毛球拍，穿着校服，并肩站在体育馆前，夕阳余晖侧面打光，两个人都有半张脸沉在阴影里，却笑得灿烂得不得了，面庞泛着柔和粉嫩的光，好看到不行。

第二张则是从我的座位拍向她和韩叙的座位，她站着，拿着游戏机懊恼不已，他坐着，看向她的表情是嫌弃的，眼睛却弯上去，恰恰是一个笑容即将绽放的预兆。

"怎么样？"

"果然啊。"他像是早有预料。

"什么果然？"

"果然女生都喜欢照得不像自己的照片啊。"

余淮，你好毒的心！

"本来嘛，"余淮还一脸无辜，"简单和 β 平时哪有这么好看。"

我忽然想起前段时间还让我如临大敌的陈雪君。余淮这种脑子真的具备早恋的条件吗？

"捕捉人最美好的瞬间本来就是摄影师的本事，"我拍拍胸脯，"如果你觉得比平时要好看，那说明我照相技术好。"

"你的确很有天分，"他忽然郑重地点头，"真的，虽然构图什么的不是很完美，但是你每张照片都像背后有故事，反正都挺好看的。"

这样一本正经的夸奖，让我觉得手中相机的金属外壳都有些发烫了。

原来人在难为情的时候，真的会不自觉地开始用脚尖在地上忸怩地钻来钻去。

反正我正在钻。

"可能你做什么都比做题有天分吧。"他继续说。

我沉下脸。

"不过，"他低头从书桌里掏出一本旧旧的题册开始翻，很随性地说道，"我见过你最有活力的时候就是忽然抓起相机开始拍人的时候，跟平时那副半死不活的德行不一样。"

他很快就进入了学习状态，我却捧着沉沉的相机在一旁愣了许久。

外面的天已经黑下来，偌大的窗子变成一面镜子，白色灯光下的教室和其中或坐或立的我们映在其上，变得很像一幕有些微扭曲的电影画面。

我忽然举起相机，关掉闪光灯，转过身对着窗子拍了一张。

画面中有一个并不怎么好看的女生，手中捧着那个"让她很有活力"的相机，镜头却对着她身边的那个正在专注做题的男生最平常不过的侧影。

余淮说错了，不是所有女生都喜欢不像自己的那张照片。我就很喜欢这张照片。

我喜欢我和他最像我们自己的照片。

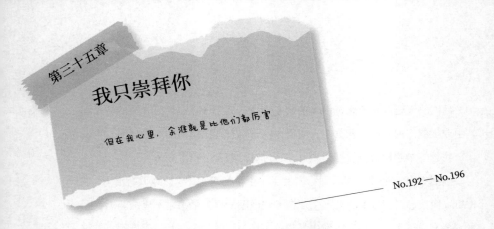

No.192

每天下午我们都会抽出至少半节课练练歌，每天都唱同样的两首歌很快让余淮烦躁了，竞赛日期临近，他愈加刻苦，我都有点儿不敢跟他讲话。最近几次排练，他都拿着笔记悄悄溜出门去，下课才回来。

忘了说，余淮从盛淮南学长那里又把笔记借了回来。我主动承担了余淮的那份扫除工作，因为他说，如果我表现得好，就让我去还笔记。

我本来以为余淮逃排练这件事儿不会有人注意到的，因为每次练歌的时候屋子里面都不免乱糟糟的，何况我们坐在最后一排。不过，很快文潇潇就找过来了。

"余淮呢？"

文潇潇并没有在排练时当着大家的面质问，而是在结束后才悄悄跑到我的桌前。

这次比赛文潇潇很上心。我代替余淮参加了几次班委会议，所有人异想天开的建议和跑题到南大街的闲扯最后都扔给了文潇潇处理。她全部揽了下来，还让自己的爸爸帮忙联系到了某家成衣制造的小工厂。对方手中刚好有五四青年套装的样板衣，看在她爸爸的面子上，工厂同意用"比较差的料子"来接我们的这一单小生意。

所以面对这样的文艺委员，我很难为情。从私心来说我理解余淮，这种无聊的集体活动差一个人两个人其实没什么影响，而他正忙于一件关乎前途的大事儿；但论情论理，他这样做都是不大好的。

如果我们坐在这间教室里面只是为了考大学，那么凭什么让文潇潇这样的人为了其他人牺牲自己的时间呢？

我张口结舌。

"他最近好像很忙……但是他唱歌很好的，每次排练都很认真，这两次是真的有事儿吧……咱们开始正式排队形练习轮唱的时候，他肯定不会缺席！"

文潇潇扶了扶眼镜，点点头，朝我善意地一笑就离开了。

我有些愧疚地看着她的背影，叹了口气。文潇潇像个活在民国的女孩子，虽然不算大美女，但是眉目清秀，声音柔柔细细的，每次讲话前都会羞涩地扶扶眼镜，带领大家排练的时候都需要徐延亮在一旁用铁肺狮子吼来镇场子。也许因为她太温柔了，我才敢用大把找抽的理由来搪塞她。

我收回视线，无意中瞥见前排的朱瑶正投来带着满满嘲讽的一眼。

一种念头忽然击中了我。

表面上各不相似，但也许本质上，余淮和朱瑶毫无区别，只是程度深浅的问题。

他们都不会做没有用的事情。

我不愿意继续想下去，于是拿着水杯站起身离开了教室。就在这时候，我收到了余淮的短信。

"帮我拿两支水笔到行政区顶楼来。"

No.193

为了方便学生去办公室请教问题，所有的教研室都被安排在了高一到高三的教学区，因而行政区只剩下校长、团委和教务等几个办公室，三楼以上的部分几乎都是空的。

我爬上了五楼，看到余淮正坐在台阶上，把演算纸垫在右腿大腿上紧张地算着什么。

"你要的笔。"我站在几级台阶下，伸手递给他。

"嗯，放在旁边吧，"他头也不抬，"我手里这支不出水了，谢谢。"

"要是刚才我不乐意帮你送呢？你凭什么觉得我肯定会帮你跑腿儿？"我并没有生气，只是很好奇，所以语气平静地问道。

他没回答，我也没着急，静静地等他把最后一点儿算完。余淮写下答案后，从身边散落的纸堆里抽出一张核对了一下答案，露出一个放松的笑容。

"我没想过，"他这才放下手中的水笔，看向我，"我没想过你会不乐意帮我送东西……你会吗？"

我不知道怎么回答了。我也是已经拿着水笔走在半路上的时候才意识到这个问题的。

"你怎么不回班里？"我转了话题。

"班里味道很难闻，太久没开窗了，暖气烘得太热，而且很吵。"

"是躲避排练吧？"

他点点头："我觉得练那么多遍没什么意义。"

"可这是集体活动啊，"我看着他，"这对徐延亮和文潇潇他们不公平，而且我还要厚着脸皮帮你解释。"

"如果我现在不需要准备竞赛，那我会忍住不耐烦去认真参加的。事情有轻重缓急之分，你不能强迫我。"余淮毫不心虚地直视我。

我动动嘴唇，深知自己也没什么理由去指责他，于是只好沮丧地坐到了他身边。

"这次竞赛你不必这么紧张吧，朱瑶不是说过吗？高一就靠它获得保送资格是很难的，既然如此，不如轻松迎战嘛，稳赚不亏的。"

余淮从刚刚那种有些戒备和负气的状态中松懈下来。

"如果考不好，我就不会再走这条路了，所以这次的结果很重要。"

"啊？"

"竞赛很耗费精力的，我不是天才，跟林杨、盛淮南他们不是一个水平的，虽然林杨一直鼓励我，但是我心里很清楚自己有几斤几两。"

余淮托着下巴，视线已经穿过了对面的墙壁，投向了未知的远方。

对于这句话，如果是刚入学那会儿，诚惶诚恐的我也许会比朱瑶的反应还激烈。你天天看大学教材还敢这么说，你是想要让我去死吗？然而日复一日，我在振华这座课桌围成的森林中什么鸟儿都见过了，也成长了许多，标志之一就是，我再也不会拿自己那点儿温饱标准去衡量别人是否应该知足。

同样的校服下，跳动着不一样的心。

何况对方是余淮，我怎么会不理解。

余淮继续说道："我初中就因为竞赛而心态失衡，耽误了中考，成绩不太理想。幸亏是中考，我还能上振华，虽然只能在普通班，可要是高考怎么办？我英语和语文都不好，也没那么多信心可以像林杨一样两边兼顾，我觉得我应该早点儿做决定。"

顶楼空旷，他的每句话都微微带着回音，在空气中震动着包围了我。

我突然意识到不知道从什么时候开始，我和他真的成了朋友，否则他不会对我讲这些。他从来不会对我解释任何事情，陈雪君的事情还是被我强迫才说的。他每天都在做我看不懂的题，忙我不清楚的事情，烦恼着无法与我分享的困惑。只有他会帮我，在他有余力的时候。

可现在他愿意和我讲了。在为他的两难境地感到遗憾的同时，我开始暗暗为这种信任和亲近感而由衷地开心。

我忽然大胆地转头对他说："可你还是不希望放弃吧？"

"啊？"他疑惑极了。

"如果我是你，对竞赛没什么太大的兴趣，又知道自己如果规规矩矩地读书，高考肯定不会有大问题，那我早就放弃了。我觉得，人内心里只要有一丁点儿想放弃的念头，他就一定会放弃。但是你没有。"

余淮不作声，安静地听我说，不知在想什么。

"所以你才会这么努力地复习，希望给自己信心和理由坚持下去。你一定很喜欢物理竞赛吧？"

"我喜欢物理。"余淮纠正。

"所以就加油吧！我相信你。"

他笑了，对我这句鼓励的话报以礼貌的感谢。

"不是的，"我摇头，"我不是在随便说漂亮话，我是真的相信你。"

余淮收起了笑容。

"可能你觉得我来问你为什么不好好参加排练是多管闲事。其实我不是……我不是觉得你自私，我是……我是无法接受吧。"

"无法接受什么？"他更加好奇了。

我也不知道自己怎么能说出这么一大段好像还蛮流畅的话，看他听得这么认真，我心里忽然打起了鼓。

"我无法接受你不是无所不能的。"

我盯着自己的脚尖，觉得心里的一块大石头随着这句话终于轰隆隆滚下了楼梯。

No.194

曾经在我心里，余淮应该是那样的男生：

嘻嘻哈哈的，有很多好哥们儿，有很犀利的见解，浑不吝得谁都不在乎，但是热心肠，可以一边考全班第一名一边上课接话气老师，下课打球揽哥们儿，活跃在所有活动的中央，像是什么都难不倒他。

即使林杨是超级赛亚人，即使楚天阔是年级第一名，即使盛淮南帅得我都想要张口顺便表个白了……但在我心里，余淮就是比他们都厉害。

没道理的厉害，反正就是厉害。

我对他有太多的期望，一度依赖到觉得只要他坐在身边，我就有了私人家教，可以被带着一起上个好大学的地步。

所以我才会因为他为了准备竞赛逃了合唱排练而感到格外难过。

其实是我自己的错。

我对余淮讲出自己那些不切实际的期望和没有道理的责怪，不顾他在一边脸已经红成了番茄。

"没错啊，"余淮梗着脖子，却不敢看我，"你说得都对啊，小爷我就是很牛啊。"

我不由得笑出了声，余淮绷了一会儿，也不好意思地笑起来。

"哎，你不会以后都瞧不起我吧？"他笑了一会儿，忽然皱着眉头盯着我。

"啊？"

"耿耿你记住，余淮同学即使没有你想象的那么牛，也依然很牛，比你厉害很多。你应该继续崇拜他。"

看着他煞有介事的样子，我的心底满溢出不可思议的快乐。

"当然。"我认真点头。

我只崇拜你。

No.195

余淮在行政区顶楼学习的效率很高，我也不想打扰他，于是自己回教室去上最后一节课的自习，顺便将他托付给我的盛淮南的另一本笔记转交给林杨。

回来的路上，我突然觉得振华的教学楼看起来不一样了，每一块地砖、每一个转角都变得很亲切，好像我对它更了解了一些。

我很开心。

余淮也好，这所学校也罢，都不再是我眼中一个遥遥不可追的远方。我们在各自的段位上，一起苦恼，也一起努力。

我走到二班所在的楼层，随手拦住他们班一个正要出门的长发女生，定睛一看，居然是凌翔茜。

她那双漂亮的凤眼看向我的时候，我一个女生都有些紧张了。

"同学，有什么事儿吗？"她微笑着问。

"呃，哦，能不能帮忙找一下林杨？"

"好，你稍等。"

她转身朝班里喊了一声，那声"林杨，出来有人找"透露出真实的熟络，和那天我去找盛淮南时守在门边擦玻璃的大姐姐恶意调侃的感觉完全不一样。

喊完了，她就朝我笑笑走开了。凌翔茜抱着一本书，和我一样披着松松垮垮的运动校服上衣，里面酒红色连帽衫的帽子从领口处翻出来，下面穿着一条深灰色的滑板裤，质地很好的样子，脚踩一双 Nike 板鞋。乍看上去就是很休闲的学生风格，但是不知怎么回事儿，即使是个背影，也比走廊里所有的人都漂亮。

我低头看看自己。

头发半长不短，有几绺还总翘着，每天的发型都取决于前一晚的睡姿；胸前有依恋小熊的红毛衣，牛仔裤，登山鞋。

我觉得不仅仅是脸的问题。

我再次抬头看向凌翔茜的背影。

即使把我和凌翔茜都砍了头，并排放在地上，大家肯定还是能分辨出哪个是美女。到底是为什么呢？

"侄媳妇？侄媳妇？"

林杨笑嘻嘻地出现在门口。

我赶紧收回目光，递上本子："哦，这个笔记，余淮让我帮忙交给你。"

林杨接过道了谢："这小子真能支使人啊。哎，你刚才看什么呢？"

他眯着眼睛沿着我刚刚目光的方向看过去，我也紧张地跟着看，生怕他发现我刚才正死盯着美女。但是天有不测风云，凌翔茜根本没走远，就停在了隔壁班的后门附近，正在把她刚刚抱在怀里的那本书双手送给楚天阔。

"不是我八卦，只要是长得好看的人，大家都想多看看的。"我连忙为自己解释。

"唉。"林杨叹了口气。

是啊。我也在内心为林杨叹息。

抢你第一名，抢你们班小乐队，还抢你们班班花，真是太不仁义了。

"我能不能问你个问题？"林杨忽然开口。

"问！"

"如果你有个好朋友，喜欢上了一个人，但是你总觉得其实是没结果而且还会受伤的，你应不应该劝劝？"

"你是说楚天阔喜欢上了凌翔茜可凌翔茜不喜欢他，楚天阔不撞南墙不回头，你应不应该劝？还是说……情况是反过来的？"

"不不，不……不是，你，你……你先回答问题。"

我想都没想就回答："不用劝啊。"

"为什么？"林杨歪着头居高临下地看着我。

"我劝你别去跟踪余周周了，你会听我的吗？"

林杨的脸瞬间发青了："你说谁跟踪……我这个情况不一样……"

"大家都觉得自己的情况是不一样的。"

林杨不说话了，半晌才笑着说："谢谢你啊，耿耿。"

不用谢。我摆摆手跟他道别。

喜欢一个人时是不听劝的，你以为我在遭受冷遇的时候，没有劝过自己吗？

No.196

快放学的时候余淮才回来，我收好东西跟他打个招呼就先走了，都到了校门口，才想起今天早上齐阿姨给我带的装水果的乐扣饭盒被我落在了书桌里，连忙跑回去拿。上楼梯的时候，抬头看到余淮正走下来，离我还有一段距离。

我正要打招呼，有个女生从余淮背后追过来，拦住了他。

是文潇潇。

我低着头慢腾腾地逆着人流走上去，因为下楼的人很多，所以我走得格外慢。

真不是故意的，真不是。

缓慢地经过他们身边时，我听见文潇潇带着笑意的温柔声音，正经而紧张。

"今天我去问你同桌你去哪儿了，但我不是想要责怪你，不知道你听说了什么，我只是希望你别误会。"

其实我什么都没和余淮提啊，文潇潇。

"我听说了你要忙竞赛，排练你不用参加了，我不说没有人会注意到的。我一直都觉得你特别厉害，你……你好好加油吧，竞赛的事情要紧。嗯，加油。"

我没听到余淮回答了什么。即使我走得再慢，此刻也渐渐听不清楚了。

　　文潇潇的少女心事淹没在楼梯间嘈杂的声场中。我不知道余淮到底听没听见。

第三十六章

世界之外

感谢这部相机，它让我站在了世界的外面

No.197 — No.203

No.197

我爸和齐阿姨又各自加班，我爸发短信让我去抽屉里拿钱，晚上带小林帆出去吃饭。

我家楼下正好新开了一家饭馆，名字起得特有气势，叫"洲际大酒店"，进门前不整整领子都不好意思往里迈。这个转角的位置十分神奇，自打我搬进这栋楼，那个临街店面大概换过十几个门面了，从美容美发店到洗浴中心，从夜总会再到各式大酒店……

关键是不管开啥都开不起来，不出半年准倒闭。

我市的美食街缺乏创新精神，别的地方什么东西火了，我市就能毫无节制地遍地开花。张国荣和袁咏仪的那部《满汉全席》火了，我市遍地"满汉楼"；小笼包传入北方，我市遍地"开封灌汤包"；更不用提后来的"水煮鱼"了。不过，拜楼下这个流动性极强的铺面所赐，不管市面上流行什么，我都能等到一个不怕死的新老板来开一家同样的店。

"跟风跟到死"这种现象反复了几次，餐饮业痛定思痛，再也不敢乱上新菜式了，终于又都恢复到了"富豪海鲜大酒店"这种吹牛皮不上税的传统模式。

我穿戴好帽子围巾，带着小林帆下楼，问他是想要吃"肯德基"还是"洲际大酒店"，没想到他坚定地摇头，说自己想去街角买个"土家族掉渣儿烧饼"吃。

哦，对了，今年我们这里最流行的是这个用四方牛皮纸袋包装的"土家族掉渣儿烧饼"，又一代新食品以小窗口的形式星火燎原了。

　　经过一段时间的相处，我逐渐了解了小林帆的性格：只要他喜欢上了某种食物，他就会执着地一直吃，吃到闻其名而色变为止。比如虾，比如掉渣儿烧饼。

　　"洲际大酒店有竹筒虾，你不想吃吗？"

　　林帆迅速地陷入了天人交战中。

　　"要不我们先去买掉渣儿烧饼，然后再去饭店点竹筒虾，好不好，姐姐？"

　　他眼睛闪亮地抬头看我。

　　我知道，现在我就是他的女神。

No.198

　　我吃得很少，竹筒虾大部分都留给了小林帆，自己就着虎皮尖椒和椒盐里脊吃了半碗米饭。

　　"姐姐，给你！"

　　小林帆发现了我的异状，大义凛然地从竹筒里面拿出两串虾递过来，虽然他这样做的时候表情甚是不舍。

　　"姐姐不饿，"我摇摇头，"本来就想少吃点儿。"

　　"为什么？"

　　"哪儿那么多为什么，吃不下。"

　　"是想要减肥吗？"

　　我被噎了一下。

　　"没有啊，"我摇摇头，"你个小屁孩儿从哪儿听说这些乱七八糟的？"

　　"是我同桌说她要减肥的。"小林帆咬着大虾从竹签子上撸下来，含糊不清地说，"她可胖了呢，我们都不乐意跟她做同桌，要被挤死了。"

"她才多大啊，就减肥，"我不忿，"你看看，你们把一个不到十岁的女孩子逼成什么样了。"

"跟我们有什么关系?!"小林帆委屈地提高声音，这是他第一次跟我说起他们班级的事情，"我每天都跟她说，让她给我让出点儿地方，让她别把零食渣儿掉得满地都是，她从来没搭理过我！还笑我矮！"

我喜欢看这个小男孩儿急着解释的样子，他渐渐开始把我当亲姐姐了，说话越来越随便，再也不是第一次见面的时候躲在一边埋头吃虾的小猫了。

"好吧，她既然不在乎你们怎么说她，怎么又忽然要减肥了？"我追问。

"我们要举办广播操大赛，排队列的时候，体育委员把她和几个特别胖的男生挑出来了，让他们不要上场了。因为她喜欢体育委员，所以当场就哭了，哈哈哈哈。"

最后一句的"因为……所以……哈哈哈哈"被小林帆这个还没有被青春期击中的晚熟孩子随随便便地说出来，我仿佛听见了小胖妞玻璃心咔嚓碎掉的声音。

"女为悦己者容嘛，这句话你知道吗？"

小林帆整张脸都埋进了掉渣儿烧饼的袋子中，我只看到一个牛皮纸袋对我摇了摇头。

你不懂吧，我就知道你不懂。

我懂。

我把碗往前面一推，一口都不想再吃了。

从饭店出来，我们俩去了附近的副食品商店买冰糖葫芦吃。本来想在回来的路上就一起吃掉的，可冬天夜晚的风真是烈啊，我用围巾把整个脑袋都蒙上了，根本没办法露出嘴巴，又帮小林帆也围了个严实，只留一双眼睛眨啊眨，像个小木乃伊。

终于跑进了楼道里，我赶紧把围巾扯了下来，上面早就因为我呼吸的水汽结了冰，越围着越冷。

"好了好了，可以吃冰糖葫芦了。"我把林帆的围巾也摘下来。

"姐姐，我觉得你真好。"

在张嘴咬第一口糖葫芦之前，小林帆眨巴眨巴眼睛讨好地说。

"因为掉渣儿烧饼、竹筒虾和冰糖葫芦吗？还是因为你又没考好？"

林帆不好意思地笑了，一边吃着糖葫芦一边两级两级地往楼上跑，把糖屑撒得满围巾都是。

"不是，我是说实话，"他想了想，用了一个对三年级男生来说有点儿高级的词语，"有感而发。"

我笑了："那你觉得姐姐哪里好？"

林帆陷入了让我难堪的沉思，我不由得开口诱导他以挽回面子："你觉得姐姐好看吗？"

我也就只敢问他了，处在食物链底端的我还能欺负谁呢？

"好看啊！"他张口就来。

"好好回答我！"

"真的！姐姐最美。"他大眼睛扑闪扑闪的。

"哪儿美？"

我忽然有点儿期待他的答案。

"……心灵美。"

No.199

小林帆在家里乖乖做作业的时候，我坐在自己房间的地板上发呆。

我也没有觉得心情多么不好。我压根儿不知道自己在想什么，只是无论做什么都像是丢了魂儿。

我把身上的衣服都换成了家居服，然后拎着那件红色的"依恋小熊"研究，为什么就是不好看呢？这也是还不错的牌子啊，为什么就没有别人的好看呢？牛仔裤倒是可以理解，我怕冷，在里面套了两条厚秋裤呢，每天费了吃奶的劲儿穿进去就已经不错了，哪里还能指望它像凌翔茜的裤子一样松松垮垮地有型。

我的视线无意中落在衣柜玻璃的反光上，于是我爬过去端详起自己来。

不看脸，不看脸。

我最终发现了自己穿依恋小熊毛衣不好看的原因：我上身实在不瘦，手臂虽然细，可后背还是有肉的，这毛衣本来就不是宽松款式的，套在身上既不显胸也不显瘦，里面再穿件衬衫，就更加显得虎背熊腰了。

我怜惜地将它叠起来。你死在衣柜里吧，再见了。

紧接着，我不可避免地看起了脸：虽然没她漂亮，但也算是五官端正啊，而且不怎么长痘痘，就是有点儿粗糙。是不是面霜不适合我？是吧，每次搽完后脸上都油油的，怎么可能好看呢？

这也是个问题。

我看得太过入神，以至于我爸回家后推开我的房门，看到的就是他女儿跪坐在地上，把脸贴近大衣柜玻璃的奇怪姿态。

"你……你这是要干吗？"他问。

我没有回答，而是盯着我爸的脸问道："爸，为什么有人可以不穿秋裤呢？"

我爸特别惹人喜爱的一点就是，他从来不会像我妈一样疑心病很重。在这种情况下，我妈必然会咬定主题不放松，一皱眉毛呵斥我："是我问你现在在干吗，别人穿不穿秋裤关你什么事儿?! 你照镜子干吗？"

我爸则会温和地顺着我转移话题："不穿秋裤可能是不怕冷吧，很多老外因为经常锻炼，又喜欢吃肉蛋奶类食物，所以体格比我们好，冬天还只穿短裤呢。"

不光转移话题，而且还能扯很远。

我摇摇头："我是说跟我一样大的，女生，比我还瘦呢。"

我爸略微思考了一会儿，说："臭美吧。"

对嘛，怎么可能不冷呢？我深以为然。

"但有没有可能是，她坐着私家车上学，车上有暖气，进到教学楼里，也有暖气，比家里还暖和，所以不用穿呢？"我爸提出令人信服的假设。

凌翔茜一看就是很有钱的样子，应该是的吧，嗯。不过……

"体育课、课间操和周一早上升旗，还是要在外面站很久的啊！"我争辩道。

"忍一忍不就过去了嘛。"我爸和颜悦色地反驳道。

对哦，世界上怎么可能有不付任何代价的事情！

"或者有可能她穿的是很薄的那种红外线保暖内衣，就是电视购物上经常卖的，什么南极人啊、逆时针啊……"

我眼前一亮。对啊，谁规定必须穿这种厚重的秋裤的？我小时候穿的还是我奶奶给我做的背带花棉裤呢，现在不也淘汰了吗？科技在进步，人类在发展啊！

"爸，谢谢你！"我笑逐颜开。

我爸和我妈的显著区别暴露无遗。他都没问问我问这些问题到底是为了个啥，就笑笑说别坐在地上，地上凉，然后关门出去了。

No.200

下一个问题就是怎么能绕开我妈这颗大地雷了。

我必须让我妈陪我去买衣服。我属虎，现在都十七了，但还没有自己去买过一次衣服。我市的三大著名服装批发市场我从来没去过，因为我妈说我们班里那些周末结伴叽叽喳喳地去淘发卡、指甲油和小裙子的女生"都不正经"。

为了证明自己的正确性而一竿子打翻一船人一直是我妈的拿手好戏。

更重要的原因是，我没钱。我爸每天给我二十块零花钱，用来坐公交和买中午饭，我每天大概能剩下十块钱，但是每当我需要花大钱的时候一翻口袋，就会发现它们都不知道去哪儿了。

话说回来，除周末外，每天十块，即使攒一个月，也买不了几件好看的衣服吧？

所以我还是得说服我妈。

让她陪我到处逛逛倒不难，但是要无比小心地掩饰自己的真正意图，否则我会死得很惨。

我妈从不吝惜在我身上花钱，但是我指的是吃快餐、买书、学才艺、上课外补习班，至于衣服和能拿出手的玩具，呵呵，免谈。

用她的话说，就是"我花钱不是为了让你不学好的"。

她认为，女孩子开始注重发型和打扮是不学好——也就是早恋——的重要苗头，所以我至今还梳着半长不短的男生头。

其实她说得倒也没错啦……

我心中忐忑，开始在床上翻来覆去。

脑海中一会儿是凌翔茜微微仰头看着楚天阔的侧影，一会儿又是文潇潇扶扶眼镜秀气地说"嗯，加油"的样子。

我要怎么才能让我妈明白，我既不是看到校花的美丽而妄图东施效颦，也不是为了勾引一个压根儿没开窍的男生而去买衣服、去减肥、去变漂亮的。

即使我知道总有一天他会开窍，我也希望他能一眼看到我的变化，但真的不是，至少不仅仅是为了这些具体而狭隘的理由。

我说不清楚。

我从小学五年级开始胸部发育（虽然它们俩好像开始了一下就没后续了），初中二年级大姨妈驾到，可直到今天，才忽然有种青春期降临的感觉。

开始想要发光，想要和别人不一样，想要得到一点点注意的目光，最好来自喜欢的人。

虽然满屏幕的电视节目都在教育观众们不能盲从，要"做自己"，可"自己"也分为更好的自己和更坏的自己，不是吗？

然而，我知道我妈会说什么。

更好的自己来自更好的成绩。

不是的，真的不是这样的。

我满心惆怅，一脑袋自己理也理不清的乱麻，不知道什么时候慢慢睡着了。

No.201

一整夜我都没做什么好梦，不是赶不上考试，就是偷东西被抓包，反正都是需要狂奔的情景。梦中的我手脚并用，像条狗一样，居然还是跑得那么慢，我爸常说梦是现实的反映，这反映得也太欺负人了吧？

要不是上学要迟到了，我可能还会在衣柜前多纠结一会儿。我悲哀地发现，我冬天基本上就是那几件衣服轮换着穿，当我把红毛衣判死刑之后，我就少了百分之二十的选择。

最后还是憋憋屈屈地套上一件深蓝色连帽衫去上学。

不过中午休息的时候，我倒真的接到了我妈的电话，看来我向宇宙发射的"衣服、衣服、衣服、衣服"电波还是被我妈成功地接收到了。

我妈说，她前段时间去了一趟外地出差，昨天刚回来，这周末休息，要带我出去吃饭。

我心中狂喜，但还是故作平静地表示希望她好好休息，要是太累的话就过段时间，我很好，不用她太担心。

然后，我妈思考了片刻。

我瞬间就想用空着的那只手扇自己一耳光。

幸亏她最终还是表示自己不累，就这周末吧。

下午第二节课就是赖春阳的英语课。在上次"空手夺白刃"事件之后，赖春阳点过几次我的名字，让我回答问题，我都颤巍巍地过关了，但从此我再也不敢在英语课上溜号。

所谓恶性循环大概就是，我成了整个课堂上唯一理会赖春阳的人，自打和她有了眼神交流，她就特别喜欢点我起来回答问题，放过了其他呈认罪伏法状安静溜号的同学；而一旦我也想要低头躲过，她遍寻不到我的专注目光，更加觉得我在溜号，便会立刻把我点起来。

上英语课彻底成了煎熬。死 β 还幸灾乐祸地说，我是赖老师最偏爱的学生。

大家都是乐见其成的，因为我一个人吸引了全部炮火。

但是，你知道的，话不能说得太早。

讲完语法，赖春阳让大家把上次发的练习卷拿出来，开始用她一贯半死不活的节奏讲习题。班级的气氛松懈下来，β 还转身朝我不怀好意地眨眨眼。

我叹口气，只好装作认真听讲的样子，时刻准备着被赖春阳点起来。

"很多同学跟我反映完形填空总是会错很多，还不明白为什么。我记得我跟你们说过很多次了，要做好完形填空，是不可以孤立地去看每一句话的，这个词填在这里，语法上也许是对的，但是联系上下文，是不是准确地表达了作者的写作意图？"

在缓慢地说完这段话之后，赖春阳又陷入了赖氏沉默。

我心中警铃大作。

而且现在全班除了我，谁都不会再把这种沉默当回事儿了。

"所以我们来看第三十七题。"

赖春阳结束了神游，继续讲起了课。我既放松又遗憾，白紧张了半分钟多。

"第三十七题，我觉得很多同学都会做错。四个词都是名词，而且都是不可数名词，填哪个语法上都不算错。但是，要按我刚才说的，联系上下文，首先排除的就是'feeling（感觉）'这个选项，然后呢？"

她扫视全班，我汗毛直竖。

"显然，下一个 intelligence，情报，也不对。"

警报再次解除。

"Information，信息，这个选项很有迷惑性，但也不难排除。这篇文章的主旨跟读书和学习有关，这个词放在这里依旧不准确。那么，作者想说什么呢？作者想说的是，知识才是阅读留给阅读者的财富。那么……"

赖春阳忽然看向我。

虽然我早有心理准备，但还是被她吓了一跳。三个选项都排除了，她不是都把答案说出来了吗，选 C 呗，knowledge（知识）。

赖春阳正要开口点我的名字，突然视线一转，盯上了我身边正埋头演算到与世隔绝的余淮。

我心中一突突，还没来得及踢他一脚，赖春阳尖厉的声音就以破竹之势穿过教室劈上我面门：

"余淮！！！"

余淮立刻站起来的举动纯属条件反射，他看见赖春阳的时候还挺惊讶的，因为他从上节张老太的语文课开始就在埋头学习，下课也没挪动过一下，现在忽然抬头看见赖春阳，我猜应该有恍如隔世之感吧……

"来，你说说，知识是什么？"

我松了一口气，本来想偷偷给他指一下卷子上的位置的，看来不需要了，赖春阳还算厚道。

然而，余淮空前迷茫地看着黑板。

"知识就是……力量？"

No.202

赖春阳是"吐着血"走的。

面对大家的一致好评，余淮谦虚地表示自己知识太多，都学杂了。

第三堂课照旧是合唱排练，上课前教室里乱哄哄的，我坐在座位上擦相机镜头，余淮则披上了外套，正在收拾东西。

"又要去行政区了？"我问。

他正要说话，忽然抬起头，看向前排某处。我也跟着看过去。

文潇潇站在讲台前，朝余淮遥遥地绽放出一个"放心吧我罩着你"的温暖笑容。

余淮也朝她笑了笑，感激地点了点头。

在文潇潇的目光落在我身上之前，我偏过头假装没看到他们的视线对话。

"周六上午就要考了。"他临走前对我说。

那不就是明天吗？

我盯着他急匆匆的背影，直到他消失在后门口。没有多少人注意到余淮的离去，但我知道文潇潇也在看。

拜徐延亮所赐，我再也不用痛苦地跟着他们一句一句地唱歌了。虽然第一次拿着相机站在教室中间给大家拍照的时候很多人还不自在，但是渐渐地，没有人注意到我的存在了。

　　他们在我的镜头前自然地唱歌，自然地溜号，自然地偷偷低头去做题，自然地一脸不耐烦，自然地笑逐颜开。

　　我喜欢拍他们。

　　我说不清楚这种感觉。像是拿起相机的这一刻，我不再是只有五件冬衣的耿耿，也不再是样样都拿不出手的小人物。拍照片并没有让我变得多惹人瞩目，但让我短暂地忘记了自己所有的苦恼。

　　我喜欢一个个鲜活的人出现在我的取景框里，更喜欢我每次都能最准确地抓到最好的时机。人总是会更喜欢做自己做得好的事情，比如我喜欢给别人照相。

　　每个表情和动作都像抛物线，有最饱满的顶点，虽然这部数码相机总是反应慢，可我总能捕捉到那一刻。

　　感谢这部相机，它让我站在了世界的外面。

　　No.203

　　余淮又是快放学了才回来。今天是周五，距离放学铃打响还有十分钟，可大家早就开始躁动不安了。

　　而余淮出奇地安静。

　　他回来后就不再奋笔疾书了，坐在原地扭头看窗外，脸上充满了对生活的留恋，看着怪瘆人的。

　　"余淮，喂，你没事儿吧？"

　　我本不想打断他的冥想，奈何坐在窗边的是我，他望这边的风景，我不可避免地被他的视线弄得耳朵发烫。

"没事儿，"他微笑着从桌上把一本笔记推到我这边，用一种平静到慈祥的语气说，"去还给盛淮南学长吧，这是对你的奖励。"

"大哥，你别这样……"

"我哪样了？"他目光辽阔，看都不看我。

"你给我一种一放学就要去自首的感觉。"

我刚说完，他就绷不住笑喷了。

终于有点儿像正常人了。

在我的追问下，余淮终于忸忸怩怩地表示，他紧张，觉得自己明天死定了，因为电磁学的某一部分还是有点儿不上手，如果明天出这部分的大题，他就可以找根绳子在考场里上吊了。

"我无数次祈祷上天让你体会一下我的心路历程，竟然真的实现了，真是苍天有眼。"

话还没说完，我忽然灵光一现。

我在笔袋中翻了半天，找到一支细细的圆珠笔，转头朝余淮嘿嘿笑了两声，满意地看到他的表情有点儿僵硬。

"你抽什么风？"

我笑而不语，抬起右手，用食指和中指夹住圆珠笔，然后用拇指从下面把圆珠笔屁股上的按钮极缓慢地往上推，眯着眼睛看着笔尖一点点一点点地冒出头。

中途还用左手弹了弹笔杆，做出排气泡的样子。

"别害怕，阿姨给你打一针镇静剂，舒缓紧张，促进睡眠，保证明天考得好，卷子上一道电磁学的题也没有。来，把袖子挽起来！"

"不是应该把裤子脱下去吗？"

"你怎么耍流氓啊！"我气极。

余淮的大笑声被下课铃声淹没。班里同学纷纷站起身收拾书包，屋子里像开锅一样喧闹起来。

只有我和余淮依然坐着不动。

他竟然真的挽起袖子，露出上臂，装出一脸"晕针"的惊恐。而我专心地把笔尖凑近他的胳膊，轻轻地扎了下去，慢慢地把弹簧推到顶。

拔"针"前，我在他的胳膊上画了个对号。

"这是幸运符，今天晚上别洗澡了，留着它，明天肯定全对！"我笑着拍拍他的胳膊。

余淮用一种怪异的表情看着我，又想笑又嫌弃又感动的样子。

"怎么了？"我不解。

"……缺心眼儿。"

他骂了一句，迅速起身，披上外套拎起书包转身就走。

走了两步，又转过身，对着还处在呆傻中的我，一脸郑重地拍了拍他刚被我"扎了一针"的左胳膊。

"疗效不错。"他说。

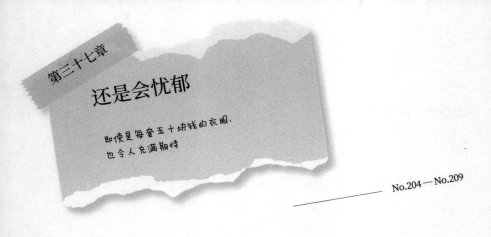

No.204 — No.209

No.204

平时周六我都会睡到上午十点多的，但是今天我特意把闹钟调到了早上七点半。

余淮的考试八点半在省招生办举行，我估计七点半他应该到考场了，太早的话怕他没起床，太晚的话怕他已经关机进考场了。

我打着哈欠，半闭着眼睛发了一条短信：

"加油，我相信你。"

我正迷迷糊糊地要坠入梦乡，手机嗡嗡地振动了两下。

两条新信息，第一条是："有你这份心，小爷一定考得好。"

第二条是："我没洗澡。"

我盯着第二条愣愣地看了好半天，才反应过来他说的是什么意思。

我把头缩进温暖的被窝里，嘴角控制不住地咧上去，傻笑着睡着了。

No.205

在等待我妈的过程中，我的大脑始终在高速运转。

自打上午她打电话说下午两点左右开车来接我，我就陷入了焦虑。如果我没有前几天莫名产生的那点儿花花心思，我可以非常坦然地跟我妈说我想要买衣服，买轻薄型保暖内衣，买保湿水和高级面霜，并对她可能性极小的赞同与可能性极大的呵斥都保持平静。

反正我怕她也不是一天两天了，她老是凶我，我都习惯了。

但是这次我不能。我心虚。我就是那种还没抢银行就已经在内心坐牢三十年的尿包。

我开始像没头苍蝇一样到处乱转。

目光无意中落在了桌上的转笔刀上。

确切地说，那是一款削铅笔机。

这东西是我小学时就很眼馋的那种，四四方方的，需要额外的工具固定在桌边，铅笔从一头塞进去，一只手在另一端摇动手柄，削个铅笔都削出贵族感。天知道我当时有多羡慕，听着同学显摆"这是从日本带回来的"，我恨不得把自己的手指头都塞进去，然后摇动手柄搅一搅。

可是我妈不给我买，我妈说："一天到晚不好好学习，净在那儿想些没用的，转笔刀能削铅笔不就行了？"

所以初二的时候我有了零花钱，在文具店看到同款削铅笔机的时候，立刻眼含热泪买了下来。

但是我早就不用铅笔了。

她难道不应该补偿我一下吗？要求总是得不到正视，又无法通过外表建立自信，这会让我越活越窝囊的！她身为一个叱咤风云说一不二的独立女性，居然让女儿养成了如此唯唯诺诺的性格，这不值得反思一下吗？

但是……

但是如果她说人的自信心来自内涵，要想有底气，先要有成绩，窈窕淑女哪里找，漂亮不如考得好……我应该怎么反击呢？

我抱着头痛苦地倒在了床上。

嗷嗷嗷耿耿你真是太没用了！你妈妈的人生本来应该更辉煌的，她的女儿怎么可能是你?!

……咦？

我忽然觉得自己找到了一线生机。

我一坐到副驾驶位上，我妈的眉头就皱成了死结。

"你几点起床的啊？怎么头不梳脸不洗的？这衣服怎么穿的啊？窝窝囊囊的，把衬衫给我塞到裤子里面去！"

我忍住内心喷薄的喜悦，装出一脸无辜的样子，把副驾驶位上方的小镜子扳下来，懵懂地照了照。

"挺好的呀，我平时上学就是这么穿的。"

然后我转头去看她，一半真情一半演技地眼含泪花。

"妈，我好想你啊。"

我妈瞬间眼圈就红了。

车就这样开到了市第一百货公司。

Yes！

No.206

我妈先是带我吃了一顿巴西烤肉，然后就在我几句话引导之下陪我去逛街了。

我当然没有明说自己想要买衣服。只不过言语中表示自己想跟她边走路边说说话，好久没跟妈妈说话了，我们班发生了好多可有意思的事情啦。

百货公司里还能往哪儿走啊，往哪儿走不是商店啊哈哈哈。

我妈居然带我去了 Levi's（李维斯）买牛仔裤，我进门前依旧在装二十四孝，一个劲儿表示自己不要这么贵的衣服，被我妈瞪了好几眼才不情不愿地走进去。

这时候战术二就发挥了作用。是的，我今天穿的是校服裤子，最宽松肥大的运动款，就是为了能在里面顺利地套上两薄一厚三条秋裤的。

我觉得 Levi's 的男款我可能都穿不进去。

"你穿这么多秋裤干吗？"我妈跟着我进了试衣间。

"我冷啊，"我继续装无辜，"这两天多冷啊。单穿哪条都不保暖。"

"那也不用穿这么多啊，"我妈心疼地埋怨，"赶紧脱两条再试。"

"可是脱了再试的话，买回去以后我还是没法儿穿啊。"

"哪里用得着穿这么多，一会儿我带你去买两条薄的。往年也没这么怕冷啊，你是不是生病了？"

买两条薄的买两条薄的买两条薄的……

她摸了摸我的额头，确定我没发烧之后，就叹口气开始帮我把秋裤往下拽。

于是我现在有了新羽绒服、新连帽衫、新牛仔裤、新衬衫、新绒线衣、新马丁靴……

我一再否认我爸联合后妈对我实行了丧尽天良的漠视和虐待，而这一点是我妈现在深深怀疑的。不过总体来说，我的窝囊废小可怜行为成功地激起了我妈内心深处那种"老娘的女儿任何方面都不能比别人差"的好胜心，她恨不得把整座商场都给我穿上。

你说，人生还有什么不满足的呢？

No.207

说来神奇，那股买东西的冲动和欣喜在我拎着一堆购物袋噔噔噔跑上楼的过程中，迅速地退潮了。

我回到自己的房间关上门，坐在地上把所有新衣服的标签剪掉，花了二十分钟重新试穿了一遍。

对着镜子照了许久，我必须承认，镜子里面的人依旧是耿耿。只有我自己能看出一点点区别，可在别人眼里应该不会有任何不同。

本来就不是衣服的问题啊，我知道的。

到底要怎样才能变得更好呢？因为羡慕语文课上文潇潇在发言时引用我压根儿没听过的书中的名言，所以去把她看的书都找来看一遍？因为凌翔茜的滑板裤松松垮垮很好看，就匆忙脱下秋裤穿上薄薄的"南极人"？

那一刻我的感觉，就像水果店里明明应该卖三块八一斤的小苹果被不小心放到了五块八一斤的大苹果堆里，一开始觉得自己可有身份啦，然后，发现顾客来买东西的时候，每次都会伸手先把它扒拉到一边儿去。

五块八的余淮曾经对三块八的耿耿说过，早晚会习惯的。

我也以为我习惯了，没想到沮丧这种情绪时不时还会反复，会披上不同的伪装，有时候，甚至是以希望的面目出现。

比如还是想要变得更好。

No.208

我在周一早上的升旗仪式上再看到余淮的时候，他已经恢复了充满活力的样子。

"看样子考得不错？"我一边随着队伍往前走，一边问。

"还行，啊，对不起，"余淮的语气昂扬，一不留神踩了前面同学的鞋跟，"果然没有出电磁学的题。"

我笑了："那太好了。"

"我请你吃饭吧。"

"啊？"我没听清。他的话被大喇叭里面传来的"振华中学以'勿忘国耻'为主题的升旗仪式现在开始"彻底淹没了。

这个长年主持升旗仪式的姑娘是高一一班的，忘了叫啥，嗓音刺耳得要命，念讲稿的方式比小学生还要声情并茂，真不明白团委老师为啥非让她献声。

"我说，我请你吃饭！"余淮喊话中的后半句正好赶上大喇叭里的开场白说完，周围同学听得清清楚楚，窃窃的笑声蔓延开来。

正好站在余淮前面的徐延亮顺势接了一句："好的，别那么客气！"虽然很贱，但也给我解了围。

我正要低头装作跟我没关系，就看到前面几排的文潇潇回头看过来。

我嘴边的话拐了个弯，化作笑容："徐延亮你想得美，就不带你。"

文潇潇眼神一黯。

我完全没有因此觉得有一丁点儿开心，反而愧疚地转开了头。

No.209

一整天我都不在状态。

余淮参加完竞赛后极为活泼，上课捣乱下课打球，像是要把前段时间少说的话都补回来。

"你怎么啦？"他满头大汗地坐回到座位上，一边喘粗气一边问。

"赶紧擦擦汗，屋里这么热，一会儿都发酵了。"

"是发 jiào 不是发 xiào，连我都不会犯这种低级错误，"他乐呵呵地纠正道，"我问你怎么了，一整天都没精打采的。"

"懂个屁，这是少女的忧郁。"

这时，收发室的老大爷出现在我们教室门口，问："文潇潇是你们班的吗？收发室有人找，好像是你们订的什么货到了，赶紧找几个人下去搬。"

"哎呀，应该是比赛的服装到了。"文潇潇说。

徐延亮把倒数一、二排的所有男同学都点起来帮忙去搬东西，其他还坐在教室里的同学都兴奋了。

即使是每套五十块钱的衣服，也令人充满期待。无聊透顶的冬季校园，一点点新鲜事儿都能令人沸腾。

随着一只只大纸箱被搬到黑板下面，连朱瑶这样的学生都没办法继续学习了，大家都在座位上伸长了脖子往前面看。

"好啦好啦，别急，"文潇潇最后一个跟着余淮走进门，有点儿上气不接下气，"我一个号码一个号码发，女生报了 XS 号的先举手！"

余淮正在往座位走，忽然被文潇潇叫住："那个，余淮，你能留下帮忙把其他箱子都拆开吗？给你剪刀。"

徐延亮也很热情地站起来："我也来帮忙吧。"

"不用，不用了，"文潇潇摇头，"那个，班长你帮忙维持秩序吧。"

"维持什么秩序啊……"徐延亮有些不解地挠了挠后脑勺，重新坐回了座位。

我叹口气。我竟然成了全班最理解文潇潇的"陌生人"。

第三十八章

我当时就觉得
你长得挺好看的

我当时就觉得你长得挺好看的

No.210

教室里很快充满了窸窸窣窣拆塑料袋的声音。

随着第一排第一个拿到衣服的女生将那套民国女学生套裙抖开给全班展示，屋子里欢声笑语就没断过。

的确不是好料子，不透气，到处都是线头，可这么便宜的价格就能拿到这样的款式，文潇潇也真是辛苦了。我轻轻抚了抚衣服前襟的折痕，也不免高兴起来。

淡蓝色的襻扣宽袖上衣，黑色长裙，好心的厂家居然还给配了两只薄薄的长及小腿的袜子。

"哇，弄得我都想要去剪个齐耳女学生头了。"简单赞叹地把衣服往身上比了比。

"是啊，冬天再围条白围巾，一半耷拉在前面，一半往后一甩——'走，游行去，国家需要我们！'"β说演就演。

"走！"简单立即搭腔。

我看到这里，立刻本能地掏出相机，摘掉镜头盖，开机。

"兄弟们，又有学生闹事儿了！看我的！乓！"徐延亮一脸凶神恶煞，伸出右手对着β比画开了一枪。

β表情一瞬定格，捂住胸口，眼睛缓缓闭上，朝后倒去。

简单立即上前一步，从背后扶住β。

"阿珍，阿珍，你还好吧？"简单带着哭腔喊道。

这时，徐延亮一脸懵懂地问道："阿珍是谁？"

β瞬间睁开眼骂道："当然是刘和珍啊，你个没文化的，你们北洋政府招聘的时候都不看学历吗?!"

我笑着拍了许多张他们三个的照片。韩叙一直低头拆着刚发到他手中的男生服装，全程以一个背景墙的形式杵在画面中。

"你就没点儿反应吗？"β转头指着韩叙，"我们就是为了你们这群冷漠自私的民众牺牲的！"

韩叙缓缓地抬起头，对徐延亮说："大人，你再补一枪行吗？阿珍好像还没死透。"

No.211

男生的衣服款式是蓝黑色的民国学生制服，虽然裁剪没什么板型，普遍很肥大，可也像模像样。有心急的男生已经扒下了校服，三下五除二套上了制服的上衣。

比如徐延亮。

"怎么样？是不是风华正茂？"他顺便把那顶帽檐很短的黑色帽子也戴上了。

"你为什么不把扣子系上？"简单低头看着他的肚子。

"系上不舒服，有点儿紧。"徐延亮不好意思。

"报尺码的时候就跟你说过要诚实，少报十五斤有什么意义呢？你看，最后吃亏的还是自己。"β不禁摇头。

"那个，大家静一静，裤子也要试一试的。女生最好也整套试穿。"文潇潇柔弱的声音完全没有办法压制此刻已经乱成一锅粥的教室。

"都闭嘴！！！"

余淮的声音把所有人都镇住了，比他家长会后喊的那一声"妈"更见功力。

"文潇潇有话跟大家说。"他朝她做了个"请"的姿势，文潇潇迅速脸红了。

我在最后一排都看得见。

"那个，是这样，"文潇潇清了清嗓子，"周五就要比赛了，服装的问题这两天内必须搞定，所以我说大家最好现在就把整套衣服都试一下，尤其是女生裙子的腰围和男生裤子的裤长，都需要特别注意，有任何问题今天就报给我，我明天就让厂家调换。"

"可是没办法试啊，"徐延亮说，"总不能让男生和女生都在教室脱裤子吧？我倒是没意见……"

"我有意见！" β 举起手。

"这……"文潇潇为难地看了一眼站在她身边的余淮，她那一脸无助的表情让我无比烦躁。

"男生都去走廊换不就得了，"我的烦躁直接体现在我的语气上，"女生就留在教室里呗，这有什么难办的。"

"男生还是去男厕所吧，出门左拐又不远。集体在走廊脱裤子也太像行为艺术了，丢咱们五班的脸。"余淮笑着看了我一眼。

余淮又是以前的余淮了，重归活动中心，却又算不上多么操劳，并没长一张忠厚可信的干部脸，却能让男生女生都不自觉地听他的。

我在行政区顶楼的楼梯间窥见的那个志忑、不自信的男生突然就不见了，像是从未出现过。

我看着余淮自信地指挥着男同学们走出教室，心中充满了喜悦和遗憾。

我抬起相机，把他笑着踢一个哥们儿的屁股将他赶出门的瞬间拍了下来。

镜头稍微往右边偏了偏，将站在他左边正温柔地笑着看他的文潇潇隔绝在了取景框之外。

No.212

大家换衣服的时候，我当然不能拍照片，不能便宜了徐延亮。

我将领口的襻扣一颗颗系上，然后向下拽了拽前襟，努力抚平褶皱。

裙子长及小腿，所以下面还会露出一截牛仔裤和我的球鞋，看起来有些可笑。

我收回目光，抬起头。

这不是时光倒流是什么。

虽然教室里乱糟糟一片，讲台左侧上方还高悬着象征现代化的一台大电视，可满教室笑语嫣然的民国女学生，依然像时空开错了门。

简单拎着裙子，在教室后部的空地上转了个圈，笑得太美。

我一直在卖力地拍照，β冲过来伸手捂住我的镜头要给我拍一张，被我躲过了。一群姑娘冲过来，在教室后面排排站，对着我的镜头比剪刀手，后来不知道是谁说民国哪有剪刀手，大家又纷纷从桌上拿起书抱在胸前，像模像样地扮演民国青年……

我看到朱瑶有些别扭地站在镜头外，虽然顾虑我们俩因为余淮而拌过嘴的事儿，可到底还是忍不住心中的跃跃欲试，露出有些期待的表情。

我不禁莞尔，连她也忍不住了呢。

"朱瑶，你往里站一点儿，我照不到你了。"我朝她挥了挥手。

朱瑶一愣，腼腆地笑了，往人群里靠了靠。

"来，大家合张影，我数一、二、三！"我专心对焦。

"喊什么，茄子？"有人问道。

"太破坏气氛了吧？"旁边另一个女生表示不同意。

"那喊自由民主？"

"你傻啊，'主'字会让我们都噘嘴的！喊打倒帝国主义，'义'字是咧嘴！"β 的大嗓门响起来。

"这口号也太长了吧？"

就在这时，后门打开了，我的取景框里闯进来一群民国男学生，高矮胖瘦不一，为首的那个人，长着一张我最熟悉的脸。

时间倒退了，时间停下了。

我不知道自己看起来是什么样子的，但是他第一眼就看向我，然后笑了。

不知怎么，这个场景忽然让我想哭。

真的不知道为什么。

像是这一刻，这一刻里的所有人，包括我和他，下一秒就要消失在历史中。

"你们女生也太狡猾了，我们也要照相！"徐延亮等人推开愣在门口的余淮，所有人在教室后面这点儿空地里挤成一片。我笑着狂按快门，眨眨眼，刚刚那点儿泪意就被压抑回去了。

一整堂课都被这样笑过去了。隔壁班正在上自习，被我们吵到不行，居然跑去教导主任那里告状。教导主任一进门就被我们吓了个半死，好不容易才端住架子，疾言厉色地训了我们一番。

她前脚迈出门，教室里的余淮等人就互使眼色：一、二、三！

"打倒帝国主义！！！"

震耳欲聋的呼声，让还没走远的教导主任差点儿绊个大跟头。

No.213

要我怎么形容张平这个人呢?

由于合唱比赛规定老师也要一起参加,所以文潇潇也给张平订了一套衣服。教导主任派人把张平请回班里来,一转头看到这个年轻班主任居然也穿了一身跟鲁迅先生差不多的蓝灰色长马褂。

教导主任差点儿当场犯心脏病。

她缓过神儿来后,当然把张平也训得跟孙子似的。

等这个老太婆彻底远离了我们的班级,大家都很愧疚地看着张平。然而他只是长叹了一口气,看着教室里面的罪魁祸首,苦笑着说:"怎么着?还舍不得脱了?"

大家面面相觑。

"那就都回座位吧,"他走上讲台,"来来来,机会难得,都回座位上坐好。"

是的,张平就是这么一个不着调的人。

他让我们都坐回座位上,然后他站在讲台前,一拍桌子,慷慨说道:"中华民族已经到了最危险的时刻!"

被教导主任训得一脸沮丧的全体学生瞬间都精神起来了。

我知道张平一定很沮丧,也很忐忑,可他就是这么一个奇怪的老师,好得那么奇怪。

No.214

那堂课下课的时候,我给简单和韩叙拍了一张被 β 称为"民国结婚照"的合影,又忍着恶心拍了一张 β 做纯情状拿着一本书请教张平张先生的做作摆拍照,还有其他各种莫名其妙的照片……直到电池即将告竭。

我在讲台前拍完最后一张合影,无意中看到余淮在座位上正要脱掉身上的制服。

我赶紧撒腿跑过去："你干吗脱了啊？"

"难道我还要穿这身回家啊？"

"我还没……"

他回身奇怪地看着我："你还没什么？"

β 突然从我背后冒出来："对了，我也要学照相，耿耿你让我拿你练练手！"

β 意味深长的眼神提醒了我，我连忙站到了余淮的身边。

余淮愣了愣，不明就里地把脱了一半的制服又穿了回去。

我们就这样并肩站着。不知为什么我那么紧张，也许是因为我不喜欢拍我自己，所以不知道怎么笑才好看；也许是因为我从来没有和余淮一起照过相，这张照片那么重要，我怕我照不好……

我什么都没来得及说，β 就狂按了一通快门，我连一个完整的表情都没做完。

她把相机还给我，就带着一脸"老子刚刚拯救了世界，你们不要谢我"的得意闪人了。

"我看看！"余淮的大脑袋凑过来，被我推开了。

"不行！"我把相机护在怀里跑出了教室，到走廊了才小心翼翼地按下查看键。

四张照片，余淮都是同一个表情，淡淡地笑着，眉目英挺。

而我，四张照片的表情变化过程可以用"笑吗""笑吧""万一不好看呢""还是别笑了"来描述。

就没有一张好看的。

而且牛仔裤和球鞋果然很抢眼，比背后暖气片上可口可乐的瓶子还抢眼。

为此跑回去再找他照一张会不会太刻意了？但是机会难得……正在我纠结的时候，相机咔嚓一声，自动关机了。

彻底没电了。

No.215

"怎么了？"

余淮居然跟出来了。

"没事儿，"我呵呵一笑，"照片没照好。"

"怎么可能，只要有我英俊的面孔入镜，这照片就成功了一半。"

"的确只成功了一半，"我叹气，"是我太丑了。"

余淮没讲话。

"……你不觉这时候你应该立刻制止我自暴自弃，并大声地说'你一点儿都不丑'吗？"我沮丧地问道。

"我在想，我第一次见到你的时候是什么感觉。"

"嗯？"

"就是在红榜前面啊，"他笑着回忆，"我跟你撞到一起了，把你撞哭了。"

我点点头，也不好意思地笑起来。

"我当时就觉得你长得挺好看的。"他继续说。

"谢谢你，"我摇头，"不过，我长什么样我自己知道。"

"你为什么否定我？审美这事儿不是很主观的吗？"余淮不解。

"那都是自我安慰，"我皱眉，"如果每个人对美没有共同的理解，那为什么大家都觉得凌翔茜好看？都觉得楚天阔是校草？我们为什么都觉得盛淮南帅得不是人？"

他没话说了。

我们静默地靠着走廊的墙站了一会儿，来来往往的同学都像见鬼了一样盯着我们这身行头，很快我就招架不住了，抬腿回教室。

　　"但我还是觉得你很好看啊。"

　　这是你思考半天的结果？

　　我回头愣愣地看着余淮。他眼睛里面的真诚和懵懂一览无余。

　　我鼻子有点儿发酸。感觉像是家中衣柜里那些新衣服和新秋裤忽然都找到了意义。

　　"我……我也觉得你很好看。"我低下头，不敢让他发现我眼圈红了。

　　"小爷当然很好看！"余淮哈哈大笑起来。

　　我转身跑向女厕所，忽然很想好好哭一哭。

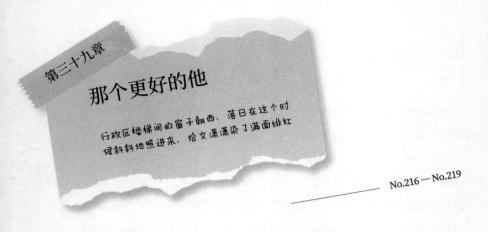

No.216

"一二·九"合唱大赛平平淡淡地过去了。

一班和二班果然是死磕的架势。一班自选曲目是《水手》，架子鼓、电吉他悉数上台，震惊全场；二班则真的抬了一架钢琴上来，林杨伴奏，并且在唱完第一首《黄河大合唱》后竟然变换队形，集体把第一套演出服扒了下来，露出里面嫩黄色的 T 恤，打着手语唱完了一首小虎队的《爱》，凌翔茜在最前面领着观众和着节奏拍手，场下不争气的男同学们拍得都不知道自己姓啥了。

比如 × 延亮同学。

我们班平淡无奇地唱完了，没出什么大错——其实所有的班级都没出什么大错，可是被一班、二班这么一闹腾，后面的比赛都只能用平淡无奇来形容了。

最后二班得了一等奖，一班和十六班得了二等奖——十六班的出众之处恐怕在于他们派出了三个打扮成女红军样子的同学举着红旗跑遍了全礼堂。

其他所有班级，并列三等奖。

大家都有些沮丧，但也没什么好抱怨的。虽然我们在服装上花了心思，可的确不算是最用心的，和某几个班级要吃人的那副架势一比，我们的"革命觉悟"明显不高。

回班后，文潇潇就哭了。

即使我对文潇潇的感觉一直很复杂，这一刻也很心疼她。这件事情她付出了最多的心力，一个文文弱弱的女孩子帮大家联系服装厂、组织排练，为了比赛还大老远地扛了一架电子琴来伴奏，却只得到这么一个结果。

张平又要在黑板上写张继的那首《枫桥夜泊》，刚写了俩字儿就被我们的嘘声轰下去了。他宽慰人也就那一招，比我爸强不了多少。

"这种比赛啊，重要的就是大家一起为它拼搏努力的过程，长大以后想起来，大家一起穿民国学生装，一起排练，一起奋斗，这多美好啊，那张破证书有什么用啊，高考又不能加分！"

任凭张平怎么说，班里低迷的状态一时半会儿也改变不了。文潇潇站起身出去了，张平赶紧示意徐延亮追过去安慰一下。徐延亮表示文潇潇很可能是跑去女厕所哭了，自己一个大男生这时候去女厕所似乎不大合适。

张平不知道哪根筋搭错了，居然一眼瞟见了我："哎，那耿耿，你帮大家去安慰安慰文潇潇吧。我听徐延亮说，咱们的班级日志是你在写，把你照的那些照片都拿出来给她看看。多想想美好的事物，啊，人生多美好啊，哭啥啊哭。"

在全班同学的殷切注视下，我只好硬着头皮站起身，拿着相机出门去找文潇潇了。

走了几步我又转过身，从余淮的书桌里掏出一盒抽取式面巾纸。

No.217

全班恐怕只有我自己心里清楚，文潇潇最不想见到的人就是我。

我在女厕所某个隔间附近听到抽泣的声音，于是敲了敲门："文潇潇？"

"谁？"

"是我，耿耿。你……你别哭了。"

我真的不大适合安慰人。你别哭了，你别难过了，你别不开心了……只要对方吼我一句"凭什么阻止我悲伤",我立刻就能词穷。

文潇潇没理我,继续抽抽搭搭的。这里也没外人,她不用给我面子。

我把面巾纸从门上方的空当伸过去一点儿:"那你要不要擦鼻涕?"

几秒钟后,她伸手要拿,我迅速地将纸抽走了。

"你想要擦鼻涕就开门。"我说。

里面没反应。

"女厕所味道多难闻啊,我知道一个地方可以使劲儿哭还没人管,我带你去。你开门。"

这句话还是很有说服力的,门闩唰啦一声被拉开了。

眼睛肿成桃子的文潇潇低着头不看我,一只手拎着眼镜腿儿,只是用鼻音问道:"在哪儿?"

其实我还能带人去哪儿啊,除了行政区顶楼。

从我们教室过去最快也要三分钟,在我们沉默赶路的过程中,文潇潇搋了几次鼻涕就不再哭了,所以最后我也不知道我俩到底还去顶楼干吗。

"你要是不哭了,咱们就……"

"闭嘴,走你的路。"

我去,这人还是文潇潇吗?她让我闭嘴!她好凶!喂,你们快来看啊!她平时都是装的!她是个大骗子!

No.218

我从来没想到我会和文潇潇一起坐在这里"谈心"。

本来一开始谁也没说话,直到她终于憋不住,轻声问:"这里就是余淮逃了排练之后来上自习的地方?"

"你怎么知道?"我诧异。

"那天下楼搬服装的时候，我问过他，他说就是在学校里面找了个僻静没人的地方。就是这儿吧？"

我忽然问道："你那么关心他，该不会是……"

没有了高度数眼镜的阻隔，文潇潇此时眼睛瞪得比桂圆还大。

装什么装，现在像只小鹌鹑，刚才凶我那股劲头儿去哪儿了？

我坏笑起来："……该不会是妒忌他学习好吧？"

哼，我就不问你是不是喜欢他，怎样啊？

文潇潇表情恢复正常了："没有，我哪里比得上他，差了十万八千里，有什么好妒忌的。"

于是我们又陷入沉默。可文潇潇到底还是忍不住了。

"你们关系很好？"她吸吸鼻子问道，说话的时候故意不看我。

"是啊。"我语气昂扬。

文潇潇又不说话了，半晌才自言自语道："那也没什么好奇怪的，你们是同桌呀。"

"那你跟你同桌关系怎么没这么好？"我毫不留情。

"我同桌能跟余淮比吗?!"

刚才那个凶巴巴的文潇潇又出现了。

看到我目瞪口呆的样子，文潇潇迅速脸红了，赶紧低头用 T 恤下摆擦了擦眼镜，戴上。

"我说文潇潇，你是不是有什么特异功能啊？就跟超人一样，穿上西装是上班族，扒了西装露出紧身衣就是超人。不信你再把眼镜摘下来试试看。"

文潇潇忸怩地点了点头："我的确，一摘下眼镜，看不清东西了，就……脾气不太好。"

我实在忍不住了，在空旷的楼梯间放声大笑起来，文潇潇憋得满脸通红，过了一会儿也笑了。

"你多好啊，能和余淮一桌，有什么问题都能直接问他，多安心。"文潇潇抱腿坐着，下巴搁在膝盖上，整个人都缩成了一个球。

"是啊。他很热心。特别……善良。"我重重地点头。

"我刚开学的时候特别受不了张峰讲课的速度，数学课老是跟不上，我脸皮薄，不好意思举手提问……"

"赶紧摘眼镜啊！"我打趣她。

"你烦死了！"她笑着打了我后背一下，继续说，"那时候，余淮却举手说他没听懂，真是救了我的命。其实他怎么会听不懂呢，他什么都会，又体谅人，每次班级组织活动的时候都帮了我不少……"

"徐延亮也帮你不少，你做人不能这么偏心眼儿。"

"闭嘴！"文潇潇快要被我气死了。

No.219

她到底还是没有对我说，她喜欢余淮。

我也没有说。

我觉得余淮值得所有人喜欢。我没有告诉她余淮是因为我才在课堂上问张峰问题，也没有说他不仅仅是在我求助的时候才给我讲题。她们已经都知道他的好了，我想把更好的那个余淮留给我自己。

或许我这样谦虚，只是因为我自己心中都没有把握，他这样好，到底是因为他本来就这么善良且慷慨，还是因为我。

我给她看我拍的照片，里面有好几张文潇潇的，有很好看的侧影，也有嘴巴张得圆圆的飙高音的搞笑样子。文潇潇指着丑的那张问我是不是故意的，我装作不明白什么意思。

"你会拍照，真好。"她一脸羡慕。

"你会弹钢琴呢，更好。我这算什么本事啊，谁不会照相啊，可弹钢琴就不是谁都会的了。"

"小时候因为不好好练琴挨过很多打呢。我一点儿都不喜欢练琴，可是一堂课就要两百块，我可不敢浪费钱，爸妈都不容易。"

"但是你熬出头了呀，你现在气质多好。"

"我觉得还是做自己喜欢的事情比较好。"文潇潇摇头。

我们就这样坐在那里有一搭没一搭地聊了一节课，直到下课铃打响。文潇潇开始害怕自己这样翘课会被张平骂，我告诉她，我可是奉旨来安慰她的。

"你为这次比赛付出这么多，最后这个结果是很令人憋屈，我们都理解，是我们不争气。但是大家还是把你的努力都记在心里的！你看，我就是五班全体同学派来的和平鸽。你擤鼻涕的面巾纸还是我朝余淮借的呢。"

文潇潇一低头，笑得羞涩却灿烂。

没防备被我抓拍到了这一瞬间。

"你干吗？我刚哭完，丑死了！"

"一点儿都不丑，真的，你看！"

行政区楼梯间的窗子朝西，落日在这个时候斜斜地照进来，给文潇潇染了满面绯红。照片中的姑娘不知道因为什么，笑得那么好看，那么好看。

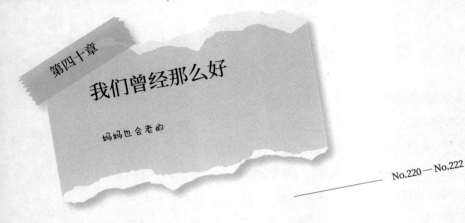

No.220

我的生日是十二月二十一号，周日。

周六晚上我妈带我去吃牛排，我好奇之下百般请求，她终于同意让我尝点儿红酒。

"刚才服务生说买一赠一呢，多划算。"

我妈勉强答应让我尝试一下，于是我心满意足地开始学着电视剧里的人晃杯子，第一圈就泼了自己一脸。

我妈的脸上写满了"我女儿怎么可能这么蠢，一定是妇产医院给我抱错了"。

我妈要开车，于是没有喝酒，剩下的一瓶红酒被我们带上了车。

"妈，这瓶酒送我吧！"

"你有毛病啊，你才多大？你问这问题前没用脑子想想？你觉得我可能答应你吗？"我妈语调又升高了。

但我是寿星，我才不怕她。

"不是的，"我摇头解释，"就当生日礼物，反正我也不喝。我可以摆在书桌上当摆设，平时想象一下上流社会的生活，学习一定特别有动力。"

我妈沉默了很久很久。

"耿耿，你觉得爸爸、妈妈在精神上亏待你了吗？"

"……"

我们从饭店走出来的时候，忽然下起了大雪，才十几分钟的工夫，地上就已经积了厚厚一层。

我爸打来电话，问我们吃完饭没有，最好早点儿回家，大雪天交通事故会比较多，嘱咐我妈小心点儿。

"我想跟我女儿多待一会儿，用不着操心。"

我这边正跟我爸说话呢，就听见我妈在旁边边开车边甩出这么一句，我连忙捂住话筒，三言两语结束了通话。

"我爸也是担心咱俩的安全。"

我妈冷笑着哼了一声。

路上几乎没有什么车，我妈却开得格外慢。我妈说，现在这边空旷很可能是因为后面的那几条主干道出事故了，车都过不来。

我透过车窗的确看到路边有很多在大雪中等公交车的路人，看这黑压压一片的阵势，估计是很久没有来车了。

我忽然觉得应该做件好事，就磨着我妈让她把车停在某公交车站牌边。

我按下车窗，暖烘烘的车内灌进一股冰冷的风。

"我和我妈要开车去西大桥方向，你们有人在那附近住吗？我们可以捎两个人过去！"

我都笑成花了，站台上的众人依旧摆出一副看精神病的样子看我。

等了半分钟，我只好重新关上车窗。

"他们不会信你的。"我妈平静地说。

我郁郁地盯着窗外，很快那几个公交站台就被我们的车甩在了后面。

"妈，你会不会觉得我有点儿缺心眼儿？"

我妈笑了，是那种从鼻子出气的笑法，没说话。

车经过教堂广场的后身，美景从建筑群的缝中一闪而过，我惊叫了一声，转眼就看不到了。

我妈看了我一眼，没理会我，默默地把车掉了个头，朝着教堂广场的正面开了过去。

她停下车，说："下去看看吧，挺漂亮的。"

No.221

阴霾的天空在夜晚比白天要迷人。我仰起头，看到城市的灯光将天幕映成美丽的暗红色，鹅毛雪从不知名的某处纷至沓来，落进我的眼睛里。

这座老教堂还是殖民时期的俄国人留下的，美得令人窒息，不知怎么在砸碎一切的混乱年代中幸存。小时候家里特困难的那段时间，我就住在这座教堂附近。那时候商业区还没发展起来，附近只有一个"第一百货"，还是改制前的国营商场，东西都摆在玻璃柜台里面卖，只能看不能摸。我小时候常和小伙伴们到教堂附近探险，爸妈都很忙，没人管我，我记得我差点儿就把教堂后门的大门锁捅开了。

可能是记错了吧，记忆中我太善于美化自己了。

几年前，市政府终于花了很大的力气将它从商业区的围剿中解救出来，划出一片空地，拆拆补补，修了这样一个广场。

在夜晚十六组橙色的射灯光芒围绕之下，它头顶无尽的暗红色天幕，安静地伫立在雪中，像错乱的时空随着大雪一起降临在高楼林立的商业区中央，天一亮就会消失。

和我小时候的印象中那个灰不溜秋的丑家伙一点儿都不像，它这么美。

我一会儿忧伤地抬头看雪看教堂，一会儿又发了疯似的在干净无瑕的雪地里打滚儿，开心得不得了。我妈一直站在车前远远地看着我，没有呵斥我把自己弄了满身的雪，也没有过来和我一起玩。

我折腾出了满头大汗，喘着粗气跑回我妈身边。

"你明天非感冒不可。"我妈摇摇头，但并没有阻止我的意思。

我嘿嘿一笑，和她一样靠在车身上，安静地看看教堂，又看看她。

妈妈穿着一件很漂亮的黑色羊绒大衣，套着黑色的皮手套，头发盘得一丝不乱，化了妆，很漂亮很漂亮。

如果我长得像她，可能我的大部分烦恼就不存在了。

可是她刚过了四十岁，四十岁之后是五十岁，五十岁之后是六十岁。

妈妈也会老的。

No.222

看着教堂旁边的一道斜坡，我忽然想起一件往事。

在我三四岁的时候，曾经有过这么一个大雪天的晚上，我爸骑着自行车载着我，去接妈妈下班。妈妈那时候在一家小营业厅里对账对到深夜，看到爸爸和我出现在她单位门口，还特别不高兴，埋怨我爸胡闹，孩子冻感冒了可怎么办。

我那时候那么小，怎么可以记得这么清楚。

当时妈妈的单位离出租屋挺远的，我爸在那么冷的天里骑车，愣是累得满头都是汗。我坐在自行车的前梁上，我妈坐在后座，三个雪人在空无一人的夜里数着一盏一盏昏黄的路灯，跋涉几千米回家。

我爸骑上教堂边的斜坡时，一不小心就摔了。幸好地上有很厚的一层雪，我穿得多，像个肉球一样滚出去很远，却毫发无伤。我记得我躺在地上，因为衣服太厚了而爬不起来，远远地看着爸妈连滚带爬地往我这边赶。

他们一起喊着我的名字："耿耿，耿耿。"

我觉得他俩焦急的样子好好玩，于是傻缺地咯咯笑了。

突然有些鼻酸。我们都熬过了那段最苦的日子。

后来就不在一起了。

上英语课的时候，赖春阳给我们讲过一句英国那边的谚语：Tough days don't last. Tough people do.

苦难总会终结，坚强之人永存。

坏日子总是会结束的。

但是很多我们以为是最坏的日子，回头来看也许反而是最好的日子。只是坏日子里面的苦难消磨了很多可贵的温柔，轻松的好日子来临时，我们却没有多余的勇气了。

我侧过头去看我妈。她没有注意到我的目光，而是正专注地想着什么，眼睛望着教堂的方向。

可我不知道，我们看到的是不是同一座教堂。

No.223

新年过后，很快就是期末考试。

我的复习过程大概就是，在计划表上按照数学、语文、英语、物理、化学的顺序将每一天要复习的章节列好，用五种颜色的笔，使整张表格看起来横平竖直、充实丰富、精彩纷呈。

但是根本复习不完。

每次做数学题都能错很多，也不知道为什么错，练习册后附的答案太过简略，导致我看不懂；扔下数学先去做物理，结果是一样的。

于是转过头投入语文和英语的怀抱，可是更加找不到方向。因为除语文背诵篇目之外，这两门课都没有复习范围——字音、字形的选择题题库浩如烟海，英语卷子的难度则是高一和高三毫无区别。

赖春阳和张老太的态度同样"无耻"："本来就是考平时的积累嘛，没有复习范围就对了。"

所以复习英语和语文虽然没有太大的难度，但是给我三十天恐怕也不够学的。

我坐在书桌前充满挫败感，每十分钟就站起身去打开冰箱看看有没有什么好吃的——小林帆刚从外婆家过完新年回来，见到我蹲在冰箱冷冻柜前，惊讶得张大嘴巴。

"姐姐，你还没瘦下来呢，怎么就不减肥了？你不要放弃自己呀！"

我毫不客气地拍了他后脑勺一下。

齐阿姨正好从厨房出来，只看到我打了林帆一巴掌，林帆捂着脑袋逃窜。

我顿时有些心虚。我自认为和这小屁孩儿已经很熟了，但是他妈妈知道这一点吗？不会误会了吧？

我假装没看到齐阿姨，笑得愈加灿烂地补救道："再气你姐姐，我可揍你咯！"

林帆居然已经蹿进自己房间去打游戏了，我的亲热玩笑丝毫没有得到回应。

真是尴尬死了。

齐阿姨控制情绪的本事值得我好好学习，她明明都看在眼里，依然和善地走过来笑着问我："耿耿，饿了？要不要我给你煮点儿馄饨吃？"

"不用，"我摇摇头，"我就是想打开冰箱看看，我不饿。"

我连这种胡话都说出来了，她依然眉毛都没挑一下。

简直太牛了。

No.224

新年三天假期很快就过去了，我们又回学校上了两天课，期末考试就来了。

考场分配还是和期中考试时一样，我还在一班的教室。

天还蒙蒙亮，我就到考场了，在门口边喝豆浆边拿着余淮给我的数学笔记本看，好一会儿，教工大爷才拿着一大排钥匙过来开一班教室的门。

"这么用功啊，吃早饭了没？"他朝我笑笑。

我点点头。

"起这么大早来用功，一定考得好。"他继续说。

我摇头否认："我学习不好的。"

"哦，"大爷上下打量了我一下，"怪不得来这儿临时抱佛脚了啊，平时不好好努力，早干什么去了？"

关你什么事儿啊！刚才是谁夸我起个大早来用功的？我对着他佝偻的背影，嗷嗷嗷咬了好几口。

余淮和林杨都是临近开考的时候才匆匆赶进教室的，余淮顶着一脑袋睡得东倒西歪的头发，林杨则狂打哈欠。

语文考试波澜不惊地结束了。余淮说得对，语文考得好不好，完全看风水。每次考完语文，我都不知道自己究竟考得怎么样，反正我是把所有空都填上了。作文题目又是些成功失败相互转化的陈词滥调，我敢打赌，十张卷子里有九张写了爱迪生和他那一千个废灯泡的故事。

闲得没事儿做了三只丑凳子的爱因斯坦，拿着退休金不好好享福却跑去炸鸡翅的山德士上校，不知道为什么非要把老爸的樱桃树给砍了的华盛顿……其实我们压根儿不知道这些事儿是真是假，也记不清自己到底是从什么时候开始，又是通过什么途径知道这些励志却又古怪的名人事例的，但他们现在就固守在我们的语文作文卷上，被用各式各样的句式与词语重新包装，内里却始终是一团谜。

我们既不关心这些故事的真假，也不关心抒情是否足够真诚。这只是一场用绝对正确的价值观换取分数的交易，我们从小就明白。

No.225

上午十一点半考完语文，中间有两个半小时的休息时间。我从书包里掏出热水壶和一包饼干，打算用中间这几个小时再好好背一背简便公式。

笔记本还没来得及掏出来呢，余淮就从后面扯我的校服。

"你怎么不去吃饭啊？"

"食堂人太多了。"我解释道。

余淮一皱眉："那也不能只吃饼干啊，你也不怕噎得慌。"

目光被他头顶上那两根飘摇的头发所吸引，我有点儿不能集中注意力。

"啊？哦，不噎得慌，我打了热水。"

他被我气乐了："你可别逗了。我和林杨要去学校对面那家饭馆吃饭，你一起过来吧。"

我不得不说实话："我想多点儿时间看书，不吃这顿也饿不死。"

不许跟我说临时抱佛脚没有用！

我的眼神泄露了我内心的凶狠，余淮到嘴边的话明显是被我瞪回去的。

"可是我说过要请你吃饭答谢你的呀，昨天晚上竞赛出成绩了，你不想知道吗？"

"啊？真的？"

林杨从余淮后面走过来，也朝我笑着点点头。

"那你考得怎么样？"我急切地问。

"边吃饭边说，走吧！"余淮不由分说地把我拉了起来。

由于今天考试，午休时间较长，所以学校的大门没有关。我走在两个人高马大的男生背后，一路上会接收到各种探询的目光。尤其是林杨，长得好看本来就容易吸引别人的注意，他偏偏还交友甚广，走几步就能遇见一个熟人，还有不少是主动打招呼的女生，我差点儿被她们的视线烤熟。

"你往哪儿躲啊？"余淮浑然不觉，对我躲躲闪闪假装陌生人的行为十分不解，"怎么搞得好像我们俩民警铐了你一个小扒手回所里似的？"

我白了他一眼。什么联想能力啊，你有这本事怎么作文老是挤不出来？

终于到了饭馆，却找不到位置。高二、高三跟我们同一天考试，高年级的学生比我们还讨厌食堂，更喜欢到外面来吃饭，此刻饭馆里"高朋满座，济济一堂"。

在林杨出卖色相之后，我们仨好不容易在角落里老板娘单独支出来的一张小桌前坐定，点好了菜，我终于有机会问起余淮竞赛的成绩。

"太偏心了，怎么只问他啊？"林杨坏笑着看我。

然后被我们集体无视了。

"我得了三等奖。"余淮说。

"我们昨晚已经庆祝过了，所以早上都睡过头了。"林杨笑着补充道。

我瞬间绽放一脸笑容。

这个消息比我数学最后两道大题都做出来了还让我开心。

真奇怪，我第一次真切体会到了一种和自己没关系的开心。以前我爸妈遇到好事情，那就算是我家的事儿，是会让我沾光；好朋友的喜怒哀乐会让我牵挂，可要说以他们的悲欢为悲欢，我可真做不到。

但是余淮的事情不一样。这种感觉真是奇妙。

"你知道三等奖意味着什么吗？你就这么开心？"林杨在一边奇怪地问道。

对呀，代表啥？

我疑惑地看向余淮，余淮有点儿不好意思，脸上的表情和他第一次在地理课上阐述了开普勒三大定律之后一模一样，满是隐忍的得意。

"全国三等奖已经有保送资格了，明年秋天，他就是大学生了。"林杨笑着宣布。

我手中的筷子差点儿掉下来。

No.226

老板娘亲自过来上菜，桌上很快就摆满了。

"来来来，以饮料代酒，我们先喝一杯庆祝一下，恭喜余淮迅速脱离高中苦海，即将成为可以光明正大谈恋爱的大学生啦！"林杨给我们俩都倒上可乐，然后率先举起了杯子。

林杨真是一个有气质却没架子、亲切又可爱的帅哥，在拘谨的我和表情诡异的余淮之间活跃着气氛。

可我现在看他特别不顺眼。

我心乱如麻，但还是颤巍巍地举起了杯子，挤出一个非常假的笑容，对迟迟没有举杯的余淮说："恭喜你呀，真是……真是太好啦！"

余淮皱眉看着我，似乎在仔细研究我那一脸快要绷不住的假笑。

别看了行吗？我都快哭了。

像是被这个消息一击昏头，饭馆里热热闹闹的人间烟火气此时离我那么远，可我也不知道自己应该做出什么反应，来面对这样一个"好消息"。

我刚才说我真心为他高兴，那我现在在难过什么呢？

"林杨，你闹够了吗？"余淮无奈地踢了林杨一脚。

林杨比我还绷不住，扑哧一声笑出来，哈哈哈哈地指着我的脸，笑得那叫一个开怀。

"……怎么了？"我被他这样一闹，更迷糊了。

"是这样的，"林杨那张可恶的俊脸凑近我，笑眯眯地说，"全国一、二、三等奖都有保送机会，但是二等奖和三等奖进北大、清华的概率会小很多，不够好的大学余淮是肯定不会去的。所以呢，他还是要继续留在这里的。"

随着他的话说完，我的耳朵慢慢恢复了正常功能，不再像是和这个空间隔着什么了。

"那你干吗那么说……"我呆呆地问。

"你看你刚才的表情，哈哈哈，太好玩了。你是不是真的以为余淮要走了？"

余淮全程保持着奇怪的沉默，无视林杨和我之间的交谈。

"小姑夫，我跟你有仇吗？"我咬牙看着他。

"我几次三番帮你，你想知道什么我就告诉你什么，你却过后兜头全都告诉了余淮，把我卖了个干净。你说我们有没有仇？"

想起陈雪君，我缩了缩脖子。那件事情，我在保护林杨这个线人方面，的确做得有那么一丁点儿不地道。

但是余淮不走了呀。

一瞬地狱一瞬天堂的，我心脏有点儿受不了，连忙低头往嘴里扒饭，努力调整情绪。

"不过，三等奖对高一的学生来说已经很难得了，"林杨继续说，"这说明余淮在竞赛这条路上非常有戏啊，不愧是我带出来的徒弟。"

余淮终于有了反应，扫了林杨一眼，哼一声："谁是你徒弟。"

"那小姑夫，你得奖了吗？"我问。

林杨嘿嘿一笑，挠挠头：

"我得了二等奖。唉，更难得呀。"

我和余淮一起低头扒饭，谁也不想继续搭理他了。

No.227

回到教室的时候快一点了，林杨本来叫余淮一起去和他们二班的男生打球，余淮也答应了，不知为什么看了看我，又说自己想回教室去睡觉。

我们一起并肩走在宽敞的大厅里，正午的阳光照在身上，有微微的暖意。

"还是要再恭喜你一次。你看，虽然只是三等奖，但是你证明了自己。

你没问题的。"

余淮自信地一笑，没说话。

"我要是也能自己给自己底气就好了。"我不无羡慕地感慨道。

他看着我，忽然伸出手拍了拍我的头。我吓得一激灵，他也连忙收回手。

"你……"我脸红了。

"我这是在给你传递胜利者的力量。"他一脸严肃。

……胜利者个大头鬼，余淮你要不要脸啊！

回到教室的时候，我赶紧收了收心，打开了笔记。虽然中午受了好几回刺激，但是我现在必须集中精力。下午的数学考试对我很重要。

"你上次考数学的时候也没这么紧张啊！"余淮一边啃着苹果一边出现在我背后。

"你让开，"我摆了摆手，"我得集中精力。这次不一样。"

"哪里不一样？"

因为你给过我一本笔记，因为下半学期在数学上我付出过很多努力。就像你希望竞赛成绩给你一个回报和肯定，我也希望数学成绩能给我一个继续下去的理由。

但我说不出口。

余淮看了看桌面上那本他送给我的田字方格数学笔记，笑了，说："我来帮你吧。"

他说着就坐到了我旁边的空位上，拿出一张白纸，在最中央写下一个最简单的定理。

然后从这个定理出发，一点点向着四面八方延展开去。数学课本上一章一节向下发展的平铺直叙，变成了他手下一张白纸上无中生有的一棵树。

我之前已经很努力地研读过他的笔记和不少类型题，只不过只要离开笔记，反应始终还是慢半拍，很多公式都记不准确，只能硬背。他的娓娓道来像是打通了我的任督二脉，函数和集合的种种关系就这样清晰地立在了我的脑海中。

　　不知不觉中，他已经讲了四十多分钟，可我一点儿都没觉得漫长。

　　"你早跟我这样讲不就好了嘛！"我又感激又遗憾。

　　"你现在如果觉得脑子很清楚，那说明你已经做过了一定数量的习题，也对每个单独的知识点有了基本掌握，否则我早跟你说你也听不懂，反而更容易记混。师傅领进门，修行在个人啊。"

　　我小心翼翼地摩挲着那张此刻已经满满当当地画满了图的 A4 白纸。

　　"看一看就赶紧收起来吧，小心一会儿监考老师误会你作弊。"

　　还有二十分钟开考数学，同学们已经陆陆续续地走进教室了。林杨挂着一脸水珠走进来，一看到并肩坐着的我和余淮，就一脸痛心："能不能不这么黏啊，你俩平时坐同一桌还没坐够？"

　　余淮起身朝自己的位子走过去，说："别老往歪了想。有工夫还是琢磨琢磨怎么让我小姑姑搭理你吧。"

　　从我一个外人的角度来看，余淮的这句反击真的挺弱的。但奇怪的是，林杨竟然真的因为那三个字而消停下来，强撑的笑容里竟然有些忧伤。

　　"你懂什么。"

　　林杨扔下这句话就回到后排的位子坐下了。

　　我又对着这张纸看了很久，直到老师让大家将书包都放到窗台上和讲台前，才恋恋不舍地将它收起来。

　　我的书包和余淮的放在了一起。擦肩而过的时候，他悄悄地跟我说了声

"加油"。

当然。我微笑。

怎么能给你丢脸呢。

第四十二章

断点

在我们的时间轴上，我拥有的都是零碎的断点，拼凑不出一个完整的余淮

No.228 — No.237

No.228

五天后就是家长会。

期末考试的成绩不像期中考试那样给人以压迫感，可能是因为放假的欢愉冲淡了恐慌，离开了拥挤的教室，不需要再与周围人进行直观赤裸的对比，人心里自然会好受不少。

我爸去开家长会回来后，说张平表扬我进步很大。我抢过密密麻麻的排名表，蹲在茶几边仔细看了起来。

数学满分一百五十分，我这次居然考了一百二十分！要知道，上次我的数学成绩还徘徊在八十分左右呢，不及格！

其他科目倒是和期中考试时差别不大，但是经过我的估算，这次我排在全班三十几名，前进了十多名。

我抱着排名表乐得嘴都合不拢了，第一时间想要冲到房间去给余淮发条短信。

"对了，耿耿啊，我跟你们张老师谈了一下，我们都觉得你还是很有潜力的，如果高二分班的时候去学文的话，上一本线肯定没什么问题，使劲儿努力努力，也许能上中国政法大学这种水平的学校呢。"

我回房间的脚步顿了顿。

"哦，还有半学期呢，再说吧。"我笑笑说。

No.229

寒假轰轰烈烈地来了。

我们这里的冬天实在是太冷了，整个假期我都没有任何出门的欲望，每天都睡到上午十点才起床，洗漱之后随口吃点儿饭，即使效率低下也还是硬坐在书桌前，完成刚放假时凭着雄心壮志制订的"学习计划"。

刚放假我就跑去了我市最大的图书批发市场，把下学期数理化的教材和练习册都买了回来。

我天性当然没这么勤奋，会制订计划的原因，除了我平时就特喜欢"重新做人"和规划人生，就是期末考试成绩的鼓励和余淮的督促了。

在我发短信给他报喜之后，余淮的反应是："你还可以考得更好的。"

我对此深信不疑。我的雄心壮志都放在了下学期，我会证明我也能学理，即使比别人笨，先飞就好了呀。

我爸又开始在晚饭的时候游说我，每天带着小林帆一起进行"冬季晨跑"——开什么玩笑！面对饭桌对面小林帆满脸的幸灾乐祸，我只好偷偷翻白眼。

林帆这种不到十岁的小屁孩儿，有的是精力。去年，不知道是体彩还是福彩机构出钱在我们小区搭了不少色彩缤纷的市民健身器械，形成了一个小型游乐场，并迅速引发了熊孩子群体和老年人群体之间的一场争夺战。林帆的小同学们虽然都不住在附近，但我家小区旁边就有一所小学，放假期间的孩子们把这个乐园当成了据点，林帆因此也认识了不少新的小伙伴，每天都会跑下楼撒欢儿地玩好几个小时才上来。北风呼啸的大雪天，他也能玩成一只热气腾腾的肉包子。

这种蓬勃的生命力和我这种死气沉沉的、每天在家不是坐在电视前冥思就是坐在书桌前苦想的高中生形成了鲜明对比。

不过，林帆的好日子很快就结束了。假期开始后的第二周，齐阿姨就给小林帆报了一个奥数班、一个英语班和一个最近正在我市不同年龄段风靡的跆拳道班。

我不由得开始想象那个小豆芽菜大喊一声妄图踢碎木板，却在下一秒泪眼模糊地捂住脚蜷缩成大虾的样子。

没想到，还没高兴几秒钟，我就得知"贼心不死"的我爸竟然也给我报了跆拳道班。

于是我和个头刚到我肩膀的小破孩儿一起在大冷天奔赴省展览馆上课。小林帆穿上了白色的跆拳道服，精精神神有模有样。而我嘛……

"姐姐，挺好看的。你穿这个，像桑拿服似的。"

我的第一堂跆拳道课也是最后一堂。因为学初级班的大多是小孩儿，身体柔软得很，抻开韧带什么的都是小意思；而我，在教练帮我压腿的一瞬间，叫得比《名侦探柯南》里发现尸体的女人还惨。

No.230

武的不行来文的，反正我爸是铁了心要让我每天冒着风雪出一趟门。正好新东方刚开始从北京大本营向外扩张，每个寒暑假都会来我们这种二三线城市办短期培训班，红火非常，往往报名消息刚放出来就会爆满。我爸在办公室同事们的帮助下好不容易抢到了一个第三排的名额，还多花了点儿预订费，因而自我感觉极其良好。

"所以呢？"我从书堆中抬起头。

"不用有心理压力，爸爸不觉得辛苦。"

"……辛苦啥？"

我爸没想到，自己这番辛苦付出完全没有得到我的感激涕零。

废话，谁要大冬天跋涉大半个城市跑去医大听什么新东方啊！我爸报的还是早班，上午八点半开始，下午四点半结束，为了敛财，小小的教室里面居然塞了两百多个人，一堂课俩小时，会坐出脊髓灰质炎的！你想谋杀亲女儿吗?!

我爸一仰头，哈哈笑道："跟我玩这套，那你死给我看啊！"

…………

但他应该怎么都没想到我会在第一堂课之后给他发了条短信，说都是自己之前不懂事，并对他的良苦用心表示感谢。

我爸想破头也不会明白，自己的女儿怎么会忽然如此温柔懂事。

因为第一堂课刚开始，我在附带移动小桌板的椅子上坐得屁股疼，开始东张西望做眼保健操。

忽然就在教室的角落，一眼看到了余淮。

No.231

我以前就对新东方的授课方式有所耳闻，所以没有表现出来身边几个同学的那种新奇和兴奋感。

为了在高强度的集训中吸引学生们的注意力，新东方老师们个个都要兼职单口相声演员。实际上过课之后体会要更深一点儿：新东方的课也不是那么难熬，如果老师不讲正经知识的话。

给我们讲听力课的女老师叫 Renee，是外交学院大四的学生，北京人。我是第一次听说这所提前批次招生的学校。这个女老师长得很普通，气质却很出众。她穿衣服很有风格，松松垮垮的，却格外好看，普通话口音纯正，嗓音有种略带沙哑的性感。她也是四个老师中唯一不怎么讲笑话的人，当然有可能是为了省力气。

课间休息的时候，我抄完黑板上最后一点点笔记，抬起头看到她倚在讲桌前，面无表情地看着下面笑闹欢腾的高中生们。

我能感觉到她身上那种并不傲慢的优越感，在热烘烘的教室里，带着一丝凉意，穿过了喧闹人群的上空。

　　她在想什么呢？她每天的生活会不会很丰富、很有趣？

　　以后我也会成长为这样的女人吗？

　　我合上抄满了听力易混词的笔记，心中升腾起一种忧郁却又跃跃欲试的复杂情绪，一时间竟然忘了去找余淮相认。

　　课间休息被我耽误过去了，重新上课的时候，我远远地看到余淮回到他的角落坐下了，于是掏出手机给他发了短信。

　　"你在干吗？"

　　他很快回复："上课。"

　　"假期上什么课呀？"

　　"学十字绣。"

　　浑蛋。我咬着牙继续发："那你猜我在干什么？"

　　"你不是也在学十字绣吗？"

　　我一愣，本能地朝他的方向看过去。重重人头的阻隔下，我在缝隙中看到，余淮朝我咧嘴笑出一口小白牙。

　　No.232

　　中午休息，我蹦蹦跳跳地穿过一大排椅子去找余淮。

　　不知怎么回事儿，一个天天都能在学校见到的人，即使心中喜欢，我也没觉得怎样。可冷不丁在校外的场合遇见，竟然让我有些害羞。真是奇怪。

　　"一起吃饭不？"

　　"好啊。"他扣上外套的扣子。

　　我们要在校外单独吃饭了。我又开始控制不住地用脚尖钻地。

"你是什么时候看到我的呀？"我笑着问。

"你进教室的时候跟头熊似的冲进来，带倒了一排凳子，是个人就看得见你。"余淮鄙视地看着我。

天天都十点起，突然改成七点起床，迟到也是在所难免的嘛。我不好意思地挠挠鼻子。

"不过你可真行啊，居然抢到了那么好的位置。我知道消息的时候已经很晚了，只能坐在这种鬼地方。都看不清黑板。"

"不是还有电视吗？"我指指教室中部悬挂的几台电视。

"我今天早上右眼起了一个小泡，不知道是不是麦粒肿，看东西有点儿模糊，盯着电视屏幕久了就痛，"他拎起书包，拽了拽我的袖子，"走吧。"

还没走到大门口，我口袋中的电话就响了。

居然是我爸。

我疑惑地接起来："爸？"

"你怎么还不出来啊？人都快走光了吧？我在门口呢，今天中午我带你去吃午饭吧。"

我的脑袋轰的一下。

No.233

"为啥？"我颤颤地问。

"什么为啥啊，"我爸和煦地笑道，"爸爸请你吃饭有啥奇怪的，你说说你，不好好上课，还给我发短信说什么谢谢，爸爸给你创造学习条件不是应该的吗？你这孩子跟谁学的这一套，跟爸爸还客气。"

我平时对我爸态度到底有多恶劣，导致他收到一条致谢短信居然激动地跑到我上课的地方来请我吃饭？这么感性，这么冲动，这么任性，我爸难道是双鱼座？我市公务员是不是工作太清闲了?!

我吓得什么都不顾了，在余淮诧异的目光下撒腿就往外跑，刚踏出大门就看到我爸乐呵呵的身影。

"爸……"

我爸依旧乐呵呵地保持着昂扬的精神状态："走，上车，医大附近都是学生，饭馆肯定爆满，我带你到远点儿的地方吃饭。"

我正在张口结舌，就听到背后传来的呼唤："耿耿！耿耿！"

我爸的目光自然飘到了我的背后去。

我僵硬地一寸寸转过头，然后瞬间挤出一脸惊喜非常的笑容。

"余淮？你也来上新东方？我怎么没看见你呀？你坐在哪排？呵呵呵呵，真是太巧啦！"

余淮说："耿耿，你是不是傻……"

我迅速地用大嗓门盖住了他没说完的话："爸！给你介绍一下，这是我同桌，余淮，学习可棒了呢，总考我们班第一名，平时经常给我讲数学题，特别热心！"

两个人都被我的热情洋溢吓到了。余淮扔过来一个不解的眼神，然后转头非常礼貌地朝我爸笑着点头："叔叔好，我是耿耿的同桌，余淮。"

余淮的自我介绍让我不合时宜地走神儿了。

耿耿余淮。虽然已经过去半年了，可任何时候，冷不丁听到这两个名字排在一起，依然会心尖颤动。

真的很搭呢。

我爸浑然不觉，对着余淮笑得慈祥。

"余淮？哦，我开家长会的时候还听张老师表扬你呢，听说你参加什么全国大赛还得了奖呢。真厉害，我家耿耿要是有你的一半，我就高兴死了。谢谢你平时这么关照她啊。"

我爸拍了拍余淮的后背，一副感慨后生可畏的领导样，令人不忍直视。

"走！一起去吃饭！"

快说"叔叔不用了"，快！我扔给余淮一个严肃的眼神。

余淮却挠挠后脑勺，咧开嘴笑着说："那就谢谢叔叔了！"

我爸转身朝停车的地方走过去了，示意我们跟上。我气得踢了余淮一脚——这顿饭我要是能吃得下去就怪了！

"你怎么这么小气？我还能吃垮你家吗？你看你爸多大方！"

"不是这么回事儿！"我急得想咬他。

"那你干吗老是一副心中有鬼的样子。"他说完就大大咧咧地跟着我爸走过去了。

我默默无语地看着他的背影，轻轻叹口气。

你就是我心中的那只鬼啊。

No.234

这是我吃过的最别扭的一顿饭。

我的拘谨表现和那对一见如故的"父子"形成了强烈对比。他们天南海北地聊，我爸平时不知道是不是被我冷落过头了，遇到一个稍微有点儿见地的年轻人就能说得这么热火朝天，我一句话也插不上。余淮反客为主得过分，不知道是不是为了报复我阻止他来吃白饭，他居然好意思坏笑着对我说："耿耿多吃菜啊，别客气。"

简直是气死我了！

但是另一方面，心底隐隐尝得到甜味。

你看我爸和他姑爷相处得多好啊。虽然现场只有我有足够的远见，他们还不清楚这次会面的重大意义，但是他们以后回忆起来就会恍然大悟，原来如此。

嗯嗯。一定会的。

我正在心里撒了欢儿地意淫，忽然觉得现场一片安静。

"怎么了？"我懵懂地抬头问。

原来他俩聊着聊着就发现我在一旁盯着桌上的一盘菜发呆，自顾自傻笑了很久，诡异至极。

被他俩这样盯得发毛，我起身说要去上厕所。

没想到，回来的时候就看到他们的谈话出现了分歧，两人居然争起来了。

"可是叔叔你刚才说的这一点我不同意。中国古代很多所谓的贤者没留下太多好影响，他们推崇的也就是以终南捷径那种方式入世，错的时候退一步，对的时候进两步，说白了还是投机。"

我愣愣地听着。

这人是余淮吗？他平时是这么有文化的人吗？

"你啊，还是年轻，"我爸笑了，听上去还是乐呵呵的宽和长辈样，但我看得出他是很认真地在对待余淮，"识时务和投机本质上都是人趋利避害的本能，程度问题，没必要这么偏激。有些话你可能不爱听，但是人啊，越是对某些事情知之甚少，越容易形成固执单纯的看法。"

余淮有点儿不服，但似乎也听进去了，正在低头思考。

"您刚才的意思是，偏见源于无知？"他歪着头问道。

我爸忽然问我："耿耿，你觉得呢？"

我觉得啥？

我本能地看了一眼余淮，不经大脑地点头说道："我觉得余淮说得有道理，做人还是不要……不要投机，真诚点儿比较好。"

什么叫一句话得罪两个人？就是我这样的。

余淮对我这个水平低下的支持者十分嫌弃，而我爸的脑门儿上，则忧伤地写着一行大字：

"女大不中留"。

No.235

回去上课的时候，余淮跟我说："你有个这么好的爹，这么有思想，聪明，深谋远虑，为啥这些优点平时在你身上都体现不出来呢？"

他煞有介事地摇摇头说："真是白瞎了。"

我不知道该怎样反击，只好转移话题："喂，我们换座位吧，你去坐我的位子，我那里看黑板可清楚了，就是有点儿吃粉笔灰。你眼睛好点儿了吗？"

他忽然笑了，摇头，说："耿耿，你真是个心地很好的女生，又单纯。"

节奏忽然从虎父犬女转变成了口头表扬，我有点儿跟不上。跟我爸聊完天后的余淮真是很奇怪。

余淮微笑着看着我，说："不过上一辈想得多、做得多，下一辈自然就比较单纯没心机。"

他说完，毫无预兆地拍了拍我的脑袋，说："耿耿，我真羡慕你。"

然后他就回座位了，留下我一个人在大门口发呆。

"到底换不换啊！"我喊道。

"不换！我坐在门外上课都比你反应快，换个鬼。"

余淮的背影依旧是我所熟悉的，高大宽阔，却瘦，所以走起路来晃晃悠悠的，浑不吝的样子，永远大大咧咧，永远直来直去，永远阳光。然而某一些时刻，他明明白白地展示着他没有那么简单。

他那么纯粹，却说，我真羡慕你单纯，耿耿。

我早就知道他优秀。

但那不是我觉得他离我如此遥远的真正原因。

我忽然意识到，虽然我一直坐在他身边，每天有十个小时的相处，对他的侧脸熟悉到可以背着画出来，我却并不真的了解他。偶尔会觉得好像多懂得了他一点儿，比如发现他会因为竞赛考试而脆弱不自信，但也只是一瞬间的共鸣和亲近，下一秒钟，又回到原点。

　　在我们的时间轴上，我拥有的都是零碎的断点，拼凑不出一个完整的余淮。

No.236

　　那天晚上吃饭的时候，我爸在饭桌上隆重地表扬了余淮。

　　概括来说，就是考上振华的学生果然不一般，不光成绩好，而且全面发展，很有思想，涉猎广泛，虽然还是年轻稚嫩，但是前途不可限量。

　　我本来还担心他们争论一番后我爸会有想法，没想到居然是如此高的评价。我听得心花怒放，却不得不绷住，刻意表现得很淡然。

　　我爸说一千道一万，最后还是要落回主题："耿耿，你要跟人家学着点儿啊。"

　　"嗯，当然当然。"我点头。

　　我爸愣了。

　　以前每次他表扬邻居或者亲戚家的谁，我总会皱着眉头臭着脸，用沉默来表达我的不屑。

　　然而，我爸是个多么可爱的男人啊。

　　他把这一切归结为他的女儿终于懂得了他的苦心。

No.237

　　新东方培训持续了十一天，在春节前结束了。

　　余淮只坚持了一周。

他到底还是不同意跟我换座位。他提前退场那天我像是有点儿预感，频频回头，每次都正好赶上他站起来往外面走。

我给他发短信："你怎么了？"

"尿急。"

"这才多久啊，你就尿了这么多次，也不嫌折腾，不会是有什么毛病吧？"

"你才有毛病。"

"你看看我，都好几个小时了，还没上过一次厕所呢。"

他好久都没有回。

等我都快要忘了这回事儿，手机忽然振动了。

余淮说："当然，懒人膀胱大嘛。"

他妈的。我合上手机，一边愤愤，一边又忍不住嘴角上扬。

你知道吗？和喜欢的人发短信，亲密地互损，却决口不提喜不喜欢这些心思，是特别快乐的事情。

反正我是现在才知道的。

后来余淮退场了才告诉我，他跑厕所是因为他灌了一肚子水强制退烧，烧没退，反而差点儿让膀胱报废了。

余淮到底还是没能用水蒸气熏眼睛这些土办法克制住麦粒肿的生长，发烧住院了。

我找我爸要钱去买了支小录音笔，开始录老师讲课的内容。当然为了省电，讲笑话、调戏在场同学，以及口头连载《死神来了》这些部分，我是没有录的。

我把录音笔和我精心抄录的笔记都放在书桌里面收藏好，给余淮发了条短信。

"你好好养病，我把课堂内容都抄下来了，还有录音，别着急，不会让你错过重要内容的。"

　　唉，我爸要是知道他女儿这辈子第一个关心呵护的男人居然不是他，得有多伤心啊。

第四十三章

意外

耿耿，爸爸妈妈委屈你了

No.238—No.242

No.238

春节到来的标志大概就是我爸开始一批批地往家里搬单位发放的大米、大豆油、代金券、芦柑、苹果、宽带鱼……

我一直都对春节没啥感觉。过去的中国人对春节的期盼大多缘于物质匮乏，尤其对某些北方农村来说，这种穿新衣、吃大鱼大肉、大扫除的机会是很难得的，怎么可能不欢欣鼓舞。

小时候还觉得去爷爷奶奶家很热闹，可现在只剩下无聊。春晚不好看，无所事事，还要面对七大姑八大姨对学习成绩的询问，想想都头皮发麻。

小林帆蹦蹦跳跳地过来问我："姐姐，快过年了，你怎么不高兴啊？"

我摸摸他的头，笑着说："好好珍惜吧，现在过年对你来说还是开心的事情。"

小林帆使劲儿点头："有压岁钱我就开心。"

顿了顿，又补充道："要是清明节也有压岁钱，那我也会喜欢清明节。"

嗯嗯，你死了就能在清明节收钱了。我笑着催他赶紧穿好衣服，我们下楼放鞭炮。

小林帆这种蔫儿坏的小孩儿很喜欢放鞭炮，幸亏我这个姐姐虽然没什么兴趣但是也不害怕，所以我爸就买了好多他认为安全系数较高的鞭炮，让我下楼带着弟弟玩。

安全系数高的鞭炮里，自然没有小林帆最喜欢的二踢脚。

我爸说，每年新闻中都有人放二踢脚被炸飞半个脑袋。

"半边脸都不见了，眼睛都塌进去了呢！"

……爸你可以不和颜悦色地跟小孩儿说这么惊悚的话吗？

我们穿好衣服走出门，把背后我爸和齐阿姨的千叮咛万嘱咐关在了门内。

No.239

"你想先放什么呢？小蝴蝶怎么样？"我在塑料袋中翻翻检检，拿出了一个比火柴盒还小的鞭炮，表面上画着黄色的小翅膀。

"这是小蜜蜂。"小林帆鄙视地扫了我一眼。

很快我明白了它为什么叫小蜜蜂。点着火之后放在地上，它会飞速自转，而后笔直地蹿上天，发出的声音像只屁股着火了的小蜜蜂。

一开始我还是心里有点儿发怵，但是成功地放飞了几个简单温柔、不闪火花的小鞭炮之后，我俩胆子都越来越大了。

某些时候，火药味也挺好闻的。

即使胆子大了，我也是很谨慎的。好几次鞭炮点着之后，我们都迅速躲开，可过了半分钟还没有任何动静。小林帆觉得是半途熄灭了，急着跑过去查看，都被我拦住了。

"反正袋子里有那么多呢，不差这一两个，咱们不要了，万一出点儿什么问题呢。"我赶紧从袋子里掏出新的鞭炮吸引他的注意力。

这时候天色已经有点儿晚了。小林帆本来想要晚上出来，因为白天放鞭炮不漂亮。我拉他上楼，他不肯，非要最后放几个好看的烟花收尾。

我只好拿出一根像金箍棒一样的细棍子出来。我不知道这个品种叫啥，但是我小时候玩过这个，只要点着一头，指向天空，这根棍子就会像吐痰一样，以每两秒钟一口的速度往外吐不同颜色的烟火。

当然不是会绽放成花的那种，只是一个彩色光点儿，画过一条抛物线，还没坠落，就消失在夜空中。

我小时候一直叫它五彩缤纷吐痰精。

小林帆虽然不高兴，但是也没办法，他还是一个很懂事乖巧的小男孩儿的。

我让他呈四十五度角朝天拿好这根吐痰精，然后擦着火柴，小心地将朝天空的那一头点燃。

前三口"痰"都正常，在墨蓝色的夜空中，闪过明亮而渺小的光芒。

小林帆仰起脸朝我笑。

可就在这一瞬间，吐痰精突然跟疯了似的，居然从屁股这头，也就是朝着林帆前胸的这个方向，喷出了火花！

耀眼的火光过后，我眼睁睁看着小林帆的脸瞬间被火药熏黑，胸前的羽绒服破了一个大洞，一片焦黑。

他往后一歪就倒在了地上。

整个过程如此突然，在我眼中却像慢动作，我的大脑一片空白。

掉在地上的那根棍子还在往外喷着火，我冲上去一脚将它踢远，然后转头去查看林帆的状况。

还好，看样子脸上没什么外伤，不会影响外表，只是不知道胸口是不是伤到了。我急得眼泪瞬间掉了下来。

出门没带手机，我没法儿打120，也没法儿通知我爸和齐阿姨。临近新年，街上的小店基本都关了，举目四望居然一个行人都没有。我绝望地等了几秒钟，咬牙把他扛起来，背到了背上。

第一下没站起来，直接跪地上了，膝盖在冬天的柏油路面上磕得生疼。我也分不清我的眼泪到底是吓的还是疼的，反正都看不清路了。

我一路连滚带爬地把林帆背到了我家楼门口，却怎么也没力气带着他上楼了，只能狠狠心将他放在一楼楼道里，然后转身大步跑上楼。

还好我家只是三楼。我像不要命一样地拍门，开门的是齐阿姨。

"耿耿，你怎么了？"她看着门口我的样子，本能地感觉到了什么，"帆帆呢？"

"我没法儿带他上来了，他还在一楼，快，快叫救护车，他被炸伤了，现在昏过去了……"

我被口水呛到，咳嗽起来。齐阿姨愣了，一向淡然的面孔忽然发了狠，下一秒就用力推开我，疯了一样向楼下跑去。

我本来就没力气了，根本站不稳。她推我的力气很大，我后脑勺直接磕在了墙上，眼前一黑。

还好没晕。我扶着墙蹲下，晃了晃脑袋，视野中的金星缓缓消失，终于又能看清东西了。

首先看见的是我爸的拖鞋。

他蹲下来，摸着我的后脑勺问："耿耿，你没事儿吧？耿耿？耿耿？"

我忍住心里的酸涩，对他摇摇头。

"爸，赶紧叫救护车吧。林帆……"

"我听见了。叫救护车没有我开车快。耿耿，你在家里等等吧，赶紧躺一下，有什么问题打我电话。我现在送他去医院。"

他的声音依然不急不躁，有种让人安心的力量。我以前怎么没发现。

"爸！"我本能地拽住了他的袖子，想解释一句不是我的错，又忍住了。

不合时宜，就不瞎耽误工夫了吧。我爸会信我的。

我爸扶我站起来，然后回屋拿了车钥匙和钱包、手机，就匆匆下楼了。

我看不清他走的时候是什么表情。我什么都看不清，不知道是因为头晕还是因为泪水。

No.240

我回家洗了把脸，窝在沙发上闭眼睛歇了一会儿。后脑勺还是很疼，不过没什么大事儿，就是我没防备，撞得太狠了。

虽然委屈，可更多的还是担心林帆的处境。

我想了想，给我妈打了个电话。

平时我妈常常打断我说话，直接跳到结论，就是训我，但是这一次，她在电话那一端很冷静地听完了我的话。

也许是因为，我没告诉她齐阿姨推我的事儿。

我妈冷静地说："事情不是你的责任，但现在最关键的还是那孩子怎么样了。"

她说会给我爸打电话，然后去医院看看。

"我知道情况后会马上给你打电话的，别担心。"

我呆坐在床边整整一个小时，其间接到我妈的一条短信，说她也赶到市一院了。

"没有生命危险，也没有严重外伤，但孩子还没醒。别担心了。今天晚上你爸和他妈可能都要陪护，你过来跟我一起住两天吧。"

No.241

我妈办事儿一直很利索，我在家又等了一个小时，收拾了几件衣服和要看的辅导书，她的车已经停在楼下。

"没什么显著外伤，但是胸口有点儿烫到了，再加上冲击，呼吸道被火药呛到了，所以就晕了。休息两天就什么事儿都没有了，也不会有什么后遗症，放心吧。"

我妈已经好久没有这么温柔地对我说过话了。

我点点头，把旅行袋放在后排座位上，自己坐到副驾驶位上，系好安全带。

我妈叹口气，启动了车子。

我们一路都没怎么说话。

一直以来我刻意不去放大单亲生活的不愉快，让自己瞒天过海地傻乐和。然而，这种脆弱的家庭关系里隐藏着太多的亲疏远近，一点点考验就能试出真相。

我不是不明事理的人。我特别理解齐阿姨。她以前在做后妈方面是一百分，完美得不像常人，仿佛永远没有情绪起伏一样；直到她推我之前的那一刻，我从她焦急又埋怨的眼神里，看到了一个和我妈一样护犊子的母亲。

对别人家的孩子再好也是有分寸的，关心自己的孩子才是无保留、没理智的。

这件事情让人无奈的地方也就在于，她没有错，我也没有错，可她伤了我的心，我伤了她儿子。

我们彼此都早就心知肚明，总会有那么一件事情，总会有那么一天。

我俩都小心翼翼地回避着，可它还是发生了。

No.242

临睡前，我接到我爸的电话，把我妈跟我说过的情况又说了一遍。

"爸爸都知道的，本来也不是你的责任。现在这边太乱了，你先跟你妈妈一块儿住一天，爸爸对不起你。"

我笑，知道他难做，也没说什么，挂断了电话。

我妈在洗手间刷牙，听到电话了，走过来跟我含糊不清地说，她刚去医院的时候就帮我解释过了。

"小孩儿的妈妈看起来挺明事理的。何况孩子没什么大碍，她也没必要太小题大做，还是跟我客气地说，都怪自己儿子淘气，不怪你。"

"他们会觉得我是打电话向你告状了吧，"我苦笑，"特意给自己开脱什么的。"

我妈眉头一挑，一扫之前的温柔，说："我当然就是去给你开脱的，你又没撒谎！管她心里怎么想，反正我话都说到了，她也没什么好挑理儿的。等她儿子醒过来，一问不就立刻知道到底是怎么回事儿了吗？行了行了，你别多想了，这些本来就不该让你想。"

她顿了顿，忽然叹口气，又冒出一句："也不知道你爸是怎么回事儿。算了，都是我们大人不好。"

她搂着我，拍拍我的后背说："耿耿，爸爸妈妈委屈你了。"

本来我好好的。

她最后一句话，忽然让我哭成傻 × 了。

No.243

晚上，我很无赖地要求妈妈像小时候一样抱着我睡。

的确很无赖，因为我都比她高四厘米了，可我妈今天很惯着我，无奈地笑了一下就答应了。

我小时候特别麻烦，老生病，一生病就不好好睡觉，而且有怪癖，就是必须被抱在怀里摇来摇去才睡得着，一停就醒。

无数个夜晚，都是我妈这样抱着我睡的。

可我现在人高马大，她是没法儿像小时候那样抱我了。我只是象征性地窝在她怀里，抽抽搭搭地，哭一会儿笑一会儿。

她还是像以前一样左右地摇着我，一只手在我后背安抚地拍着，好像我依旧只有三岁，离了她就会死。

No.244

我爸妈在我小学五年级的时候，正式办理了离婚手续。

讽刺的是，我早就记不清楚到底是因为什么了。可能是"离婚"这两个字自打我记事起他俩就在吵架的时候不停地提起，狼来了喊了太多次，早就麻木了。

所以到底是因为我爷爷奶奶单位分房子的事儿，还是因为我爸又把一个什么指标让给了同事却被人家诓了的事儿？是因为我被姑姑家的小姐姐欺负，还是因为我爸那边的哪个亲戚背后说我妈事业蒸蒸日上是因为跟银行里的谁不清不楚？

没有一件事情是真的由他俩直接引起的。

最后离婚的却是他们。

我爸妈从来没有正面跟我谈过他们离婚这件事情，他们的回避也许是因为我总是一副用不着解释的傻缺样儿，我太不让人担心了，我长得就特别想得开……

也许，只是因为他们自己也说不清楚。

大人又怎么样。我比别的小孩儿更早明白自己的爸妈不是万能的，他们只是这个城市里无数搞不明白自己人生的成年人中的两个而已。

他们分居期间我还没升入小学五年级，暑假就住在爷爷奶奶家，总有些嘴贱的亲戚用逗小孩儿的态度问我："耿耿，这次你爸妈可能来真的了，要是离婚了，你要跟爸爸还是跟妈妈？"

从"你喜欢爸爸还是喜欢妈妈"，到"你要跟爸爸还是跟妈妈"。

我不明白为什么我压根儿做不了主的事情，却总要我来选。

这种对话每次都以我的局促脸红为结局，然而真正终结这些无聊亲戚的调侃的，是我妈。

某一天，又有傻 × 亲戚问我要跟爸爸还是跟妈妈。

我不说话，她就一撇嘴，说："你呀，要是再这么呆，谁也不要你，你爷爷奶奶想要孙子，你还不表现得好点儿，要不然啊……"

正好被刚进门的我妈听到了。

当然，这个亲戚有可能是故意的。

我眼睁睁地看着我妈从玄关大步走过来，一把推开那个老大妈就甩了人家一耳光。

"你再在我女儿面前碎嘴子一个试试看？我女儿也是你能训的？说一句我扇一次！我自己家的事儿用得着你操心？她爷爷奶奶喜欢男的女的关你什么事儿？自己一个蛋都下不出来，就知道在这儿蹭饭打秋风，也不撒泡尿照照自己，你他妈也有脸管别人家的事儿？！"

这段让我热血沸腾、难听至极的话我只听了一次，却一直都记得。

我爸妈都是文化人。文化人被逼急了比长舌老娘们儿的战斗力不知道高多少倍。

我早就不记得她打的那个亲戚到底是个什么亲戚了，反正她后来反驳了几句，又被我妈打了，最后是爷爷奶奶跑出来拉架才结束的。

我妈把我带走了，后来我爸又做了什么我不得而知，反正结果是我跟着我爸生活了，我什么都不用选了。

自始至终我没说过一句"你们别离婚好不好"。

不知为什么在这种事情上我竟然如此早熟。的确，每次吵架都不是由他俩引起的，可他俩是那么不同，这种不同是无法彼此宽容的，任何事情都能拉大这种差距，直到这差距大到再也迈不过去。

我做数学题都能错那么多，他俩为什么不能犯错呢？我都明白。

我记得，我跟我爸妈分别说过一句话。

我说，我小学二年级的时候特别想嫁给我们班体育委员，后来三年级的时候，我觉得体委变丑了，性格也特别讨人厌，我就不想嫁给他了。

但是，如果我二年级真的嫁给他了，三年级的时候我是不是也算离婚了？

我爸妈居然都哭了，分别跟我说了同样的一句话："耿耿，你是不是傻啊，根本不是那么回事儿。"

怎么不是那么回事儿，就是这么回事儿。

心里再难受，我也理解。

虽然余淮说我单纯，可有些事情，我想我比他懂得多。

No.245

小林帆第二天就醒了。听说醒过来后就连吃了两个掉渣儿烧饼，直到大夫过来阻止他。

真是饿着了。

他自然对他妈妈和我爸都说了意外发生的原因，罪魁祸首就从我彻底变成了买到假鞭炮的我爸。

小林帆当天就出院了。我爸和他分别给我打了一通电话。小林帆撒娇道歉，说是他自己倒霉，让我担心了，问我能不能早点儿回家，他要和我一起打游戏。

我不知道这里是不是会有一点点齐阿姨的授意。

但我不愿意这样去想这个可爱的小男孩儿。

下午的时候，齐阿姨却亲自到了我妈家楼下，说要请我出去吃点儿甜点，委屈我了，她要道歉。

我妈很诧异："她倒是有心了，不过用不着吧？"

她依然不知道我和齐阿姨之间发生了什么。

"你想去吗？不想去也别勉强，每天都住在一起还赔什么罪啊，假模假式的。"她一边晾衣服一边心不在焉地说。

我想了想，说："我……我还是去一趟吧，以后大家心里都舒坦。"

我们去了附近商业中心里面的必胜客，点完单之后，服务员转身一走，面对面坐着的我和齐阿姨就都陷入了沉默。

齐阿姨脸上还是淡淡的，只是多了几分愧意。

"耿耿，阿姨真的很抱歉。我当时真的是疯了。我推你不是因为责怪你或者报复你。我真的是急得什么都顾不了了。"

"我理解。如果出事儿的是我，我妈也会这样，"我点点头，顿了顿，继续说，"我是说，会跟你一样着急，疯了一样往下冲，但不一定会推人。"

齐阿姨抬眼看了看我，苦笑了一下，没有急于为自己辩解。

"我知道，我说什么都没用了。不过我自己都大脑空白了，什么都顾不得了，见谁挡在前面都会推开的，我真没想针对你一个孩子。耿耿，无论如何阿姨做得不对，委屈你了。"

我摇摇头。

"我刚刚没说完。我说我妈不一定会推人，但如果她知道是别人害得我被炸伤什么的，转头去捅人家一刀都有可能。当妈妈的嘛，我真的明白的，我妈比你还护犊子呢。"

刚说完，我就被自己逗笑了。

齐阿姨寡淡的表情终于有些松动，她感激地看看我，又垂下头，眼睛有些湿。

在齐阿姨听到我说林帆被炸伤了之后那短短的不到一秒钟的瞬间里，她到底想了什么，恐怕连她自己都未必真的清楚。

揪着不放也没什么意义。

我不知道她在过往的生活里经历过什么。她也不会跟我说起。

无论如何，她都将是我爸未来人生的另一半，在我长大离开之后，真正陪伴他的是她，不是我。我和齐阿姨对彼此本来就没有更多的要求，这样挺好的，一切又回到原来的样子了。

有些界限划得更清楚了。真的挺好的。

No.246

我妈拒绝了我爸把我接回去的要求。虽然我一个字儿也没透露，也表现得很正常，可做母亲的直觉还是告诉她有什么事情不大对劲儿。

"过完正月十五再让她回去吧，我到十五都休假，正好让她陪陪我。"我妈在电话里说。

于是剩下的大半个月我都跟我妈生活在一起，直到开学。

我回我爸家那天，齐阿姨做了一大桌子菜。我们聊天的时候就像什么都没发生过一样，一切又回到了正轨。

内心里的耿耿有些不一样了，我感觉得到，却不知道是哪里变了。

也许离长大成人又近了那么一点点吧。

No.247

我从来没有那么期盼过开学。

新学期的第一天，我起了个大早，带着新东方的笔记和充好电的录音笔，背着一书包家当，开开心心地奔出家门。

二月底的春风依旧像刀子一样割脸，可白天一天比一天长，昭示着春天的步伐不可阻挡。我在青色的暗淡晨光中走出小区，踏上了上学的路。

背上的书包很沉，可我还是在空无一人的小路上奔跑起来，张开双臂，迎着仍凛冽的春风。

书包在我屁股上一下一下重重地拍着，不知道是想阻止我一大早就发疯，还是为了催促我，跑得快点儿，再快点儿。

重新看到振华赭色的大楼，我竟然真的有些想念的感觉。

一推开教室门就有种熟悉的味道扑面而来。里面穿着校服的同学，一大半在埋头读书，一小半在嬉笑打闹；看到我进门，简单、β 和徐延亮都夸张地招手，朝我奔过来；开学第一天，窗台上就重新堆满了各种练习册和杂物，和上学期的脏乱差无缝对接，好像大扫除这种事情从来没有发生过。

好像我们从来没有离开过。

然而看着伏在课桌上抓紧时间看书的同学，我再也不会像上学期一样问出"不是刚开学吗？他们到底在埋头学些啥啊"这种傻话了。

余淮以前对我说过，上高中后，再也不会有新学期长个子、换新老师、发新课本、穿新衣服、剪新发型、迎接新转校生等事情发生了。

至少在振华不会。

没有步调一致的停顿，也没有整齐划一的重新开始。因为别人没有停步，所以你也不敢放松，一个带一个，就这样一直跑下去。

然而，毕竟春天要来了。季节的力量是强大的，它能让我在冬季压抑难过，就有本事让我因为春天的来临而内心雀跃。

对着终将要覆盖黑夜的白天，对着终将要抽条的枝丫，对着冰消雪融的街道，无可阻挡地乐观起来。

我刚把东西放下，广播里就有女声响起，提醒大家马上到广场整队，准备参加升旗仪式。

连这个不知名的一班女同学刺耳的声音，此刻听来都熟悉而亲切。

我透过窗子看着操场上白蓝绿三种颜色的校服汇成的海洋，从教学楼这边，朝着广阔的升旗广场漫过去。

我知道自己马上也要走下楼，成为其中的一滴水。

新学期就这样开始了。

简单和 β 在背后喊我一起下楼去。

我的同桌余淮还没有来。

我做的笔记还没有交给他。

但是我很快就要见到他。

虽然我一冬天也没脱胎换骨，上课的时候也许会继续听不懂，下课之后也许依旧要面对层出不穷的烦恼和自我怀疑。

但是无论如何，我很快就要继续和他，和他们在一起了。

突然有那么一瞬间，我爱上了振华。

第四十五章

老子的人

和 β、简单等人抱在一起庆祝的我，接一传
时咬着牙、脸都皱成一团的我，
发球得分后跳起来大笑的我……
虽然没我照得好，
却是我见过的，最好的我。

No.248 — No.251

No.248

三月末发生了两件事情。

第一件是振华周边的杨树上都爬满了毛毛虫，我市一年一度的虫灾再度降临。

第二件事情是，盛淮南大神早恋了。对象是高二年级的女神，漂亮极了，可惜成绩不好，也从来不学习，但是这种悬殊反而给这段恋情增添了十足的传奇色彩。

"早恋"这俩字儿能把人瞬间带回到《花季·雨季》风靡全国的时代。因为我妈对我这个长相明明让人很放心的女儿毫无道理地严防死守，我自然而然地被灌输了一脑袋陈旧保守的观念。

萌动的心和条条框框的脑袋之间争吵不休，所以别人的传奇就变得格外诱人。

这个大八卦新闻迅速让我们高一、高二两个年级都沸腾了。我、β 和简单三个人花了小半天时间围攻余淮，指望着从他嘴里诈出点儿新闻来。

可余淮的答案是不知道。

"我们男人之间的友情没那么俗，管那么多干吗？"他不屑地扫了我们仨一眼，从窗台上拿起篮球出去了。

最后 β 一摊手说："你看余淮要是个女的该有多好，问的和答的一定宾主尽欢。真是白瞎了一场好戏。"

余淮是个女的才不好呢，你懂个屁。我背地里白了 β 一眼。

只是偶尔想到盛淮南身为振华所有尖子生的楷模，观念竟然如此开放，作风如此大胆，我不禁对身边的某个傻大个儿多了几分期待。

当然，也只是想想而已。

No.249

五月初的时候，振华高一女排联赛轰轰烈烈地开始了。

身为体育委员，余淮的生活变得分外忙碌。

体育老师从平时排球课上表现不错的女同学中挑出来六个正式队员和三个替补。

"反正你们打得都一样烂，人又笨，我就不指望你们学会二传和扣球了，会垫球，发球能过网，长得高，肉厚不怕砸……就够了。"

等等，人笨肉厚不怕砸是什么意思?!

体育老师说完选拔标准，叹口气，宣布了队员名单。

正式队员中正好就有我、β、简单和文潇潇。

β 本来是对在大太阳底下暴晒这种事儿非常反感的，可架不住张平在动员会上一时兴起让入选的女排队员们全体起立，然后在看到 β 的时候，笑眯眯地说："不错嘛。"

我和简单绞尽脑汁都没想明白这个"不错嘛"到底是啥意思，但是上学期期末张平和 β 家长的一番密谈，彻底改变了 β 在家中腹背受敌的生存状态，所以即使张平说的是"大错特错"，β 也能甘之如饴地铆足了劲儿投入训练。

文潇潇对这项运动也表现出了异于常人的热情，一周内被砸废掉两副眼镜也在所不惜。

而我的热情也许和她一样，都来自余淮。

女排训练的时候常常会找一群男生作为对手陪练，余淮就是陪练主力，跟我们一对一练习接发球。

　　可惜只要对手是他，我和文潇潇就接不到球。

　　废话，是你，你不紧张吗?!

　　余淮对文潇潇是很温柔的："慢慢来""别着急""根据球的轨迹预测落点""不用总把手摆成接一传的姿势，这样会减慢移动速度的"……反正指导得像模像样。

　　至于"你是猪吗""老师选你是让你当肉盾的吗""你是樱木花道传人吗? 怎么净拿脸接球""喂，你跟我说实话，到底是哪个班派你来我们这里卧底的"，这些都是冲我来的。

　　我气得牙痒痒，央求我爸给我买了个上面长着小绒毛的高档软式排球，每天都花半个小时的时间对着大楼外墙练垫球。

　　手腕内侧一开始有密集的紫红色出血点，渐渐地也都消失了。

　　这股咬牙切齿的狠劲儿让我进步神速。渐渐地，我可以对着墙面用适中的力度来控制球的运行轨迹，连续不间断地垫球几十次。

　　这种进步比上学期死啃指数对数函数的硬骨头还要令人满足和兴奋。

　　我低头看着自己脏兮兮的手，像是重新认识了身体里的耿耿。

　　这感觉真好。

　　可面对余淮的时候，我的水平依然烂得出奇。

　　我不是个漂亮姑娘，可面对喜欢的男生的时候，还是很在意姿态的，所以不肯大力奔跑救球，因为怕发力时面目狰狞；准备姿势重心不够靠下，因为觉得那个撅屁股弯腰的样子像大猩猩……

　　如果对面的陪练是别的男生，比如徐延亮什么的，我就能发挥出比她们都出色的水平。余淮在一旁看了一会儿也觉得奇怪，上课的时候就会揪我半长不短的头发，问我到底为什么。

唉，这让我怎么说得出口呢。

你个大傻帽儿。

No.250

可惜女排比赛我们只赢了第一场，进入十强赛之后，就被二班女排打得落花流水了。

高中业余女排联赛的水平也就这样，二传和扣球这种配合绝杀就甭想了，一多半得分跟发球有关。二班有几个女战神，发球时力道那叫一个大，文潇潇的眼镜刚开场就被轰飞了，饶是我面孔坚毅，用脸接过一次球后也流鼻血不止。

我们很快就输了。

值得欣慰的是二班后来得了冠军，所以我们也算是荣誉亚军了——当然这都是后话了。

我下场后，捂着鼻子蹲在地上半天，止不住血，不敢抬头。周围围了一群人，都在七嘴八舌地关心我，我听到了徐延亮的声音，还有韩叙和朱瑶，刚下场的文潇潇也在旁边怒吼二班缺德（估计是眼镜被打飞了，人格也突变了）；还在场上负隅顽抗的简单和β则毫无顾忌地大喊："耿耿，你等着姐们儿给你报仇，血债血偿！"

我感动得不行，越想哭，鼻血越澎湃。

也不知道是谁忽然揪起我的领子，提着我就往教学楼跑。血一滴滴地把白T恤都染红了，我捂住鼻子，懵懂地转过头去看拉着我奔跑的人。

是余淮，果然是余淮，拉着我的胳膊，怒气冲冲地往楼里跑。

唉，怎么说呢，训练时忸怩维护的形象，在这个血崩的瞬间，全毁了。

"你等着，我非揍死林杨不可。他培训出来的这些女生都他妈是变性人吧，肌肉块儿比我都大，敢砸老子的人，我看他是活腻了。"

老子的人。

其实我知道，"老子的人"是"老子辛苦训练出来的人"的简称。

可我就是控制不住地因为这四个字红了眼眶。

就让我误会一次吧。

No.251

余淮和我加起来一共四只手，都在忙着往我的脑门儿上拍水。哗哗的水声将玻璃门外喧闹的操场和赛况都冲得很远。

"好了好了，不流血了，"他掏出一包"心相印"递给我，"堵上吧。"

我掏出一张撕开，卷起来塞进鼻孔，然后用剩下的纸抹干净脸。

T恤算是毁了，也没办法。

他盯着我，忽然笑了。

"怎么了？"

我知道自己现在看上去肯定很滑稽，胸前是刺眼的血迹，刘海儿都被打湿了，全部掀上去，露出了大脑门儿，脸上可能还有没擦干净的灰尘，一定很可笑。

余淮摇摇头，说："我忽然觉得，你要是留长发，可能会更好看。"

我愣了。什么意思？

就在我呆呆地思考这句话的时候，忽然听见耳边咔嚓一声。

"你干吗？你为什么拿着我的相机？"我伸手就去抢。

余淮没有躲开，任由我抢过来。

最新的照片除了他刚刚照的那张惨不忍睹的重伤痴呆患者，还有连续二十几张，都是我。

和β、简单等人抱在一起庆祝的我，接一传时咬着牙、脸都皱成一团的我，发球得分后跳起来大笑的我……

虽然没我照得好。

却是我见过的，最好的我。

我抱着相机，有水珠一滴滴地滴在屏幕上。我不知道是我发梢上的水，还是眼睛里的水。

"你有毛病啊，是不是被砸傻了？"

余淮伸手过来拍我的脑袋，我偏头躲开，抱着相机撒腿就跑。

回过头，还能看到那个惊诧的少年，站在一排水龙头前，被阳光渲染得无比温柔。

我不能让你看到啊，余淮，我哭起来太丑了。

No.252

五月晃晃悠悠地走到了尽头。

又快到六月了。

去年的六月二十二日是我们全市中考的日子。

当时地理老师教过我们，六月二十二日，夏至，北半球夏季白天最长。

天光就像一条开口向下的抛物线，正在一点儿一点儿地，朝着那个最顶点的日子移动。

夏天你好。

记得去年的这个时候，我还是十三中初三毕业班的学生，天气酷热，中考迫近，所有人都躁动不安，但还要硬着头皮继续做模拟卷。

汗水都滴在试卷上，用胳膊一抹，抹出一小片浅浅的汗渍，几秒钟内就干掉，在卷子上留下小小的褶皱。

一年这么快就过去了。

《同桌的你》是怎么唱的来着？

"那时候天总是很蓝，日子总过得太慢。"

其实不是这样的。

好日子总是过得很快。考试前的那几天总是在想，伸头也是一刀，缩头也是一刀，能不能给我个痛快的？可时间就是一分一秒慢悠悠地走，一点儿

109

都不同情我们的煎熬。

倒是考完之后的那个暑假过得飞快。

我伏在桌子上，整张脸都贴在余淮刚给我买来的可乐罐上，汲取铝罐上珍贵的凉意。

我的下巴压着一张刚发下来的数学月考卷子，鼻尖对着的地方正好是个红叉。

"付出和结果之间的关系，如果真能用个公式算出来就好了。"我感慨道。

如果这样，人间会少多少伤心。

"只能说大部分情况下是正相关，但是算出来是不可能了，这变量也太多了，还要先一一验证相关性呢。"余淮说完这一串我听不懂的话，就仰头咕咚咕咚地灌了一肚子可乐，满意地打了个嗝，大大咧咧地坐下来。

我两只眼睛都努力看向鼻尖那个方向，看成了对眼。

那一长串的 $1/(2+1)+1/(3+1)+1/(4+1)\cdots\cdots+1/(n+1)$ 看上去怎么那么像蜈蚣，手脚并用地在我鼻子底下爬，满卷子爬。月考时，我都快要把笔头给啃烂了，还是一道也做不出来。

数列啊数列。

我刚从三角函数的大坑里爬出来，就跌入了数列的大坑。

每学习一个新章节，我都要经历一遍"我去，这都是啥"——迷茫——艰难开窍——好不容易学会了却发现已经赶不上趟儿了的沮丧过程。

我坐起身，烦躁地收起了考卷。

知道吗？小时候我可羡慕大雄了，因为他有哆啦 A 梦。大雄从小傻到大，干啥啥不行，吃啥啥不剩。这不要紧，他还拥有那个从抽屉里爬出来的蓝胖子，蓝胖子会帮他；帮不了他，也不嫌弃他。

我小时候每天上学前放学后都会拉开抽屉检查一遍，不知道什么时候我的哆啦 A 梦才会来。

这一直是我的梦想。

现在这个梦想还是实现了一部分的，我是说，我变成了大雄。

No.253

自打上学期期末考试过后，我的成绩就稳定在了我们班的三十五至四十名区间段。怎么往前使劲儿都没有用了，因为前面的人也在努力。

有时候上课的间隙，我会忽然走神儿。夏天我们换了白色的纱质窗帘，阳光透过白纱照进室内，每个人的脸上都像偶像剧里一样打了柔光。又轮到我们这一组坐在窗边，虽然偶尔会很晒，但可贵的是一直都有风经过。窗帘常常被风扬起，拂过我的脸，落下的时候会温柔地将窗边的人笼罩在其中，遮挡住视线。

像一个与世隔绝的短命小堡垒。

有时候被罩在其中的是我和余准。我们会对视一眼，笑，然后他将身上的窗帘拨开，继续低头去写字。

阳光透过窗帘的缝隙照在他身上。我蓦地想起初见的那天，他就这样坐在这个位置，在我的镜头下，写"最好的时光"。

最好的时光。

更多的时候，被罩在里面的只有我自己，连余准都被隔在了外面的世界。讲台，老师讲课的声音，黑板上方红色的八字校训，琅琅的读书声，都在纱帘之外，他们都没发现我不见了。

我不会像余准一样急着摆脱窗帘的纠缠，而是抵着下巴，安然享受这一分钟的失踪。

好像这样就不用面对困扰我的一切问题。时间不可阻挡地向前，但是可不可以偶尔忘记一下我呢？

No.254

上周五，张平下发了一张表格。

《振华中学 2003 级高一学年文理分班志愿表》。

拿到这张表的时候，余淮扫了一眼，随手就扔进了书桌。张平的声音从讲台前幽幽传过来："这张表呢，打算留在咱们五班学理科的同学就不用填了，有学文科意向的同学填好之后让家长在最后一栏签好字，期末考试之前统一上交。"

我捏着这张表。

终于还是到了这一刻。

"回家和家长好好商量商量啊，我的建议呢，是这样的，"张平双手撑在讲桌上，对着台下各怀心事的同学们说道，"有些同学本来就志向坚定，一早打算好了，那当然最好。对犹豫不决的同学来说，我的建议呢，是在考虑的时候啊，这个，要以兴趣和能力相结合为原则。"

"没听懂！"β 举手。

这时候，全班都在窃窃私语，躁动的情绪暗暗涌动，只有 β 还在耐心听着张平絮叨这些废话。

"能力就是成绩啦，当然要选自己有优势的方向啊，这个我就不废话了，大家回去好好研究自己大考小考的各科成绩，不光要研究现状，还要研究潜力。"

对于 β 搭茬儿，张平很高兴，滔滔不绝地讲了下去：

"兴趣呢，也分两个层次。第一个层次，是你对理化生和史地政这两个方向课程的兴趣，也就是高中课程上的文理方向；第二个层次，指的也就是你大学的时候想学什么专业了。想当数学家，就去学理；想学中文系，那自然去学文。早点儿考虑，也就能早点儿树立未来的人生目标，这是好事儿。"

我拿着表，虽然有些恍惚，但张平的话还是钻进了脑海。

是啊，耿耿，你想做什么呀？

我转过头，看着正专心致志地写化学练习册的余淮，问题脱口而出："余淮，你以后想做什么呢？"

余淮愣了愣。

他转过头看看我，本来想要笑我的，可是看到我脸上严肃的表情，不由得也收敛了玩闹的心情。

"不知道呀。不过，"他放低了声音，"我是想去清华读工科专业的，本科毕业后申请出国读硕士博士，再后面的事情，我没想过。"

一年过去了，他对我也渐渐敞开了心扉——曾经在校庆大扫除的时候死活都不肯承认自己想要考清华，现在已经能够轻描淡写地对我一句话带过。

余淮盯着窗口不远处的那棵树，半晌才收回目光，笑笑说："想那么远没必要，反正先这样打算着吧。怎么忽然问起这个了？"

我摇头，朝他不好意思地笑，捏紧了手中的分班志愿表。

他看了一眼，动动嘴唇，却什么都没说。他曾经说过不要我学文，可我忘了问他为什么，就急着答应了。

现在想问，又问不出口。

这个曾经对我说"我说真的，别学文科"的少年，真的站在关乎我未来命运的十字路口上时，却不敢再轻易地做出不负责任的怂恿与挽留。

No.255

我记得中考那年，我们班的"万年第一名"在纠结了整整两个月"我这种边缘水平万一失手没考上振华可怎么办"之后，终于在中考前一个月，下定决心签下了师大附中的降线录取协议。

第一志愿报考师大附中，考砸了也会有录取分数线降十分保驾护航。

在那之后，她彻底放松下来。卸去了考振华的压力，人生中没有了不确定性，她整个人都神采奕奕起来。

中考的时候，因为心态放松，自信上场，她考出了一个以前模拟考试的时候从来没有拿过的高分，超出了那年振华统招录取分数线整整五分。

要知道，她以前的努力目标还仅仅是振华自费呢。

师大附中高中部也是所好学校，但跟教育界寡头振华中学还是没办法相比。师大附中高中部招生组开心了，可"万年第一"用这种方式与心心念念三年的振华告别了。

她在家里哭了整整一周，连同学聚会都没有参加。

"万年第一"签师大附中的协议是为了保底，属于对报志愿和录取政策研究之后的稳妥选择，防止自己失手之后不光上不了振华，与其他重点高中也失之交臂。现在她得到了那个保底的结果。

纵使得偿所愿，到底意难平。

拥有百分之九十九可能性的人，从不犹豫，比如余淮，比如沈屾。

拥有百分之一可能性的人，也从不遗憾，比如我们初中毕业班的大部分人。

最难过的就是夹在中间的人，比如"万年第一"，比如我。

本该放在自己手中的，我们却交给了翻云覆雨的命运之手，还假装这都是自己选择的，甘之如饴。

从兴趣的角度看，学文科对我这种都不知道未来想要干吗的人来说，算不上损失。从能力的角度，对我来说，背年代大事总比配平方程式简单。所以最终该选啥，没什么好犹豫的。

是啊，没什么好犹豫的。

我看着身边那个被窗帘罩在其中的男孩儿的侧脸，还有窗帘外一张张熟悉的面孔，那一张张在我被球砸出一脸血的时候，围在我身边的面孔。

No.256

我爸妈为了我学文理的事情，在电话里聊了一个多小时。

最后的决议是，当然去学文啦，还用想吗？

我很奇怪，那一个多小时他俩到底还说了啥。

我没说什么，只是像只鸵鸟一样，将脑袋埋在了期末复习资料堆里。

简单和 β 很早就决定了要结伴去学文科。

要学文的是 β，简单是被她强拉过去的。β 学理科只有死路一条。几次考试都徘徊在倒数十名左右的 β 属于只有百分之一可能性的那种人，学文是解脱。她爸妈至今还没有让她去北京读书的打算，所以保守估计，β 在振华至少还有一年时间好混。

"人的日子当然要越过越舒坦啊，我好不容易投一次胎，不是为了跟自己过不去的！"

她说着，左拥右抱，大力揽住我和简单。

"小妞们，跟我一起投入充满人文关怀的新人生吧！让开普勒和门捷列夫这些贱人手拉手滚出我们的生活吧！"

我和简单一头冷汗。

β 再接再厉："而且，谁说我们是因为学不好理科才学文科的？我们是因为真心喜欢文学！"

"可你的理科的确很烂。"我轻声说。

"那又怎样?!" β 一梗脖子，"老娘最大的本事，就是把我做不到的事儿，说成我不想做的，怎样啊?!"

但是才过了一下午，β 就啊啊啊大叫着，神情无比狰狞地将分班志愿表撕了个粉碎。

起因是这天下午，β 贱兮兮地跑去地理、历史和政治办公室，分别跟教五班的三名老师就她学文的前景聊了聊。

在文理分科志愿调配期间，文科办公室空前热闹，在高一备受冷落的三门学科此时差点儿变成心理诊所，因为各种原因纠结犹豫的大部分姑娘和小部分小伙子都喜欢跑去寻求安慰和自信心。

文科老师们也都很有耐心，开始给他们讲述自己带过的历届文科毕业班的辉煌传奇，那些此时已经活跃在各行各业前沿的学长学姐的故事化作一针针鸡血，让本来怀疑自己没法儿学理科是脑袋太笨的沮丧同学瞬间"爆种复活"。

但是 β 和地理老师吵了起来。

教五班的地理老师很年轻，曾经因为余淮展现了物理方面的才华就不甘示弱地把课讲成天书的小姑娘，心气儿本来就很高。当 β 流露出自己理科成绩很差只好学文科的意思时，地理老师不知怎么就忽然被踩了尾巴。

"你这样的也别来学文科了，文科可不保证能让你成绩变好，文科也不简单的，想来走捷径的还是哪儿凉快去哪儿吧。反正如果未来还是我教你，我是不会让你好过的。"

β 摔门冲出了地理办公室，立刻决定，孙子才学文呢!

她对人生重大选择的轻率态度彻底震撼了我和简单。β 却振振有词地说："你以为人生真是你选的啊？所有选择不过都是一时激情，你是看不清命运走向的，选啥都有道理，只要你会说，会说的人咋活咋有理。"

反正她是够会说的了。

β 在教室后排空地站着，啊啊啊叫唤，把地理老师羞辱她的话学了个十成十，然后唰唰唰将分班志愿表撕成了碎碎的纸片，一挺胸，一仰脖，把纸片朝天一撒。

哗啦啦，比下雪还好看。雪中央站着义愤填膺的 β，那姿态，啧啧，铁骨铮铮。

"老娘要是再起一丢丢学文的念头，β 倒着写！" β 指天誓日地大喊。

全班爆发出热烈的掌声和欢呼声。

然后生活委员站起来，指着 β 说："不愧是咱们五班的人！有骨气！——但是，β 你还是要把地扫一下。"

No.257

下午自习课上课前，我偷偷翘了课，跑去了高二区。

"学姐你好……" 我拦住一个正要出门的女生，"能不能帮我叫一下洛枳？"

女生很漂亮，虽然只差了一个年级，但比凌翔茜的美要成熟很多。她没穿校服，红色的针织衫成了绝佳的背景，衬着一头垂到腰际的长鬈发。被我叫住的时候，她正在往外冲，一回头，瀑布一样的黑发像潮水一样甩过来，我向后一仰，堪堪躲过。

"哦，好呀。" 她笑了，朝我眨眨眼。

我被电傻了，忽然就明白了 "明眸善睐" 这四个字是什么意思。

女生朝教室里喊了一声洛枳的名字，就跑出门去。走廊里还有几个高二别的班的学姐，三三两两聚在一起，很多人都和她相熟，看她走出教室，忽然集体起哄。

"叶展颜去找她男人喽！"

那个叫叶展颜的美丽学姐回头笑骂了一句，没有停步，朝着走廊尽头那扇明亮的窗子跑去了，瀑布似的长发随着步伐摇曳，看得我也心驰神往。

等一下，叶展颜？

这不是传说中盛淮南大神的女朋友的名字吗？大八卦新闻！

随着我意识到这一点，心也跟着怦怦跳起来。

果然，好看的人就是会和好看的人在一起啊。

我仰头盯着天花板上的白色灯管感慨。不过没事儿，余淮也算不上多好看。

"小丫头找我什么事情？"这时候，洛枳学姐出现在门口。

"啊？哦，学姐好！"

我先鞠了一大躬，起身时感觉到周围学长学姐们奇怪的目光，不由得很尴尬。

"怎么行这么大的礼……"她笑起来。

当然了，我心想，做心理咨询怎么能不给钱嘛。

No.258

"你是第二个跑来问我该不该学文的人。"洛枳说。

我和她并肩坐在行政区三楼的窗台上，将后背靠在玻璃上。夕阳余晖照得人暖融融的，却一点儿也不热。她周身都镀上了毛茸茸的金色光圈，笑得特别亲切。

"另一个是谁？"我不由得好奇。

"叫凌翔茜。是个特别好看的小姑娘。"

"她可是我们年级的女神呢。"我介绍道。

早就听余淮说起过凌翔茜有学文科的打算，这个消息虽然没有盛淮南谈恋爱那么震撼，但是也流传甚广。

很多女生都在背地里说"盛名之下，其实难副"，看来大美女在二班激烈的竞争环境下待不下去了。

谁不乐意看美女难堪呢？

凌翔茜的人生恐怕是我不敢想象的。大家都在振华的海洋中生存，只有她因为漂亮而活成了一条观赏鱼，一举一动都被品评，无辜，却很难让别人同情。

"是吗？"洛枳听了我的介绍，若有所思，"怪不得压力那么大。"

洛枳是高二文科的大神，稳坐第一宝座，所以很多老师都对我们说过，可以去找她聊聊学文这件事儿。但是最终有胆子找一个陌生大神学姐落落大方地聊天的，只有让很多女生非常不屑的凌翔茜。

漂亮女生的自信与生俱来，不服不行。

我还是不免八卦起来："那个，学姐，能不能告诉我，凌翔茜怎么了？"

"和你一样纠结要不要学文科啊，"她避重就轻，"不就是被那些女生脑子笨才去学文科、文科比理科简单、都考进了二班这种尖子班却跑出来学文很丢人等等陈词滥调气到了嘛，我当年也是从尖子班出来学文的，所以她来讨经验，想让我给她些信心，好去面对流言的攻击。"

"那你当年为什么学文？"

洛枳没想到，我居然从凌翔茜忽然绕到了她这边，眼神闪烁了一下。

"因为文科的确简单啊，谁不希望日子轻松点儿。"她笑了。

说谎。

我直觉如此，却不明白为什么。

我也只能接着问："刚才你说的那些瞧不起人的陈词滥调，当初就一点儿都没影响到你吗？"

洛枳摇摇头，笑了："我向来不在乎别人怎么说。"

多少人在被世界围攻的时候赌气地说过这种话，没有人像她这样令人信服。

"不过，"洛枳又把谈话的主动权抓回她自己手里，"你也面临跟小女神一样的烦恼？不是吧？"

洛枳一脸坏笑。

可不是嘛，我从成绩到长相都不配被攻击，不禁汗颜地摇头否认。

"所以你又在为难什么呢？你如果觉得理科很难，那就来学文呀，做我的小学妹。"她伸出手拍拍我的肩膀，亲热地进入了"传销模式"。

不知道怎么回事儿，我明明屏住的情绪，在她忽然像个姐姐一样笑嘻嘻揽住我肩膀的瞬间，开闸一样奔涌起来。

"前途很重要。"

我突然哽咽。

"可我舍不得离开一个人。"

第四十七章

出游

电影院黑暗的环境是天然的保护，和明亮的
大屏幕相比，我的目光是太过暗淡的存在

No.259

洛枳安静地听着我颠三倒四地讲话。

我也不知道我有什么好说的，不过就是我有一个同桌，我喜欢他，我想留在他身边。可我知道我应该去学文。

我跟她讲我叫耿耿，他叫余淮。我跟她讲余淮有多么优秀，多么没有架子；我跟她讲那本田字方格本，讲我们一起演的《白雪公主》，讲他和陈雪君，讲他对我说不要学文，讲他帮我止住鼻血……

许多许多琐碎的小事儿。

洛枳微笑着听，没有一丝一毫不耐烦。

"你喜欢他，可他不知道。你也不知道他喜不喜欢你，所以你留下来，前途和他都不一定能回报你。你也知道没回报的事情就没意义，不应该做，可你舍不得，只能饮鸩止渴，是吗？"

我点点头："相比之下，我真是太多废话了。"

"不是的，"洛枳摇头，"你说的那些，不是废话。"

太阳渐渐隐没在楼宇间，可距离真正的天黑，还有好长的一段时间。

"我帮不了你。我真的不知道。"她说。

我以为她会说，人生很长，喜欢的感觉是会改变的，不值得牺牲前途，你会后悔。或者她会说，学文了也可以继续喜欢他啊，学业为主，你要分清主次。甚至她可能会说，学理科也未必不好，你要好好努力，追上他的步伐，未必没有奇迹。

可她说她不知道。

"我自己都没活明白，我又能教你什么呢？"她转头看着背后落下的太阳，神情肃穆，又有些哀伤。

"学姐，你也有喜欢的人吗？"

她没说是也没说不是："耿耿，其实我很羡慕你。"

又有人说羡慕我。

"我真的很羡慕你。喜欢一个人是克制不住想要跟他亲近，跟他说话，了解他的一切的。你有这个机会，把你的喜欢包裹在同桌的身份下，常常开个玩笑，互相贬损，再互相关心。即使治标不治本，也比见不到摸不着，假装不认识要好得多。"

"学姐……"

"你以为现在不认识没有关系，因为还需要时间准备，总有一天你会让他认识最好的你。但是有时候感情和好不好没有关系，就差那么一秒钟，即使你再好，他的好也早就都给别人了。"

她转过头笑着看我。

"所以，我真的帮不了你，不是因为我妒忌你。我真的不知道。我不知道什么才是更重要的。"

放学的铃声打响了。

我很抱歉耽误了她两节自习课，洛枳摇摇头，拍拍我的脑袋。

她坐在窗台上看我走远，我回过头，看到她朝我笑，像校庆那天一样。

忽然想起，高一刚开学的时候，我对着人海随便乱按了好几次快门，当中有一张就是洛枳。她凝神看着某一个方向，可我不知道是在看谁。

可她是不会将她的故事告诉我的。

No.260

很多人都问过我会不会学文，我的回答都是还没想好。

可余淮一次也没问过。

不过后来也不用问了，张平来收分班志愿表，我们班一共有七个人站起来交表，当中就有简单、文潇潇和我。

β 当场就爆炸了。

"没义气！我也要学文！"

"你不是说，孙子才学文吗?!"好脾气的简单也白了她一眼。

β 迅速抬手指着简单说："孙子!"

在讲台相遇的时候，文潇潇向我投来了一个心照不宣的眼神，有遗憾，也有些庆幸，像是找到了一个同伴。

我走回座位的时候，一路上余淮都在看着我。我躲避不及，只好抬起头也看着他。

然后他就偏过头去了。

六月就这样匆匆过去了。

No.261

期末考试最后一科结束的那天中午，β 和简单突然冲进一班考场来找我。

"我们出去玩吧！"β 兴高采烈地提议，"庆祝你们两个孙子要背叛五班去学文了！"

我一边收拾书包一边说："好啊，就咱们仨吗？"

简单突然红了脸，嗫嚅着说："还有韩叙。"

β 补充道："可是韩叙这孙子居然把徐延亮也叫上了。太不地道了。"

她们两个走过来，一左一右架着我，大声说："别磨磨蹭蹭的，走吧，一起吃个饭，然后去唱歌或者看电影怎么样？可以看《十面埋伏》或者《千机变》，我听说《十面埋伏》可难看了，章子怡死了半天还没死干净……"

我忽然转过身，说："你们等等我，我也要叫一个人。"

我正迈步要往考场里冲，差点儿撞上一个从考场里大步走出来的人。

是余淮。他看着 β 和简单说：

"你们要出去玩？怎么不带我一个？"

No.262

β 在肯德基排队的时候又被带孩子的男家长插队了，吵了几句嘴之后就掀了盘子，拉着我们所有不明状况的人跑出了店门。

"怎么了？你干吗骂他傻 ×？"徐延亮疑惑不解。

"不骂他怎么办！"β 气急败坏，"我又打不过！"

于是我们大家重新回到了烈日当空的街头到处游荡。简单看到韩叙头上的汗珠立刻就心疼了，建议我们不要挑挑拣拣了，随便进一家饭店吃点儿东西算了，反正都不饿。

β 不乐意了："你以为我想挑挑拣拣吗？把你们这么多人拉出来，当然要负责，这是母性！如果只有我自己，我吃包里的奥利奥不就行了。"

"吃奥利奥的时候拉屎真的是黑的吗？"徐延亮突然问起。

"闭嘴！""你有毛病啊？"

我们大家都怒斥他在饭点儿说这么恶心的话。

只有 β 兴致盎然地点点头，说："可不是嘛，你回家试试，吃五个甜甜圈还能拉出奥运五环呢！"

全程余淮都走在我身边，却从不跟我说话。

大家的确都不是很饿，于是在电影院附近随便吃了点儿，赶上了下午三点多的那一场《十面埋伏》。

放映厅里竟然只有我们六个。

"包场啊！"β跳下台阶，学着领导的样子笑呵呵地指着空荡荡的放映厅，"来来来，不用客气，随便坐随便坐。"

于是简单随便找了一排和韩叙坐在了一起。徐延亮以为大家还是应该坐一起，也凑了过去，却被简单一记眼刀杀跑了——"离我们俩远点儿"。

简单不知道什么时候竟然成长为一个会用眼神说话的女子……

我转头看了看还站在最后一级台阶上的余淮，问："你想坐哪儿？"

"你管我，我坐哪儿不行啊。"

有毛病啊你，逮谁咬谁！我白了他一眼，不搭理他，随便找了一个地方坐下。

然后，他就坐到了我右边。

和以前在班里的时候一样。以后也许再也不会了。

No.263

我还没来得及咂摸那心底刚泛上来的喜悦和伤感，徐延亮和β就一屁股坐到了我的左边。我瞪了β一眼，她凑到我耳边很轻很轻地说："你得体谅我，如果我再给你俩也创造机会，那我和徐延亮就真的要被现实逼成一对儿了，你忍心吗？"

电影很快开始了。我无比懊悔地发现，跟他俩坐在一起看电影真是个错误。

"金城武真是好看啊。"β一边吃爆米花一边感慨。

"得了吧，都是盲目跟风。"徐延亮指着屏幕，"你仔细看，他某些角度比我还丑呢。"

"徐延亮，我是真欣赏你这种舍身也要把对方拉下马的精神啊。"

过了一会儿，徐延亮又说："我听说张艺谋和章子怡谈过恋爱，因为章子怡长得特别像巩俐。"

"真的吗？"β 的语气非常心不在焉。

"谁知道，当事人肯定不承认啊，要么解释说是特别敬重的前辈，要么就说是'特别好的朋友'，喊。哎，你相信男生和女生之间有纯洁的友谊吗？"

"别人说不准，你肯定跟谁都特纯洁。"

"你凭什么这么说？"

β 哈哈大笑："凭你的长相。"

听着他俩一来一去的相声表演，章子怡扮演的盲女死去的凄美镜头居然也能让我看笑了。

后来这部电影我已经记不清楚内容了，章子怡到底死了几次，为什么一直死不了，她到底喜欢刘德华还是喜欢金城武，我一个都记不得。

我只记得，中间我好多次微微偏过头，用余光悄悄地看余淮，不敢动作太大，怕他看到。

电影院黑暗的环境是天然的保护，和明亮的大屏幕相比，我的目光是太过暗淡的存在。

可还是会好奇。他知道我在看他吗？他知道我为什么在看他吗？

余淮，你知道吗？

第四十八章

我们做同桌吧

末日不会在夏天来临，
因为夏天是最好的季节

No.264—No.268

No.264

电影结束后大家是真的饿了，出门就打了两辆车奔赴我市最近很红火的巴西啤酒烤肉城，开了个小包房。

我第一次吃这种自助烤肉，大厨每隔一段时间会拿着一大串肉走过来，削下来一点儿肉到每个人的盘子上，新奇又有趣。

"耿耿，以我们吃麻辣烫的经验，我知道，你肯定是女战士，你一定要保留实力吃到第二轮，大虾都是最后才上来的，千万别用错战术！"β大声嘱咐。

"滚！"我瞟了一眼忍住笑的余淮，"我明明吃得很少！"

徐延亮忽然建议大家来一打啤酒。大家面面相觑，都觉得这个建议太大胆了，却又有那么一点点跃跃欲试。

"徐延亮，你可减减肥吧，再喝啤酒肚会更大的。"简单比较胆小，试着劝了一句。

"我为什么要减肥？"徐延亮一拍肚子，"我吃这么胖容易吗？花了家里多少钱呢！我凭什么减肥？"

"徐延亮今天终于说了句人话，"β兴奋起来，"不多喝，反正就是为了气氛，喝完了嚼口香糖不就没有酒味了嘛！"

"嚼口香糖是用来掩盖烟味的。"常识之神韩叙同学终于忍不住抚额了。

"我同意啊，"余淮忽然开口，吓了我一跳，"庆祝耿耿'叛国'！"

"余淮，你太偏心眼儿了吧？还有我啊！"简单拍桌子，怒道，"好啊，服务员上酒！"

No.265

是谁说的"只喝一点点"？

那现在像哥仨好一样抱在一起唱歌的三个蠢货是谁？

简单酒量极差，β 比她好点儿，徐延亮则是比简单还差，极为丢脸。

而我居然是个女中豪杰，只是跑厕所太勤快。肯定是我老爸老妈的优良基因起了作用。

即使酒量好，到底还是微微头晕了。只是理智还在起作用而已。我拿起相机给那三个大呆瓜照了好几张照片，又拍了几张靠在墙上闭着眼睛的小白脸韩叙——他的确是越喝酒脸越白。

和他形成鲜明对比的是余淮。

余淮本来就是小麦色的皮肤，喝了酒以后简直就是一个关公。

我看着抱头痛哭的简单和 β，忽然理解了小时候看到的那些叔叔阿姨。在带卡拉 OK 的包房里唱完歌喝完酒，这些叔叔阿姨很多都会三三两两地拉着彼此的手倾诉衷肠，陈年旧事都翻出来絮叨，每每面对这种场面，没喝多的大人都会特别痛苦。

小孩子们懂什么，不管家中大人喝成什么样了，我们关注的都是自己的玩乐，从来没发现，有那么多秘密和故事从身边溜走了。

我放下相机，静静地看着在一旁陷入沉思的余淮，突然有一股冲动，想要跑过去看着他的眼睛问，余淮，你喜欢我吗？

你喜欢耿耿吗？

不是朋友的那种喜欢。

是不纯洁的那种喜欢。

你愿意告诉我吗？因为我喜欢你啊，很喜欢很喜欢，比喜欢自己还喜欢。

然而我只是走过去，和简单、β抱在一起哭了。

在余淮的要求下，服务员拿着我的相机，给我们六个毫无仪态的高中生照了一张合影。

β忽然大声喊起来："去他妈的成绩，老娘是为了你们几个才每天去上学的！"

简单呜呜呜地哭着说："不管是不是还在一个班，我们永远都是好朋友。"

我却说不出话。我讨厌离别的场景。我连我爸爸妈妈离别的场景都记不住。

忘记悲伤的事情，是我的特异功能。

我只是侧过脸去看余淮。

是我的错觉吗？是他的脸太红了，还是他真的眼圈红了？

No.266

我们这座处于森林腹地的北方城市，夏夜总是清凉的。白天的暑气随着太阳下山渐渐散去，夜色下，满是晚风带来的温柔凉意。

我们几个从饭店出来，走着走着就走散了。一开始还能听见β他们吵吵闹闹的声音，迷迷糊糊中走过几个路口，再一转身，身后却只剩下了余淮。

"别担心，他们打车回家了。"他看出了我的紧张，解释道。

……说好了做一辈子朋友呢？就这么把我扔下了？

我必须承认，自己有一点点晕了，可是并没什么妨碍，我还能走直线。

"我送你回家吧。"余淮说。

他似乎醒酒很快。而我内心突然有种盲目乐观的奇异感觉，好像自己这样醉醺醺地回家，完全不需要担心挨骂一样。

这种感觉到底是谁给我的呢？啤酒，夏天，还是余淮？

他就走在我身边，偶尔我犯头晕时或者过马路时，他就拉着我的胳膊，轻轻地，像是怕吓着我。

"我真喜欢夏天。"我说。

"嗯，我也喜欢。"余淮说。

"我觉得呀，"我侧过脸朝他傻笑，"如果真的会有世界末日，末日那天，一定不会在夏天。"

余淮温柔地看着我，安静地听着我胡说，没有打断，也没有不耐烦。

No.267

走到我家楼下的时候，我的酒也醒得差不多了。依稀记得说了些什么，但是应该没什么不该说的。

我们尴尬地面对面站着，最后还是余淮说："耿耿，加油。"

我突然问他："你希望我学文吗？"

"你应该自己做决定，这事关你的前途。"他说。

所以你一直都没有问过我一句，是吗？

"我就问你。反正我现在都选了要去学文了呀，你可以说了。"

很久的沉默之后，余淮抬眼睛看着我。

"曾经，"他慢慢地说，"我有过很荒唐的想法，你没办法学理，我就去学文好了，反正我学文肯定也比你学得好。"

我愣住了。

他说完，如释重负的样子。

"我也不知道怎么就突然这么想。不过就是想想……总之，耿耿，加油。"

他笑着跟我道别，没有等我说出一句话，就转身大步离开了。

少年的身影没入夜色中。

这句话就够了呀，我笑着想。

末日不会在夏天来临。

因为夏天是最好的季节。

夏天让我盲目地相信，即使一直这样在马路上晃荡下去，喝了酒，不回家，作业忘了做，考试没复习……也没啥好担心的。

天时悠长，夜晚风凉。

反正"废物"和学霸坐在同一桌，过着截然不同的每一天，却能一样开心。

青春就是这样吧，谨慎珍惜还是放肆恣意都一样，反正不管怎么度过，最终都会遗憾地明白，这段好时光，到底还是浪费了。

No.268

这个夏天过去的时候，又一个新学期来临了。

我走进振华的时候，操场上的人海和去年的此时一模一样。墙上连绵的红榜边，不知道又会有多少人在这里相遇。

有个新生不小心撞到我，羞涩地笑着说："学姐好。"

我也是振华的学姐了。

我走进教学楼，习惯性地上三楼，拐到五班的位置，推开门，走进去。

文潇潇等人已经不在班里了，可我不出意料地看见了简单。

简单说："我是为了我们这些朋友才在最后关头改了志愿留在五班学理科的。"

她说话的时候一直看着韩叙。

放屁，友情才没那么大的力量。

我走过去，面对最后一排的余淮。

"你怎么……"他目瞪口呆，"你是不是走错教室了？"

"没有啊，"我背着手，笑眯眯地说，"我是来问你一个问题的。"

"什么？"

"余淮，我们以后一直做同桌好不好？"

他迷糊了一会儿，眼睛渐渐地亮起来。

那是我在余淮脸上见过的最激动和喜悦的表情，男孩儿笑得毫不设防，一直点头，点个没完。

前途和他都未必能够回报我的任性。

但是有这一刻就足够了。

青春就是这样，好得像是无论怎样度过都会被浪费。

那么，不如浪费在你身上。

二〇〇五 — 二〇〇六

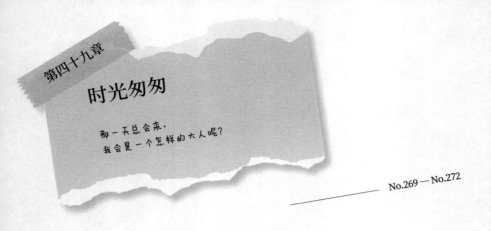

No.269

我和简单、β 一起爬上了行政区上面的天台。好久没开启的铁门只能打开窄窄的一道，我们侧身挤了过去，蹭了满校服的灰。

β 说，她觉得这个角度看毕业典礼是最好的。

又一年的高考结束了，等操场上的这群人离开，我们就是高三生了。

熬了两年，我们终于站在了振华的"权力顶点"。

这种感觉格外奇妙。曾经我是那么恐惧这个大怪物，报到的时候，每拍一张照片都感觉像是心不在焉的游客。我知道自己几斤几两，也知道它盛名在外，在它发现我的底细之前，我要先在心理上拒绝它。

然而今天，我可以大大咧咧地跟出租车司机说我是振华的，不因为自己的成绩而心虚，也坦然接受司机对振华的赞美。对夸奖与有荣焉，对诋毁同仇敌忾。

我似乎已经是振华的高三生了。

这种典礼的程序总是繁杂冗长，我关心的只是洛枳学姐做升旗手的事情。

高考她依旧是第一名。简单和 β 得知我居然一直都认识这么一个文科大神却还是窝窝囊囊地在五班学理之后，都表示我这个人肯定是脑子被驴踢了。

"你去学文就有大神罩了啊，平时多熏陶熏陶，怎么也能考个不错的学校，你待在这里学理，怎么想的啊？"

被 β 这个对待人生比我还草率的人训，真是岂有此理。

余淮适时地把话抢了回来以示清白："这真的是资质问题，我已经够牛了，近距离熏陶她两年了，也没熏透啊！"

结果又变成了他们全体哈哈哈哈哈了。

"那个就是吗？" β 指着站上升旗台的女生。

我眯着眼睛："太远了看不清嘛，你选的什么破地方。"

"为了着眼大局！一看你未来就当不了官。" β 不屑。

很快，扬声器里主任的声音证实了我们的猜测。升旗手是洛枳。

"那盛淮南呢？升旗台上的另外一个男生是盛淮南吗？"简单可不关心什么文科大神，她只关心帅哥。

"不是，广播里提的不是这个名字。"我摇头。

"哦。"简单垂下肩，不说话了。

β 消息灵通得多："好像说这次盛淮南考失手了，没拿到第一。不过也无所谓了，考砸了也照样该进哪儿进哪儿，何况我听说他半年前就拿到保送机会了。"

整个典礼都无聊透顶，我们三个本来以为能通过观摩前辈们的热血青春来激励自己，为即将到来的高三打气，没想到，过程如此平淡无奇。

唯一的亮点，竟然是洛枳做升旗手做砸了。

不知道她到底在紧张什么，竟然把国旗升得像只兔子一样，一蹦一蹦地蹿上了旗杆顶端，全场哄笑，我们三个也笑成一团。

"学习好的人好像都有点儿肢体不协调呢，" β 说，"你看你学姐，升旗都升不好。"

我自然要为我学姐找回颜面："高考又不考升国旗。"

"走啦走啦，回班去，我还有卷子没做完呢，下午就讲习题了。"简单已经往回走了。

β 和我对视一眼。

叫简单出来看高三毕业典礼也是希望她能提提神，高三就要来了，她必须打起精神来。

可这个平淡的典礼让我和 β 都大失所望，更别提鼓舞简单了。气氛一点儿都不热血沸腾，操场上的高三学长学姐们平静得好像这只是和平时没有区别的一场升旗仪式。

β 说，他们刚知道高考成绩，还没报志愿呢。几家欢喜几家愁，命运未卜的情况下，谁有心情去纪念青春？

我明白。

对时光的感怀需要闲情逸致，忙着活命的人只看明天，顾不上回头。

临走前，我还是端起相机，从不同角度拍了好多张照片，想着有机会的时候，一定要交给洛枳。

忘了说，我早就鸟枪换炮了。

我爸给我买单反了。

No.270

一年的时间过得像是一眨眼。

又一年的新生入学，又一年的运动会、校庆、"一二·九"大合唱、新年、男篮女排比赛……以及又一年的高考和中考。对振华来说，高考意味着离别，中考意味着相遇。

我的生活除了这些热闹鲜艳的点缀，底色依然是铺天盖地的雪白卷子和蓝色水笔的痕迹。

月考结束，松一口气；过两周，开始为下一次月考复习，再次紧张焦虑自我厌弃，咬着牙上场；又结束了，再松一口气……心情和期盼像是f(x)=sinx 的函数图像，高低起伏都是有规律的，一次次循环往复，仿佛没有尽头，稀里糊涂就把日子花光了。

我始终不敢说自己坚持学理到底对不对。

当初我爸妈气得暴跳如雷，我却固执得不肯回头。我从未因为任何事情表现出自己的坚持，这让我爸妈都开始怀疑我是不是真心热爱理科。我利用了他们的误会和溺爱。爸妈后来特别喜欢自我安慰，理工类大学择校的选择范围更广泛，专业五花八门，女儿的选择是对的，肯定是对的。

可我的理科学得并不好。

文理正式分班之后，振华理科班的授课进度比高一时加快了不少。虽然有余淮的帮助，可我依旧觉得有些吃力。

这是没办法的事情。

这是我早就预料到的代价，虽然真的每天置身于压力和挫败中的时候，比想象中还不好受。

幸而还有朋友，还有余淮，所以总能咬牙撑下来。

No.271

高二我们班的老师换了好几个，除了张平、张峰和语文张老太还坚守岗位，还有一个赖春阳。可是期末考试临近的时候，张平忽然告诉我们，赖春阳辞职离开学校了。

所有人都震惊了，只有我知道为什么。

上周齐阿姨的包在医院附近被抢了，我和我爸陪着她去医院所在辖区的派出所报案，就在大厅里，我看到了正坐在长椅上哭泣的赖春阳。

在这种地方遇见赖春阳的尴尬程度，简直堪比上次我在女厕所蹲坑大便后一开隔间门碰见教导主任在排队。

我一直祈祷她别看到我，但是赖春阳一抬头就和我的目光对上了。

我把一句"赖老师好"憋回去，假装不认识她。跟着我爸和齐阿姨进门找办事员，然后趁他们叙述被抢包的经过时，偷偷溜回大厅。

"赖老师，我是跟我爸爸过来报案的，我啊……我们被抢了。那个，不好意思，刚才没跟你打招呼。"

我不知道赖春阳出现在这里干吗，我觉得她应该也不想遇见学生家长，所以刚才没敢和她相认。

我以为她生病了，因为她的确请了好几天病假，我们这段时间的英语课都是别的英语老师代班的。

赖春阳很快明白了我的想法，感激地笑了一下，憔悴的脸上起了很多干皮，一双大眼睛格外空洞无神。

"我女儿离家出走了，"她声音很小，听起来空前地疲惫，"都一周了，不见了，我怕她已经死了。"

赖春阳说到最后一句的时候就哭了。一个四十岁的女老师，在我这个十八岁的学生面前，哭得像个苍老的孩子。

我不知怎么就想起高一的时候，她抢我的手机未果，训我半天，最后自言自语："一个两个的都不省心，谁都不听我的话。"

那句话，其实不是对我说的吧。

赖春阳的女儿十四岁，叛逆期巅峰，拿了家里的钱跑去大连见三十岁的网友，已经出走一周，手机停机，杳无音信。

她每天都在派出所的大厅里坐着，觉得有什么消息一定能第一时间知道。

可是没有任何消息，只等来了立案。

我不知道她的丈夫为什么没有出现，这也不是我能问的。临走的时候，我抓着她的手说我们大家都会帮她的，我们帮她在网上发消息，让她把女儿的 QQ 号给我，我帮她查……

她只是特别凄凉地一笑，摇摇头，说："傻孩子。"

我离开派出所的时候，她依旧在大厅里坐着，整个人瘦小得可怜，直勾勾地盯着地砖，不知道在想什么。

和每次课堂上陷入虚无中的时候一模一样。

课堂上，她会忽然朝我看过来，点我回答一些无厘头的问题。然而这一次，她没有再抬头看我。

那是我最后一次看见赖春阳。

No.272

我们长大了，心目中的老师早已不是当年比父母还无所不能的伟岸形象了。我们不会再任由不讲道理的老师欺凌，也不会再对他们同常人一样的脆弱与无能为力表示惊诧。他们只是从事着教师这份职业的普通人，也会犯错，也有柴米油盐的生活要烦恼。

比如张平永远没办法将五班的平均成绩提上来，常常挨教导主任训，和女朋友分手后神情恍惚，瘦了好几圈。

又比如一班的班主任俞丹在这个节骨眼儿上怀孕了，家长联名上书要求换班主任，因为高三这个关键时期不能被一名无法专注精力的女老师耽误；而俞丹则拒不让位，因为一班是状元苗子班，她怎么能将培育两年的胜利果实拱手让人。

再比如赖春阳。

有时候看着他们，我会忽然感恩起来。

我的生活是单线程任务，不必选择，不必割舍，不必挣扎，只要学习就好了，只要奔着那个目标跑过去就行了，别迷惑。

所有大人都致力于让我们不要为其他的事情分神，愿意代劳除复习之外所有的烦恼，清除障碍，阻塞岔路，只要跑就好了，越快越好。

总有一天，我也会变成一个充满烦恼的大人，捡起芝麻丢西瓜，怎么活都好像哪里不对劲儿。

那一天总会来。

我会是一个怎样的大人呢？

我转头去看身边正在为最后一次竞赛而分秒必争的余淮。自然而然地想起两年前新生报到那天，我没头没脑地问他，如果你也变成了孩子他爹，你会是什么样子呢？

现在我依然想知道这个问题的答案，不同的是，我更想用自己的眼睛看到那一天。

第五十章

如果我是清风

耿耿，补课一结束，我就要转去文科班了

No.273

高一放假，高三毕业，只有我们高二年级还游荡在这栋略显空旷的大楼里。

不到两个月的暑假被克扣掉了一个月，用来补课。最后一个月是学习新课程的时间，高三一正式开始，我们就将要全体进入第一轮复习。

酷热的夏天，教室里面三台吊扇一同转，转成了三台热乎乎的电吹风，根本无法消解人心里的烦躁。教室的地上摆着好几盆水，老师说这样可以降温，恐怕也是心理作用。

不过对简单来说是真的降温。因为她常常会晕乎乎地站起来，一脚踏翻水盆溅自己一身。

每当这时候，我们几个都会大笑，笑着笑着，β和我的眼神都会变得格外黯淡。

简单现在每天只睡四个小时，所有的时间都用来学习，在课堂上撑不住睡着的时候，手里还紧紧握着一支水笔。

而韩叙只是坐在位置上一动不动地看书，跟坐在他身后的贝霖一样，像是周围的一切热闹都与他们无关。

我紧紧地盯着那两个沉静如两尊佛的人。

直到一旁忙着做竞赛练习题的余淮都忍不住伸出手轻轻地拍拍我，说："耿耿，别看了。"

No.274

贝霖是高二刚开学的时候转到我们班来的。

文理分科之后，三班和七班被学校无情地拆散了，班号和教室都空出来，选文的同学们集体入驻，就这样组成了两个崭新的文科班。而三班和七班原本学理科的同学则被平均地分配到了其他班级。

当然，"其他班级"是不包括"贵族一班"和"贵族二班"这两个连篮球比赛都能动手打起来的死对头的。

贝霖和另外三个同学就是在这时候转入五班的。

她戴一副眼镜，长得白皙文静，却剪着很短的头发；因为个子略高，她被张平安排在了最后一排，刚好坐在韩叙的背后。β 向来对新同学充满兴趣，她自己的外号又叫作 β，因此想要和贝霖交个朋友，来个"贝氏姐妹花"这种可以进军二十世纪三十年代上海滩百乐门的新组合什么的。

然而，贝霖不理任何人。

同是学习狂的朱瑶不过就是很勤奋，虽然为了节约学习时间而逃避扫除、在乎成绩，但还是个喜欢凑热闹的姑娘，"一二·九"大合唱之后跟我缓和了关系，常常会回过头跟我聊几句天。余淮不在时，她也愿意给我讲两道习题——反正我这辈子都不可能在任何一门课上比她考得好。

但贝霖是真的不理会任何人。

第一次期中考试她就把我们镇住了。贝霖以三分的优势压了韩叙一头，成了五班的新龙头。

她就像个机器人，无论 β 如何热情地搭讪，贝霖都只是回以淡淡的笑容。

那时候，简单会在闲聊时忽然问我们："你们觉得，贝霖像不像女版的韩叙？"

β 每每都会哈哈大笑说："简单，你终于肯承认韩叙是个面瘫了。"

简单只是不好意思地说："其实贝霖没有那么冷，有时候还是会和我说两句话的。"

我和 β 都没在意。谁也没有再分出太多注意力在贝霖身上，除了韩叙和朱瑶。朱瑶的好奇发生得合情合理——她忌妒心并不强，本来第一就没她的份儿，但她想知道，贝霖是怎么保持那么高的语文成绩的。

哪怕是班里著名的文学女青年，语文成绩也免不了在某个范围内忽高忽低，而贝霖的语文分数总是在一百三十五分上下，浮动从没超过三分。

而韩叙对贝霖的好奇，一开始，谁也没发现。

No.275

下午第一堂课是语文课。

余淮的语文成绩一直半死不活的，严重拖了他的后腿。虽然他崇拜的盛淮南大神语文成绩也不好，但也只是相对其他成绩而言。

我严重怀疑，余淮在感情方面的不开窍影响到了他揣摩语文阅读理解的文章选段，导致他总是给出特别离谱的答案。

当然基础知识也很差啦。

比如古文阅读题，问"茹素"是什么意思，他的答案居然是非肉食性的蘑菇。

据说这还是他 PK 掉了脑海中另一个备选项"不花里胡哨的素色蘑菇"之后，才谨慎写出的答案。

然而余淮依旧是我们五班的前三名，张老太这种都快要成精的老教师，最讨厌的就是这种学生。其他科目的优异成绩证明了余淮的能力，语文这一科则体现了他的态度。她深深地认为，余淮只要分出平时学习理科三分之一的精力，就一定能把语文成绩提上来。

余淮却考得一次比一次随心所欲。

我当然知道为什么。高三上学期，最后一次全国物理联赛就要开始了。余淮比以往任何一次都要认真和紧张，暑假前就投身竞赛夏令营集训，现在更是分秒必争地做题，怎么可能会认真对待张老太下发的雪片一样的语文卷子。

他装装乖也就罢了，张老太还会觉得余淮真的是在文科上缺根筋。然而，余淮把他被张老太点名批评的不满全都发泄到了卷子上面。

上课铃刚打响，张老太就抱着一大摞卷子走进教室。语文课代表发完卷子之后，张老太在讲台上问："还有谁没拿到卷子？"

余淮正在埋头算题，眉头拧成了疙瘩，完全没听见。

"我问谁还没有卷子?!"张老太狠狠地拍了一下讲桌。

我用胳膊肘推了推余淮，他如梦初醒地举起手："我！老师我没有卷子。"

张老太冷笑一声，说："自己上来拿。"

余淮把凳子往后一推，站起身走向讲台。张老太狠狠地把自打刚才就攥在手中的一张卷子拍到了讲桌桌面上。

"拿起来，给大家念念，倒数第二道能力题，你怎么写的。"

我连忙将卷子翻到最后一页去看倒数第二道能力题。

那是一道仿写填空题：

如果我是阳光，就温暖一方土地；

如果我是泉水，就滋润一片沙漠；

如果我是绿树，就庇护一群飞鸟；

如果我是清风，＿＿＿＿＿＿＿＿。

这道题倒没什么。

可余淮大声念出来的答案是：

"我一定弄死心相印。"

No.276

余淮被罚站，在门外站了大半堂课。

我自打上高中以来，就没见过罚站这种事情了。振华的老师们都会把学生们当作成年人来对待，连课堂上大声训斥的情况都鲜有发生。

我举手示意要去上厕所，张老太白了我一眼，点点头。我赶紧从余淮桌上拿起几张他写了一半的演算纸和一支笔，从后门悄悄溜了出去。

"给你。"

余淮感激地哈哈笑了："雪中送炭！小爷会记在心里的。"

我控制不住地想要学张老太翻白眼："行了，我还得假装跑一趟厕所呢，你小心点儿别让她发现！"

下课铃一打响，张老太还没走下讲台，我们就蜂拥出去看余淮，发现他坐在地上，几张纸垫在屁股底下，已经靠着墙睡着了。

虽然睡相很丑，半张着嘴，还流着口水，β 他们都在拿手机拍，可我不由得心疼。

虽然现在还是盛夏，夏天的落拓气质纵容了我们的懒惰，可我知道，近两年前洛枳跟我说过的那个"黑色高三"的冬天，马上就要来临了。而我身边这个一直让我蓄满太阳能的余淮，最近明显有些光芒暗淡。

虽然依然浑不吝地在语文卷子上搞笑，可我看得出他的疲惫。

对他来说，最后一次全国物理联赛开始了。

继高一的时候得了三等奖之后，余淮在高二时又得了一次二等奖，上海和广州分别有一所还不错的大学向他抛出了橄榄枝。余淮当然没有接受，因为"还不错"三个字是以我的标准而言的。

如果说高一那次他的紧张是因为自己和自己较劲，那么这一次，就是真刀真枪的紧张了。高一时尚且可以和林杨一起在小酒馆里嘻嘻哈哈地说三等奖好难得，而高三的时候，一等奖变成了"不得不"。

曾经拍着胸脯说没关系还有机会，现在不敢行错半步。

考场上一寸得失，交换的都是人生。

当然，即使考不好，他照样可以参加高考，考上顶尖大学的概率依旧九成九——但是如果真的考砸了，那么他这三年参加物理联赛的意义何在？一场坚持，岂不是又成了徒劳？

余淮和我不一样，他做事情直奔目的，重视意义。所以对学文科的事情他只是想一想，而我真的跑来无意义地学理科。

所以我格外希望他能考好。

No.277

就在我看着刚醒过来忙着擦口水的余淮被大家调戏时，贝霖也拿着水杯从后门走出来，扫了一眼走廊中的热闹，轻轻哼了一声。

韩叙也跟着走出来，问她："怎么了？"

贝霖笑了笑："你知道的，得天独厚。"

这四个字像是他们两个人之间的某种暗号，我虽然听不懂，但看得懂韩叙脸上心照不宣的苦笑。

我看着他们朝着背离人群的方向离开，两个人的背影看起来和谐得很，都是白白嫩嫩、冷冷清清，一副很能装的样子，剃个度就可以出家了。

收回视线的时候，却看到简单也在看他们。和余淮打趣的一群人中，只有她转过身盯着走廊尽头，目光像海洋中突兀地漂浮着的浮球。

她也注意到了我，苦笑一下，走了过来。

"得天独厚是什么意思？"我歪头问她，但没有说这四个字出自贝霖口中，"我怎么不明白啊？"

简单微微愣了一下，笑了。

"是这四个字啊……你当然不会明白。"

No.278

下午两点多开始上自习的时候，教室里热得像蒸笼。我的胳膊肘总是和余淮碰在一起。曾经这个时候我们总是会心一笑，各自往旁边挪一挪，余淮继续低头做题，而我则静静地等怦怦的心跳稍稍平复下去。

但是现在，胳膊肘上也全是汗，蹭一下，两个人都一激灵，闷热潮湿的教室里，我们嫌弃地互看一眼，恨不得咬死对方。

所以我拿起英语单词本，说："受不了了，我要出去看书。"

张平对于大家自习课的时候到学校各个角落乘凉的行为是默许的，只要不是太过分。说到底自由散漫的也不过是我们后排的这几个人，不会影响大局，他也就睁只眼闭只眼了。

当然这也成了β心中张平魅力的一部分。反正她特别能往张平脸上贴金。两个月前，徐延亮第一个说起在办公室听到张平和女朋友分手的八卦消息，β一言不发，默默走下楼，又拎着一只大塑料袋上来——她请全班同学吃最近最流行的绿舌头冰激凌。

满班级都是颤巍巍的绿舌头，我还拍了好多照片呢。

余淮对于我主动让位出去看书的行为给予了赞扬，称我高风亮节。

这时候，简单也站起身，说："耿耿，我和你一起去。"

我以为β也会蹦蹦跳跳地跟着我们出来——行政区顶楼的小平台已经快要成为我们仨的据点了——可她回头看看我们，特意朝我露出一个叹息的神情。

我不明白为什么。

我们抱着文具在走廊里并肩走的时候，简单忽然问我："耿耿，你为了余淮才学理，现在后悔吗？"

"我才不是为了余淮才学理的呢！"我回话速度极快。

简单抿嘴笑了，不知怎么，她的气质是那么沉静，沉静得陌生。

我越来越不认识这样的简单。虽然曾经她远没有 β 疯癫大胆，但也是个活泼开朗的姑娘，热情又善良，有点儿胆小，爱看偶像剧，爱哭，比我还笨。

反正不是现在这样，笑不露齿地沉默。

"可是我后悔了。"简单低下头，很轻很轻地说。

我想到那句暗语一样的"得天独厚"，一时间也不知道应该说什么。

我们终于走到了行政区的楼梯口，我先上了几步，发现简单没有跟上来。

我转过身，看到她站在几级台阶下，仰着头，红着眼圈看我。

"耿耿，补课一结束，我就要转去文科班了。"

No.279

简单的名字和我一样，是她爸妈的姓氏的结合。当然和我不同的是，她爸爸妈妈一直好好的，很恩爱。

"我爸妈一直特别宠我，我想做什么，他们就由着我做什么。不过我也挺乖的，从来不胡闹。我小时候就想，等长大了，要找到一个比我爸还好的男生，然后和这个男生初恋、结婚，跟我爸妈一样白头到老。"

简单真的很简单。她相信从一而终，天荒地老。所以她小学认识 β，β 就会做她一辈子的好朋友；所以她小学前就遇见了韩叙，韩叙……

我的思路断在了"韩叙"两个字上。

"你们平时，会不会觉得我追着他到处跑，特不要脸啊？"简单早就不哭了，说到这句话的时候，还会笑。

她早就不是那个一被我们拿韩叙的事情调侃，就会脸红得到处打人的小姑娘了。

我摇头："怎么会。"

简单从不胡思乱想，从不患得患失，从没说过"我喜欢你"，从没让韩叙为她做过一件事儿，也从没怀疑和动摇过。

她对韩叙的好，只会令人羡慕。

No.280

简单的爸妈从没逼迫简单去学过任何才艺：舞蹈、唱歌、乐器……然而凡是简单有兴趣的，他们都会大力支持。

比如简单上学前班的时候看到电视剧里面的古代才女素手执墨，皓腕轻抬，镜头下一秒移到一篇娟秀的蝇头小楷，旁边的风流才子不住地点头，好字，好字……

她立刻从沙发上跳起来大喊："妈，我也要学书法！"

简单小时候一直不懂的一个道理是，才子看重的往往不是字，而是写字的那个姑娘的脸。

于是简单开开心心地去少年宫学书法了，手腕上绑了两天沙袋就累得大哭，发誓再也不去了。爸妈劝她再坚持几天，学习总有个过程，不能怕吃苦。

这几天里，简单遇到了韩叙。

趴在玻璃柜前浏览少年宫学员获奖作品的时候，小小少年指着一幅龙飞凤舞的大字说，这是他得奖的作品。

好字啊！好字！

简单拖长音，十足地像个要泡大家闺秀的风流阔少。

少年却白了简单一眼，好像被她这种一看就没什么品位和鉴赏力的女生夸奖是特别丢脸的一件事儿。

如果真是这样，当时为什么要对人家陌生小姑娘说那幅字是你写的？

韩叙果然从小就不可爱。我心想。

总之，简单为了学闺阁小姐的字而来，却在这一天，遇到了她生命中的那个会写字的"大家闺秀"。

韩叙到底好在哪儿呢？

一段感情是没有办法理解另一段感情的。比如我理解自己为什么喜欢余淮，却不明白简单为什么喜欢韩叙。

　　一个从不吝惜自己的赞美的小跟班，以及一个从不稀罕听小跟班赞美的"大小姐"，简单和韩叙的感情到底是从什么时候开始的呢？我完全没有头绪。

　　好像就是青春期开始的某一天，被开了几句玩笑；又或者是某一天，把偶像剧里跩兮兮的男主角幻想成了韩叙……每个人的生命都有特殊的纹理，简单的纹理中，镶嵌的都是关于韩叙的细枝末节。

　　有些事情讲出来是会被听众骂成犯贱的。比如高二之前简单咬着牙决定为了前途应该去学文科，韩叙也没挽留，只是在吃完烤肉喝完酒道别的时候，说了一句："以后再没人像你对我这么好了。"

　　于是去年那个夏天的夜晚，简单回家就跟爸妈说，她不要学文了。

　　人是不是都有点儿斯德哥尔摩综合征的潜质？付出一千一万，只得到一句叹息，就觉得什么都值得了。

　　简单早就习惯了做任何事儿都第一时间考虑韩叙。也许因为我高一才认识余淮，所以偶尔看到他那种理所当然的态度，还是会不满。而简单从小就屁颠屁颠地跟着韩叙，"为他好"都成了习惯，是她成长的一部分，那么自然，都不需要停下来想一想。

　　不需要韩叙回应。看到韩叙一帆风顺时的开心，她自己也开心。她把自己的那份开心当成这段感情的报酬。

　　"后来我懂了，"简单笑着说，"他喜欢我对他好，但是他不喜欢我。"

　　"他怎么会不……"我本能地脱口就去安慰她。

　　"我知道的。"简单低下头，轻轻地说。

No.281

我总是会笑电影和偶像剧，在那里，不该被听到的谈话总是会被听到，不该被看到的相见总是会被看到……

我不知道简单是不是也这么想。

她翘了体育课，趴在桌上睡觉，醒来时发现全班的人都走光了。韩叙的宝贝练习册掉在了地上，她捡起来，不小心抖落了里面几张夹着的字条。那是韩叙平时和贝霖的聊天记录。简单在韩叙身边坐了那么久，从来没发现韩叙和贝霖有过什么交流。

简单在贝霖刚来班级不久的时候说过，这个人不像我和 β 认为的那么冷漠，平时偶尔也会跟她讲讲话的。

讲话的都是韩叙。

简单是个心思如此简单的家伙，她以为贝霖和我与 β 一样，慧眼发现了她对韩叙的小心思，故意用这种话题来拉近关系，所以就一股脑儿地把她所知道的韩叙的那些辉煌和糗事儿都倒给了贝霖。

贝霖是多么聪明的姑娘。

在密密麻麻的聊天记录里，她装作对韩叙一无所知，说出来的每句话却都"无意中"命中韩叙的喜好和往事。

所谓一见如故。

像是老天爷怕简单不够死心一样，当她绕过体育场背阴处，她就看到了韩叙和贝霖，躲开了自由活动的众人，坐在台阶上聊天。

贝霖说，她很羡慕简单。

简单不知道贝霖的真实生活到底有多糟糕，导致连她这样的人也可以被羡慕一下。

"她和 β 她们都很令人羡慕。我羡慕这些在某个方面得天独厚的人。余淮聪明，简单家庭幸福又单纯，β 可以去北京占分数线的便宜，耿耿家里好像很有钱。我和你说这些，不是为了抱怨命运。但是，有时候，真是很羡慕。疲惫的时候总想要找个人说一说，好像这样就有勇气继续独自加油下去了。幸亏有你。"

贝霖不爱说话，不代表她不会说话。

简单看到韩叙轻轻地拍了拍贝霖的肩。

韩叙说："我跟你是一样的人。简单她们的生活，羡慕不来，你和我，我们只能靠自己。"

"她们"和"我们"。

简单发现，原来她从来就没有了解过韩叙。

她知道韩叙有洁癖，知道洁癖来源于他小时候被姑姑家的斗牛犬湿乎乎地强行"法式深吻"过，却不知道他姑姑家有钱有势，他哭了半天，父母据理力争，姑姑却轻蔑地不理会，只顾安抚自己家的狗；她知道韩叙学什么都能学好，却不知道她在少年宫书法班玩票，说不学就不学了，韩叙却不敢浪费一分钱的学费……

曾经简单以为韩叙不爱讲话。

后来她才知道，韩叙只是不爱和她讲话。

简单在背后静静看着，两个人一直没有回过头，直到她离开也没有。

这世界上的爱情有时候一共也就那么多，一些人得到了，一些人也就失去了。

简单在树荫下独自坐着，将几张密密麻麻的字条看完。

蓝色的字迹是韩叙的，简单一眼就能认出。

真的是好字啊，好字。

No.282

"高三再去学文，你还来得及吗？"

简单歪着头，盯着窗外的树，说："来不及也没办法了。"

"你不用为了躲着他俩就跑去学文啊，跟张平说一声，调换座位不就行了？你跟朱瑶换换，朱瑶肯定特别乐意和贝霖离得近一点儿，她特别关心贝霖是怎么学语文的……"我还在想着办法。

"我真的很后悔选了理科啊，"简单笑，"所以学习特别努力，希望能补救一下。我觉得特别对不起我爸妈，他们这么信任我，我次次考试都排在四十多名，他们从来没骂过我一句。"

简单的努力我和 β 有目共睹。中午去校门口和小商贩交涉的人变成了我们俩，只是为了帮简单在午休时多挤出一点点时间，只要一点点就好。

她缺觉到了会一脚踩进水盆的地步，成绩却没有一丁点儿好转。我们都知道简单不是这块料，而且坐在韩叙身边只会让她的生活雪上加霜，四十五分钟的自习课，她到底学进去了多少，可想而知。

"狗男女。"我到底还是气不过。

虽然关于韩叙和贝霖的事情，我和 β 早就知道了，也始终避免在简单面前提起，然而此时此刻，我还是忍不住气血上涌。

"才不是呢，"简单摇头，很认真地说，"我一直都是剃头挑子一头热，不怪任何人。他又没许诺过我对他好他就会娶我，他有什么错呢？"

我们谁不是这样呢。

"一厢情愿，就得愿赌服输。"简单说。

学文科于她而言，已经是死马当活马医了。

简单拍拍屁股站起来说，她想去自己一个人走一走。我坐在台阶上看她离开。

走到一半的时候，简单突然转过身，笑着说："耿耿，我去文科班了，我们也永远都是好朋友。"

"废话。"我皱皱眉。

她嘿嘿一笑，跑得不见了踪影。

这句话我记得。一年前，在巴西啤酒烤肉城，喝多了的简单和 β 抱在一起哭，简单忽然这样朝我们喊着——我们永远都是好朋友。

No.283

我稀里糊涂地就掏出手机，给余淮发了一条短信。

"你说，我学理科是不是个错误？"

想了想，又一个字一个字地删掉。

这种行为太矫情。简单让我有种兔死狐悲的感觉，可她说得对，这是我们自己乐意。

愿赌服输。

行政区的顶楼没有比教室里凉快多少。我看了三页例句，大脑实在是不愿意工作，气得我只好扔下书站起身，活动了一下僵硬的屁股。心烦意乱的我站在小平台上四处看，无意中发现一面墙上铺满了刚毕业的那批高三生的涂鸦。

"谁的笔下能盛开一朵朵雪莲，却画不对双曲线的对称轴。"

"楼主真矫情。"

"画雪莲谁不会啊，我也会，看着！"

"双曲线对称轴谁不会啊，我也会，看着！"

"楼上你画的那是啥，双曲线在哪儿？"

"楼主不是只想画对称轴吗？要啥手表！要啥自行车！"

这片涂鸦拯救了我的心情。

有人在抱怨成绩，有人在指名道姓骂某班的某某，有人跟着骂，有人帮某某回骂，有人说毕业了一定要去海边喝到酩酊大醉，有人在许愿，有人在承诺。

很多年后他们还会记得吗？那些愿望都实现了吗？那些烦恼回头再看会不会觉得特别可笑？

在时间的河流里，有多少人刻舟求剑。

不管他们有多少未完成的愿望，时间依旧稳步向前，将他们通通赶出了振华。墙上还有大片的空白，或许是留给我们的呢。

我看得津津有味，从仰头读到弯腰，最后蹲下来。

背后的大窗子有着十字棱角，夕阳透过窗照进来，也在留言墙上留下上长下短的倒十字阴影。那些字迹都在阳光下熠熠发光，我忽然在角落的阴影中看到了很轻的一行字。

字迹很新很新。

洛枳爱盛淮南，谁也不知道。

霎时间很多瞬间像脑海中被不小心碰掉的照片，我来不及去捡，只能看着它们从眼前簌簌落下。

升旗仪式上，洛枳目光的方向。

校庆上，她忽然断掉的那句话，以及当时头顶上主席台的广播里传出的"大家好，我是二年三班的盛淮南"。

她想要翻看的那本笔记，她脸上缓缓盛开的表情，她试探性的"对了，你……你知道怎么走吗？他在三班。用不用……用不用我带你去"。

还有窗台上笑着说的那句："耿耿，其实我很羡慕你。"

眼睛里的泪水让我有点儿看不清楚那行孤零零的字。

我为什么要为一个至今也不是很熟悉的学姐哭泣?

我也不知道,也许是因为她,也许是因为简单,也许是因为我自己。

我们从小得到父母的爱,太过理所当然。无条件的获得,最终惯坏了我们,在得知有些感情也需要自己争取,更需要听天由命,甚至会求而不得的时候,我们就通通慌了神儿。

No.284

高三开学报到的那天，简单的位置就空出来了。

韩叙一开始毫无反应，过了一会儿，终于忍不住戳了戳坐在前面的徐延亮。

"简单请假了？"他问。

徐延亮摇头，故作惊讶："啊？你不知道啊？简单去学文了呀！"

韩叙的脸白了白，没说话，也没有追问什么。

β 可没那么客气，她转过头看着一言不发的韩叙，很大声地说："我们这种得天独厚的人去干吗，干你屁事？"

从来都波澜不惊的贝霖在最后一排缓缓地抬起头。

足有半分钟的沉默之后，β 一梗脖子，转回头去。闹哄哄的班里，这一幕像扔入河中的小石子一样沉了下去。

No.285

简单依旧常常会来找我和 β 聊天。学文科依旧很累，第一轮复习相当于把各科都从高一的内容开始重讲一遍，在几轮复习中属于速度最慢也最全面的一次，简单自然很珍惜这段时间的学习机会。但是再累也比面对令人头痛的物理公式要简单一些，她至少可以咬牙背诵，不至于尴尬地面对卷子上的空白。

好歹充实。

"你不知道文科有多变态，"简单渐渐恢复了往日的活泼，"政治老师话超级多，而且全是车轱辘话，用 A 来证明 B，用 B 来证明 C，但是 A 的成立其实是建立在 C 的基础上的，话都让他说尽了……"

"我们知道，"我打断她，"我们好歹也是学政治学到了高三的人，政治还没会考呢，我们也在学。"

"对……"简单不好意思地笑笑，"但是我说真的。我以前在外国人写的书里面看到过马克思写给恩格斯的信，马克思自己都说，只要是他搞不清的事情，他就会说这事儿是辩证的！"

简单刚学文科的兴奋劲儿一时半会儿还过不去。不过，文科生的生活的确让我和 β 听得津津有味。很多事情，比如十月份的神舟六号上天、中共十六届五中全会召开，对我和 β 来说就是一则新闻，对简单他们来说则是生死攸关的大事儿。

神六和十六届五中全会都意味着更多的材料论述题，酒泉发射基地的地理坐标和周边区域的地貌特征要好好背，十六届五中全会的主要会议精神能和马克思主义哲学的哪些观点相结合、与马克思主义政治经济学的哪些条目又相互印证……

我和 β 面面相觑，看着简单唾沫横飞地抱怨着，但也能听出，这些头头是道的抱怨，背后都是已经入门的喜悦。

她已经走上正轨，辛苦，却有奔头。

我们都为她高兴。

No.286

简单的新生让我也不由得思考起自己的未来。

十月过半，我已经听得到"黑色高三"的步伐声。天黑得越来越早，真令人心慌。

β 却要走了。

家里终于给她办好了手续，这个周末就走。

其实 β 早就未雨绸缪，做了很多准备。高三刚开始的时候，她就致力于到处跟平时与她吵过架或者单方面被她欺负过的同学重修关系，建立邦交。

目的只有一个："大家既然都是好朋友，讲义气，可不许到教育局举报我啊，我不算高考移民，真不算。"

与之前我和简单的出尔反尔不同，这次 β 的离开，是真的要离开了，她不会在某天重新忽然蹿进教室里面，一脸笑嘻嘻的样子。

所以我们都很伤感。

β 临走前，张平本来说要给她开个欢送会的，被 β 拒绝了。

高三人心惶惶的，她能去北京享受比较低的分数线，已经足够拉仇恨的了，怎么还敢晒人缘？

但是张平送了 β 一本书，说是我们全班送她的礼物，但是"我们全班"都不知道。

书的名字是《哈佛女孩刘亦婷》。

"张老师，您送我这本书是为了寒碜我吗？" β 问。

张平哈哈哈哈地挠了挠头，说："这是一种美好的愿望嘛，也不是一定要考名牌大学，让你学习的是这种精神，精神！"

β 翻开书，看到扉页上徐延亮熟悉的丑字。看来这书是徐延亮和张平的联合作品。

赠蒋年年同学：

　　祝学习进步，考上理想的大学，收获梦想的人生！

越长越白！

振华中学 2003 级高三五班全体同学

我和简单看了看 β 一脸均匀的浅黑肤色，立即断定"越长越白"那四个字绝对是徐延亮故意写的。

β 皱皱眉："老师，怎么是徐延亮写的啊？您好歹签个名啊！"

张平一愣，说："对呀，等着，我给你留下墨宝。"

β 得意地笑了。我和简单一起翻了个白眼。

张平在办公室里翻来翻去，不知道从哪儿掏出一支签字笔，大笔一挥，签下了比徐延亮的字还丑的"班主任：张平"。

β 低头认真地看在了心里。

"张老师，谢谢您。要不是您，我这两年一定已经被我爸妈家暴虐杀了，谢谢您这么理解我。我们五班同学都不太听话，老欺负您，您一点儿都没跟我们一般见识，还总护着我们，真的……"

β 说着说着有点儿哽咽了。简单和张平都没料到 β 怎么突然就您来您去的，正经起来了，一时间都愣住了。

我的心底忽然变得很柔软很柔软。

"还有，"β 继续大声说，"失恋不可怕，是她没品位没福气，张老师，天涯何处无芳草，为啥不在身边找，你要知道，我们大家都……"

张平手中的黄桃罐头瓶差点儿掉下来。

我和简单连忙捂住了 β 的嘴，硬是把她拖出了办公室。

No.287

周六早上，我爸开车送我到机场，我在值机柜台前和简单会合，一起去

送 β。

没想到，还见到了徐延亮。

我和简单对视一眼，好像都明白了点儿什么。

β 托运完了所有行李，就蹦蹦跳跳地来找我俩，见到徐延亮的时候整个人都震惊了，表情比吃了大肠刺身还难看。

"我代表五班同学来送送你啊！"徐延亮一派乐观。

β 冷笑："是啊，我现在觉得可以安心上路了。"

我们四个一起去航站楼里的麦当劳喝热可可。

全程简单都红着眼睛，笑也笑得很勉强。

她们是小学时候开始的死党，穿同一条裤子互借卫生巾的友谊，一朝天各一方，怎么舍得。

我也几度鼻酸。

虽然学理的原因，余淮占了一大部分，但是如果没有简单和 β，我很难在振华一直撑下去。

我爱上振华，是从爱上她们开始的啊。

β 倒是保持了一如既往的乐观。她相信我们大家都会在北京重聚的，完全忽略了全国不是只有北京一个地方有高校这一事实。

"我说会就会，"β 一脸得意，"简单学文后势头了不得，考个中国政法大学什么的肯定没问题吧？"

简单的脸立刻就抽搐了。

"而你呢，"β 指了指我，"你也肯定能来北京读书。反正你男人肯定会考到北京来，不是北大就是清华，你肯定会颠颠儿地跟来，管他什么大学呢，就是北京，没跑儿，为了男人，通州你都会嫌远！"

我说："我爸还在停车场等着呢，你能不能别男人男人的，人家才十八岁，羞涩得很。"

她俩忽然一齐看向我："开什么玩笑，耿耿你不是属虎的吗？十九了吧？"

"都给我滚！"我怒吼道。

"那我呢？"徐延亮指了指自己的鼻子。

"你去哪儿关我什么事儿？"β诧异。

徐延亮丝毫没有着恼，笑呵呵地自言自语道："我也会去北京呀！"

"去呗。"β翻白眼。

β走进安检口的时候，我和简单到底还是哭成了傻×。

一直挥手的β忽然大叫起来："哭个屁啊，不到一年，咱们就能再见了啊！"

说完，她哭成了第三个傻×。

任何时候我们遇到困难，第一时间大喝"谁敢欺负我女人"的，肯定是β。

自己明明很孤单，却永远最乐观最好最好的β。

罩着我们的那个女孩儿，就这样飞去了北京。

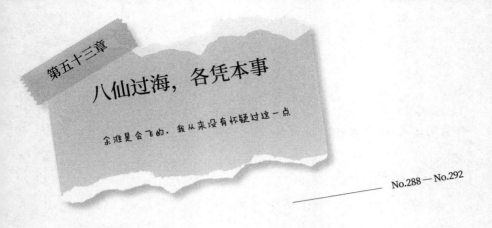

No.288 — No.292

No.288

我和简单、徐延亮在机场到达口道别。徐延亮去坐大巴，简单和我一起往停车场走。

"你说，我们真的会在北京重逢吗？"简单问。

"会的。"我点头。

其实我不知道。但我是这样一个人，在残酷的可能性面前，我努力去看光明的那一面，然后笑着告诉别人，不是可能，是一定会。

命运负责打击，我负责鼓励。

简单先看到了她爸爸妈妈，于是跟我道别了。我继续往前走，看到我爸站在车外打电话。

他朝我招招手，说："上车。"

车在机场高速路上飞驰。窗外的高架桥下是单调的雪地、荒废的农田，偶尔有些枯黄的连片草地闪过视野，算是调剂。

简单在文科班，我很少见到。β 也走了。余淮每天紧张兮兮地备战，我独自一人面对一次又一次月考的打击，练就了厚脸皮，却没练就一颗死心。

每次还是很难过。

连绵不断的乌云，是北方冬天的标志。并不常常下雪，但也总是不放晴。

看得人心里绝望。

"爸，是不是再好的朋友，最终都会走散啊？"

我这种偶尔文艺的小调调也就跟我爸聊聊。我妈会回复我劈头盖脸的一通骂。

"耿耿啊，"他笑了，"长大后没有固定的教室了，你可能都没有时间和机会慢慢去了解一个朋友了，遇见之后很快就分离，久而久之也就习惯了，大人们都这样。"

我突然意识到这问题不适合问他。

他的爱情都离散了，我居然还问他友情。

"爸，你和我妈会不会觉得我特别让你们失望啊，"我看着窗外，"我的成绩怎么都提不上来了，要是高考还这样，是上不了什么好学校的。"

"你这么听话，爸妈怎么可能觉得失望。"我爸不大擅长说漂亮话，他安慰人总是干巴巴的，但一句是一句，都很可信。

"但我还是考不好。"我苦笑。

我爸半天没说话。

"刚才你上车之前，我就在跟你妈妈打电话。爸爸妈妈会想办法的，你安心学习吧。"

我点点头。

让我最后一次享受做小孩子的福利吧，大人说什么，我只要听着就好，假装他们还是我小时候所认为的那两个超级英雄，无所不能，什么都不必怀疑。

No.289

物理联赛考试来临了。

余淮去考试前的那天晚自习，我又在他左臂上打了一针"舒缓安眠药"，并在"针眼"上又画了个大对号。

这是第三个对号，它已经成了我们之间的惯例，一个幸运的秘密。

"老规矩，"我笑着说，"今天晚上别洗澡。"

他臭屁地一昂头："给你个面子而已。小爷哪儿用得着这种封建迷信。"

高三令人压抑又悲伤。我拍拍他说："余淮，加油。"

我的成绩下滑得越来越多，在大家都开始加倍努力的第一轮复习期间，这种下滑愈加明显。那些高一学过的科目，于我却像是陌生人。我像一只在田野中掰玉米的熊瞎子，掰一个棒子，扔一个棒子。

我是最近才开始认真思考我的出路的。我坐在他身边三年，现在眼睁睁地看着离别近在眼前，却无能为力。

当简单、β 都在的时候，快乐的每一天里我没有好好看过一眼自己的生活。学海无涯，他们八仙过海各凭本事，我却只能站在岸边，看着每个人的小帆船越行越远，消失了踪影。

我和余淮一人一只耳机，一起静静地听着 Beyond 乐队的《活着便精彩》。余淮闭着眼睛趴在桌上，留给我一个孩子气的侧脸。

余淮是会飞的。我从来没有怀疑过这一点。

可我只能站在地上。

No.290

余淮考试的那天又是一个周六。我照例定好了闹钟，被吵醒后发短信给他加油。

但我没像往常一样在发完短信之后继续睡过去，而是爬起床，在熹微的晨光中穿好衣服，洗漱，背上书包，去上艺考生培训班。

十二月开始，各大高校的艺术生考试就要开始了。我不会唱歌，不会弹钢琴，也不会画素描，写文章也不在行，所以只能往编导或者摄影摄像这方面努力。

这是我爸妈给我安排的出路。

我爸说，反正为了加分，先考着试试，之后再看高考成绩，我们也不一定要学这些，你不喜欢就不学。

可我还是去上培训班了。

拿着下发的北京电影学院导演系的历年考题和参考答案，囫囵吞枣，努力地背下去。

我的动力倒也简单。

那些学校，很多都在北京。

No.291

余淮周一的时候没来上学。我给他发了好几条短信，他也不回复，急得我赶紧打电话过去。

他的声音像是鼻塞了。

"你在睡觉？"

"嗯。"

"你生病了？怎么没上学？"

"病了。"

我沉默了一会儿，问："余淮，是不是出什么事情了？"

余淮那边好长时间都没有任何动静。

过了一会儿，我才听到他很轻很慢地说："耿耿，我这三年，算是白费了。"

No.292

连朱瑶都很识趣地没有问余淮竞赛的事情。

林杨来找过余淮几次，两个人不知道在外面聊什么，常常大半节课也不回来。高三上学期，学校里的所有人都在为各自的前程想着办法，小语种保送、高校自主招生、竞赛保送、艺考、少数民族加分……张平就这种浮躁的气氛讲过几次话，但没人听他的。

余淮的翘课在兵荒马乱中显得那么不重要。

我不知道应该怎么安慰他。安慰此时变得如此轻飘飘，我没办法说出哪怕一句"没关系"。

我只能悲伤地坐在他身旁。

我没办法安慰他，也是因为他从不提及自己的难过——"不开心"这三个字被他狠狠地压在了心底，从来没有浮上水面的机会。他依旧和徐延亮每天中午去打球，依然和大家正常地开着玩笑，只是说话的时候从不看我的眼睛，像是怕被我一眼看穿他的不开心。

我不知道他在别扭什么。

"大不了继续高考""人有失足，马有失蹄""塞翁失马，焉知非福""行了，不提糟心事儿，打球去打球去"……这些话，他在跟其他同学说话的时候，都自己说干净了，没有给我留下一点儿表现的余地。

多么乐观的余淮。

在所有竞赛生都紧张地投入保送志愿填报和保送资格考试中的时候，广播里常常传来让某班的某某将某某大学的保送申请表交到教务处的通知声。

每每这时，我都能感觉到身边的这个男孩儿全身忽然僵硬了一下。

可在别人眼中，他在这段时间里变得更加乐观、更加阳光，像一个只有阳面没有阴面的人。

大家都说，余淮真爷们儿，一点儿都没受影响。

放学的时候，他哼着歌收拾书包，我沉默地看了他两眼。

余淮忽然毫无预兆地沉下脸，说："耿耿，你是不是特希望看到我哭得像孙子似的？我是不是让你失望了？"

他没有给我反应的时间，拎起书包转身就走了。

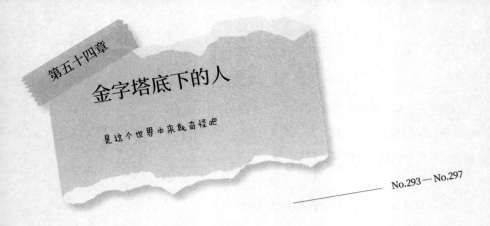

第五十四章

金字塔底下的人

是这个世界本来就奇怪吧

No.293

那天晚上，我一个人坐着十点钟的末班公交车回家，头靠在起了窗花的窗子上，靠得太久，帽子冻在冰霜上，差点儿扯不下来。

不开灯的公交车里，霓虹灯和车灯都被窗花扭曲了，光怪陆离地折射在车顶上，像是它不打算带我回家，而是要带我逃跑。

我不再是递给司机五十块钱让他可劲儿跑的高一小姑娘了。

No.294

第二天上午，我在家里整理行李，准备乘傍晚的飞机和我爸妈一起去北京。

我已经记不得我们一家三口有多久没有待在一起了。

我在北京有四所学校的考试，所以向张平请了两周的假，看样子，我的生日也要在北京度过了。

上飞机前，我收到了余淮的短信，只有三个字："对不起。"

该说"对不起"的是我啊，我太急于想要让你开心，更急于想要成为能走进你内心的人，急不可耐地要撕破你辛苦伪装的坚强面皮，这何尝不是一种自私。

我花了半个小时，字斟句酌，却没凑出一条完整的短信息，最后还是只回复了三个字："没关系。"

你好、谢谢、对不起、再见、拜托、没关系，客套词救了我们多少人的命呢。

　　我妈开车到我爸家楼下，然后把车停在了我们小区里，我们三口人一起打车去机场。

　　不知道是不是商量好了要给我最宽松的备考氛围，他俩见面之后一直和和气气的，没有拌嘴。

　　好像我们还是一家人一样，特别好。

　　这是我们一家人第三次一起去北京。前两次都很开心，我不知道这一次会怎样。

　　到北京的时候是晚上七点，我们排了二十分钟的队才打上车。酒店在鼓楼附近，我和我妈住一间，我爸住一间。我们放下东西之后去吃了烤鸭，九点前就回到了酒店，因为第二天一大早就要先后赶去两所学校的报名会。

　　我洗漱完就窝在床上发呆。我爸没让我带任何数理化的复习资料来北京，他说孩子太累了，放松两周，死不了的。

　　我妈擦着头发走过来，也钻进被窝搂着我。我闭着眼睛装睡，脑袋里横冲直撞的是各种情绪，我怕一睁开眼睛，它们都会冲出眼眶。

　　"咱们回家之前，去卧佛寺拜一拜怎么样？"我妈忽然说。

　　"不去。"

　　"你小时候，有一次你外婆带你去拜佛，有个大师还给你算过命呢，我觉得挺准的，不如去拜一拜吧。"

　　这是什么意思？觉得女儿指望不上了，开始指望佛祖了？我被我妈气笑了。

　　"算命的说啥了？"我问。

　　我妈想了想，说："他说你以后是个穿制服的，可能是老师或者公务员，而且你是帅才不是将才。"

我皱眉："帅才和将才分别是什么意思？"

我妈其实也不是很了解这些，但是作为一个知识女性，她还是努力瞎掰了一番："将在帅之下吧，将军是帮皇上打天下的嘛，所以你是有统帅之才的，不仅仅是帮忙跑腿的命。这命肯定好。"

我知道她瞎扯这些都是为了让我不要因为这段时间的考试而感到紧张。当我对自己没信心的时候，她想告诉我，你的命运是老天爷决定好了的，别怕，照着它一一验证就好了。

"婚姻呢，有点儿难办，"我妈接着说，"姻缘来得比较晚，但最后结果是好的。能生儿子。"

我刚坐起身来喝水，听到最后四个字，差点儿喷我妈一脸。

No.295

电影学院门口人山人海，一多半是盛装打扮来考表演系的。我没心思多看，我爸妈倒是站在一起开始品评路过的学生。

"一年才招几个人啊，这录取比例得多小呀。"我爸感慨。

"明星梦呗，"我妈摇头，"这社会就是个金字塔，谁不是削尖了脑袋想往上层流动。"

"可不是嘛，咱们那会儿，好多行业还没规范，乱世出英雄。到了他们这一代的时候，其实日子没有咱们好过，压力又大，规矩又多，怪可怜的。"我爸感慨。

我赶紧往旁边走了两步，假装自己不认识这两个党报时事评论员，却不小心踩了前面姑娘的脚。

圆脸小姑娘接受了我的道歉，笑着说"没关系"。我们攀谈起来，得知她是从山东来的，叫程巧珍，来考戏剧文学系，明天去另外一所学校报名。

我们聊得特别投缘，几分钟内就把各自的情况都交代清楚了。

"我要考编导系，可到现在连分镜怎么画都不知道，"我耸耸肩，"临时抱佛脚的结果是被佛蹬了。"

小姑娘被我逗笑了，圆圆的眼睛眯成两道月牙，特别可爱。

"对了，你是不是还要考中戏？"小姑娘歪头看我，"我有中戏这几年的考题，你可以学学看，佛祖慈悲，不会次次都蹬你的，说不定这次就抱上了呢！"

"那太好啦，"我笑，"你方便借我看看吗？我一会儿可以复印一下吗？"

她很热情地一笑，点点头。

报名结束后，她带着我和我爸妈去坐公交车，到她的住处取资料。我妈得知要去的地方在南四环，坐公交要倒三次车之后差点儿晕倒，扬手就叫了辆出租车。

程巧珍因此特别不好意思，再三道谢，说她住的地方特别远，打车都要花不少钱。

我爸坐在副驾驶位上，回头对她说："没关系的，谢谢你愿意跟我们家耿耿分享资料。"

我冷出一身鸡皮疙瘩。我爸一摆出亲切的政府公务员架势，我就觉得特别不适应。程巧珍和我靠在一起，我们一起看着窗外飞驰而过的景色。她忽然说："你觉得北京是不是特奇怪？"

程巧珍讲话有一点点山东方言的口音，让我想起我奶奶。

"哪里奇怪？"我问。

"我前段时间和我妈妈一起去前门玩，那里好多马路都很宽很漂亮，干干净净的，让人觉得自己特渺小。但是随便拐几个弯，就能拐进一条小巷子，里面又脏又乱，就跟我现在住的地方一样，像农村。真是奇怪。"

是这个世界本来就奇怪吧。

我想起我爸妈在报名会场闲聊时说起的金字塔。我和程巧珍，我们所有在报名现场黑压压一片挤着的人，跟远在家乡的教室里埋头苦读的人，有多少是真的对自己要做的事情感兴趣的呢？

有些是想往自己的上一层突破，有些是不想掉落到下一层，固若金汤的金字塔里涌动的暗潮，是不是就叫作欲望？

No.296

程巧珍说得没错，北京是个很奇怪的地方，南四环外就是一片鸡鸭遍地走的乡下。我们偶尔会经过一片菜地，骡子和驴都在路边安静地歇着。我妈的表情越来越奇怪，可能是害怕上当受骗。程巧珍浑然不觉，每到一个路口就给司机指路。

到了目的地之后，我爸等在车上，让司机接着打表。他怕司机自己走了——那我们一家三口就折在这儿了。

我们下了车，跟着程巧珍往院子里走。程巧珍住在一个农民院里，石棉瓦的屋顶上面压着不少砖，不知道是不是沙尘暴的时候被刮跑了什么东西。好像一共有四个房间，我们进去的时候才上午九点半，好几个住客刚起床，都披着羽绒服，站在院子里的水管前面刷牙洗脸。

程巧珍的屋子里唯一的家具是用砖头架着几块长条木板拼的床。我妈看得直皱眉，问她："你自己住？这大晚上的多不安全啊！旁边住的都是谁，你认识他们吗？"

程巧珍正蹲在地上从自己的大书包里往外翻资料，听到我妈关心的询问，一抬头，笑得特别甜。

"没事儿，他们都是美术生，也是来参加艺考的，过几天美院就开始报名了。我秋天就来了，来上课，都在这儿跟他们住了快两个月了，大家都认

174

识了。除了房东老太太特别抠门老断电，没什么事儿。"

我妈走过去按了按床板，说："这铺得这么薄，晚上睡觉多硌得慌。"

"硌得慌倒没有，就是有时候没睡在正中间，板子突然就翻起来了，大半夜的把我吓一大跳。"

她像是说起什么特好玩的事儿一样，边说边笑。我妈和颜悦色地跟她聊天，我站在一边像个二愣子一样，打量着墙上糊的报纸，手足无措。

程巧珍把一摞厚厚的资料都交给我。

"这附近哪儿能复印吗？"我问了一个自己都觉得傻缺的问题。

程巧珍倒没笑话我："你直接拿走吧，这个我就是辅助看看，没啥用处了，扔了怪可惜的，也不知道对你有没有用，随口一说还害得你们大老远送我回来……"

她一个人也能热热闹闹地说很久。

我妈神情特复杂，眼睛里满是疼惜和纠结。程巧珍送我们出来的时候，我妈忽然问她："你考完试就回家了吧？那也就还有两周多吧？"

"是。"

"你要是信得过叔叔阿姨，不如搬东西到我们住的附近吧，我们给你找家好一点儿的招待所或者快捷酒店吧，阿姨出钱。这荒郊野岭的太不安全了，你出趟门还得坐那么远的车。"

我立刻高兴起来，笑着看她："是呀，住得离学校近点儿，也方便嘛。"

程巧珍很感动，可到底还是拒绝了。我妈劝了劝，也没再勉强。我们互留了手机号，她就笑嘻嘻地招手目送我们上车。

上车后，我和我妈好长时间都没说话。车掉了个头，土路很窄，司机开得很小心。窗外常常有驴车经过，驴子埋着头，一边啪啪啪地撒了一路驴粪蛋，一边拉着一车蜂窝煤，疲倦地、慢慢地与我们的车擦身而过。

No.297

两周很快就过去了。

几场笔试有好有坏，我努力没让任何题留白，写得都快呕出来了，不由得佩服起文科生简单同学来。

脑海中时常会浮现出程巧珍住的那个农民院，凹凸不平的墙面，泛黄的报纸，素色大花的床褥，院子里套着一段脏兮兮的橡胶管的水龙头，以及接着橡胶管流出的水刷牙的一脸疲惫的美术生和他们的家长……

程巧珍有时会发来短信祝我考试顺利，我也经常询问她考试的情况。在离开北京之前，我给她发短信，说一定有一天会在电影院的大幕布上看见她的名字。

她回答说："那是一定的。"

她说："祝你早日找到自己的方向。"

奇怪，她怎么知道我迷茫？

记得从程巧珍租住的小院回酒店的一路上，我妈坐在出租车后排揽着我的肩膀，一直在叹息。我以为自己早就过了因为看励志故事而热血沸腾的幼稚年纪，却在见到程巧珍的那一刻，明白了自己的成熟是多么脆弱和矫情。

在北京的最后一个晚上，正好是我的生日。我爸妈带我去了"老莫"吃饭。这家餐厅我在王朔的小说里面看到过，后来在家里和齐阿姨一起看一部叫《血色浪漫》的电视剧，里面的年轻人也常常聚集在这里，这里是那个时代的身份和洋气。

"咱们这是进人民大会堂了吗？"我仰头看着高高的穹顶，我爸被逗笑了。

他们允许我也喝了一点儿红酒，却不知道一年半以前自己的女儿就醉过了。就像他们不知道自己的女儿滥用了他们的信任，非要学理科，把自己逼到这个死角，来了一趟北京，害他们请这么久的假，劳民伤财，却很可能竹篮打水一场空。

这样想来，我也有很多他们不了解的事情了。

我自嘲地笑笑。以前总觉得自己最可怜，然而这趟来北京，我学到了很多东西，虽然说不出来，但在心里酝酿着，一些念头像是要破土而出，只是不知道会开出什么样的花。

我爸笑着说："考不上也没事儿，人生长着呢，能学到东西就好。"

我妈这个实用主义者破天荒地没有反驳他。

也许面对孩子，她也没办法现实起来了吧。

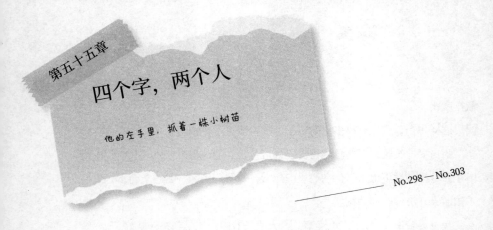

第五十五章

四个字，两个人

他的左手里，抓着一株小树苗

No.298

我回到班里的时候已经临近圣诞节了。

今年的圣诞节班里没有任何动静，去年的这个时候我们还在兴致勃勃地筹备元旦联欢会，因为九班学我们开化装舞会而义愤填膺。还记得徐延亮戴着一个猪八戒的面具出现在联欢会上，β 却面色平静地问他："徐延亮，你怎么不守规矩啊？你的面具呢？"

现在想来像是上辈子的事儿了。

看到我进门的时候，余淮突然一下站了起来。

"不用……不用这么隆重。"我往后退了一步。

"我只是想去撒尿。"余淮红着脸说。

"两周不见，您用词越来越粗犷了。"我颔首。

余淮突然笑出来，我也是。

像是在这一笑间，两周前的龃龉都烟消云散了。

β 曾经说过，争执的结局不是一方道歉，而是两方消气儿。

看来，我们这番争执算是有结局了。

No.299

我不在的时候，余淮的竞赛结果出来了。他得了二等奖，有几所和去年一样"还不错"的大学抛来了橄榄枝，余淮微微犹豫了一下，就拒绝了。

这在我的意料之中。

他恢复得不错，我看得出，和两周之前的强作乐观不同，看来是真的接受了结果。

我没帮上任何忙，但这不重要了。

期末考试很快就来临了。这次期末考试对我们来说倒没什么，可对那些申请各大高校保送和自主招生加分优惠的学生来说比较重要，学校推荐名额毕竟有限，校内选拔还是要拼历次大考的总成绩的。

语文考试刚结束，我们考场这边就听到了好几条爆炸消息。

凌翔茜涉嫌作弊被教导主任抓了，离校出走，不知所终。

而林杨、余周周中途弃考了，原因不明。

我和余淮中午一起吃饭的时候，他还在不停地给林杨打电话。

"怎么样？"

"一直关机。不知道为什么。"

林杨虽然拿了两科竞赛的一等奖，但是如果这次弃考，选拔的总成绩就会比别人少好几百分，任凭他平时考得再好也补不回来了。我和余淮都惴惴不安，一顿饭吃得很不是滋味。

下午考完数学，今天的考试就算都结束了，大家纷纷收拾书包往外走，明天还有一天，我们就能迎来一个短暂的寒假。

我和余淮并肩往外走，他又给林杨打了个电话，这次接通了。

凌翔茜是被人诬陷作弊的，至于是谁下的黑手，林杨没有说，但是凌翔茜到底还是因为当场"人赃俱获"，被取消了考试资格。

至于林杨和余周周，则是为了寻找出走的凌翔茜才弃考的。

我彻底结巴了："就为……为……为了这个宝贵的约会，他……他……他……他弃考了？"

"什么约会啊，"余淮弹了我脑门儿一下，"多热血、多够朋友，你怎么思想这么龌龊?!"

放屁，友情才没这么大的力量！根本就是为了泡妞！你是没见过林杨为了追余周周干过多变态的事儿，跟踪！跟踪啊，每天跟踪！

我一坨坨的话堵在嘴边没说出口，忽然看到余淮如释重负的样子。

"你怎么了？"

"没什么，"余淮看向窗外，若有所思，"你说，这么大的事儿他都能说放就放，我还纠结个屁啊，我比他差在哪儿啊，对不对？"

我眨眨眼，慢慢明白过来。

余淮的这道坎儿，终于算是过去了吗？

我笑："得了吧，你就是看他也没法儿保送了，心里特爽吧？"

"滚，"他被我气笑了，"好个心思歹毒的女人！"

我们在校门口准备道别。才五点钟，天已经黑下来了。他在路灯下朝我笑着摆摆手，转身就要走。

"哎，余淮！"我喊他。

他转过头，不解地看着我。

"对不起。"我说。

余淮的脸抽了抽。

"你听我说，其实之前，我看得出你很努力地在调整自己了，可我还在旁边每天哭丧个脸，希望你能过来找我倾诉……我觉得自己挺没劲的，你吼我的那句话是对的。我也想说声'对不起'。"

他笑了，一脸不在意。

"得了吧你，这只能说明两件事儿：第一，我演技差；第二，一个大老爷们儿为这点儿破事儿缓不过来，真够丢人的，还迁怒于你，更丢人。行了，别提了，赶紧回家吧。"

我认识的余淮正式回归，依旧是当初那个少年。

"你才多大啊，就说自己是大老爷们儿。"我笑。

"哦，"余淮一拍脑门儿，"忘了你属虎，你才是前辈啊，我是大老爷们儿，你就是大老娘们儿。"

"你才是大老娘们儿！"我把手中的空咖啡罐朝着他的脑门儿扔过去，被他哈哈哈笑着接住了。

No.300

四月的时候，北方的春天姗姗来迟。

即使对四季更迭早就习以为常，春分谷雨，万物自有定时，又不是第一次见了，然而每一年、每一个季节，照样可以有某一个瞬间令我惊艳。

比如一夜温润的雨下过之后，早上我无知无觉地走出门，风好像格外柔和，我置之不理；它再接再厉，我麻木不仁；终于它将路边垂柳的枝条送到我面前，一抹刚抽芽的、令人心醉的绿，懵懵懂懂地闯入我的视野，轻轻拂过我的脸颊。

我的目光追随着它的离去，然后就看到大片大片的新绿，沿着这条街的方向，招呼着，摇曳着。

世界忽然就变成了彩色。

那些兵荒马乱也随着冬天轰隆隆地远去。

保送生和自主招生的笔试过后，各大高校的二轮面试也在春节前纷纷告一段落。

我的北京之行变成了一趟"废物之旅"。可能我本身就没有学艺术的潜质，跟电视和电影都注定无缘吧，在每所学校的排名都很靠后，基本没戏。我觉得很对不起我爸妈，虽然他们还是说意料之中，说没有关系，我却越来越为自己感到惭愧。

有时候在课堂上睡着了，爬起来的时候眼睛会有点儿迷糊。那几秒钟的恍惚里，我会突然想起程巧珍，想起那间四处漏风的房屋，这让我能在暖洋洋的教室里面忽然头脑一片清明，像是那天的风从北京一路吹过来，吹散了眼前的迷雾。

成绩在磕磕绊绊中上升。每天晚自习过后，余淮都会和我一起悄悄地溜到行政区顶楼，因为那里方便说话，不会吵到其他上自习的同学。我每天都会整理当天算错的题目，余淮一道一道地耐心给我讲。在我的逼迫下，他也不得不开始背诵文言文课文和古诗词了，也许是不再有竞赛保送护体，他也学会了收敛。

当我在黑色的冬天煎熬时，日子总是过得很慢，可一旦努力起来，有了起色，时间却走得飞快，像是生怕再给我多一点儿时间，我就会变得太过出色，一不小心吓到老天爷。

然而奇怪的是，后来每每回想到那段岁月，总会觉得，时间慢得好温柔。

我能清晰地回忆起每一个晚上他讲了哪些题，骂了我哪些话，我又考了他哪句古诗，他又背成了什么德行。

如果非要说我硬着头皮学理是在余淮身上浪费了两年时间，那他又何尝不是把自己很多宝贵的复习时间都浪费在了我身上？

我们都从没因此而向对方索取什么。

No.301

第一次模拟考试我考得很糟心，但是第二次就好了很多，满分七百五十分，我勉勉强强上了六百分。去年一本分数线是五百八十二分，我看着这个成绩，激动得差点儿哭出来。

余淮、韩叙、朱瑶和贝霖四个人依旧是我们班的排头兵。朱瑶最稳定，永远第四名，贝霖稳定性稍微差一点儿，但大多数时候是第一名。剩下的两个位置，韩叙和余淮轮流坐。

我悄悄跑去跟张平谈心，表面上是分析我的模拟考试成绩，实际上另有所图。

"张老师，最近压力很大吧。辛苦了。"我谄媚道。

"还行吧，"张平叹气，"你们让我省点儿心就好了。"

我知道，因为浙大和同济等几所大学的自主招生名额的事情，张平被各个家长以金钱和权势软硬兼施地催逼，一段时间内都快神经衰弱了。

"您放心，虽然我是指望不上了，但是咱们班肯定会出好几个北大、清华的高才生的，一定给您长脸！"

"北大、清华，谁啊？"

"余淮啊，"我脱口而出，"他肯定没问题吧？这成绩是不是没问题？是不是……"

我看到张平一脸坏笑地盯着我。

"我要是没记错，好像咱们刚入学摸底考试的时候，你就拐着弯儿地来跟我要年级大榜，对吧？"

"对……对啊，是我，怎么了？"我有点儿心虚。

"没事儿。我当时就觉得咱们耿耿心怀大局，没想到现在也还是这么关心同学，"张平笑，"挺好，挺好的，保持住。北大、清华周围有好多学校呢，你也加把劲儿，你考好了比他们都给我长脸。"

"啊，真的？为啥？"

"当老师和当大夫是一样的，他们属于从小身体健康型的，长寿也是应该的，跟我没关系。"

张平拎起暖水瓶，往黄桃罐头瓶里面倒热水。

"但是还有一些同学呢，类似脑癌患者，却在我的医院里康复了，活到九十九了，你说是不是很给我长脸？"

……你说谁脑癌？

在张平鼓励和促狭混合的哈哈大笑中，我落荒而逃。

No.302

四月末的一个周六，我忽然接到了余淮的电话，说让我去学校一趟。

我根据他电话里的指示，到了体育馆背后的小树林。这个地方地势比较高，形成了一个小土丘，以前的学长们给它起了个名字，叫晚秋高地。

我走到树林边缘的时候仰起头，正午的太阳刚好在我对面的方向，我被晃得睁不开眼，只看到余淮在土丘上逆光站着，手里不知道拿着个什么东西，怪怪的。

"神神秘秘地搞什么啊？"我抱怨，"我正在背生物呢，节奏都被你打乱了！"

他好像是笑出声来了，很得意的样子。

"今天可是植树节啊。"他说。

"植树节你大爷，植树节是三月十二日，现在都四月底了。"

"咱们过阴历的植树节不行吗？"

"你家阴历阳历差出一个多月啊！"我眯着眼睛骂道，这个精神病。

忽然觉得有点儿不对劲儿。好像有什么念头在脑海里闪耀了一下，我没抓到。

我朝他走过去，走了几步，又愣在了原地。

他的左手里，抓着一株小树苗。

No.303

"我出门去买笔，看到我家小区物业在做绿化，不知道怎么就突然想起来你说过想要种树来着，他们工人偷偷卖了一株树苗给我，这么一株破玩意儿要一百二十块，幸亏小爷我身家丰厚，否则还不得英雄气短啊。你都不知道，把这株树苗弄过来可是费了我吃奶的劲儿……你哭什么？"

"你有病啊，"我抹抹眼睛，不敢看他，"都快夏天了，种什么树！"

"你跟我说要种树的时候还是秋天呢。"

"那是两年多以前！"

"小爷记性好，行不行？！"

我没有特别想哭的感觉，真的，谁知道眼泪怎么就一直往外涌，跟不要钱似的。

"你等会儿再哭行吗？物业的工人说要先种进去才能浇水。"

我走过去，任由眼睛红得像兔子，跟他一起拿起铁锹，找了个空一点儿的地方，开始挖坑。

树放下去填好土之后，我们在树的旁边立了三根呈等边三角形的木棍，余淮用从班里拿出来的绳子将它们和树绑在一起固定。

我蹲在树坑旁，看着他把桶里的水一点点倒进去。

"这是棵什么树啊？"我问他。

"不知道。"他笑嘻嘻地说。

我闷闷地叹口气。

水渗进土地，湿润的表面泛着黑油油的光。余淮扔下桶，拍拍手，说："走吧。"

"这就完了？"

"你还想干吗？要不我再挖个坑把你也埋进去？"他转过头问。

"这是你种的树，你好歹也要做个标记啊！"我急了，"小爷你种的树怎么也是名门之后啊！"

"得了吧你，"余淮一副毫不在意的样子，"能不能活还不一定呢，要是死了，你得多伤心，不如就不去管它，几年以后你回来一看，随便挑一棵长势最旺盛的，就把它当成咱俩种的，多好！"

"你以后生孩子是不是也扔到大街上随便跑，十八年后从当年高考状元里挑一个最帅的，指着说这就是你儿子，让人家给你养老啊?!"

"好主意啊！"余淮大笑。

他不管不顾地下山了。我想了想，从书包里掏出平时用来削 2B 铅笔的小刀，在顶多三指宽的树干上一笔一画地刻字。

这树未来要是死了，百分之百是我的责任。

但我还是咬着嘴唇，用力地在上面刻下四个字。

"你走不走啊？"余淮扯着大嗓门，在高地下面喊我。

"马上就来！"

我收起小刀，跑了两步，又回过头。

那棵树在周围的树的衬托下，显得稚嫩得可怜。

但它一定会活下来，会长大，会等到之后的某个学弟学妹来它的树荫下乘凉，像我看到洛枳的那句话一样，看到我刻下的这四个字。

四个字，两个人。

耿耿余淮。

第五十六章

有些话还没说完，那就算了吧

我照例还是先装模作样地扎了一针，
然后画了个大大的对号

No.304

我们这一届的毕业典礼是在高考之前的五月末。

余淮觉得这种安排莫名其妙，我却非常能理解。我还记得和简单、β 一起观摩过的上一届的毕业典礼，那一派心不在焉和死气沉沉的氛围，真是令人泄气。

还是我们这一届的安排比较好。

这是一个多么浪漫的决定。

No.305

楚天阔和林杨两个人的升旗技术比洛枳强多了。国旗稳稳地升到旗杆顶端，广场上的风善解人意地吹来，将红色的旗面对着我们舒展开。

我没有站在队伍里面，在张平的默许下，我拿着我的相机穿梭于升旗广场的前前后后，捕捉每一个认识或陌生的同学的某个瞬间。

昨晚我整理了一下移动硬盘，发现里面竟然已经有了六千多张照片，都是高中这三年拍下来的。我把手轻轻放在上面，感受着移动硬盘工作时转动的震感，好像六千多张照片里面有六千多个故事在七嘴八舌、热热闹闹地讲述着自己。

典礼临近结束时，团委书记忽然一声令下，广场一边响起翅膀扇动的声音。

白鸽，呼啦啦地飞上天空，像一片银白色的幕布从广场的一侧升起，蔓延向远方，将我们都笼罩在其中。人群中爆发出经久不息的掌声和欢呼声。

一千五百一十七名毕业生，一千五百一十七只鸽子。

我呆站在原地，忘了拍照。一种难以言说的感动充盈在我的心间，三年的时光也跟着鸽子一起飞向远方，再也不会回来了。

β、简单、徐延亮，毕业快乐。

余淮，毕业快乐。

耿耿，毕业快乐。

No.306

最后一堂课，张平还在讲台前絮叨着高考的注意事项。

"考号条形码，我再说一遍，考号的条形码是最重要的，2B铅笔忘带了可以借，条形码丢了就没法儿考试了，这是往卷子上贴的，不贴谁也不知道你是谁！考了也白考！都拿好了吗？"

"拿好啦。"班里响起稀稀拉拉的回应声。

"都去文具店买一个透明的、带封条的整理袋，拿来装高考用具挺有用的。条形码、身份证放在里面，一眼就能看见，每次临走前就不用再麻烦地检查了。

"怕低血糖的女生，当天可以带两瓶水，其中一瓶是补充糖分的，饮料啊蜂蜜水啊都可以，紧张的时候喝点儿甜的非常有用。冰镇的瓶子容易蒙上水汽，最好提前带块手帕或者毛巾把它包上。

"别嫌老师烦，我再强调一遍，做完选择题就涂答题卡，千万别涂串行，检查完了再去做填空题和大题，每年都有忘涂答题卡的糊涂蛋，都别给我掉以轻心……

"考完语文可以睡一觉，数学在下午三点，特别容易犯困，让你们家长到考点周围订个钟点房啥的，中午睡不着也躺一会儿，闭目养神……"

我从来没见过张平这么唠叨。

他终于说完了，又拿起讲桌上的纸从头到尾看了一遍，觉得没什么遗漏了，满意地笑了笑。

"还有什么问题吗？"

没人举手。

不知道是谁先哭了，情绪像凶猛的流感，抽泣声响起在教室的各个角落。我低下头，不想让眼泪掉出来。转过脸看到余淮低着头，紧紧咬着嘴唇。

张平却没哭，他依旧傻兮兮地笑着，一口小白牙在他的肤色和黑板的衬托下，耀眼极了。

"哭啥，哭啥，好好考，考完我带你们一起出去玩。你们知不知道啊，我第一次带班，你们有时候真是把我气得想放火烧了教室啊，不过话说回来，可爱的时候也真可爱。老师也谢谢你们了。"

张平朝我们笑着鞠了个躬，大家哭得更凶了。

他忽然想起了什么："对了，耿耿，新生报到那天，你是不是给大家照过一张合影？"

我点头。

当时我也坐在这个靠窗的最后一排的角落，在张平的召唤下，羞涩地站起来，从这个角度给全班同学照了第一张大合影。

"来来来，有始有终，我们来照最后一张合影！"

我拿着相机站起身，所有人都回过头，一双双小兔子一样的红眼睛看向我。只有张平依旧比着"V"字手势，三年过去了，他看上去还是一个欢乐的农村青年。

咔嚓一声，五班在我的相机里定格。

再见了，高中时代。

No.307

我和余淮一起去学校对面的文具店买张平说的那些考试用具。走出来的时候，已经漫天霞光。

"你紧张吗？"我问他。

余淮摇摇头，又点点头。

"还是有点儿的。真希望赶快过去。"他笑着说。

我们并肩看着小街尽头的晚霞，直到天色昏暗，路灯一盏盏亮起。

"走吧，我送你回家。"他说。

初夏的风带来丁香的迷离香气。我抬眼看着前面的男孩儿，时间好像悄悄回到了高一，他也是穿着这件黑色 T 恤，拎着我的一袋子练习册，一边抱怨一边灵活地在车流中穿梭过马路，陪着我走上回家的路。

我们第三次在我家楼门口道别。

"等一下！"他走了两步又转回来，从塑料袋中掏出刚买的黑色碳素笔，说，"把袖子撸上去。"

我愣了一下，很快心领神会。

他在我的左胳膊上画了一个大大的对号。

"还有五天才高考呢，我要洗澡怎么办？"

"用胶带贴起来，防水。"

好主意，我点点头，接过他的笔，说："来，你的！"

他也把袖子卷上去，我照例还是先装模作样地扎了一针，然后画了个大大的对号。

"加油。"

他点点头，看着我，笑了。

"我想和你考去同一个城市。"我脱口而出。

他只是很短暂地讶异了一下，似乎并不是奇怪我会这样说，而是奇怪我会说出口。

"我知道。"他说。

你知道，你知道什么？

"耿耿，我……"余淮十二分认真地看着我，路灯在他背后用橙色的光芒明目张胆地怂恿着。

声音断在晚风里。

"算了，好好考试吧，"认真的表情瞬间松动，他哈哈笑着摸了摸自己的后脑勺，"等考完试再说吧。以后有的是机会说。"

我好像有什么预感，心中满是温柔。

我笑着点头。

好，我等你。

以后有的是机会，听你说那些没说出口的话。

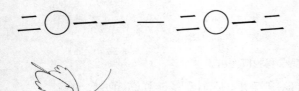

第五十七章

后来

有些话没有说，那就算了吧。
有些故事还没讲完，也就算了吧

No.308

"后来呢？"老范说着启开一瓶啤酒。

"你高原反应刚消停点儿，又喝，找死是不是？"我抢过酒瓶走到离车稍远一点儿的地方，把酒瓶倒过来，酒被咕噜咕噜地都倒进了土里。

"你玩什么行为艺术啊？青藏高原物资多紧张，有你这么浪费的吗？"他急了，"林芝海拔才多少，跟纳木错差远了，我早就适应了！"

我走回他身边坐下，往身上围了条毯子。

"咱还拍不拍了？"我抬头看看天。

"有云，还是拍不了，"老范朝峡谷的方向望了一眼，"要说从林芝的盘山公路这个角度，想拍到南迦巴瓦峰，真要在来之前上炷香。早上还是个大晴天，一开拍就有云，真他妈邪门了。"

"以前《中国国家地理》不是搞过中国最美山峰的评选吗，南迦巴瓦峰这几年都被拍烂了，怎么还来拍？"

"嘘！"老范竖起食指，"让王大力他们听见，非抽你不可。你不懂，你觉得拍人有意思，他们觉得拍景才有趣，一丁点儿光线的变化都能看出不同来。王大力这都是第七次进藏了，我听说以前为了拍南迦巴瓦峰，他在车里睡过三天，全靠军用压缩饼干活过来的。"

我看向远处那个胖子的背影，调侃道："王大力最看不上现在的手机摄影，老古董一个，instagram（手机应用）能要了他的命。我们都咒他以后

193

非娶个爱自拍的老婆不可，就是那种拍小龙虾都要加个阿宝色滤镜的姑娘。"

老范哈哈哈哈笑了有半分钟，然后又不甘寂寞地点了支烟。我不动声色地往旁边挪了挪，立刻被他敲了脑袋。

"不过话说回来，拍景还是得王大力他们来，你一小姑娘不合适，风吹日晒的，皮肤都糙了。乖乖调组回去拍明星吧，虽然常碰见各种事儿多的经纪人，好歹赚得多呀。"

我笑笑，没说话。

"哎，我问你话呢，怎么讲一半不讲了呀？后来呢？"

"什么后来？"

"不是轮番讲初恋吗，你磨磨叽叽跟我讲的都是些啥呀，我连人名都记不住。所以到底怎么了？谈了没？"

我失笑。

"没。"

No.309

回北京后我就打算辞职了。

最后一项工作是专访，主编让我和老范搭档，去采访一名最近这两年冉冉升起的新星。

"什么人啊？"我一边擦器材一边问，"演电视剧的还是演电影的？"

"是个很年轻的编剧，圈内新秀，这两年蹿得很快。"老范把录音笔从充电器上拔了下来，装进包里。

"写过什么？"

"不是写商业片的，拍独立电影的，其中一个片子得了柏林电影节最佳编剧奖呢，讲青少年犯罪的。"

我把相机包的拉链拉上："话说，独立电影到底是什么意思啊？听说好几年了，我一直没太搞明白。"

"你不是跟我说你还考过电影学院吗，这都不知道？"

"所以没考上啊！"

老范笑了。他这人就这样，我在他面前不怕露怯。我进公司后一直都是他罩着我，给我讲各种门道，人特好。

"最早指的是那些独立于好莱坞八大电影制作公司的、自己拉投资自己拍的片子，不用听投资人瞎咧咧，自由。搁咱们国家，说的就是题材比较偏，不商业的那种。"

"那就是文艺片咯？"

老范气笑了："我他妈就知道你语文老师死得早。"

我瞪他："别胡说！我语文老师去年真的去世了。"

张老太去年因心梗去世了。这个消息还是简单打电话告诉我的。

虽然高中毕业后我就没有再回过学校，张老太这样与我关系并不亲密的老师，这辈子本来也很难有机会再见到了。

然而见不到是一回事儿，离世了是另一回事儿。

比如我见不到的余淮。

我曾经发狠，告诉自己这个人死了。可真的死了是不一样的，张老太去世的消息让我心里特别难受。

简单无意中提起，说："哎，你记不记得，以前余淮还被张老太罚过站呢。"

她说完就后悔了。

我笑笑，闭上眼睛平复了一下心情，装作不介意地接下去："是啊，他老跟张老太作对。不过他如果听说这事儿，也会非常难过吧。"

No.310

我跟老范赶到了国贸的星巴克，找了个沙发座。

"怎么不到好一点儿的环境拍？"我先对着周围的人和老范都拍了几张。

"人家自己要求的，说这个地方对她有特殊的意义。这个编剧好像家境挺苦的，一路奋斗过来不容易，大学的时候打工，总路过这家星巴克，当时觉得要是能进来抱着笔记本喝咖啡，真幸福死了。"

"作家记性就是好，"我笑，"这故事真励志，改改就能去湖南台选秀了。"

老范笑了："这个故事可以当切入点，好写稿子。"

"行吧，环境不重要，就是光线差了点儿，得好好修图。不过重要的还是人本身。"我低头浏览了一下几张照片的效果。

"是啊，"老范伸了个懒腰，"所以你看我这个人，怎么样？"

"话题转得太生硬了吧。"我笑。

"那是你不想接，"老范看着我，没有笑，"要是你想接，连个由头都不需要，可以直接聊。"

我看着他，脑子在飞速运转着，嘴里却一个字也蹦不出来。

他哈哈笑着，摇摇头，示意这个话题可以过去了。

我记不清这是老范第几次在表白这件事情上打擦边球了。他没有正经表白过，正经表白很傻，我们所有人都这么觉得。如果两个人彼此都有意思，几番暗示就水到渠成了；有一方没这个意思，那也不尴尬，不耽误继续插科打诨当朋友。

比如我和老范。我是没这个意思的那一方，我感谢他的点到即止，更感谢他想得开。

锐利的告白只适合少男少女，急着将自己剖开给对方看，容不得模棱两可，给不了转圜空间。只有他们才在乎一句话的力量，放在眼神里、放在动作里都不行，必须说出来，必须。

所以没说出来的，就什么都不算了。

比如七年前的我和余淮。

老范看我又发呆了，捏起桌上的杂志在我眼前晃了晃。

"哦，"我回到状态，"刚才说了那么半天，我都忘了问，这人叫什么？"

我这话题转换得更生硬，老范笑了，没继续揶揄我。

"叫程巧珍。"

"什么？"

我震惊的表情还挂在脸上，就看到门口一个穿着白 T 恤、黑裤子的女生，挎着天蓝色的巴黎世家机车包走了进来。

圆圆的脸比之前消瘦了些，露出尖尖的小下巴，朝我们笑起来，还是当年的模样。

No.311

程巧珍没有认出我。

很尽职地拍完了几张照片之后，老范和她聊得火热，我就在一边玩手机。

他们采访结束的时候，有男生过来和我搭讪。

"不好意思，请问……"他指了一下我的桌面。

老范转头朝我笑："行啊你，屡试不爽。"

我把桌上的东西递给男生，说了句"不用谢"。

"什么？"程巧珍还和当年一样活泼热情，"什么屡试不爽？"

"我同事，"老范指指我，"教过我一个在星巴克被搭讪的快捷方式，就是把 iPhone（苹果手机）充电器放在桌上最显眼的地方。"

程巧珍笑起来。

"这个经验真不错，太有生活气息了，我要记下来，以后写剧本的时候有用。"

她竟然真的拿出笔在本子上写了起来，真勤奋。

我本能地拿起相机把她歪头写字的样子拍了下来。这么多年了，我抓拍的习惯还是没改。

"对了，"我说，"程小姐您看看刚才拍的照片，有没有满意的？我们选一张配合专访发出去。"

程巧珍看了我一眼，挑好了照片。一张是正面照，一张是我刚才抓拍的。

"你拍人真的很有天赋……我能不能问一下，你是不是叫耿耿？"她问。

我不好意思地笑笑，点点头："刚才没好意思套近乎。"

"你们认识啊？"老范指了指我们，"那好，我有点儿事儿回公司了，先撤，耿耿你们聊着。"

老范走了，我和程巧珍坐到她刚刚接受采访的沙发座上。

"果然是你！"她惊喜地叫道，"我听声音才听出来，你变了好多。"

我本能地转头通过旁边的玻璃看了一下自己。

头发长长了，用一支笔随随便便地盘在脑后，掉下来不少碎发，老范还说这个范儿挺随意的，好看。这几年东跑西跑地拍片，皮肤晒黑了，人也瘦了很多，五官立体了点儿，好像的确不一样了。

"不只是长相，还有气质，"程巧珍沉吟了一会儿，"你真的变了很多。不像当初那个小孩儿了。"

我回想了一下，明白了她的意思。

当年在程巧珍面前的我，躲在爸妈身后，做什么都不在状态，和程巧珍一比，可不就是个孩子。

"恭喜你啊，熬出头了。"我客套。

"做喜欢的事情，不算熬。"她摇头，说得坦诚。

是这样的。是这样的。

我也是这两年才终于明白这个道理的。

No.312

高中的耿耿就很煎熬。

后来高考分数却很理想，志愿也报得出彩，考上了北京一所不错的理工类大学，学生物制药。这个专业在我入学那年还是大热门，出国容易，也适合在国内深造，制药企业研发部门收入普遍不错，又稳定。

我爸妈都说，耿耿就是这一点好，关键时刻，从不掉链子，中考也是，高考也是。

然而上了大学之后，那些专业课让我比在高中的时候还痛苦，还煎熬。我本来就没什么自制力，本性又爱逃避，第一学期就有好几门功课是六十分低空飞过的。

这种 GPA（平均学分绩点）就甭想出国了，除非找中介砸钱。

我爸说得对，耿耿同学的确在大事儿上从不掉链子。

可是每次我短暂的幸运，给自己制造的都是更大的痛苦。我在命运的十字路口掷色子，总能投中大家心目中最火热光明的那条路。

可走得双脚鲜血淋漓。

毕业前实在没有毅力考研了，投了一些世界 500 强的跨国企业，兢兢业业地填网申表格，写了无数 opening questions（开放式问题），每一次的自我介绍回答得都不一样。

谁让我连自己什么德行都越活越不清楚了。

很多外企的网站都不好登录，为了抢带宽，我有时候会在凌晨两三点拿出笔记本在宿舍上网，一直写到天亮。

闭着眼睛睡不着，脑子里转悠的都是那些问题和 self-introduction（自我介绍）。

这时候，脑海深处总会响起一个声音，带着笑意，穿过教室闹哄哄的人声音浪，千里迢迢到达我耳边。

他说，耿耿，你真有趣。

很多工作申请连简历关都没过，看来都是成绩的错。

所以我就在我爸的期望下，报考了北京市公务员。

竟然又中彩了。

它意味着铁饭碗，意味着北京户口，意味着一种没有恐慌的人生。然后就在我入职三个月整的那天早上，我辞职了。

没发生任何大事儿。我自己都有点儿记不清了，那天早上好像是在下雨，我躺在床上思考我们科长那篇讲稿到底要怎么改，忽然听见和我合租的那姑娘起床刷牙的声音。

身体深处另一个耿耿忽然就活了过来。她拒绝这样活下去。

我很难形容清楚这种感觉。

大学的时候，我就在课余时间帮学生会、各社团拍照赚外快，渐渐地，找我的人越来越多，熟人介绍熟人，朋友搭线朋友，大四的时候，我已经帮很多淘宝模特儿和红不了的三线小艺人拍过不少写真，零零碎碎赚了几笔小钱。

辞职后，我就正式到了现在的时尚杂志公司工作，到这个月正好一年的时间。

现在我又有了新的想法。

No.313

我和程巧珍在咖啡馆坐到天渐渐黑下来。

"所以你要离开北京了？"

"嗯，回我家乡去。"

"舍得北京吗？"

我耸耸肩："有什么舍不得的。大城市有大城市的好，小地方有小地方的妙处。"

她若有所思地搅动着手中的咖啡："那天我在网上看到一句话，觉得很有趣。"

"什么？"

"在小城市工作，就像收到一张五十年后的死亡通知；而在大城市，则像是攥着一张虚构的藏宝图。"

我琢磨了一下这句话，笑笑。在不上不下之间徘徊的人有很多，可有时候再美妙的句子，拆开看也不过是更精致的抱怨罢了。

我已经抱怨得足够多了，我不想再抱怨下去。

"你回去想做什么？"程巧珍问。

"开个最俗气的婚纱照和艺术写真的影楼。但是是没店面的那种。私房摄影师。"

"什么叫没店面的那种？"程巧珍来了兴趣，又习惯性地拿起了她的笔。

"节约成本啊，"我讲起自己的计划，免不了兴奋得有些手舞足蹈，"我是要和去年采访的一个网络红人合作开店的，利用她的粉丝和号召力，主打特色摄影，反正我拍人虽然不专业，但是还算有一套，用样片吸引第一批顾客，我还是很有信心的。后面的东西就靠网络和人际间的口碑传播了，这是要凭本事说话的。"

程巧珍瞪大眼睛听着，笑意越来越浓。

"没有店面就节约了很多成本，拍情侣之间有故事的特色写真其实也花不了多少钱，取景大多在校园或者两个人交往过程中有纪念意义的地点，所以有赚头。而且每次拍摄都不一样，作为摄影师我可以飞来飞去，对我来说也不乏味。"

　　我一口气说完，喝了一口红茶，突然听到程巧珍说"咔嚓"。

　　"什么？"

　　程巧珍托腮看着我："我要是会照相，真的好想把你刚才那个样子拍下来。你的眼睛都在发光。你知不知道有多少年轻人在你这个年纪的时候，眼睛里就已经没有光芒了？"

　　我有点儿尴尬："名编剧说话就是不一样。我就是说起赚钱开始两眼发绿光而已。"

　　"你知道我在说什么。我相信你也有过眼睛里没光芒的时候。人能有勇气找到自己想从事的事业，不被其他虚浮的东西绑架，是很艰难也很幸运的。"

　　我这次没有再用插科打诨掩盖我的羞涩。

　　一面之缘，谢谢你懂得。

　　"哎，对了，我能不能入股啊？我钱也不多，你要是不乐意就算了，但是需要什么帮助，一定要找我。"

　　我眼前一亮，今天真走运。

　　这件事情要是真的想做成，当然需要钱。

　　我和程巧珍又聊了一个多小时，把合作的框架大致确定了一下。我们都是刚毕业才一两年的女生，到底还是嫩得很，尤其是做生意，谁都没有经验，所以策划得格外谨慎。

　　但是到底会如何，还要看未来。

程巧珍又重复着感慨说我变了，变得风风火火的，不再是个迷茫地听从爸妈的要求跑去北京考编导的小女孩儿了。

"是吗？"我笑。

No.314

随便吃了几口饭，走出饭馆的时候，我忽然觉得既然自己背着器材，不如顺便去"扫街"。拍路人始终是我闲着无聊的时候最喜欢做的事情，听说在日本这样做是会被抓进警察局的，幸亏我生在中国。

我坐在马路边，背对着国家图书馆古籍馆，低头一张张翻看刚才照的路人。这个点儿外面都是从北海公园出来的大爷大妈，每个人都带着点儿怡然自得的骄矜，跟年轻人一比较，显得特别有精气神儿。

某一张里面，大妈和大爷两个人并排走，大爷手里还拎着一个小马扎，笑嘻嘻的，大妈却刻意跟他隔开一点儿距离，在旁边朝他翻白眼。

吵架了？还是快要吵架了？老头儿在公园里下棋下得忘回家了？还是跟哪个老太太搭讪被抓到了？

我喜欢拿着一张陌生人的照片编造背后的故事，这让我短暂地忘记了自己的生活里已经很久没有发生过故事了。

关于我的故事，好像都发生在过去。

我忽然想起程巧珍跟我道别的时候，挥着手，轻轻地说了一句："加油，耿耿。"

加油，耿耿。

是这四个字猝不及防，击中了我以为已经坚不可摧的心脏。

有多久没有人跟我说过这四个字了？

最后一次是什么时候？是不是五年前的某个晚上，华灯初上，短发微胖的耿耿，站在自己家的楼门口，听着某个男生对她说："加油。"

他有话要说，却没有开口。

他说算了，以后有的是机会说。

可我什么都没有等到。

有些话没有说，那就算了吧。

有些故事还没讲完，也就算了吧。

第五十八章

有些故事还没讲完，
也就算了吧

当年亲手种下的那棵树，终于还是带着
耿耿于怀，长在了我自己的心里

No.315

我记得高考的那两天，全市大雨。

那段时间又多了很多的哥免费送迟到考生的感人新闻，也多了很多因为暴雨误事而被考场拒之门外的悲剧。我和其他同学都不在同一个考点，所以考试中没有遇见任何一个同学。

关于那场我用了前十九年来奋战的考试，我已有些记不清了。印象中最深刻的事情，是考完最后一门理综之后，我随着人潮往外走，看到一个瘦瘦的女孩子蹲在某个教室门口哭，抱着一个监考老师的腿说："我再有半分钟就涂完答题卡了，只要半分钟，求求你，否则我的人生都毁了。"

那是个看起来很羞涩的女孩子，却当着来往的人群哭得那么滑稽，那么无所顾忌。她的眼镜滑下鼻梁，我至今仍然记得她的眼睛，清澈的，泛红的，绝望的。

她只是蹲在门口，不出去，好像这样高考就没有结束，她还有机会回头补救。

"求求你，否则我的人生都毁了。"

我没能多做停留，人潮裹挟着我向外走。

连续两天的暴雨天气在高考结束的那天晚上放晴。电台报道，很多高中生今晚集体在各大饭店聚餐狂欢庆祝，可是我没听说振华有这样的事情。

明天就能到学校去拿标准参考答案了，确定结果之前，谁愿意过早地狂欢，留给自己一场可笑的乐极生悲?

晚上，我给余淮打了个电话，相约明天同一个时间去学校拿答案。

我说我很紧张，比高考的时候还紧张一万倍，说着说着在电话里已经有了哭腔。

因为我的脑海中，那个女生哭泣的样子挥之不去，我发现我回忆起来的时候手竟然会抖，嗓子也因为紧张而变得很痛很痛。

余淮在电话那边安慰我说:"别怕，明天我在你旁边给你壮胆儿，你要是不高兴就掐我胳膊，往死里掐。"

我始终记得，他那时候对我讲话的语气多了一层平时没有的亲昵，还有一点点放肆。

他问我:"你胳膊上的对号没有洗掉吧?"我说:"没有。"余淮就笑了，说:"我也没有。"

他说:"这就对了，还有我呢。"

我忽然就不怕了。

我告诉自己，无论高考结局如何，它都不会毁了我的人生，因为我本来就没太大可能考出很好的成绩。

但是随着它的结束，还有些更美好的人和事情在等着我，比如余淮的语气，那到底预示着什么，我可能知道，却不愿意想太深，生怕透支了那重喜悦。

虽然他还什么都没有说。

我说过我会等。

No.316

领答案的时间在早上九点到下午三点。我和余淮约定的时间在九点半，他说半个小时内肯定该领的都领完了，那个时间不用排队。

可我的手机没电了，早上闹钟没有响，齐阿姨来叫我的时候已经九点半了。

我连忙给手机充上电，跳下床去洗漱。我爸告诉我不要慌，吃个早饭，他会开车送我去领答案。

他话还没说完，我已经拎着书包叼着手机冲出了门。

我在路上给余淮打了好几个电话，想告诉他我会晚到一会儿，可是他都没有接电话。

我冲到收发室的时候已经十点十五分了。我拿好答案，在表格上签好自己的名字，看到余淮已经签过了，于是再次给他打了一个电话。

还是没有人接。

我坐在晚秋高地旁边体育馆的树荫下等了很久。

我们种的那棵树居然顽强地活着，我在高考前最后的复习阶段时常会跑去轻轻地摇动一下它的树干，发现它扎根扎得很稳，没什么好担心的。真好。

手中的答案迟迟不敢翻开。手机电池本来就没充满，只剩下一点点电，我不敢乱打电话，怕他打回来的时候找不到我。

我最后发了一条短信，说我在晚秋高地。

刚发出去，手机就没电了。

我猜余淮也睡过头了，像我一样；转念又想到，名册上已经有他的签名了。

但是也有可能没带手机，所以才找不到我的。我想。

所以我不应该着急。他答应我要陪我一起对答案，他就一定会来。

No.317

我的屁股都坐麻了，热得头晕，只好站起身回教学楼里。

我在收发室门口，看到徐延亮正拿着我们班领答案的签名册进行核对。

"哎，耿耿，"徐延亮朝我笑了一下，"你已经领了对吧？嗯，我看一下，那就还差三个人没有拿答案。"

"你看见余淮了吗？"

"他早就走了，"徐延亮说，"他九点就领了答案，我们一起对了一下，他看得很快，看完之后什么都没说就走了呀。"

"出校门了？"

"当然，我看着他打车的，"徐延亮诧异，"怎么了？"

没怎么，我摇摇头。

No.318

那几天的事情我真的记不大清了。

对答案没什么好怕的。我坐在家里很快就算出了总分的范围，出乎意料地好。我爸不肯相信，非要拿着我自己做的那份答案去学校再让张平帮我估一遍，还把我默背着写下来的英语和语文作文都拿到他认识的市教研员那里去估分。

结果估算出来依然不错，比去年的重点本科线高出好几十分。

我爸妈小心翼翼地琢磨了很久，在给我报志愿的问题上不知道操了多少心，招生会去了无数个，我爸把脑子里还记得的那点儿博弈论的知识都用上了，我只是无动于衷地坐在家里。

他们问我自己想去哪儿，我说都行。

只要是北京。

谁都不知道余淮的情况。我问过朱瑶，也问过徐延亮，没有任何人听说过。

上交志愿表的那天，我走进张平的办公室，和其他几个同学一起将表交给他，然后一直站在办公室角落等着，他身边叽叽喳喳的家长和同学们一拨一拨地来，一拨一拨地散去。

他的忙碌终于告一段落，将志愿表理了又理，临出门才看见我。

"耿耿，你怎么没走？"

"张老师，"我努力让自己不要显得情绪太激动，"我想问一下，你知道余淮去哪儿了吗？"

张平垂下眼睛。

"余淮复读了。"他说。

即使我猜到了，真的听到这句话时，还是有锤子砸在心里的感觉，疼。

我深吸一口气，努力让声音不要抖："那他在哪儿？"

张平叹口气："他已经不在振华了。余淮也属于高分复读生，他的成绩上清华肯定是没戏了，他又不想报其他学校，所以咱们邻市的实验中学就重金把他挖走了。你也知道的，那个实验中学最喜欢花钱挖振华的高分复读生，为了帮他们学校冲击清、北名额，说不定还能捞到一个状元呢。余淮去那边是个好选择，复读班是住校全封闭的，他可能已经入住了。"

我说："我知道了，谢谢老师。"

张平点点头，有些担心地看着我。

他说："耿耿，别难过。"

你知道什么啊，就让我别难过！

我忍着没有掉一滴眼泪，但直到今天，闭上眼睛都还能记起那一刻张平的眼神。

确切地说，是他不忍心看我的那种眼神。

No.319

我忍着没有哭。本来就已经穿得这么"文青"了，还坐在马路沿儿上抹眼泪，估计不出五分钟，就会有流浪歌手过来给我唱《北京，北京》。

所以我没哭。我只是笑话自己。

我在西藏的时候，为什么没和老范说这个结局呢？

可能就是因为我自己都觉得丢人吧。

我给余淮写过信，但因为不知道具体班号，所以收件人一律写"实验中学复读班余淮收"；还有那些午夜里一个字一个字打好的长长的鼓励短信，那些我后来深恶痛绝、当时却精心收集好手抄给他的心灵鸡汤励志故事，那些被挂掉的电话……最后，都收获了同一个结局。

那个"座机"号码后来不知道是不是不堪骚扰，干脆停机了。

多丢人啊，耿耿。

当然，一个人是不会真正消失的。我后来到底还是辗转听说了他的一些消息。余淮第二次高考就考了全省第三名，如愿以偿进了清华，三年就修满了全部学分，和我们同年毕业，拿奖学金去了美国读研究生，和林杨、余周周在同一个州读书，顺畅地走在振华历届理科尖子生的康庄大道上。

只要他没死，他就不会真正消失。如果我真的想找到他，其实还是不难的。

可是我没有，正如我们共同在北京读书的这三年间，他也没有来找过我。

我曾经给自己编织幻想，当年的余淮遭遇了重大挫折，不肯理任何人，包括我在内。可是后来呢？他又没死。

我渐渐地明白，也许余淮从来就没想过要跟我说什么，一切都是我的一场幻觉。

人长大了之后，比高中的时候自由了很多，没有那个教室的围困，想往哪里逃就可以往哪里逃。很多难过的坎儿，只要绕开就好了。

我唯一绕不开的，只有余淮。

心里像是被什么东西堵住了，整整五年时间，都没办法将它挪走。

我是不可能跟老范讲起这样一个结局的。

他会哈哈笑着说："你的初恋终结于男生复读啊？那你现在多大了？二十六了吧？多大点儿事儿啊，我还以为他得白血病或者车祸死了呢。他可能早就有了女朋友，甚至在美国结了婚。二十六岁还对高考和五年前的一个男生耿耿于怀的，有意思吗你？"

是啊，有什么好耿耿于怀的。

有什么好耿耿于怀的。

这四个字原本的含义就是如此，我当年竟会觉得这是种缘分。

当年亲手种下的那棵树，终于还是带着耿耿于怀，长在了我自己的心里。

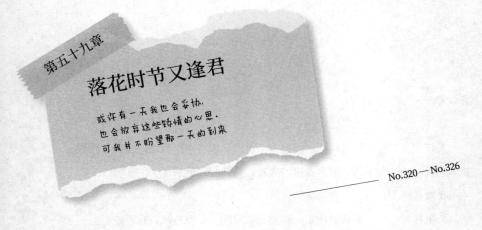

第五十九章

落花时节又逢君

或许有一天我也会妥协，
也会放弃这些矫情的心思，
可我并不盼望那一天的到来

No.320 — No.326

No.320

我把心中的郁结都留给了北京，离开的时候，竟然没有一丁点儿惆怅的感觉。

我曾经开玩笑说我爸妈不靠谱，随便结婚随便生孩子随便离婚，实际上，他们比我们重承诺。

当年他们帮我研究高考志愿，所有的学校都挑在北京，就因为我随便一句"我要去北京"。

可反过来呢？β说大家要在北京聚，自己却被爸妈塞去了英国；我说要和余淮在同一个地方，我们却成了对方生活中的"死人"。

如果世界上的孩子都把真相说给家长听，会伤了多少大人的心。

No.321

又一年在忙碌中匆匆过去，转眼又是夏天。

写真的生意开展得不错，我租了一个很大的 loft（双层复式结构公寓），楼下充当库房，楼上自己住。平均每个月都会有六到七单生意，有婚纱照也有个人摄影，我自己一个人忙不过来，又招了两个摄影助理、一个化妆师和一个客服。相比大影楼，我的工作室的拍摄价格不算高，但是成本低，所以总体来说利润还不错。

我用年底给自己的分红，分期贷款买了辆小 Polo（大众旗下小型汽车）。上路第一天就把一辆路虎给蹭了。

我爸严禁我再开车。他觉得是为了我的安全，但我觉得，他这么高风亮节的人怎么可能这么狭隘，他一定是为了全社会的安全。

在我大学的时候，我妈结婚了，对方比他小了整整六岁。如果不是那个叔叔挺有钱，我还以为我妈被小白脸盯上了呢。她调去了我们省城旁边一个地级市的分行，升职做了副行长，忙得很，我已经三个月没有见过她了。

我也不想见她。

她和我爸继 QQ 空间偷菜之后，又迷上了微信。我大学玩校内网时，就很瞧不上的那些点名游戏和心灵鸡汤故事，我爸妈这种大龄网民们都喜欢得很，这种在朋友圈疯狂刷屏的行为让我颇为嫌弃，只好屏蔽了他们。我爸妈发现我不再在他们转发的东西下面点赞和回复了，就开始用短消息骚扰我。

"耿耿，去看看爸爸转的那一条，很有道理，你们年轻人应该多看看。"

"耿耿，妈妈转了一条中医养生的知识，你去看看，不要总是昼夜颠倒。"

我怎么都回忆不起来，我曾经的爸妈到底去了哪里，现在的他们横看竖看都和广场上跳舞的老头儿老太太没有本质区别，可在我心里，仿佛上一秒钟他们还是中年人，说一不二，雷厉风行，从不问我的意见，更不会给我发这种短信。

这种改变好像就在一瞬间。

是我长大了，还是他们变老了？

No.322

我抱着齐阿姨用乐扣饭盒装好的汤，从我爸家楼里出来，在家门口坐上了开往市一院的公交车。

林帆两周前参加高中同学聚会后结伴去踢球，把锁骨摔骨折了，刚刚手术完毕，里面打了两根钢钉。我得去医院把陪了一白天的我爸换回来。反正我的工作是家里蹲，白天可以睡觉，所以往往是我来值夜。

虽然饭盒扣得很严，可每次急刹车的时候，我还是会神经质地查看好多次。这路公交车的路线很绕，几乎是拿自己当旅游巴士在开，活得很有理想。

经过振华的时候，我故意低头去看袋子里的饭盒，没想到，这个红灯格外地长，窗外的振华像是长了眼睛，我似乎能感觉到它在笑着注视我。

可我还是没抬头。工作室开起来整整一年，我都没有回过学校。

坐在我前面的一对小情侣一直在讲年底世界末日的事儿，小伙子说玛雅人算历法只算到二〇一二年十二月二十一日是因为石板上写不下了，女朋友就咯咯笑，特别给男友面子。

我在后面听着，不知为什么一个念头浮上心头。

"世界末日"那天，正好是我二十六岁生日。

反正是冬天。冬天这么悲观的季节，毁灭了也无所谓。

可是不能在夏天。

耿耿同学很早就说过的，如果世界真的有末日，那一定不是发生在夏天。

关于这句话的记忆飘浮在摇晃的街灯和扭成一团的霓虹灯中，被街上飞驰而过的车扯远，又飘回来。

那时候的我，应该是喝醉了吧。

No.323

医院的走廊里依旧飘着让我习惯性腿软的消毒水味儿。我虽然从小是个病秧子，但没住过院，家里人也大多身体健康，所以我对住院处的印象停留在美好的电视剧里。整洁肃穆，装饰得跟天堂似的，来往的医生护士都是一身整洁挺括的白制服，病房里窗明几净，白纱窗帘会随着风飘荡，病人孤独地躺在单间里，身上的病号服松垮但有型，病床边有大桌子，花瓶里插着不败的鲜花……

可惜林帆住的不是这么高级的病房，一个大开间里面有六张病床，而且很吵，家属们进进出出聊着闲话，放暖水瓶也能弄出好大的动静；病房里没有鲜花，倒是常常弥漫着韭菜合子的味道，每张桌子上都堆满了杂物；脸膛紫红的大爷身着病号服却敞着胸露着怀，趿拉着鞋坐在床沿儿上呼噜呼噜吃西瓜。

每次进病房，我都会一个头两个大。

"你赶紧出院吧，我要受不了了。"我进门就冲着林帆说。

他已经能坐起来玩 iPad（苹果平板电脑）游戏了，看到我进门，眼皮都不抬一下。

我爸从门外提着暖水瓶进来，我转头催他赶紧回家休息。

"老来值夜，最近没耽误你的生意吧？"我爸问。

他和我妈都这样，像是记性不大好，每天都问一遍的事情，还总是"最近""最近"的。

"非常耽误，"我瞟了一眼还在打游戏的林帆，"哎，说你呢，还不起来给我唱首《感恩的心》？"

林帆哼了一声："你最近又没有外地的生意，有什么好耽误的。"

"怎么不出差？"我爸给自己倒了一杯水，笑眯眯地问，"没生意了？"

我无语了。

"你怎么一天到晚老盼着我公司倒闭啊？"

我知道他关心我，可是他每次问出来的问题都让我火大。

"最近的几个客户都是咱们本市的，不用去外地拍。"我解释道。

林帆坐在床上喝汤，我爸非要拉我出去转转。

"医院里有啥好转的，"我和他一起坐在楼下的长椅上，"到处都是病菌。"

"你老大不小了，也考虑考虑实际的问题。"他直奔主题。

"比如呢？"

我爸叹口气，一副很不好开口的样子。

"你看林帆，女朋友都交过两个了。"他似乎觉得这样说已经是最委婉的方式了。

林帆，我能和他比吗？

No.324

前几天晚上，我趴在床边睡到一半，隐约听见他在悄悄地和女朋友 facetime（视频聊天），远程指导女朋友修电脑。女生不知道是装笨还是真笨，一点点简单的操作都要林帆教，两个人腻腻歪歪了足足有半小时。

"你怎么什么都会呀，"女生嗲嗲地轻声说道，"这世界上有你不会的事情吗？"

"有啊，"林帆的声音昂扬又温柔，"我不会离开你。"

趴在床边的我彻底石化了。

恋爱这种事情就是这样，对无法置身其中的旁观者来说，它是如此恶心又动人。

我爸看我又走神儿了，就敲敲我的手。

我赶紧集中注意力。

"你是不是有什么心事？"我爸放低了声音，"你妈也跟我说过，她很担心。我们都怕你是因为我俩，所以对婚姻有恐惧，你要是真有这些想法，别藏在心里，跟爸爸妈妈说说……"

我觉得事态越来越不受控制了。

"爸！"我打断他，"你可别闹了。我好着呢，我特别相信爱情，特别向往婚姻，我就是太忙了，再说也没碰见什么合适的人，这种事情要靠缘分的，你明白的，别瞎联想。"

"你说说你，不该有别的心思的时候吧，倒还挺机灵的，到年纪了反倒不着急。你们这一代年轻人就是胡闹，什么事儿都反着来。"

"爸你说什么？我怎么听不懂啊？"

"我说你高中的时候还知道喜欢个人，现在怎么天天窝在家里，都不出去多接触点儿同龄人……"

我脑袋嗡嗡响："你说什么？"

"你高中不是对你同桌有意思吗？那小子叫什么来着？你当我看不出来？我跟他一起吃饭的时候，你看看你，那叫一个护着他呀，跟他一块儿走，被我发现了，还假装刚碰见，你当你爸傻啊？……"

我抬起头，太阳早已不知踪影，可天还没有黑，冰激凌似的天空层层渲染，让人分不清头顶到底是什么颜色。

我爸就这样在人来人往的住院处的大门口提起一个遥远的少年，我心底汹涌的情绪冲破了乱糟糟的环境，像一盆冰倒进了火锅炉，不知道是谁制服了谁。

No.325

我爸走了以后，我去买了一罐可乐，自己在长椅上坐了一会儿。

我不是没谈过恋爱，只是他们不知道。

大二的末尾，不知道是不是等余淮等绝望了，我忽然就答应了一个追我的学长和他交往。那时候，我刚加入轮滑社，和他们在期末考试后集体刷夜去唱KTV，然后再集体穿着轮滑鞋滑回学校。他们不说"滑"，说"刷"，还说这才叫真真正正的"刷夜"呢。

静谧的深夜里，大家一边笑一边在宽阔的大马路上滑行。我滑得不好，甚至还没学会转弯和急刹，只会直挺挺地往前飘，即使路上没车我也很害怕。学长过来牵我的手，想要带着我滑，抓到我的手时，被我手心的冷汗震惊了，笑着说："冰死我了，下不为例啊。"

就在我已经等到绝望的时候，有人牵着我的手，穿过一个又一个路灯投下的橙色光晕，说着余淮曾经对我说过的话。

在我面对即将下发的考卷，本能地用冰冷的手抓住他时，他说过的一句话。

我跟着学长刷过黎明前的夜，忽然觉得他也很好。

和余淮不也只是三年的陪伴吗？再给我三年，再给我陪伴，一段记忆怎么就不能覆盖上一段呢？

可是这段记忆只持续了一周。学长在宿舍楼下靠过来要吻我的时候，我推开了他。我自己也不明白为什么。

后来就没有后来了。

我喝光了一罐可乐，扔进垃圾桶，站起来伸了个懒腰。说到底我也不明白，为什么有些人可以在适合结婚的年龄以结婚为目的去和陌生人同床共枕。陌生人的气息倾倒过来的时候，不会恶心吗？不会怕吗？不会觉得不甘心吗？

或许有一天我也会妥协，也会放弃这些矫情的心思。

可我并不盼望那一天的到来。

No.326

凌晨两点的时候，林帆终于打完了今天的吊瓶，我扶他去了趟厕所，帮助他洗脸刷牙，然后就可以在他入睡后回家睡觉了。

这个时候的医院还是有些吓人的，五楼走廊的灯都关了，时不时会遇见病人自己举着输液瓶去上厕所，步伐一挪一顿，面无表情，配上那身病号服，我会错觉自己误闯了《行尸走肉》的片场。

林帆看到我怕成那个样子，会忍不住哈哈笑，一笑就牵动胸前的伤口，疼得龇牙咧嘴。

我在厕所门口等他，一回头就看到一个瘦得两颊凹陷的老婆婆正恶狠狠地在女厕所门口盯着我，走廊窗外是门诊处的红十字标志，夜晚时发出的红光打在她的脸上，更衬得眼珠漆黑如无底洞。

我吓得心都要跳出来了，这种时候人根本就叫不出来，只觉得耳朵"轰"的一声，我腿一软就靠着墙缓缓滑坐到了地上。

她的目光追着我，从恶狠狠的仰视缓缓地下滑，变成冷冰冰的俯视。

有人从不远处跑过来，脚步声在空旷的走廊回荡。那个人努力把散架了的我搀起来，带着温和笑意的声音在耳边响起。

"姑娘，你没事儿吧？这老婆婆是我们这个病房的，就是喜欢凶人，你别怕。"

这个声音几乎把我的整个世界都按成了暂停。

我记得我最后一次听见这个声音，是在电话里，对害怕对高考答案的耿耿说，"别怕"，"还有我呢"。

我缓缓转过头去。

不知道是不是光线的原因，我看不到岁月的痕迹，还是那个毛茸茸的寸头，那张小麦色的脸庞，甚至还是那件黑色的 T 恤，穿了这么多年，你为什么不换一件？

他一开始没有认出我，面对我汹涌的目光，表情有几秒钟的迷茫。

然后眼神一滞，呆住了。

"耿耿。"他说。

第六十章

同学少年都不贱

余淮的消失像楼上砸下来的第一只靴子。
他的重新出现，则扔下了第二只靴子

No.327 — No.332

No.327

大二的时候，我闲着没事儿就喜欢瞎想。如果余淮忽然出现在我们宿舍楼下，我会是什么反应？如果他没来找我，而是出现在高中同学聚会里呢？如果他连聚会都没参加，我只是在北京街头忽然偶遇他了呢？

方案总体分为两种，"甩一巴掌告别青春"和"若无其事就是最大的报复"。有时候我又会为自己的意淫而悲哀，因为其实我和余淮什么都不算，他没有跟我说出口的话甚至可能是"你愿不愿意帮我把这封情书递给凌翔茜"。电话听筒传过来的那些亲昵的放肆，真相也许是我自己的想象力放肆。

β 她们就不会因为余淮的不告而别感到愤懑，我又凭什么？

就这样躺在宿舍床上翻来覆去地想，没有空调的夏天晚上，一瞬间因为一个乐观的念头激动出一身黏腻的汗，下一个瞬间又因为一个悲观的设想而冷得透心凉。

想多了也会累，累到想不起。

然而时隔多年，毫无准备地看到他，我突然什么反应都做不出来了。

连"余淮"两个字都喊不出来。

"姐？"林帆从男厕所出来，在背后喊我。

我从来没有这么庆幸我爸妈离婚了。否则哪里来的林帆？

林帆看了看我，又看了看呆站在原地的余淮，突然压低声音对我说：

"换个地方重新认识一下吧，否则以后婚礼上没法儿说啊，跟新郎初次见面是在男厕所门口？多丢人啊。"

"你是不是脑袋里也打了两根钢钉？"我气笑了。

笑过之后，终于重新活过来。

我最终什么也没说，什么也没做，笑着朝余淮点点头，就扶着林帆往他住的病房走过去了。

唯一的遗憾就是林帆走得太慢了，我总感觉有道目光，烧得背后热腾腾的。

我没回头。不是怕看见他，而是怕他其实没在看我。

"姐，怎么回事儿啊？你的春天来了？"林帆坐在病床上，迟迟不肯躺下。

"给我睡觉。"

"那男的长得不错啊，不过看着好像跟我一样是大学生，你千万问清楚了，否则比较难办。女的赚得比男的多，老得比男的快，这样的家庭可不稳定。"

我伸出手，轻轻地戳了一下他锁骨处的纱布。

林帆疼得直挺挺地倒下了。

No.328

终于安顿好了这个臭小子，我舒展了一下筋骨，拎起装着空饭盒的袋子往外走。

余淮就站在门口。

我们面对面傻站了一会儿，他穿着黑 T 恤，我穿着白色运动服，形势看起来很像天使挡在病房门口坚决不让死神进门。

到底还是我先客套地开了口，声音很轻，怕吵醒病房里的其他人。

"我听说你去美国了呀，怎么回来啦？"

几年不见，第一句话竟然这么拉家常。

是啊，否则还能怎么样，又不是演电视剧。

我们坐到了下午我跟我爸聊天的长椅上。夜晚的医院显得文静许多，白天的喧嚣芜杂掩盖了它生死桥的本质，让人严肃不起来。

所以晚上仰头看着红十字的时候，格外能体会到自己的渺小。

"我放暑假，"余淮说，"一年多没回过家了，我妈病了，我放心不下，回来看看。"

不知怎么，我感觉他有点儿紧张。

"什么病？严重吗？"

"尿毒症。"

我呆住了，却发现自己有点儿想不起来那个只有一面之缘的阿姨了。

"那怎么办？每周透析吗？"

余淮点头："其实已经换过一次肾了。"

我眨眨眼："那不是会好转吗？我听说好多人排好几年的队都等不到肾源，你妈妈这样真的挺幸运的，天无绝人之路，这只说明未来会越来越好，你别担心。"

他转头看我，可我读不懂他的眼神。

余淮看了我一会儿，忽然笑了，说："是，一定会越来越好的。"

我们之间有了第一次短暂的沉默。

"我记得高中的时候，你爸爸好像一直在非洲工作，现在回来了？"我开始找话题。

"是，年纪大了，申请调回来了。落下一身病，上个月也住院了。"

他怎么这么倒霉？

我都有点儿不敢问下去了："严重吗？"

"没事儿，没有什么大病，就是太累了，晕了一次，休息一下就好了，早就出院了。"

我长出一口气，点点头。

好像没什么话说了。

又或者是，有太多的话，却因为每句话都沉淀太久，字与字之间分崩离析，堆叠在一起，乱了意思。它们都软绵绵的，即使在五脏六腑沸腾，也根本戳不穿我这几年间练就的微笑面皮。

"我听说你开了个工作室。挺有一套的嘛你。"余淮突然拍了拍我。

拍得我浑身一激灵。闷热的夏天，手掌温热，我却没有躲开。

我摇头，笑着谦虚道："你听谁说的？小打小闹，糊口而已，这不是在北京混不下去了才回来的嘛，不啃老就不错了。"

余淮欲言又止，刚刚要说什么，像是被我那番话堵回去了。

这是话题第几次断掉了？

当年无话不谈的两个高中生，现在都奔三的年纪了，隔了这么多年，多想询问彼此的故事，恐怕都会担心对方懒得讲了吧。

何况，他真的想问我吗？我笑笑。

"你回来待多久啊？"

他闷头盯着自己的篮球鞋，像是在思考什么，半晌才回答说："下周，下周就走。"

"这么着急啊，挺辛苦的。美国生活还好吗？"

"好。很好。"

我点点头。

我知道接下来我应该说什么。

我应该说，有空一起吃饭吧，祝你妈妈早日康复。

我应该说，保重，那我先走了，再联络。

可我说不出口。

我竟然贪恋起跟他并肩坐着的感觉，舍不得硬气地离开。曾经那么平常的事情，此时却如此稀罕。

是他的手机先响了。他不好意思地接通，电话里面可能是他的爸爸，问他在哪里。

我示意他赶紧回去，他一边听着电话，一边看着我，像是有什么话要说，最后都化成了转身离开。

我坐在长椅上，看着那个熟悉的背影消失在住院大楼里。

现在的我还是变了很多的，比如不再好奇他想说什么。

No.329

只是我再淡定，回家后也还是第一时间冲到了大衣柜前照镜子。

我今天居然穿了一身比睡衣还难看的运动服！裤线带白杠杠的那种！这头发又是怎么回事儿？还有这一脸的汗和油！

幸亏已经太困太乏，没力气沮丧。我匆匆洗了个澡，头发都来不及吹就倒在了床上。

半梦半醒间，和他的这段枯燥的对话在我的脑海中重复播放了很多遍：他复杂的表情，干巴巴的话……还有那个突如其来的、拍后背的夸奖。

想着想着就睡着了。

余淮的消失像楼上砸下来的第一只靴子。他的重新出现，则扔下了第二只靴子。一种难以言说的安定感席卷了我。

我上午十一点才醒过来，吃了两口饭就开始了一天的忙碌。人忙起来的时候比较不容易胡思乱想，天日昭昭，专治多愁善感。

修片时助理打电话来，说接了一个新单子，婚纱照，客户下周会从北京飞过来洽谈，留在这里拍完再走。

"从北京过来，在这儿拍？咱们这儿有什么好景啊，他们是本市人？"

"我没问。人家说来了以后见面聊。"

"这也不问那也不问，我要你有什么用啊？当传声筒吗？"我差点儿摔电话。

她也不害怕，还在那边笑。我妈居然还说算命的预言我是个帅才，我现在算是明白为什么算命的大都眼瞎了。在别人骂他们之前，自己先要把事情做绝。

白天是齐阿姨在陪护，所以晚上在家吃饭的就只剩下我和我爸。

由于昨晚余淮这个话题遭到我的反击，我爸今天见到我的时候都有点儿六神无主。

我俩面对面往嘴里扒着稀饭，我爸忽然找到了一个话题："林帆出院后差不多也该回学校去了，新房子那边装修得差不多了，他一走我们就搬家了。你屋里那些以前的卷子、课本什么的，那么厚一大摞，前几天我和你齐阿姨收拾了一下午才整理好。"

"嗯。"我点点头。

"你留了不少你同桌的东西啊。"我爸笑了。

我一愣，瞬间恼羞成怒。

"谁让你们动我的东西了！"我像被踩了尾巴一样跳起来，"都快退休的人了，多歇歇不行吗？收拾东西就收拾东西，怎么还翻着看啊?! 你闲得慌就下楼打打太极拳、跳跳《伤不起》行吗?!"

我不顾我爸的反应，以光速冲进我的那个小房间。

我塞在床底下箱子里乱糟糟的东西，都被他们理得整整齐齐的，放在了抽屉和柜子里。

这么多年，我的抽屉里到底也没有钻出过一只哆啦A梦。

我拉开抽屉，却看到了最上面躺着的一本包好书皮的数学课本。

边角已经磨破泛黄，书皮快要挂不住了，又被我用胶带仔仔细细地贴好。

只因为上面那六个字。四个是对的，两个是写错的：

"一年五班　余淮"。

我的手轻轻抚过书皮。

"还用我翻吗？那不都写在明面儿上了吗？"我爸在门口非常委屈地申辩道。

No.330

本来明天我爸休息，今晚应该是他去跟齐阿姨交接班的。可是我坚持要去。

我不是犯贱地想要去见余淮。我是真心疼我爸。

真的。

我拎着我爸新煲的黄豆脊骨汤走进病房的时候，林帆的表情明显是要吐了。

"大夏天的这一顿一顿油腻腻的汤，你们是真心想让我快点儿死啊。"林帆还没说完，就被齐阿姨用手敲在了脑门儿上。

"骨头汤对你有好处，愈合得快，你以为我乐意给你送，想让你死有的是办法，我犯不上跟自己过不去。"我把饭盒放在桌上。

"妈，有我姐这么说话的吗？你评评理。"

"说得哪儿不对？你活该。"齐阿姨瞪他一眼，转头问我，"今天晚上不应该是你爸爸来吗？我听林帆说，你昨天两点多才回家。我今天跟护士打招呼了，让他们早点儿开始输液，你也早点儿回家睡觉。"

"没事儿，我闲着也是闲着，你快回家吧，都累了一天了。"

齐阿姨又叮嘱了林帆半天才离开医院。我盯着林帆把一饭盒的汤喝完，在他开始输液以后才走出病房。

其实我都不知道应该上哪儿去找余淮，但是总觉得也许还可以再偶遇一次。昨天没有留电话，留了我也不会再主动打了，但是再偶遇一次总归不过分吧？

我这样想着，就在门口拦下了一个护士，正想要问问她尿毒症的患者住在哪几个病房，忽然有人从背后敲了敲我的头。

是余淮，好像刚洗过澡，头发还有些湿漉漉的，脸有些红，看着就清爽。

对啊，我笑了。他知道林帆的病房，他来找我远比我找他容易。

现在如此，以前也是如此。

No.331

他问我吃饭没有，我想了想，说没有。

我们在医院对面的一家兰州拉面馆坐下，各点了一碗面和几个小菜。

"我好久都没吃过兰州拉面了。"我说。

"我也是，"他很认真很认真地想了想，"上一次吃……好像还是咱们俩一起吧。"

"啊？"

"上新东方啊，记得吗？医大旁边那家。"

我抬眼看了看他。他现在的每句话我都会琢磨一遍，比如他这样轻描淡写地提起我们一起经历的事情，到底是不是故意的。

我点头："那家比较好吃，比现在的这个好吃。"

余淮倒是很疑惑："有吗？"

有。因为现在这家我撑得吃不下了。

我转换了话题："你在美国的时候和咱们同学有联系吗？"

"没有。"余淮摇头。

"为什么？"

他刚吃了一大口面，垂下眼睛闭着嘴嚼，不知道为什么嚼得那么慢。

"不为什么。没什么联系的必要呗，"他有点儿不自然地笑，"不过，我猜你肯定和简单、β 关系依然很好。她们现在怎么样？"

"简单当年走了狗屎运，居然真上了中国政法大学，现在在读研究生，明年也该毕业了。β 还在英国读书呢，和韩叙一样都在伦敦。张平的儿子都四岁了，她终于死心了。徐延亮考了公务员去青岛，现在在做市委办公厅的科员，向着腐化堕落的道路大步进发了。"

我一股脑儿地将我知道的事情都说给他听了。

余淮点点头，丝毫没有挑某个人继续深入问问近况的想法。我不知道他是不关心，还是压根儿早就知道了。

"那你怎么知道我在开摄影工作室？听谁说的？"

余淮忽然有点儿不自在。

"Google（谷歌搜索）。"他言简意赅。

然后我应该说什么？嗯？

"你搜索我的名字？"

"……嗯。"

"为什么？"

他抬眼看我，忽然盯上了我剩下的大半碗面："你不饿吗？"

"不是很饿。"

"那给我吃吧，最近很累，特别容易饿。"

我没来得及阻止，他就把我的碗挪了过去，毫不嫌弃地继续吃起来。

在西藏的时候，老范也吃掉了我已经咬过一口的青稞饼，但是我的脸可没红成现在这样。

我的情商又回到了高中时期。这很不妙。

No.332

吃完饭，余淮抢着结了账，我也没跟他争。他接了个电话，之后就匆匆回住院处去了。

临走前他问我要手机号。我看着他掏出 iPhone，突然一股火冲上天灵盖。

"小灵通不用了？"

"早换了。"余淮先是笑了笑，好像我问了一个很傻的问题，然后慢慢地反应过来。

他紧紧地抿着嘴唇，不发一言，看向我的眼神里，流动着我完全陌生的情绪。

竟然有些可怜。我怎么可能会觉得余淮可怜？这种认知让我有些难过，关于那些石沉大海的短信和电话的疑问，忽然就问不出口了。

我迅速地报出了一串数字。他对数字的记忆力依旧很好，解锁、按键，没有停下来再问我一遍。

其实我高中时也做得到，初中不用手机的时候甚至能把十几个常用的座机号码都倒背如流。但是现在完全不行了，一串数字过脑就忘，常常攥着手机找手机，盖着镜头盖儿找镜头盖儿。

时间对他真是宽容。

转念一想，人家在美国是要天天泡实验室的，脑袋不好使可怎么办，说不定会出人命。

他朝我笑了一下，推开店门刚迈出一步，又转过身，问："你最近拍片吗？"

我点点头："后天，去雕塑公园，给三个刚毕业的高中女生拍闺密照。"

"我能去看看吗？"

"干吗？想泡妹子？"

"泡那些妹子还不如泡……"他明明已经咧嘴笑起来了，突然意识到自己本能地说了什么，整个表情都僵住了。

还不如泡什么？泡什么？说啊！！！

"那电话联系。告诉我时间、地点，我去看你。"他说完就走了。

我盯着来回咣当响的门，又有点儿控制不住地想要傻笑。

可是我不能。

我到底是在做什么？就这么稀里糊涂地像两个老同学重逢一样，有一搭没一搭地聊聊天，在内心回忆一下当年的懵懂青涩，意淫一下未完待续的暧昧，记吃不记打，然后呢？下周人家高才生飞回美利坚深造，我干吗？沉浸在往事中苦守寒窑十八载吗？王宝钏好歹也是个已婚妇女，领了证的！我又算什么？

虽然当年不告而别和杳无音信给我带来的难过，到现在已经淡得咂摸不出原味，但是至少，我不再是傻傻地在他身后亦步亦趋，把身边少年的小感动和小邪恶都无限放大的少女了。

时光放过了他，却没有放过我。

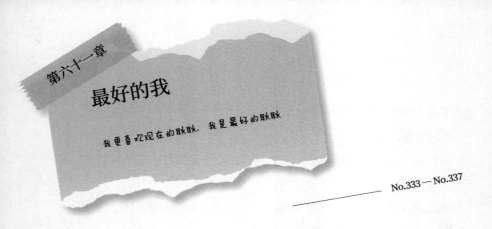

No.333

就当我矫情吧，我没有主动给余淮发拍摄的地点和时间，一起吃饭的第二天，我爸代替我去值夜。

我在家修图修到深夜，这样可以少想一些事情。

他说要来看我拍片，可我已经不敢期待了。虽然我一直在等他给我打电话，或者发一条短信——可关机开机许多次，依旧没有消息。

我说我不抱期望了，可为什么还是会失望？

下午两点我赶到了雕塑公园，化妆师提前半小时到，在门口的咖啡厅给三个小姑娘化好了妆。

我没急着给她们拍，这个时候的阳光不好，不如大家先聊聊天，等夕阳。

我带了电脑，为了给她们看我高中的照片。

"你们哪个有照相恐惧症来着？"我问。

两个女生同时指着中间那个带牙套的短发姑娘。

"她一照相就喜欢乱动，非要在人家按快门的时候拨一下头发，挠一下鼻子，每张都会糊掉。"

应该是牙套造成的紧张感吧，我想。

"哎，这张好看！"一个姑娘指着简单和 β 穿着民国女学生装大笑着打

232

闹追逐的照片，"我也想穿成这样。"

"还真就给你们准备了民国女学生装。"我笑了。

这是我的恶趣味。我们仨青春不再了，但是她们仨青春正盛。

没人永远年轻，可永远有人年轻。

No.334

为了帮那个姑娘克服紧张感，我特意给她拍了几张半侧身回眸、眼睛特写、抬起手掌心朝外挡住嘴巴的逆光小清新照，回放给她看。

人都是这样，只要看到自己好看的照片，本能地就会学习成功的经验，自信心慢慢地也就来了。

牙套妹眼睛亮亮地看着照片，捂嘴一笑。

这三个女孩子真是我拍过的最配合的对象，嬉笑打闹，宜动宜静，一丁点儿都不费劲儿，我也被带动着青春起来。

风吹动裙裾，吹乱头发，却遮不住三双明亮的眼睛。

我忽然好想念我的高中时代。

真的很奇怪，那本来不应该是我最开心的时期。如果说给我一个机会让我选择是否回到高中，我一定选择否。我喜欢现在的自由，喜欢现在从事的工作，喜欢现在的我自己，喜欢把一切牢牢抓在手里的感觉，因为这才叫作强大。

可在我的脑海中，真正清晰得纤毫毕现的回忆，却都在高中。我可以记起一段对话中的微妙语气和每一次停顿，也可以记起那些一闪而逝的表情，微不足道的小事儿，发生小事儿时的天气……

是的，我更喜欢现在的耿耿，我是最好的耿耿。

但是，那些挥之不去的、最深刻的记忆和最炽烈的感情，是不是我难以忘记余淮的原因呢？

现在的耿耿，是不是还喜欢着当年的余淮呢？

我放下相机，看了看将沉的落日，找了一个入画的好角度。

"来，我们拍最后一组镜头。画面效果就是我躺倒，仰拍你们三个，你们要一起抬起脚朝我的镜头踩过来——别真踩啊，赔死你们！就是做个样子，上半身爱怎么摆姿势都行，别担心，我要拍好多张呢，总能挑到一张大家都美的。"

给姑娘照相，讲究太多都没有用，重点就一条——拍得胸大脸小显白显瘦，只要自己好看，甭管什么背景什么主题，她们都不在乎。

"来，来个凶狠的，就把我当仇人！"

"当数学！"牙套妹说。

其他两个立刻来状态了，三个人都凶神恶煞地踩过来，半途却忍不住要笑。

我连拍了许多张，到最后是因为腹肌无力了，才撑不住，彻底倒在了地上。

爬起来的时候，竟然看到了余淮。他站在三个穿水手服的女高中生旁边，笑着看我，意外地和谐。

我顾不得拍打身上，立刻拿起相机拍下了这个画面。

我到底是不是还爱着当年的余淮？

No.335

"你怎么找到这里的？"

女学生走了以后，我坐在广场中央的地上收器材，他也一屁股坐到了我旁边，饶有兴致地看着。

我有点儿心虚。我故意没告诉他，可他来了，现在错的人是我。

"我妈妈前天晚上病危了，昨天晚上才彻底脱离危险。我已经两天没睡了，"余淮捏捏鼻梁，努力眨了眨眼，"忽然想起我都忘了问你在哪里拍片，所以就往你们工作室的联络电话拨了过去，你的一个小助理说你在这里。"

我很惭愧，赶紧加快了收东西的速度。

"我……我能去你那里休息一会儿吗？"余淮抬起满是血丝的眼睛看我。

我忽然很心疼，这个眼神不知道怎么回事儿，居然唤起了我的母性，看来真是老了。

余淮一把抢过我死沉死沉的摄影包背在了他自己身上，说："你带路吧。"

他是真累着了。我让他上二楼，在沙发上稍微坐一下，给他倒杯水。端着水再进来的时候，看到他已经蜷缩在沙发上睡着了。

我可搬不动他，也不想吵醒他，索性就让他躺在沙发上。去卧室拿了一条毯子正准备盖在他身上，忽然看到他半掀起的 T 恤袖子下面，有一小片奇怪的黑渍。

我把毯子放在一边，很轻很轻地把他的袖子再往上翻了翻。

那是一个黑色的对号文身。

我咬住嘴唇，轻轻地用手碰了碰，温热的触感传递到我冰凉的指尖。

这不是文身师随便设计的什么对号，这就是高考那年我给他画的那个，转角是尖尖的，尾巴上扬到最后还要做作地微微向下一点点……

只有我这样画对号。

他一定是在去复读之前，把这个对号文在了身上。

文身都有了岁月的痕迹，他却没有，像只大虾一样蜷缩在我小小的沙发上，睡得像个孩子。我盯着这张再熟悉不过的侧脸和他手臂上的文身，忽然鼻酸。

No.336

余淮醒来的时候已经是晚上十点半。我给他煮了点儿水饺，然后就心不在焉地坐回到电脑前继续修图。

他吃完后，就自己去水池那里把碗洗了。

"耿耿，你就是这么过日子的？"他阴阳怪气地大叫，"你这水池里堆多少碗了？"

"吃完夜宵懒得洗嘛，"我说，"你看不过眼就帮忙洗一下！"

"这个社会未来进化的趋势就是，有节操的人第一批灭绝。"余淮大声嘟囔。

听着那边传来的碗筷碰撞的清脆响动和潺潺的流水声，我盯着电脑屏幕，心却剧烈地跳动起来。

这样，是不是就是过日子？

自打高中毕业，我就一个人生活，已经有多少年没有在家里听到另一个人的动静了？刷盘子刷碗，吸尘打扫，细细碎碎地过着正常的生活？

我什么时候开始向往这样的每一天了？

我一直觉得一个人没什么。重新见到你，才觉得还是两个人的时光更好。

余淮甩着手上的水珠走过来，被我的样子吓到了，露出小媳妇一样的惊慌：

"你为什么对我虎视眈眈？"

"老婆辛苦了，"我大笑，"帮我再把桌子擦一下。"

余淮挑了挑眉："一个家里，一般数学不大好的那个是老婆吧？"

我们尴尬地沉默了几秒钟。

这只是个玩笑，可我心里好像有什么东西要被这个玩笑带出来了。

No.337

就在我忍不住要开口问他的时候，他忽然站起来，指着我电视柜上面的一个格子储物间说："你家也有红白机？"

我整理了一下情绪。

"哦，淘宝买回来的，怀个旧。"

"我们公寓也有。哦，我现在和林杨夫妇合住在一个大公寓里，每天都当电灯泡，生活压力很大。"他开了个玩笑。

"你也谈恋爱不就好了。"我笑笑。

余淮尴尬地沉默了一下，继续说："我们仨经常一起联机打游戏，他俩都打得特别烂。不知道怎么回事儿，这两个人对红白机情有独钟，总是一起玩《松鼠大作战》，也不嫌腻烦。"

"谈恋爱的人都不嫌腻烦。"我说。

我发现，我咬紧什么事儿的时候也很像一只王八。

"我们也一起玩吧。"

余淮忽然说。

以什么身份跟你玩？

我目瞪口呆地看着他无比自来熟地开始把红白机的几根连接线往我家电视上插。

"哦，你这里有这个版本的《坦克大战》啊。哦，《松鼠大作战》《双截龙》你喜欢玩吗？你肯定不行，打排球都手眼不协调。"

"玩这个吧！"我忽然挤到沙发上，坐在他的左边，抢过主手柄调到了一个游戏。

"《赤色要塞》。"

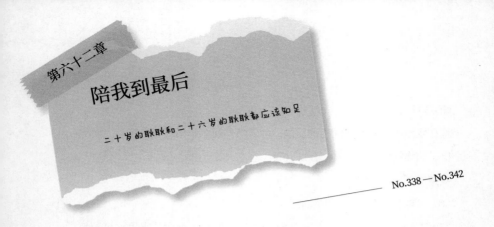
No.338

"我特别喜欢这个游戏。"我一边玩一边跟他说。

第一关是沙漠，第二关是古城，第三关是机械城，第四关是沼泽地，第五关又是一座奇怪的古城，第六关是格外复杂的机械城……

一红一绿两辆越野车，一边前进，消灭所有拦路的敌人和机械装备，一边解救人质，在机场放生，然后与Boss（头目）决一死战。

"我是半年前买这台机器的，玩到这个游戏的时候特别激动。我三四岁的时候家里也有一台红白机，我爸妈经常一起玩，《坦克大战》啦，《松鼠大作战》啦，《魂斗罗》啦，配合得特别好。我妈急躁，打冲锋，我爸稳妥，在后面掩护，"我一心二用已经是极限，没有注意余淮是不是在听，"小心，那里会有滚石落下来！"

余淮操纵的棕红色越野车灵活地躲避开了。

他没有吹牛，游戏果然玩得好。

这种熟练度我是专门练了半年才有的，而且只针对这一个游戏。

"不过呢，我还是最喜欢看我爸妈玩这个游戏，觉得特别刺激。我一直想象这两辆车上坐的狙击手是史泰龙和施瓦辛格，看打游戏像看大片。小孩子嘛，本能地喜欢看到自己爸妈特别和睦般配的样子，他俩也只有打游戏的时候不吵架。"

我讲得有点儿动情，一分神，就被一个小兵的子弹击中了，车爆炸了，刚才好不容易吃到的十字炮白费了，又得重新攒。

余淮呵呵地笑起来："你爸妈打游戏的时候不吵架很正常，可是我跟你打的时候很想吵架。"

"死一条命很正常嘛！"我瞥他一眼。

"是啊，多傻的事儿你干起来都正常。"

我忽然发现，随着这个游戏的进行，那个高中时臭屁又毒舌的余淮，毫无预兆地回来了。

No.339

"我妈刚结婚那会儿也就二十三岁，我三岁的时候她二十六，正好是我现在的年纪。可我现在游戏竟然没她打得好。"

"你抓重点的方式真是风采不减当年，"余淮笑了，"正常人应该检讨的是为什么你妈那时候都有你爸了，而你现在还是自己一个人打游戏。"

…………

我们再次一起沉默了一分钟。

我看了余淮一眼。他眼睛紧盯着屏幕，脸却红得可疑。

我不露痕迹地笑了，继续说："其实我小时候就一直希望有一天能有个人陪我一起打这个游戏，因为我爸妈一直没有打到最后过。他们还没来得及打穿这款游戏，就离婚了，所以我从来都不知道最后的 Boss 到底长什么样子。"

余淮看了我一眼。

"你能陪我打到最后吗？"我问。

很久之后，余淮轻轻地说："好。"

我们第一次死在了第四关，第二次集体把所有命耗在了最后一关。

已经十二点了。

我说："再打最后一次吧。"

他还是说："好。"

这一次我们都投入了百分之百的注意力。余淮玩过两次之后就把所有陷阱和敌人的位置记得牢牢的，反应极快，以一己之力消灭了大部分敌人，护送我这个废柴绿车往前走，我目瞪口呆。

我看向他，他聚精会神地盯着屏幕，嘴角带着骄傲的笑，像个孩子。

我的目光又落在了他的左臂上。

"耿耿，你看哪儿呢？作死是不是啊你！"他突然大叫起来，我连忙回过神儿，差点儿又被小兵枪毙了。

这样才是余淮啊。

高中的岁月，像是被他用一个叫骂的咒语，随随便便就呼唤了回来。

我明知道自己不应该沉浸在这种气氛中，但是放任了自己，任他把我指挥得团团转，玩着玩着，竟然真的越来越紧张。

原来最终关的 Boss 会二段变身，我只剩最后一条命，看着 Boss 变身后快速流窜喷火的样子无能为力。

"你躲到角落去，留住一条命等着看结局！"

我立刻乖乖躲起来，看着他左躲右闪，费了半天劲儿，我们终于听到了爆炸的声音，Boss 挂了。

我和余淮相视一笑，都松了一口气。

最后只是一段简陋的音乐和几幕简陋的图画，字幕结束之后，画面又回到了一开始。

终于圆了小时候的一个心愿。

"小爷说陪你打到最后，就一定做得到。"他得意地扬眉，然后又慢慢地垂下眼睛，笑了。

"我也只能做到这些了。"他说。

No.340

已经十二点半了。

我关掉了电视，客厅没开灯，忽然我们两个人同时陷入黑暗。只有远处工作台上的电脑屏幕还亮着，传递过来些微银色的光芒，让我刚好能看清他的侧脸。

他的左手臂靠我那样近。不是所有的温度都需要靠接触来传播的。只要他在我附近，我就能感受到温热的气息，像一只温柔的野兽，潜伏在月光里。

我忽然扑上去，双手环抱住他的脖子，用力地吻住了他。他的眉眼离我那样近，我瞬间什么都看不清了。

我不知道应该怎样去吻一个人，我只知道我很想亲他，我很想念他，我至今还是喜欢他。

余淮只是愣了一刹那，就闭上了眼睛，用一只手扣住了我的后脑勺，紧紧地、紧紧地推向他自己。

我从来没觉得自己如此需要一个人的怀抱和体温。我缓缓地闭上眼睛，微弱光线中的一切归于黑暗。

却在下一秒钟，被他狠狠地推开。

No.341

"你别这样，耿耿。我不是来乘人之危的。"

他说得很慢，很费力。

我再次冲过去要掀起他的袖子，他立刻抓住我的手腕把我按住了。

"我已经看到了，"我说，"文身。"

余淮低着头不说话。

"你是在我们高考那年夏天文上去的吧？"

他还是不说话。

"我的那些信、短消息和电话，其实你都收到了，对不对？我理解的，我要是你，我也不希望见到任何人。你没陪我对答案，这不是什么大事儿，我也没有怪过你。可是后来，你为什么没有来找我呢？你……"我深吸一口气，眼泪却一直在打转。

"余淮，你不喜欢我吗？"

余淮忽然抬起头看我，眼神锐利而冰冷。

"文身只是想给自己带来一点儿好运气。这能代表什么吗？我为什么要找你？"

我愣住了。

"我没觉得自己哪儿对不起你，"他忽然站起身，"我不知道你为什么这么说，太晚了，我得走了，后天我就回美国了，走之前就不再单独跟你道别了。你保重。"

余淮急急地站起身，转身就要走，被我死死地攥住了手腕。

他转过头看我，泪水汹涌，像是情绪崩溃，下一秒钟就要万劫不复。

你为什么这样看着我？

你是天之骄子，虽然晚了一年，可还是得到了你当初想要的一切。你要去清华，要去美利坚，你成功了，失败的是我，你为什么要这样看着我？

"你高考前说过有话要对我讲的，"这样的关头，我说起这句话竟然还会感到不好意思，二十六岁的女人提高考，"那是你欠我的，你应该告诉我。"

"我不记得了，"余淮说，"我们以前就没可能，以后更没可能。"

No.342

余淮走了后，我一个人坐在沙发上，依然没有开灯。

我想，我是不应该后悔的。

对于现在的我想要的，当年的我想知道的，我已经都付出了最大的努力。包括臭不要脸地去强吻，包括拉着他的手追问……至少我知道了现在我们没可能，也知道了当年他并没有话和我说。

二十岁的耿耿和二十六岁的耿耿都应该知足。

那么，我到底在哭什么？

No.343

我是在沙发上睡着的。

醒过来的时候已经是下午一点。我竟然睡了十二个小时，明媚的阳光打在我脸上，一睁眼就是金灿灿的世界，把昨晚的难堪和丢脸都映照得像一场梦。

可能真的就是一场梦吧。我不允许自己继续想。

成年人的世界就是好。小时候有点儿什么伤心事儿，有的是时间回味和难过。现在工作就不允许你沉沦，所以洗把脸，甩甩头，捧着破碎的心去赚钱吧。

我没有再去过医院，也没有联系过余淮。我记得两天后就是他回美国的日子。

我有那么多不明白的事情，可他已经把话说得再明白不过了。可能无论我怎么改变，在他眼中还是那个可怜的耿耿，自然是比不上他这种一路在康庄大道上狂奔的高才生的。

狗屁，谁稀罕。

谁稀罕你。

我闭上眼睛仰起头，把眼泪通通憋回去。

一周后林帆出院了。我们三个去接他，我爸破天荒地允许我也开车跟着他。

于是我差点儿又追了我爸的尾。

林帆住了四周多的院，病床周围居然收拾出了一车的家当，真是令人叹为观止。我远远看着我爸和齐阿姨两人忙忙碌碌地把东西都放好，热热闹闹地拌嘴，不知怎么就觉得这个样子也挺和谐的。

林帆还会想起他的生父吗？

那种亲情比我和余淮三年的同桌情要深厚得多吧？我对我爸妈营造的三口之家的气氛的记忆，也应该比对五班的怀念要多得多吧？

可是不妨碍我现在看着这两个最终将会相伴一生的人，觉得时间真是伟大，没有什么不登对的，没有什么放不下的。

我想，我也应该去和自己的过去做个告别，然后将剩下的一切交给时间。

"爸！"我朝他喊道，"你们先走吧，我还有点儿事儿。"

No.344

我是认不出余淮的妈妈的。

尿毒症和类似病例的病房一共有三个，我挨个儿进去转了一圈，没看见一张像余淮妈妈的脸，倒是看到了上次差点儿把我活活吓死的死老太婆。

我记得余淮说，他们是同一个病房的，那应该就是这儿了吧。

在六个人脸上巡视一圈，有一个脸庞苍白而浮肿的女人一直看着我。

我想从她的眉目间仔细辨认一下，她忽然开口，问："你找谁？"

声音轻得像羽毛。

我早听说尿毒症患者做不了重体力活，没想到会衰弱成这样。

"我想看看余淮的妈妈。"

她笑了，脸上病态松软的肉堆到一起去，没有一点儿皱纹，怪异得可怕。

"我就是。你是他的同学？"

"是，"我点头，"阿姨好，我叫耿耿。"

她缓缓抬眼，不知道是因为疲惫还是别的什么原因。

"原来是你啊。"她说。

No.345

我和余淮的妈妈没什么话可聊，其实我也不知道为什么要来看一看，除了同在一所医院的客气和对长辈的尊重，也许因为最后的一点儿好奇吧。

余淮妈妈似乎很高兴有人来看望她，问了我很多关于我的工作的事情，一直拉着我的手说："真好，真好，都有出息了。"

于是，我更加想不起来家长会上那个凶巴巴的阿姨的本来样貌。

"阿姨，祝您早日康复，"我有点儿不好意思，"这段时间，我也没带什么鲜花水果的来看看您，我……"

"阿姨记得，当初我还不乐意让你和余淮坐同一桌呢，是不是？"

我没想到她会主动提起，以为她早忘了耿耿是谁呢。

是不是人生病了都喜欢回忆？余淮的妈妈拍着我的手，也不等我的回应，只是自顾自地说下去。

"那时候是真怕他不走正道，我也没时间管他，他爷爷奶奶身体都不好，爸爸长年在国外回不来，我当然要替他尽孝道。所以对余淮就特别没耐心，做事情不考虑他的感受。这一生病生了六七年，很多事情都看开了，我耽误他一次了，这次不如死了算了，抢救不过来就抢救不过来吧。谁知道，还没死成。"

"您别这么说……"

我说过，我根本不适合安慰人。

"他都考上清华了，怎么我就不争气了。家里缺钱，他爸要是那个时候硬调回来，家里就没钱给我治病。你不知道，这个病是无底洞，每周都要透析，支撑不了。余淮那时候非要把他的肾给我，我怎么能为了我这条老命，赔了他的下半辈子？换肾之后就是半个废人了呀。后来也算天无绝人之路，等到了肾源，终于花光积蓄做了手术。"

我听得心酸，只能紧紧地拉着她的手。

"他爸不能回来，换完肾排异反应严重，要一直吃药，结果比透析还贵，身边离不了人。余淮跟我说，他不去北京了。"

余淮的妈妈忽然哭了出来。

"他考上清华了，却跟我说他不去了。"

我怔怔地看着这个哭得肝肠寸断的女人。她的哭声在我耳中忽然变得很遥远，很遥远。

No.346

余淮去了本市的一所重点工科大学，一边上学一边照顾他妈妈，还是努力在三年内就修完了全部学分。

"他跟我说，他复读过一年，最难受的时候朋友发短信劝过他，没什么好难过的，比别人多活一年不就赚回来了。所以他特别努力，上不了清华，就铆足了劲儿要跟同学们同一年毕业。"

我当然知道这句话。

因为是我发给他的。

"那时候我的病已经好转了，不能干重活儿，但是不用住院了，我觉得都好了。不过他说要去美国读书的时候，我还是担心，家里都没有钱了，哪里供得起他？他说拿了全额奖学金，自己打工，不用家里帮忙，那些保证金什么的都是亲戚们凑的。我心里也不好受，他上一个志愿被我耽误了，这次我不能再拖着他了。"

"谁知道现在……"余淮的妈妈呜呜哭得越来越伤心，"你说我是不是应该去死？"

我安静地听着，一句话也说不出来。

这个世界有太多天降横福，太多飞来横祸。我没成熟到可以坦然看待这些的地步，只能事不关己高高挂起。可当一切发生在余淮身上，我实在没办法用平常心对待。

"你别怪阿姨拉着你絮叨。阿姨心里苦，也知道他和他爸更苦，不能一天到晚跟他们念叨死啊活啊，那不是让他们更难受吗？是我把这么好的一个孩子给坑了啊，他之前还特别高兴地跟我说他遇见你了，说你现在发展得可好了，他在你面前都觉得抬不起头，说自己也这么大年纪了，还不如你独立，见到你就又高兴又难过。我心想那怪谁？那不都怪我吗？……"

余淮的妈妈就这样哭了很久，最后才羞涩地放开了我的手。

我不记得自己说了什么漂亮话来宽慰她。

No.347

走出病房很久之后，我终究还是忍不住回头看了一眼。

走廊里依然人来人往。我曾认为医院是生死桥，却忘记了，在死亡这个结局之前，漫长的痛不欲生的过程，也是在这里发生的。它不光折磨病患，也折磨健康的人，在与死神的交锋中，病患付出性命，家人付出了整个人生。

我以为那个面貌不经风霜的男孩儿只是因为一个小小的挫折站不起来，我以为他依然满身天之骄子的傲气，却不知道那个笑嘻嘻地对我说"咱俩做同桌吧"的少年，背后已经过了万水千山。

　　我忽然在人群中看到他提着饭盒走过来，转进了病房。

　　他说"后天我就回美国了"，他没有，自然是没有。

　　可我无法迈出步伐再次拉住他的手，问清楚这漫长的过程。

　　我喜欢当年的那个余淮，那个最好最好的余淮。

　　可那些脆弱的崇拜和美化的记忆，真的足够承载现在的余淮那山一样的悲哀吗？

　　当时的他是最好的他，后来的我是最好的我。

　　可是最好的我们之间，隔了一整个青春。

　　怎么奔跑也跨不过的青春，只好伸出手道别。

　　我颓然转身，朝着门外走去。

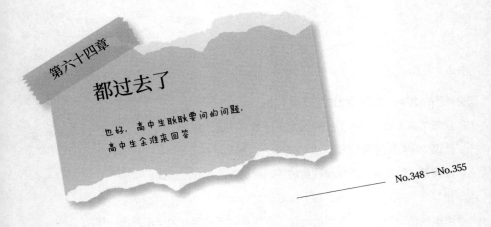

No.348

我过了一个月浑浑噩噩的生活。

没有出门拍片，每天只是不停地修片，出片，让助理下印厂，一切都交给别人。

然而坐在家里的时候，还是会一看到沙发，就想起那个黑夜里，他推开我的一瞬间。

那双情绪汹涌的眼睛，当时我看不懂，此刻回忆起来，心中尖锐地疼。

我没有怀恨在心。

因为我懂得他。

他在张平说落榜生张继名满天下时，说成王败寇活在当下；他在顶楼向我小小地展示了自己对竞赛成绩的恐慌后，就立刻大声说"你应该继续崇拜他"……这样的余淮，怎么会愿意让我戳破他的谎言。

谎言已经和他的尊严紧密不分。

记忆中的少年余淮越是闪闪发亮，现在这个活在谎言里的男人，就越让我心疼。

我居然还曾经在他面前提张三的近况、李四的新工作、王五的留学生活……

何其残忍。

有些东西，我从来没得到过，所以也不觉得可惜。

他却是实实在在地失去了。

No.349

我想给 β 打电话，虽然她总是不着调，但是有个人说说，至少能缓解心中的焦灼。

现在才发现老朋友有多么重要。

我和余淮之间的过去，即使我记得再清晰，时至今日也没有办法再和新认识的人说起。少年时代的东西，再怎么纯正鲜活，被我在这个年纪讲出来，也难免荒腔走板。

我从小就不怕别人笑我，但我怕别人笑我和余淮。

但我最终还是没有打电话。

我不想让 β 她们知道余淮的近况——这种无奈并不是耻辱，也不是失败，我根本不是为了自己的私心而去维护喜欢的人的形象的。

不是，不是。

但我就是不想。

余淮小心翼翼地避免和任何人联络的举动，假装自己已经飞回美国继续读书的样子，都很可笑，我一想起却会疼得翻滚。

第三次竞赛失利，他走出阴影时对我说，林杨可以，他为什么不能重来呢？

你还想重来吗，余淮？

我有时会在夜里跑到市一院，然后停步在病房门口；有时会忽然从床上坐起来，绞尽脑汁地想要对他好，绞尽脑汁到觉得把他当年对我所有的好都回报完也不足够。

可我知道，他不需要。

我不想再用短信和电话逼迫他把自己的手机号关停，所以没有找过他。

他一次次被命运捉弄，一次次拼尽全力把人生道路拨回正轨，然后再一次次输给命运的翻云覆雨手。

所以，我选择让他活在自己的"美国"。

可这真的是他想要的吗？

No.350

"十一"期间我没有休息，因为之前小助理接的那个北京飞来的拍婚纱照的顾客已经到了我市。

助理说，人家要去振华取景，让我跟着一起看看，边看边谈。

我近七年都没回过振华了，这对夫妇真能折腾人。要不是助理说开了个高价对方也乐呵呵地没多毛，我才不伺候。

我没精打采地站在振华大门口，幸亏只是取景，要是今天拍片，我估计能直接死在操场上。

赭色的大门是我们入学前一年刚修的，到现在快十年了，历经风霜雨雪的侵蚀之后，颜色褪淡，竟然比以前好看了不少。

我算是明白恍如隔世是什么感觉了。九年前我第一次站在大门口的时候，曾经盯着它激动又忐忑地看了许久。

那时候我是耿耿，我还不认识余淮。

"耿耿，久等了。"

我转过头，眼前站着一个有点儿眼熟的女人，皮肤很白，长发妩媚，眉眼细长。

"你看着有点儿面熟。"我笑着说。

"当然。我是洛枳。"

我愣住了。

"洛枳学姐?! 啊啊啊啊怎么是你?! 电话里怎么不说?!"

她背着手笑眯眯地看着我在校门口啊啊疯叫，那副老谋深算的样子啊，当年的感觉都回来了。

"你结婚? 你拍婚纱照? 谁? 谁娶你啊哈哈哈，这么有福气！"

"我也觉得他很有福气，"她一本正经地点点头，把我逗笑了，"而且我觉得，你可能会认识他。"

她朝马路对面招招手，笑得明媚。

我顺着那个方向看过去，一个高大的男生抱着三瓶水，穿过斑马线朝我们跑过来，看到洛枳招手，瞬间也绽放出一脸无比灿烂的笑容。

是盛淮南。

是"洛枳爱盛淮南，谁也不知道"的盛淮南。

我站在原地，几乎要忘了呼吸。

No.351

我看着盛淮南，半晌没说话，只是死盯着，彻底把人家看毛了。

洛枳自然不会知道我曾经在墙上见过那句话。

"你不会以前对人家小学妹……"洛枳脸色难看地转头对盛淮南说。

"绝对没有……吧?"盛淮南挠挠头，被洛枳狠狠地掐了一把。他大笑，顺势将她揽在了怀里，从背后抱住，下巴抵在她的头顶上。

老子还没反应过来，你们就秀上恩爱了，还有没有王法了?!

"你是不是特意回来跟我显摆的?"我瞪洛枳。

洛枳点头，一脸阳光。

"对啊。"她笑着说。

爱情竟然可以这样改变一个人。那个总是讲话意有所指的洛枳，永远藏着秘密一样的忧郁学姐，此刻会如此坦荡开怀地笑，这比她的梦想成真还要

253

让我惊讶。

"你盯着他看什么？"洛枳问我，自己却歪头去打量已经尴尬地背过身去的盛淮南。

我不知道。

也许是因为我小时候那么相信，世界会善待我们，年少时第一个倾心喜欢的人，就一定会在一起。

我没做到，简单没做到，β也没做到。

但洛枳做到了。

我一直都相信爱情。现在世界用他们来证明，我是对的。

我不知道这过程中到底有多少不为人知的故事和曲折，但是她做到了。

不是所有坚持都有结果，但是总有一些坚持，能从一寸冰封的土地里，培育出十万朵怒放的蔷薇。

而懦弱的我，只配站在旁边，默默地观赏一场与我无关的花开。

No.352

洛枳和盛淮南此次就是专程从北京飞回来拍照片的。他们原本打算自己找个朋友来拍，可是拍摄效果很糟糕。她的思路就是回到两个人相识的高中去拍照，和我这个工作室一直以来的拍照风格很契合，她在网络上翻了很多推荐帖，一眼看中了我的工作室，再一看，老板叫耿耿。

我自然要使出最好的本领。

我陪他们在学校里转了很久。他们挑选地点的时候我自然要问问题，一个个问题串联起来，串联成一段爱情的骨骼。

某些部分与我所知道的暗暗相合。

比如她的那些精心写成的考试作文，都是为了他有朝一日能够在优秀作文讲评课上看到。

可他一篇也没看过。

我在一旁听洛枳随意地对我讲着她为那场漫长暗恋所做的种种傻事，不禁莞尔。

"真好，这些话现在都能用这样的态度讲出来，真是成王败寇。"我说。

"成王败寇？"走在前面的盛淮南忽然转身看我。

别这样，一把年纪了，我还像个小姑娘似的脸红了。

"是啊，"洛枳敏锐地注意到了，忍着笑为我解围，"比如现在你是我的了，以前多么说不出口的秘密，现在都能拿来当趣事讲。谁说结果不重要。"

谁说结果不重要。

因为修成正果，当年洛枳那样隐秘而酸涩的心思，都可以摊开在正午走廊的阳光下轻轻松松地讲出口。

而我呢？

那么多阳光下发生的故事，却都成了不能说的秘密。

我正在发呆，洛枳忽然想起什么似的，转头问我："对了，你的那个同桌呢？现在在哪里？"

我毫无准备，哑口无言。

"她同桌？"盛淮南问道。

"嗯，"洛枳的每句话在我听来都像是有回声，"他们俩的名字很有趣，连在一起，刚好是耿耿余淮。"

盛淮南惊讶地扬扬眉。洛枳注意到了，连忙追问："你认识？"

盛淮南点点头："当然。"

他停顿了一会儿，像是有些不忍心继续说下去。

"是，"我把话接了过来，笑着说，"余淮上学的时候特别崇拜你，被你影响得从来都不背文言文。"

这是多么怪异的场景。我高中时做梦也想不到有一天我会给余淮崇拜的学长和我喜欢的学姐拍婚纱照，和他们两个随便聊着当年的事儿。

如果把时光倒退一点儿，那时候，他们彼此不认识，我们却那么要好。

我几乎要笑出声来。

你说，这算不算风水轮流转。

No.353

我心中已经有数，跟他们又约定了些具体事项，又和学校确认了时间，本周六就可以租用场地了。

他们走了之后，我一个人在学校里面转了转。

很多地方你觉得不敢去，怕被回忆淹没，其实都是自己给自己挖的坑，还没去呢，就自己把自己感动了。

就像振华于我。

我近七年没回来了，真的不得不回来了，也没觉得怎样。

这就是一所学校而已。

是的，我在运动场看台上听简单和 β 唱过蔡依林的一整张专辑，可现在的 Jolin（蔡依林）已经转型成为能开演唱会的杂技演员了；我也在操场上扮演过英勇的排球女将，现在却爬个楼梯都要吃盖中盖高钙片，还不能保证上五楼不费劲儿。

面目全非。

原来我们五班的教室现在挂着高二十三班的牌子。我从后门的窗户偷偷看向我和余淮的位置，刚好窗帘飘起，将整张桌子都笼罩在其中。

只是因为三年的相处。我告诉自己。

因为没得到，所以显得格外好，这不是爱。我一遍遍地在心中重复。

醒醒吧，耿耿。

这样想着，突然就觉得没什么不好面对的了。

从振华出来，我打了个车，直奔市一院。

还没走进住院处，就在院子里远远地看到了余淮高大的背影，晃晃悠悠的，在人群中格外显眼。他拎着一个旅行包，可能里面装着他妈妈的换洗衣物。

我大声地喊："余淮。"

他应该是认出了我的声音吧。否则为什么停步的时候，那么僵硬。

No.354

余淮拒绝了我提出的帮助。

"博士我决定不念了，我这个专业可以中途拿一个硕士学位，也不亏，这样回来工作的话，出路也不错。困难只是暂时的，你别担心。"

他很感激地朝我笑，语气中没有逞强的意味，朴实而坚定。

"我妈妈这个病不能再换肾了，只能就这么继续做透析，一周一周地撑着。难受是难受，但把它当成吃饭睡觉不就行了吗？人每天都要吃饭，不吃就会死，跟做透析是一回事儿，想开了就好。等我工作了，我爸爸就不用一个人支撑整个家了，能缓解不少呢。"

当年那个骄傲锐利的少年，有一天也会这么平和地对我讲话。再也听不到理想主义的大志气。

"放弃清华的时候，我是有点儿不甘心。但是这次我没觉得特别难受。一路衣食无忧地读物理读到博士，去美国搞科研，这也太天真了，不是我倒霉，是我高中时一直不切实际，从来没考虑过现实的压力。你要是以为我都这个岁数了还因为这些想不开，那可太小瞧我了。"

他笑得更爽朗了。

也离我更远了。

我们坐在长椅上，强烈的阳光下，我看到他笑起来的时候眼角有一点点皱纹，因为清瘦，五官格外地立体，比少年时代舒展了不少，早已有了成熟男人的轮廓。

所谓被时光放过，只是我的错觉。

我们都改变了。

他让我一句话也说不出来。

"我觉得你现在这样真的很好，"余淮说，"可比你念书的时候强多了，那时候我都替你愁得慌，也亏你能坚持下来。现在这样真好，我为你高兴，你……真的很好，我觉得自己面对你的时候，都有点儿抬不起头来了。美国的生活也没什么舍不得的，一早去实验室，里面一堆中国人，忙一天，晚上十一点才回公寓。累得不想说话也不想动，就在自己的房间里吃林杨他们做的剩饭，一边吃一边看 PPS（一款网络电视软件）。"他笑："真的，在美国看 PPS，想起来都觉得荒谬。真没什么舍不得的。我再过下去也还是会迷茫的，你看，现在我们两个人颠倒过来了。"

不要再说下去了，不要再说下去了。

我突然不敢看他。

我不知道心里那种铺天盖地的失落到底是什么。

"你别介意，"我听到自己冷冰冰的声音，"我自作主张跑过来找你，不是来让你难堪的。"

"我知道，"余淮说，"这是我自己心里的一道坎儿。你别误会，我不是说想看到你还是比我差，崇拜我，我心里就高兴了。我不是那种人。"

我当然知道你是什么人！

我咬着嘴唇，不知道这场不伦不类的谈话的走向到底会怎样。我们把一切的话就这样像成年人一样摊开了说，两个高中生要花一周的时间断断续续地说完的心声，现在长大坚强了，学会说话和伪装的艺术了，都能在五分钟内剖白完毕。

多利索，多干脆。

"那天晚上在你家……对不起。我不是故意说那些话伤你的。可能面对你的时候，我还是有种落差感吧，讲话就会很难听，做事儿也变得很差劲。见到你的时候，会觉得以前的生活都回来了，更显得现在的我无能，没精神。所以我会反弹得很厉害，你别生我的气。"

我知道，这些我都知道，余淮，你能不这么平静地说出来吗？

我像是能看到我们两个之间的土地在生长，将这张长椅拉得越来越长、越来越远。

"其实……我去找过你。在北京。"他忽然说。

我浑浑噩噩地听到这里，猛然转头看他。

No.355

余淮全程都看着我讲话，特坦荡、特有担当、特淡然的样子。

然而说到这句话，在我转头看他的时候，他回避了我的目光。

"我刚决定不去清华的时候，心里特难受。说不难受是假的，我现在还回忆得起来那个滋味。我在家挺过了清华的开学时间，才算是好了点儿，就像断头台上那把铡刀终于落下来一样，心里再也不慌了。在这边上了大半年学，也接受现实了，想起自己跑得无影无踪，还换手机号这些王八蛋事儿，觉得真丢脸，怎么也要去北京给你个交代。

"我偷偷跟徐延亮打听过你。连徐延亮都不知道我压根儿没去清华的事儿。我打你们宿舍电话，她们说你不在，我就一直在楼下等，等到天快亮了，看到你牵着一个男生的手，和一群人滑着旱冰回来。"

我本能地想解释，却忍住了。

闭上眼睛继续听他说。

"你看上去挺开心的。我觉得就够了。"

我终于打断他："你怎么知道我开心啊？笑就代表开心吗？"

他忽然拍了拍我的头，手的温度比太阳还暖。

"耿耿，我不再坐在你旁边了，也不能为你做什么了。以前的生活结束了，我们不是同桌了，我没有以前的余淮那么好，你却比高中的时候更好了。你别这么倔了，你……都过去了。"

你别这么倔。

我睁开眼睛，看到他站起身，摆出道别的架势。

"余淮？"

"啊？"

"你以前……喜欢我吗？"

他温柔地看着我，扑哧一声笑了，低下头挠了挠后脑勺，像十七岁的高中生。

也好，高中生耿耿要问的问题，高中生余淮来回答。

很久之后，余淮轻轻地点了点头。

我瞬间泪流满面。

"我也不知道从什么时候开始的。日子过得跟流水账似的，反应过来的时候，自己都不知道是怎么回事儿。"他笑着说。

"那现在呢？"

他没回答，却看着我，反问："你呢？你现在呢？你自己知道吗？"

我知道吗？

他没有给我思考的时间，转身匆匆离开。

最好的我们

盛淮南爱洛枳，全世界都知道

No.356

我没有告诉洛枳我心中的方案，只是说，我猜她一定会满意。

第一个景取在教室里。

洛枳，端坐在桌前写着作文，白色婚纱的裙摆一直沿着小组之间的走道蔓延。新娘用戴着白色蕾丝手套的右手执笔，微微歪着头，咬唇写得无比认真。

而在她背后，一身西装的盛淮南，像个好奇的大男孩儿一样，伸长脖子往纸上张望着。

第二个景在盛淮南原来的班级教室门外。

我也出镜了，一把年纪还没羞没臊地穿着校服，在班级门口将一本笔记本双手递给新郎打扮的盛淮南。

而在远处，侧身对着摄影师的洛枳，正扭过头看着我们，以一个角落里陌生人的身份默默地、卑微地偷窥着，身上的婚纱让她成了整个画面里最骄傲和昂扬的焦点。

第三个景在升旗台上，新娘扶着旗杆，朝着台下仰头看她的男人，轻轻地伸出手。

再也不会因为紧张而把国旗升成那个样子了吧？

261

再也不会了吧。

…………

最后一个景在行政区的顶楼。

洛枳是在助理和化妆师的陪伴下最后一个慢慢地走上来的。

她抬起头，一眼就望见了站在早已被粉刷得雪白的留言墙前的盛淮南。

背后的墙上，是他刚刚用最大号的油性笔写下的一句话。

"盛淮南爱洛枳，全世界都知道。"

我正在摆弄遮光板，一抬头就看到洛枳哭得花容失色。

我那个永远泰山崩于前而面不改色的学姐，到底还是在这一行字前面哭花了妆，提着裙角，踩着高跟鞋，像个十六岁的少女一样，不顾在场的所有陌生人，飞奔上楼梯，扑进了那个她倾心爱了十年的人的怀抱。

余淮。

那一刻，我只想到了余淮。

我想起那个夜里，曾经一把将学长推开的耿耿，也像此刻的洛枳一样，不管不顾地扑向了旁边的余淮，没羞没臊地亲他。

他没有拒绝我。

吻他的人不是那个同桌的耿耿，那个耿耿没有这种勇气。

是我。想要亲他，想要拥抱他，想要和他在一起，心疼他的坚持和妥协，想和他每一天一起面对未知的一切的，是我。

过去和未来真的可以分得那么清楚吗？

我低头看我的手掌，这只手算不对数学题，却拍得下似水流年，我从未将自己割裂成两部分，为什么要我算清楚爱的来源？

我想念他，这么多年从未断绝地想念。时间改变了我们，却没有改变爱。

No.357

我拿起手机，给余淮发了一条短信。

"我在晚秋高地。"

领高考答案的那天上午，我给他发的最后一条短信，今天我用新的手机号重新发给他。

我们的故事从那条短信之后中断，今天我要从这里，重新开始。

那一年的夏天我没有等到的人，我今天一定会等到。

关于我们的事情，错乱地浮现在眼前。

他假装看不到我惨不忍睹的卷子，嘲笑我包书皮，拎着一兜子书送我回家，拉着流鼻血的我在操场上狂奔，连夜整理出一个田字方格本的函数笔记，拎着一株树苗跨越半个城市……最终留下一句没能做到的：别怕……还有我呢。

他曾经喜欢这样平凡的一个我。

现在轮到我了。

余淮，有我呢。不管未来会发生什么，我一直在你身边，别怕。

爱情的意义本就是两个人在一起，扭转命运的手腕。

我们在一起，就是最好的。

我看到我的少年远远走过来，一开始还是医院门口那个疏远的样子，然后渐渐地、渐渐地绷不住脸上的笑意。

笑得像个得逞了的坏小子。

我知道他一定会来。

那个站在打电话的大肚子叔叔旁边一脸不快的少年。

那个站在红榜前对我说"我名字左边的那个人叫耿耿，跟我的名字连起来，正好是耿耿于怀"的少年。

那个侧身执笔，装作随意的样子写下"最好的时光"的少年。

在家长会门外的走廊里孤零零等待的少年。

在顶楼大声说"你应该继续崇拜他"的少年。

站在我家门口，说"以后有的是机会"的少年。

或者是，放下红白机的手柄，说"我也只能做到这些了"的男人。

羞涩地挠着头，说"我也不知道从什么时候开始的。日子过得跟流水账似的"的那个男人。

…………

他带着背后的岁月，呼啸而来。

像一场六年前的洪汛，越过一整个青春，时至今日终于漫到我的眼前。

我们一起爬上坡去找那棵树。

我一边找着一边嘟囔："不会真的死了吧？"

"没死，"他敲了我的脑袋一下，"我上周还来看过呢。"

我笑着看说漏嘴的家伙，直到他红着脸偏过头，拉起我的手跑到一棵挺拔的杨树前。

我还没反应过来，他忽然指着树干说："你看，我旁边那个人的名字叫耿耿，和我合在一起，刚好是耿耿于怀。"

我笑着看他，说："我就是耿耿。"

那是我们的故事的开始。

所以就让我们从这里重新开始吧。

不枉我耿耿于怀这么多年。

（全文完）

264

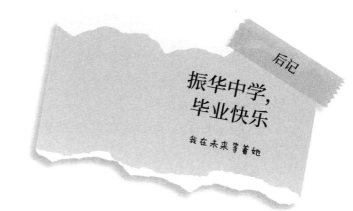

振华中学，毕业快乐

我在未来等着她

在写下这篇后记之前，我刚刚和一个小学同学 K 通完电话。

我和 K 自从小学毕业就没有再联络过，他这次通过网络找到我，打来电话问候近况。

其实"近况"是很难讲的，信息要从小学毕业之后开始更新，跨度是十二年。每件事情都需要谈及背景，背景里套着更多背景，陌生人之间联系着更多陌生人。现状实在无从说起，所以就讲起过去。

但发现过去更难讲。因为他不记得了。

最后只能扯闲话。他开始推荐我平时多喝工夫茶，这时我忽然冒出一句："是啊，你奶奶是茶叶世家出身嘛。"

连我自己都有些惊讶。

更别提我的同学了，他斩钉截铁地表示，她奶奶做了一辈子家庭妇女，绝对不可能出身于什么茶叶世家。

可我记得，那么清晰，就像是昨天发生的事儿。

小学高年级的夏天，午休时我在学校外面的小超市遇见他。我犯困，想要买一袋速溶咖啡冲来喝，偏偏店主将咖啡都放在了货架最下面的一排，我蹲在地上找。他从旁边过来，一不留神就把我像球一样踢了。

平时我坐在第二排，是个假正经讨人厌的小班长；K 坐在倒数第二排，每天罚站，不是因为上课说话就是因为作业忘带了。我们在学校不讲话，偶尔在校外碰见也只是点个头。

那天不知为什么，也许是踢了我之后他很不好意思，就主动搭讪了几句话来给自己解围。

"你要喝咖啡？"

"是啊，困，雀巢好喝吗？长条袋装的和方形袋装的有区别吗？"

我还记得 K 瞪圆眼睛的样子。

"咖啡要喝现磨的啊，不能喝现磨的也不喝雀巢，雀巢烂大街，麦斯威尔多好。"他一脸理所当然。

的确好。我们那个城市都不卖麦斯威尔。

K 在这方面早有名声，他喜欢的东西都是我们家乡的商店里不卖的。不过我小时候也是一样的，一旦知道了某些在那个年代有点儿偏门的东西，就会本能地喜欢上。

凡是其他人没听说过的东西，都是如此天然地值得喜爱。

在我排队结账的这几分钟内，K 打开了话匣子。我因此知道了他家里有三台咖啡机，他平时只喝麦斯威尔的咖啡。他爸妈的朋友给他家送了特别多的咖啡，多到喝不完，都发霉了。

我也不甘示弱，可是绞尽脑汁也不知道怎么反击回去，只能另辟蹊径地说："我还是比较喜欢喝茶。"

喝茶多高级，多有文化，多符合我班长兼副大队长的身份。

我也不算撒谎，至少我外公每天都会用茶杯泡茶喝，这也算家风。总有一天，我也会继承这么高级的爱好。

K 立刻吃瘪了。

过了半分钟，他忽然一梗脖子，说："喝茶也好啊。我家里的茶叶都喝不完，我奶奶可是茶叶世家的。"

"什么茶叶世家？"

"我奶奶是从福建嫁过来的，茶叶世家，大小姐。而且我爷爷是军阀。"

……我输了。一败涂地。

当时我根本没想过，他爷爷最早最早也要一九三〇年之后才会出生，等成长到能做军阀的年纪，解放战争都打响了，国共激战时，他爷爷到底是在哪个省割据的？

但我记得 K 高兴的神情。如果我忽然就变成了茶叶世家和军阀的嫡孙，我也会很高兴吧。

他高兴地抢着付了钱，请我喝了人生中第一袋雀巢咖啡，并矜持地表示，真的还是麦斯威尔比较好喝，有机会一定请我喝。

我通过电话把这个小插曲声情并茂地演给了 K，他在那边笑得岔气，一个劲儿表示这绝对是对他的诬蔑。

K 在"满嘴跑火车"这方面至今都很有名。笑完了之后，他自己都不得不承认，这种事情，他是的确干得出来的。

"但是你怎么可能记得这么清楚？"他讶异。

是啊，为什么？

我和 K 此前此后都毫无交集，甚至在他打来电话之前，我都从未想起过他，我记得他小时候的脸，却记不起他的名字。

可是我记得。

我记得茶叶世家的 K 最喜欢麦斯威尔。

我记得小学文文静静的班花在暗恋她的男生的同学录上莫名其妙地写"少吃萝卜，吃萝卜放屁"。

我记得体育委员被撤职是因为他在广播操大赛的台上嚼泡泡糖，做"伸展运动"那一节时他吹出了个巨大无比的泡泡，迎风糊了自己一脸，又不敢乱动，只好顶着泡泡糖面具做完了一整套广播操。

我记得我将自己的钢笔笔尖对准同桌的笔尖，轻轻挤压墨水囊，给他的钢笔"渡真气"，因为后桌女生一句"哇，你俩这算亲嘴啦"而激动地指尖用力，墨水滴得满桌布都是。

我记得相貌平平的隔壁班中队长在大队辅导员表扬她的那一刻，低下头去，露出一个羞涩的笑容，颈项曲线被阳光镀了色，在微尘飘浮的室内，美得不可思议。

我记得高一放学回家的路上，从我背后经过的某个陌生男生突然自言自语道"今天晚上蹲坑拉屎的时候应该能背完"。

又或者是高二的一个秋高气爽的晴天下午，我抱着书穿过升旗广场去艺体中心上音乐课，抬起头，看天，深吸一口气，对自己说，总有一天，会飞起来，像鸟儿一样，想去哪里去哪里，没有人能阻挡。

我的脑海像是一个容量巨大的硬盘，层级完整的文件夹和孤零零的图片、视频混在一起，没有种类的划分，没有创建时间的排序。

不知道记忆的鼠标会在什么时候碰到哪一个图标，毫无预兆地，一段来自过去的资料就跳了出来，不可思议，却又不容置疑。

这算不上什么特殊的才能。

谁没有回忆，谁不会怀旧？

然而我真心感激上帝让我在这方面如此敏锐。毫无预兆地想起一个名字都记不得的人，毫无准备时一个过去的瞬间带着色泽和气味席卷而来，那种感觉奇妙得难以言表。人总会衰老，总会失去，我却还有机会在闭上眼的瞬间回到年少时候的操场，烤着那一年的阳光，让那一年的烦恼和喜悦再次控制我，轻轻地拉住那一年的自己的手，摇一摇，告诉她，未来会更好。

我在未来等着她。

人说喜欢回忆的人无外乎两种：现在混得不好的和过去混得不好的。前者醉心于证明"老子祖上也阔过"，后者热衷于显摆"老子苦尽甘来了"。

　　幸亏我两种都不是，所以我不会别有用心地篡改记忆来服务于虚荣心。

　　回忆是一种喜好，有些人有，有些人没有，这种区别就像我和 K，并没有什么高下之分。对我而言，这种能力最重要的意义恐怕在于，它让我借由自己和同龄人成长的路径，回溯到最初，想起我是谁，我又怎样走到今天这一步。

　　人的身体里住了很多小野兽，有野心，有虚荣心，有羞耻心，有进取心，有攀比心，有爱心，也有狠心和漠不关心。我记得在自己成长的每一个阶段，它们是怎样一个个觉醒，力量此消彼长，控制着我做出正确或错误的事情，喜欢上匪夷所思的男生，讨厌起人畜无害的女生。

　　我真正学会控制自己，而不是被这些小野兽所控制，花了漫长的时间。在苛责后原谅，在期望后释怀，最终生活得真正快乐而坚强。

　　这比什么都重要。

　　我有很多还在青春期的小读者，他们会给我发来许多信件，讲述那些在成年人眼中也许比芝麻还小的烦恼。可我并不真的认为这些烦恼微不足道。我们的家庭和学校教育很少教会他们认识自我，所以他们在和他人的攀比中寻找自己的坐标，又在被社会打击后迅速地给自己贴标签，以物质和社会阶层为划分标准，彻底地将自己钉死在某个框框里，然后美其名曰，自己成熟了，现实了，"纯真年代一去不复返了"。

　　这在我看来是可怕的。

　　有句话说"勿忘初心"，其实很多人从小到大都没有过"初心"，最原始的天赋、力量和喜好都在他们无意识的情况下被外力压倒，没来得及长成雏形，根本无从寻找，更谈不上忘记。

曾经有人问我，为什么不去写一些"深刻"的东西，比如社会、职场、婚恋、官场？

我觉得，以主人公的年长程度来判断作品深刻与否的想法本身就够肤浅的了。

我喜欢写少年的故事。

记得哈德门烟头曾经说过，她有一天看电影，把字幕里的一句"周六比较车少"错看成了"周六比较年少"。

一周的七天中，周六的确比较年少。周一到周五要工作，那是属于成年人的责任和焦虑；周五夜晚的疯狂则带着一种对前五个工作日的报复感，显得如此不纯粹；周日夜晚充满对下一个工作周的恐慌，这种沉重和前瞻性也不属于少年。

只有周六。周六比较年少，可以尽情地睡懒觉，可以把一切推给明天，没有忧虑，也没有愤懑。

我喜欢写周六的少年。

喜欢写他们的快乐和悲伤、挣扎与妥协。他们成长于无理由无条件的父母之爱，却开始学着追逐一份有条件也需要理由的男女之爱；成长于被爱，然后学着爱人；从无忧无虑，到被世界第一次恶意对待……

这是成长的故事，是周六终将结束的故事。

肤浅的青春期不会理所当然地接续一个深刻的成年期，睿智需要生根才能发芽，种子藏在少年的心里，并不是只要有时间就一定可以催生。

这一过程就足够迷人和深刻。

我所能做的，就是在诚实的同时给予他们希望。

不粉饰世界的善良，也不承诺努力之后定会有收获，但是相信上帝创造每个人都有原因，你要做的，就是找到那个原因，不辜负这场生命。

"振华中学系列"一共有三部，前两部分别叫作《你好，旧时光》和《暗恋·橘生淮南》，《最好的我们》是终结篇。余周周和林杨，洛枳和盛淮南分别是前两部的主角，和耿耿、余淮一样，都是振华中学的学生。

在《最好的我们》里，我对他们的现状也有了交代。

其实这三个故事起源于同一个百无聊赖的冬天。在东京的留学生宿舍，我莫名其妙地敲下第一个字，后来就有了最好的他们。

《最好的我们》表面上讲了一对同桌之间的爱情故事，实际上，我想要写的，是耿耿。

一个用阿 Q 精神在振华这种完全不适合她的虎狼之地坚强求生的小姑娘，终于有一天成长为一个眼睛里始终有光芒的大人。

她没有登上《时代》杂志，既没有进"常春藤"也没有成为大富豪，但也不再随波逐流，而是扎根于自己热爱的领域，生活得快乐而有尊严，不再被外界的浮华所缠绕捆绑。

最终能够张开双手，去拥抱当年喜欢的人，用曾经汲取的温度，反过来温暖那个不再年轻的少年。

她成了最好的耿耿。而你，也终将成为最好的你。

如果让我回到二○○九年的初春，回到我写下这本小说的第一句"我叫耿耿"的那一天。

我恐怕无论如何都不会想到，四年后的今天，会有很多孩子对我说："你知道吗？在我最难过的时候，是你的书给了我希望和最大的安慰。"

其实，我知道，你也知道，故事都是假的。余周周和林杨、耿耿和余淮，都是纸面上的铅字。他们从未存在。

然而，好故事最美妙的地方就在于，它给了你勇气和力量，去把你所看到的虚构的东西，变成你做得到的真实。

    振华中学的毕业典礼上有一千五百一十七名毕业生，浪漫主义的校长于是给他们放飞了一千五百一十七只鸽子。

    这当中有一班的余周周、楚天阔和辛锐，有二班的林杨、蒋川和凌翔茜，也有五班的耿耿和余淮。

    更重要的是，这一千五百一十七个人中，还有一个你。

    振华中学，毕业快乐。

八月长安

二〇一三年七月

别册

八月长安 著

最好的我们

湖南文艺出版社
HUNAN LITERATURE AND ART PUBLISHING HOUSE

博集天卷
CS-BOOKY

前言

谢谢你读完了耿耿余淮与五班的故事。

从《最好的我们》初版面世直到今天，已有十年时光。

很多读者把我目前出版过的四部小说戏称为"振华宇宙"。虽然不同作品的主人公们在同一时空产生了交集，但《你好，旧时光》偏重余周周的童年和少年时期，《暗恋·橘生淮南》的主舞台在大学，《这么多年》中的小镇姑娘陈见夏则是一位外来者……事实上，"振华中学"最为热烈、美好、真挚的故事，都发生在《最好的我们》中。

这十年间，《最好的我们》以各种形式展现在人前，被改编为同名电视剧和电影。"耿耿余淮"与"最好的我们"，对不同的人来说有着完全不同的含义。在有些人心中是演员生动的脸，是通勤路上哼过的主题曲，也有些人坚定拒绝被影像入侵，执着守护着因文字而生的蓬勃想象与独属于个人的私密回忆。

许多年前只存在于我那台老旧笔记本电脑里的字节被铅印、封装，分发了百万册，融入他人的生命中，十年间绵延散落，成为一个个小小的平行宇宙。

别册的这一部分，名叫《罗德赛塔西亚，请回答》，写于《最好的我们》出版成书的六年后。

我承认这是个奇怪的名字。"罗德赛塔西亚"指的是日式 RPG 游戏（角色扮演游戏）《勇者斗恶龙 XI》里那个纵横天空海洋的奇幻世界，《勇者斗恶龙 XI》是"勇者斗恶龙"系列三十余年间的第十一代续作，其中文版子标题译作"追寻逝去的时光"。

但我更喜欢它的另一个名字：*Echoes of an Elusive Age*（一个难以捉摸的时代的回声）。遥远而难以捉摸的时代发出阵阵回响，让人忍不住想要循着召唤折返探寻，仿佛只要足够细心和努力，我们就真的有可能抽丝剥茧，捋出因果脉络，勘透自己从何而来，又将要走向何方。

就算明知人是浮尘，命运是风。捕风即扑空。

别册的故事与《最好的我们》相关，但这并不是讲述耿耿、余淮成年后如何甜蜜或烦扰的"后日谈"。这一次的主角是简单，时间是十余年之后，但你完全可以将它当作另一个平行宇宙来看待。

它是最早的发源，最后的收束，虽然我是很多年后才补上的这本别册，但直到故事的结尾，你曾读过的"振华宇宙"才真正开始。

祝你阅读愉快。

八月长安

二○二三年七月

CONTENTS 目录

罗德赛塔西亚，请回答

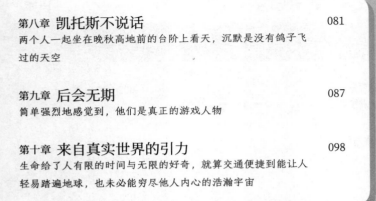
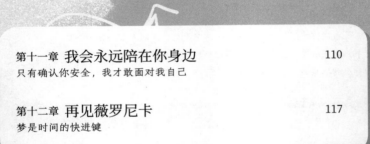

罗德赛塔西亚，请回答

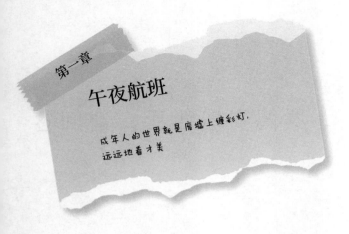

第一章

午夜航班

成年人的世界就是废墟上缠彩灯，
远远地看才美

"雪妮雅，雪妮雅！醒醒啊，醒醒！"

简单惊醒。

视野中戴小红帽的女孩子朝她拼命奔过来，却也在同时迅速褪色。轰鸣声盖过一切，简单听见空姐甜美而机械的播报，飞机开始下降了。

铁翼从城市上空完整地掠过，由北向南，穿过海岸线。璀璨的灯光像倾泻在黑绒布上的碎钻，被夜的大手一推，紧密聚拢在一侧。正当简单以为飞机要朝着广袤漆黑的大海深处一往无前时，它却往左一歪，轻灵优雅地转了一百八十度，一头扎回热闹的人间。

航线的设计称得上浪漫。她已经很久没觉得什么事情是浪漫的了。

落回到远机位，浪漫就变成狼狈了，北方十二月的大风刮过空荡的停机坪，卷走旅客们的睡意。简单拎着沉重的铝合金行李箱蹒跚走下舷梯，包从肩头滑了下来，挂在右手腕上，更添负担，偏偏这时候大衣兜里的手机也振动起来。

来电话的是徐延亮："到了吗？"

"刚到。你还没睡呢？都快十二点了。"

"这不是担心你吗？谁能想到你一晚点晚了四个多小时啊，"徐延亮道，"饭也没吃成。"

"我还没订回去的机票呢，要不明天……"简单想了想，还是没有轻易约定，"看情况吧，明天顺利的话就见个面，又不是以后不来了。"

"以前你也没来过呀，"徐延亮听出她在客套，"总说要来，总也不来，跟我求着你光临似的。不说这个了，我发给你个电话，我一个朋友去接你。"

简单头皮发麻："我自己叫个车到酒店就行了，你赶紧跟人家说一声，这么晚了，快回去吧。"

"你叫不着，这边正整顿网约车呢，晚上九点以后就没车了。"

"那我坐出租车。"

徐延亮不乐意了："简单，你这样就没意思了啊，别跟我搞得这么生分。"

简单默然，知道再推辞下去就是自己不对了。这时人群一阵骚动，摆渡车来了。

接机的女人倚在到达口栏杆上打哈欠，打到一半看见她，热情招手："简单吗？我是徐处长的朋友，钟曼，钟楚红的钟，张曼玉的曼。"

简单忍着笑道："你好。"

"我帮你推箱子。"钟曼说着便抢过拉杆，推了几步又猛回头，"你包重不重？其实你把包放在行李箱上一起推着会更轻松吧？你说我跟你抢这个干什么，屁用没有。"

还没走出几步路，钟曼已经做完了自我介绍。她在岛城老区开了一家美术馆，适逢高中母校搬迁，空出来一栋配楼，她想在有回忆的地方给美术馆开个分馆，于是参与政府公开招标，就这样认识了徐延亮。

"徐处长人特别好，没有架子，各个方面都没少帮我们的忙。"钟曼说。

"我下了飞机班长才跟我提起，早知道的话，我肯定不会答应他去麻烦你的。"简单致谢。

钟曼不以为意："下午我们一起开工程会，会后本来打算聚餐，徐处长说要改天，老同学来出差，他说要吃晚饭叙叙旧——哎，我听他说，明天好像是个什么重要的日子？"

简单没接话。

钟曼继续说："不巧地下停车场塌了一块，把他的车顶给砸凹进去了，当时他和老婆都在车上，老婆还怀着孕呢，吓得有点儿不舒服，我就让他们赶紧先回家，我去接你。"

徐延亮一句都没提过，简单甚至不知道他要当爸爸了。

钟曼是个爽快的女人，简单想问的都被她一句接一句主动讲了："一直等到凌晨也不是我的本意，没想搞这么隆重，你肯定也觉得不自在。但我都答应他去接你了，不能因为晚点就不等了吧？"

"那我不跟你客气了。徐延亮是我们高中时的班长，那时候就习惯照顾大家，我找他帮忙从来都不客气的。"

但她高中时一贯是跟 β 屁股后面做女恶霸的，徐延亮这样的公仆被欺负得最狠，他也挺乐意被 β 欺负；十几年不见，电话里那么疏离，徐延亮刚才应该是真的有点儿伤心。但往好处想，以前简单也不会有意识地在外人面前称他"班长"，现在都学会帮他做面子了，好像他真的曾是一个极有威望的风云人物似的。长大不是坏事。

不全是坏事吧。

钟曼接起电话，刚讲几句就掩住听筒转头问简单："我有另外几个朋友也晚点了，跟你差不多时间到的，都这么晚了，你不介意的话，我把他们一起接上行吗？"

"当然不介意。"最介意的事情徐延亮已经硬塞给她了，车上再多几个陌生人也无所谓了。

她们很快回到到达口，钟曼的客户很快出来了，一男一女；等了半分钟，又出来一个男人，钟曼再次热情招手，他看过来，礼貌一笑，然后笑容凝滞了。

简单脑子嗡的一下。是韩叙。

"大家先上车吧。"钟曼招呼大家跟她一起往停车场走，众人跟上。

为了坐飞机舒适，简单出差当天从不化妆，头发也是随意在脑后绾一下，不承想竟然遇见韩叙。她心里乱糟糟的，本能地想躲避他，但不知怎么，走着走着队伍就自动分了三排：钟曼推着简单的箱子独自在前，另两人殿后，她还是和韩叙并肩了。

韩叙率先问候："没想到在这儿见到你。"

"我来出差，徐延亮非要让朋友接我，我也没想到。"简单落落大方。

说话的时候两人谁也没看谁，简单盯着钟曼的背影。机场不大，冬季的旅客打扮朴素，一眼望过去都是黑沉沉的羽绒服，就钟曼一个人大半夜还涂着正红色唇膏，大衣敞着怀，衣角随着步伐摇曳，烟管裤腿里伸出两只细白的脚踝。简单盯着她十厘米的细高跟鞋，心想穿成这样怎么开车。

"穿成这样怎么开车？"韩叙轻声感慨。

简单笑了，淡淡的。这时韩叙才第一次转头看她，也笑了。

他们毕竟从小一起长大，同桌两年，守在同一个碉堡里看同一片天，有鸟飞过便谈论鸟，有云飘过便谈论云，怎么可能没默契。

钟曼从后备厢收纳袋里拎出一双毛绒平底鞋就地换上，简单一愣，下意识地去看韩叙，韩叙也在看她，两人憋着笑，冲彼此眨眨眼，这个隐秘的笑话终于完整落幕。

"放心吧，我这个人很注重安全驾驶的，以前出过车祸，差点儿就挂（死）了。"钟曼一边换鞋一边冷不丁地说道，换完便朝两人也眨眨眼，一脸促狭。

上学的时候 β 也常常这么挤对他俩，简单有些怅然。

"咱们得有一位先生坐在后排跟两位女士挤一下，"钟曼安排座位，"你俩谁瘦一点儿？好像都挺瘦的……"

"他俩应该都会开车吧,一个开,一个坐副驾驶,你陪我们在后排挤一挤不就好了?"说话的是短发女孩,脖子上挂着一台微单,用手捧着镜头,她和钟曼很熟络。

钟曼瞪她:"谁也不许碰我的车!"

大家都笑了,韩叙主动让步:"他个子高,他坐前面吧。"

简单始终没参与,垂着眼睛站在一旁,听到韩叙要和她一起坐,也没流露出什么表情。她不觉得在这种事情上他们会有什么默契。

韩叙为照顾两个女生,把靠窗的舒服位子让给了她们,自己坐中间。车内空间本来挺大的,偏偏钟曼配了烧包的运动座椅,边缘凸起,将人卡得死死的,只能向中间倾斜。简单不免和韩叙靠得很近,大衣紧紧贴在一起,起初没什么感觉,挨着的臂膀渐渐有些暖。

上学的时候常有同桌写字的右手和旁边人搁在桌上的左臂相挨,简单他们的班主任是个抓早恋的好手,什么样的同桌有问题,她在讲台上一眼就看出来了——不小心挨上了却都不把手移开的,心里肯定都有鬼。

韩叙长得白,很少出汗,特别讨厌别人碰他,徐延亮跟人说话喜欢勾肩搭背,韩叙躲他像躲鬼。简单从不做任何韩叙不喜欢的事,也从没把胳膊越过桌子的中线。

β 听说之后骂她:"你有病吗,你的胳膊和徐延亮的胳膊能一样吗?!"

不一样吗?简单想试试,想了两年,最后也没试过。

班主任从没为难过简单和韩叙,她觉得他俩是好孩子,清清白白的。

后来简单站在体育馆的转角,看韩叙和贝霖坐在台阶上说话,臂膀紧紧挨在一起,一瞬间冒出的念头居然是:姜是老的辣,班主任的确火眼金睛。

她想着,默默将身体尽量朝窗边挪:"别挤到你。"她转头去看窗外。

钟曼一边发动车子一边介绍。短发女孩名字很特别,叫耿耿,是个摄影师,两年前和钟曼在上海游轮上认识的;韩叙的公司和徐延亮因为"数字化城市"创投基金有业务往来，韩叙来岛城出差几次后就和钟曼也认识了；简单是徐延亮拜托的，韩叙和耿耿则是在飞机落地后分别看到了钟曼咒骂航班大面积延误的朋友圈，聊了几句，顺便被一起接上了。

简单听着钟曼充满活力的声音，觉得这次算是见到八面玲珑本人了。

钟曼把话题转向副驾驶："那这位先生呢？耿耿光跟我说带个朋友，我们还不认识。"

耿耿介绍道："我的高中同学，从加拿大过来这边玩的，在北京转机，正好碰见我。他叫舒克。"

名字令简单好奇。她刚才把耿耿和舒克当作偶然拼车的陌生旅客，一路上都没仔细看过他们长什么样子，现在舒克坐在她正前方，想看也看不见了。

钟曼笑眯眯地道："也是同班同学呀，是你男朋友？"

耿耿否认："别闹了。"

钟曼笑笑，问简单："韩叙和徐处也是高中同班同学，你们都是一个班的？"

"嗯，是。"

韩叙看了她一眼，好像很不适应简单话这么少。

钟曼又问简单："我听徐处说过你们高中是全国名校呢，徐处只要逮着机会就吹他高中母校，大学他连提都不提。"

"我们学校是挺厉害的。"简单微笑。

耿耿从后面捅了捅钟曼的肩膀："有我学校厉害吗？我高中也是名校。"

钟曼故意气她："谁知道你是哪个高中的，你们高中出了个你，能厉害到哪儿去。"

耿耿"喊"一声，翻了个白眼，转头询问简单："万万没想到，我们竟然都是振华中学的毕业生，还是同届。"

轮到钟曼惊讶了："你们居然都是同一个高中的？同一个高中的怎么可能互相不认识啊？"

"振华很大的，一个年级二十多个班，一千多人，属于超级中学，"耿耿嚣张起来，"你刚才不是也说了吗，全国名校。"

"但还是出了个你。"钟曼嘴不饶人。

耿耿不理她，专心问简单："你俩是几班的？"

"五班。"韩叙回答。其实简单高三转去了七班学文，只能算半个五班人。

五班这两个字似乎勾起了什么回忆，耿耿笑了："一开始我也被分到五班了。你们班有个男生叫余淮，对吧？"

"你认识？"简单倒是记得这个同学，是搞理科竞赛的，很聪明，成绩和韩叙不相上下，只知道他高考失利，后来就没太听说过了。

"分班大榜上他名字和我挨着，连在一起是'耿耿余淮'，"耿耿有点儿不好意思，笑了，"所以我有印象。不过后来我没去五班，我妈妈从她熟人那儿听说五班抽签抽到年轻男老师带班，觉得不靠谱，报到当天就托关系给我换到了三班。"

这个小风波简单也记得。家长们乌泱乌泱地拥进校长办公室抗议，最后五班的学生连那个年轻班主任的脸都没看到，走上讲台的是一个花白头发的奶奶，语文组火眼金睛的张老太。她去年中风去世了。

"那后来呢？"简单问。

耿耿耸耸肩："人算不如天算，分文理的时候三班被拆成新文科班了，你说她这眼神儿，当初哪儿来的自信心。不过我就接着在三班学文了，舒克跟我是文科班同学。"

"我说你和余淮，后来还有联系吗？"

简单问完，眼角余光看到韩叙低下头笑了。每次她问出有点儿傻的问题，他都会这么笑，这也算他们同桌多年的默契之一，在安静的夜里，她莫名觉得暖。

"后来就下课的时候在走廊碰见过几次，打个招呼什么的，毕竟不在一个班，不太熟。"

"打扰你们一下，"钟曼开出停车场便靠边停下，打开导航软件，"等一会儿再开同学会，先告诉我你们都住哪个酒店。"

他们分别报了名字，钟曼琢磨了一下路线："从机场快速路走的话，先到耿耿和舒先生的酒店，然后是韩叙的酒店，最后是简单。咱们出发吧。"

"不好意思，"隐身的舒克终于开口讲话，"我和耿耿不在一个酒店，我预订的也是北湖饭店。"

北湖饭店是简单下榻的酒店。

"你和耿耿不住一起吗？"钟曼突然来劲儿了，神采奕奕，"你俩真不是一起来的？我还以为耿耿带男朋友来公款恋爱呢。"

"当然不是了，我刚才不是说过了，他在北京转机正巧遇到我，"耿耿话里有话，"你自便，随意发挥。"

"你看，我都忘了自我介绍，"钟曼顺杆就爬，立刻发挥上了，侧脸看着舒克，"我是耿耿的老朋友了，他们这次展览是我们美术馆承办的。钟曼，钟楚红的钟，张曼玉的曼。"

舒克的笑声蛮撩人，撩得钟曼脑袋都歪了，耿耿示意她开车的时候看前面。钟曼转头时和右后方大方方地用口型告诉简单：好帅！

简单失笑，不知怎么的，微微提起舒克。

坐副驾驶位的人本就有和司机曼这只夜孔雀铆足劲儿要开屏，

得脑袋一点一点的，韩叙也靠在椅背上闭目养神；钟曼透过后视镜扫了一眼，只有简单醒着。

钟曼打开了车载广播，缓缓拧高音量。

简单把手机屏幕的亮度调到最低，登录手机邮箱，时不时瞟一眼韩叙是不是真的睡着了，仿佛又回到了同桌时光，她做题总遮遮掩掩的，怕解题步骤被他笑。

飞行期间合伙人又转发了好几封影视公司的邮件过来，作为明天会面前的最后嘱托，从预览界面便看到“不能让对方得寸进尺”等令她厌烦的话。

简单跟着的合伙人承接了一家影视公司的法律业务，委任她全权负责。影视公司筹备的电视剧开拍在即，演员合同都签好了，网上突然有一个作者跳出来说剧本内容大量抄袭了自己的书，还做了花花绿绿的对比文件，简单做过背景调查才知道，那是网文作者们自己发明的申冤工具，叫“调色盘”。

作者虽是个小作者，微博喊冤依然轻轻松松转发过万，多亏了某男明星的粉丝帮忙。男明星不是这部剧签约的主角，而是主角的死对头，两家粉丝曾经结过大仇，演“抄袭剧”这种污点是怎么都不会被放过的。男主角要打退堂鼓，女主角说“他不演，那我也不演”。影视公司终于急了，拉着简单和制片人、公关部一起开会，转眼就商量出了一套组合拳。

…得让她没眼看。却是合法的。

…是简单亲自确保的。

…态度已经从“适当赔偿”一举跃进到“让她别给

…出差单独约见作者，已经是这套组合拳的

…确认时间地点，第一次听到对方青涩而

…熟悉的前奏响起来，是 S.H.E 的

《恋人未满》。

高一结束的时候，β 要去学文，徐延亮想召集小团体吃个饭送别，被 β 毫不客气地撅了。但他召集的"小团体"里有韩叙，于是简单举手投赞成票，β 立刻就明白了，从善如流。

他们集体站在 KTV 门前对着广告立牌细细研究，β 非要为难韩叙，说："你不是脑子聪明吗？你快算，我们等着呢。"

韩叙平静地回嘴："怎么算？已知条件是'穷'吗？"

一群穷高中生把口袋掏空才将将凑齐三小时欢唱套餐费，争分夺秒地唱，连水都来不及喝，徐延亮和 β 抢着去点歌台将自己的歌往前提。就要唱到《恋人未满》，简单连话筒都拿起来了，画面突然卡住，回到了广告页面——时间到了。

那是十七岁的简单鼓足了勇气要唱给韩叙的歌，"友达以上，恋人未满"，她想他如果能听懂，或许会主动回答，他们之间差的那一点点，到底是什么。

她甚至从未想过给 β 唱首歌。她们十一年姐妹，好得像同一片树叶的两面，何必做那么肉麻的表白。

β 正在兴头上，气得骂街："他姥姥的，为什么唱 K 这么贵啊？以后等老娘赚了大钱，卷铺盖睡在 KTV，想唱多久唱多久，包夜！"

律所每年年会都在 β 梦想中的"天堂"收场，已经被同事们抱怨没新意。简单几乎不喝酒，坐在包房角落听同事们唱走调的歌，偶尔会想起即便不喝酒干唱也唱不起 KTV 的少年时代，她没赚到 β 想赚的大钱，但也算比下有余，是靠自己的本事，方式却跟小时候想的不一样，没那么快乐，没那么热血，也没那么有意义。

成年人的世界就是废墟上缠彩灯，远远地看才美。

指头在邮件的回复页面悬空许久，简单最后还是关闭了软件，把目光小心翼翼地投向韩叙。机场相见后都没有好好看过他一眼，她好奇他究竟长成什么样了，成熟了吗？老了吗？有皱纹了吗？发型变了吗？穿什么衣服？是自己随便穿的，还是有其他人在帮他打理？她借着路灯投在车后排的橙色暖光偷偷端详，他上学时坐在她右边，唱KTV时坐在她斜对面，车里坐在她左边，人生漫长，他和她却只有屈指可数的三种座次，人和人的缘分如此淡薄。

在三个小女生甜腻的和声中，她偏过头看窗外，不愿让人察觉她在掉眼泪。

"其实咱们走的这条快速路右边是海。夜里的海和天才真正相连呢，"钟曼突然轻声说，"虽然我们看不见，但大海就在那里。"

她抽出两张面巾纸反手递给简单。

午夜高架桥上畅通无阻，车仿佛在暗橙色的梦境里穿行。

耿耿下车时，钟曼突然从车子杂物箱里掏出了一个小小的礼物盒递过去："生日快乐。本来想过两天见面再给你的，怕忘了就放车里了，巧了。"

倒是舒克有些窘："我都没给你准备礼物。生日快乐。"

钟曼彻底确认了舒克和耿耿没什么暧昧关系，小眼神越发得意，简单不由得暗自感慨这是个人精。

耿耿走了，后排位子空出来，韩叙和简单没理由继续挤在一起。刚刚不觉得，一分开，之前挨着的那只胳膊竟然真的有些凉。只要钟曼不讲话，车上便只有广播在响。简单不知道还有多远开到韩叙的酒店，她在这安静中感到不自在，但又希望路途长一点儿，再长一点儿，长到让她想起任意一个可讲的话题也好。

这时钟曼停车："到了。"

韩叙说"再见"，简单也说"再见"，她坐在车上没有动，只听见后备厢开启，后备厢关闭，钟曼与韩叙在车外简短寒暄，挥手道别。

这时舒克突然说话："简单？"

"嗯？"简单一愣。

"……我叫舒克。"

刚才不是介绍过了吗？简单困惑，还是说："你好。"

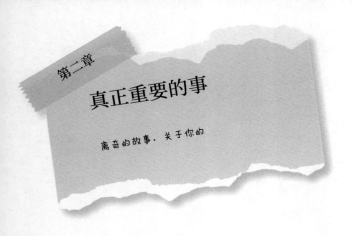

第二章

真正重要的事

离奇的故事，关于你的

　　车继续开了十几分钟，停在北湖饭店大堂门口，钟曼说要送他们进门，简单识趣地独自拉着箱子匆匆往前走，给钟曼制造索要舒克联系方式的机会。

　　房间是行政部前台小姑娘订的，特意避开了公司的协议酒店。据她说岛城那家太老了，最后一次装修是一九九五年，估摸着现在已经破得没法住了。然而小姑娘品位堪忧，避开了破的，选了个乱的。刚进大堂，一道黑影劈面而来，东西砸在旋转门上，是红色的女士手包。

　　一对情侣不知为什么在还散发着装修味道的崭新大堂中厮打，女生占上风，抓到什么丢什么，电光石火间，简单背后的水族箱炸裂了，她回过神的时候，大衣后背、裤子小腿以下全湿透了。

　　"你往哪儿躲不好，躲鱼缸旁边？"钟曼冲过来嗔怪道，转头朝那对情侣发出狮子般的怒吼，"他妈的神经病啊?! 要打滚回家打！"

　　气势慑人，然而酣战中的小两口谁也没理她，钟曼转而对大堂的工作人员发飙："你们酒店都是死人吗?!"

　　穿着暗红色西服套装的经理匆匆赶过来道歉，跟班小姑娘随后拿了条大浴巾帮简单擦裤脚和外套。经理说五分钟前就报了警，人家两口子的事他们实在不敢拉不敢劝，但是水族箱肯定得让他俩赔。

　　"谁管你水族箱啊？水族箱重要还是人重要？"钟曼怼了经理，拉着简单上上下下打量，"多亏舒克拉着你躲开了，否则烟灰缸砸的可就不是水族箱了。"

刚才大脑一片空白，以简单的肢体协调水平，根本躲不开接连的"暗器"，必然是被别人拉开的。她回头看见舒克站在背后，是通过鞋子认出来的——刚才在门外他帮她将行李箱从后备厢取出来时，她还是垂着眼睛。

简单抬起头，第一次看清了他的脸。的确是好看的。

"谢谢，你救了我一命。"

舒克不好意思地笑，没说话。

他似乎是个内向的人，不肯和简单一起办理入住手续，站在很远的地方排队等着，于是钟曼便跑过去跟他聊天。祸不单行，经理敲了半天键盘，最后一脸为难地答复道："酒店二期、三期还在装修，一期房间已经满了，应该是超卖了，需要订房人和携程沟通。"简单知道，等她联系上行政，行政联系上携程，携程联系上酒店，天都亮了。

简单平静地让出一步。舒克不情愿地挪动到前台，经理问他："先生您有预订吗？"

"我听见你们没房了是吗？那我换地方吧。"舒克迅速将身份证收进钱夹。

大堂里那对情侣已经消停了，只留女生一个人委顿地坐在冰凉的地砖上哭泣，行李箱敞着，衣服杂物散落四周，卷发棒的充电线悠悠长长指向大门口，仿佛在标记男生的逃亡路线。

钟曼捧着手机，坐在车上查找附近的酒店，问道："三公里外一堆酒店，都有海景，香格里拉怎么样？"

"我们合伙人级别以下出差标准是四星，"简单顺口说完就后悔了，"就去那儿吧，差价我自己解决。"

钟曼放下手机，关闭内灯，态度不容拒绝："我带你们去个地方吧，一点半了，别耗了，就这么定了。"

她朝后排的简单看了一眼，意味深长。直觉告诉简单，如果此刻她敢坏事，这个女的会一脚油门撞死她。

简单睁眼看着天花板。

她已经习惯了，每天夜里翻来覆去几小时，直到凌晨才迷糊一阵子，天一亮便醒。睡得少并没困扰简单，白天偶尔会疲倦，喝点儿咖啡就熬过去了，做法务的人迟钝些反倒更显得沉稳可靠。

难熬的是夜里。身体已经疲惫不堪，颈椎也难承重负，即使漫漫长夜有再多宝贵的时间，也无法用来工作或学习，只能按时休息，却睡不着。床是身体的监狱，大脑是精神的牢笼，思绪不肯安歇，她清晰地听见它们一刻不停地嘶吼、奔逐、碰壁，从记忆的深渊里捞起一切她费尽力气才埋葬的痛苦画面，挂成旗帜，在她眼前舞得虎虎生风。

孤独的人不需要那么多时间，梦境才是神赐的快进键。

简单的按键已经失灵很多年。

地暖让她口渴，喝到杯子都空了，时间还不到凌晨四点。简单忍不住从枕头边摸出手机，点进微信，又把那条消息看了一遍。发信人的微信名是一串英文，头像是欧洲某个小国的风景照，朋友圈空白，历史聊天记录空白。

但她知道这个人是韩叙。

大概是几年前的事情了，简单被拉进某个振华校友群，韩叙也在里面。不记得是谁主动加的谁了，若是以前，她一定会把这些细节刻在脑子里。

韩叙说："有点儿不习惯你话这么少。"

一过夜里十二点简单的手机就自动开启勿扰模式，临睡前解锁定闹钟时才看到这条消息，算算时间，韩叙应该是在耿耿下车后发的。原来最后那一段路他也觉得不自在。

韩叙这条消息的下面是妈妈发在"简简单单三口之家"群里的消息："别

吃药。"

如果当时就回复，妈妈必然不会相信，于是简单现在才回："没吃。"

她走出房间去公共区域拿矿泉水。这是钟曼自己开的民宿，可以开发票，于是简单跟着他们来了。然而办入住手续时，钟曼突然决定请客，不让他们花钱了："你们就发个朋友圈，多夸夸，多宣传，当答谢我了。"

简单和舒克再三表示不希望她破费，钟曼素手一挥："自己开的能破费到哪儿去，别客气了，熟了你们就知道了，老子人送外号'钱夫人'。"

整栋民宿只剩下最大的和室套房，一共四个房间，钟曼也挑了一间住下，说要将就一晚上，看样子是对舒克志在必得。

套房结构是"回"字形，中央是精巧的天井庭院，只留几盏小小的地灯照明。枯山水不挑时节，如果不是冬天太冷，坐在门廊边发发呆会很惬意。简单发现客厅那边也有光亮，走过去看到钟曼背对自己坐在沙发上打游戏，头上戴着白色耳麦。简单正犹豫是否应该发出点儿声音，省得她一回头吓一跳，她就回头了，果然吓一跳。

"我吵醒你了？"钟曼问。

简单摇头指指杯子，走向吧台，钟曼也放下游戏机手柄跟过来，盯着她的神情有些怪。

"怎么了？"简单不解。

"哦，没什么，就想问你要不要来一杯山崎 12 年，"钟曼打开冰箱冷冻层，"我不敢开制冰机，太吵了，7-11 的冰块凑合一下吧。"

虽说不想吵醒他人，但她还是抱着结成一坨的冰块往大理石操作台面上狠狠地砸，将游戏机手柄放在一旁，砸几下冰块，就在手柄上点几下常规操作，让里面的游戏角色自动战斗。因为开了灯，投影幕布上的色彩变得很淡，简单依稀觉得游戏角色的画风很熟悉。

看钟曼独自一人，简单疑惑："你这是凯旋，还是出师不利？"

"凯旋什么？"钟曼神色迷茫，渐渐明白过来，"哦，你说舒克啊。我已经放弃了。"

"为什么？"

"你真的看不出来吗？"钟曼歪着头，整张脸喝得红扑扑的，"也是，你就没怎么看过他，他也挺可怜的。"

钟曼放下冰块："老子一路审时度势、见风使舵、当机立断才制造出点儿机会，把他拉到这里来，办入住手续的时候还暗示他，我睡前会在客厅喝两杯，他但凡对我有点儿意思，应该会过来找我聊聊天。"

简单看着茶几，上面还有另一只杯子，里面的酒已经见底了。"人家不是来了吗？"

"嗯，"钟曼嘿嘿一笑，"来了，跟我一起喝了好几杯。我们边喝边聊，他看见我在打游戏，整个人都惊呆了，说他也喜欢同一款游戏，那个表情明明就是一见钟情啊！我心想这不巧了吗，这把年纪的人了，还喜欢玩同一款冷门游戏，还能相遇，我性格好，长得又美，这不稳了吗？"

简单："……"

"结果他给我讲了一个故事，一个非常非常非常……"钟曼想了半天，才谨慎地用了一个词，"离奇的故事。关于你的。"

"我根本不认识他。"简单平静地说，当她是喝醉了。

钟曼盯着自己的脚尖，左右袜子拼成一只白熊："唉，其实我在北湖饭店的时候就发现不对劲儿了。他不敢去前台 check in（登记入住），怕被我们发现他其实根本没有预订。他就是上车后听说你订了北湖，所以撒谎说自己也在北湖订了房，假装是碰巧。"

"不过我挺开心的。老子项庄舞剑，人家意在沛公，也算棋逢对手，棋逢对手。"钟曼抬头，一脸夸张的沮丧，反倒显得并不难过，"沛公，你真不陪我喝一杯吗？"

简单无奈，想了想，起身走向吧台，拿了个新杯子倒酒，从被钟曼砸得乱七八糟的冰块里挑了几个放进去，才喝了一口，便被浓烈的酒精刺激得几乎当场呕出来。

那股热辣辣的气息从口腔一路纵火到胃里，又逆势冲上头，带着很多她以为已经忘记的画面。

简单第一次喝酒是和 β。她们早就知道 β 的爸妈有一天会把她接到北京去，但这一天真的来临时依然非常难过，晚自习翻上行政区的楼顶，β 从书包里掏出冒死在振华对面小超市里买的四罐啤酒，豪气冲天地拉开拉环，说："不喝完不许走。"

也许是高中生第一次学坏太紧张了吧，简单才喝大半罐就晕了，很羞愧于自己的酒量，毕竟 β 面不改色——第二天才知道 β 其实喝完第二口就找不着北了，断片断得彻底，前一晚说的所有话，一句也不记得了。

"你和徐处向我描述的很不一样。"

"怎么不一样了？"简单回到沙发上坐下。

"今年春天吧，我们一起去山里摘草莓、露天烧烤，徐处老婆刚怀孕，他很高兴，喝得有点儿多，我们聊到上学的时候，他抓住机会跟我们一通吹牛，吹自己，也吹你们学校，提起了他高中时的好朋友们。他说你跟你的名字一样，超级简单，是爱说爱笑、非常单纯的那种小女生，估计跟我们前台小叶的性格差不多，恋爱脑软妹子。还讲了你和韩叙是同桌，他们都知道你喜欢他。"

简单点头："嗯，他们都知道，我也没藏着，年纪小也不知道应该怎么藏。不过都是过去的事了。"

"所以不用我回答了吧，"钟曼晃着杯子，冰块发出咔啦咔啦的好听声响，"为什么我觉得你和他说的不一样。"

十几岁的简单不会在听到旁人说"你喜欢他"时如此平静坦然。人都会变的。

"那时候我刚认识韩叙，不瞒你说，我一开始觉得韩叙长得也不错，所以也动过心，哈哈哈哈哈……你别介意……"

"我介意什么？"简单绷着一张脸。但钟曼笑得太开心了，那份开心也感染了简单，她到底还是没忍住，跟着笑起来，自己都不知道在笑什么。两人一起在门廊前席地而坐，简单弯腰从庭院捡了白石子拿在手里玩，分给钟曼一颗。

"日本人做枯山水，用白石子代替河流、池塘，据说是为了保持恒常不变的美。"简单说。

钟曼："这个我倒不知道，我就觉得石头的确比活水好打理，日本人厉害。"

说完她盯住了门廊角落，仿佛捕猎中的猫，盯了好久，突然抄起右手边的草编拖鞋一个猛抽，啪一声拍在木地板上。

"虫子，居然这个季节也会有，"钟曼神色严峻，"虫子必须死。"

简单觉得不妙，这个女的游走在醉的边缘，她必须抓紧时间，于是用胳膊肘推了推钟曼："你不是说看中了韩叙吗？后来呢？"

"你果然还是关心这个，还扯什么枯山水，"钟曼把左手的白石子弹得老远，崩到了指甲，呼呼吹气，"我就约他出来玩呀，他没答应。后来我向徐处旁敲侧击地问韩叙对我是什么印象，徐处告诉我，韩叙说我没正形……就这样，没了，讲完了。"

钟曼说完就哈哈大笑，简单也笑了。酒精让人智商降低，智商低比较容易快乐，喝酒的人就是因为知道这一点才喝个没完。

钟曼："我听说你高中追过韩叙，后来掰了？"

简单对钟曼这种粗暴询问很受用，相比直接的好奇，她更见不得某些同学包裹着幸灾乐祸的委婉关心。

"嗯。我很小的时候就在少年宫书法班认识了他，那时候就喜欢他了。小学毕业前他不再继续上书法课，我知道他成绩很好，一定会考振华，所以初中也很努力地读书，最后居然紧紧巴巴地考上了振华的自费生。看分班大榜的时候我都快哭了，全年级二十多个班，我居然真的和他分到了同一个班级。

"从那时候开始，我就相信，这世界上真的有神。

"我们五班班主任是个很古板的老太太，我不能去求她，只能在按大小个头分座位的时候默默数，他在男生中排第几，我就跑去女生队伍相应的位置，求别人跟我换。最后，终于和他做了同桌。"简单仰头把杯子喝空，起身把整瓶酒都拿了过来，自斟自饮。

"我有个好朋友，叫 β，"简单顿了顿，觉得不应该只用好朋友来形容，"这辈子唯一的、最好的朋友。我成绩不好，她成绩也不好，她要去学文，拉我一起，我本来答应了，又临时反悔，因为我想继续和韩叙在理科班做同桌。高二上学期还没过一半，她去北京找她爸妈，学籍也转过去了。"

"β 刚去北京不久，班里来了一个新转校生，姓贝。就因为她姓贝，我就主动和她交朋友，带她去以前我和 β 一起聊天的看台上谈心，主要是谈韩叙。"

简单只当贝霖是一个沉默的邮筒，没想到邮筒会咬人。当然，这是十几岁简单的偏见，她现在已经不这样想了。她喜欢韩叙，贝霖也喜欢，只不过她抢先说了，贝霖听她倾诉的时候，何尝不是在忍受？既然忍受了，不如把听来的秘诀用一用，于是简单用了好多好多年才积攒起来的关于韩叙的细细碎碎的信息，最终铺成了贝霖走向韩叙的捷径。

"就这样，"她模仿钟曼刚才的语气，"没了，讲完了。"

概括起来就是这么普通的一件事，她三言两语就和钟曼说完了，并不是刻意隐瞒，而是真就只记得这么多。那时候觉得体无完肤，三天没上学，哭到脱水，整个世界天崩地裂，夜里给 β 打电话讲到两人电话一同欠费，充完又欠，却还有万般委屈没说够。

时间把浮尘都冲掉，水落石出，潜藏在暗流下真正重要的一切才慢慢现身。

明知道 β 因为成绩不好而天天被张老太当面骂，被爸妈从北京打电话过来骂，实在受不了了才拉着她一起学文，β 就求过她这么一件事，她竟然随随便便就反悔了。

明知道 β 学文后在新班级遇到了不开心的事，每次见面时她依然"韩叙韩叙"地说个没完。

明知道 β 从小就不喜欢频繁转学，每到一个新环境都是表面大大咧咧内心敏感难融入，她却在电话里跟她讲自己的"新朋友"贝霖。

她自私又愚蠢，不配拥有这样一个朋友，所以老天让她永远失去了。

"我差点儿忘了，"简单急于摆脱席卷而来的悔恨和想念，粗暴地转了话题，"你到现在还没告诉我，舒克到底对你说了什么？"

"他说你不是来出差的。他说……"钟曼声音低下去，"你是来自杀的。"

说完就睡倒了，真是时候。

简单将钟曼送回房间安顿，顺便借她的洗手间把五脏六腑都吐进了漩涡。她晕乎乎地顺着门廊往回走，一路扶着隔扇，差点儿将窗棂上糊的纸推穿，怎么都拉不动自己的门。

唰的一声，房门被拉开，一只温热的手同时扶住她。

"谢谢你。"她回头看见舒克。

这是简单第二次认真看他的脸，可惜已经看不清了，他整个人像被罩在毛玻璃之中，只有双眼明亮如灯。

简单突然想起，到最后钟曼也没告诉她，舒克到底讲了一个什么故事。感谢钟曼的酒，赶在他冒出"你喝多了吧""你没事吧"等等无聊问候之前，简单开门见山："你为什么说我是来自杀的？"

舒克攥紧了她的手腕。她分不清到底是他俩谁在抖。

"你是吗？"他反问。

"你先回答我。"

"你不会相信的。你听了会觉得我是个精神病。我好不容易才认识你，我不想冒这个险。"

"我已经觉得你是精神病了，"简单甩开他的手，哭笑不得，"我白天还约了人，还有工作，你搞什么？"

"那明天我找你吃饭，好吗？我向钟曼要了你的电话号。"

简单困惑地点点头。舒克笑了，毛玻璃中开出一朵灿烂至极的花。

"好。好。"他重复了好几次，笑得特别开心，半大的孩子一般雀跃，把她看傻了，想要喊住他，他已经跑得没影了，像一个害羞的梦。

夜晚漫长得仿佛再不会有黎明，浓重到化不开的黑色蔓延向灯火尽头，倏忽间久违而亲切的睡意攀上简单的肩膀，热情地揽住她，在耳边呼唤着：

"雪妮雅，雪妮雅，醒一醒，醒醒。"

呼唤声愈加清晰。

简单睁开眼，迷蒙的视野中一只小红帽不断晃动着，重影渐渐合成一个清晰的人像——一个看上去只有小学二年级的女孩，红帽红裙，白皙皮肤，紫色眼眸，金黄的长发结成两条长辫子。

"什么嘛，"她叉着腰抱怨，"只是睡着了，还以为你死了，害老娘白号一路。"

小红帽伸出食指狂点简单的脑门："这什么鬼地方啊？你居然睡得着，密道里这么多妖怪，你长多大的心啊，能睡这么死？为什么怪物只攻击我们不攻击你……"

简单被她一指禅点得像帕金森病发作，紧随她跑过来的两个男孩合力拉住了她："薇罗尼卡，冷静点儿，雪妮雅还活着是件好事！"

"你倒有脸说啊，"薇罗尼卡立即转身朝领头的英俊男孩使出一指禅，只可惜太矮点不到对方的额头，"地道一共就六条岔路，一条一条地试，最多也就错五次，何况你是主角，那个闪光的破树根已经给你提示了，你怎么可能带着我们掉了十二次陷阱?!你是属金鱼的吗?!老娘屁股都摔烂了！"

在他们吵闹间，简单低头看着自己的双手——白皙、修长，没有一点儿毛孔。白色泡泡袖衬衣，外罩绿色长裙，一身欧洲女子打扮，不用照镜子，画风一定是和对面三个吵闹同伴一样的"2.5D"卡通风格。

总觉得不知在哪里见过他们。

"白痴，别怕，姐姐来了，"薇罗尼卡看到她眼眶发红，停下念叨，伸出手揩净简单的面庞，"坚持一下，我们准备去打 Boss（头目）啦！"

简单想说话，但嗓子似乎还不属于她，一点儿声音都发不出来，手脚也软软的，只能虚飘飘地跟在队伍末尾，模模糊糊看着他们到室内喷泉边念咒语恢复精力，对着冲破地砖生长出来的半人高植物茎脉读取记忆，最终稀里糊涂地被带进迷宫尽头的大房间。

借着墙壁上火把的微光，可以看到一只肥硕的青色恐龙正和几只脚不沾地的半透明黑色幽灵围在翡翠绿罐子旁窃窃私语，不知在密谋着什么。简单想阻止另外三个同伴，却喊不出声，眼看着他们越走越近，进入龙的视线范围。

恶龙却视而不见，坦然地倾吐着反派心事。

"让你们做点儿什么都能给我搞砸，现在连人都跑不见了。我早就知道薇罗尼卡不是个一般人物，要是能恬不知耻地将她的魔力收入囊中，等到诡计多端的邪恶魔王现世，我就可以成为魔王的狗腿子啦！哈哈哈哈哈哈……"

"你发现了吗？"薇罗尼卡对简单说，"这个胖子其实语文很好的，褒贬词用得非常准，是只文化龙。"

小点儿声啊！简单不敢置信地瞪着她，恶龙依然充耳不闻。

冰蓝色刺猬头看向棕发男孩："打不打？没把握的话我们就回密道里练练级，冒险试试也可以，我都无所谓，听领导的。"

"你能不能别喊我'领导'了？"漂亮男孩无奈，"打吧，现在有四个人了，我觉得可以试试。"

他谨慎而坚定地看着恶龙，跨出一步，似乎越过了某条隐秘界限，待机许久的"文化龙"这一刻才被重新激活，肥肿的小眼泡对准他们："谁?! 竟敢擅自闯进我甸达大爷的根据地！"

简单这时候才发现这只胖龙背着一只棕色的小包，肩带斜挎过圆滚滚的白肚皮，大嘴一咧露出满口等距等宽三角形的小白牙，居然有点儿可爱。它把绿罐子夹在右胳膊下面，拔掉瓶塞，仰头灌下："受死吧！"

胖龙张口吐息，霜刀雪剑乘风扫射过来，简单一个闪身堪堪躲过，裙尾差点儿被冰刃扎穿。她愣了片刻，立即转身，手脚并用连滚带爬地朝着来时的通道口冲去。突然像撞在了一个透明弹簧床上似的，整个人被弹飞了回来，呆呆跌坐在地上，看着地上一道隐隐发光的红线。

什么东西，结界吗？

"不是，这位女士，跑不出去的，白白浪费一回合的行动机会，这个时候得有团队精神和协作意识！"刺猬头语重心长。薇罗尼卡想拉简单一把，然而她太矮小了，反倒是简单将她拽倒了。

"你们女的躲远点儿，注意安全。"棕发队长轻声嘱咐。

薇罗尼卡不服气："女的怎么了？我也很能打啊！"

说着她便自信满满地朝着一只黑色幽灵冲了过去，挥舞着比她个子还高的魔杖，从背后给了对方"致命一击"！

幽灵连头都没回。

简单笑了，一开始只是微笑，后来就笑得无法自抑，不管小红帽怎么回头瞪她，她还是笑个不停，像是要把十几年的笑一次补齐。

真实的恐惧与快乐让简单视野变得清晰，渐渐皮肤几乎能够感觉到寒热交替的魔力余波，来自敌方吐息的细微冰碴、勇者回以颜色的灼热烈焰，还有因为激烈战斗而微微震动的古老密室、坑道中霉败的潮气、砖上滑腻湿润的青苔、房顶簌簌掉落的尘土……

如雷的心跳几乎要冲破胸膛，推送着汩汩血流冲过四肢百骸直达指尖，灵魂终于彻底浸透了躯体。

这不是梦。

简单回过神，看到队长正在被黑色幽灵们用冰系魔法密集围攻，皮肤冻得青紫，棕色头发上结满冰碴，他佝偻着在地上蜷成一团。

"荷伊米！"简单脱口而出。

胸口的力量涌向右手，攥紧的法杖尖端发射出银白色光球，温柔地飞向男孩，没入他的胸口，眨眼间，他被光芒包围，重获新生。

"谢谢你救了我一命，"队长爬起来，朝简单点头以示感谢，"麻烦你帮我们加防！矮子皮脆，你多奶她几次。"

"拐弯抹角说谁呢？矮子奶子的，"薇罗尼卡不乐意了，小身板一挺，"下流。"

"奶妈指的是负责给队友回血加 buff（增益）的辅助角色，也就是我，"简单小声向薇罗尼卡解释，"皮脆是说你血量少、防御力低。魔法师一般都皮脆，知识分子嘛。"

薇罗尼卡眨巴着湛蓝的眼睛，一副似懂非懂的样子，说道："哦……那我去打架了，我们的命就交给你了。"

简单笑了："嗯，交给我。"

说完她看到队长不敢置信地看着她，漂亮的眼睛里盛满了喜悦，好像身边危险的敌人都不足为惧，此时此刻只有看她这件事最重要。

"是你吗？"他问。

"小心！"简单大喊，男孩默契地就地一滚，逃过了胖龙泰山压顶般的捶击。

他终于意识到自己应该专心战斗，不再傻傻盯着她看；趁胖龙坐地不起，他扛起巨大的银色双手剑施以连环重击，随后咏唱咒语喷出火焰袭击黑色幽灵们；冰蓝色刺猬头行动速度惊人，整个人如同他右手那只刺客匕首一般凌厉，后空翻轻松躲开幽灵放出的冰刃；至于薇罗尼卡……薇罗尼卡很努力。

简单一边闪避攻击一边观察战斗形势，抓住机会给每个人加防加血，绵绵不绝的力量仿佛澎湃的河流，穿过身体，穿过短杖，将她冲刷得澄净。

她是最坦荡的河道，朝大海去，盛着日月。

这才是真正活着的感觉。

肥龙终于向后一步，踉跄坐在了地上，身体渐渐石化、风干。

"残血逆袭。"男孩轻叹一口气，揩掉脸颊上胖龙身上飞溅出来的蓝色血点，一转身，看到仆倒在地上的刺猬头，愣住了，"……他挂了?!"

薇罗尼卡现学现卖："奶妈怎么回事? 你怎么奶的?"

简单有点儿心虚。最后一阶段实在太混乱了，胖龙的冰雪吐息是全体攻击，她根本忙不过来，完全没注意到主力队员已经倒下了。

"雪妮雅现在等级太低，只能单体回血，没办法，不怪她，"男孩朝简单一笑，"就是可惜了，他在战斗中死了就分不到经验值了，这条龙本来应该能让他升一级。"

"那怎么办?"薇罗尼卡担忧，"这次能赢都是侥幸，你该不会想再打一遍吧? 我先表态，我不打。"

"不打了，走剧情吧，"他扛起刺猬头的尸体，"跑野外地图的时候多打几个野怪带他练级。"

"等一下，等一下，"薇罗尼卡叫住他们，"先把罐子打开，我的魔力被封印在里面了! 我妹妹亭亭玉立一朵花，我怎么也应该是胸大腿长一代风华。"

随着恶龙消散，它脚边的陶罐口发出一道道光芒，灵气盘旋成龙卷风，将小红帽层层包裹，刺得简单睁不开眼。然而当一切恢复平静，眼前的女孩还是小学生模样，个头矮矮，胸部平平。

"凭什么啊?!"薇罗尼卡大叫，"他姥姥啊! 我也要当奶妈!"

"吵。"队长叹息。

"别当老娘听不见，有种大声点儿，你个死离子烫！"小红帽火力全开。

简单闻言转头端详他——皮肤白皙，眼眸清澈，棕发笔直垂坠、饱含光泽，像早年的沙宣模特，她不由得笑了。不知是因为被取笑离子烫还是因为简单的凝神注视，男孩急转身走掉了，简单第一次知道原来游戏人物也会脸红。

他们离开密室，打算回到喷泉旁重新存档并复活刺猬头。

"你就一直保持这么小的样子吗？"简单问薇罗尼卡，"不想想什么办法？"

"我觉得也挺好的，"薇罗尼卡整了整小裙子，"哪个女的不想永远年轻？Forever young！"

简单愣了愣。小学的时候 β 随着爸妈的工作调动频繁转学，小孩子的每次分开都像生离死别，是要写同学录的大事。β 填在资料栏里喜欢的颜色、喜欢的明星一年一变，赠言也随心情而天马行空，只有两句话是不变的，花体字"一帆风顺"和英文"Forever young"。

后来 β 承认，她也不是真的多喜欢这两个祝福，只是为了炫耀她英语学得比其他小崽子们早。

"我学的可是迪士尼英语！"简单闭上眼睛似乎还能看见那个目光炯炯的小女孩。

"你怎么了？"

简单低头，发现小红帽也目光炯炯地盯着自己。她笑了笑，正要说什么，小红帽便指着她背后瞪大了眼睛："小心——"

她回身，只看见一个口角流涎、皮肤青黑腐烂的僵尸朝自己扑过来。

简单猛地坐起来，心口剧烈的振动声仍未停息，低头才发现是睡前把手机揣到胸前口袋里了，闹钟响个不停。

什么鬼。她想着刚刚那个逼真的梦。

前一晚她们喝得不是一般的多，竟然任由剩下的冰块在料理台上化成了一摊水，顺着柜门淌得满地都是。简单路过客厅时看到了，便帮着收拾，没有叫客房服务。她用厨房湿巾擦完地，一抬头看见茶几上放着一个花花绿绿的游戏光盘盒，上面贴着浅黄色的便利贴：

　　　送给你了。
　　　但你得自己买个主机。

简单笑了，她毕竟为了韩叙坚持学过好几年书法，看得出钟曼的字不错。撕下便利贴，被遮住的几个大字扑进眼睛里：《勇者斗恶龙 XI》——这个游戏竟然已经出到第十一代了。

她高中时帮韩叙练级玩过第四代，韩叙只想打 Boss 和看剧情，不耐烦在原野上机械地打怪升级，于是拜托简单帮忙。一开始她兴致勃勃，玩着玩着也觉得重复又枯燥，问韩叙为什么要玩这样一款朴素的回合制角色扮演游戏，韩叙一边做题一边随口答道："简单多好啊，不费脑不费心，也不会沉迷。"

"简单多好"，当时真的是恋爱脑，她耳朵一下子就红了，趴在桌上止不住地笑，笑得韩叙一脸莫名其妙。

当然，很快就遭了报应。高二第一次月考成绩出来，简单连生物这种死记硬背的科目都没及格，理综成绩比 β 的文综还低。

她和 β 所在的文科班同堂上体育课，两个人一起假装拉肚子逃避跑操。冬日午后少有晴空万里，振华升旗广场的一角正在翻修，她们手拉手走过嘈杂的施工队旁，β 第三次问"你说什么"，简单终于扯着嗓子喊了出来："我说其实韩叙很关心我！"

风钻恰巧这时停了，工人们齐刷刷看过来。

β 大笑着拉她跑开，跑得上气不接下气。简单呛了一肚子冷风，耳朵都烧起来，依然抓住难得的见面机会，断断续续和她讲着心事——发卷子的时候，韩叙一张一张都瞄在眼里，班主任张老太做总结时路过简单的桌子，指关节重重地敲了敲桌面，已经懒得骂她了。

简单没有难过，甚至挺骄傲的——她是为了韩叙。韩叙让她帮忙给《勇者斗恶龙Ⅳ》练级，于是她课上课下都捧着 NDS（任天堂掌机），没考好是正常的，这一次终于不是因为笨了。

放学后韩叙没急着去补习班，也没有假模假式地向她道歉，只是收走了游戏机，说："把卷子拿出来，我给你讲讲。"

连一贯和韩叙不对付的 β 听到这里都难得地动容："小白脸还是有人性的。"

简单顺杆爬："所以我说他其实在很细心地关注我的感受。"

"那倒未必，" β 毫不留情，"你这么好懂。"

简单气得大叫。她总是说不过 β。

此刻她在陌生城市的清晨，毫无预兆地呼吸到了十几年前那天下午的冷空气：干燥晴朗，味道是蓝色的，带着遥远的风钻的嗒嗒声。

目光往下移，看到标题下面的主人公们，简单哭笑不得：棕色离子烫男主角、小红帽法师、绿裙牧师、冰蓝色刺猬头……难怪她会做那样奇怪的梦，原来是因为在投影幕布上看到了钟曼在打这款游戏。

她感激这么久以来第一次做梦就如此精彩，梦中的战斗让她直到此刻仍然心跳如鼓。简单将光盘收到包里，在便利贴上回："谢谢。"

在专车司机三十秒一次的电话催促下，简单穿越民宿谜一样的花园小径来到大门口。

"手机尾号1221？咖啡馆？"司机问道。

"对，就去定位的地方。按导航走吧。"

北方冬季的街景一向萧索。这个岛城不大，经济发展也没有宣传中那么蓬勃，早上九点半的地铁口不像北京、上海一样挤满早餐摊与上班族，整个城市仿佛没有睡醒。徐延亮发来微信问她中午要不要一起吃饭，她担心时间来不及，发了自己约见小作者的地址，问他能不能就近随便吃点儿。

九点半她就到了约定的地点，咖啡馆的店员正在做营业前准备，看她站在门口，提前开门迎她进去。她仍在宿醉状态，头脑清醒但胃里仿佛装满了小石子，于是挑了窗边的明亮座位，点了美式咖啡和培根炒蛋，分几大口吞下去，希望能在半小时内彻底调整好状态。

眯了一会儿，店里的客人多起来，都是来吃早餐的。一辆厢式货车停在了马路对面，有点儿眼熟的身影从副驾驶下来，指挥着工人搬东西，简单注意到她胸前的相机，是耿耿。

正想起身去对面看看，店门再次被推开，简单看过小作者的照片，于是在女孩拿出手机拨电话之前，她就招手，女孩礼貌地挤出一个非常短暂的笑容，几乎把"紧张"两个字写在了嘴角两边。

她坐下，把一个小手包放在了桌上。咖啡馆的店员和她亲热地打招呼，简单了然，怪不得她指名要来这里，熟悉的场合让人觉得安全，到底还是一个小姑娘。以简单的立场来说，她很清楚冷漠施压是最有效的方式，但还是忍不住和她聊了几句，吃没吃早饭，喝点儿什么，是不是本地人，家离这边远不远……

反倒是小女孩打断了简单的"怀柔"："我们说正事吧。"

声音都是抖的。

简单轻叹一声，笑了，首先把小女孩的手包推回她面前："我得先提醒你，在这么吵的环境下录音效果会很不好，未经许可的录音也很难被任何法庭采信。更重要的是，我今天要和你说的话，恐怕没什么录的价值。"

女孩将手包一把搂回怀里，神情不自然地反驳："我没有录音。"

"之前一直跟你通电话的钱总今天有事来不了，委托我代他们跟你沟通。——你要不要先点杯喝的东西？我这边报销。"简单将菜单递给女孩，女孩接过，却只是放在了椅子边，看来完全没有吃喝的心思，也不想和她维持任何表面的和平。

"我知道你也是来问我剧本的来源的，"女孩绷着脸，"我不会告诉你们的，我也要保护我的朋友。你们非要知道，那就当我是垃圾桶里捡来的好了。而且你们不是已经找了一堆营销号说我拿着的剧本是假的、是自己捏造的吗？那我们就打持久战，我等着你们把它拍完，等着你们把它播出来！你们不是只抄了一句两句，你们从结构到人物关系，从大剧情到小细节，从设定到台词，几乎全是照搬我的作品。我也做功课了解过了，开机在即，场景、服装、特效等该定下来的都定下来了，就是全盘修改也不可能改得没有痕迹了。更何况，你们舍得花钱改吗？"

她越说越激动："我知道你们怎么想的，你是律师吧？你来跟我谈不也是想诱导我，让我说一个赔偿的金额吗？你们钱总已经打了无数个电话想套我的话了，就想坐实我是要勒索。你们也太瞧不起人了。现在觉得是我不顾全大局闹到网上，危害你们投资八千万的魔幻巨制的拍摄了？他有没有说过，其实我早就联系过你们，我把调色盘用邮箱、微博私信发给他好多遍，他理都没理。那时候还是剧本阶段，你们要是真在乎原创在乎版权，那时候就应该改，而不是置若罔闻继续把这个项目做下去，越投入越多。现在反倒来怪我害你们损失惨重、舆论受损。我是没办法才发在网上的！你们以为我想勒索？我觉得恶心！"

简单被她一口一个"你们"说得恍惚，其实她自始至终并未觉得自己真实参与了这场战争，这不过就是一项很普通的工作任务，工作就要尽职。

直到听见稚嫩又颤抖的声音，她才意识到，自己真的是"你们"的一员。

简单本可以用和缓的语速一一反驳女孩连珠炮似的控诉，想搅浑水是容易的，角度肯定找得到，但没有必要。简单看过女孩的书，也看过公司提供的定稿剧本，她是"你们"，但也有基本的良心和判断力。

可惜这是她的工作。

"你误会了，"简单微笑，她索性不辩解，直接用了"我们"这个词，"我们经过几番接触，早就明白你不是那种会因为金钱而放弃原则的人。虽然，其中还是有很多误会，比如，你无法证明手中的剧本是真实而非你个人捏造的，也拒绝透露取得剧本的途径，这让我们的沟通一度停滞，我们也觉得十分遗憾。"

小女孩不屑听套话，以为她要服软，冷眼觑她。

"毕竟你也知道，这是一个很大的项目，牵涉众多，公司希望能尽快平息舆论风波，消除公众的误解，所以，希望你能公开道歉，向公众承认自己搞错了。"

连钱都不给了，还倒打一耙，女孩听到之后的神情如简单意料之中一样充满惊讶、愤怒和荒谬。

"这的确是一场误会。公司购买了你小说的改编权，即使，我说的是即使，小说内容与剧本有相似之处，也是理所应当的。"简单说。

女孩一时没有讲话，慢慢咀嚼着她话中的意味："我当时不懂事，把小说版权很便宜地卖给了一家公司，是他们转手卖给你们了吧？他们没这个权利，他们没告知我！"

"我们仔细阅读过你们双方的合同，我建议你回去也重新读一下，合同中明确规定了，他们有权在合同期限内转让，没有写其他附加条件，比如口头或书面许可。"

女孩这次是真的气急了，脸都涨红了："我敢打赌，你们是在我公开谴责你们之后才加价买的版权吧？"

是。简单没说话。买版权的事情甚至是她向公司提议的，付出一笔小钱，将侵权行为全盘合理化，是她作为法务最折中的建议，她本以为也能借此给作者一些补偿，没想到女孩早就以很低的价格将版权卖给了一个版权二道贩子，鹬蚌相争，女孩最终什么也得不到。

"这顶多算补救，而且反倒证实了你们的确有抄袭行为，凭什么要我道歉？"

简单回想起自己的十八岁，那时的自己是绝对无法独自一人苦撑这么久，声音都抖了，还据理力争的。她觉得女孩可敬，也可惜。

简单从包里将厚厚的一沓材料取了出来，公关想到的点子，她做的审核，用塑料皮装订成册，从桌面上稳稳地推给了女孩。

女孩翻开第一页就愣住了，像被冰水浇熄的烈焰，眼中弥漫开白茫茫的水雾。简单不忍心看，于是移开目光望向窗外铅灰色的天空，不知怎么突然想到，她已经很久没见过鸽子了。

以前城市里很多居民爱养鸽子，它们成群飞过被楼宇分割的天空，提醒着人们不要只是埋头赶路，偶尔也要抬起头，看看云，看看太阳。渐渐地鸽子只圈养在城市广场，成为呆板景观的一部分，为了向游客卖出更多鸟食，常年被饿着，只有熊孩子驱赶的时候才勉为其难地飞一段，很快就落下，抓住一切机会啄米。

人为财死，鸟为食亡，天空已经没有翅膀的痕迹了。

就像简单自己，即便看着天空感慨，也始终用余光留意女孩的动向，防着她拿手机偷拍。

公关查到女孩疑似还在用另一个隐秘的笔名写耽美文，作品有情欲和暴力描写，而且，在淘宝售卖过个人志，销量不低，牵涉到非法出版。

女孩只看了几页，就把材料推回简单面前，良久没有说话。

"你不用急着做决定。公司也是想给你提个醒，有则改之，无则加勉，毕竟，这个项目也算是双方合作的开始了。我建议你和信得过的长辈商量商量，他们见多识广，比你冷静，会为你好的。"简单语气温和，心却是冷的。

劝她与长辈商量是因为知道大多数长辈一定会劝她息事宁人，这是公司最希望的。小女孩作为写作者的清高和愤怒尚且在这份材料面前哑了火，何况本就不爱惹麻烦的旁观者，他们会给她递梯子，牵着她的手走下来。

女孩不愿在她面前哭，连"再见"都没说，起身匆匆走出了门。

简单拿起倒扣在桌上的手机，结束了录音。她解锁，看到十几条新微信，分别来自钱总和公关等人，询问她情况如何，她一条也没回，将材料收回包里，书脊朝上，书口朝下，不小心被游戏光盘盒卡住，仿佛一把剑，将材料从当中劈开，折了好几页。

简单抚摸着游戏光盘盒。封面上没有她，她是坏人。

突然收到了韩叙的消息，点开是张照片——从她后方拍的，她和女孩面谈的背影。简单惊讶地回头看，后桌是空的。简单接着才看到照片下面的文字消息：

"大律师很有风范啊，越来越优秀了。不打扰你，我先走了。"

简单买了单，服务员冷着脸，发票几乎是摔在她桌上的。简单不觉得奇怪，小作者应该是这家店的常客，而她是坏人。

因为谈话进行得过于顺利，距离和徐延亮约定的时间还早，简单急于摆脱阻滞在胸口的油腻和烦闷，想到刚在路边看到的耿耿，于是过了马路，发现一座老别墅的院门口挂着一个小牌子：怀才不遇美术馆。

她从侧门进去，门票十五元一张。馆里游人很少，工作人员拦在楼梯前，告诉她二楼正在布展，暂不开放。

正说着，木楼梯响起空空的脚步声，耿耿抱着纸箱子走下来，见状对工作人员解释："这是我朋友，让她上来吧！"

简单："你忙你的，我就随便看看，不上去打扰了。"

"没关系，"耿耿把纸箱交给等在门口的快递员，拉简单上楼，"一起来看看吧。"

二楼四处堆着纸箱、易拉宝、铁架，一小半的墙上已经挂好了摄影作品，工作人员正在核对作品简介。

"你是来开摄影展的？恭喜。"

耿耿连忙摆手："不是不是，这是我们传媒集团发起的摄影展，我是来盯这个项目的。你别听钟曼瞎说，我不是摄影师，我就随便拍拍，走哪儿都挂个小相机，业余爱好而已。"

简单欣赏着已经挂上去的几幅作品，几乎都是人像，年龄各有不同："展览的主题是什么？"

还没问完，她就看见两个工人从新纸箱中抬出了一幅作品，左右扶着缓缓举高，小心翼翼地挂在了她正前方空白的墙上。

简单定定地望着，β 也回望她，隔着彼此眼里的水雾。

"主题是'失独家庭'，"耿耿正埋头清理四处飘落的防震泡沫，"我们找了一百个失独家庭，有的自己提供孩子单人或全家福照片，还有一些实在拿不出照片的，就只能由摄影师上门为父母拍一些生活照了，照片是次要的，撰写作品说明花的工夫最多，每个家庭背后都有故事……你怎么了？"

耿耿顺着简单的目光看到 β 的照片，也沉默了。

"我昨天回酒店才想起来，其实我见过你，你是蒋年年的好朋友吧，每次下课不是你在后门等她，就是她跑过去找你。"

以前没人这么喊 β。自从她去世，别人提起她总会庄重很多。

"照片是谁拍的？"简单问。

"是我拍的。"耿耿有些不好意思，"蒋教授他们因为工作原因和女儿在一起的时间不多，翻箱倒柜也找不到太多照片，除了满月照、一寸照、毕业大合影，就是小时候很模糊的影楼照，都没有底片，没办法用。因为照片的事，他们夫妇俩想起以前对女儿的疏忽，很自责。后来我征得他们的同意，用了我高中给她拍的照片。"

简单很少见到这样的 β，佝偻着背对着镜头，哭得鼻尖红红的，过于宽大的校服把她衬得格外瘦小。

"我不知道她在哭，"耿耿的声音也低落下去，"我走过去就看见她一个人坐在台阶那儿，背对着我，我就喊她，想来个抓拍，没想到抓了这么一张，因为她明明在哭，回头的瞬间却本能地笑，结果就成了哭笑不得。其实，挺可爱的。"

简单记得这个台阶，在体育馆背后，晚秋高地旁边，面对着大片荒草。那是她们两个的专座。

"她在哭什么？"简单不好意思地抹了抹眼睛。

"她不想说。我估计是被老师骂了吧，我们班主任武文陆你听说过吧？特别古板，特别凶，凌翔茜那样的成绩他也照骂不误，何况是蒋年年。他知道她会去北京高考，所以觉得这个女生没心思苦读，恶意捣乱，隔三岔五就骂她一顿。好像有一次还把她家长从北京叫回来了，很快她就去北京了。高二第一学期还没读完就走了。然后就……"

然后就遇上了车祸。

只有突如其来的失去才能教会人们，人是浮尘，命运是风，你不知道它何时起，从哪个方向来。

简单还有很多想问的，但没脸开口，这也不知道，那也不清楚，她算什么朋友。

"希望以后能参加你个人的影展，"她努力控制着表情，"我觉得你拍得很好。"

"希望吧，不知道猴年马月呢，"耿耿听出简单想走了，"那你自己逛逛，我得接着跟他们核对展品了。"

简单朝楼梯急行了几步，又退回来，掏出手机对着 β 的照片拍了一张。无法面对 β 迷茫的泪眼，拍的时候甚至不敢看屏幕，也没有检查是否对上了焦。

她去洗手间冷静了一会儿。这是上班养成的习惯，每天她都会有十几分钟坐在马桶盖上发呆，什么都不想，只是坐着。走出隔间对着镜子整理了一番，她决定赶去徐延亮发过来的餐厅。她需要和一个认识的人一起聊聊 β，情绪堵在胸口，她要爆炸了。

叫车时定位在了正门口，简单下楼梯，斜穿过一楼展厅，经过正门前台时听到抽噎声，一转头看见了钟曼。

或许是宿醉未醒的缘故，她随便绾了个丸子头，没化妆，和昨天接机时的精致判若两人。

"原来这就是你说的美术馆。"简单微笑着打招呼，突然奇怪哭声是从哪儿传出来的。

她往台子里面看了一眼，白色外套有些眼熟，女孩背对着门口，蜷在矮凳上哭，头发散乱贴着脸颊，眼睛肿得已经睁不开。是那个作者。

女孩也同时回头看到了她，厌恶和愤怒混着眼泪从眯成一道缝的眼睛里簌簌落下。

简单有些尴尬地看向钟曼，钟曼也看着她，还是笑嘻嘻的。

"我们前台妹妹，就昨天我跟你说和你很像的小女孩，遇到点儿事，我陪陪她。"

简单根本无法从这个人精脸上判断出她是否已经知道了一切。知道了也不奇怪，毕竟是她自己建议女孩找长辈聊聊的。

"我约了人，得先走了。"

"嗯，忙吧，"钟曼在背后说，"晚上再找你喝酒。"

简单不敢回头。

她从没有这么想见徐延亮。

从车上下来时，她就看见了在餐厅里的徐延亮全家。

太太先注意到她下车，喊了徐延亮，徐延亮才回过头朝她招手，旁边还有个三四岁的男孩，站在椅子上，也凑热闹回头招手，眼神四处飘，其实根本不知道自己是在跟谁问好。

玻璃窗阻隔了声音，简单静静看着他们，像在看一出幸福的默剧。她为他高兴，又感到铺天盖地的心灰。

她深吸一口气，将几乎溢到喉咙的情绪硬生生吞了回去，然后笑着走进去，半蹲下身子抱起迎接他的小男孩，把他放回徐延亮旁边的椅子上。自己坐在他太太身旁，自我介绍，关切地问她预产期是几月几号，预祝他们求女得女，抱歉自己来得匆忙，没给大儿子带礼物。品尝热腾腾的墨鱼水饺，惊讶地问"皮为什么是黑色的"，听到小男孩抢答"因为用了墨鱼汁"，立刻笑着夸奖他懂得真多，跟徐延亮聊就业形势、机场吞吐量，听他太太介绍适合敏感皮肤的不油不干的防晒霜，被他们邀请夏天再来，冬季海边风大太冷了，夏天可以坐朋友的游艇出海钓鱼……

吃了满满两个小时，徐延亮太太露出倦意，简单主动说："我下午还有个电话会，你们也赶紧回家休息吧。"

徐延亮太太带着孩子去洗手间，顺便买单，简单留在座位上用软件叫车，徐延亮一定要送她。

"你车不是砸坏了吗？"

徐延亮朝路边停着的商务车努努嘴："还有一辆，上个月刚买了辆七座的，我老婆的爸妈也来这边定居了，周末想自驾游，四个老人，还有两个孩子，再加上我俩，七座都未必够用。"

简单夸赞："有远见。看你发展得这么好，我真的很为你高兴。"

"哪儿好了，"徐延亮谦虚，"就踏踏实实的吧，也不求往高处去，做领导有做领导的苦，你不在那个位子那个高度，很多事看不明白。待在小地方，顾好小家，我是知足了。"

　　想了想，他叹气："今天对不住，我不放心她一个人看孩子，心想你们还没见过呢，就把他们一起带过来了，结果光聊我们的事了，都没跟你好好叙叙旧。"

　　"有什么对不住的，我本来就想让你叫上你太太和孩子的，只是怕她月份大了，行动不方便。能见到太好了。"

　　有来有去，有礼有节，但不知为什么，他们突然就一起沉默了。

　　"唉，到底还是跟你们生疏了。变得像我别的朋友一样了。"徐延亮摆弄着儿子的小火车玩具，"昨天你下飞机，我给你打电话的时候，正在给 β 烧纸。我每年都在她的忌日给她烧纸。估计你们这些在北京、上海工作的都不干这封建迷信的事，但可能因为在小城市，在爸妈身边，我老得比你们快。"

　　"烧之前要在最上面那一张上写名字，我忽然想不起来她大名叫什么了，就画了个 β 符号。"徐延亮看着窗外，"忽然一下就想不起来了。"

　　他太太带着孩子回来，夫妇一起给儿子穿外套、戴帽子，简单微笑看着，随他们一起走出餐厅，谎称要在老城区散散步，没有让徐延亮捎她一程。

　　刚刚她明明已经那么热络和捧场了，最后徐延亮还是说："简单，你变文静了，话少了。"

　　韩叙也说过："有点儿不习惯你话这么少。"

　　曾经简单非常爱讲话，絮絮叨叨，就算偶尔立下誓言要酷一点儿、神秘一点儿，最后还是绷不住要说。她内心总是热的，一直在沸腾，盖都盖不住，情绪透过每个毛孔向外冒蒸气。事无不可对人言，何况他们都是她最喜欢的人，她对他们解释自己，又替他们给出回应，世界像装满杂物的塑料袋，热闹又清晰。

　　她目送着七座家庭车远去，自己却没有走，就呆呆地站在小路上，不知道站了多久。梧桐树上还挂着零星的枯叶，偶尔飘落一两片，让她知道时间还在走。

　　眼泪要掉下来的瞬间，手机嗡嗡振动起来，来电话的是影视公司的公关，因为她在微信里敷衍说下午再谈，对方就直接打过来了。简单不带情绪地通报了情况，找理由尽快结束了电话。

　　安静的街道重新流动起来，她甚至都没资格守住刚才那片整块的悲伤。简单笑着笑着就开始哭，她决定抛下过去的龃龉，问问韩叙是否有空，她想找他说说话，说说 β，说说过去，说说她那次愚蠢的寻死，说说她不想继续的现在。

　　她再次拿起手机，寻找韩叙的微信，发现在自己接电话的时间里，徐延亮连续发了好多条微信，每条都很短：

　　　　我都没来得及问你。

　　　　钟曼说，

　　　　昨晚把你俩一起接上了。

　　　　要是以前我肯定想撮合你们，

　　　　但我听说，

　　　　只是听说啊，

　　　　他在国外结婚了，

　　　　你可得问清楚了。

　　我只是想找个过去的朋友聊聊天。我只是想找个过去的朋友聊聊天。我只是想找个过去的朋友聊聊天。

简单不知道自己究竟是要解释给谁听，街道空无一人，她因为一个隐秘的念头而经受了最深切的难堪，脸都烧了起来，突然抬头看天。

她想这世界上可能真的有神。

简单回到民宿，错过了退房时间，自动续住了。她本可以浪费这一晚，依旧换酒店，公司报销不了就自费，总比遇见钟曼要好，即便于情于理钟曼都不可能再到这里来找不痛快，但万一呢。

看到客厅里的 PS4（索尼电视游戏机），简单动摇了。

她从 mini bar（酒店客房中的迷你吧）里拿出了六个酒伴，一一拧开，不论是伏特加还是威士忌，都混进同一只马克杯，然后关闭手机，合上隔扇，拉下幕布，打开主机，将光盘放了进去。

北半球最漫长的冬至夜，她什么都不想说。

人难过的时候为什么一定要倾诉呢？语言只能将庞大的情绪切削成规整的形状，以便顺利纳入倾听者习惯的接收轨道。然而被切掉的那部分才是真相，零零碎碎飘浮在内心的宇宙，徒然地期待着被另一个人的引力捕获。

宇宙空无一人。

第四章

战士永生

这是游戏的慈悲，人不断地在生活中驱逐，无时无刻不害怕被抛下，但在这里，你可以用扁扁的小包装下全世界，安心将每一件喜欢的小事做完，太阳落得很慢很慢，所有人都会等你

"雪妮雅，醒醒，醒醒……你可终于醒了！"

简单坐起身，茫然看着来来往往的行人，男人们都缠头巾，穿灯笼裤，女人们留斜长髯，面遮轻纱，还有很多妙龄姑娘裸露着蜜色的腰肢，她目不暇接，才想起低头看自己——又是那条绿色的长裙。

她恍惚记得自己在玩游戏，还喝了不少酒，不知怎么又续上了这个梦。

"快，快，解渴！"小小的薇罗尼卡从背后抱着她。刺猬头逆着人流跑过来，端着一瓢水，边跑边留心不要洒出来："你是不是中暑了，好端端走在大街上，怎么突然就倒了？"

为让他们安心，简单咕咚咕咚将水喝得见底，她看见薇罗尼卡急得鼻尖上都沁出细密的汗珠，笑了。真是仁慈又可爱的梦。

"我们这是在哪儿？"她困惑，"二次元沙特阿拉伯？"

一直没什么表情的漂亮男孩眼睛亮起来："你终于回来了。"

简单皱眉看着他，觉得他意有所指，还没来得及问，话就被薇罗尼卡截走了。

"你真是热糊涂了，"薇罗尼卡踮起脚帮她擦汗，"我们在萨玛迪呀，沙漠之都萨玛迪。想起来了吗？——你该不会连自己的名字都不记得了吧？"

居然已经走到了萨玛迪。

简单边喝边玩，到最后已经醉糊涂了，不记得自己将游戏进行到了哪个阶段，但还是把开篇的基本剧情了解过了：离子烫男孩是王子，因为生来手

背上就有光明纹章，被证实是传说中与魔王相生相杀的勇者转世，还在襁褓中便被怪物灭了国，国王、王后为保护他而牺牲。他在一个小山村长到十六岁，养母告知身世，让他去寻找他父王生前的好友——狄尔卡达国国王。没想到刚一亮身份，他就被抓起来了，狄尔卡达国国王说：勇者个屁，拯救个屁，你才是真正的大灾星。

后面的故事便是《勇者斗恶龙》一贯的套路，勇者追着传说的只言片语环游世界收集宝物，旅途中经过一座又一座城市，解决一个又一个难题，收获一位又一位队友，最终挑战魔王，拯救世界。

然而因为简单的沉默，刺猬头和薇罗尼卡迅速认定她失忆了。

"我是你的双胞胎姐姐薇罗尼卡，我们两个是大贤者雪尼卡转世，今生的使命便是引导勇者走向生命大树。"

简单抬头，看见北方天空上飘浮着的巨树，随口问："怎么爬上去啊？"

薇罗尼卡道："还不清楚。"

……那你引导个屁。

"我也自我介绍一下，"刺猬头一脸憨厚，"我叫卡缪，我是个贼。"

语气平静得让简单一瞬间以为贼也是份能挂上 LinkedIn（领英，职场社交平台）的正经职业。

"我呢，和同伙一起偷了狄尔卡达国的镇国之宝，一个红色的宝珠。"他说着从勇者身上的斜挎包里掏出一只巨大的三角回旋镖，"错了，不是这个。"放在地上，继续伸手进去，成功掏出了一个体积堪比艺术体操球的宝珠，透明水晶中心跳动着红色火焰，像只巨大的灯泡。

简单盯着勇者身上那只扁扁平平、比香奈儿链条包还小的帆布挎包，抢过薇罗尼卡长达一米二的法杖，掀开包盖放了进去。

居然真的放了进去。

简单抬头，看到勇者正垂眼看她，目光中有哭笑不得的温柔，好像她是个胡闹的小孩。她心跳得很快，又迅速平静下来——竟然已经孤独到了在梦里给自己制造同伴的地步吗，还是这么一个十几岁的卡通娃娃脸离子烫少年。

虽然没人听，但卡缪还在说："……后来我就带着他从我挖的地道越狱了。未来的路也没啥好想的，就跟着领导走呗。"

勇者："我说了别喊我领导。"

卡缪："行，听领导的。"

勇者无奈地捂住眼睛。

简单看向他："现在到底在做什么，你概括一下吧，简略点儿。"

薇罗尼卡在背后轻声说："雪妮雅好酷啊。"

"生命大树曾经脱落下一根彩虹树枝，据说借助它能找到上天的方法，所以我们一边躲避国王的追杀，一边在四处找彩虹树枝。但你玩过这个系列的游戏，你知道的，这种重要道具就是吊在驴子眼前的胡萝卜，是专门遛我们玩的。"

简单无心听他对于彩虹树枝的介绍，反而被一句话吸引了，"你玩过这个系列的游戏"。

勇者："中间的过程你不用知道了，总之，我们现在要去北境沙漠帮他们国家的草包王子干掉一只巨大的金蝎，然后把功劳让给他，他才会把树枝给我们。就这样，出发。"

薇罗尼卡再次轻声感叹："勇者也好酷啊。"

"他们俩像大人，我不想上学了，我也想做个很酷的大人。"

她长吁短叹。简单回头，看着一身魔女打扮的小红帽说着平凡中学生的理想，不由得笑了。勇者说得对，这是个梦，是个游戏，她不就是因为生活太苦了才把光盘放进游戏机的吗，急着赶路做什么。

他们走到恢宏的城门口，正遇上王子在民众的夹道欢送之下出城，他一身白橙黄绿紫，帽子正中镶着羽毛，神情倨傲又轻浮，像一只高贵的鸡。

"这个王子屁事巨多，耍着我们满城转，一会儿王宫一会儿马戏团的。还让勇者穿上铠甲假扮他参加马术比赛，不赢就不给我们树枝；好不容易赢了，又遇上蝎子精作乱，他爸觉得'吾儿一定行'！就让他去讨伐。他坐地起价，拿树枝要挟我们再帮他一次。"薇罗尼卡愤愤不平地给简单解释。

王子的队伍一骑绝尘，先行出发了，勇者正要拉响城门口的唤马铃，突然听到背后的呼唤声："不好意思，我打扰一下。"

简单看到城门口走出一个个子高挑的男人，细眉，凤眼，中分油头向后梳得整齐，身着滑稽的修身款红白相间马戏团小丑服，配泡泡袖和尖头鞋，却在腰间别了把细剑。

"施维亚?"薇罗尼卡惊讶，悄悄对简单介绍，"一个很受欢迎的杂耍艺人，在这个国家巡演，马术大赛上勇者差点儿就输给了这个人，他很厉害的！"

"哦，对，我好像是叫施维亚，而且不明白为什么，我还会这个……"

他说着，梦游一般从口袋里掏出了三个小球，开始流畅地表演抛接。

"更不明白的是……"他停下，把球抱在怀里，仰天长啸，"我为什么是个男的?!"

施维亚就这样加入了队伍。

他几乎不讲话，完全沉浸在困惑与沮丧的情绪中，偶尔抬手掐一下自己紧实的胸肌，哭一会儿，歇一会儿，再掐一下，又哭一会儿。

简单只能将注意力转向广袤的沙漠——蓝天烈日，石山沙海，她从未想过少年时代玩过的平面游戏会如此清晰而真切地呈现在眼前，宽和地引着她走进。阿拉丁神灯似的蓝皮肤精灵悬浮在空中敲鼓，板栗形状的毛绒怪物举着比身体还高的大锤子四处巡游，伪装成球形仙人掌的尖刺怪物隔几秒便贴着沙子游走移位……还有史莱姆，透明软糯Q弹的身体像洒落一地的水滴果冻，在四周蹦跳。

或许是太阳点燃了她，她突然想战斗，不靠泯灭良心和尔虞我诈，不靠给恶意包扎粉红色缎带，不靠谨慎、情商、得体、矫饰、斡旋，而是凭借真正的、纯粹的力量战斗。

　　"打吗？"

　　简单讶然，勇者准确读出了她的心声。

　　"我看你眼睛都冒火了。"他温柔地注视着她，乖巧而英俊的脸上笑眼弯弯。正当简单举着短杖要冲向最近的史莱姆时，勇者却伸手拦住了她。他夺下简单手中的短杖，放进包里，又从里面拽出一根长长的矛，矛在碧空之下闪着银色的光芒。

　　简单心动了。这才对嘛，那个短杖像什么样子，打起来像个发疯的指挥家。

　　勇者将长矛交到简单手里，手掌覆着她的手背，和她一起将银枪握紧。

　　涌动的力量让简单心中沉寂已久的火山爆发了。她看进勇者明亮的眼睛里，清澈的瞳仁映出一个金发碧眼的陌生女孩，和坐在马桶盖上发呆的三十一岁的女人完全不同，有着久违的活力与天真。

　　"送给你了。刚在武器店给你买的。虽然作为奶妈，还是短杖发出的回复法力最强，但那样的话，你就只能全程在旁边辅助了。我一直记得第一次见到你时你的样子，你有一颗战士的心。"

　　她还愣着，他便松开手，说："去吧。"

　　愉快的屠杀结束在卡缪死亡的那一刻。

　　他被板栗怪抢着的大锤子直击后脑勺，面朝下仆倒了。简单羞愧。她拼杀得太开心了，忘记注意同伴的状况，连续几个回合都没有给卡缪回血。

　　"走吧，天色晚了，大家也各自升过一级了，去前面营地休息存档吧。"勇者说。

　　薇罗尼卡忐忑："王子的马队都走了很久了，说好一起打蝎子精的，我们却在郊游，他们会不会着急？"

"他会等我们的。"简单笃定道。

当然会等。简单想起自己玩第四代游戏时，某国国王希望她去参加武斗大会，当天开幕，她硬是在野外练级练了一周多，每天打怪、捡钱、买装备、去旅馆睡大觉，终于懒洋洋地走到武斗大会的现场，大门缓缓拉开，环形看台上坐满了观众——他们就那样坐了一周多，她不来，武斗大会就不开。

这是游戏的慈悲。人不断地在生活中奔逐，无时无刻不害怕被抛下，但在这里，你可以用扁扁的小包装下全世界，安心将每一件喜欢的小事做完，太阳落得很慢很慢，所有人都会等你。

"慢慢你就不慌了，"简单牵着她的手，"会适应的。"

"我已经适应了呀，没想到这么快就适应了死人这种事，身体也变小了，简直是女版名侦探柯南嘛，"薇罗尼卡打得小脸红扑扑的，兴奋极了，"你看柯南吗？我刚看过剧场版《通向天国的倒计时》，超好看！"

"我最喜欢《世纪末的魔术师》。"简单笑了，她们站在卡缪的尸体旁边聊起了天。

薇罗尼卡蹦起来："我最好的朋友也最喜欢《世纪末的魔术师》！"

"那她很有品位啊，"简单把卡缪扶到勇者背上，"还是以前的剧场版好看，新的都是什么鬼。"

"新的我还没看过呢，是叫《贝克街的亡灵》吧，不好看吗？"

《贝克街的亡灵》是第六部，二〇〇二年就上映了。简单愣了愣，低头看着薇罗尼卡，正想追问，勇者朝她微微摇头。

他们赶在月亮升起前进入风沙侵蚀的天然岩洞隧道，在旅行者营地生起篝火。营地标配是一人高的白色石膏女神像，以及一个坐在石墩上一脸茫然的胖子商人，专为旅行者提供补给，他的有些武器比萨玛迪城下镇的都先进。

女神像成功复活了卡缪，却征收金币做手续费，薇罗尼卡不敢置信，蹦过去问卡缪:"你知道四十八块钱能买什么吗?几株药草,两件布衣,半柄铜剑,还有你的狗命。"

他们围着篝火聊天,施维亚还是一脸丧偶的悲痛;活过来的卡缪故意用大家都听得到的音量对薇罗尼卡抱怨:"我这可不是背后说领导坏话啊,但他也太不地道了吧,一碗水得端平啊,他哄小姑娘开心,我死了,这合适吗?"

勇者在远离人群的地方研究一个五颜六色的奇怪机器,简单走过去,看到他依照笔记本上的记录,从包里掏出相应的道具放进机器里,铁板位置顿时发出岩浆似的光,勇者举起小锤子,开始打铁。

简单问:"这个机器是什么?长得跟闹着玩似的。"

"锻造炉,"勇者的脸被光芒照得暖洋洋的,简单几乎看得见上面的小绒毛,"好像是《勇者斗恶龙Ⅷ》开始有了这个支线系统,去世界各地的书架查锻造配方书,把相应素材按比例放进去,可以打造出商店不卖的特殊武器和防具。"

不只这个小道具。简单分别从薇罗尼卡和卡缪那里听说,除了海量的NPC(游戏中的非玩家角色)支线任务,广袤原野上还隐藏了上百个箭靶,每完成一个区域都能得到奖励,难怪他们战斗的时候也不专心,卡缪抱着个十字弓四处找靶子。甚至还有更无厘头的,原野上有很多做天气预报的牛,集齐全世界所有会说话的牛,也会有神秘惊喜哟。

"我记得《勇者斗恶龙Ⅳ》还没有这么多玩法,也就搜寻一下小徽章而已,现在也开始利用收集癖来诱人沉迷了。"

她说完,觉得是在推卸责任。是她自己把六种烈酒掺进了一个杯子,游戏没有引诱她沉迷,是她主动选择的,两个世界都敞开着,她选择了走进这一扇门内。

勇者成功敲出了一把剑,转头去胖商人那里卖掉,拎着一袋金币回来,揣进深不见底的小背包。他看着岩洞外面,月光正好。

"去散散步吗?"他问。

第五章

你的名字

对我来说，这个世界的引力，是你

无风的夜晚，戈壁绚丽壮美，长着翅膀的巨龙沉睡在风蚀蘑菇石下的阴影里，内陆湖平整如镜，是星空遗落在人间的幼子。简单本能地去掏口袋，才想起雪妮雅没有手机。她只能用眼睛看，用全部心神感受世界此时此刻的呼吸，哪怕终有一天会褪色遗忘。

"我没想到这些年过去，游戏的视效已经做得这么好了，"简单满足地叹息，"就算沉迷在这里也情有可原。"

"你不用那么有罪恶感的，"小少年看着湖水中的星空，声音温柔，"游戏就是用来沉迷的，连《俄罗斯方块》都希望你多玩几关。它被人类设计出来，就是因为我们想做神。神设计的真实世界太复杂难解了，不全是愉悦，连付出是否有回报这件事我们都不能确定，所以才会有游戏。练级就会变强，寻找必有获得，让你沉迷，让你付出，与你真实的生活争夺最宝贵的时间，帮你活在更快乐的那个世界。"

白天忽略的问题在静谧的夜里一一浮上来，简单疑惑："你认识我，对吗？"

小男孩默认了。

"知道我是谁，了解我的性格，觉得多年不见我改变了，和我玩过同一款游戏……如果这是梦，看来我真的很可悲啊，竟然给自己创造出了一个你。"

她抬手轻轻抚上勇者的面颊，皮肤在她掌心迅速升温，男孩睁大了眼睛，突然推开了她的胳膊。

"你真的是好笑，"他第一次在简单面前发火，"多了不起的游戏吗？就只有他玩过？——我收回，这游戏是挺了不起的。但是他没什么了不起的！这么长时间过去了，你应该也交过几个男朋友了吧，交过吗？"

简单正要回答，男孩立刻截断："不用告诉我！"

他气得一剑扫平了眼前稀疏的芦苇："反正我就是觉得你很荒谬，怎么什么事都往韩叙身上猜?!"

简单几乎要被扑面而来的信息量撂倒，张口结舌了半天，只能发出一些没意义的语气词，一时间不知道从哪句开始反驳。

"等一会儿，等一会儿，"她喘匀了气，"你知道我是简——"

男孩突然捂住了她的嘴。

他很快松开，好像掌心被烫了似的。

"对不起。"不知道是为这个莽撞的动作还是为刚才的 rap（说唱）。

"我叫你出来，是要告诉你几件非常重要的事。"勇者极为严肃地扶着简单的双肩，眉眼有着令人信服安定的力量，"你知道你自己是谁，我也知道我自己是谁，但我们绝不能将名字讲出口。这是我刚来到世界时，神明岩上显现的箴言。我的同伴是 NPC，她就一个字都看不见，所以我知道，箴言是专门警告我们的。"

"为什么？"简单不解，"既然知道自己是谁，为什么不能讲出名字？"

勇者反问："为什么咏唱奇奇怪怪的咒语就能让一个人起死回生？因为在游戏的世界里，语言是真实、崇高、有力量的，这个世界相信你的表达，你说什么，它就信什么。"

"讲出来会怎么样？"

"会彻底成为这里的一员，永远都无法离开。"

简单想到自己刚才差点儿就将姓名脱口而出，冷汗差点儿冒出来，紧接着想到另一件事，冷汗真的冒了出来："那你还提韩叙?!"

"我是那种坏心眼儿的人吗? 不在这个游戏里的人怎么提都没事，薇罗尼卡还提柯南呢，柯南来了吗?!"

勇者抿着嘴不看她。完蛋了，简单想，又生气了。

"那……"她拽拽勇者的小包，声音放缓放轻，"你是谁? 不说名字，给我一些提示也好。"

"不想说。你嘴上没把门的，万一说漏了，我会被你害死。"

简单温柔解释："谨言慎行是法律工作者的基本功，我不至于那么没脑子。但是，我觉得你是对的，这个做法是最稳妥的。"

勇者反倒不好意思了："我只是故意诶你一句。"

简单憋着笑，故意说得更加憨直真诚："至于你会不会把我的名字说漏嘴，我只能信任你了，从这一路上你的表现来看，你值得信任。"

勇者的脸像夜里的小太阳，简单隔着距离都能感受到烫。他突然看着湖边的芦苇说："这儿有素材。"他从小包里掏出镰刀，割断当中发出幽光的那一丛，将掉落的种子放进包里，自说自话："锻造武器或许用得上。"

简单终于笑出了声。男孩终于明白自己被调戏了，沉默一会儿，也笑了。他注意到简单的瑟缩："起风了，回去吧。"

岩洞因余火而泛着暖意，简单远远看着那几个睡在篝火旁的同伴，不敢相信他们是真实存在的灵魂。本以为薇罗尼卡的学生气和卡缪的官腔是梦通过潜意识和她开的玩笑，原来，这并不是她一个人的梦。

他们坐在洞口避风处说悄悄话。

"还有几个规则，是我推测出来的，"勇者声音越发轻，"你和我可以来去自由，想走，只需要在战斗中死掉。就像你在地道被僵尸攻击致死便离开了，真正的雪妮雅陪着我们走到了萨玛迪，你才重新回来。"

"那他们呢? 我觉得他们好像还不清楚自己是谁，有时候会聊起自己真实生活中的事情，有时候又对自己在游戏里的身份深信不疑。比如卡缪，真心觉得自己是个贼。"

勇者："我觉得也是。这就是我接下来要跟你说的。和你我相反，如果一个人还没想起自己究竟是谁，他便无法离开游戏，就像卡缪死了那么多次，从没回到过真实世界。"

简单："你觉得是为什么呢？"

"或许……"勇者思索，"是因为引力不足。"

"引力？"

勇者笑了："我离开过游戏世界。死亡的瞬间感觉被一股强大的力量拉扯着，将灵魂抽离了角色的躯体，一路牵引我落回真正的身体里，然后才醒来。我只能把它称作引力了，来自真实世界的引力。"

远方传来响动。风蚀蘑菇石下沉睡的巨龙醒来，抖落细碎的沙土，张开翅膀飞上了天空，先是一只，后来惊起一片，巨龙们如远古船队穿越星河，不小心遮住了月亮。

"你还不知道这个世界的名字吧？"勇者也被壮丽的景色打动了，他突然站起来，像一个真正属于这里的勇者一样骄傲地向简单介绍，"它叫罗德赛塔西亚。"

罗德赛塔西亚，说得好像它活着似的。

然而当简单望着遮天蔽月的龙群，也望着浩渺天地间的细不可见的飞沙时，一种无可名状的、邈远而庞大的感动充满了她的胸膛。她不是梦想家，从小也并没有征服星辰大海的野心，只是看过几本漫画，因为喜欢的男孩子而玩过一款游戏，但眼前的景象仍然唤起了她灵魂深处对自由的向往。

"所以我们是被两个世界的引力拉扯的人吗？"她问勇者。

"你可能是吧。"勇者不敢看她，也将目光投向夜空。

"那你呢？"

刚问完，简单脑海中蓦然冒出另一个奇怪的念头：他既然随时可以脱离游戏，为什么一直没有走？

　　正想着，她听到男孩清冽的声音，带着不易察觉的颤抖。

　　"对我来说，这个世界的引力，是你。"

　　就在她怔愣的瞬间，他已经风一样冲回了篝火旁，对着女神像干巴巴喊了一句"休息"，然后就原地躺倒陷入了沉睡。

　　游戏世界还真是方便呢。

　　简单也躺到了篝火边，借着余烬的微光看熟睡中的男孩。她很久没有和任何人这样畅快地聊天了，不知道旅程的终点在哪里，未来回忆起这片温柔的月色，这张卡通少年的脸会不会磨灭在钢筋水泥的坚硬世界里。

　　她也对着女神像轻声说："休息。"

第六章

King of the world
(世界之王)

被爱的人只要给予点滴回应，
爱人心里就倾盆大雨

一夜好眠。

不出意料，醒来后的勇者仿佛失忆一样，挂着一脸假笑喊她"早啊，雪妮雅"，目光却不敢对焦在她脸上。

自从知道了同伴们都是活人，简单便收起了长矛，专心使用能增强法力的短杖，不好意思只顾自己打得爽而不管队友死活。更重要的是，勇者是她唯一的沟通对象，她隐隐不希望他们中的任何一方因为战斗中的死亡被真实世界的引力拖走。

离开是容易的，再回来就不一定了。

他还没有告诉她，他究竟叫什么名字。

恰巧金蝎全身披甲，不吃物理攻击，正是法师们发挥的舞台，薇罗尼卡冰霜雪刃、岩浆烈焰一起上阵，简单则专心给队友们治疗创伤，偶有空闲便奋力对着蝎子吟唱降低防御力的魔法，眼看着它原本坚不可摧的外壳爬满细密的裂痕，勇者瞄准时机，双手执锐对准它脆弱的头部，高高跃起，全力一击！

施维亚全程连剑都没拔出来过一次。和初来乍到时的简单一样，他也想逃跑，却被结界弹了回来，于是躲在唯一一块山石后面捂着耳朵瑟瑟发抖，金蝎轰然倒地的那一刻，所有人听见了他的哭号："这虫子也太大了吧！"

简单回想起昨天施维亚一边捏胸肌一边掉眼泪的举动，悄悄对勇者说："我怀疑，她是个女孩。"

王子护卫队刚才不见踪影，金蝎被击溃的瞬间居然围了上来，仿佛是从土里钻出来的。他们麻利地将蝎子五花大绑，抬到八匹马拉着的板车上，兴高采烈地回城了。直到马车不见了踪影，施维亚才抽抽搭搭地从山石后面挪动出来，不小心踩到了什么，低头发现是蝎子的一条腿，巨腿，上面还长着毛。

　　施维亚扭头就吐了。

　　因为腿软到无法行走，他只能把一只胳膊搭在勇者肩膀上被半拖半扛着返程。毕竟是个比自己高壮的成年男子，勇者扶得很吃力。施维亚迷迷糊糊间看了一眼勇者，"回光返照"了片刻，还激动地朝旁边的简单做口型：好帅！

　　简单心中有了奇怪的预感。她可能认识这个人。

　　施维亚短暂的喜悦迅速被理智冻结，他用空闲的那只手摸了摸自己结实的胸肌，脑袋快快地耷拉下来："帅也跟我没关系了……"

　　好不容易回到萨玛迪，他们远远地就看见城门口聚满了人，还有很多外围的人唯恐看不清，盘踞在路两侧的灯柱上。

　　草包国王带着草包民众夹道欢迎草包王子活捉金蝎胜利归来，整个大门口唯一不是草包的只有那只蝎子。草包国王还发表了一番演讲，讲到激动之处大力拍打儿子的后背，民众欢呼，周围闹闹哄哄的，简单他们一句也听不清。

　　"蝎子还没死，一堆人围着它开庆功宴，一般这种剧情接下来……"简单说到这里，勇者接上："蝎子该暴走了。"

　　而且是在草包王子最风光的当口。金蝎冲破了锁链，两只巨大的钳子咔嚓咔嚓地开合，几乎把空气铰出了点点火星。然而让简单他们惊讶的是，国王没慌，民众也没慌，在金蝎已经竖起上身，发出危险的嘶吼和俯冲的信号时，他们竟然欢呼了起来。

"王子，冲啊，再打败它一次！"

完了，简单和勇者对视一眼，要亡国了。

在一片欢腾中，只有一个人的叫声凄厉到不合时宜，简单这时候才想起，他们为了看热闹，把昏昏沉沉的施维亚晾在了一边，此刻见到蝎子又活了过来，施维亚疯了。

"死！！！"施维亚抽出细剑，凌空跃起，对着金蝎使出密不透风的惊人招式，一时间简单很难判断这究竟是和杂耍一样设定好的华丽剑术，还是这个人纯粹杀红了眼。

金蝎的壳都塌陷了，施维亚还在砍，最后还是草包王子把他给拦住的。

虽然化险为夷，但王子还是向国王承认了自己一直以来的欺瞒，草包国王一点儿都没怪他，草包民众也一点儿都不失望。他们觉得，王子虽然啥啥也不会，吹了十好几年牛，但是他最终展现了比智慧、剑术、马术等都要宝贵的金子般的品质：诚实。

"快走吧，"卡缪一秒都忍不下去了，心已经飞出了大殿，"这国家完了。君主制政体就是不行，所以才会退出历史舞台。领导，咱走吧。"

"还没朝他们要树枝呢！这一家子草包想一出是一出，耍了我们一周多，这次怎么都得给我们了吧，"薇罗尼卡气势汹汹地走向王座，"有种再耍我一次试试！"

然而按这个游戏一贯的风格……简单再次和勇者对视。

草包国王说："为了给我儿子十六岁的生日典礼暨马术大赛筹钱，我把树枝卖了。虽然之前跟你们说过彩虹树枝是我们的国宝，但是，什么国宝比得上我儿子呢？"

在他们奔赴皇宫索要树枝时，金蝎PTSD（创伤后应激障碍）患者施维亚一直守在城外，见众人走出门，施维亚迎了上去。

简单记得"勇者斗恶龙"系列的一些经典音效，找到小徽章、取得重要剧情道具、升级、新队友入队是最鲜明的四个，其中新队友入队的音乐最长也最为典雅，配合画面上新队友意气风发的笑容特写，足以见得它是冒险之旅上多么重要的里程碑。

然而施维亚只是随便地摆了摆手，面如菜色，声若蚊蚋："去哪儿？捎我一个。"就这样正式入队了。

卡缪刚要开口问候，施维亚就捂住了嘴："等会儿再聊，我还想吐。"

薇罗尼卡和卡缪商量着下面的行程。勇者说得没错，彩虹树枝就是吊在驴面前的胡萝卜，情报贩子给士兵，士兵给国王，国王给商人，而商人世界巡游的首站是罗德赛塔西亚最大的港口贸易城市达哈路奈。

"达哈什么？"施维亚突然加入了讨论，"我好像在那儿有条船。"

"什么?!"卡缪叫道，"阔气啊！"

"应该是停在港口城的船库里。我也不记得为什么我会有条船，"施维亚依然脸色发白，神色恹恹的，但吹起牛来底气不减，"管它呢，也不奇怪，老娘人送外号'钱夫人'。"

简单默默地看着他，脑海中的猜想渐渐清晰。

对于这个信息，卡缪明显比薇罗尼卡激动。小女孩不懂有条船代表着什么，卡缪却打开了话匣子："我前两天跟我一个朋友聊天，还说到游艇的事呢。他喜欢海钓，身边有朋友买了，他攀比心强，也脑子一热，跟风买了。结果自己没用几次，每年停船倒花了不少钱，打肿脸充胖子充不下去了，转手卖了。还不如想玩的时候直接租呢，省心。"

卡缪你……简单再一次愣住了。

勇者轻声对简单说："哈，DQ（《勇者斗恶龙》英文名 Dragon Quest 的缩写）经典的船出现了，看来我们快要进入第二阶段的剧情了……你怎么了？"

简单许久才回答他:"你昨天说,你来这个世界的引力是我。"

她拉住又想要粗暴逃跑的男孩,轻声解释:"我不是在调戏你。"

羞涩上又刷了一层耻辱,男孩的脸更红了。

"今天早上打蝎子的时候我就一直在想,有没有可能,我们聚在这里并不是巧合?或许他们每个人我都认识?——当然,也可能你也认识。"

她顿了顿,又问:"他们偶尔提到日常生活的只言片语,有你觉得熟悉的吗?"

"没有哪句让我特别注意的。在牢房里刚遇见卡缪的时候,我立刻就发现他并不是游戏人物,他喊我领导,偶尔会冒出几句网络流行语,不过没做过什么让我联想到身边人的举动。我对薇罗尼卡也没印象,施维亚就更不用说了。"

走在前面的三个人频频回头看他俩,卡缪和薇罗尼卡用说悄悄话的姿态和洪钟般的音量谈论他们前一晚单独散步直到篝火熄灭都没回来,还时不时回头阴笑。

"所以,我觉得他们大概率是你的朋……"勇者被干扰得连整句的话都说不完,最后忍不住瞪他们,"你们有事吗?"

声音是平静的,脸是红的。前面三个人发出得逞的狂笑,快步前行以便给他们制造私人空间,薇罗尼卡用双手杖钩住施维亚的脖子,把他拽了一个趔趄。

勇者注意到简单玩味的眼神,故作轻松地问:"怎么了?"

"你多大了?"她突然问。

"……二十六岁。"

"实话?"简单惊讶,"我不信。"

"那你以为呢?"

"不会超过大学三年级,"简单坦言,"大概在高中二年级到大学三年级之间吧。"

"怎么可能！"勇者据理力争，"是这个角色的外形误导了你，你看我的言行举止，不稳重不成熟吗？而且……而且昨天我还跟你讨论了那么多哲学问题，没有一定阅历的小男孩跟你聊得到一起去吗?!"

简单哑然："别列证据了，越列越不像大人了。"

她不知道为什么小男孩们向往老成持重。其实她判断勇者是个年轻学生的原因很简单：他的害羞和认真。

简单不敢说自己工作和生活中所遇到的人能代表大多数，但他们的确不会如此直白而无法自控地展露情绪，即便是曾经被 β 嘲笑"太好懂"、韩叙评价"人如其名"的简单自己。偶尔为之也多是表演，部门会议开到一半同事端着蛋糕进门，捂脸先于真实的羞赧，微笑早过真实的喜悦。

至于他用昨晚谈天的深度来据理力争，就更是纯真了。在社会中浸染过的普通人，视力会退化的，向外看不到远方，向内看不到自我，但没人会责怪他们，在生命力流失的年纪里，能留着力气搂紧身边最紧密的一切，就足够了不起了。

当然，还有一个隐秘的理由——被卡缪和薇罗尼卡起哄的时候，她想起了学生时代。那时候好朋友们就是这样对她和韩叙起哄的，校园里才有这样的尊贵待遇，她发现自己竟然很怀念。

"不管你信不信，"男孩绷紧了脸，"我和你是同龄人。但我承认，我一直没离开校园，也没怎么回过国，偶尔在网上和过去的同学聊天，觉得自己落后又脱节。"

"没离开校园也挺好的，学校是保鲜层，你的青春比别人长，"简单算了一下，"二十六岁，在读博士？"

"嗯，修人类学和社会学。"勇者点头。

简单忍不住怜爱地摸了摸他的后脑勺："真是个厉害的弟弟。"

他迅速炸毛了："谁是你弟弟?!"

"小我五岁还不是弟弟吗？换算过来的话，我都是大学生了，你还在上中学。"

勇者突然转过头，不敢置信地瞪大眼睛死盯着她。

至于吗？简单心里有点儿发毛，不知道喊声"弟弟"哪里就那么大罪过了，甚至开始反省是不是不应该随意摸他的头，听说很多博士生对头发非常介意，掉一根都要死要活的……

男孩低着头，目光都失焦了，简单渐渐觉得事情不简单，她收敛了戏谑的态度。

"我哪句话哪个动作让你特别生气，你告诉我，这样我以后才不会在同一件事情上惹到你第二次，"她柔声说，"不喜欢我喊你'弟弟'，那我就不喊了。"

过了好一会儿，勇者才勉强挤出一个笑容："没事。我自己静一静。"

简单干脆利落地点头答应。勇者犹犹豫豫地往前走了几步，突然又回过头，仿佛耗费了莫大的勇气，终于憋出一个问题。

"你结婚了吗？"

哪儿跟哪儿呀，简单摇摇头。

"好。好。"勇者一下子就灿烂了，好像这样就满足了，不敢更多地打扰她似的，蹦跳着追赶卡缪他们去了。

舒克？

简单呆住了。虽然醉眼蒙眬间看到的高大男人和头发飘逸的卡通少年没有半分相似，记忆中的模糊片段还是和眼前的背影重叠在了一起。

但她很快就冷静了下来，舒克和她是同年级的校友，怎么可能小她五岁。

前往达哈路奈需要从地势高的戈壁穿过水网密布的达哈拉湿原，比先前曲折复杂得多。一路上勇者看地图，薇罗尼卡找宝箱，卡缪寻觅隐藏的箭靶，越来越有团队的默契。

简单主动帮卡缪留心箭靶，聊天中自然地提起了游艇。卡缪于是热情介绍他那些搞远洋帆船比赛的朋友，拉拉杂杂聊到了钓鱼、封渔和开海。简单于是知道了，卡缪住在北方的海滨城市，以帆船运动见长。然而正当她想进一步确定那个城市的名称时，卡缪却自报家门："克雷莫兰国，罗德赛塔西亚西北方的海上，维京人的洞穴。"

简单："……"

湿地被群山和远古森林环抱，光线昏暗，地表覆盖着浮萍，很容易踩空跌入暗流，于是工匠们建造了层次错落的木栈道，帮助旅人从空中穿越险境。

当然，他们是拯救世界的勇士，走寻常路是没办法收获所有宝箱的，薇罗尼卡眼尖地发现瀑布下的浅滩上摆着一只红色宝箱，勇者四处寻觅去那边的方法，注意到了幽暗角落里几只发出点点金光的怪物——戴着铁甲头盔的小矮人骑在巨大的蜜蜂上低空飞行。

"这种发光的怪物一般都能骑，把他们打下来，我们骑着蜜蜂飞下去。"勇者说。

施维亚不改本色："一个破宝箱，要不算了吧。"

施维亚："想要什么靠自己努力不好吗？别总想着不劳而获。"

施维亚："这么原始的森林里怎么可能冒出一个红彤彤的大宝箱，要不是碰瓷儿，我跟你姓。"

施维亚："别打了！人家小侏儒骑得好好的，你们讲不讲理啊？这跟抢外卖员的电动车有区别吗？不要脸！"

施维亚："反正我不骑。"

"你摸摸，脑袋上毛茸茸的，很可爱的，"薇罗尼卡牵着一只蜜蜂走过去，不由分说将缰绳塞进已经呆滞的施维亚手里握紧，"试试嘛。"薇罗尼卡话音未落，施维亚连着倒退几步，不小心一脚踩空，仰面跌下了高台！

然后把蜜蜂也给拽了下去。

四人眼睁睁看着他跌入几十米下一片迷蒙的水雾中……片刻的安静后，一个骑着蜜蜂的身影晃晃悠悠从大雾中升起，朝着宝箱飞了过去。

薇罗尼卡原本差点儿吓哭了，现在终于放下心来，和大家一起骑上小蜜蜂飞下高台。伴着嗡嗡振翅声和瀑布的轰鸣声，简单缓缓穿过云雾，回头看见一路发光的金色轨迹。

勇者飞在她右前方，兴奋得两眼发光，相比大呼小叫的卡缪和薇罗尼卡还算稳重，但很快就经受不住他们的怂恿，试着双手放开缰绳，高举在空中，和他们一起大喊："I'm the king of the world!（我是世界之王！）"

幼稚，一会儿沮丧一会儿开心的。简单哭笑不得，突然被他抓住了手，紧紧抓住。

"你也把手张开呀！"

他眼睛里有光，简单被蛊惑了，和他十指相扣，高举着，迎着罗德赛塔西亚温柔的风。

她永远不会忘记这一刻。

直到降落在草地上，简单提醒勇者"你一直拉着，我没办法从蜜蜂上下来"，他才如梦初醒，连忙松手，站到一旁像做错了事的小孩，几秒钟后又跑到水潭边，装模作样地仰起头欣赏瀑布，被水花溅得头脸湿透也不肯离开。

简单心中一软。她走过去，轻轻拉住了他的手。

"现在可以牵了。"她说。

他头发湿漉漉的，眼睛也湿漉漉的，不知道说什么，只是用力回握她。简单本来只是抱着一丝善念，想逗逗他让他开心，却反被他深深打动了。被爱的人只要给予点滴回应，爱人心里就倾盆大雨，她以前并不知道自己竟然拥有这样生杀予夺的本事，此刻大权在握，竟觉得烫手。

薇罗尼卡向施维亚不好意思地道歉，本以为施维亚会破口大骂，他却只是摇摇头，说自己没事。

勇者不肯撒开简单的手，表演单手开宝箱，从里面拿出了五个保龄球大小的半透明宝珠。卡缪问他是什么，他说，是非常非常非常重要的锻造材料。

"其实没什么用，"他用很轻的声音对简单说，"但是绝对不能让施维亚知道，否则他会像宰蝎子一样宰了我们。"

"会吗？"简单示意他回头看施维亚。他们都从蜜蜂上跳下来了，只有施维亚还骑在上面，趁他们开宝箱的空当四处游荡，偷偷爱惜地抚摸着蜜蜂的小脑瓜。

蜜蜂的飞行高度很低，刚才向峡谷俯冲十分快意，返回高处却只能老老实实顺着台阶爬。终于穿出密林，重回灿烂的阳光下，他们来到了港口城市的城门前。

大家都从蜜蜂上跳下来，施维亚依然稳稳地坐在上面。

施维亚面无表情："我不下来。"

施维亚："就不能骑着进去吗？我看它长得跟马很像啊。"

施维亚："这里的人瞎矫情什么，骑蜜蜂进城怎么了？蝎子二十米长他们不介意，牛会报天气预报他们不介意，骑蜜蜂他们介意什么？我就骑。"

卡缪想去劝劝她，正要伸手去牵蜜蜂的缰绳，施维亚突然一脸杀气道："谁也不能碰我的蜜蜂。"

简单叹气。果然是她。

怕虫子，不让别人碰自己的车，爱帅哥，自称"钱夫人"……如果这几位伙伴都与简单有关，那么她只认识一个同时拥有以上特征的人，虽然只认识了一天。

"钟楚红，"简单看着施维亚的眼睛说道，"张曼玉。"

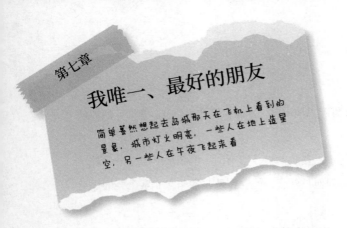

第七章

我唯一、最好的朋友

简单蓦然想起去岛城那天在飞机上看到的景象，城市灯火明亮，一些人在地上造星空，另一些人在午夜飞起来看

众人不解地看着她，施维亚尤其困惑。

"谢谢……"施维亚迟疑了，抚摸着蜜蜂的头，"但是我的蜜蜂还是我自己起名吧。"

趁他们重新因为蜜蜂扯皮，勇者问简单："你在说什么？"

简单观察着勇者的表情，看他也是一脸困惑，再次确信他不是舒克，否则他应该记得钟曼在车上孔雀开屏的讯号。

"我觉得我知道她是谁了，所以试探一下，钟楚红和张曼玉里面藏着她的姓名，她每次都用这个来做自我介绍，"简单困惑，"但是她为什么毫无反应呢？"

勇者也陷入了沉思。他曾经认真地引导过卡缪，问他："虽然你知道卡缪这个游戏角色的身份、过往和未来使命，但是，仔细回想一下，在遇到这个勇者之前，你真的存在吗？你记得自己偷了红色宝珠，但你是否记得偷这个珠子是在什么地方？那里长什么样子？你当时说了什么？想了什么？你脑海中有回忆的画面吗？"

卡缪越听脸色越白，直接晕过去了。再醒来时，他又回复到了刚认识勇者时的样子，仿佛那番对话从未发生过。

"遇见薇罗尼卡之后我又犯了同一个错误，蓝猫淘气三千问，把她也问晕过去了。因为我在急着找……"

简单知道最后一个字是"你"，没再为难他讲完。

"和我们现在清醒的状况不同，他们现在真的是在梦里。你回想自己做过的梦，是不是既保留了自己的性格，又对梦中的身份深信不疑，做刺客做海盗都得心应手？他们也一样，你只能温和引导，让他们自己想起来，没办法直接灌输你的猜测与结论。"

博士不是白读的。简单笑了，突然想去摸摸他的离子烫，阳光下看着手感很好的样子。

她喜欢这种感觉，和同伴平等探讨，彼此尊重。学生时代的简单总是怯怯的，在泛苦的学海寻觅零星的甜，甜度标准低得可怜——韩叙给她讲题是甜的，不说她蠢是甜的，说她蠢也是甜的，让她帮忙给游戏练级是甜的，毁了她本就可怜的分数是甜的，毁过之后主动给她补课还是甜的。

她一直是自私的，既不知道 β 悲伤什么，也不知道韩叙喜欢什么，只是沉浸在勇于付出的自我感动中，付出的方式是她最擅长的，付出的一切是她有且仅有的：崇拜、围绕、时间。

却并不是被爱的人真正想要的。

少年时代的事情她早已放下，却从没想通，没想到在这样不相干的时间与地点，神在她额头上轻轻一点。

最终在卡缪高密度连续不间断的大局观的教育之下，施维亚痛苦地和蜜蜂告别，把小丑服垂坠的流苏毛球割了下来两只，挂在蜜蜂的脖子上："这样下次我还能认出你来。"

"这就对了，咱们到一个地方就得遵守一个地方的行政法规，有钱也不能为所欲为啊，你让管理者怎么办？轻也不行，重也不行，公众都看着呢。"卡缪笑着劝慰。

简单一直在卡缪身上感受到强烈的违和感。他冰蓝色的刺猬头，修长的少年身材，戴耳钉，吊梢眼，武器是刺客匕首，每种要素都体现了游戏设计者对于"桀骜不驯"这个词的理解，然而他还是浑身散发出了浓重的公务员气息。

她认识的在北方海滨城市生活的公务员，也只有一个。

记忆中的徐延亮还停留在学生时代的样子，虽然那时候就是个官迷，但总归十七八岁的少年还是活泼爱热闹且有脾气的。十几年不见难免有些陌生，起初无法将卡缪和他对应起来。

一旦对应上了，就特别对应得上。

"我求你别说了，可烦死我了，我最烦当官的说套话。"施维亚恨恨地往前走。

"是吗？"简单幸灾乐祸，想起钟曼一口一个"徐处"的谄媚样子。

施维亚率先进了城门，勇者和薇罗尼卡紧随其后，这回轮到简单和卡缪落在队尾，简单有意无意地讲了很多高中的事情，密切观察着卡缪的反应。

徐延亮的班长是毛遂自荐来的，张老太是老教师，懒得走民主选举的形式，直接任命了他。自此，他成了五班的"老妈子"。他是个官迷，也是个好人，喜欢被大家麻烦，喜欢责任，也喜欢 β。

其实简单自己的高中生涯就是围绕着韩叙打转，她没太注意过别人，韩叙从不热衷班级活动，连带着简单也乖巧文静地做沉默的大多数。她搜肠刮肚地回忆高中时徐延亮的点滴，旁敲侧击，卡缪几乎没什么反应，像在听别人的故事。

她有些挫败感，不禁怀疑自己猜错了人。

达哈路奈几乎是水城威尼斯的翻版，桥梁和河道串联起了这个热闹的贸易之都。他们直奔施维亚的船坞，得知这几天正值达哈路奈最热闹的传统节日"海上男儿甄选大会"，所有船只不得出海。

简单和勇者熟知游戏的套路，并不觉得惊讶，他们不会白来一座城市的，一定还有一连串的麻烦事在前方等待，全解决掉了方能顺利出海。

"我希望这里的任务不是让我参加选美，"勇者忐忑，"否则我立刻去野外找个怪，让它把我打死。"

他们去找镇长求情。推开门，勇者一个眼神，薇罗尼卡和卡缪便将房间内所有木桶和陶罐一一摔碎，拨开其中一个陶罐的碎片，拣出一枚种子。

卡缪举着种子说："查看！"

种子上方如投影般浮出发光的繁体汉字："力量种子，使用后力量上升。"

卡缪将种子递给勇者："领导主攻，领导吃。"

房间客厅里的男主人对他们的强盗行为视若无睹。虽然知道这是这款游戏的传统——闯入民居和商店搜集隐藏在木桶、陶罐、衣柜里和书架上的道具，简单依然觉得丢脸。

卡缪走到男主人面前，喊道："对话！"

男主人抬起头："镇长家在隔壁。"

卡缪："……谢谢。"

简单哭笑不得，转头看勇者："按道理你是队伍首领，这些行动应该你来做。"

"不必了，"勇者微笑，"太傻了。"

"什么？"刺猬头疑惑地回头。

"说你天生就是做领导的料。"勇者张口就来，刺猬头连忙谦虚道："哪里哪里，为大家伙服务。"

薇罗尼卡若有所思："查看！对话！战斗！好方便啊，我以后做数学卷子，能不能对着它喊'计算'？"

施维亚："……你怎么不直接对着考场喊'北大'？"

搜刮完毕，他们敲开了隔壁镇长家的门。出乎意料，镇长居然认出了他们是狄尔卡达国通缉令上的勇者和帮凶小弟，喝令他们滚出去。

"他要不说，我都忘了我们还在被追杀。"勇者失笑。

薇罗尼卡抱怨："都怪那个国王，什么眼神，咱们班长长得多像好人哪。"

卡缪和稀泥："也不能这么说，人家毕竟是国王，有他的考量，咱不在那个高度上，好多事情看不明白。"

卡缪正抱着街上的小孩，高高举起，假意要抛出去，逗得孩子咯咯直乐，他自己脸上也浮现出慈祥的微笑。

简单默默看着，灵感袭来。

她走过去，跟着卡缪一起哄孩子。

"小孩可爱的时候是真可爱，"她说，"调皮起来也真让人头疼。"

"是，"卡缪挠了挠小孩的痒痒肉，孩子大笑，缩着脖子躲避，"我自己觉得一个就够了，带一个就全家四个老人齐上阵都忙活不过来，真吃不消。没想到政策来了，倒是我老婆提出要再生一个，她一直嫌男孩太皮，想要个女儿，就怀了。我还跟她说呢，万一又是个男孩，哭都来不及。"

"大儿子叫什么名字呀？"简单随口一问。

卡缪愣住了。

他没有再理会简单，默默看着桥下的贡多拉，不知在想什么，小朋友不解地拽了拽他的衣角，没得到任何反应，失望地跑去寻找自己的同伴了。

简单有些慌。还好被远处的同伴们一喊，卡缪还是回过神来，朝他们奔过去了。

或许是受了孩子的诅咒，逛集市时薇罗尼卡的魔杖被一个不知从哪里冲出来的缩小版卡缪夺走了。他个子小，行动灵活，在拥挤的人群中左奔右突，硬是把简单他们远远甩在了后面。

施维亚气喘吁吁地停了下来："追什么追！魔杖这种东西武器店不是有的是吗？我记得勇者那个破包里面有十几把呢，就当送给那个小贼算了，不跑了行不行？"

简单："你不知道这个游戏的套路，这孩子身上一定有问题，不解决，咱们就甭想坐上你的船。"

果然。在河边的小巷道，卡缪和勇者抓住了小刺猬头，他身边还站着一个小西瓜头，两人都十岁左右的样子，似乎是好朋友。

"我只是想帮他，"小刺猬头搂住小西瓜的肩膀，"对不起。我的好朋友突然就说不出话来了，我想了很多办法都没起作用，看到你们的魔杖，就想能不能用它使出魔法……"

"我倒是知道一种制作灵药的办法，不过这需要用到特殊的泉水。"薇罗尼卡若有所思。小刺猬头立刻跳起来："城外西边的灵水洞窟里面或许有你说的泉水！"

"嗯，可不是吗，都叫灵水洞窟了。"施维亚懒洋洋地把手搭在简单肩膀上，"我想起来了，我以前玩过好多次这个游戏。每次出新的我都会买，每次都打不完，流程太他妈长了，剧情跟闹着玩似的。"

怪不得会把光盘贴上便利贴送给她。简单无奈。

"但这也是游戏的魅力所在啊。至少它会给我们明确的指示，完成 A 便得到 B，想要 C 就要付出 D，多好啊，比生活本身轻松多了。千头万绪不知所措，浪费很多时间在无意义、无趣味的探索中，难道就不是闹着玩了吗？"

施维亚看着她："看不出来你一个小村姑感慨还挺多的啊。"

卡缪不说话，勇者已经开始研究地图，只有薇罗尼卡耐心安慰着两个小朋友。旅程中几个大人说一不二，她安安心心做一个小妹妹，虽然爱说爱笑但存在感并不高。简单觉得她莫名地亲切熟悉，却怎么都想不通自己认识的人中居然有还在读书的少女。

"大姐姐会把灵药带回来，一定会治好你的小伙伴的！"薇罗尼卡给他们打气，"虽然偷东西是不对的，但既然是为了自己的朋友，那我就原谅你咯。"

懒惰如施维亚难得不排斥去灵水洞窟，因为又有机会出城了。那只胸前挂毛球的蜜蜂居然还在城门附近等着他，施维亚激动得眼中含泪。所有人都乖乖步行，就他一个人全程骑着小蜜蜂哼着歌。洞穴里蜜蜂无法通行，施维亚毫不犹豫地选择跟蜜蜂一起在洞外等着。

薇罗尼卡成了此次行动的先导，走在所有人前面开路，很快就看到了洞窟深处幽幽发光的泉眼。

这时候自然会冒出两个守护泉眼的怪物，开打，胜利，装水，制药。薇罗尼卡无比认真，将药草和树种放入从勇者背包中掏出来的捣臼里，小心碾碎。简单跪坐在泉眼旁看着这个漂亮的小红帽，心里竟涌起了一丝丝怜惜。

"看来那两个小男孩的友情打动了你啊。"她说。

薇罗尼卡点头，眼睛紧盯着捣臼，动作不停："我和我的好朋友也是这样的。"

"你的好朋友？"简单帮她把不小心滚远的珍珠捡了回来，"是你的同学吗？"

"嗯，从小学到初中都是同学，是我唯一的、最好最好的朋友。"

是个初中生啊，简单想，身边朋友们的孩子好像没有这么大年纪的，会是谁呢？她继续问："喜欢《世纪末的魔术师》的那个？"

"嗯！"薇罗尼卡笑起来，让人忍不住想要捏她的脸，"她喜欢一开场的时候怪盗基德落在步美家阳台上，还单膝跪地吻步美的手背，她说她一看到就心动了。恶心。"

"怎么就恶心了？"简单反驳，"我也觉得那个画面很让人心动啊。我第一次看到怪盗基德就是那个画面，真的很英俊啊，虽然后来才知道他其实是个搞笑角色。"

"她跟你不一样的：你很酷，又聪明，很有本事；她除了心动就不会别的了，傻不拉叽的，别人说什么信什么，又爱哭，分不清谁对她好，我烦死她了。"

话是这么说，却还称对方是"唯一的、最好最好的朋友"。简单笑了，觉得小女孩真是可爱。

"她就没什么优点吗？"

"她学习比我好，"薇罗尼卡不情愿地说，"她也不惹祸。但我惹祸了，她也陪我一起挨骂。大部分时候都很好。"

简单忍着笑："那小部分时候呢？你们是不是吵架了？"

"嗯。"

"为什么？"

"她骂我不好好学习。"

"啊？"简单万万没想到是这样的理由，实在没忍住笑出了声，被薇罗尼卡一瞪，连忙收起笑容，"那不也是为你好吗？"

"我不喜欢学习啊！她又不是不知道！是她自己想考好高中，我又不想考。虽然我是答应了陪她，但我就是不行啊，她盯得我下课都不敢睡觉，也不敢出去打羽毛球了，还要怎么样？我就是不想学习不行吗？"

薇罗尼卡一激动，捣臼倒了，药粉撒出来一大半，又得从头再来。简单突然很好奇，小红帽内心究竟是什么感受，一个人怎么可以既认同自己是圣地来的贤者转世魔法师，又坦然讲出不想考高中这种话。

"你有没有想过，她虽然是在逼你做不喜欢的事情，但也是为了你们高中的时候还能做唯一的、最好的朋友呀。"

"是吗？"到底还是小孩子，薇罗尼卡的起皱的心很容易就被熨平了。

怪不得会为小朋友们的事情那么上心。小刺猬头为了帮助小西瓜头连抢劫都做得出来，这件事深深鼓舞了薇罗尼卡，她好像终于想通了。

"其实我也不对。毕竟我答应了陪她一起努力的。她这人很容易被影响，我老是贪玩，她就集中不了注意力。那个学校很难考很难考的，我应该陪她一起好好读书的。"

"嗯，"简单帮她正了正帽子，"上学的时光看似很漫长，其实一眨眼就结束了，发誓要永远在一起的朋友，可能突然就没办法再见面了。你要珍惜和朋友在一起的每一天，我真的很羡慕你，虽然做大人很酷、很厉害，但我更想拥有一个唯一的、最好的朋友。"

本来只是想哄哄小孩，不知为什么，说着说着她想起了 β，眼泪突然就涌了上来。薇罗尼卡慌张地起身抱住她，反过来安慰她："别哭呀，没关系，那我来做你的好朋友，好不好？我可以跟她说一声，把我借给你几天。"

还挺忠诚的呢。简单破涕为笑，实在不知道应该怎么评价小红帽的慷慨。

她们一起将泉水注入药粉之中，制成了这份晶莹的灵药，相视一笑。

"以后想起什么学校里的事情，多跟我说说，"简单说，"我很想听。"

"嗯！"

反正自己是猜不出来了，或许这样能引导小红帽早日想起自己真正的身份吧，简单想。

当小西瓜头喝下灵药后，商贸大道尽头的舞台传来礼炮的声音，"海上男儿甄选大会"终于拉开了帷幕。跟简单推测的一样，施维亚非常起劲儿，一个劲儿往最前排挤，边挤边嘟囔，要是不看够本，这个变男人的噩梦可就白做了。

等他挤到最前排，世界静止了。

一个金发骑士站在舞台上居高临下地看着他，细长的眼睛里满是冷酷，银色铠甲泛着凛然刺目的光。

施维亚："我选他。"

"你选个屁，快跑！"勇者拉起众人转身就逃，"他是追杀我们的将军之一——荷梅洛斯！"

荷梅洛斯嘴角一勾，剑指勇者，号令身边的士兵："追！"

大批重武器士兵冲向民众，贸易大道上瞬时乱成一片。

"快点儿！"勇者招呼同伴。

"他追杀的是你，我又不是通缉犯，我是良民，顺路跟你们搭伙而已，别扯上我！"

话虽如此，施维亚跑得比谁都快，薇罗尼卡无情地指出了这一点，施维亚满嘴都是理："那是因为老子有自知之明，我现在这么个金刚芭比的样子，投降也会立刻被将军祭旗！"

跑到一半，勇者突然一惊："卡缪呢？"

他们回过头，发现一脸呆滞的卡缪已经被荷梅洛斯提溜在了半空中，简单想到是自己害得他神思恍惚这么久，不禁自责起来。

还好这是游戏，简单笃定卡缪作为主角团的一员，肯定不会死。他们在之前抓到小刺猬头他们的巷道等到天黑，兵分两路，避开手持火把在街上巡逻的士兵，踩着酒箱和谷垛翻上房顶，顺着檐角之间牵引的麻绳荡到街道另一边，神不知鬼不觉潜下了河道，撑着贡多拉绕到了舞台背后的小楼梯。

卡缪被绑得结结实实，独自一人坐在广场正中央。

"什么人?!"远处传来士兵的怒喝声。主干道上用来封锁的马车不知道怎么被点着了，驻守舞台四周的将士们纷纷赶去支援。趁这个当口，勇者和简单赶了过去，悄悄解开了卡缪身上绑缚的绳索。

"就等你们来了。"荷梅洛斯讥诮的声音在背后响起。

勇者平静地回头，和简单对视一眼。简单叹气："果然还是得打。"

勇者："灵水洞窟那两个怪更像是杂兵，港口城市的小 Boss 怎么也得像样点儿，是他也不奇怪。"

施维亚："那白天跑个屁，不如白天直接打，还节约点儿时间。我就说这个游戏的流程磨叽吧，要说好玩，那还得是——"

薇罗尼卡："打吗？什么时候开打？我这火球快捧不住了，能不能先砸他一下？"

施维亚："还得是我们《塞尔达传说》和《战神》……"

"够了！"荷梅洛斯气炸了，"恶魔之子，今天就是你的死期！"

这回连简单也忍不住了："恶魔之子？你怎么没说过你还有这么个称号啊？我的天哪！恶魔之子，哈哈哈哈。"

勇者："再笑我就跟他一起揍你们了。"

把荷梅洛斯惹恼的后果还是有些严重的，看他一身铠甲，以为是高攻高防的战士，没想到居然法力高强，开场一串全体禁言咒语，直接封住了简单、薇罗尼卡和施维亚的嘴。

勇者连忙从小背包里掏出专门用于解除封印的药草朝他们扔过去，顺便掏出了银色长枪扔给简单，意思是让她即便无法咏唱回复魔法也可以帮忙攻击。施维亚倒是另辟蹊径，他掏出随身带着的小喇叭吹了起来，边吹边跳，一道温暖的白光笼罩了众人，简单胳膊上的剑伤瞬间止血，虽然没有完全愈合，但足以止痛。

"你还有这个本事？之前怎么不用？"勇者惊异，"全体微量回血，好技能啊，辅助就交给你了。"

"不想用，太丑了。"施维亚略有得意，却矜持地冷着脸。

荷梅洛斯睥睨施维亚，被小丑服勾得轻蔑一笑："恶心。"

施维亚听到这个词的瞬间，像被子弹击穿了心脏，眼睛被浓得化不开的大雾蒙住，整个人都失去了血色。

勇者和简单一同冲过去扛起死机的施维亚，将他安置在了稳妥的角落。

"他怎么了？"勇者不解，"中即死咒语了吗？"

简单无语："'恶心'算哪门子咒语？你以为魔法师那么好当的吗？"

"外行。"薇罗尼卡啧啧摇头。

被姐妹联手嘲讽的勇者气闷，转而将怒火都发泄在了荷梅洛斯身上，连环剑技打得对方骑士胸甲都裂开飞了出去。终于在一对三的不利状况下，荷梅洛斯吐出一口血，单膝跪地，双手支撑着几乎要碎裂的骑士剑试图站起来，被简单一枪掀翻。

"大姐头！快来！"

伴随着响亮悠长的一声汽笛，施维亚的船姗姗来迟，甲板上站着施维亚的船员，身高一米九，裸上身，头戴着公牛角面具，名叫爱丽丝。

勇者连忙拉扯着众人朝甲板飞奔，像扔麻袋一样把卡缪、施维亚和薇罗尼卡一一扔过去，最后牵起简单的手，纵身一跃。荷梅洛斯在手下的帮扶下站起身，英俊的面容因为羞愤而扭曲，他低声诵念着咒语，一遍又一遍，平静的水面起了波澜，浪潮越发激荡。终于，一只巨大无比的章鱼跃出海面，重重地落在了甲板上，用滑腻的触手盘踞在船头，所到之处沾满了腐蚀性的黏液，木板吱吱作响，冒出白气。

"两个 Boss 连着打？《勇者斗恶龙》什么时候变得这么难了?!"简单沮丧，"都不给个机会让我们治疗一下吗？"

她弯腰帮薇罗尼卡包扎脸颊上的划伤，勇者紧盯着章鱼的动向，飞速思考是否有逃遁的可能性。然而章鱼并没给他们太多时间，触手高举，眼看着就要朝他们砸下来！

轰隆的炮声划破夜空。

远远地，港口方向出现了灯火，壮观的船队像是凭空出现，集体朝着巨型章鱼开火，打得章鱼无力支撑，体液飞溅，不一会儿便失去了盘踞的力气，松开吸盘软软地跌回了水中，激起十几米高的白色水花。

简单看到镇长站在舰队领头船的甲板上，身边跟着的小男孩不是别人，正是小西瓜头。

"原来我们救了镇长的儿子……"简单感慨。

镇长朝他们喊话："犬子因为看到荷梅洛斯将军和怪物隐秘交谈而被他用咒语封口，恢复后第一时间告诉了我，多亏你们出手相助。国王的得力干将居然和邪恶的怪物交谈，真是令人失望。"

薇罗尼卡轻声问简单："我们之前也没少跟那个背斜挎包的恐龙说话呀。"然后她被勇者瞪了一眼。

"我相信你不是恶魔之子，是真正的勇者，去吧，去拯救这个世界！"

演讲倒是激动人心，然而船上士气低迷。据达哈路奈的船员所说，携带彩虹树枝的商人去了东北方大陆的格斗之都古洛塔。路途遥远，他们日夜兼程，海面上偶尔也会有怪物来袭。无论战况多么激烈，卡缪和施维亚始终毫无反应，像两只在情人节过后被扔在垃圾箱旁的巨型玩偶熊。

勇者时常找简单聊天，拉她玩一些奇怪的文字游戏，甚至将专门用来存档和接支线任务的龙皮冒险书撕掉几十页用来制作了几种他自己发明的策略型和对战型卡牌游戏。因为难度过高、规则过于复杂导致反响平平，简单说游戏让她想起了噩梦般的高中物理课，薇罗尼卡甚至表示，如果非玩不可，她宁肯一天做三十套模拟卷。勇者恼羞成怒，将它们全部抛入大海，在简单和薇罗尼卡再三劝说之下，才放弃了重制的想法。

"再不阻止他，他早晚得把冒险书撕秃了，"简单心有余悸，"如果我们在战斗中集体死亡，只有冒险书能为大家恢复存档，他胆子也太肥了。"

薇罗尼卡嘿嘿笑："他是怕你无聊啊，'烽火戏诸侯，千金难买一笑'。"

勇者第二天跑到甲板上给简单展示了自动恢复原状的冒险书，告诉她这本笔记取之不尽用之不竭，敬请放心，说完便满脸期待地看着她。

"真的不用了，别做了，"她哭笑不得，"你怕我无聊，就跟我聊聊天好了。"

"和我聊天你会觉得更无聊，"他坐到简单身旁，"平时我的话就很少，不擅长。"

"那我问你答好了，"简单看着他，"读博士真的会脱发吗？"

没想到他一脸认真地答道："跟读博有什么关系？激素、内分泌和遗传的影响比较大吧。"

"……只是个网络段子而已。"简单有点儿尴尬。勇者更尴尬，没想到第一回合就自证，闷了一会儿，小声补了一句："反正我没秃。"

简单笑起来，越发觉得他可爱："二十六岁还小呢，话别说太早哟。"

勇者："六年以后我也不会秃。"

简单："六年以后秃的可能是我吧，都三十七了。"

他不说话了。简单哭笑不得，她只是自嘲一下，他这是什么反应，为她未来要掉光的头发默哀吗？她信他"不擅长"了。

"你是几月几号来到这个世界的？你两次出现，间隔了多久？"他突然间，看简单疑惑，解释道，"通过时间差可以大致计算出游戏世界时间流逝的相对速度。"

简单不由得感慨，他果然还是聊这些的时候比较像个人。

"十二月二十一日凌晨第一次做梦，就是打恐龙那一次。第二次在萨玛迪醒来的时间不确定，也是十二月二十一日，可能下午，可能晚上，取决于我喝醉的速度。两次间隔大概八小时，在你们的世界里，过了多久？"

"一周吧。因为你不见了，士气低迷，真正的雪妮雅只是个空壳子，几乎不说话，很难在战斗中配合，所以我们很久才从火焰之里走到萨玛迪。你回来之后在这边也就度过了一周，如果时间流速稳定，那你又睡了八小时。和我预计的差不多。"

简单一直觉得他对于罗德赛塔西亚的了解远超她的预期，老到得不像是和她一样偶然闯入，不过考虑到他是世界选中的主角，又比他们都早了很长时间适应，也说得通。想到这里，简单立刻关切道："你是什么时候来的？"

"我？呃，我是……是……十二月十九日。"

"两天前？"她刚说完，就被勇者纠正："你没考虑过时区、换日线和具体时间，未必是两天。"

简单摇头："无论如何，到现在为止，你睡了应该不止两天了，要不回去看看吧，吃饱喝足再回来？"

她目光炯炯，勇者伸手拍拍她的头："担心我？没事，我中途回去过。倒是你或许会有很多工作和需要照应的事情，我一直在心里计算着时间，等找到彩虹树枝，我差不多就该送你回去了。"

"送我回去？"

"嗯，为你的安全考虑。别怕，就算回不来了，我也会去找你的，我已经想清楚了。"

简单："什么叫就算回不来了？我只要做梦就可以再回来呀。"

勇者笑了："嗯，没错。"

没有月亮的夜里，简单和勇者坐在甲板上，手臂撑在身后，仰着头一起看天空，繁星密布。简单蓦然想起去岛城那天在飞机上看到的景象，城市灯火明亮，一些人在地上造星空，另一些人在午夜飞起来看。

虽比不得星河浩瀚，但也很美；很美，却仍然比不过星河璀璨。

如果没回去呢，睡太久会死吗？

自己怕死吗？

"有时候坐飞机，我会有一点点期盼它失事。"简单突然说。

第八章

凯托斯不说话

两个人一起坐在晚秋高地前的台阶上看天，
沉默是没有鸽子飞过的天空

勇者一愣，倒让简单有些自责，不应该突然拿这么沉重的话题吓这个弟弟。

坐在飞机上想：如果飞机掉下来。坐在车上想：如果刹车失灵——其实不过是些念头，想想而已，人常常会不自觉地用这些念头来引起恐惧，目的是衡量求生的欲望。

只是她验算的结果不大理想罢了。

勇者倒没有大惊小怪："你有抑郁症吗？"

"应该没有吧，"简单平静地说，"没有做过检查，只看过失眠门诊。大学的时候，室友说我睡了很久，一整天都没醒，怎么叫都没反应，把辅导员都吓坏了。最后我是在校医院醒来的，哭醒的，自己也不记得为什么哭。大学辅导员很害怕学生闹自杀，找了心理健康中心的老师帮我做心理辅导，还把我爸妈叫到了学校，最后差点儿就要帮我办休学。"

勇者静静听着，脸隐没在阴影中，看不清是什么神色。

"很奇怪，那次之后，我的睡眠变得很少，完全不做梦了，他们都说我变沉稳了，不像以前那么爱哭。哦，我爸妈甚至以为，我闹了那么一出，是因为和韩叙分手。"

连徐延亮都不知道，其实简单和韩叙秘密地谈过一场恋爱。当然，现在简单很难再把那段时间的相处定义为"恋爱"，不过在当时，他们的身份的确是情侣。

撞破贝霖与韩叙的暧昧之后，简单崩溃了，死活都不肯去上学，每天都背着爸妈打电话给 β 哭诉。周二的下午，简单又拨过去，接电话的是 β 的爸爸。简单和 β 的父母几乎没怎么说过话，他们总在外地，β 是家里老人带大的。她说："叔叔，打扰了，我是简单，年年在吗？"

β 的爸妈甚至不知道女儿的花名叫 β，学校里除了老师几乎没人喊她蒋年年。

β 的爸爸很久没说话，开口时声音是颤抖的，他说，年年出车祸去世了。

那段日子好像从简单的大脑中被抽走了。她几乎是混沌的，唯一清醒的时刻是听到爸爸妈妈躲在房间里商量是否应该带她去北京参加 β 的追悼会。两家大人并不熟，大人们知道她们是好朋友，却又轻视孩子之间的友情，竟然认为不让简单出席才是对她最好的保护。班主任张老太也不支持她奔赴北京，作为补偿，张老太破例答应向学校申请，抽出一个上午，联合三班一起为 β 开一个小型追思会。

后来想起这件事，简单没有太多怨恨。这些大人就是这样，傲慢是因为遗忘了自己的青春，回避是因为连他们自己都不知道应该如何坦荡地正视死亡，更不用提与孩子恰当地谈论它。

现在她自己也是个大人了。

十七岁的简单远没有现在的城府与冷静，她表现出了让父母、老师都震惊的蛮横，爸妈吓得抱着她哭，觉得乖巧的女儿被 β 的离世打击到疯了，更不可能让她去北京的追悼会受刺激，万一出了什么事，他们承担不起。

风波过去，她回到学校，和此刻的卡缪与施维亚一样，是个空心人，原本就平平的成绩更是一落千丈。

韩叙就是这个时候向她表白的。

"好多同学因为韩叙目标清晰、意志坚定，人又很严肃，就下结论说他是个冷酷自私的人。其实不是的，他很善良。虽然我从小到大对他的好并不能让他心动，但在我最需要帮助的时候，他很想报答我。"

简单抬头，看见一颗流星划过："他用他的初恋报答我。"

韩叙陪她自习，带她去补课班，给她讲题的时候再也不嘲讽她，即便她心不在焉也绝不会再赌气把她扔下，偶尔烦躁皱皱眉头，都立刻想起什么似的赶紧舒展开，朝她温柔一笑。

有天放学后送她到她家楼下，他轻轻亲了她的额头。简单抬起头，看到妈妈正从四楼的阳台往下望。

然而当她回到家，妈妈只是叹气，什么都没说。他们只希望女儿能恢复原状，快乐起来。这让简单更加悔恨，其实爸爸妈妈很宠她，如果当时好好说，她或许有机会去北京见 β 最后一面的。

谁也没想到，即便如此，简单还是在高三申请去了文科班。她的理由是，再怎么努力，理科成绩还是倒数，不如去学文搏一搏。

所有人都觉得她长大了，会冷静地、理性地考虑前途了。其实她只是想躲开韩叙。

十七八岁的少年就算再老成，也难免露出破绽，他表演喜欢她，不小心演成了"临终关怀"。她寡言又哀愁，韩叙便陪她多一些；她稍微开朗些，韩叙就松口气，立即建议她平时多和其他同学玩。

两个人一起坐在晚秋高地前的台阶上看天，沉默是没有鸽子飞过的天空。

高考后报志愿，她看着韩叙填了北京的学校，回到家，她把志愿改到了上海。

韩叙是个善良的"医生"，他盼着简单好，也盼她出院，到底有多盼，恐怕连他自己都没意识到。学文是 ICU 转普通病房，异地读书就是出院。β 总说简单傻了吧唧，但在对爱的感受上，简单永远比优等生韩叙敏锐，她爱了十几年，比韩叙自己还了解他，她替他做了决定。

在他们几乎两个月都没联系过的某天早晨，简单发短信提了分手。

"所以，我爸妈以为我寻死，连韩叙都认定我长眠不醒是因为失恋，他来上海看我，想故技重施，我在他眼里看到了很清晰的恐惧。连我都替他冤。被一个小女生从小喜欢，可他怎么努力，都无法喜欢她，于是大家都说他'渣'。女生越惨，他越没办法扔下她。而她居然掌握了自杀这种'核武器'，我的天。

"我在校医院再一次拒绝了他，他松了一大口气。醒来之后我想，不能再让任何人担心了，也不能再让韩叙背负更多压力，所以得格外活泼起来。表演过去的自己并不难，表演快乐很难，好不容易把大学熬过去了，也把韩叙熬出国了，我觉得我演得还不错。

"上班，下班，考证，跳槽，偶尔也试着谈恋爱，贷款给自己安了家，一个人住，我觉得还可以，演着演着就成了生活本身。短暂的开心是有的，拿下项目，收到快递，在朋友圈看到了好玩的动图，也会笑笑。但要说快乐，的确没有。我自己在网上随便查了查，看到有人说，长期睡眠不足加上不做梦，会影响一个人的内分泌和心理健康。所以我去医院开了点儿安眠药，吃了一次，副作用特别严重，正赶上我爸妈到上海看我，吓坏了，认定这些年来我一直都没有放弃过自杀。冤死我了，十年的演技白瞎了。"

简单说到这里忍不住大笑，勇者低着头，轻轻拉住了她的手。

"你的手比我的凉。"她用两只手反过来握住他的，帮他暖了暖，中途男孩害羞得几次想要抽回来，都被简单牢牢抓住。

"换了好几种安眠药，副作用都很严重，大夫勒令我不许再尝试了，我就死了这份心。但我妈心有余悸，每天晚上都给我发微信，告诉我，别吃。我这次会做梦，应该是因为喝了太多酒，你知道吗？不快乐这件事也有好的那一面，你也不会太难过，情绪永远很平稳。

"我没想到这次出差居然会度过屎一样的一天。我以为能交到新朋友，以为能重逢老朋友，以为能和少年时代喜欢的人平和地聊一聊，我已经长大了，成熟了，也放下他了，我希望他不要再害怕我，那段恋爱对我对他来说都是一种侮辱，我只是想跟他说'对不起'。

"没想到全都搞砸了。"简单淡淡地说，"我承认，我撑不下去了，我很孤独。"

小时候看过的所有偶像剧和言情小说都在怂恿着她，她伸出手，拨开他被风吹乱的头发，倾过身子在他脸颊上轻轻一吻。

然而他什么反应都没有。太久的沉默，她甚至怀疑他死了。突然，他起身，指着海上："看！"

虽然这绝不是简单期待中的回应，但她还是起身，朝着他指的方向看去——地平线的方向跃出了一只比小岛还要庞大的鲸鱼，通体发出银白色的柔和光芒，背上的鳍化作翅膀，它缓缓地向着天空飞去，越飞越高，隐没在薄薄的云层之后。

"原来真的存在，"勇者说，"这是罗德赛塔西亚的传说，穿梭于大地与天空间，联结海洋与生命之树的鲸鱼凯托斯。"

"我们未来会骑它吗？"简单问。

勇者一愣，笑了："不知道。希望会吧。"

《勇者斗恶龙Ⅳ》剧情进展的标志是马车、船、热气球、飞龙，从大地到海洋，从海洋到天空，整个世界对冒险者敞开了怀抱。这一代如果直接骑鲸鱼，那可太酷了。简单平静下来，为刚才莽撞的倾诉感到难堪，她觉得这是个互道晚安的好时机。

她率先往船舱走："早点儿休息吧，估计明天就能看到港口了。"

"对不起。我知道我应该说什么做什么，但我做不到，无论如何都做不到，"勇者突然开口，"在罗德赛塔西亚，你不孤独，你很快乐，因为你爱上了它，爱这里的一切。我只是这世界的一部分，我们恰巧是战友，一起分享了别人一辈子都不会有的奇遇，共同见证了永生难忘的壮丽奇观，于是你把冒险带给你的快乐都算在了我头上，仅此而已。但游戏总有通关的一天，你真正的孤独是在真实的生活里，我未必解得开。真实的我，你可能一丁点儿都不喜欢。"

简单想反驳他，却隐约知道，他说的或许是对的。

"我会去找你的，用自己真实的面目去找你。如果那时候你还愿意，我会把这个吻还给你。"

男孩抢先冲进了船舱，片刻后，门内传出一声"休息"。还是那一招。

简单笑了，笑着笑着竟然眼睛有点儿湿。真是个孩子，居然这么认真。

她不敢让他知道，这只是一个互相取暖的吻，一个不用想太多也不用负责任的吻。能在这么奇怪的梦境里相遇算得上缘分，漫长航程里穿着游戏人物的皮，吐露一些平日讲不出口的伤心，他又不否认对她有好感，为什么一定要探究感情的纯度呢？

是她在乘人之危。是她在用韩叙对她的方式对别人。而他像一面镜子，清晰地映照出她的卑劣。

难怪他才是罗德赛塔西亚选中的勇者。

凯托斯穿出云层，从她的头顶缓慢而庄重地飞过。

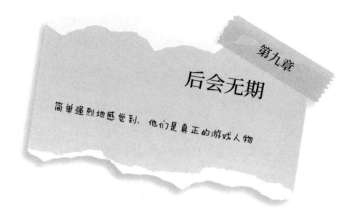

见到大陆轮廓的清晨，施维亚终于醒了。

"我真得谢谢那个邪恶又英俊的将军呢，"他背靠船舷，手臂撑在栏杆上，"一句话就把老娘给骂醒了。"

"哪句话？"薇罗尼卡问道。

"恶心。"

"这句话怎么了？"薇罗尼卡不解，"难道真的是咒语？"

施维亚笑眯眯的，却透出阵阵杀气："这两个字本身倒没什么，只是让我想起了一些不太开心的事情呢。小妹妹就不要好奇了，等再过几年你可以谈恋爱了，再来找姐姐喝酒啊。"

"姐姐？"薇罗尼卡呆住了，本能地往简单身后躲了躲。

戳到了施维亚的伤心处，他郁闷地长叹一口气："现在还不是，你等我想出办法扒了这身皮，我长得可是很美的。"

简单和勇者交换了眼神，决定找个机会私下和施维亚聊一聊，他可能不只是醒来，而是彻底觉醒了。

古洛塔藏在北方深山里，他们从尤格诺尔海滩登陆，途经据说百年前灭国的古国遗址，骑马穿过大片早已荒废的农田，终于在天黑前到达了古洛塔。

这是一座建在山中的城市，城门内不分黑夜白天，下层是居民区，上层是一座武斗之塔，他们到达的时候正是又一年武斗大会的时节，冠军的奖品是彩虹树枝。

的确是彩虹树枝，实物，封存于报名处旁的玻璃柜子里，看上去更像珠贝母或珍珠材质的珊瑚，奶白色，在射灯照耀下隐约有七色光华流动。

众人围着它再三确认，鼻子额头紧贴着柜门，把玻璃都蹭得油油的。

"这回应该跑不了了吧，"薇罗尼卡叹气，"再遛我们可真的吃不消了。"

施维亚建议："要不这样，我在这儿守着，你们去比武，拿了第一赶紧把它领走。"

薇罗尼卡不解："干吗要守着它？大家一起去比赛呀，人多力量大。"

"哈哈，天真，"施维亚揉了揉小红帽的头，"你不知道这个游戏的尿性，除非你不错眼珠地盯着它，否则说不准谁就在颁奖典礼之前把这玩意儿给偷走了，继续遛你没商量。"

"如果剧情就是这么安排的，那你盯着它也没有用，只会让故事停滞，"勇者无奈，"走吧，我们去报名，冠军不是那么好拿的，说不定还要发生什么呢。"

比赛采用随机两两分组的方式进行，所有参赛者在抽签现场便戴上了假面随机抽签，勇者被分到和上届冠军韩弗力一组，顺理成章成了夺冠大热门。但真正吸引眼球的是另外一组——一个妙龄少女和矮胖老爷爷的祖孙组合。少女高挑白皙，腰细腿长胸大，梳着微微泛蓝的高马尾，手执长枪，美得动人心魄。

施维亚看到少女的瞬间，整个人更丧了，他长叹一口气，揽住简单的肩膀，说："你爱信不信，我本人，长得跟她，一模一样。"

是挺漂亮的，但好意思自夸与身材比例逆天的游戏人物"一模一样"，简单不得不佩服钟曼的乐观与自恋——她现在已经百分之百确定施维亚就是钟曼了。这世界上少有人能够在完全更换皮囊并失去记忆的情况下让仅跟自己见过两次的人迅速辨识出，钟曼做到了，简单甚至相信把钟曼的自我表现欲抽离出来摊平，完全可以覆盖地球表面。

见简单皮笑肉不笑，钟曼凑近她悄悄问道："你跟我讲实话，你和那个离子烫小白脸跟我是同一种情况吧，嗯？别跟我装，你们从一开始就知道这里是游戏世界对不对？而且你认识我，你喊我'钟楚红'。"

"'钟楚红'不是喊你，收敛一下自恋，谢谢。"

失忆的时候还尊称一句"勇者"，恢复记忆后立刻喊人家"离子烫小白脸"，简单怀疑钟曼再多待几天，一定会满嘴跑火车，把还处在混沌中的薇罗尼卡刺激到精神失常。她一边应付钟曼，一边盯着涣散的卡缪，不禁期待武斗大会赶紧开打。

毫无悬念，勇者和韩弗力的队伍一路晋级，和美少女与老爷爷在决赛相逢。韩弗力每场比赛前都要打开一个小瓶子，几口喝完补充体力。钟曼又凑近简单，神经兮兮地说："我看那个瓶子有问题，妖怪的邪恶馈赠之类的，说不定一会儿他就因为喝过量了，当众变身绿巨人，我们得做好准备下场力挽狂澜啥的。"

过了一会儿，钟曼又说："也不一定需要我们去支援，咱们的位置太靠边了，走下去黄花菜都凉了，这个走势估计是小白脸、美少女和老爷爷临时合作扭转乾坤。我刚想起来，我买过这个游戏，可惜没怎么玩，但是封面上画了这俩人，所以他们应该是咱们的队友。唉，美少女要是入队了，我可能会心理失衡，你们晚上露营的时候看着我点儿，尽量让我比她先睡，否则我可不保证不会突然嫉妒发狂把她活活掐死……"

简单霍然起身，指着钟曼："你，跟我出来一下，我有话跟你说。"

钟曼得逞，嘿嘿一笑，从善如流。

简单很清楚钟曼是一个非常不好对付的人精，如果不满足她的求知欲，她会喋喋不休，说不准会干出什么过火的事情来，索性找了个背人的巷子。

"你今天早上刚醒，我和勇者本来想等薇罗尼卡他们不在场的时候再和你说的，不想让她和卡缪受到刺激，卡缪至今还没醒过来，我们很担心。"

"好吧，"钟曼道歉，"是我心急了。"

简单将至今为止和勇者共同分析出的规则向钟曼一一说明，着重强调了万万不可将名字讲出来，同时建议她等到武斗大会结束便尝试用自杀的方式撤离。

"为保险起见，我们最好先在女神像那里祈祷存档，然后就出去打野怪，我不会对你使用回复魔法，等到你生命值耗完，"简单向她露出了一个安慰的笑容，"恭喜你，你就可以解脱了。"

钟曼挑眉，因为施维亚的形象本就是有着两条细细的高挑眉，于是眉毛变得更高了。

"有什么问题吗？"简单问。

"规则是很清楚啦，"钟曼意味深长地盯着她，"但是你没跟我解释你自己是谁——我知道，我知道，不能说名字，但是你可以讲点儿什么暗示我呀。"

"讲了你也认不出，不是所有人都像你一样特征鲜明。我很普通的。"

"我可不是跟你客套，"钟曼笑了，"我是觉得不爽，我在明，你在暗，总觉得不踏实。"

居然有脸把这种心思据实讲出来，简单简直有些佩服她了。她不愿与这个女的继续纠缠，更不可能让她知道自己的身份，保不齐她会为了给小作者报仇，一嗓子把"简单"二字喊到举世闻名。

"你不说，我可就直接猜咯，万一猜中了，你可就要被永远困在这里咯。"

最毒妇人心。简单一瞬间脊背发凉，不由得拼命回想自己有没有在施维亚面前流露过表明身份的举止，还没等她的大脑运转起来，钟曼已经开口："滕真。"

简单："……谁？"

钟曼观察着她的表情："逗你玩的。我知道你是个女孩，肯定不是他。我只是觉得千载难逢，别管这个规则是真是假，我先把这孙子的名字念出来。万一我运气好，他的确在这个游戏里呢？老子让他困到死。"

　　简单遍体生寒，更加庆幸自己瞒住了身份，却忍不住好奇："是不是这个人说你恶心？"

　　"啊呀，"又被提及伤心事，钟曼阴险地笑了，"你可真是冰雪聪明呢，范围缩小了，我得在我认识的聪明人里好好猜猜你是谁。"

　　简单深切意识到唤醒钟曼是个大错误。

　　钟曼懒洋洋地威胁她："你的建议很好，但是我暂时还不想死，既然拿到了回程票，当然要好好玩一玩，不知道你和离子烫是谁，我绝不离开。"

　　简单不慌不忙："随便你吧，的确难得有这样的奇遇，多享受旅程也好。但我准备走了。"

　　"不可能，"钟曼笃定，"你很有爱心的，我注意到你很放不下小红帽和刺猬头。他俩还傻着呢，不把他们送走，你是不会离开的。"

　　卑鄙。简单恨得牙痒痒。可惜这个游戏里不能砍自家队友，否则她此刻真的很想尝试一下触犯刑法是怎样一种体验。

　　钟曼："看谁耗过谁咯。反正我不走。"

　　"我想走。"

　　她们一齐愣住了，回过头，卡缪和薇罗尼卡从转角处慢慢地走了出来。薇罗尼卡一脸担忧，卡缪眼中已经恢复了神采。简单知道，他想起来了。

　　"虽然很舍不得大家，也很对不起团队，但我想我家里人了。我感觉你们都是年轻人，可能都没成家，小不点儿还在读书吧？你们不懂我的心情。其实我也觉得这里很好玩，好久没这么畅快了。但我很担心我的老婆和孩子，也很担心我自己，我怕我待太久，身体会垮了，家还靠我养呢，我得回去了。"

这是进入游戏以来卡缪说得最朴素真挚的一段话。

简单原本有些遗憾，因为钟曼在一旁虎视眈眈，她不方便和徐延亮相认。转念一想，其实曾经的同学情谊早已不是徐延亮人生最重要的部分了，他会烧纸追忆 β，也会突然忘记蒋年年的名字。简单搜肠刮肚的怀旧没有唤醒他一丝一毫，是港口的小孩，是儿子的姓名，让徐延亮真正想起了他是谁。

他是他孩子的父亲，妻子的丈夫。

她真心为他开心。

远处会场里一片欢腾，看来已经决出了胜负。他们匆匆赶回去，正撞上韩弗力在颁奖典礼上体力不支晕倒的一幕。钟曼激动起来了："我说什么来着，我说什么来着！他要变身了！"

十五秒过去了，医疗队上场，把韩弗力抬了下去。

钟曼："……"

但勇者推测得没错。彩虹树枝不是那么好拿的，因为韩弗力休克，颁奖典礼延迟了。

勇者原本打算紧接着去探望韩弗力，但简单叫住了勇者，告诉他，卡缪决定离开了。

勇者愣了愣，然后走上前，用力地拥抱了卡缪。这是他在这个世界遇到的第一个朋友，虽然官腔打得他头痛，但勤奋可靠，陪他度过了等待简单的漫长时光。

"你别说，"卡缪不好意思地笑了，"我还真有点儿舍不得这头发和这身材。"

他们走出古洛塔，来到了原野上，挑中了身高三米的巨人怪，它身披兽皮，手执狼牙棒，特技是"痛恨一击"，血量不高的卡缪很容易被它一击毙命，可以减少痛苦。虽说死亡是假的，但疼痛是真的，徐延亮不怕，他只想回家。

第一下打得他头破血流，却没死。简单不忍心看，努力克制住吟唱回复咒语的条件反射。还好，第二下巨人怪就释出杀招，卡缪面朝下仆倒，死了。

这时勇者才出手了结了怪物，和从前一样扛着卡缪的尸体回到古洛塔女神像前，付金币祈祷复活。

卡缪站起身，皱眉看着他们，语气嚣张："谁啊，你们？"

简单和勇者默默无言。简单知道只要自己离开游戏，依然会再见到徐延亮，但只会在餐馆、茶楼、KTV，不会在戈壁、湿地和天空大海。

人生各行歧路，再不会有并肩战斗的岁月了。

韩弗力是孤儿院出身的武斗冠军，至今还留在孤儿院做院长，照顾着几十个小孩。他们决定去探望他，若他能早日痊愈，颁奖典礼就可以早日举行。

路上因为钟曼的紧密盯人，简单完全找不到机会和勇者讲述决赛期间发生的事情，钟曼竟然大大咧咧走在了两人中间，仗着施维亚个子高，轻易地就将简单和勇者左拥右抱。

"别总说悄悄话嘛，"钟曼笑里藏刀，"带我一个。我自我介绍一下，我叫钟曼，钟楚红的钟，张曼玉的曼。"

简单和勇者如遭雷劈。

"你疯了！"简单暴怒咆哮，"我跟你强调了那么多遍，你是白痴吗?!"

勇者强迫自己冷静："别慌，让我想想有没有补救的办法……薇罗尼卡，别哭，一定有办法。"

钟曼歪头看着他们，反倒成了最镇定的人，半晌她才开口："好了，不逗你们了，钟曼不是我的真名，没事的。"

"真的？"简单略微安下心来，才发现自己刚才居然在发抖。

"不一定。有时候因为自己失误而产生严重后果，人会采取'否认'的心理防御机制，甚至表现得比所有人都镇定。"勇者表现出了一个在读博士应有的审慎态度，钟曼乐了。

"我说真的，别担心了，你们搞得我都愧疚了。钟曼的确是我的艺名，看来小村姑跟我不是很熟的人，不知道我还有个真名。我又把范围缩小了一点儿。"

简单抽出短杖朝她冲了过去，勇者连忙从背后抱住了她，发疯的"指挥家"力气不小，钟曼静静看着简单气红的脸。

"你听我说完，"钟曼这次没有笑，"缩小范围是副产品，其实我是想测试一下你是不是蒙我的，看你们的反应，我信了。规则实际真假不论，至少你们是真心相信这条规则的。你吼我的时候我都吓死了，原来你这么担心我被永远困在这里啊，谢谢你。"

她垂着眼睛："真的，谢谢你。"

简单蓦然想起那天夜里，她走到客厅门口，看见钟曼一个人对着大大的幕布，其实她并没有在打游戏，投影上的光标已经很久没有动过了，简单看不到她的脸，却能感觉到她的悲伤，否则简单不会多此一举走过去。

她真的非常聪明，多疑狡猾到令人厌烦；大大咧咧的表象像 β，曾引得简单心生亲近，却远不如 β 宽厚纯良；长袖善舞，八面玲珑，落得没人真心待她。

此后钟曼就自己一个人走在最前面。

和美少女组队的胖老头突然出现说"公主不见了"，公主最后出现的地点是孤儿院。他们急匆匆赶到现场，孩子们惊慌失措，乱成一片，领头的年纪略长的女孩告诉他们，地下室出现了一个很深的大洞，韩弗力哥哥也不见了。

"还能去哪儿，都去地道里了呗，"钟曼病恹恹的，"等什么，走吧！"

到了洞口，又是她不肯下去。

"里面全是蜘蛛网，Boss 肯定是蜘蛛精，我不去，打死我也不去。"

无奈只能他们三个随胖爷爷下洞。去时四个人，返回时变成了一群，公主神采奕奕，韩弗力却虚弱得陷入昏迷，与他同样情况的还有一群人，都是武斗大会的参赛选手，被层层蛛丝包裹得像纺锤。钟曼压根儿没询问原委，迅速开动脑筋生编："公主是假意被俘，实际卧底调查，发现韩弗力和怪物有勾结，或者干脆他自己就是怪物，靠吸取武斗家们的阳气来制作山寨红牛饮料，就是他上场前喝的那个，对吗？"

薇罗尼卡惊叹道："几乎全对了！韩弗力不是怪物，但被怪物胁迫了，他为了武斗大会冠军的奖金才帮怪物诱拐其他人，因为孤儿院需要钱才能维持下去，他也是个可怜人。"

钟曼没有得意，反而更没精打采了。

她不止这一件事猜对。颁奖典礼重开，主办方突然发现彩虹树枝被盗了，盗贼就是美少女公主和胖爷爷，只留下了一张字条，指明要勇者去尤格诺尔王国的遗址，他俩会带着彩虹树枝在那里等待。

"早知道奖品是可以硬抢的，我们还不如报名的时候就把它抢了。"薇罗尼卡嘟囔，但还是乖乖地跟着大人们走到了城堡遗址。看胖爷爷和公主负手而立的身姿和庄重的神情，简单强烈地感觉到，他们是真正的游戏人物。

胖爷爷说："决赛时看到你手臂上的胎记，我就明白你的身份了。你们跟我来。"

"先等一下，不好意思，"钟曼举手示意，"我估计你这段剧情很长很长，能不能先让我们看一眼彩虹树枝？"

胖爷爷、公主和卡缪都吃惊地瞪着钟曼，游戏人物明显对她适应不良，就在简单不得不开口劝她之前，钟曼开门见山表明意图："让离子烫看一眼树枝，看能不能发现去生命大树的方法。你让我死得明白点儿，我好安心上路了。"

"你要走了?!"简单愕然。

"对，我要走了，"钟曼说，"这游戏太幼稚了，你们玩吧，我回去玩别的了。”

勇者沉思，最后点了点头："在游戏里待的时间过长难免有风险，我支持你尽早离开。树枝的事情我来解决。"

关键时刻他作为领袖永远表现得令人安心。勇者走向胖爷爷，和他们私下商量起来。

简单还是不解，一个人再情绪化也不至于这么抽风，难道就因为接连预测对了剧情，她就觉得无趣了？这个世界真实可感，忽略掉剧情也依然是无与伦比的游乐场，怎么都比映在投影幕布上的游戏好玩吧？

"你说实话，"简单直截了当地问，"为什么？"

钟曼："无聊。"

简单："说实话。"

钟曼："虽然让我有点儿伤心，但其实，你不告诉我名字是对的，我本性有时候很坏很坏的，虽然我自己不想那样……我很后悔讲出了他的名字。"

她突然泪如雨下。

"万一他真的在这里怎么办？"

那个叫滕真的人？简单了然，安慰她："不会的。我确信这里只有我们几个是来自真实世界的，现在只剩下我们四个了，薇罗尼卡是个初中女孩，勇者完全不认识你，你可以放心了。"

"是吗？"钟曼泪眼朦胧地看着她，"那太好了。"

"醒过来以后就去找他吧，不管你们有什么恩怨，"简单说，"就当为了确认一下，他并没有被你困在这里。"

"谢谢你。"钟曼突然走过来，像勇者拥抱卡缪一样，紧紧地抱住了她，抱了一会儿，看到了简单背后的山丘上有一只会发光的小蜜蜂。

"我能不能先骑一会儿小蜜蜂再走？"她眨巴着眼睛看简单。

勇者成功借来了树枝，众人一起把手放在树枝上，闭上眼，看到了同样的画面。

　　树林深处藏着古老文明铸造的六角形高台，每个角上都有一个台座，六个颜色不同的宝珠放出光芒，射向天空，组成了绚烂的彩虹天梯，直达生命大树。

　　"原来这个宝珠的妙用在此。"卡缪不知什么时候从勇者的背包里掏出了红色宝珠，众人都无知无觉，简单终于明白为什么卡缪可以那么坦然骄傲地说"我叫卡缪，我是个贼"。真是个优秀的贼。

　　"所以，"钟曼无奈，"刚找到彩虹树枝，你们又要开始满世界收集宝珠了？一共六个，现在才只找到一个？一根破树枝就折腾得我们翻山过海，五个珠子得找多久？我受够了。"

　　她把树枝送回胖爷爷手里，对简单说："一场交情，给我个痛快吧。"

　　很遗憾，简单他们没做到。

　　勇者无论如何也无法让公主他们理解施维亚要寻死这件事，所以每当野怪把钟曼打到奄奄一息，胖爷爷一定会咏唱回复咒语把她救回来，如此几次，钟曼揪着简单的衣领咬牙切齿："折磨我玩呢，是吧？你赶紧给老娘搞定，搞不定我就从手机通信录字母 A 开始背诵联络人名单，我就不信里面没有你！！！"

　　里面还真就没有。简单笑了，说："好啦，交给我。"

　　终于，胖爷爷的法力耗尽，卡缪携带的药草也吃光了，勇者无视众人回营地整装的请求，看着钟曼，说："这次应该可以了。"

　　离开的前一刻，她看着简单，问："我醒来会去找他。你呢？你醒过来之后，会来找我吗？我们也许能成为朋——"

　　黄金石像一拳打翻了她。

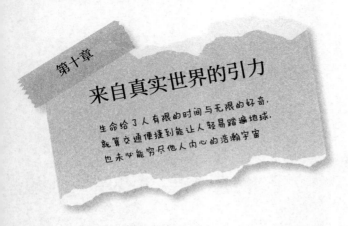

第十章

来自真实世界的引力

生命给了人有限的时间与无限的好奇，
就算交通便捷到能让人轻易踏遍地球，
也未必能穷尽他人内心的浩瀚宇宙

钟曼和徐延亮一离开，时间就流逝得很快。

胖爷爷被尊称为罗爷，公主名叫玛缇娜，他们一个是勇者的外祖父，一个是狄尔卡达国王走失的女儿，两人都是十六年前勇者故国覆灭事件的幸存者。对于他们提前借走树枝打乱剧情发展顺序并冷眼旁观队友施维亚被残忍打死的行为，游戏角色们显然十分困惑，但他们很快将其解释为天选之人深不可测，勇者自有勇者的道理，支持就对了。

他们一同拜祭了勇者的父母——殉国的国王、王后，十六年前遇难的无数死灵化作萤火，向着生命大树飞去。在罗德赛塔西亚的传说中，每个人的灵魂都会回归大树，转世重生。

卡缪很酷；施维亚又娘又沉稳可靠；罗爷狡猾可爱，教会薇罗尼卡很多魔法；公主冷静高傲，武力惊人……但他们终归是游戏角色，虽然被设计得尽可能生动，但有时候仍免不了说出一些复读机似的台词。

薇罗尼卡自然感受到了这些不同，她在古洛塔和卡缪一起偷听到了简单与施维亚的对话，自然也隐约猜到了自己的不同，她和游戏角色们相处愉快，仿佛她真的是来自圣地拉姆达的大魔女，只是越发贴紧简单，只偷偷和她一个人讲与学校有关的回忆。

他们借索尔提科镇镇长秘书的帮助打开了通往外海的河道闸门，自此整片海洋连通，更广阔的世界向他们敞开怀抱。

但他们没有急着走。简单带着薇罗尼卡在索尔提科镇的赌场里玩老虎机和炸金花玩到乐不思蜀。游戏中赌场的时间是停滞的，无论玩多久，夜晚都不会结束，薇罗尼卡抱着比她还高的一摞筹码去服务台兑换各种神奇道具与装备，将奖品清单上的东西都换了个遍，早已超额完成了她们对勇者许下的"为旅途安全储备必要物资"的承诺，依然沉迷到趴在牌桌上不起身，最后被勇者一手一个硬生生拖走。对此其他伙伴的评价是，魔女们的家乡圣地拉姆达一定是个很清苦的地方吧（所以才会眼皮子这么浅）。

"真想永远留在这里。"薇罗尼卡说。她牵着简单的手，一步三回头。但简单知道，她指的不只是赌场。

薇罗尼卡很喜欢拉着简单的手，走到哪里都是，伙伴们只觉得她们是双胞胎姐妹，感情自然好，并不知道这是校园女生宣誓友情的方式。简单已经很久没和女孩子手拉手了，关系再好的女同事也不过在大风天结伴走时互挽胳膊，隔着袖子不觉得尴尬，但若是拉手，那真是需要很亲密的感情。

还有很青春的年纪。

β很喜欢拉她的手。大家都觉得简单更柔弱，应该是更黏人的那一个，却不知道又爱哭又开朗的β才是爱拉手的那一个。无论发生什么事，无论她是出于害怕还是出于保护，她总会第一时间拉住简单。

高二开学的第一天，她在校门口看见简单，高兴地冲过去拉住她的手，拉到新班级的楼层就要往教室里冲。简单停住了，说："对不起，我还是不想离开五班。"

β看着她，很久以后才哈哈笑着说："我早就猜到啦。"

"不怪我？"

"怪你干什么。"

简单放心了，松开了她的手，说："下课我就来找你！"

在机场，β也拉着她，安检排到她，简单说："你再拽，我就跟你一起进门了。"

她松开 β 的手，说："别怕，我会跟着韩叙考到北京去的，我去找你！"

总是她，每次都是她，轻易地就松开了 β 的手。

航行至一片迷雾之中，船搁浅了。四周平静如镜面，她们遇见了整部游戏中见过的最美的女人，是粉色长发的人鱼萝蜜雅，坐在白色海滩中央的礁石上，苦等她的恋人基奈·尤琦。

人鱼的故事似乎永远从相救于危难开始。和她相爱的人，是一个太阳一般温暖的男人。她获得了女王的恩准，可以带他去海底王国生活，于是他回家乡去向父老乡亲道别，与萝蜜雅相约在白色海滩见面。

这个男人怎么等都不来。

"我自己不能上岸，人鱼如果变出双腿走上海岸，就会化作泡沫，所以，你们能帮我去他的家乡看一看吗？"

看在安徒生的面子上，他们绕过世界最南端的连片大陆，沿着南海一路向东，终于到达了远在世界东南角的小渔村。四处打听基奈的下落，只见到了他的妈妈，一个老得背都弯了的眼镜婆婆，每天靠给小朋友们演皮影戏讲故事为生。

故事是一个渔夫被人鱼夺走灵魂最后疯魔了的故事。小朋友们被奇诡的画风和奇诡的婆婆吓得齐刷刷逃跑，简单深切怀疑给婆婆的故事付钱的肯定是熊孩子们的家长，这样家长们才能在小孩哭闹不休的时候吓他们：再不睡觉人鱼就来了！

婆婆告诉他们，附近海域闹起了章鱼灾，导致他们一条鱼也捕不上来，壮劳力都出海去讨伐章鱼了，包括她儿子基奈。

"最后肯定得我们帮他们打，"简单叹气，"我真的不想再见到大章鱼和它的吸盘、它的触手、它的黏液……"

勇者无奈地揉揉她的头："那你去船舱，我们来打，人手足够。"

于是她真的躲在船舱里陪薇罗尼卡玩大富翁——在她们强烈要求之下，勇者最后给她们做了一整套大富翁桌面地图，又在锻造炉上熔了一只卡缪的匕首做钢铁骰子。

没有跟卡缪打招呼。新卡缪个性也很可爱，眼睛长在头顶上，骄傲又不服管，因为同时擅长匕首、短剑和回旋镖三种武器，每到一个地方的武器店他都买个没完，神不知鬼不觉地从勇者挎包里偷钱，勇者拿他完全没办法。

"我上小学的时候因为个子小，总被这种男同学欺负，"勇者叹气，"所以看见他就来气。"

说完，他看着简单，认真地更正道："但是后来就长高了，高二开始就往上蹿了，直到大学三年级都还在长个，可能是外国牛奶好吧，真的长高了。"

简单哭笑不得。

她听着船舱外的打斗声，扔出骰子："一、二、三、四……我看看是什么？可以要求对方做任意一件事情。算了，不为难你，随便唱一首歌给我听吧。"

薇罗尼卡想了想，开始唱 S.H.E 的《恋人未满》，一个人唱三个人的份儿，音准音域都一般般，伴着门外章鱼的嘶吼和海浪轰鸣，喜感远多于动听，中途薇罗尼卡几次破音，以为简单会笑，没想到只看见她目光温柔。

于是她唱了下去，连 Hebe 那段"对我说我爱你"和"耶耶耶"的超高音都勇敢地唱了。

她气喘吁吁，在简单的掌声中满足地笑了，说："我以后有钱去唱 KTV 了，一定唱这首！"

勇者猛地推开门："怎么了?!"

他满身湿答答的，分不清是章鱼残体还是海水，急得脸色都白了。简单疑惑："什么怎么了，你们打完了？我们没事呀，在玩大富翁。"

勇者松了口气："我刚听到屋里有惨叫声，以为你们出事了。"

薇罗尼卡抄起铁骰子砸向勇者的"狗头"。

村里举行了盛大的庆祝酒会，众人欢呼、舞蹈，敞开了肚皮饮酒。月亮刚升上夜空，村子里的男女老少便醉倒一大片。夜晚恢复宁静，漆黑的海面只有几盏渔火在闪烁。简单没想到游戏里的酒也能醉人，整支队伍都挂着微醺的笑容，一脚深一脚浅地穿过沙滩去找独自修船的基奈，薇罗尼卡紧紧牵着简单的手。

基奈没参加酒会，众人都说他从小就是这么沉默又孤僻的人。

"无风不起浪，那个老婆婆也就是他妈，能把人鱼说成那样，肯定阻挠他去找萝蜜雅了呗。电视上都是这么演的，婆媳问题。我有次听到我妈妈和她医院的同事讲电话，也说跟我奶奶处得不错，是因为她和我爸总在外地。只有不需要处的关系才能处得好。"薇罗尼卡人小鬼大，说起家长里短也一套一套的。

"但是他要去海底王国生活了，这可不是件容易事，妈妈舍不得他也很正常啊。做父母的，谁希望孩子离开身边呢？"罗爷说着就拍拍勇者的腰，本来想拍肩的，太矮够不着，"像我，就很明智，你妈妈爱上了亲卫队队长，我就把王位传给了他。这样，他住在皇宫，你妈妈也继续住皇宫，我也住在皇宫，反正地方大，永远不用分开。"

但还是分开了，天人永隔。罗爷可能喝了酒，有些感伤。公主玛缇娜挽着他走，沉默不语。虽然只是游戏的背景设定，但勇者依然像一个真正的外孙一样，揽住了外祖父的肩膀。

皮肤黝黑的基奈借着月光修船，他说自己不认识什么人鱼。薇罗尼卡举起魔杖就要打人，被简单揪住帽子。

基奈听完众人颠三倒四的讲述，呆住了，半晌才说："你们穿过村落，绕到后面的神社，我帮你们打开后门，有一条小路通向秘密海滩，到那里去找我。"

秘密海滩上有一座木头搭的二层小楼，因为海风侵蚀，木头的颜色变得很深，仿佛被泪水浸泡着，永远湿漉漉的样子。基奈爬室外楼梯上了二楼，从屋子里拿出了一匹白纱。

"这是新娘的头纱？"简单笑了，"薇罗尼卡，我就说让你别冲动，他还记得结婚这件事，刚才是在村子里不方便说话。"

"你们说的人，不是我，应该是我的外祖父基奈·尤琦。"

简单和勇者对视，都有了不好的预感。

当年基奈·尤琦是渔村里最优秀的年轻渔夫，优秀到村长主动要把女儿许配给他，未来自然也会将村长的位置让给他。但他在一次出海后，爱上了一条人鱼。村长觉得他疯了，不许他离开，烧掉了他的船，将他独自隔离在秘密海滩的小木楼，一晃许多年。

村长的女儿很快找到了自己的幸福，却又很快失去了，在一场暴风雨中，包括村长、村长女婿等在内的许多人葬身大海。大家认为海难是人鱼的诅咒，于是气势汹汹地冲去小木楼讨伐这个给村子带来厄运的疯子，却惊讶地看到他站在海水中，浑身湿透，抱着一个小婴儿。

那是村长女儿的孩子。海难带走了很多生命，却也带给了基奈自由，没人看管他了，他终于可以去找萝蜜雅，却在私奔的夜晚遇上村长女儿抱着婴儿投海，他拼尽全力，只救下了孩子。

村里人认定孩子是他和人鱼生的怪胎，拒绝帮他抚养。风和日丽的清晨，他看着无辜的孩子，决定亲自将她养大，帮助她重新融入村里的环境，并永远放弃了与萝蜜雅重逢的机会，就这样郁郁而终。

而萝蜜雅一无所知。人鱼的寿命很长，她以为爱人迟到了，不知爱人已过完一生。

"我就是那个小婴儿的儿子，她已经老了，并不是真的恨人鱼，只是找到了一种方式让村民接纳她。"年轻基奈将头纱递给勇者，"这个头纱应该是外祖父亲手做的，我想请你们帮他带给人鱼。这是我唯一能做的了。"

所有人都沉默了，只有薇罗尼卡突然大吼："你们村长是傻×吗？这事全怪他！你外祖父也笨，孩子不能一起带走吗？不能去好歹也跟萝蜜雅说一声啊，让人家等五十年，他好意思吗……"

"你才几岁，不要骂脏话。"勇者捂住她的嘴，接过头纱，向基奈表示感谢，拉着众人离开。薇罗尼卡还不放弃，三步一回头，朝着基奈喊话："你跟你外祖父长得像吗？要是长得很像，能不能帮个忙，你就骗骗她，把她娶了行不行……"

"怎么可能长得像啊，"简单无奈，"他跟他都没有血缘关系！要是长得像就坏了！"

勇者叹气："基奈·尤琦的名字应该是日文谐音吧，一开始就觉得怪怪的，基奈是来ない，尤琦是行き，一个是没有来，一个是我会去。他应该也是犹豫纠结了一生吧。"

他们再次跋涉千里，为了传递一个噩耗。

萝蜜雅接过头纱，开心得不得了，立刻就戴在了头上，一脸天真地问简单和薇罗尼卡："好看吗？"

都说女人心似海深，薇罗尼卡的心却浅得像萝蜜雅礁石旁的水洼，盛不了多少秘密，眼泪拼命从眼睛里往下淌。

"好看，"简单笑着，帮薇罗尼卡抹去泪水，"都把她给美哭了。"

"你们见到他了吗？他会来娶我吗？"

薇罗尼卡哇的一声就号出来了，握紧了简单的手；勇者也紧张地抓住了她的手，脸涨得通红。一左一右，像拉了两个小朋友，全部重担就落在了简单一个人身上，她正视萝蜜雅的眼睛，没有闪躲。

"……会吗？"

她曾经对钟曼说过什么来着？游戏比千头万绪的真实生活轻松多了，预言指向哪里就去哪里，不用承担选择的后果，不料游戏还是要这样为难她。

"他会的。"

简单郑重地说。

船驶离白色海滩，一头扎入迷雾，萝蜜雅的身影渐渐模糊。

"姐姐。"很早之前薇罗尼卡便不再喊她雪妮雅，而是叫她姐姐，虽然简单已经是能做她阿姨的年纪。

"想问我为什么骗她？"她刮了一下薇罗尼卡通红的小鼻子，"因为我怀疑说了实话她可能会死。"

"殉情吗？"

"是的。她一共也没和我们说过几句话，其中一句就是人鱼一旦上岸就会化作泡沫而死，这句话一定很重要。基奈·尤琦的墓碑在岸上，小木屋也在岸上，如果我们告诉她真相，她可能会上岸瞻仰他的坟墓，不惜生命代价只为了见爱人最后一面。"

勇者看着她，轻声说："你真的长大了。"

简单诧异，正要追问，薇罗尼卡又晃了晃她的手："但是，一直等着也很可怜啊！"

"至少她活着，"简单说，"活着就有转机，她还有很长的一生，说不定哪艘船就会经过，说不定她还会爱上谁，至少她现在是快乐的，抱着一个希望，总能等来另一个希望。"

薇罗尼卡沉默了，看着船头跃起的飞鱼，不知道在想什么，很久以后，她只是捏了捏简单的手心。

罗德赛塔西亚的奇观一重接一重。

他们顺着海上矗立的白色光柱弹奏萝蜜雅临别时送给他们的竖琴，巨大的泡泡将整艘船包裹在其中，沉入了海底。他们谒见尊贵美丽的女王，从她手中得到了一颗宝珠。

在旅游村观赏古迹壁画，破解奇诡壁画吞食游客的阴谋，又得到了一颗宝珠。

参观怪物与人类共同穿校服读书晨跑的徽章女子学园，驾驶蒸汽铁皮跳跳蛙穿过溪谷，骑着骷髅蜥蜴攀爬笔直的悬崖峭壁，在体形堪比波音 747 的巨鸟巢穴捡到了一颗宝珠。

在所有居民都被冰封的北国城堡，识破雪女的计谋，融化了年轻女王心中的坚冰，寻找到了最后一颗宝珠……

从地底到山巅，从河流到海洋，从沙漠到雪原，简单从没有松开薇罗尼卡的手。

宝珠找起来没有想象中难。

让薇罗尼卡恢复记忆却很难。

在简单的诱导之下，她的确已经想起来很多了：最喜欢的漫画，最讨厌的一门课，迪士尼英语，《当代歌坛》，慈祥好骗的奶奶，校门口的麻辣烫……

当然，最多的还是她唯一的、最好的朋友。

"我们从小就认识了，一年级的时候就成了最好的姐妹。她很胆小，被同桌欺负了也不敢说，体育课我就帮她打回来，她一开始只在旁边哭，后来看我打不过那个男生，就冲上来帮着打，最后我俩一起骑着他打得他边哭边喊妈妈，"薇罗尼卡抱膝坐在雪原营地的篝火前，讲得激动，仿佛那件事情就发生在昨天，"我俩被罚站一下午，她爸妈批评了她，我爸妈在外地，所以她爸妈就做了个好事，顺便也批评了一下我，哈哈哈哈。"

她们营地的前方就是一个古代的冰湖，一条近百米长的黑色巨龙盘踞在湖下，似乎是被远古魔法封印住了大半，只有尾巴尖支出来，也被牢牢冻住，仿佛湖面上长出了一棵树。

薇罗尼卡就对着这么一个恐怖的景象，讲着小学一年级暴打男同学的事情，简单几乎想不出比这更怪异又可爱的景象了。

他们穿过风雪呼啸的冰原边境，终于到达了圣地拉姆达。

圣地依山而建，一个祭坛套一个祭坛，最庄严的大殿在最高处，他们在长老的指引下通过圣殿之门，在圣坛上依次摆好六颗宝珠。和彩虹树枝预言的一样，六色光芒组成了彩虹桥，遥遥通向悬浮于天空中的生命之树。

这棵树大得宛如一座山，歧路密布，他们一路盘旋攀登。爬到天色将晚的时候，罗爷的腰受不住了，提议在篝火前露营，做好准备，明天一举登顶。

夜深了，薇罗尼卡趴在简单腿上，明明困得不行，却挣扎着不肯闭上眼。

"困了就睡呀，有什么话明天再说。"

"我怕我睡了，一醒来你可能就走了，"她拉着简单的手，松松地只握住了两根指头，"我怕你走了。"

勇者的确只要有机会就会偷偷劝简单离开。根据他的计算，真实世界的简单应该至少昏睡了两天半，再撑下去可能有危险。

"你回去吃点儿饭，活动活动，还可以再回来呀。"他说。

"能不能回来这件事情，你也说不准，对吗？"简单直视他，"而且就算回来了，可能游戏已经通关了。"

他们都说简单很简单，其实她比任何人都更能识别谎言，勇者的心清澈见底，首航时，他第一次劝她回去，说的是"就算回不来了，我也会去找你的"，在简单说"只要做梦就可以再回来"时，才安慰她说"没错"。

只要做梦就可以再回来，为什么徐延亮和钟曼都再也没出现过？

更何况，他这么擅长计算时间，难道不应该先自己回去休整吗？不敢这样做，是因为怕回不来，怕无法再见到简单。

所以她今天推明天，明天推后天，总说过了这座城就走，再过了那个村落就走……

"我知道你放心不下她，想等她觉醒了，先送她平安离开。我会替你照顾小红帽的，"勇者说，"你不是说过我是个值得信任的人吗？"

简单没回答。她当然信任他，只是她有自己的私心和妄想。

连番的劝阻贯穿旅程，薇罗尼卡到底还是听到了。简单哭笑不得，反过来攥住了她的手，说："我不会丢下你的。"

"不用着急，慢慢想，总有一天你会想起来。我保证，我发誓，我会永远陪在你身边。"

薇罗尼卡微笑，终于睡着了。简单帮她盖好毯子，回头看到勇者站在身后："坐啊，六颗宝珠都集齐了，过了这片湖，就要到大树神域了吧？"

"嗯，"勇者坐下，"快到目的地了。"

他们一起沉默着烤了一会儿火，早已习惯了在每个营地都被胖胖的商人整夜注视。勇者终于还是忍不住问："还是没想起来吗？"

简单摇头。

"为什么薇罗尼卡一直想不起来呢？她明明都想起这么多零零碎碎的事情了。"

"因为引力不足啊，"简单笑了，"你自己说过的话你都不记得了吗？那个真实的世界不足以吸引她回去。"

勇者曾经对她说，游戏的诞生是因为人想做神，想创世，想建立规则，于是用幻想改造真实世界的山河原野，让大海中央陷落瀑布，让火山生于冰川，鲸鱼游弋于万里晴空；也试图用纯真冲破神造的迷宫，无视庞杂与幽微，割裂玄之又玄的相关，只留下最坦荡而笔直的因果善恶，是非黑白。

当这个幻想的世界膨胀到有了自我意识，罗德赛塔西亚诞生了。它的一草一木都孕育于创造者对真实世界的渴望与失望，它永恒地吸引着最贪婪和最悲伤的人。

"我承认这里的冒险很有趣、很新鲜，但不畏死亡的英勇是轻浮的，不惧衰老的悠闲归于空虚。你代替王子上场赛马，赢了也不会太开心。你来自真实，也渴望真实，不会为假的东西长久心动。游戏总有通关的那一天，谁会愿意生活在一个轻易就能穷尽的新世界呢？"

起风了，简单的絮语被风刮向高远的夜空，她在最靠近生命大树心灵的地方说这些，不知道罗德赛塔西亚是否会被冒犯到。

再壮美的凯托斯，在徐延亮心里都不会比他儿子蹒跚学步更好看。

琐碎的真实生活有着不输罗德赛塔西亚的引力。真实本身就是引力，牵引着人们摘下虚假的王冠，即便他们会为此而与病痛、孤独、无常搏斗一生。生命给了人有限的时间与无限的好奇，就算交通便捷到能让人轻易踏遍地球，也未必能穷尽他人内心的浩瀚宇宙。

父母子女，朋友仇敌，爱欲与哀愁……一个人经历的年岁越久，就被缠绕得越紧，一刻不停地拉着他，让他牵挂。所以徐延亮走了，所以钟曼也走了。

"薇罗尼卡不会。她还太年轻，她觉得这里更好玩，比读书好玩，比一边想念父母一边又怕他们出现好玩，比好朋友心里只有一个不喜欢她的小男生好玩……"简单顿住了，平复了一下，继续说，"她还没在真实生活中建立强有力的联结，即便是骨肉至亲，感情也是需要培养的，所以，始终缺了一把力气把她拉回去。"

勇者关切地看着她："你最近怪怪的。到底怎么了？"

简单摇摇头："没什么，可能是我在这里待得太久了，有点儿精神错乱，总会想到一些很荒谬的事情。不用管我。"

为了转移勇者的注意力，她故意凑近他，很近很近，轻声问："你不是也舍不得我走吗？"带有一点点挑逗的意味。

勇者虽然又有些吃不消，但这次没有妥协，他毫不闪躲地直视着她的眼睛，终于第一次将简单逼退了。

"你必须告诉我为什么，再荒谬也没关系。"

简单盯着篝火，良久才道："我觉得，薇罗尼卡是她的鬼魂。"

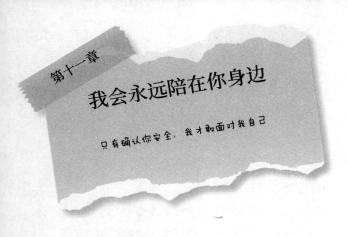

第十一章
我会永远陪在你身边

只有确认你安全，我才敢面对我自己

她不敢说出"蒋年年"三个字，也不敢说出 β，β 这个花名已经和她不可分割，连徐延亮烧纸都直接写了 β，相信阴曹地府能准确送达，她不敢冒这个险。

即使她只是个鬼魂。

简单记得薇罗尼卡讲的每一件事，起初听着心惊，渐渐地，她单纯贪恋这份温暖。

少年岁月借着薇罗尼卡还魂，她拉着薇罗尼卡的手，也拉着自己唯一的、最好的朋友，她做她的姐姐，倾听她因为崇拜和信任而毫无保留倾吐的心事，那些烦恼、困惑、忧虑与恐惧本应由当时的简单来排解，然而当时的简单太愚蠢了，太自私了，太轻易地就放开她的手。

如果能弥补，如果能陪她久一点儿，再久一点儿，如果这个游戏永远没有尽头，如果……

"如果，我是说如果她不是鬼魂呢？"勇者说。

简单直愣愣地看着他，眼泪拼命往下掉，她甚至不敢开口问，怕他只是在开玩笑逗她。

"我之前不敢相信，但很有可能，我们并不是从同一个时间点进入罗德赛塔西亚的，"勇者低着头，"我之前说自己是十二月十九日来的。我的确是十二月十九日来的，但是，是二〇一五年的十二月十九日。"

简单手心密密的全是汗，她在等他说下去。

"你告诉我你比我大五岁的时候，我就知道出事了。以前没发生过这样的事。"

简单惊讶："以前？"

勇者点头："你大学那次昏睡不醒，是因为进入了《勇者斗恶龙Ⅳ》的世界里。我也在，你是安莉娜公主，是非常优秀的战士，而我是克里夫多，是辅助你的牧师。"

简单突然明白了勇者在萨玛迪郊外说的那句话。他将银枪递到她手上，握紧，说："我一直记得第一次见到你时你的样子，你有一颗战士的心。"

"你沉迷游戏不肯离开，于是我故意在 Boss 战中不帮你疗伤，害死了你，才成功把你驱逐出去。那是第一次。

"第二次是《勇者斗恶龙Ⅷ》，我是勇者，你是公主，但阴差阳错的是，"勇者笑了，是经历了最惨痛的捉弄之后的释然，"在那个故事里，公主被诅咒成了一匹白马，我在梦里熬了好久，你才终于在喝了不可思议泉水之后短暂恢复成人形，刚说了两句话，就突然消失了。我猜，是有人强行唤醒了你，你可能被送进了急救室吧。"

简单的确去过急救室，因为安眠药引发的严重不良反应。

"我也从游戏离开，通过同学辗转询问，知道你还好，就放心了。但我不知道为什么每次都只有我记得梦，你却什么都忘了。"

"然后就是这一次了，"他说，"前两次我都是玩过游戏才穿越进梦境的，这一次，游戏甚至还没发售；前两次我清晰地记得自己入睡之前是几月几号，在做什么，这次什么都不记得；前两次我和你同一个时间出发，这一次，我见到了三年后的你。"

简单嘴唇都在颤抖："为什么之前不告诉我？"

"我自己也很害怕，"勇者却是笑着的，"罗德赛塔西亚不会毫无缘故地这样做，它把我拉进一个在二〇一五年甚至还没完成的游戏里，一定有原因。"

"所以我猜，真实世界的我，已经死了。

"我对入睡前的事情毫无印象，可能因为我是突然失去意识的，从哪个角度考虑都不大乐观；见到三年后的你，恐怕是罗德赛塔西亚对我的仁慈吧，"都到了这一步，他还在冷静缜密地分析着，"它在圆我的梦。我想见到你，于是它把我拉进了一款最新的作品里，因为这是它能把我送达的最远的未来。"

简单有些喘不过气来，好像有什么扼住了她的喉咙，缓慢地加力。

"当然啦，只是一种推测，"他伸手揉了揉她的发顶，"不过我承认，因为这个推测，我怕得不敢尝试死亡，我怕我没有离开，只能永远地留在这个世界里，所以我一直希望你离开。人是会变的，你说过这个世界只吸引最贪婪的和最悲伤的人，万一我变成最贪婪的那个怎么办？万一我确认自己走不了，心生邪念，自私地喊出你的名字把你也留在这里怎么办？"

勇者盈盈的笑眼映照着篝火，里面跳动着两簇明亮的火焰。

"只有确认你安全，我才敢面对我自己。"

简单一丁点儿声音都发不出来。她想告诉他，他不会有事的，绝对不会有事的。

却没办法骗自己。

他说过，他一定会去找她，以他最真实的面目。但从二〇一五年到二〇一八年，她生活里没出现过一个来寻找她的勇者。三年，多远的路程都走到了吧。

"哦，我跑题了，"勇者不好意思地挠挠头，"我讲这个只是想告诉你，如果你觉得她是你的朋友，来自二〇〇三年，这个可能性是存在的，她不是鬼魂。"

"告诉我你是谁，"简单坚定地说，"不讲名字也可以做自我介绍的，告诉我你是谁，必须告诉我。"

"还是不要了吧。"他摇头，比她还坚定，"如果我真的死了，而你知道了我的名字，你会去求证，知道了真相会很难过的。"

"你不是说我每次醒过来都会忘记一切吗？怕什么？"

"万一没忘呢，不行。"

勇者把篝火灭掉大半，只留余火给大家取暖。看着在简单怀里睡得安恬的薇罗尼卡，他说："她是高二走的。说不定，她是这个世界送给你的礼物。"

"你或许可以救她。"他说。

在简单还要追问前，他最后一次用了那个招数，对着女神像说："休息。"

简单一夜没有睡。

如果不遣送勇者出去，他在游戏中拖得越久，是不是现实中风险越大？万一他在抢救中，迟迟不恢复意识是因为游戏困住了他呢？但如果遣送失败，岂不是当场宣布死刑，断送了他最后一点点侥幸？

她在白色沙滩对人鱼说谎，她说等待就有希望，勇者笑着说她长大了。谎言、残忍、逃避责任是长大的同义词吗？

又想到 β。如果不提及死亡，她如何确保 β 会牢牢记住自己的警告，记住具体的日期，她甚至都不知道她在哪条路上出的事，她能警告她什么？

可死亡哪里是容易说出口的两个字。

我是简单，我来自二〇一八年十二月二十一日，你所期待的赚大钱就唱个够的 KTV，你有一万个梦想的未来，我已经知道结局。

你已经死了十四年。

她第一次觉得夜晚的时间不够用，还没有丁点儿头绪，便看见了黎明。

他们向山顶进发。勇者走在最前面，独自一人，用背影拒绝简单的一切提问。

简单主动拉起了薇罗尼卡的手，她想说点儿什么，语言却一片混乱，没办法组成哪怕一个完整的词语。薇罗尼卡却理解错了她的沉默，踮起脚对她招手，示意她弯下腰。

她在简单耳边轻声说："姐姐，我全都想起来啦。"

简单微笑："真的吗？"

"嗯，真的真的，我们现在就试试吧！"她转头朝勇者喊，"班长，你也来一下，送我回家了！"

卡缪皱着眉头："好不容易从你家爬到这儿，你怎么又要回去？"

薇罗尼卡主动招惹了两只珊瑚巨人，卸下所有防御手环，跑到最前面傲气地叉腰："来啊！打我！"

珊瑚巨人积极响应，薇罗尼卡很快被揍得满脸是血，小小的身体佝偻着，惧怕却坚持不肯碰魔杖，豁牙漏风地继续喊："打我！"

轮到勇者频频看向简单，简单面无表情，眼睛都不眨一下地看着惨不忍睹的薇罗尼卡，直到她没了声息。

"回营地，复活她。"简单说。

柔和的光辉沐浴下，薇罗尼卡眼神迷蒙地爬起来，看着所有人。和卡缪复活时一样，她茫然地问："你们是谁？"

简单面沉如水，勇者知道，她这次是真的火大了。他尴尬地挠头，轻声对薇罗尼卡说："演过了。"

"什么？"

"别人你不认识也就算了，从小一起长大的双胞胎妹妹雪妮雅你也不认识了吗？"

薇罗尼卡一下子就发毛了。简单转身就走，薇罗尼卡小跑追上她，第一个动作就是去牵简单的手，牵到了就紧紧攥着。

"姐姐，我错了。"

没人敢劝简单，包括勇者。他们向最上面进发，薇罗尼卡欲言又止，最后还是什么都没有说，简单也沉默，但两人还是紧紧牵着手。

他们终于来到了大树的最中央。

"原来这就是掌管所有生命火种的地方，"施维亚感叹，"太美了。"

一根根碧绿藤蔓缠绕着金色的宝珠，里面仿佛装着一整个宇宙，灵魂的光芒比夜空中的满天星斗更璀璨绚烂。他们平日站在地上遥望生命大树，它周身总是散发着光芒，那光就来自这里，生命轮转永不熄灭。

但薇罗尼卡没心思看大树。

"你不要生我的气好不好？"薇罗尼卡终于忍不了简单的沉默，眼泪汪汪地摇着她的胳膊说道，"我昨天晚上让你陪我，实在太自私了，所以我想补救。我要是能骗过你，你就会放心地回去了，对不对？我真的只是想补救。"

"那我呢？"简单钝钝的，脑袋无力地垂下来，"我要怎么补救呢？我要怎么补救你呢？"

她心力交瘁，再也绷不住自己的大人脸，泪如雨下，咧着嘴，张着鼻孔，哭得像个丑娃娃。

"我明明都答应你了，我答应你我会永远陪在你身边，你为什么不相信呢？为什么难过也不告诉我，为什么哭都要背着我，你怪我吗？我答应你的事情一件都没做到，但我也想补救你，我真的很想救你，没有你我真的很孤独，我真的很想念你……"

薇罗尼卡怔怔看着她，好像在记着她的样子，要把她牢牢记在心里。

"你都长这么大了，"薇罗尼卡突然说，"哭的时候还跟小时候一样丑。"

简单猛地抓住薇罗尼卡的臂膀："你说什么？"

宇宙的最中央，悬浮着一柄利剑，施维亚忍不住伸手去触碰，还没靠近藤蔓，一股剧烈的电流如屏障般炸开了他的手。仿佛是一种响应，勇者手背的光明纹章也随之柔和地亮起。

众人默契地让开，罗爷对勇者微笑着说："去吧，你才是被这世界选中的人。"

是被这世界选中的人，所以无法逃离它，对吗？

勇者突然有一种莫名的不安。他在这个世界里的身份犹如故事中真正的勇者，背负使命却不被承认，现在这把剑即将证明勇者的身份，那么他自己呢？

他握住这把剑的时候，是否也等于接受了自己的命运？

他有些怕了，回头寻找简单，却看见她对着薇罗尼卡哭得上气不接下气。

勇者笑了，觉得这样很好，比看见她悲伤的眼睛要好。

藤蔓纷纷顺从地后撤，卸下了所有防备，生命宇宙毫无遮掩地袒露在勇者面前。

他抬起纹章所在的左手，向着宇宙伸去。

第十二章

再见薇罗尼卡

梦是时间的快进键

简单猛地睁开眼。

她虚弱到连手指都无法动弹，只有眼睛是睁开的，怒目圆瞪，硬生生撑开眼皮，即使眼球干涩疼痛，视野一片模糊，也不肯闭上。

因为这就是在罗德赛塔西亚最后的时刻，她唯一能做的事。

在勇者的手即将触碰到生命火种的瞬间，缠绕着黑色闪电的诅咒从背后袭来，他们所有人都被击中，有人当场晕倒在旁，简单则陷入了僵直，不能说，不能动，眼看着荷梅洛斯从暗处现身，引领着邪神走近。

邪神将利爪深深插入勇者的胸膛，攥住了他身体里最后的光芒。他痛到抽搐，无论怎么抵抗，光芒还是迅速被黑暗吞噬，手背上的光明纹章渐渐淡去，仿佛从来没有出现过。

他垂下头，不动了，被邪神随手抛落。简单眦睚欲裂，灵魂仿佛要从眼眶挤出去，去到沉睡的勇者身旁。

不能睡，不能死，她还没有来得及把话讲完。

然而就在此时，她感受到了那股强大的引力，朝着反方向拉扯她。即使拼尽全力，简单仍然抵挡不住撕裂般的痛苦，引力硬生生从她背上撕开了一道出口，才将灵魂蛮横地剥离了躯体。

她看见雪妮雅的身体离自己越来越远，绝望中有了一丝慰藉——她在最后关头，没有放开身旁薇罗尼卡的手。

生命大树的中心发出紫黑色的闪光，只是一瞬，连声音都没有发出，便引爆了冲击波，如同一柄向四周极速生长的圆形利刃从大树的中心向外突袭，将它拦腰折断。那棵号称永不坠落的大树，包裹着这个世界所有生命的火种，被妖异的紫色火焰燃烧殆尽，重重跌落，在地面掀起黑云，漫卷整个罗德赛塔西亚大陆。

简单瞪着眼睛流泪，温热的泪顺着眼角流到脸颊，流到脖子里，流到耳朵里，一刻不停。

勇者回过头那样眷恋地看着她，他们还没有道别。

β 还有好多的问题，她都没来得及回答。

β 说："为什么说没有我你很孤独，我们吵架了吗？"

β 说："那你快送我回去，我回去就跟你和好！"

β 说："你长成很厉害的大人了啊，那我呢？那我呢？"

简单不肯闭上眼睛，突然听见了钟曼的声音："你可终于醒了。"

简单木然地做完了检查，大夫建议她继续留院观察几天。

刚才不肯闭眼睛，现在又不肯睁眼睛，她一言不发，靠在病床上，拼命寻找睡意，越想睡却越是清醒，总感受到阳光的融融暖意。

"你干吗？"钟曼拦住要下床的简单，"昏迷后起身太急会脑溢血，谁知道你还有什么毛病，要找死别挑我眼前！"

"我想拉窗帘。"

窗帘哗一声被拉上。

"谢谢你。"

简单有气无力，知道此时应该和钟曼好好道谢，昏倒在她开的民宿里，一定添了不少麻烦，明明自己是欺压钟曼认识的那个妹妹的坏人，还理所应当地享受着人家的照顾，怎么都说不过去。

但她没有时间。这里的一小时就足够游戏世界改天换地好几轮，她不担心主角团死亡，大树跌落只是剧情的转折罢了，结局勇者一定会战胜魔王，这是《勇者斗恶龙》这款游戏永不颠覆的传统。

　　她担心的是 β 和勇者。她怕勇者在浩劫后还困在游戏里，也怕 β 彻底离开了游戏。

　　医院的窗帘不挡光，形同虚设，简单背对窗子重新躺下，紧紧闭着眼睛，全心全意搜寻睡意。

　　她听见钟曼起身出门，高跟鞋咔嗒咔嗒；走廊有担架车推过，轮子有些不稳，发出嘎嘎的摩擦声；对面病房的患者家属操着浓重的方言口音接电话，有人冲出走廊喊"护士长，护士长"；两个护士前后脚经过门口，一个问另一个"要不就去马路对面吃碗拉面吧，省时间"……

　　原来这个世界这么吵。

　　睡不着，越着急越睡不着。简单翻了个身，又转回来，尝试了所有她在网上看过的助眠方式，深呼吸，闭气，极缓慢吐气，将自己憋缺氧，数羊，数秒，数视野中的金星星，睡意依然没有眷顾她分毫，只有眼底慢慢泛上泪。

　　最可怕的是，关于罗德赛塔西亚的记忆在疯狂褪色。她发誓永远记得从峡谷飞下那一路带着水汽的风拂过脸颊的触觉，记得月下的龙、海上升起的凯托斯，现在它们统统只剩模糊的影子。

　　它惧怕明亮清晰、不容置疑的真实，就这样走了，像所有的梦一样。

　　她听见门外走近的脚步声。

　　钟曼轻声道："醒了一直不说话，也不睁眼睛，还是你们老同学劝劝吧，我去吃口午饭。"

　　徐延亮："你赶紧去，下午休息吧，我在这儿看着。"

　　门开了，走进来的是两个人，高跟鞋没进来，沿着走廊离开了。一个人从旁边拖了把椅子坐到床边。

徐延亮："简单啊，好点儿没？"

徐延亮："是我没照顾好你，第一次来就碰上这么个事。我估计你是累着了，吃饭的时候我就看你脸色不好。工作压力肯定大，活是干不完的，能有身体重要吗？"

徐延亮："压力再大也不能喝酒。你说说，折腾得，遭罪不遭罪，又洗胃又输液的，心脏监听啥的都上了，万一再给你上个切喉管的呼吸机，嗓子也哑了还留疤，后悔都来不及……"

徐延亮："那天怪我。我老婆都说我嘴贱，不能找个好时机慢慢说，非要发微信。"

徐延亮的声音有些哽咽："你肯定也不乐意听我说，我出去待会儿，你们聊，什么话说开就好，多大点儿事，什么能比活着重要。"

他起身，差点儿带倒了折叠椅，跟跄几步，说"你们聊，你们聊"，走出了房间，把门带上。

另一个人坐下，很久没说话，只有很轻的呼吸声，最后才化为很沉重的叹息。

"我以为你长大了。你一直是个很好的女孩子，但是在咖啡馆见到你处理工作的样子……说实话，我更喜欢现在的你，甚至有些后悔如果当初我们能好好相处……但说这些没意义了。

"记不记得上学的时候，我教过你，卷面上遇到不会的题，不要死磕，该跳就跳过去，还有那么多可以得分的，不要钻牛角尖放弃其他的一切。做人也是一样，该跳的就跳过去，该放的就放过去，后面还有很多等着你去解决的，你不要卡在一件事情上不放手。

"我们之间不论是非对错，还能再见就是缘分，把我这道题跳过去，好吗？"

他不再啰唆，只是静静坐在那儿陪着她，没有起身的意思。

"韩叙，"简单依然闭着眼睛，声音轻而平静，"真的谢谢你，去忙吧，让我一个人待一会儿，我有很重要的事情要做。"

韩叙："简单……"

"要不帮我叫一下徐延亮，麻烦你，"简单说，"钟曼也行。我需要我的手机。"

韩叙："你又要干什么？别任性了，行不行?！"

还睡他妈个头。她必须换地方。

她知道自己当着韩叙的面硬要离开医院是不可能的，反倒会被当成疯子，万一被大夫来一针镇静剂……镇静剂？

简单霍然起身，虽然因为体位性低血压而眼前一黑，但她勉力稳住了，掀开被子下床。韩叙果然过来阻拦，她用力推开他，因为手臂无力而更像半推半就的撒娇，简单一下子就火了，她从小到大第一次被自己的不争气彻彻底底地惹怒了，一脚踹开床尾的椅子。

韩叙如她所料地按了床头的紧急呼叫铃，护士冲进来压制简单，头发上有一点点牛肉面的味道，看来是去对面吃过了午饭。本以为劝劝就会好，不料简单宛若疯狗，幸好不咬人不打人，只是往门外冲，身体也虚弱可控。护士迅速对门外的同事喊："叫徐大夫，看看要不要打镇静剂吧！"

她心安了，却不敢停止反抗，怕大夫反悔。

"肌肉还是推静脉？"同事问。

"她一直动，怎么推静脉？肌肉！"

简单突然停止挣扎，建议道："推静脉是不是会快点儿？"

她先是觉得平静，平静到连 β 和勇者生死未知的状况都不再让她心忧，像萝蜜雅等待爱人的白色海滩，平如镜面，没有一丝声音。平静到极致，困倦才袭来，她渐渐合上眼睛。最后的画面是韩叙不知所措地站在门边，眼里有怜惜困惑，也有明显的嫌弃。他以为她为他第二次寻死，又心疼又怕，情有可原。

不必解释了，她想，并不是每个故事都与他有关。

她醒来的时候是黄昏，只睡了四个小时，钟挂在墙上，四点三十五分，时针分针连成一个嘲讽的撇嘴状。

她的确回到了罗德赛塔西亚。起初看不见自己的躯体，仿佛一个固定在山崖上的摄像头，只能一动不动地凝望着雪山下的湖，冰面支离破碎，她觉得熟悉又陌生，想再多看一眼，世界就被大雾笼罩了。

四个小时，换了一瞥。

简单不服气，一晚上又骗了一次镇静剂一粒药，每次睡的时间都很短。她从小乖巧听话，连高声讲话都很少，工作以后与人为善，几乎没和谁红过脸，却成了护士眼里的疯子。

还是同样的地方，同样的角度，她静静盯着那片湖泊，不能移动，不能发出声音，甚至怀疑自己或许并没成功回到罗德赛塔西亚，她只是做了最普通的梦，那个梦不足以模仿它，于是投放简陋幻灯片来欺瞒她。

忽然，雾散了，她远远地看见熟悉的身影从峡谷走出来，为首的是他。简单想要喊，却发不出声音，只看见大地震动，山坡上的雪簌簌落下，百米长的黑色巨龙从冰下突围，直冲云霄，然后逆势俯冲朝着勇者他们杀了回去。

她没有找到小红帽的身影，心里很慌，安慰自己是因为漫天飞雪看不清。战况激烈，几乎引起了四周山体的小型雪崩。简单默默无言，只能不断祈祷身体早日回到自己的控制之中，拼命向前倾斜、倾斜，终于在魔龙消散的那一瞬间挣脱了无形的束缚，她刹不住闸，一个猛子冲下了山坡，几乎把自己滚成了雪球。

简单没时间喊疼，连滚带爬跑向勇者，用冰冷的双手抓住他，连珠炮似的问："小红帽呢？你们走散了吗？我药效持续不了多久，而且可能随时被他们送去抢救，得快点儿把我知道的事情跟她说！还有你，你还是没有醒吗？告诉我你是谁，在哪儿。这一次我什么都记得，我一定会去找你的。如果你实在不愿意说，我告诉你，我在岛城中心医院住院处 403，今天是圣诞节……"

她颠三倒四，在众人诧异的目光之中说个没完，直到勇者喊她："雪妮雅。"

简单愣住了。

"你在说些什么呀？终于找到你了，"勇者微笑，"薇罗尼卡没有和你在一起吗？自从大崩裂之后，我航行世界好不容易把同伴们一个一个找了回来，就猜到你们姐妹俩应该回到圣地拉姆达了。"

简单点点头，消化着心里的暴风雪。他走了，说明他活着，还是代表他从肉体到精神全部死亡了呢？她被恐慌和孤独感迎头痛击，然而环顾四周，没有一个可以诉说的人。

他们找到了她，下一步就会找到 β，至少她还能见到 β。简单这样想着，步伐加快，把同伴们也带动得跑了起来，一路疾速冲上山，到达拉姆达广场时已经缺氧到眼冒金星。她抓住长老，得到一串云里雾里的提示，他们姐妹最常去的地方就是寂静之森。

"在哪儿？"

长老有些意外雪妮雅居然会问这样的问题，朝着西南角的小径指了一下。简单实在跑不动了，只能慢下来，心却已经飞在了前面，不断回头催促她。

遮天蔽日的葱郁绿意中，她看见了大树背后露出的一点点红。

简单几乎要哭出来，她强迫自己冷静，想着要如何不惊吓又让她足够重视地给出警告。"二〇〇四年十二月二十一日，你一定不能出门"——会不会起到反作用？"你的好朋友高中时很不可靠，你最好陪着她，不要去北京"——去不去北京也不是 β 一个人能说了算的……

语言像蝴蝶一样在胸中乱飞，扑扇得她更加慌，但至少，她赶上了。

简单轻轻从背后揪了一下她的帽子，挤出一个还算镇定的笑容，说："是我，我回来啦！"

小红帽没有回答。

简单绕到了她面前。薇罗尼卡靠着树坐着，小小的，魔杖立在身旁，比她还高。她安恬地闭着眼睛，像睡着了。

简单蹲下，伸出手轻轻抚摸她的脸，像雪一样冰。

勇者将手从旁边可以读取记忆的发光树根上拿下来，一脸哀伤地说："大树崩落时，薇罗尼卡为了救我们，燃烧了自己所有的魔力，抵挡住了爆炸。她……"

简单摇头打断他："剧情而已，没关系的。我们现在就回去问长老，他会给我们介绍起死回生的药，估计藏在什么山洞地道之类的地方，还要打个小 Boss。没时间了，快走！"

他们都在喊她："雪妮雅，雪妮雅，你冷静一点儿。"

这个游戏从来没有主角死亡过，开什么玩笑，你们懂个屁！简单不敢回头，她能感觉到背后有什么发出了光芒，她不想看。

游戏里的好人死去时，都是在光芒中消失的。

最后一丝希望破灭在了拉姆达的葬礼上。简单乖顺地遵从每一个剧情指令，盼望着某个 NPC 会突然提起复活密术，苦等着转折点。

转折点终于来了。

她遵从着圣地传统，割下了自己的一头金色长发，扔向空中，寄托对薇罗尼卡的哀思。忽然感到自己指间暖融融的，轻轻打了个响指，一簇跳跃的小火苗燃烧在夜空中。

这是薇罗尼卡爱玩的小把戏，动不动就变个火球在手里玩，还用它砸过荷梅洛斯。

现在她继承了薇罗尼卡的全部魔力，双胞胎一体两面，合二为一了。

这就是剧情的转折点。

她又一次失去了 β 。

简单醒来时是凌晨一点半。

梦是时间的快进键，中午的简单向前跳跃，见到下午的简单、晚上的简单，越过冰湖和高山森林，最后只见到了午夜的简单，却无法回头去看一看三年前的那个男孩、十五年前的那个女孩。

她盯着天花板上的灯管，哭了起来，不用照镜子就知道，像小时候哭得一样丑。

镇静剂效果还没退去，仿佛眼泪的流速也变慢了，下一滴还没淌下来，上一滴已经干了，悲伤舒缓漫长，盖住了天地。

简单机械地抬起胳膊，上臂都是抖的，自己去按呼叫铃。她还是不死心。

有人拉住了她的手腕。

她缓缓地转向右边的床头灯，一丁点儿都没感到震惊或害怕，药效让她连眨眼都迟缓，仿佛一个内存不足的 AI（人工智能）。

她辨认了一会儿才轻轻地说："舒克。"

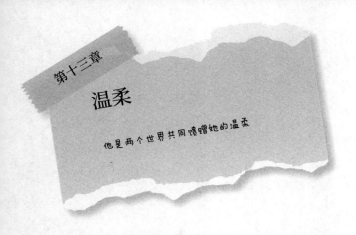

第十三章

温柔

他是两个世界共同馈赠她的温柔

简单顺从地垂下了手，她没力气再闹了。

舒克递了两张纸给她，简单接过，没有因为对方听到自己哭泣而羞涩，他能安静地等她哭完，已经让她很感谢了。

"我来替钟曼，她去吃夜宵了。"顿了顿，舒克又说，"你那两个同学里面长得白的赶飞机去了。"

我那两个同学中长得白的……哦，韩叙。从措辞上听出他不大喜欢韩叙，但简单无所谓。

舒克："饿不饿？能吃流食吗？对面粥铺还开着，我去给你买点儿吧。"

"不想吃。我打了葡萄糖，没事。"与其说是饿，不如说是肠胃因为长时间没有进食而不舒适，但这个她也无所谓，"你别守着了，我真的很不好意思，咱们都不认识。"

"以前的确不认识，现在应该认识了。"

她脑子钝了，反应了半天，哦，接机认识的。看到他腿上扣着一本很厚的硬壳书，于是说："你接着看书吧，困了就去休息。"

"要不我念书给你听吧，如果你还想继续睡的话。"他不好意思地笑了，"学生说在我的课堂上睡得香。"

简单已经很少见到独处的时候不玩手机的人了，也以为一个人在病床前给另一个人念书这种事只会出现在电影里，但不知怎的，她不反感他坐在这儿，甚至觉得有些熟悉和亲切。舒克的声音很好听，简单隐约相信这会助眠，于是缓慢地闭上眼睛，双手交叠放在腹部，躺得宛如告别式上的遗体。

舒克抽出书签，借着床头灯的亮光念给她听："在冲绳地区，女人不会在夜间走过芭蕉林。如果这样做，据说会看到英俊的男子或妖怪，一旦看到这种东西，女人就会怀孕。受芭蕉精迷惑而生出的孩子，都长着一张鬼一般的脸，并且长有獠牙。如果生出的是这样的孩子，人们会将山白竹的叶子磨成粉，放在水里让孩子喝下去。这样做之后，孩子的喉咙会被堵住，窒息而死。"

简单无奈地睁开眼。

他穿着一件黑色毛衣，领口一圈细格子衬衫露出，沐浴在暖橘色的台灯光中，头发颜色有些浅，目测摸起来很柔软，怎么看都是个正常人。

念的是什么鬼书。

"……他大吃一惊，拔出短刀砍了过去，美女就消失了。第二天，和尚沿着血迹一路寻去，发现一棵被砍倒的芭蕉树。这就是芭蕉精的故事。"

"这是什么书？"简单问，舒克连忙把封面立起来给她看，上面四个大字——妖怪大全。

"水木茂的，日本的鬼怪漫画大师。作者简介里说，他担任过世界妖怪协会会长，"舒克很感兴趣，"我得查一查世界妖怪协会是个什么组织。"

简单："你接着看吧，不用念了。"

舒克紧张了："你不喜欢？我来的路上在书店买的，就买了这一本。要不我拿手机找找别的书念给你听？"

舒克内向认真的样子有一点点可爱，妖怪协会也无厘头地帮她消解了一点点灰心，简单牵动嘴角很淡地笑了一下，说："要开导想自杀的人应该读点儿鸡汤吧？"

"我没觉得你是自杀。钟曼和民宿的工作人员也只说你喝多出了意外，只不过你的同学因为你下午闹着出院而担心你的精神状况。"

舒克顿了顿，问："你闹，该不会是为了骗镇静剂吧？"

虽然好奇他是怎么猜到的，但简单只是点头："烦，不想醒。"

"简单。"舒克突然喊她。

"嗯？"

"我叫舒克。"

她想起第一次见面，在钟曼的车里，他也是在莫名其妙的情景对她自报家门。

"就是'舒克舒克舒克舒克舒克舒克舒克舒克！开！飞！机！的！舒克！'的那个舒克。"

他居然唱了一句，而且拍子和舒克的个数是准确的。是他疯了，还是她的镇静剂致幻？

或许他只是在笨拙地逗她开心吧。

舒克的脸可疑地红了，左耳朵沉浸在台灯的灯光里，他坚持继续说："我高一是四班的，高二去了三班学文，高三跟着家人去了加拿大。后来就一直念书，现在是助理教授，身高一米八一。嗯……没什么特别的爱好或者特长，平时更喜欢在家里待着，喜欢拼乐高，动手能力挺强的。哦对了，做饭还可以。"

在简单迷惑的目光中，舒克一鼓作气，从椅子旁的双肩包中拿出了一个纯色包装纸裹着的盒子："送给你的礼物。圣诞快乐。"

简单正要推辞，门开了，钟曼再一次现身于微妙的时机。

简单于是把盒子放了枕头边，为自己这次生病给钟曼添的麻烦而道歉，因为脑子慢，语速也慢，倒是体现出真诚。钟曼面上还和之前一样爽朗热情，仿佛小作家的事情没发生过。她把特意收在小袋子里的手机、钱包还给简单，把外卖袋子放在床头柜上，说："大夫说你能吃点儿清淡的，我买了白粥、西蓝花。"

简单看着手机，钟曼应该是在一直帮她充电，锁屏上海量的微信消息、邮件让她不想碰它。她忽然对钟曼说："能借一下你的手机吗？查个攻略，不会乱翻，也不会突然发狂往地下摔。你要是不放心，可以看着我查。"

钟曼："既然可以让我看着，那就说明不怕我知道，干脆我帮你查吧。"

简单："好，你记得你在客厅里玩的那个游戏吧？《勇者斗恶龙XI》里面有一个角色死了，我要知道她最后到底有没有复活，那个角色叫……"

"薇罗尼卡？"钟曼打断，"死透了，我也没想到，都快通关了也没再出现，跟她妹妹技能合并了。那游戏流程巨长，我实在打不下去了。你问这个干吗？"

简单低下头，良久："没什么，谢谢了。"

她看着自己的手，因为干燥而粗糙了很多，抚摸着手臂时像陌生人，头发也油油的，回酒店一定要好好洗一下，涂上护肤乳，应该会好起来。她的手和头发都会好起来。

但有什么已经永远地死掉了。即便有一天罗德赛塔西亚像所有梦境一样彻底被遗忘，她不再记得自己失去了什么，她也还是失去了，恒久地承受着失去所带来的痛苦与无人可倾诉的孤独。

钟曼离开后，舒克一直看着她，欲言又止的样子。但简单沉浸在自己的世界里，没再理会他。他临走前看了一眼呼唤铃："住院医生很有经验的。"意思是再骗镇静剂也不会给了。

然后他忐忑地瞄了一眼枕边的小盒子，迅速扭头离开了。

房间安静下来。简单没拆礼物，只是默默坐着，手机屏幕显示她有十三个未接来电、海量的微信消息和邮件要处理，她没解锁屏幕，只是默默看着。

她踩在现实世界的大门口，透过门缝一瞥，旧的烦恼与责任还在，新的朋友与希望似乎也出现了，它诱她回来。

简单注视着呼唤铃，伸出手。

钟曼说，薇罗尼卡已经死透了。

她最后只是关掉了台灯。镇静剂的余威让她自然入睡，一夜无梦。

圣诞节中午徐延亮来接她出院。

简单终于把手机解锁，回了爸爸妈妈，扯谎说自己前几天实在太忙，没时间给他们打电话；其他的工作消息她完全没有点开的心思，却还是挑重要的回复了，不方便当着徐延亮的面讲的就用文字，方便的就发语音，给合伙人和大客户单独打电话以示尊重。

她要寻死觅活也该做好善后工作，不应该让任何人因为她突然失联而丢饭碗。在梦里她可以随心所欲，说不走就不走，哪怕可能把命都丢在里面。但人间的日光终归照得她视野清明，每个世界都有规则，她无法身在这里还装作可以逃脱。

于是也联系公司行政，补假条，订好了明天的回程机票。

沿街店铺门玻璃上都贴上了圣诞装饰，只是冬日白天清冷萧索，并没有太多节日气氛。

徐延亮爱讲话，看她好了，又怕她再犯，总想绕回韩叙的话题上找个切入口来劝劝她，被她连番推挡依然不放弃，简单哭笑不得。

罗德赛塔西亚的引力是冒险，她本人的引力是牵挂。前者居然捕捉到了深深沉浸在幸福生活中的徐延亮，后者连差点儿成为朋友却也只不过见过一两次的钟曼都没放过，但是无论哪一种引力，都没把韩叙拉进游戏里。

简单直截了当转开话题，问徐延亮："你最近没有做什么怪梦吗？"

相比怪梦，徐延亮更觉得这是个怪问题。

简单："你别管我为什么问，好好想想。"

130

他叹气："做啥梦啊，我连睡觉的工夫都没有。我老婆到这个阶段，每天小腿都是浮肿的，她睡不着，我就别想睡，每天给她按啊揉啊的，孕期情绪又爱波动，大半夜拉着我聊天，莫名其妙就开始哭，我就劝，自己都不知道自己什么时候睡着的。儿子跟个猴似的，每天五点多就醒了，醒了就来你床上蹦，要吃的，要喝的，要看电视……我这一天天的，过的不是人过的日子。"

她猜到了徐延亮会不记得。

"光棍节那天睡得好，睡得特别好。我老婆双十一买东西杀红眼了，脚也不浮肿了，我不到十二点就睡了。孩子早上把他爷爷奶奶都蹦醒了，我都没醒。反正是个周日，他们就带孩子出去玩了，家里就我一个人，一觉到下午五点，睡了十六个小时。"

简单笑了，或许就是那一天。

徐延亮："人还是得睡得足，我醒了就特高兴，看老婆孩子也顺眼了。"

简单："梦见什么了吗？"

徐延亮努力回忆了一下："好像是瘦了，"摸摸脑袋，"头发也挺多。唉，梦里的事不能当真。"

简单低着头："嗯。"

车开到民宿，简单回房间洗了个澡，又回到车里。徐延亮被钟曼邀请去参加美术馆承办的摄影展开展仪式，怕简单自己待着胡思乱想，一定要拉上她。

他不知道的是，简单已经看过了里面对她而言最重要的作品。在二楼，右边，柱子旁，转角一面一米宽的墙面上，简单闭上眼睛几乎就能看见女孩红红的鼻头和迷蒙的泪眼。

仪式刚结束，展厅还很热闹，嘉宾们在交换联系方式，媒体忙着采访被邀请来的失独家庭代表和主办方，钟曼也在其中。简单经过前台，倒是没见到那个叫小叶的女孩。

"我请小叶去热带散心了，小孩爱钻牛角尖，换个环境，能让她换个角度看事情。"钟曼竟然跟了出来，大大方方地把话说开了，省去了试探和客套。

简单："整件事情从道义上我无话可说，但我目前还是公司派来的代表，我也无话可说。"

钟曼笑了："我生气肯定是生气的，但我理解你。工作嘛，钱难挣，屎难吃，谁又能不吃呢？我平时也没少吃。小孩不懂这个道理，因为都是大人给他们往嘴里硬灌，小孩自己总归是问心无愧的，只是不明白大人为什么主动吃还吧唧嘴。"

还是那么生猛。简单笑了，这点儿指责她还是承受得了的。

钟曼话锋一转："小姑娘吃这么个教训，应该的，以后才能小心点儿。但我不希望她吃完教训就模糊了对错是非。行了，这件事就说到这儿。"

她从前台柜子里拿出一个白色文件袋，递给简单。

"耿耿有工作要忙，已经回北京了。唉，真正布展的人连参加仪式的份儿都捞不着。这是她托我转交给你的，好像是一些老照片，她说她尽力了，只能翻成这个效果了。"

钟曼刚骂完肉食者鄙，一听采访的人喊她，立刻女明星上身，笑出一脸知性美，转身往展厅里去。简单看见她针织衫胸口上的刺绣，忍不住喊她："你不是怕虫子吗？"

钟曼一愣，顺着她的目光也低头看胸前："这不是虫子！这是 Gucci。"

鞋上也有。

"蜜蜂不也是虫子吗？"简单执着。

钟曼觉得她简直莫名其妙，但还是思考了一下。

钟曼："不知道为什么，前天一睡醒就很想买裙子和高跟鞋，逛商场的时候看见这个，居然觉得很可爱。"

钟曼："你说得对。蜜蜂也是虫子。"

钟曼："但是蜜蜂是益虫呀，你上学没学过吗？蜜蜂是好虫子，小蜜蜂多可爱啊！"

钟曼："而且是 Gucci。"

她扭头走了。

简单刚上到二层，看见了舒克。

他背对着她，她认出那一头微鬈柔软的短发，回忆起他自我介绍时强调身高一米八一，有点儿想笑。他有一种不自知的好笑。

舒克假装欣赏作品，即便简单已经在他余光范围内注视他很久，他也还是要演出"好巧，你怎么也来了"。

"昨天谢谢你。"她真诚道谢。不知怎的，舒克听到这句开场白有些失落。简单想起那个礼物，觉得应该夸两句，又怕夸错话，被他发现其实她还没心思拆开。

还好舒克很快就恢复了笑容："耿耿邀请我的，要不要一起看？"

和他相处是愉悦的，因为他看展品的时候就是看展品，很认真地看，并且默认简单也会认真看，于是不强聊，看得一快一慢无所谓，简单先往前移动去观赏别的，他也不会追过去。

终于还是到了 β 的照片前。

简单垂下眼回避，先去看简介。

第一栏的主题是天堂致信，β 的父亲写的，第一行字是"爱女蒋年年"。

"小时候你总说我们为了工作抛下你，我们只觉得你不懂事。老人说你顽劣，老师说你恶劣，我们不信你，反而信外人，最亲的女儿只能自己一个人偷偷哭。终于一家团聚，你却逃跑了，以这样的方式永远逃跑了。年年，爸爸妈妈明白被抛下的滋味了，对不起。"

再下一栏才是冷冰冰的介绍：蒋年年（1987.6—2004.12），"12·21机场高速重大交通事故"遇难者，年仅十七岁。

简单盯着"机场高速"那四个字，血液都停止了流动。

周二下午，她不在学校里，不在回家路上，跑到机场高速上做什么？简单终于抬起头，深深地看进 β 的眼睛里，问她，β 一言不发。

爸爸妈妈以为她受不了北京的学校，离家出走，所以说她逃跑了，一离开就是永别。但她真的是离家出走吗？那一周里，每天打电话跟她哭个没完、说"要是你在就好了"的人是谁？是谁用自己的引力蛮横自私地将她从北京拽回了家乡？

展厅里很多人被各种照片和背后的故事感动，流泪的人不止她一个，但没人像她一样面无血色，不像哭，像傀儡滴水。

她被悲伤和自责扣住了，耳边只有电视雪花屏一样的噪声，舒克说什么她听不见，其他人说什么她也听不见，她木然走出美术馆，坐在台阶上，看小院里枯黄的竹子和只余棕色藤蔓的石墙。舒克追上来，把她掉在地上的文件袋还给她，蹲在她面前的台阶下，仰脸跟她说着什么，急出了眉间的"川"字纹。

最后干脆掏出手机，在上面打字，放在她面前看。

"游戏有隐藏结局。薇罗尼卡会复活。"

她迷惑地看着舒克，但拜这句话所赐，噪声渐渐平息了，她好像能听见一墙之隔的车流声、对面咖啡馆的圣诞音乐……

"钟曼打游戏根本不认真，她都没通关呢，她什么都不知道，《勇者斗恶龙》每一代通关后都有隐藏结局，游戏里有一个时间之塔，通关之后就可以在精灵的帮助下回到过去，主角会回到大树掉下来的那一天，这一次可以躲过偷袭，他会把所有人都救回来。你从没看过这一代游戏的标题吗？第四代叫'被引导的人们'，第十一代叫'追寻逝去的时光'。"

舒克讲得很急，他是真的被简单的神情吓到了，一股脑把自己知道的都倒出来，说完了才明白自己说的究竟意味着什么。

简单："是你。"

他直视简单，坦言："我昨天就应该告诉你，但我害怕你为了回去连命都不要了。而且理性分析一下也知道，你回去的可能性极小，回去之后还需要经过很长的游戏流程，可能会陷入昏迷丢掉性命，没丢掉性命醒来也肯定丢工作，甚至被所有人当成习惯性自杀的病人，生活天翻地覆。关键是，即便付出了所有这一切，进入了隐藏结局，蒋年年也未必留在游戏里，她在我们失散的那天就已经觉醒了，很可能早就跟你一样回到了现实生活中，你在隐藏结局见到的只是游戏人物薇罗尼卡——你在听我说话吗？这件事如你所愿的可能性是万分之一。"

简单反倒笑了，一滴眼泪随着笑容掉下来。

"你连自己是谁都瞒住了，为什么突然告诉我隐藏结局的事情呢？没忍住？"

舒克愣住了，懊恼地坐在了地上，说："因为我是个傻 ×。"

就这样把人生第一句脏话献给了他自己。

简单回到钟曼的民宿，写了两个多小时的邮件，将手头的工作整理完毕，核对交接清单，然后给合伙人打电话请长假，若事务所不方便准假，她便准备辞职。

她给妈妈爸爸也打了电话，告诉他们自己在岛城度假两周，并拜托徐延亮帮忙证实。徐延亮一头雾水，照做了。妈妈甚至主动说要去上海帮她看房子，她笑着答应。

简单撕开舒克昨天送给她的礼物盒，发现里面是一个 NDS 游戏机，还有一封信。既然都在病床边给她朗读《妖怪大全》了，写信也不奇怪。

简单：

　　你好。

　　因为比同学们小两岁，直到高中我的个子都很小，一直坐在第一排靠门口的位子，总能看见你背靠着对面的走廊墙壁，等在我们班门外。时间久了，有时候你不来，我就觉得少了点儿什么。

　　你等你朋友，我等你出现，从打上课铃开始，就盼着下课。

　　我太不起眼了，你从来没看过我一眼，总是抱着一个游戏机在玩。终于有一天，下课的时候我第一个跑出去，比蒋年年动作还快，因为我怕她一来你就要走了。我问，你在玩什么？

　　你抬头朝我笑了，说游戏叫《勇者斗恶龙Ⅳ》。

　　我说，谢谢。

　　说这两个字已经耗尽我所有勇气了。小时候我甚至口吃，现在居然做了大学老师，比以前好多了，真的。我不想再见到你的时候还是很不擅长聊天，所以每天都在想一些话题，想着要怎样跟你介绍我自己。

　　也不知道真的见到你时会发挥成什么样。

　　学生时代我们只说过这一次话。从那之后我也开始玩这个游戏了，每天装模作样地把游戏机放在笔袋旁边，期待或许有天你会从门口看到它，然后跟我说点儿什么，你可能会觉得我们很有缘分。

　　但你没再来了，因为你最好的朋友转学了。

　　时隔这么久提起这些，挺不好意思的，还是写信吧。倒不是我懦弱（我承认是有一点儿），当面说的话，你如果对我不感冒，还得控制表情斟酌言语以免伤害我，读信就简单多了，不喜欢就当作没收到，我也不会再提起。

　　但我喜欢你。

简单打开游戏机，按下电源键。他在游戏机里装了《勇者斗恶龙Ⅳ》，主题曲嘹亮的号声回荡在过分安静的房间里。

她想起第一次见到他，在车上，他连头都不敢回，却郑重地跟她说"我叫舒克"。

他的确履行了自己的诺言，来找她了。

少年时代懵懂的好感没来得及发芽，他们就天各一方。不知道究竟是谁吸引了谁，一起跌进了《勇者斗恶龙Ⅳ》的故事里，公主和青梅竹马的朋友拯救世界，醒来后他鼓起勇气在校内网给她发站内信，她将冒险全盘忘记，连他的好友申请都没通过。

他勇气本来就不多，孤独和距离更稀释了他的信心，以为自己只是做了白日梦。

直到他在自家步道上被练车的青年撞倒，躺在医院七天，见到了三年后的简单。醒来后家人喜极而泣，他却央求大夫让他重新睡着，耍了两次诡计露馅了，因而被周围人殷切劝导，看了半年的心理医生。

但最后一次，他成功回到了罗德赛塔西亚。虽然只能听和看，无法操控勇者的行为，但他终于见到了简单。简单从山坡上连滚带爬、狼狈不堪地冲下来，紧紧抓着他，关切他的生死，告诉他她的所在。

岛城中心医院403，圣诞节。

他只能等着，等到她跟他约定的时间，孤身赴约，没想到在机场就遇见了她。攒局的女人在车上自我介绍，钟楚红的钟，张曼玉的曼，羞涩如舒克也笑得很开心。

原来一切早有安排。

然而在这封信里，舒克却绝口不提罗德赛塔西亚的前情。他践行了诺言，只以真实面目现身，尽量不让她在明明反感他本人的情况下又因为游戏中的情义而陷入两难境地。

结果信她还没拆，他自己却因为不忍瞒下隐藏结局而颠三倒四暴露了身份。一个念书写信克制认真的人，气得坐在地上骂自己是傻 ×。

简单趴在桌上，用额头抵着信纸，轻轻地对神明说"谢谢"。

他是两个世界共同馈赠她的温柔。

钟曼踏进客厅，看见简单在茶几前坐着，通身庄重。

"你找我？"

"嗯，"简单看着她胸口的刺绣小蜜蜂，"想跟你讲个故事。顺便恳求你帮个忙。"

钟曼干笑："不知道为什么，我不是很想听，也不是很想帮你。"

她本能地嗅到了危险，连坐都不肯坐，就要走。

"你醒来的时候，没有去找滕真吗？"

钟曼停下脚步，回过头，简单直视着她。

罗德赛塔西亚，
请回答

告诉她，她是我唯一的、最好的朋友

　　火焰之里背后的火山道尽头是巫女守护的禁地，他们在村民面前杀了巫女儿子化作的火龙，获得了禁地钥匙。

　　仿佛进入了灼热的熔炉内部，步道尽头便是天空锻造场。他们已经集齐了重铸被魔王毁掉的勇者之剑的全部珍稀材料，锻造完成便可以乘着凯托斯飞往天空魔城，通关近在眼前。

　　她很小心地保护自己，不像从前那么肆无忌惮，死了也不当回事。

　　简单试了很多次，连钟曼都威胁她，再胡闹下去就给东莞路精神病院打电话，但她没有任何办法，即便只有万分之一的可能，这仍然是她唯一想做的事。简单一遍又一遍地呼叫，等待着罗德赛塔西亚的应答。

　　勇者吹起竖笛，凯托斯从邈远的天空应声而来，简单想起被她吻了的男孩，竟然在甲板上起身指着远方喊："看！"白痴。

　　她不知道他在做什么，那天舒克恼羞成怒便独自离开了。但她依然感激，即使知道她很可能铤而走险，他还是尊重她自己的选择，将万分之一的机会之门不遮不掩地袒露在她面前。

　　"看！"吹完笛子的勇者指着蓝天之下翩然而至的凯托斯。简单不解地看向他，勇者突然靠过来，轻轻地吻了她。

　　"我说过我会把这个吻还给你的。"他说。

　　简单看着他眼中不一样的神采，心中被难以名状的喜悦充满了。

　　"你这个人其实还是挺马虎的，做这么大的决定之前都不好好仔细看一下攻略吗？能通过时间之门的只有主角勇者一个人，我不来，你自己过来有什么用？难道指望这个复读机，"他指指原身主人的胸膛，"指望他帮你传话吗？"

"而且钟曼也够疯的，居然真的相信你。"

虽说约定了超过三天就唤醒，钟曼还是让简单写封遗书以防万一，第二段就交代安眠药是她自己潜入其他房客（也就是钟曼）的房间偷的，并对给民宿造成的损失郑重表达歉意，这是一间非常好的民宿，处处彰显主人的品位，她死了都想再来住。

"她也让我说同样的话，我的药是偷的，寻死与他人无关。"舒克顿了顿，艰难地继续说，"不过，是让我录视频，举着身份证，裸上身。"

简单大笑，笑过之后就开始掉眼泪，都那样了还坚持要来找她，他是一个太可爱的人。

"谢谢你。"

勇者笑了，他们旁若无人地拥抱在一起。

在时间精灵的面前，勇者问她："你想了一路，最后想好了吗？你到底要和她说什么？"

"当然，"勇者叹息，"也有可能，我只能见到游戏中的薇罗尼卡，见不到她。"

要说什么呢？二〇〇四年整个十二月都不要去机场高速；干脆就不要去北京，在三班不开心就留在五班算了，五班张老太你也不喜欢，我们就一起把那个年轻老师留下；或者你连振华也不想考，都没关系的……

她一股脑地都讲给他。

瞻前顾后不如坦诚相对，她不是神，无法判断应该说哪句藏哪句，无权操弄命运，不如把选择权交给 β 自己。β 会挑中属于她自己的那一只"小蜜蜂"。

"告诉她，她是我唯一的、最好的朋友。"

勇者点头，朝她温柔地笑，走进了时空之门。柔和的光芒扩散、侵吞了简单的身体，这一次她不只感觉到了来自背后的引力，还有一只无形的温热的手推着她的胸口，将她坚定推离。

再见了，罗德赛塔西亚。

她飘浮在混沌之中，两边的景色极速流转，把空间都拖变了形。

简单睁开眼。民宿榻榻米套房的天花板和吸顶灯，她这两天已经觉得亲切了。身体不受控地坐起来，洗漱，换衣服，对着镜子化妆，刷睫毛的手法比她自己熟练。

她仿佛寄居在身体里，只借用一双眼睛，还是蒙着白雾的，模模糊糊看不真切。

电话响了，她开免提，那边环境很吵，徐延亮的声音传过来："我到了，在客厅等你呢。我老婆跟耿耿他们的车先过去了，他们还得再准备准备。你也差不多得了，别化那么细了！"

她对着镜子打理披肩鬈发，背起包出了门，徐延亮抱着儿子在客厅拿手机看《小猪佩奇》，见她来了连忙起身。

他们开过右边是海的快速路，到了美术馆，门口的立牌上是展览信息：最好的我们·耿耿摄影展。

耿耿迎出来，看见紧随他们身后的快递，朝院子里喊："余淮，帮我接一下！"

简单走过一张张照片：高一开学热闹的全班合影，班主任好像是个朴实的农村青年；她们穿着民国女学生的衣服拉手合影，不只是她和 β，还有耿耿……

"姐，你装什么游客啊？过来帮忙啊！"

她愣住了。

身体的主人嬉笑着跑过去，她却哭着看声音的主人。

皮肤还是黑。

跟她无数次猜想的一样，β长大了果然挑不对粉底色号，化的什么鬼样子。

她张开双臂，跑向一脸嫌弃的β。在即将拥抱她的瞬间，灵魂再次被拖离了身体。

或许是引力发现搞错了，或许本来就是故意的，另一个世界仁慈地向她掀开一角，告诉她：你做到了。

简单彻底醒来的时候，看到身边舒克还在睡。

钟曼恶趣味地把他们两个摆成了两具参加集体葬礼的遗体，还在她手里塞了一支玫瑰花。她哭笑不得，扔到桌上，看到了那个白色文件袋。

简单抽出了一张A5大小的翻拍照片。

是β和她，两个二年级的小孩穿着蓝色翻领白色短袖的小学夏季校服，手牵着手，站在儿童公园门口。简单那时候就知道拍照的时候要微微低下巴，β却没心没肺地仰着脸大笑，阳光过分好，拍照的人也不用心，过曝了。

简单记得这张照片。六一儿童节，β奶奶带着β，简单爸妈带着简单，约好了在儿童公园见面。简单爸爸粗心，忘记带相机，于是在门口花钱拍，立等可取。

可惜只有一张，简单给了β。她知道β想要，但β从来都会先让着她。

耿耿留了张字条：

　　这是筹备期间从蒋年年爸妈手里得到的。我跟两位老人说，想把照片翻一个清晰版送给你，他们答应了，希望你喜欢。

　　他们说，谢谢你做她的好朋友。

（全文完）

罗德赛塔西亚是一封情书

我想我和这个世界的缘分并不仅仅是单向的喜欢

《勇者斗恶龙》是一款很经典的回合制角色扮演游戏，至今为止已经发布了十一代作品。第一代发售于一九八六年，我出生的前一年。

最后一个小分句是我硬加的，虽然很希望能写"恰好是我的生年"，显得我与它很有缘分，但很可惜，我和它仅有的缘分，就是我单方面喜欢它。

我与很多事的缘分都是这样来的，包括写作。

"勇者斗恶龙"系列中，我最喜欢的一作是一九九〇年发售的第四代，名为"被引导的人们"。

第一章，你是一位英勇的剑士，A 国国王让你去调查国境内大量小孩子被绑架的事件，你打怪升级，成功解救了被困的孩子们，却发现这背后都是魔王在操纵，那么魔王为什么要大费周章地伤害小朋友呢？你当然无法坐视不理，于是踏上了讨伐魔王的征途。

第二章，你是一位怪力活泼热爱武学直率可爱向往自由的公主（堆叠的描述能看出我多么喜欢这个角色），名叫安莉娜，一心想要脱离 B 国国王老父亲的保护，于是在暗恋她的神官少年和慈爱的法师老爷爷陪伴之下，跑去C 国参加武斗大会，一路过关斩将拔得头筹，回到自己的国家却发现整个国家的所有人全都凭空消失了。这背后显然也是魔王在操纵，于是三人踏上了讨伐魔王的征途。

第三章，你是一个胖胖的武器店打工仔，有可爱的儿子和温柔的老婆，梦想着能攒够本钱，去繁华大城市开一间属于自己的店。……你专心打工杀怪攒钱，没太注意过魔王的事。

第四章，主角是一对双胞胎姐妹花，姐姐是热情活泼大大咧咧的舞娘，妹妹是正经严肃的占卜师，两人一边求生一边寻找杀父仇人的下落，为父报仇之后才发现对方只是一个小喽啰，这背后显然是魔王在操纵，于是妹妹占卜出了天降勇者必将制伏魔王，姐妹俩踏上了寻找勇者的征途——我要是没记错的话，其实姐妹俩基本没挪窝，因为未来勇者会路过她们的城镇。

能预知未来就是好啊。省腿。

终于来到了第五章，你，这一回，终于是勇者了。魔王视你为眼中钉，费尽心机到处抓小孩子其实是为了抓你，你被屠村，被逼上讨伐魔王的征途，一路遇上前几章的主角们，集结为旅伴，几个人热热闹闹，终于不再孤独上路。

现在的孩子恐怕无法忍受三十三年前游戏的画质了，一堆像素块在狭小的屏幕上移动，傻死了。

但是很多年前的一个深夜，出于对这部游戏浓烈到无法排遣的爱，我打开电脑开始敲字。我写大学生女主角一觉睡过去，穿越进了奇幻的世界，那里所有的人都叫她安莉娜公主；写她无可奈何地跟随着至高无上的游戏意志"走剧情"，却在这个一分耕耘一分经验值的、简简单单的世界里收获了真实生活中无法拥有的、简单而笃定的快乐。

她渐渐对游戏世界倾注了更多热情，那些原本只会重复剧本台词的游戏角色开始有了色彩和喜怒，直到有一天，女主角终于发现，那些队友外表之下，竟是她青春岁月中阴差阳错分别的朋友们的灵魂。

有爱而不得、牵肠挂肚的男生，有本已在十几年前就意外离世的老友，也有默默注视着她，把自己的感情藏在游戏人物"克里夫多"面纱之下不肯揭晓的神秘人。——写小说，总得设置点儿悬念吧。

是的，写到这个神秘人的时候，我终于意识到自己是在写小说了。原本只是游戏通关后意犹未尽，设想普通人穿越到回合制角色扮演游戏里的情境很有趣：她会被机械重复台词的 NPC 逼疯吗，会在打斗进行到己方回合的时候忽然原地坐下来挖鼻屎吗，会把鼻屎抹在保持战斗状态却无法进攻的对手铠甲上吗……

只是通关后的余温罢了。

但是写着写着，这余温却燃起了属于我自己的山林大火。

那时我已经在网上连载《橘生淮南》了，十万字开篇让我有机会熟识了一些读者（的网络 ID）。二〇一〇年前后的网络上，大家都是随便写写，随便看看，表面是读者与作者，本质的关系更接近网友。中途我被洛枳和盛淮南忽冷忽热的关系穷尽了思路，很久没有更新，转头开写打油诗，大家居然也捧场地留言点评，默契地假装相信"橘生淮南未来一定会完结"的狗屁诺言，私下在群里说这人肯定又挖坑了。

闲来无事，他们开始追这篇游戏同人的连载。

读者们并不会真的去玩这款二十世纪的掌机游戏，相比之下，他们更关心女主角和朋友们的过去究竟发生了什么。每一章评论区都有读者询问，那个神秘的"克里夫多"到底是谁？女主角十几年前就意外故去的最好的朋友，为什么会再次出现在游戏里，她真的死了吗？还有可能复活吗？

于是我就再多漏出一点点这群人的青春岁月，和大家玩起了只有连载作者才有福享受的拼图捉迷藏游戏。慢慢地，小说中游戏的内容越来越少，曾经的高中岁月却鸠占鹊巢，成了故事的主线。

很可惜，连载十几万字过后，我终于还是没忍住去打新的游戏了，这部小说也顺理成章地成了坑。再经典的游戏的余温，终究暖不了玩家的冷血。我照旧上学放学，做饭打扫，打游戏或发呆，忽然兴起，就打开电脑再写点儿什么，把成打的故事开篇齐刷刷晾在网站作者页面上开天窗。

它们漂浮在我的脑海中，分不清谁先谁后，一团混沌中，无数可能性熠熠生辉，其中一个，叫作振华。

我突然就开始写耿耿余淮的故事。

就算游戏的新鲜感无可挽回地流逝了，那群游戏中的朋友，那位"安莉娜公主"，始终不合时宜地对我呼喊，在便利店扫码枪发出嘀嘀声的那一刻，我想，克里夫多到底是谁呢？安莉娜公主和好朋友都好可爱啊，写出来之前没想到个性这么可爱，我和简单一样想念安莉娜公主。

是的，游戏世界的天选之人、女主角安莉娜，名叫"简单"，她最好的朋友自然是 β。

我回家就动笔开始写。但这一次，键盘又有它自己的主张——就像简单、β 这群人吵吵闹闹地"夺舍"了《勇者斗恶龙》的游戏人物一样，新的男女主角耿耿和余淮，也不管不顾地开启了属于自己的新篇章。

耿耿于怀这么多年，简单只是三年青春故事里的女配角，当年留在游戏里的谜题，我一个都没解决，β 也好好地活了下来——因为这位作者写跑题了。

有读者说，振华中学的故事，开始于最简单的四个字："我叫耿耿。"

在这四个字之前，洛枳和盛淮南只是两个由同所高中进入同所大学的"校友"，艰难地反复靠近又远离；余周周是个和自己幻想出的兔子公爵好友飞跃床铺沙发之间幻想出的岩浆之河的小女侠，十万字过去依然没能飞过小学六年级名为奥数的大雪。

但在这四个字之后。

洛枳、盛淮南的过去有了归处，余周周终于踏实地走在冰封的江面上，听见陈桉笃定平和地告诉她："不学奥数不读师大附中，你也可以上振华的。"而耿耿镜头下开学典礼上闹别扭的红头发少年和倔强少女，因为这一声快门的捕捉，开启了让我爱恨交织左右为难的《这么多年》。

因为耿耿、余淮、β、简单、韩叙、徐延亮、文潇潇……这群振华五班同学飞扬明朗的友情岁月，振华终于踏踏实实地聚合成了这只吞吐青春的怪兽，成了大家的交会的连接点，迎来送往。

所有人的缘分就此开始。

在更久之后，一本一本书付梓，不断再版，振华宇宙变得完整，却也由此分裂开来，被无数读者加入了个人体验，承载了不同人对青春的怀念与期望，连作者本人都渐渐失去了诠释它的资格——振华安放所有爱它的人，这里没有主宰者，每一届学生都投射自己的欲望，私藏自己的青春。

然而无论多少年过去，我脑海深处都记得清清楚楚，这个故事究竟应该从哪里讲起。二〇〇八年，我盘腿坐在宿舍床上，一边翻游戏笔记，一边飞速打下了两行字。

我叫简单。

我爸姓简，我妈姓单，他们说这名字很好，女孩子就应该性格明朗简单点儿。

她的名字叫简单，我写作的动机很简单，写作的方式很简单，和读者的关系很简单……无论二十出头的我认为自己多么孤独复杂，现在回头看，一切都如此简单澄澈。这个念头简单而轻松地成了内核，用强大的引力将我脑海中的一切零零碎碎捕捉聚合在一起，集成了庞大的振华。里面容纳了古灵精怪的余周周、内敛机敏的洛枳、豁达随和的耿耿、执拗刚强的陈见夏……

那时候的网速很慢，网站加载着加载着就崩溃了，我和我的读者兼网友们可能忽然就再也找不到彼此。

振华宇宙大爆炸后，我的每一本小说都改了名字。

《你好，旧时光》在当初连载的时候名叫《玛丽苏病例报告》；《最好的我们》连载名为《流水混账》；《这么多年》原名简单干脆，就叫《早恋》；只有《橘生淮南》留住了主干，但也在出版的时候加上了为潜在读者提炼出的主题词，成了《暗恋·橘生淮南》。

起名字是个学问。曾经有人将高频词胡乱排列组合，以此调侃了某个时期非常流行的心灵鸡汤类畅销书的命名规则，但既然能形成规则，就说明，大部分人还是吃这一套的。这个时代一切都在商品化——我并非要批判这一点，相反，我本人的写作历程深深受益于图书出版业的市场化，于是也很乐意参与其中，让自己的作品名称呈现出更适合与新读者相见的、亲切友好的样貌。

修改后的书名渐渐取代了曾经的连载名，宽泛广阔的命名方式与每一部作品最终完成时蓬勃广阔的样子更相配，事实证明这是明智的、成功的。

书频频再版，是件高兴的事情，没有作者不想把畅销书变成长销书，证明自己的作品不是一时风尚，能够并值得被不同的新读者喜爱，证明自己可以伸长双臂，去拥抱或挽留一小段时间，于长河中掬一捧水。

我渐渐放下振华，筹划新的故事。

但旧的名字才是密码。我把它留在那里，等待旧朋友与我相认，就像简单等待着 β。

二○一九年，编辑说，《最好的我们》再版好多次了，《你好，旧时光》有那么多番外故事，集合起来整整一册的容量，这次再版，你好歹也为耿耿余淮写点儿什么吧。

其实我知道很多读者朋友想看什么——耿耿余淮发糖啦（为了避免很多年之后这个词过时了，还有读者看到这个版本的书籍并感到困惑，我来解释一下，二十一世纪二十年代的"发糖"指的是角色之间的甜蜜温馨爱情细节）、某某和某某结婚啦、某某死了、某某活了——但我并不觉得这是一本已经完结的小说应该达成的义务。

如果我真的那么想要对他们的生活一锤定音，一续再续，不如再出一本续集来骗骗钱。

我爱他们，正如读者爱他们，所以在故事结束时，他们便自由了。在读者内心的宇宙里自由生长，却永远不会被定义，实现了文学意义上的自由。

然而有次整理签售会收到的信件，看见一位读者写道："我认识你十年了，怎么证明这件事呢？我还在等你告诉我，克里夫多到底是谁。"

有人回应了我的密码。

我知道当年在简陋的网站上忍受着时不时的延迟和崩溃，读我的打油诗，和我聊天为我打气的读者大多比我的年纪大，他们可能早已忘记了我，再没读过我的书，再也没信任过当年动不动就弃坑的女大学生。

我们都忙于生活本身，不再执着于网络上偶然的交集了。

可我能做的只有一件事，必须回应这些年来不断在我耳畔回响的声音。

"克里夫多到底是谁？"

"β 不是死了吗，为什么她又出现在了游戏里？"

时隔多年，振华宇宙已经分裂成分属于无数人的小宇宙，被各种不同的艺术形式诠释了一遍又一遍，只有简单做女主角的那个最初破碎而未完成的序曲，依然漂浮在脑海之中，时不时撞到我日益坚固的孤独和自尊，发出声响，不断提醒着我心有亏欠。

那个没写完的故事永远不会放过我。它给予过我这么多，我不能忘恩负义。

别册的这个故事，颇有些吃力不讨好。

早年的游戏同人文文笔粗陋，想到哪儿写到哪儿，里面充斥着二〇一〇年左右的网络流行词和现在看来"到底哪里好笑"的幽默桥段，我回顾时经常需要关掉文档，给自己留一些喘息的机会，防止过于自厌——小时候写作文喜欢滥用"掩卷沉思"这个词，没想到有一天我会关 word 忏悔。

但它像琥珀一样封存了当时的我。拿网络文化当借口随意挖坑不顾读者心情的我，以为一切不过是个乐子所以写成什么样都可以自圆其说的我，轻浮的、纠结的、冲动的，也非常鲜活的我。

振华已经不属于我了，它属于所有读者，属于利益相关的版权方，属于电视剧的观众和电影的影迷，从它付梓那一刻开始，我便告别了它，无论毁誉。但我还欠平行世界的简单一个结局。

这个故事写得很辛苦。我不仅仅想要续上那个已经极少有人在意的、十几年前的游戏同人文，还想要在这个平行世界里对已经死去的 β、另一个正篇世界里依然存在的耿耿和余淮做出妥当的情节安排。既然写了，就要写圆全宇宙的逻辑。无论这些年正传造就了多少难题，该解决的一定要解决。

在我给过去的自己收尾收得一筹莫展时，《勇者斗恶龙》第十一代作品——《追寻逝去的时光》正式发布了。

不是找打游戏的借口哟。

我废寝忘食地读过去那本未完成的粗陋游戏小说，不分昼夜地练级打怪，最终通关了第十一代的隐藏结局。

我从未设想过，从《勇者斗恶龙》开始的，最终会由《勇者斗恶龙》结束。第四代故事《被引导的人们》是天空勇者时代的开创之作，而第十一代的故事，却是对此前罗德勇者时代三作故事的回音——魔女穿越滔滔时光，只为改变历史，挽救自己爱过的人。

它回应了我。二十世代的我的热情，三十世代的我的困境。

罗德赛塔西亚温柔地回答了我。

借用第十一代的故事脉络，简单终于逆着时间的洪水，拯救了她真正爱着的人——她最好的朋友 β。

在这个世界里，耿耿余淮因为毫厘之差而没有被分到同一个班，正如游戏同人文写作伊始，他们甚至并不存在；简单被一个迷茫的女大学生创造出来，又半途搁置，十几年后，主角和作者都成长为真正的大人，用尽属于成年人的世故、油滑与心酸，终于将信息传给了另一个宇宙的少女 β。

简单其实是振华宇宙的神，很多年前就是了，唯独她自己不知道。

于是他们闹腾着留下了张平，于是耿耿勇敢地反抗了想要包办她人生毫厘的母亲，于是所有人相逢，相爱，长大成人，平安喜乐，万事胜意。

罗德赛塔西亚是一封情书。

我将它送给从最初看着我毫无责任心地东开一个坑西挖一个洞，却始终陪伴支持——或者离开的——老读者们，送给一念之差窥见了另一个结局的简单，也送给我自己。它不是一个讨巧的故事，但无愧我心，在振华根深叶茂的牵绊之下，我依然看得到最初的那一颗种子。

我想我终于可以放下振华了。

"勇者斗恶龙"系列的游戏在通关后会有极长的字幕，密密麻麻罗列了成就这一款游戏的制作团队的每一位成员，但是在最后，字幕一定会另起一行，写着：

"And You."

以及你，你是剑士，是公主安莉娜，是商人，是双胞胎姐妹，是勇者，是简单，是耿耿。

人生短暂的旅程，没有你，一切都不会开始。

如果没有来自过去的回响，如果没有人记得克里夫多、简单，以及她那位故去的朋友，没有这一声声在意的责问，我想我也不会收到来自罗德赛塔西亚大陆的回答。

　　谢谢你。我最亲爱的读者。

　　我想我和这个世界的缘分并不仅仅是单向的喜欢。

　　因为你们，简单才勇敢地穿越到了过去，拯救了 β，也开启了真正属于振华的故事。

　　"谢谢你做她的好朋友。"

八月长安

二〇二三年七月